花颜六

一捧流沙，千秋华色
金粉不开，只待君来
登青台拾日月
灌江海揽奇观
云黛暖裳，江山史治
一梦华章，马踏功成记万载
南堂春色，百年兴衰
唱清平，诵盛世
犹照当年月，春风落湖影
万般容颜色，天雨幕山河

西子情

作品

粉妆夺谋

大结局

北京联合出版公司
Beijing United Publishing Co.,Ltd.

图书在版编目（CIP）数据

粉妆夺谋：大结局 / 西子情著. — 北京：北京联合出版公司，2019.9
ISBN 978-7-5596-3423-8

Ⅰ. ①粉… Ⅱ. ①西… Ⅲ. ①言情小说—中国—当代
Ⅳ. ①I247.5

中国版本图书馆CIP数据核字（2019）第142540号

粉妆夺谋. 大结局

作　　者：西子情
选题策划：北京磨铁图书有限公司
责任编辑：郑晓斌　徐　樟
封面设计：VIOLET
内文排版：刘珍珍

北京联合出版公司出版
（北京市西城区德外大街83号楼9层　100088）
天津旭丰源印刷有限公司印刷　新华书店经销
字数504千字　700毫米×980毫米　1/16　印张25
2019年9月第1版　2019年9月第1次印刷
ISBN 978-7-5596-3423-8
定价：42.00元

目录

第一章

前朝陵寝

许云初在韶德殿坐了片刻，拿了“阎王渡”后便出了韶德殿。他刚踏出韶德殿的门，严公公便拦住了他：“小国舅，太后请您过去一趟。”

来到慈安宫，太后开口便道：“云初啊，哀家刚刚听闻你将许灵依接回了国丈府。她已经被逐出家门，再不是许家人了，万一她以后再犯，岂不是要害死国丈府的人？”

许云初将与国丈说的话对太后说了一遍。太后听罢，沉默片刻，叹了口气道：“你都这样说了，哀家还能怎么说你？你说要寻‘阎王渡’，刚刚去了韶德殿，难道二皇子手里有‘阎王渡’？”

许云初清楚太后不喜林之孝，摇头：“我是受苏小姐所托，帮她带两句话给二皇子。”

“苏风暖让你给他带什么话？她为何不自己进宫找他？”

“是关照二皇子养伤的话，她与叶世子前往灵云镇了。”

“哀家听闻叶世子入宫请旨办案，皇上准了，给了他两万名御林军。两万名御林军可不少，去灵云镇办什么案需要这么多人？”

许云初觉得叶裳要查办灵云寺之事还是瞒着些好，以免走漏风声。他摇头道：“我也不知，应是事关机关秘道案。许是叶世子得到了什么消息，便向皇上请了旨。”

太后闻言道：“机关秘道案一直未破，别说皇上，哀家的心都跟着揪着。自从二皇子受了伤，皇上就让你与叶世子一起查案，你怎么没与叶世子一起？”

许云初道：“我们每日分头彻查。”

太后颔首，不再多问，话题绕回许灵依身上，嘱咐道：“既然你接回她，你爷爷已经同意了，哀家也就不阻止了。毕竟是许家的女儿，再给她一次机会也无不可。可是，云初，你一定要看好她，万万不可再让她鬼迷心窍，害人害己了。”

许云初点头：“姑祖母放心吧。”

太后又道：“据说‘阎王渡’是种难寻的药，你去哪里找？”

“我已经从江湖的黑市上找到了，今晚便给她服下。”

二人又闲谈片刻，太后知道许云初有很多事情要忙，便摆摆手放他出宫了。

回了国丈府，许灵依依旧在熟睡。许云初坐在床头看了她片刻，才将她拍醒。

许灵依醒来：“哥哥？”许云初将药瓶递给她：“这是‘阎王渡’。”

许灵依伸手接过，倒出里面的药：“这么一小颗药，就能让人起死回生，果然神奇。”话落，她就要往嘴里扔。

许云初伸手拦住了她。“哥哥？”许灵依疑惑地看着他。

许云初往桌上一指：“那里有文房四宝，你将陈芝苒和沈芝兰之事写下来，签字画押，以留证据。否则你重生后，犹如白纸，什么都不会记得了。”

许灵依下地，提笔将黑衣人通过秘道找她，诱惑蒙骗她诸事一一写清，写完之后，按了手印。

许云初看她写完，对她点点头，许灵依才将手里一直攥着的“阎王渡”塞进嘴里，吞了下去。她吞下“阎王渡”后，眼皮沉了沉，向地上倒去。许云初伸手接住，将她放回床上，吩咐浮影：“据说服用‘阎王渡’之人要七日才能醒。从今日起，寸步不离地看着她，不准出差池。”浮影垂首应了声“是”。

许云初出门去了国丈的院子，国丈听闻许云初已经喂许灵依服下了阎王渡，深深地叹了口气：“她能就此新生，也是好事。以前的事，尘归尘，土归土，这国丈府的人都清理一番，嘱咐下去，以后谁也不准在她面前提起。”许云初点头。

叶裳入宫请旨，皇上看了那幅九龙奇景图面色大变，惊异不已。再听闻这幅奇景图来自陈芝苒的后背，且龙脉在灵云镇，秘密兴许在灵云寺，他一时血气上涌，当即准了叶裳所奏，命他带两万名御林军前往灵云镇，彻查灵云寺。

叶裳带着两万名御林军，出了皇城，等在城门外。

和叶昔带着陈芝苒坐马车出了容安王府后，苏风暖命千寒去苏府给她爹娘传信，便前往城门与叶裳会合。

来到城门，苏风暖挑开帘幕，看到两万名御林军，想着皇上下了这么大的手笔，看来着实被此事惊得够呛。叶裳骑着高头大马，衣袂轻扬，见苏风暖来到，问她：“如何？”

苏风暖点头：“已经截住了她身上‘恨春风’的毒变。”

叶裳颔首，看了马车里露头的叶昔一眼，蹙眉：“你与她们挤在马车里做什么？”

叶昔瞅着他：“我不嫌挤。”叶裳轻哼了一声，道：“走吧。”

马车先行，叶裳骑着马跟在身边，两万名御林军紧随其后。这么大的动静，自然瞒不住，各府邸众人纷纷猜测，难道灵云镇又出事了？

走了一段路，容安王府的一名府卫追上叶裳，将贺知写给叶裳的信笺送到。叶裳勒住马缰绳，打开信笺，读罢，扔进了车里。苏风暖接了信笺，看罢笑了笑：“许云初真是一个好哥哥，许灵依服用了‘阎王渡’，若是还不能改好，便枉费她这一世托生这么好的人家了。”

叶昔夺过信笺，读罢，啧啧赞叹：“许云初可真是天底下难寻的好哥哥啊。”话落，他对苏风暖说，“你若是犯了十恶不赦的大罪，身为师兄，我也不会放弃你。这么说来，天下的好哥哥还要算上个我。”

苏风暖喷笑："等回头你找许云初共同喝一杯好了。"

叶昔点头，抚额说："可惜我师妹偏偏是仁善大义的好姑娘，让我这英雄无用武之地。"

苏风暖伸手推了他一把："得了吧你。是谁这些年一直骂我不省心的？"叶昔顿时住了嘴。

一个时辰后，众人到了灵云镇。灵云镇府衙已经得到了消息，一众官员战战兢兢地等在城门外。叶裳理都没理，带着两万名御林军径直奔着灵云寺而去。

官员们大眼瞪小眼，松了一口气的同时，觉得灵云寺的和尚竟然让叶世子带了两万名御林军前来围剿，这是犯了多大的事啊。灵云寺毕竟是受灵云镇管辖的地界，众官员商议一番，便紧追其后，前往灵云寺。

不多时，众人来到了灵云寺。叶裳勒住缰绳，道："皇上有旨，自今日起，查封灵云寺，一众人等，不得擅离，听候发落。"看守山门的僧人惊骇不已，连禀报也忘了，都吓得跪在了地上。

叶裳又一声令下："都收押看管起来，一个人都不准落下。""是！"御林军齐齐应声。

叶裳转头看向苏风暖。苏风暖下了马车，对叶昔道："师兄，陈芝苒就交给你了，我和叶裳先去会会灵云老和尚，看他怎么说。"

叶昔翻白眼："你们不带我？"

"你先在外面坐镇，别让哪个人成漏网之鱼。"

叶昔摆手："好吧，你们去吧。"

苏风暖与叶裳一起向灵云居住的禅房而去。

一万名御林军包围寺庙，剩下的一万名御林军拥入寺内，不消一盏茶的工夫，便控制住了灵云寺的各个角落。上千名僧众都不明白发生了什么事，一个个吓得面色大变。长老们想见叶裳，御林军压制着，不准任何人行动，众僧只能按捺住惊慌。

叶裳和苏风暖来到灵云的禅院，闻到一阵浓郁的药味，二人对看一眼，迈进门槛。"阿弥陀佛！"灵云正蹲着身子在煎药，见二人来到，镇定地站起身，双手合十，"叶世子，苏姑娘！"

苏风暖笑着扬眉道："老和尚，别来无恙？"灵云咳嗽一声："看来苏姑娘身子骨没有传言那般差，走路还很轻便。"话落，他又对叶裳道："叶世子的热毒解了，恭喜恭喜。"

苏风暖笑道："腿脚轻便，才爬得上你这灵云寺。"

叶裳道："大师这是在为何人煎药？"

灵云道："为我自己。"

苏风暖道："一炉毒药，老和尚，你什么时候想死了？"

灵云道："我早就想死了，奈何找不到死的机会，便一直活到如今。"

苏风暖嗤笑一声，扬眉："做了什么见不得人的事，这般急着想死？"

灵云摇头："老衲自诩没做什么见不得人的事，只是守着这灵云寺，守得久了，难免想解脱了去。"

叶裳看着灵云："看来大师是掐算到我们今日来的目的了？"灵云点点头："叶世子和苏小姐带着两万名御林军，自然是为了这灵云寺的秘密。"

苏风暖道："你棋高一着啊，我们临时决定请旨来灵云镇，你便将毒药备好了，真是让我们俩一点儿成就感都没有。老和尚，你怎么也要对得起我与你多年交情啊。"

灵云哈哈一笑："放心，老衲不辱没与你的交情，老衲平生没做过亏心事。"

苏风暖看着他："既然平生没做过亏心事，死前也不必做了吧！你总不能将这灵云镇的秘密带进棺材里，说说吧，我们洗耳恭听！"

"灵云寺的藏经阁与十八仙景古壁画，便是灵云寺的秘密。"话落，他道，"你们二人都是聪明人，一旦细究，必知晓原因，老衲就不浪费口水了。"

叶裳缓缓坐下身，道："我们还是愿意听你说一说，再去细究一番。"灵云闻言将药炉里煎好的药倒出来，盛在碗里，也坐下："两位真要听，老衲与你们相交一场，说说也无不可。"

苏风暖道："老和尚就是磨叽，痛快点儿。"

灵云道："苏姑娘师承望帝山，这话还要从望帝山说起。一百三十六年前，南齐太祖灭了前王朝，请了一位天师，择选龙脉作为建都吉地。那位天师出身望帝山，他看出龙脉在灵云镇，但因他收的弟子是遗落的未被南齐太祖杀尽的前朝皇室后裔。弟子请求他不要帮南齐太祖，他动了恻隐之心，将建都之地偏了位置，放在了如今的京都。"

苏风暖扬眉，惊道："望帝山那位凌祝祖师爷只收了一个弟子，就是斩熠师祖。"她看向叶裳，"原来斩熠师祖是前朝后裔。"

叶裳自是知晓斩熠师祖。斩熠师祖娶的是南齐高祖之女英夙。英夙公主弃了身份，随他居于望帝山，生有一子。那时高祖已崩，太宗赐名云凰，望帝山的弟子号为青凰，正是苏风暖的师父。

也就是说，苏风暖的师父是前朝后裔。那么，与她师父一脉同根的林客，岂非也是前朝后裔？

苏风暖一直不解斩熠师祖与英夙公主结为连理后，怎么又与别的女子生了林客，原来这中间横着国仇家恨。斩熠师祖竟然娶了灭国仇人的女儿，真是非常人能做到的。

灵云继续道："南齐太祖建都后，斩熠便将前朝皇室的牌位和骨灰移到了灵云寺供奉。寺中住持先祖受过前朝皇室大恩，也就准了此事。至此，灵云镇一百三十五年来都供奉着前朝历代皇帝的牌位，这里相当于前朝皇室陵寝。"

苏风暖顿时惊了，叶裳也惊了，没想到名闻天下的灵云寺二景——一个藏经阁，一个十八观景台，竟然暗藏着前朝皇室历代君主的牌位。而且，就在龙脉之巅，就在南齐京城天子脚下相隔五十里之地，常年香火不断……实在耸人听闻。

二人心里虽然震惊，但很快就恢复镇定看着灵云，等着他继续说。灵云道：“秘密传到我手里，多年来，老衲只能紧紧地守着，不敢外泄。作为一个帝王，他再宽厚，再爱民如子，也不会允许发生这样的事情。一旦秘密泄露，灵云寺众僧便都没了活路。

“所以，灵云寺的藏经阁，常年有人看守；所以，灵云寺的十八观景台，非常人不能踏足。”话落，他道，“上一次，灵云镇法会，老衲便料到苏姑娘会前来，她一定闲不住，要四处转转，兴许会登上十八观景台，便提前设了迷障。”

苏风暖扬眉：“那一次是你自己动的手，中了与叶裳一模一样的穿骨钉？”

灵云点头：“老衲就是以防万一，没想到真用上了。我坐在高台上，看你与小国舅登上了十八观景台，别人很难发现十八观景台的秘密，但若是苏姑娘你，只要细细观赏，一准会发现机关。所以，老衲便催动暗器，伤了自己，以引起动乱，让你终止观赏，下观景台。”

苏风暖唏嘘，不由得敬佩道：“老和尚，你也算煞费苦心了，怪不得我们一直未查到害你的凶手。直到叶裳破月贵妃案，我们都以为你是因替叶裳解热毒研制解药之事得罪月贵妃而被伤，将此事算在了她的头上。”

灵云道：“老衲不忍伤别人，也只能害自己了。想着若是以我的死，能守住这个秘密，让灵云寺众僧不遭殃，也就值了。不承想，我又多活了这么久。”

当日的情形，苏风暖记得清楚，尤其是与叶裳在东湖画舫中一模一样的穿骨钉成功地将注意力引到叶裳谋杀案上，避开了众人对事件本身的追探。

叶裳看着灵云，问：“陈芝苒后背上的那一幅九龙山脉图，是何人所文，是你吗？我记得她出生之后，你被安国公请去了。”灵云大师颔首：“的确是老衲所文。”

苏风暖道：“我怀疑是你，但没想到真是你。天下医术高绝，画工也高绝之人，十分少有。你算一个，云山真人算一个，我算一个，玉灵师叔算一个，我师兄算一个。连叶裳和许云初都算不上，他们医术不行，做不到。”苏风暖看着他问，“安国公为何要做这样的事？”

灵云叹了口气：“你们有所不知，安国公的先祖实乃前朝太子太傅。无论是安国公，还是景阳侯，祖训是复辟前朝。”

苏风暖讶然，看向叶裳。叶裳对她点点头：“不错。我昨日查安国公和景阳侯府卷宗，便查出了蛛丝马迹。”

苏风暖唏嘘：“前朝已经覆灭一百多年，他们未免太执着了。”

灵云道：“自古以来，都有这样的人，忠臣留给子孙的家训成为执念，百年不消弭。”

苏风暖道：“那为何不是其他人，偏偏是陈芝苒，尤其陈芝苒不是他的亲生女儿？据查，陈芝苒的娘与湘郡王有体肤瓜葛，湘郡王姓刘，是正儿八经的皇族贵裔，难道他也是前朝之人不成？”

灵云看着她道：“陈芝苒不是安国公的亲生女儿吗？”话落，他摇头，“湘郡王之事，老衲不知。”

苏风暖眯起眼睛：“老和尚，你常年挂在嘴边，什么‘出家人不打诳语’，我看出家人打起诳语来，比普通人更能糊弄人。”

灵云摇头道：“老衲如今既然与你们开口说了这件事，自是不会隐瞒分毫，老衲确实不知湘郡王之事。安国公邀请老衲为陈芝苒文此图，因他是前朝忠臣后嗣，灵云寺深藏前朝历代帝王灵位的秘密，老衲自是不敢不依。至于为何文在陈芝苒的身上，老衲却不知了。”

叶裳道：“安国公让你画这幅图，你可是分毫不差地依照他所言画了？”

灵云摇头：“老衲少画了灵云寺。”

叶裳道：“这就是了，你为何故意少文了灵云寺？你既然要藏着此事，自然不会刻意想暴露灵云寺。那么，定然是有什么比暴露灵云寺更严重的事藏在那幅图里吧？”

灵云叹了口气，道：“叶世子，你应该是一早就知道了灵云镇的秘密，知道了九龙奇景，所以，当你看到那幅图时，才能第一眼就看出少了灵云寺。若是别人没看过灵云镇乞巧灯会显出的奇景，是不会知道那幅残图就是灵云镇的，更不会知道灵云寺的秘密。老衲刻意去除灵云寺，就是为了掩藏帝王陵寝的秘密。”

叶裳道：“你这样说，也是说得过去的。可是，灵云大师，我认识你不是一两天了。”苏风暖接过话一笑：“老和尚，刚说了出家人不打诳语，你如今还想诓骗我们吗？”

灵云见二人都看着他，猛地端起一旁的药碗，喝了一口毒药。叶裳出手，打破了他的药碗。苏风暖蹙眉：“老和尚，你真是十分想死啊！你与我相交多年，难道不知道我能让死人说话？”

灵云道：“叶世子、苏姑娘，你们别逼老衲了，相交一场，便让老衲这样死了吧！”

苏风暖看着灵云，问：“是什么样天大的秘密，让你这般急于求死？被点破后，一刻也不想活，连为灵云寺的众僧求上一命都不求了。你准备好毒药，却没喝，不就是为了用你的死，求一个灵云寺众僧都活着的恩典吗？”

叶裳道：“无非是滑天下之大稽之事，从去年到今年多了去了，不差这一桩。”

灵云闭上眼睛：“老衲知道你二人仁善大义，心地宽厚，是不忍这么多性命葬于灵云寺的，便让老衲用一个人的血来救赎他们吧。”

苏风暖道：“老和尚，真不能说？”

灵云摇头：“不能说，不可说，便让我带去九泉好了。”话落，他又道，“苏小姐、叶世子，来生再见吧！”说完，他闭上眼睛，圆寂了。

苏风暖沉默，叶裳同样沉默。二人坐在原地没动，眼睁睁地看着灵云死了。他这一生，德高望重，多行善事，没想到就这样死了。他到死都不愿意说的，比前朝帝王陵寝埋在这里还大的秘密会是什么？

陈芝苒身上的九龙山脉图，除了灵云寺，定然还少了什么。难道事关当今皇室？若说能撑破天的秘密，一个是前朝皇室，另一个便是当今皇室。北周算不上，远在数千里之外，灵云不至于怕得死都不说。

二人静坐片刻，叶裳拂了拂衣袖，站起身，对苏风暖道："走吧，我们去藏经阁和十八仙景古壁画看看。"二人出了灵云的禅房。叶裳站在门外，吩咐千寒："将灵云大师这里先守好，事毕，将他厚葬。"千寒应了声"是"。

苏风暖回头瞅一眼，叹了口气："老和尚就这样死了，真是出乎我的意料。每年我入京看你，都要来灵云寺找他切磋一番，听他说道说道经文。我一直觉得，出家人跳出三界外，不在五行中，没想到他在这红尘中滚得更深。"

叶裳伸手握住苏风暖的手，对她道："死了也好，守着一个兴许能撑破天的秘密而死，他也算得上是获得真正的清静了，若是活着，才是真正的苦海无边。"苏风暖点点头。

二人来到藏经阁，藏经阁已经被御林军占领，看守藏经阁的僧人也都被收押看管起来。

藏经阁的门是厚重的玄铁门，有个大锁疙瘩。叶裳停住脚步，偏头看向苏风暖。苏风暖抬手拔下头上的一根发钗，将发钗带尖的一端塞进锁芯里，不见她怎样转动，便听"咔"的一声，锁疙瘩应声而开，她将发钗又插回头上。叶裳伸手推开门，当先进了藏经阁。

藏经阁藏书万卷，除了经书，还罗列了天下诸多藏书。二人沿着书架转了一圈，苏风暖在一个落满灰尘的角落里发现了一处机关。她按开机关，在墙壁上打开一扇门，里面是一个阁中阁，不过，罗列的都是前朝书籍，足有上千卷。

苏风暖在里面转了一圈，扶着书架对叶裳说："秘密莫不是就在这些前朝的书籍里？"叶裳道："不下千卷书籍，即便你我不眠不休，也要看上七八日的工夫。"苏风暖随意地翻了翻，说："在灵云寺住上几日好了，反正距离花灯节还有七八日。我们先去十八仙景古壁画，然后回来仔细研究研究这些书籍。"叶裳点头："好。"

观景台前依旧有僧人守着，如今都被御林军看押控制了。观景台有十八道天阶，用铁锁钉扣在两旁的山石上，要足蹬铁锁链，才能攀爬而上。

苏风暖问叶裳："你每年都来灵云寺后山拜祭，就没上过这观景台吗？"叶裳摇头："没兴趣。"苏风暖感慨，叶裳和她一样，对这等景观都没兴趣，所以这么多年，来往数次却未探究。

她扭头瞅了一眼林立的御林军，即便她恢复了武功，这么多双眼睛看着，也不能使啊。于是，她对叶裳道："你带我上去吧！以你的武功，带个人应该不成问题。”叶裳对她一笑，点了点头，揽住她的腰，轻轻提力，凌空而起，在离地三丈高处，拽住绳索，再微微提力，一个上翻，带着苏风暖上了高台。

观景台极大，设有八仙桌椅，靠山的石壁上以人工雕刻了一幅十八仙景的壁画，年代久远，但十八罗汉神色各异，栩栩如生，如真人坐在面前。石壁光滑，很难看出岁月留下的痕迹。

苏风暖对叶裳道：“当初灵云寺法会时，我只看十八仙景的画工神乎其技了。”叶裳看了一眼道：“数百年前，灵云寺开立山门的得道高僧德灵大师善画技，用大力金刚指刻画下的这幅壁画的确当得上神乎其技，鬼斧神工。”

苏风暖走到近前，沿着古壁画细细摸索，对叶裳道：“怪不得灵云老和尚不敢让我多看片刻，这等机关之术，虽然精绝巧妙，但确实瞒不过我。”话落，她道，“不过，这幅古壁画既然是开山立寺时德灵大师刻画的，什么人在这里做了这等巧妙的机关，并没有破坏画体本身呢。”

叶裳道：“一百三十多年前，应该是寺中住持与斩熠师祖合力设的机关吧！”苏风暖道：“斩熠师祖天赋奇高，师承凌祝，若是他确实能做到。”

苏风暖伸手按了那处隐藏得极为隐秘的机关，只听“啪”的一声，石壁中间裂出一道门，里面是一个背靠着山石的石室。入眼处，隔着一层黑色的帘幕。叶裳上前，伸手挑开帘幕，便看到石室内果然供奉着一排牌位，正是前朝历代帝王的灵牌。

叶裳负手而立，沉默地看着。苏风暖立在叶裳身边，也十分沉默。这里是望帝山斩熠师祖设立的，供奉在九龙山脉龙气充足的灵云寺。她师父是斩熠师祖和高祖之女英夙所生，流着一半前朝皇室的血，一半今朝皇室的血。怪不得师父游历天下，轻易不踏足京城。

据她所知，从太祖开朝之初，到当今圣上，百多年来，望帝山一直未曾断了与皇室的联系，皇室十分信任望帝山，否则，铁券符就不会传到望帝山了。

铁券符掌管天下兵马、南齐各州郡县，甚至皇城宫阙，只要持有铁券符，就能畅行调兵。如此权力，等同于皇上与持有铁券符的人同坐江山。

当年，太祖将铁券符赐给了随他一同打江山征战南北的亲兄弟肃亲王；后来，肃亲王临终前觉子孙无德，便将铁券符交还给了高祖；再后来，高祖在英夙公主怀着她师父时，将铁券符传给了公主肚子里的孩子，也就是她师父；高祖驾崩后，英夙公主生下她师父，太宗赐名“云凰”，铁券符便一直留在师父手中，直到三年前，师父临终前将铁券符传给了她。

她想着，若是师父想夺了刘家的皇位，夺回这南齐的江山，手中有铁券符，想必轻而易举。不过，他始终没这么做。她转头看叶裳，他依旧静静站着，沉默着。她轻声问：“今日我们查出此事，怎么办？”

叶裳闻言转头看她，抿了一下唇，道：“暂且压下此事吧！”

苏风暖叹了口气："皇上若是知道，怕是会气吐血，尤其事关望帝山。而我师承望帝山，手中还攥着铁券符，如今皇上信任我，更是给了我兵符。就算不迁怒我，怕是心中也无法不堵。"

叶裳道："如今灵云大师死了，他死也要守着的秘密，能捅破天的秘密，既然我们猜测事关当今皇室，在没水落石出前，这里还是不宜张扬。"

苏风暖点头："那先将这里继续封着吧。"叶裳颔首。二人又查看片刻，除了供奉的牌位，没有其他，便关闭机关，出了十八观景台。

叶昔等得不耐烦，找到了十八观景台，见二人虽然看起来面色如常，但眉心都蹙着。他上前小声问："可查出了什么？"叶裳看了他一眼，没说话。苏风暖道："灵云老和尚圆寂了，我们先在寺中住下吧。"叶昔一怔："他圆寂了？"苏风暖颔首。

连灵云都死了，必是出了极大的事情。叶昔点点头，不再问，对二人道："那寺中的那些和尚呢？如今都收押着呢。"

叶裳道："让御林军看押吧，除了各自的院落，不准随意走动，先困几日再说。"

因叶裳每年都要来灵云寺拜祭，后山有专门给他留着的院落，除了他，不接待外客。天色已晚，叶裳、苏风暖、叶昔，以及依旧昏睡的陈芝苒都住到了那处院落。

进了房中，苏风暖将灵云大师之死以及灵云寺藏着秘密之事与叶昔说了一遍。叶昔听后，惊异不已："望帝山的祖师爷可真是能耐啊，百年来，就这样将前朝历代的帝王牌位安置在这灵云寺，不只受着九龙山脉的龙气，还受着香火。"苏风暖也觉得斩熠师祖能耐得很，尤其他还娶了英夙公主。

叶昔道："安国公既然是前朝忠臣后裔，背后做着复辟前朝帝业之事，难道京中发生的诸多大案以及背后的阴谋都是因为前朝？可是，为何晋王和湘郡王也参与其中？难道他们二人不是刘氏子孙？"

苏风暖道："谁知道呢！"

叶裳道："明日，咱们三人开始查藏经阁里的前朝书籍，想必会查出些东西。"

叶昔感慨道："真没想到啊，我们自诩出世的望帝山，竟被挖出这么大的秘密。"

叶裳对苏风暖道："你再去看看陈芝苒后背，看看那日你画的那幅图是否疏漏了什么，或者有什么细微观察不实之处，她身上应该还有我们要的秘密。"苏风暖颔首："好，我再查一遍。"

叶昔道："若不是念在她是个小姑娘，我真想扒了她衣服瞧瞧她后背的奇景图。我真是不明白，安国公怎么会将那奇景图画在她的后背上？难道她也是前朝后裔？她若是湘郡王的女儿，湘郡王岂不真是前朝后裔了？"话落，他问，"湘郡王是哪个先太妃所生的？"

叶裳闻言道："湘郡王不是哪个先太妃所生，应该说，他的父亲是先柳华太妃所生。”

叶昔看着叶裳：“先柳华太妃？似乎是个宠冠六宫的美人。”叶裳笑了笑：“据说是这样。”

苏风暖道：“你与我们说说皇上、容安王、晋王、湘郡王。自古以来，皇室亲情寡薄。可是先皇故去，当今皇上当政这么多年，晋王、湘郡王活得好好的，我至今不明白，皇上怎么容他们的？”

叶裳道：“先皇有三个兄弟，一个是我祖父，一个是晋王，还有一个是湘郡王的父亲。我祖父是文德皇后嫡子，但因自小生了一场大病，手臂废了，身有残症，无法承袭皇位，便封了容安王。先皇因敏良妃在生下先皇之后就血崩死了，先太皇怜惜，将先皇养在文德皇后名下，与我祖父一起长大，先皇天资聪颖，皇位便传给了先皇。晋王是先惠嫔所生，湘郡王的父亲是先柳华嫔所生，因生母出身卑微，二人不争不抢，与先皇和祖父相处和睦，所以才容于先皇。

“到当今皇上登基，我父亲与皇上自小一起长大，自然而然承袭了容安王爵位，晋王多年来规规矩矩，未出异心和差池，自小待皇上也极好，所以一直安稳地待在京城。而湘郡王，先皇在位时，因东境常受天灾，需要人治理，便将湘郡王的父亲派去了东境，作为其封地，湘郡王父亲有卓越才能，将东境治理得很好。湘郡王自小在京城长大，待其父亲故去，皇上自然就将他派去东境，继承了郡王爵位。”

苏风暖颔首：“这样说来，也是世事必然。”

叶裳道：“从先皇到当今圣上，南齐几十年都十分平静，并没发生同室操戈之事，没想到晋王和湘郡王早有了异心，竟然勾结北周，通敌卖国。”

叶昔道：“若是这中间有什么血脉干系，做前朝复辟之事，勾结北周，谋朝篡国，倒也不意外了。”

叶裳道：“没有真凭实据，猜测无效，明日查查前朝古籍再说吧。”

三人话落，苏风暖拿了从陈芝苒后背临摹下来的那幅奇景图，去了安置陈芝苒的住处。陈芝苒被苏风暖点了睡穴后，一直昏睡未醒。苏风暖又将陈芝苒后背的图仔仔细细地观察了一遍，她临摹的这幅奇景图并没有任何疏漏之处。

她盯着陈芝苒后背，也觉得陈芝苒身上应该还有什么秘密，可是一时间她看不破。片刻后，她猛地一咬牙，将陈芝苒拿被子裹了，只露出后背，抱着陈芝苒去找叶裳和叶昔。

叶裳见苏风暖抱着裹成粽子的人进来，顿时皱眉：“怎么将她带来了？我不看，你带她回去。”苏风暖对他道：“你只当这是一头小猪好了，别当作是人。另外，她后背是图案，你想看她的肌肤也看不到。那一日，你带我观看灵云镇灯火的奇景，我当时十分惊异，虽有印象，但是不深，看来看去，也看不破她身上到底还有什么秘密。”

叶裳闻言道：“以你的聪明，看不出便是没有了，兴许是我怀疑错了。”

苏风暖摇头："不可能，我觉得灵云为此而死，不简单。安国公将九龙奇景图文在她身上，定然有原因。"

叶昔道："虽然看她后背不合礼数，但如今是非常时期，你不看我看。"

叶裳闻言对苏风暖道："好吧，你将她裹严实些，放下来吧。"

苏风暖自然是将人裹严实了："放心吧，除了后背，你们什么也看不到。"话落，她将人放在了床上。

叶裳和叶昔起身，来到床前。陈芝苒后背的九龙奇景图十分逼真，画工精妙，一张图，盖住了她整个背部的肌肤。叶裳和叶昔看了半晌，也没发现什么。

叶昔道："安国公府一门还有一个陈述，不知道他可知道她身上的秘密？"

叶裳摇头："定然是不知的，陈述自小便厌恶她，不与她亲近。"

叶昔道："看来从她身上再探寻不出什么了，还是明日查藏经阁的前朝古籍吧。"

苏风暖道："看来只能这样了。"话落，她就要将陈芝苒的后背用被子盖住，送回去。

叶裳看着苏风暖的动作，忽然灵光一闪，抬手阻止她："慢着。"

"嗯？"苏风暖挑眉，"你发现什么了吗？"

叶裳道："你说这幅图案下面会不会还隐藏着图案，被特殊手法盖住了？"

苏风暖顿时一怔。叶昔也道："不会吧？画工这么精妙的图案本就得之不易，若是盖住，怎么可……"

他话音未落，苏风暖忽然截住他的话，对叶裳说："也许你说的是对的。"她又将陈芝苒后背晾出，仔细地看着陈芝苒后背的文身手法，片刻后道，"我可以试试将她后背这幅奇景图洗去，但洗去之后，若我们的猜测是错误的，她后背可就什么都没了。"

叶裳道："没了就没了。"

苏风暖闻言道："那好，你们先看着她，我去配药。"二人点头。

苏风暖出了房门，找到灵云寺的药房，取了她需要的药物，便在药房里将药配出来，煎完带回了院落。

叶裳和叶昔等了她半个时辰。苏风暖端着药碗回来，对二人说："若是我猜得不错，灵云老和尚是以金针手法入药文身的，药物留在了她肌肤表层，药物遇热就会显现这幅图；她不发热的时候，后背就什么都没有。如今我用配制的药吸出她表层的药物，也会洗去这幅图，看看还留下什么。"

叶昔很兴奋，催促道："你动作快些。"

苏风暖将已经晾得温凉的药物倒在陈芝苒的后背上。一盏茶的工夫后，药物渗入皮肤，她便开始运功，热气从她手下冒出。

不多时，陈芝苒后背的肌肤渐渐露出肤色。叶裳见了蹙眉，将身子转了过去。叶昔却不在乎，站在一旁，仔细地看着。过了两盏茶的工夫，叶昔忽然惊呼一声："老天！"

苏风暖自然也看到了，手颤了颤，一双眸子满是震惊。叶裳背着身子问：“怎么了？”苏风暖和叶昔都没说话。叶裳有些急：“到底怎么了？”

叶昔情绪不稳，没好气地说：“你不会自己转过来看？这个时候做什么君子？”

叶裳慢慢转过身，当看清陈芝苒洗去那幅图案的后背上现出的字迹时，也惊了一下，一时没了话。

苏风暖将最后一处洗去，慢慢地放下手，看着陈芝苒的后背，又是震惊又是无言。三人一时沉默，房中的空气似乎都凝固了。

陈芝苒的后背上写的是：“云凰之女”。

云凰是苏风暖和叶昔的师父，他们二人在师父那里学艺十多年，可是丝毫不知师父什么时候有了女儿，而这个女儿，还养在安国公府。

苏风暖想着，陈芝苒七八岁，那么师父是在七八年前有的女儿，是和谁生的女儿？师父一生与鬼山派玉颜轻相爱不相亲，难道是假的？陈芝苒是他和玉颜轻的女儿，还是和苏风暖不知道的人生的？

算起来，她和叶昔虽然与师父常年在外游历，但每年也要分开一段时日的。她要入京找叶裳；叶昔要回江南叶家；而师父，自然也有他想去的地方。

半盏茶的工夫后，叶昔打破沉默，恼道：“师父怎么不与我们说？若是说了，他的女儿，我们焉能让她受苦？”

叶昔又恼道：“尤其她还被人下了恨春风之毒，幸亏你截住了她的心脉，否则她就变成毒人了。”苏风暖也颇为无奈。

陈芝苒中的确实是恨春风之毒，而且已经到了第二阶段末期，若是没看到她后背这幅九龙奇景图，她没有价值，苏风暖兴许是不会救她的。只要到了第三阶段，她就必死无疑。大罗金仙也救不了她。

她竟然是云凰之女，根本不是湘郡王之女，怪不得湘郡王在安国公府灭门后，放任她不管。安国公是前朝忠臣后裔，怪不得在她出生时，竟然不管自己长子的死活，怪不得安国公阖府被灭后，独独用太宗的丹书铁券保了她。

那么，她到底是不是安国公继夫人所生？若是，她师父何时跟那个女人有瓜葛了？

苏风暖看向叶裳，问：“安国公继夫人叫什么？是个什么样的人？你知道吗？”

叶裳道：“安国公继夫人出生于汾阳，自幼母亡，被她的姨母接去了东境。她的姨母是湘郡王父亲的侧妃，所以自小长在湘郡王府。八九年前，安国公前往东境，识得了她，经湘郡王牵线，她嫁入京城安国公府，成了继夫人，生下了陈芝苒。”

苏风暖道：“你查到她与湘郡王有体肤瓜葛，是真的？”

叶裳颔首：“她在湘郡王府时，与湘郡王暗通款曲，湘郡王府大多数人都知晓。本来湘郡王要纳她为侧妃，后来，恰逢安国公前往东境，她便做了安国公的继夫人。”

苏风暖道：“可惜，我回京这么久，连安国公继夫人长什么模样都未曾在意过，如今她已经死了。”

叶裳道：“我作一幅她的画，给你看看好了。”苏风暖点头。叶裳走到桌前，铺好宣纸，提笔作画。

叶昔道：“这样的女人，先是与湘郡王暗通款曲，后又嫁了安国公，我们师父能是这么没品位的人，竟然与她生了女儿吗？会不会陈芝苒的爹是假的，娘也是假的？”

苏风暖道：“这就要查了。师父已经死了，安国公和他的继夫人也死了，没办法滴血认亲。”

叶昔唏嘘：“师父是前朝后裔的身份，已经够让我们惊讶的了，如今竟然又跑出来个女儿。这世道还让不让人活了！”

苏风暖一笑：“她是师父的女儿，倒也好，师父已经归了尘土，在这世间，除了青玉山的几间茅草屋，没留下什么。如今他有血脉在这世上，让人稍感欣慰。”

叶昔叹了口气：“可惜，是这么个身份，有的头疼了。”苏风暖不置可否。

片刻后，叶裳画好了陈芝苒娘亲的画像，撂下笔。苏风暖走到近前，瞅了一眼，眉头轻轻蹙起，片刻后道：“在你父亲和国舅画的那幅岭山织造繁花似锦的图里，似乎有她。”

“嗯？”叶裳一怔。苏风暖道：“她似乎是在楚含母妃身后伴舞。”

叶裳蹙眉仔细一想，点头：“被你这样一说，我也有了印象，难道她也是出身岭山织造，根本就不是生活在东境？”

苏风暖道：“如今揪出了这么多事，四年前，岭山织造发生瘟疫，虽然表面上说是天灾，但怕也是人为。”叶裳目光沉暗地点了点头。

叶昔看了一眼床上依旧昏睡的陈芝苒，对苏风暖问：“她后背上的字，你还能为她洗掉吗？”苏风暖摇头：“这几个字文入骨里，不像那幅奇景图只覆在表层，洗不掉。”

叶昔道：“若是师父的身份有朝一日被发现，她的身份也是祸端。我们想保她，也难得很。”

苏风暖道：“既是师父的骨肉，再难也要保。”叶昔揉揉眉心：“也是，可是以她的身份，恐怕不能待在京中了，要找一处地方安置她。”

“望帝山掺和其中，灵云寺出现这等事情，天下哪里还有净土能安置她？”苏风暖道，“先让她在我身边吧！既然是师父的女儿，被人不声不响地下了‘恨春风’，她在别处，我也不太放心。”叶昔点点头。

叶裳道：“先将她送回去吧！今日天色晚了，明日再议。”苏风暖点头，抱着陈芝苒送回了房间。

苏风暖将她送到房间，为她穿戴好衣服，盖上被子，要离开时陈芝苒醒了，她迷茫地睁开眼睛：“这是哪里？”

苏风暖见她醒来，索性坐在床头，对她道：“这里是灵云寺。”

陈芝苒慢慢地坐起身，问："我们怎么会在灵云寺？"

"来探寻你身上的秘密。"

"探查出什么来了吗？我身上有什么秘密？"

苏风暖看着她，七八岁的小姑娘，自己像陈芝苒这么大时，已经想好要承担起守护叶裳的责任了。尤其是陈芝苒经历了安国公府被灭门，依旧活着，且中了"恨春风"后，还想继续活着，可见是担得住事情的。于是，苏风暖干脆地道："前朝的帝王陵寝就在这灵云寺，你后背的图，是指引的钥匙。"

陈芝苒猛地睁大了眼睛。苏风暖道："你的父亲安国公是前朝忠臣后裔，为了保你，当年你出生时不惜牺牲他的长子，在安国公府被抄家灭门时也只保你。"

陈芝苒惊异得瞳仁都大了一倍。"当今皇室，最忌言论前朝，如今你身上却画着前朝的秘密，安国公竟是前朝旧臣。安国公府被灭门时，皇上尚不知这些，一旦知道，哪怕有太宗的丹书铁券，也不会容你继续活下去。"陈芝苒面上露出惧色。

苏风暖道："你身上的'恨春风'十分难解，我暂时帮你压制住了，不会恶化。但若想解毒，只能以后慢慢来，而且在解的过程中，你怕是要受尽苦楚。也许一年，也许两年，也许更久。"顿了顿，她又道，"无论是皇上，还是你自己的身体，都难允许你活着。即便这样，你还想活着吗？"

陈芝苒咬唇："想。"

苏风暖看着她："想见你的二哥？"

陈芝苒眼眶发红，点了点头。苏风暖对她一笑，伸手摸摸她的头："好，你乖乖听话，我会让你见到你二哥的。"

看着苏风暖，她忽然觉得，刚刚苏风暖的声音十分柔和，面色带着温柔，手摸她的动作也轻柔无比。她呆呆地看着苏风暖，一时说不出话来。

苏风暖觉得陈芝苒是自己师父女儿之事，还是暂时瞒着她好了。否则，人一旦有了依靠，便容易软弱，如今这个小女孩这样刚强地活着，也没什么不好。苏风暖站起身，对陈芝苒道："你歇着吧，若是睡不着，便在房中拿一卷书看好了。"话落，苏风暖又道，"这里都是经文，也没什么好看的。"说完出了陈芝苒的房间。

陈芝苒坐在床上，看着苏风暖离开，她发现，无论何时，苏风暖都镇定自若，云淡风轻。

陈芝苒出生后便被宠着，要什么有什么，后来，安国公府被灭门，她顷刻变得无依无靠。许灵依将她接入国丈府，大多数时候，许灵依都沉着一张脸，心有痴念让许灵依整个人都带着一股阴沉之气。她有点儿怕许灵依，但也只能待在国丈府，因为无处可去。

如今她跟在苏风暖身边，发现苏风暖和许灵依是完全不一样的人。苏风暖无论做什么，都十分自在随意，姿态洒脱，哪怕说出来的话十分不中听，也让人很舒服，给她一种安定的感觉。

第二章
惊天秘密

苏风暖回到房间，将陈芝苒已经醒来以及跟她的对话同叶裳说了。

叶裳听罢，点点头，道："刚刚许云初来信，许灵依说陈芝苒自从入了国丈府，与她吃住一样，唯有一次，陈芝苒吃了她没吃的东西，是来自沈芝兰的一包糖炒栗子。就是你送孙泽玉出城那一日，她带着陈芝苒去了方华斋，遇到了沈芝兰。"

苏风暖道："看来沈芝兰真是有问题。"

叶裳道："跑不了的，许灵依说，她弄错了，不是刘文，是沈芝兰。那一身脂粉味，如我们猜测的，正是从青楼里带出来的。"

苏风暖道："沈芝兰隐藏得可真深，先别打草惊蛇吧。"

叶裳点头："许云初找二皇子从林客手里要了'阎王渡'，许灵依已经服下了，他手里如今拿着她服用'阎王渡'前写的东西，到时也算证词。"

第二日清早，苏风暖和叶裳早早起床，出了房门。听到动静，叶昔也起了身。陈芝苒昨日睡得不太踏实，醒得也极早。她推开房门，对苏风暖喊："苏小姐。"

苏风暖回头瞅她，见她扶着门站在门口："醒得这么早？"陈芝苒小声问："你们也都醒得这么早，要去哪里？我不想自己待在房里，你们能不能带上我。"

苏风暖对她点点头："我们要去藏经阁，你若是愿意去，便跟着我们走吧！"陈芝苒点点头，立即出了房门，跟上苏风暖。

叶昔瞅着陈芝苒，她小小年纪，看起来十分瘦弱娇小，打量半晌，也只是眉目与师父隐约相似罢了，行止做派，没有半分相似。

苏风暖对叶昔传音入密道："师兄，她自小长在安国公府，一个人受环境影响很大，何况她是女儿家，不像也正常。"

叶昔点头，觉得也是。他也传音入密道："你看她像安国公继夫人吗？"

苏风暖摇头："眼睛挺像。"

叶昔哀叹："若她真是师父和安国公继夫人所生的，可真是……师父眼拙了。"

苏风暖不置可否。叶昔忽然问："你见过鬼山派掌门玉颜轻吗？"

苏风暖想了想，道："多年前，远远地见过一面。"

叶昔道："我也只是远远地见过一面。"话落，他唏嘘道，"可是那一面，真是让人难忘啊。她虽然是鬼山派掌门，但十分有风华气韵，我当时就想，师父一个邋遢的臭老道，糟蹋了美人一片芳心，若是我，定然舍不得。"

苏风暖嘴角抽了抽，取笑他："原来师兄的春闺梦里人是玉颜轻啊，师父若是知道，怕是会从坟里爬出来挖掉你眼珠子。"

叶昔大乐："他若是能爬出来挖掉我眼珠子，还好了，可惜骨头都化成灰了。”话落，他道，“你说，师父那样的人，骨子里高傲着呢，怎么会让别的庸脂俗粉染指？会不会这里面还有什么名堂？”

苏风暖道：“也许。”

二人说着话，来到藏经阁，打开阁中阁的机关。叶裳、苏风暖、叶昔三人走进去，陈芝苒好奇地看了一眼，也跟了进去。

叶裳随手一指，对苏风暖和叶昔道：“我查第一排，暖儿查第二排，表兄查第三排。”话落，他对陈芝苒道：“你随便看吧，别打扰我们。”陈芝苒点了点头。

于是，叶裳、苏风暖、叶昔三人依照叶裳的安排翻阅起来。陈芝苒见三人拿起一卷书，随手翻几下，似乎只过目几眼，便又放回原处。她看了片刻，才晓得他们是在找东西。她不敢打扰，便去了最后排，找了一卷书来看。

叶昔翻阅了几卷之后，无聊地说：“真不明白这些破书有什么好收藏的。”

苏风暖附和：“的确是破书。”

叶裳道：“也许不是为了收藏，而是为了掩藏某卷书。”

叶昔点头：“这个说法有些道理。”他又惆怅地说，“估计要窝在这里几日。”

苏风暖道：“那也没办法。”叶昔认命地又拿起新的书开始翻阅。

一个时辰后，三人已经翻阅了百本书。陈芝苒看完一卷书，似乎有些累了，站起身，走到三人面前转了一圈，没敢打扰，便又走回去，沿着一排排书架随意地转着。转到一处，她仰头看着房顶，片刻，咬唇犹豫了一下，喊道：“苏小姐。”

苏风暖“嗯”了一声，扭头找她，没看到人，她在一排排书架后面。苏风暖问：“怎么了？”陈芝苒说：“我看到一卷书……”苏风暖闻言站起身，向她走去，在几排书架后面找到了她：“什么书？”

陈芝苒伸手一指棚顶：“你们要找什么书？你看，那上面似乎放着一卷书。”苏风暖闻言仰头去看，果然见房顶的横梁接缝处露出一片泛黄的边角，便喊：“叶裳、师兄，你们过来。”

叶裳和叶昔闻言站起身，来到二人面前，仰头看向房顶横梁处。叶裳足尖轻点，上了横梁，果然是一卷书，书面已经泛黄，十分老旧了。他落在地上，拍了拍书上面的灰土，打开来看。

苏风暖、叶昔凑上前与他一起看。只见，这是一卷无字白书。

叶裳蹙眉，递给苏风暖：“你看看，是真的无字白书，还是字被掩藏了？”

苏风暖拿在手里，翻了翻，又低头嗅了嗅，对叶裳道：“是用了特殊药物浸泡过书卷，可以掩藏字迹。”话落，她道，“兴许，我们找的秘密就在这里面。走，我们出去。”

叶昔道：“出去做什么？在这里你没办法让它显现字迹？”

苏风暖道：“这种药物，只要在阳光中放片刻，自然会显现字迹。”她拿着书卷往外走，叶裳、叶昔跟上她，陈芝苒也连忙好奇地跟了出去。

三人来到藏经阁外，苏风暖将书卷摊开，放在地面上。书卷在阳光下晒了片刻，果然渐渐地露出东西，是一册人物画卷，每幅画下面有小字注释。

第一个人物，苏风暖认识，正是望帝山斩熠师祖。下面小字注释："先秦九皇子凤栖，望帝山子弟号斩熠。"

第二个人物，是英夙公主。下面注释："斩熠之妻"。

第三个人物，是一个女子，眉目婉约，灵秀可人。不看注释的话，叶裳不认识，苏风暖也不认识，叶昔却认识，他"啊"了一声。

叶裳和苏风暖扭头看他。叶昔指着那幅女子的画道："这……这……她怎么……"叶昔鲜少如此震惊，二人看向下面小字注释："斩熠之妻叶嫣"。

姓叶？二人也都惊了，看向叶昔，齐齐问："她是叶家的谁？"叶昔无言片刻，道："祖父的姑姑，算起来，我叫太姑姑了吧。"

既然是叶家主的姑姑，那么，是正儿八经的叶家嫡女了。苏风暖忽然惊道："难道她是林客的娘？"

叶裳也看着叶昔。叶昔惊愕片刻，勉强定了定神，道："太姑姑在叶家是个不可说的人。据说，她年少时爱上一个人，并因此与原定的未婚夫毁了婚，叶家不同意，但她后来还是跟着那人走了，终此一生，再没回叶家。她在叶家，除了家谱里有个名字，只留下了一幅画像，跟这幅画像一模一样。"

苏风暖道："师父同父异母的兄弟既然是林客，这上面又写着'斩熠之妻'，那她真的是林客的娘？"叶昔挠了挠头道："这样说来，那就是了呗。"

苏风暖动手又翻了一页，是她的师父，确切地说，是师父少时的模样，十分清俊毓秀。她师父既继承了斩熠师祖的清俊，又继承了英夙公主的美貌。看到这幅画，她实在难以想象她师父将自己磋磨成了疯道人的过程。下面小字注释："斩熠与英夙之子云凰，望帝山弟子号青凰。"

叶昔道："这才是师父嘛，这样的他才配鬼山派玉颜轻死心塌地嘛。"

苏风暖无言地瞅了他一眼，又往下翻。第五页，是一个婴儿，瘦瘦小小，看起来刚出生没多久，眉目没长开。下面小字注释："斩熠与叶嫣之子厚泽"。叶昔道："这个人是林客吗？原来他还真是我太姑姑生的。"

苏风暖又往下翻。第六页画了一个女子，眉目柔美，姿态端庄，一身锦衣华服，是宫廷御用。苏风暖不认识，看小字注释，上面写着："先秦十五公主慕华，今先惠嫔"。"这不是晋王的母妃吗？"

叶裳颔首："不错。"

叶昔道："真没想到啊，原来晋王与前朝的关系在这里。"

苏风暖又往后翻，在第七页果然看到一个少年人的画，正是晋王。下面小字注释："慕华之子，今晋王"。

第八页也是一个女子，容貌姣好，柔中带着娇媚，也是一身锦衣华服。下面小字注释："凤兰"。苏风暖一怔，凤兰是凤阳镖局凤老爷子的妹妹。

叶昔催促："往后翻，她既然是凤阳镖局的人，怎么也放在这前朝有血缘的画卷里？"

苏风暖闻言往后翻，第九页画了一个少年，眉目温和，正是湘郡王。下面小字注释："晋王与凤兰之子刘铎"。苏风暖彻底惊了。

叶昔恍然大悟："原来凤阳镖局与湘郡王暗中有牵扯是这么回事。"

苏风暖继续翻，发现最后一页被人扯去了，还有撕扯的痕迹，后面没有了。

叶昔道："最后一页不知道写的是什么人，会不会是湘郡王的儿子或者女儿？"

叶裳道："说不准。"苏风暖无言："这一卷画册，真是令人震惊啊。"

陈芝苒在一旁小声说："我后背上的秘密与这些人有关吗？"叶裳转头看了她一眼，没说话。叶昔也看了她一眼，同样没说话。陈芝苒喊了一声："苏小姐？"

苏风暖转过身，合起书册，递给叶裳，伸手摸摸陈芝苒的脑袋说："以后别喊我苏小姐了，怪别扭的，我比你年长几岁，喊我苏姐姐吧。"陈芝苒咬唇："可以吗？"苏风暖道："可以。"陈芝苒点点头："苏姐姐。"

叶昔看着二人，对陈芝苒说："你喊她姐姐，我是他师兄，以后也喊我哥哥吧。"陈芝苒怯怯地看着叶昔，到底是没喊出口。叶昔弹了苏风暖脑袋一下说："还是师妹比我讨喜些，从小到大，男女老少，都买你的乖。"

苏风暖无言，瞪着他："你还有心思开玩笑呢。"叶昔顿时垮下脸："我也没想到啊，叶家的太姑奶奶，怎么嫁了祖师爷。"

苏风暖道："看来灵云寺藏着的东西就是这一卷画册了，不知道是什么人绘制的，还用了一堆前朝的书籍做障眼法。"

叶昔道："是啊，多亏了小妹妹，我们少忙几日，省眼睛了。"

叶裳道："走吧，回去吧，该用午膳了。"苏风暖点头，想着用过午膳后，此事要好好地商议一番该怎么办才好。

陈芝苒跟在苏风暖身后，走了一段路后，上前拽住她衣袖："苏姐姐，我与这些人有关系吗？"

苏风暖道："若我说有呢？"

陈芝苒咬着唇道："他们既然是前朝的余脉，我若是与他们有关系，那我是不是真的会死？"

苏风暖道："我既然截住了你的'恨春风'，不让它发作，便不会让你死的。"陈芝苒点点头，压下了紧张和不安。

回到院落，四人用过午膳，苏风暖安抚陈芝苒午睡后，便与叶裳、叶昔坐在一起商议对策。

如今灵云镇的两大秘密算是查清楚了，一个是前朝陵寝的牌位，另一个是前朝后裔的余脉。即使还有一页未看到，想必与灵云至死不说的秘密有关，暂且搁置不提，只说这两件事，也足够让人头疼的了。

尤其是这两个秘密牵扯了望帝山，牵扯了江南叶家，牵扯了凤阳镖局，还牵扯了先太皇那一代的妃嫔以及宗室的晋王、湘郡王……

牵扯了望帝山，就牵扯了苏风暖和叶昔，牵扯了铁券符，牵扯了帝师令。牵扯了江南叶家，就牵扯了叶裳和叶昔，牵扯了太祖赐给江南叶家的丹书令。牵扯了凤阳镖局，也就牵扯了龙颜令。太祖建朝之初，赐封的三个令牌——铁券符、龙颜令、丹书令，也就集齐了。

若是皇上知晓此事，怕是会气得吐血。吐血是小事，一病不起，甚至一命呜呼才是大事。如今南齐江山还没有择定继承人，就算有个二皇子，但伤了腿脚，难当大任，皇上绝不能出事，否则南齐的万千子民谁来管？

这种时候，乱不得。苏风暖对叶裳问："怎么办？还是压下此事？"

叶裳揉揉眉心："不压下能怎么办？"苏风暖无言，是啊，不压下能怎么办？要闹出去，岂不是会塌了天？

叶昔道："如今既然被我们查出来了，瞒着也不是办法，总要想个万全之策。"

叶裳沉思片刻，冷下面容道："先将前朝之事压下好了，就查晋王和湘郡王通敌卖国之罪，将他们办了再说。"

苏风暖道："晋王好办，他就在京中，御林军轻而易举就能将他收押。湘郡王就难办了，毕竟天高皇帝远，他如今在东境。"

叶裳道："收押晋王简单，但难免会打草惊蛇，在没办湘郡王之前，还不能动他。要办，也要同时办。"

叶昔道："九龙奇景图的事，你与皇上禀告了吧？如今两万名御林军来了灵云寺，回去总要有个交代，否则难以让皇上信服啊。"

叶裳抿唇，果断地道："今日我们便回京，所幸灵云已经死了，先将事情推到他身上。就说灵云老和尚在我们来时已经死了，彻查之后，发现他一直在为湘郡王做事，想必灵云镇的九龙奇景的造成与湘郡王脱不开干系，估计是谋朝祸国。皇上恼恨湘郡王已久，定会十分震怒，一时不会细究，只会迫不及待让暖儿送楚含离京，拿到湘郡王通敌卖国的证据，赶紧前往东境查办湘郡王。"

苏风暖道："只能这样了！"三人商议妥当，便准备回京，但回京之前，要安排好灵云寺诸事。

苏风暖、叶裳与灵云相交一场，甚至灵云还有千里奔波救了苏青的恩情在，二人自是不忍他草席裹身，便命人喊来被御林军看押着的寺中住持和几位长老。

寺中住持和几位长老早已经吓破了胆，如今见灵云已自杀而死，齐齐哀声恸哭。叶裳等几人哭够了，沉声道："灵云寺藏经阁藏匿许多前朝书籍，很多书籍是朝廷严令禁藏的。只凭这一点，灵云寺所有人都要被严加惩处。"众人齐齐骇然，住持的脸更是一下子惨白无比。

叶裳看了住持一眼，他既是灵云寺的住持，对于前朝之事，想必多少知道一些，沉声道：“灵云以死谢罪，将罪责担于一身。我回京后，会请求皇上法外开恩，赦免灵云寺众僧。”众人一喜，连声道：“多谢叶世子。”

叶裳道：“上天有好生之德，我也不忍看灵云寺成骨灰场。佛门之地，本是清静所在，为普度众生而行善事，此后，但望你等谨守本分。否则，谁也救不了你们。”

众人齐齐点头：“阿弥陀佛，善哉善哉，叶世子大恩，我等谨记。”叶裳冷声道：“大恩说不上，只是这世道，少死一个人是一个人吧！”

苏风暖问住持：“废太子呢？”住持连忙说：“在后山，有一座独立的院落。苏小姐若是想见废太子，老衲命人将他喊来。”苏风暖想了想，道：“不必了！稍后我自己去看看他吧。”住持点点头。

叶裳吩咐人准备启程回京。灵云寺住持和寺中长老连忙命人操持灵云安葬的法事。

苏风暖觉得既然要瞒着皇上，十八观景台的古壁画机关后的前朝历代帝王的牌位自然是不能留在灵云寺了，但若就地销毁，论情分，那些都是她师父的先祖，她做不到。于是，她与叶裳商议：“那些牌位怎么办？不能留在灵云寺，十八观景台古壁画虽然机关精妙，但要以防万一。”

叶裳道：“自然是不能留在这里，将那些牌位用红布包裹好，一起带出灵云寺吧。”苏风暖道：“可是安置在哪里呢？”叶裳抿唇。苏风暖道：“要不然，先安置在柳开的药铺？”

叶裳摇头：“我们来时，两万名御林军的动静太大，一旦出了灵云寺，指不定背后有多少眼线，不能去那家药铺。”

苏风暖头疼地道：“那怎么办？总不能带回京城吧？”叶裳蹙眉，沉思片刻：“带回京城好了，暂且安置在我府中。普天之下，如今也就你我在的容安王府安全些。”

想一想还真是这样，天下哪里还有净土？望帝山不是，灵云寺不是，还真就剩容安王府了。有他和她在，自然能守住这个秘密。她点头：“好吧，就先带回去吧！”

二人商议妥当，叶裳便带着千寒以及几名近身暗卫，上了十八观景台，收拾那些牌位。苏风暖则去了后山废太子的院落。

来到后山，在半山腰有一处独立的禅院，房门关着。门口站了两名御林军，见她来到，推开了房门。苏风暖迈步走进去，看到废太子穿着一身僧袍，手中拿了一串佛珠，正在念经。听到动静，他抬起眼皮，见是苏风暖，将手中转动的佛珠停下，看着她。

他虽然穿着僧袍，但未剃度，算是带发修行。她看了片刻，对他道：“灵云死了。”废太子眸子微微一缩，没说话。

苏风暖缓缓坐下身，对他道：“能让我给你把把脉吗？”废太子看着她，不动不语。苏风暖道：“你若一心出家，是要剃度为僧的。如今没有剃度，是想有朝一日还俗吗？”

废太子目光平静。苏风暖道：“我很想知道‘无伤花’到底有没有解药，‘阎王渡’到底有没有解药。这世间，多的是奇迹，很多时候，不可能之事往往很有可能。”废太子目光渐渐变深。

苏风暖道：“以前，我觉得灵云这个老和尚就是一个酒肉穿肠过的人，若他不出家，该是如我师父一样，嬉笑红尘，肆意游荡。他一个和尚，喜欢研习医术，喜欢斗棋，喜欢背着住持喝酒、吃鱼，一点儿和尚的样子也没有。谁说披了僧衣就是和尚，你若脱了僧袍，与我初见你时也没多大变化。”

废太子抿唇。苏风暖对他挑眉：“难道灵云寺的山水把人养成哑巴了？”

他终于开口，道：“你想给我诊脉？”苏风暖点头。

废太子问：“诊完脉之后呢？”

“弄清楚一些事情。”

“弄清楚一些事情之后呢？”

苏风暖一笑：“我从记事起，最在乎的人莫过于叶裳了，除了关于他，其他事情都好说。”

废太子忽然一笑，将手递给了她。苏风暖将手按在他手腕上，感觉到了他的脉搏强有力的跳动。她忽然用力一按，他体内一股强大的弹力猛地弹向她的手指，她的手指颤动了一下，但还是稳稳地压制住了他的气劲。

废太子讶异：“你根本就没失去武功？”

苏风暖对他道：“失去了，又找回来了。所以，我相信奇迹，不太相信眼睛看到的东西，也不太信手摸到的东西，哪怕是自己亲眼所见、亲手所摸。”

“苏小姐名扬天下，大败北周二皇子楚含，真不是虚传。”

“人人都道，太子中了‘无伤花’，已经身残。太子服用‘阎王渡’，没了记忆。太子没有皇室的血脉，已经成了废太子。废太子前往灵云寺出家，自此与京城无缘，青灯古佛伴一生。原来，所有人都错了。”

废太子面色平静，道：“也不是所有人，至少你找来了。”苏风暖缓缓地松开他的手，撤回了压制他的气劲，随意地说：“我就想，月贵妃那样厉害的女人，养一个孩子二十年，难道真是一个废物，任由她摆布，任由她作践糟蹋？以前我是真信的。毕竟她心狠手辣，无所不用其极。如今，查出了灵云寺有问题，灵云藏着秘密而死，我自然想到了你，也就不信了。”

废太子也缓缓收回手，看着她：“单凭一个灵云，你就怀疑了我，苏小姐委实聪明。太聪明的女子下场都不会太好。”

苏风暖笑了笑，道：“我只对叶裳的事聪明，对别的事情，糊涂的时候比聪明的时候多的多。”

废太子闻言道：“苏小姐对叶世子情深义重，倒让人羡慕得紧，叶世子好福气。”

苏风暖不置可否：“比起从小长在月贵妃身边，学了她的阴谋和肮脏的你，他的确有福气得多。至少，叶裳堂堂正正，清清白白。”

废太子顿时大笑起来。苏风暖看着他，她来时，也只是猜疑而已，如今猜疑得到了肯定，才觉得，若说灵云入戏深，那么废太子入戏更深。

他入戏太深，让所有人都以为是真的，连她曾经也以为是真的。尤其是她给他把过脉，且不止一次。可是如今的他身体很好，不只很好，而且武功高深，若非她的功力已经到了返璞归真的地步，他刚刚那一股气劲，急冲之下她是压制不住他的。

血脉通畅，无阻碍之处，可见无伤花的毒早就解了。识人清明，记忆无错，可见阎王渡的毒也早就解了。她从生下来起，鲜少敬佩什么人，如今真是不得不佩服他。“说说吧，我很好奇，好好的太子不做，为何要做这许多事？”

废太子平静地看着她：“看来，你是真的知道我做了哪些事。”

“猜得出。”苏风暖道，“你身上的武功与我同出一脉，习自望帝山。若我猜得不错，在我父亲归京途中，截杀他的人是你。你用了青九堂的灭杀式。我刚刚试探你的武功，发现你的武功比林之孝高很多，与林客齐平。我七师兄不是你的对手，险些被你毙于掌下，但七师兄和十一师兄联手的话，你怕不是对手，暴露身份，所以当初撤离了。”

废太子道：“猜得不错。”

“江湖上与我交好的那些前辈，也是你暗中下的手，将他们带往京城，交给林之孝，让他来威胁我。至于目的，有很多种，比如，林之孝如果将我如何了，那么便破坏了我与叶裳；若林之孝没将我如何，那么他便趁机公布身份。而你，趁机从废太子的位置上脱身，好做别的事情。”

废太子道：“没错。”

苏风暖又道：“机关秘道案是你一手谋划的，你利用沈芝兰和许灵依，想让叶裳死，也想让许云初与我死。即便不死，我们都被你算计成功的话，京城乱了，天下也就乱了。”

废太子看着她，目光晦暗不明：“我说过了，太聪明的女人，下场都不太好。”

苏风暖道：“我也说过了，除了对叶裳的事，对别的事情，我往往糊涂得很。比如这么长时间被你牵着走，我若是聪明，早就找到症结所在了。”

废太子又笑起来：“苏小姐，我有没有告诉过你，我初见你时便觉得你可爱得很？”

苏风暖看着他：“可爱得让你想杀了我吗？”

废太子摇头：“可爱得让我想毁了你。”

苏风暖也笑起来：“可惜，我没有武功那段时间，你没杀了我，错过了机会。如今我武功恢复了，你便不好杀我了，只有我杀人的份儿了。月贵妃死在我十招之内，难道你也要试试不成？”

废太子摇头："暂时不想试。"

苏风暖对他道："也就是说，你还不想死？"

废太子大笑："苏风暖，我说你可爱得很，没说错的。不错，我还不想死。"

苏风暖看着他："我不明白，以你的本事，做太子，若是不惹出这些事，既名正又言顺，为何非要制造灵云镇东湖画舫沉船谋杀案，引火烧身，烧到东宫自己身上？然后，借'无伤花'伤了自己，借'阎王渡'弃太子之位，如今栖身灵云寺，暗中做这些戏。做太子不好吗？将来做了皇上，便是九五之尊，群臣拜倒。"

废太子反问："苏风暖，做皇上在你这样不拘世俗的人看来也是很好的事情吗？"

苏风暖难得一愣。废太子讥笑道："我在皇宫生活了二十年，没看出当今皇上有什么好来，说得好听是仁厚，说得难听是懦弱无能。他这一生，先是被许家压制，外戚坐大，如今又被朝局形势以及阴谋弄得焦头烂额，实在窝囊得很。"

"即便如此，他也是皇上，别人见到他，也要三跪九叩。"顿了顿，她道，"心地仁厚，也没什么不好。懦弱无能，窝囊废物，他依旧支撑着偌大的南齐江山，且做了一辈子皇上。有他在一日，南齐子民就安稳一日；他若是死了，人心必慌。"

废太子收了讥笑，对她道："你倒是会替他说话，看来，他深得你心。"

苏风暖道："宅心仁厚的皇上，总比喜欢阴谋诡计、玩弄政权、玩弄百姓的皇帝好得多。"

废太子点点头，不置可否："若是人人都如你这样想，那么天下便太平了。"

苏风暖颔首："可惜，很多人不是我，才背后汲汲营营。所以，我很想知道，你连太子之位都不想要，皇位也不想要，背后做了这么多，图的是什么？"

废太子看着她："谁说我不想要皇位？我只是不想要当今的皇位而已。"话落，他站起身，拂了一下僧袍的袍袖，"不过，我是不会告诉你我图的是什么的。天下所有的谜题哪能都那么轻易地解开？"

苏风暖眯起眼睛："你的意思是，我今日白来一趟了？"话落，她也站起身，"我素来不太心慈手软，除了喜欢开诚布公，还喜欢逼供。"

废太子走到窗前，打开窗子，有些凉意的空气和阳光射进来。他道："你方才也说了，皇上若死，那么，京城必乱，天下必乱。"

苏风暖看着他："什么意思？"

"苏小姐是聪明人，若是我早想走，区区御林军，拦不住我。可是我为何没走，也没学灵云大师服毒自杀，你可以好好想想。"

苏风暖恍然大悟："你是拿皇上要挟我？"

废太子一笑，转过身，背对着阳光，看着她，平静地说："即便你如今恢复了武功，武功比我高，能杀了我，又如何？如果我今日死在你手里，那么不出一个时辰，皇帝必死。京城必乱，天下必乱，你喜欢看吗？"

苏风暖面色冷了下来，冷笑着看着他："你威胁我？你以为我会受你威胁？"

废太子转过身，又看向窗外：“你知道容安王和王妃的衣冠冢为何要放在灵云寺，享受香火供奉吗？”

苏风暖眯起眼睛，盯着他：“你说错了，不只容安王和王妃的衣冠冢，无数将士的英魂都在后山享受香火供奉。”

废太子呵呵一笑：“可是，若当年战死的不是容安王和王妃，而是你的父亲、母妃，他们必不会被安置在这灵云寺享受香火供奉。我这样说，你明白为什么吗？”

苏风暖道：“你想告诉我，容安王与前朝余脉有关？笑话！”

“的确是个笑话。”话落，他转头看着她，“苏小姐，你可要想好了，今日你过来找我、揭穿我、逼迫我，甚至要杀了我，对你，对叶世子来说不是什么好事。容安王护佑天下，可是，他护佑的是谁家的天下，你和叶世子护佑的又是谁家的天下，你还是想清楚了，再议是不是要受我威胁。”

苏风暖沉下脸，忽然对他出手：“我若是不愿想清楚，不受你威胁呢？”

废太子转手接了她的招，伸手挡住她的手，低声说：“灵云大师死也要守住的秘密，你就没想过是关于叶裳吗？这么多年，他为了解叶裳身上的热毒，可是煞费苦心啊。”

苏风暖盯着废太子，他即便说了这一番话，依旧目光平静。这样的人，让人猜不到他活着的意义，才让人觉得高深莫测。她盯着他，道：“即便灵云想方设法地解叶裳身上的热毒，你还是想要他的命。”

“不错，不只我想要他的命，很多人都想。”

苏风暖道：“皇上即便不被人杀，也不过还剩三两年的命。我今日若是杀了你，哪怕京城乱，天下乱，又能如何？总有人能止住乱。”

废太子扬眉：“谁？你和叶裳吗？”

“除了我们，还有别人。”

废太子讥笑：“乱朝局，可以用人心来控制；乱人心呢，拿什么来控制？你大败北周，让北周倒退十年。那么，我敢断言，若你杀了我，南齐将倒退二十年，你信不信？”

苏风暖道：“不信。”

废太子忽然撤回手，对她道：“若是不信，那你杀好了。能死在你的手里，倒也不辱没了我。”

苏风暖见他撤手，袖子一抖，一把袖剑便横在了他脖颈上。她随意地拿着袖剑，对他说：“那么，你死前还有什么话可说吗？”

废太子看着苏风暖，她随意地拿着袖剑，一双眸子半点笑意也无。他沉默片刻，慢慢地伸手入怀，当着她的面，从怀里取出一张泛黄的纸，轻轻一甩，便将折着的纸张展开：“我让你自己慢慢解密，你非逼我，那我就告诉你好了。”

苏风暖蹙眉一看，他拿出的是一张画，纸张泛黄，像早先他们在藏经阁找到的那卷画册一样的纸张，她目光微沉。废太子伸出胳膊，放在窗外，阳光轻轻洒在纸张上，须臾，便现出了图案。

画上的少年，锦裳华带，姿容出众，正是容安王少时。下面一行小字注释："叶荣，字子安，斩熠与英夙之双生子，云凰双生兄弟，出生之日，换于容安王府。"苏风暖惊异不已，一双眸子睁大，一时难以置信。

废太子怜悯地看着她："如今你知道了，这秘密，你觉得是说好，还是不说好？容安王是实打实的前朝后裔，你说，传扬出去，是不是滑天下之大稽？"

苏风暖抿起嘴角："一派胡言。"废太子抖抖纸张："你觉得，这张画能作假吗？若它是假的，那么你和叶裳所查的一切便都是假的了。"

苏风暖心中像有轰轰惊雷炸响，亏得她多年来练就了无论发生什么事情皆面不改色的习惯，才让自己快速地镇定下来，道："如今我倒想知道了，那你又是谁？林家主的窝囊样，可生不出你这样好的儿子来。"

废太子一笑，道："我自然是刘家的人，是皇上的儿子。"

苏风暖眯着眼睛："那林之孝呢？"

"他也是。这个世上，有的人从娘胎里便是手足相托，相依而生。母妃那一胎生了我们兄弟二人，根本不是什么与林家易子而养，而是有一个被暗中藏起来送去了林家而已。真正易子而养的人是容安王，我们不过是借来用用而已。那个位置我腻了，换他去宫里替我。"

苏风暖心中又惊了惊，看着他，片刻后，才道："既是刘家的人，如今是刘家的天下，该堂堂正正，可是你们背后做了无数肮脏之事，汲汲营营，步步算计。未必如你所说吧？"话落，她猛地用力，薄如蝉翼的袖剑顿时划破了他的脖颈。

废太子目光一紧，并没有动。苏风暖伸手拿过他手中的纸，看了一眼："你太高估自己的戏本子了，想必是多年来，做的诸多事情无人看破，觉得这天下没有人玩得过你，以为这般也能骗过我。"

废太子道："你不信？"

"我学医数载，你这个障眼法也不过是能蒙蔽我一时。这画是真的没错，但画上的人不是容安王吧，而是被你改成了他。"废太子眸光微缩。

苏风暖道："让我猜猜，灵云宁愿死都不愿意说出的秘密，大如天的秘密……"她顿了顿，看着废太子，"画上的人本来应该是当今皇上。"废太子眸光终于裂出一道缝隙。

"不声不响地夺位，不兴兵戈，才是最高的权谋。望帝山是天下谋术的鼻祖，通天地，谋乾坤，日月调换，黑白颠倒，也不是做不到。当今皇上才是易子而养的那个人。"

废太子目光彻底炸裂，一时间惊讶地看着苏风暖。苏风暖猛地撤回袖剑，在他的僧袍上不客气地擦擦鲜血，然后将袖剑收了起来，从怀中拿出一瓶药，打开瓶塞，撒在了那张纸上。

须臾，那张纸上容安王的画像渐渐地消失，果然如苏风暖所料，现出了一个人的面容来，正是当今皇上。

下面一行小字注释：“历时百年，终还先秦天下，子孙后继有福，望成千秋万载，还我秦姓国之久安。先祖愚顽，吏治不兴，废而不怠，使刘姓窃国，盗而不昌，守而不荣。但臣民无过，故，不愿生灵涂炭，以此复国，百年还政，足慰先秦列祖。”苏风暖看完，一时沉默。

太祖建朝时，斩熠师祖也不过是孩童年纪，面对国破家亡，无力回天，所以，只能让他的师父凌祝改了前朝龙脉。高祖继位后，他也渐渐长大，不知用什么法子，娶了高祖的女儿英夙，生了云凰。云凰出生时，高祖已崩，太宗登基。据说斩熠师祖在太宗登基后，便带着英夙公主隐世，原来是又娶了叶家的女儿叶嫣，生了林客。后来，想必发生了什么事，林客出生后便被望帝山所弃。

她想，如今被望帝山所弃的林客不是真正的林客。真正的林客，应该是身处宫里的九五之尊，当今皇上。

她从怀中拿出那一卷画册，打开婴儿那一页，对比一番，果然依稀是当今皇上的眉目和影子。当今皇上原来是斩熠师祖与叶嫣之子。

她不知道当今皇上是怎样被易子而养的，皇上是太后亲生，可是太后眼里只有许家和权力，多年来与皇上不亲，是否皇上当年在出生时，就在先皇和许家的眼皮底下被换了？

她沉默着，觉得这才是真正的滑天下之大稽。当今皇上，前朝后裔，坐着刘家的天下，何其讽刺。

废太子在苏风暖撤回袖剑时，便拿了绢帕捂住脖颈，一言不发地看着苏风暖，神色沉涌。

苏风暖沉默许久，收起了画，看着废太子道：“你们要杀叶裳，也是因为如今唯叶裳一人是真正有出息的刘姓子孙了吧？他这么多年，一直在查当年的容安王和王妃战死沙场一案，你们怕查出这诸多事情，他兴兵而起，一呼百应，夺了江山。所以，必要杀他以绝后患。可惜，你们没能杀了他，更可惜，皇上也不知自己的身世。”

废太子道：“如今你既然知晓，为什么不杀了我？”

苏风暖道：“杀你容易，可是，我若就这样杀了你，岂不是便宜你了？”话落，她转身，对他道，“你好自为之吧！但愿，你脱了这僧袍后还能活得久一点儿。”说完，她出了房门，离开了这座禅院。

废太子捂着脖颈，站在窗前，看着她一步步走出，春风吹到她的身上，衣裙轻扬。他扯动嘴角，似嘲似讽地低声道：“叶裳，十三年前上天夺去了你的所有，却给了你一个至宝。若是早知今日，十三年前，他们可会让容安王死，让你身无依靠，受她眷顾，如今成了最有福气的人。”

苏风暖出了废太子的院子后，心中一直压着一股气。她猛地抽出自己随身带着的佩剑，扬手甩出。不远处一棵大树轰然倒地，将地面的青石砖砸出了一个大坑。

守卫在外的御林军不知道发生了什么事，齐齐惊骇地看着那棵几个人环抱才抱得过来的大树倒在地上。

苏风暖一时忘了这里有这么多御林军，于是，她清醒过来后，在众人没回过神来时，手腕扬起，将那柄宝剑吸回了自己的袖中。众人只觉得眼前一道光闪过，无声无息。

她将宝剑吸入剑鞘后，伸手抚住额头，惊道：“好厉害的惊雷，将大树都劈倒了，若是劈到人身上，估计得粉身碎骨了。”

众人面上齐齐一白，有人仰头向天空看了一眼，天气晴朗，爹着胆子说：“苏小姐，这……怎么会有霹雷？”苏风暖面不改色道：“今日灵云寺众僧为灵云大师超度，大概是天降霹雷，洗他红尘根骨，送他归西吧。”众人顿时信了。

苏风暖吩咐：“将这棵树抬进废太子的院落吧！他是灵云大师代师收容的弟子，想必也要对着这棵树诵经一番，以慰本心。”众人齐齐应“是”。苏风暖抬步离开，去寻叶裳了。

她离开后，众人依照她的吩咐，合力将那棵大树移到了废太子的院子里。

废太子看到那棵被凌厉的剑锋从根部齐齐削断的大树，脸色十分难看。心中清楚，苏风暖在告诉他，她今日虽不杀他，但坏事做多了，小心真的被雷劈死。

叶裳带着千寒和几名暗卫将十八观景台内的先秦历代帝王牌位用红布包裹，装上了车。收拾妥当后，他还不见苏风暖回来，便前往废太子居住的后山院落去找。走到半途，见苏风暖从远处走来，她的脚步不再是以往的轻快随意，而是颇有几分沉重。他停住脚步，等着她走近。

苏风暖低着头，即便砍了一棵百年的大树，心里也还是郁气难出。她师承望帝山，对望帝山有很深的感情，没想到斩熠师祖做了这样一桩事，重夺了先秦天下。若是传扬出去，天下势必大乱。

一直走到叶裳身边，她才发现他，抬起头，便看到他对她浅浅微笑，伸手摸摸她的头，笑着问：“出了什么大事，让你露出这副魂不守舍的样子。”

苏风暖看着他扬起的笑脸，俊颜清俊无双，伸手抱住他，脸贴在他怀里，轻轻一叹：“还真是出了一件大事，我不知道该不该此时告诉你。”

叶裳扬眉：“关于我的？”

苏风暖点头：“算是吧。”

叶裳笑道：“从小到大，但凡是关于我的事情，你都会牵动情绪，失去理智。对你来说是大事，对我来说却是小事一桩。说吧，若是关于我，我比你理智。”

苏风暖退出他怀里，四下看了一眼，周遭无人，便将见废太子之事与他说了。她拿出那张画，递给叶裳。叶裳接过，听罢、看罢，神情一时间变幻莫测，沉浮涌动。

苏风暖道："他威胁我，若是我杀了他，皇上必崩，天下势必大乱。我虽然不惧他威胁，但想着南齐和北周刚刚议和，国政民生还都未恢复，这时候若是皇上出事，南齐必乱，苦的是千万黎民百姓。"

叶裳沉默。苏风暖看着他，想着叶裳是真真正正的刘家子孙。他无父无母后，皇上便一直厚爱他。如今，皇上反而是先秦皇室后裔，坐着刘家的天下，滑天下之大稽，这样的事情，让他该如何？她又上前一步，伸手抱住叶裳的腰，低声说："别怕，万事有我。"

她这一句话似乎成功地逗笑了叶裳，他伸手敲敲她的头："谁怕了？"

苏风暖扬起头，看着他："不怕？"

"不怕！有什么可怕的！星移斗转，历史变迁，时间的长河里，什么事情都会发生。无论这个天下是姓刘的人坐，还是姓秦的人坐，百姓长安，没有生灵涂炭，民不聊生，便是好的。"

苏风暖听叶裳这样一说，心下顿时轻松许多，也露出了几分笑意："果然是我的叶裳，也只有你的心胸，才能容济天下，怪不得他们想方设法杀你。我在想，废太子弄出这许多阴暗之事，应该是怕有朝一日，他坐在那把椅子上不能安然地享受尊崇。不知道哪一天，这等哗然天下的大事曝光于世，会被千万人口诛笔伐，被无数人唾弃。"

叶裳哼笑："也许吧，否则他不至于非要我死。"

苏风暖道："我不明白晋王，他的母亲虽然是前朝公主，但他的父亲是刘家的皇帝，身体里流着刘家的血。而湘郡王，他是晋王和凤兰之子，与前朝并无干系才是。他们为何也要图谋祸国？"

叶裳想了想道："晋王的母亲是前朝公主，此事若是传扬出去，他自然也无法再坐晋王的位置，必受牵连。而凤兰是先皇的妃嫔，他与凤兰勾搭成奸生子，本就做了对先皇大逆不道之事，生了湘郡王，又暗中送去湘郡王府。这等事情，又如何敢被人戳穿？他自然是怕的。"

苏风暖恍然大悟："原来是这样。这样说来，无论是晋王、湘郡王、废太子，还是安国公、景阳侯，他们背后都有着不可告人之事。虽然这些不可告人之事不尽相同，但想杀你之心是一样的，目的一致，便是同盟了。"

叶裳颔首："在他们看来，我若是死了，就天下太平了。"

苏风暖叹了口气："这些年，我不在京城的日子里，你颇得皇上厚爱，可是如今，我们查出皇上是前朝后裔，这你打算怎么办？"

叶裳摇头："我不知道。"见她眉目笼上愁容，他不在意地一笑，"即便不知道该怎么办也没什么，走一步看一步好了，总会找到办法。"

苏风暖点头，又伸手抱抱他，柔声说：“既然如此，我们立即启程回京吧，回京后再说。”叶裳点点头。

第三章
江山传承

二人商议妥当，吩咐下去，御林军听令撤出灵云寺，启程回京。

叶裳如来时一般，依旧骑马，叶昔与苏风暖和陈芝苒挤在车里。苏风暖懒洋洋地靠着车壁，叶昔瞅了半晌，问她：“你去废太子处，发生了什么事？”

苏风暖瞥了叶昔一眼，又看了一眼在她身旁乖巧地坐着的陈芝苒，摇头：“没什么事，就是瞧瞧他。对于灵云自杀之事，他十分心痛，在为其诵经超度。”叶昔看了陈芝苒一眼，点了点头，不再多问。

马车前行，来到灵云镇。灵云镇的一众官员对于灵云寺发生了什么事并不知情，他们探不到任何消息，只能在城外守着叶裳下山经过。

官员们对叶裳请安见礼。叶裳骑在马上，沉声道：“灵云镇是距离京城最近的重镇，尔等好好守着吧！”话落，他又道，“灵云寺是佛门清静之地，不得打扰。”众人见他总算给面子开口理会他们了，连忙诚惶诚恐地垂首应“是”。

叶裳不再逗留，带着两万名御林军离开灵云镇，向京城而去。一路畅通无阻，一个时辰后，他们回到了京城。在城门口，叶裳对苏风暖道：“我进宫回禀就好，你也累了，回府去歇着吧。”

苏风暖挑开帘幕，看着他：“我不累，可以陪着你。”叶裳摇头：“你回去歇着。”

苏风暖见他如往日一样，好像在灵云寺查出的几桩惊天大案在他心里没有落下痕迹，风轻云淡，便点点头：“好，那你早些回府。”叶裳点头，带着御林军去了皇宫。

千寒赶着马车，向容安王府而去。马车刚走不远，一名小伙计拦住了去路，手里拿着一封信函，对着马车道：“车里坐的人可是苏小姐？小的是红粉楼的人，奉命给姑娘送一封信。”

千寒闻言看了他一眼，伸手接过，递进车内。苏风暖挑开帘幕，伸手接了信函，打开看罢，眉头蹙了蹙，道：“你回去回话，就说我知道了。”那小伙计点头，让开了路。

苏风暖放下马车帘幕，叶昔问：“怎么了？”

“沈芝兰失踪了。”

叶昔“哦”了一声：“什么时候失踪的？”

苏风暖将信函递给他，让他自己看。叶昔接过信函，只见是红粉楼老鸨的亲笔，写着："今日辰时，发现沈芝兰失踪了，不明去向。她房中的一应所用之物都在，唯独人不见了。"

叶昔看罢道："外人跑进红粉楼带走她的可能性不大，最有可能的就是她自己走了。"

苏风暖颔首："跑了最好，总有去处。她若是不跑，也拿不到她确凿的证据。"

马车回到容安王府，苏风暖下了马车，拍拍陈芝苒的头，对她道："去休息吧。"陈芝苒乖觉地点点头，去了早先管家给她安排的住处。

叶昔跟着苏风暖去正院，进了画堂，迫不及待地问她发生了什么事，苏风暖便将废太子之事与他说了。叶昔睁大眼睛，半晌才骂了一声粗口道："娘的，真是看走眼了，没想到这条鱼藏得这么深。"

苏风暖道："的确看走眼了。"

叶昔坐下身："没想到当今皇上是斩熠师祖与叶嫣太姑姑之子，将当朝九五之尊易子而养，这可真是天大的笑话啊。那如今的林客，难道是太后之子，是真正的刘家人？"

"应该是吧。"

"难道师父死前知道了此事？师父看起来不羁世俗，骨子里其实是个刚正不阿之人，十分君子。他若是知道这样的事情，定然要想办法还政南齐，所以，也许是有人知道他想做这样的事，为了阻止他，才杀了他。"

苏风暖颔首。叶昔又道："斩熠师祖用百年夺政，也许是有人不希望师父破坏斩熠师祖的心血，加之他娘是英夙公主，身上流着一半刘家的血，所以不惜杀了他。"

苏风暖点头："师兄分析得有道理。"

"你今日就这样放过废太子，暴露了武功，怕是会后患无穷。"

苏风暖道："我思忖一番，还是没杀他，也是想看看，他、晋王、湘郡王这么多年，挖的深井有多深。杀他一个容易，但若是乱了朝纲，后果不堪设想。"

"你考虑得也颇有道理，尤其当今皇上是前朝后裔的身份，实在是……不能轻易决断啊。"叶昔站起身，对苏风暖道，"我这便去找爷爷，问问他关于太姑姑的事。"苏风暖点头。

叶昔离开后，苏风暖一时无所事事，便拿出嫁衣，一边等着叶裳，一边绣了起来。

掌灯时分，叶裳回到了容安王府。他推开外间画堂的门，来到里屋门口，挑开珠帘，便看到苏风暖在灯下若有所思的模样。在罩灯的映照下，她面前铺着大红色嫁衣的布料，手里拿着针线，看起来温柔婉约，眉目如画。

他一时心下触动，想着多年来，他所求的不过就是这样，她在他身边，住在他的屋子里，就这样等着他，是他最亲最近的人，是他一生相守的妻子。他回来，屋中不是冷冷清清的，而是有一盏灯火为他而燃。

他甩开珠帘，快走几步，来到她面前，伸手隔着嫁衣的锦绣绸布，将她抱在了怀里。苏风暖低呼一声，连忙说：“小心针扎了你的手。”叶裳低头吻她，不理会什么针，颇有些不管不顾。苏风暖无奈，丢开手里的嫁衣布料，丢开针线，顺从地抱住了他。

叶裳深深浅浅地吻了她片刻，犹不解意，便伸手将她拦腰抱起，向床上走去，三两步便将她放在床上，身子覆在她的身上，玉指灵巧地解开了她的衣衫。

苏风暖感觉到他身上的气息有微微的冷意，指腹覆在她的身上，带着丝丝清凉，可是他已经熟悉她身体的每一寸肌肤，所以，凉意不过顷刻便被他引为浓浓火热。帷幔落下，遮挡了一室春情。

这世上最幸福的事，莫过于相爱的人身体康泰，与之两心如一，长相厮守，不离不弃。

苏风暖晕晕乎乎睡过去前，伸出绵软的拳头捶叶裳，语气低低娇软地控诉：“坏人。”

叶裳看着她如被他扒了一层皮一样懒娇娇、困浓浓的模样轻笑，轻轻拍拍她的脸，笑着哄道：“好，我是坏人，快睡吧，不闹你了。”

苏风暖窝在他怀里，睡了过去。叶裳并无困意，瞧着怀里的人儿，越瞧越爱，爱到了骨子里，似乎怎么要她都不够。他想起今日进宫面见皇上禀告灵云寺之事后，皇上对他说的那句话。

他说：“叶裳啊，容安王府的封号你知道是怎么来的吗？朕告诉你，是容能安天下。你心里装满一个女人，哪里还有天下万民的地方？苏丫头是不错，可是难道你就不想想，美人总有迟暮的那一日？难道你的一生只为一个女人而活？”

他的一生的确因她而活，为她而活也无不可。就这样与她两两相对，两心相依，两情相悦，他便不枉此生了。

第二日，苏风暖醒来，见叶裳依旧睡在她身边，没有如往常一样先起来去处理事情。她慢慢抬起头，看了一眼天色，阳光透过窗前的帘幕射进来，显然已经到了晌午。她收回视线，便见叶裳已经睁开了眼睛。她立即问：“睡到现在，你不必上早朝吗？”

叶裳道：“皇上说机关秘道案一日不了结，我可以不必去早朝。况且这么久了，让你每次醒来都见不到我，也是不对，今日便陪你睡到自然醒。”话落，他刮她鼻子，“你可真能睡。”

苏风暖看了他一眼：“怪我能睡？还不是因为你不依不饶累我。”叶裳轻笑：“好，是我的错。”苏风暖见他认错态度良好，便也笑了。须臾，她收了笑意，对他道：“昨日红粉楼传出消息，说沈芝兰不见了。外人闯进红粉楼带走她不太可能，应该是她得到什么风声自己走了，或者是去做什么事情了。”

叶裳不以为然地道：“走了更好，她若是乖巧地待在红粉楼，怎么能牵出外线？”

“我也是这样想的。”话落，她对他道，“还有几日是花灯节吧，我们还按照计划进行？”

叶裳道：“你在废太子面前已经暴露了武功，花灯节怕是没指望了，沈芝兰也许是因为他传信才离开的。”

苏风暖抿唇：“沈芝兰是机关秘道案的重要线索，如今她走了，线索便又断了。而废太子，我虽然破除了他的面具，但是没抓住他的把柄。”

叶裳道：“找到了废太子便不是白费功夫。昨日，我已经禀告皇上，废太子的‘无伤花’和‘阎王渡’已经解了，他其实是皇上和月贵妃之子，请奏皇上将他接回皇宫。”

苏风暖眨了眨眼睛，忽然大笑起来，对叶裳竖起大拇指道：“你这一招高明！他摆脱太子身份，暗中汲汲营营，就是为了不引人注目，如今你非要将他拉回来。”

叶裳道：“他既然是皇上的亲生儿子，如今又解了‘无伤花’和‘阎王渡’，自然不能再留在灵云寺。皇上正好缺儿子，如今大皇子回来，与二皇子一起，皇上一下子得了两个儿子，南齐江山有望了。”

苏风暖又大笑，叶裳也跟着笑道：“回到宫中，是皇上的儿子，也就是刘家的人。他演了这么多的戏，不妨继续演下去。”

苏风暖几乎笑出眼泪：“我拿他没办法，原来这才是最好的办法。”话落，她伸手抱住他，“我的叶裳就是聪明，是这世上最最聪明的人。”

叶裳对于主动扑进自己怀里的人儿自然不拒，将她连人带被子抱在怀里，笑着低声说：“你再不起床，我便解了刚穿好的衣服陪你继续躺着了。”

苏风暖脸上的笑顿时收了回去，一双水眸瞪着他，伸手推他：“快去给我做饭，饿死了。”

叶裳低笑，放开了她，答应道：“好。”说完，便出了里屋。

苏风暖收拾妥当，出了外间后，也去了小厨房。

小厨房里，叶裳正在做羹汤。叶裳回头瞅了一眼，见她笑吟吟地倚着门框看着他，一双水眸满是浓情蜜意。他心神一荡，笑着说：“进来帮我。”

苏风暖快步走到他身边，伸手从后背抱住了他的腰，软柔地说：“我只会帮你烧火。”

叶裳低笑：“会做这个就算是帮大忙了。”

苏风暖将脑袋放在他后背上，蹭了片刻，便放开他，转身去架柴烧火了。

点燃了灶火，她对叶裳说：“沈芝兰走了，看来不必等花灯节了，我要尽快启程前往望帝山，顺便送楚含回北周。”

叶裳点点头，道：“我也是这个意思，明日我们便启程吧。”

苏风暖看着他：“你真要与我一起离京？我觉得，你留在京城比较好。如今查出了这么多事，我们一走，万一京城乱起来鞭长莫及。”

叶裳回转身，看着她蹙眉：“你又要丢下我？燕北出事你就丢下了我，如今去望帝山，然后转道去东境，还要丢下我？”

“我们两个都离京，万一京中发生大事，那该怎么办？”

叶裳道：“皇上已经命人去接废太子了，他一旦回京，朝局虽然会有些动荡，但凭他的本事自然能稳住。至于晋王、湘郡王，既然他们一直以来都狼狈为奸，那么，如今若是殊途，让他们内斗好了。”

苏风暖眨眨眼睛：“所以，你是想借此机会，让他们为了那把椅子内斗？”

“湘郡王招兵买马，联合北周，断然不是为了帮废太子那么简单，恐怕是想自立为王。如今废太子回朝，消息传出去，你觉得远在东境的湘郡王会怎么想？”

苏风暖笑着点头：“确实。”叶裳道：“所以，京城乱不了，你安心就是。”苏风暖瞅着他：“可是……”

叶裳见她还有异议，不满地板起脸：“没有什么可是，总之，我不想与你分开，一日也不想。今日，我会去找许云初，将京城诸事布置好，明日启程。”

苏风暖拿他没办法，更何况出于私心也不想与他分开，便点头道：“好吧，听你的。”叶裳见她同意了，弯起嘴角，又愉悦了起来。

苏风暖想到陈芝苒，又道：“将陈芝苒也带上吧。”

叶裳没意见：“她不是想见陈述吗？带上吧。”

苏风暖想了想道：“关于她是我师父的女儿之事，十有八九是真的，我打算派人给鬼山派的玉颜轻传一封信询问此事。师父不是朝秦暮楚之人，若他有女儿，定然是与玉颜轻生的。”

叶裳思忖片刻，点头：“问问也好。”

苏风暖道：“带上瑟瑟，出京后让她去一趟鬼山派。”叶裳颔首，并无异议。

二人商议妥当，用过早膳，叶裳去寻许云初，苏风暖回了苏府。她和叶裳这一次离京，少则两个月，多则几个月，怕是要赶在大婚前夕回来，自然要对她爹娘交代一番。

出了容安王府后，途经荣华街，苏风暖遇到了一支御林军护着一辆马车迎面而来。千寒看了一眼，压低声音说：“姑娘，应该是废太子回京了。”

苏风暖闻言扬眉，伸手挑开帘幕，向前方看了一眼，见是御林军首领与皇上的近身小太监小泉子骑着高头大马走在前方。她笑着说：“退到一旁，让他们过去。”千寒应了声“是”，将马车赶到一旁让开路。

队伍来到近前，御林军首领和小泉子看到苏风暖的马车等在一旁，连忙下马，齐齐对苏风暖拱手：“苏小姐！”

苏风暖对二人微笑：“两位这是做什么差事去了？”

小泉子连忙说：“皇上听闻大皇子身上的‘无伤花’和‘阎王渡’均解了，大为高兴，命奴才和赵统领前往灵云寺接回大皇子。”

苏风暖闻言笑道：“这是好事，可喜可贺。”

小泉子连连点头。这时，车厢内帘幕挑开，露出废太子，也就是大皇子的脸。他目光平静地看了苏风暖一眼，淡淡道："苏小姐有礼了！我们又见面了！"

苏风暖笑着说："大皇子如今身体康泰，回了京城，以后我们见面的时候多的是。"

大皇子道："我能回京，多亏了苏小姐，今晚我备宴，请苏小姐光临寒舍，作为答谢，苏小姐一定要赏光。"

苏风暖笑着说："大皇子回京，如此可喜可贺之事，想必朝廷上下都十分惊喜，今晚就留给大皇子和皇上欢聚吧！大皇子若是想请我，不妨等我从望帝山回来再请。"

大皇子看着他："哦，苏小姐要前往望帝山？"

苏风暖点头："我身体差得很，想去望帝山找寻根治身体病症的办法。"

大皇子闻言目光深深："依我看，苏小姐的身体好得很。"

苏风暖笑着说："看起来确实还不错，可是我与叶裳还有几个月就要大婚了，生儿育女是大事，总要好好地瞧瞧身子。容安王府只剩叶裳这根独苗了，我不想百年之后无颜面对九泉下的王爷、王妃。"

大皇子闻言笑道："确实是这个道理，堂弟支撑偌大的容安王府，实属不易。不过，苏小姐大度些，让容安王府多进几个女人，这等事情便好说了。"

苏风暖笑着说："可惜叶裳心里、眼里只我一人，否则我也不必觉得身上的担子重了。"话落，她反击道，"大皇子也到了年纪，可是还未纳妃，如今你身体好了，想必皇上也该着急抱孙子了。皇室不同于宗室，对子嗣之事更为看重。大皇子如今回京了，正妃、侧妃、良娣、妾室，多多益善。"

"可惜，多少女子也不及苏小姐一人。堂弟真是好福气。"

苏风暖大笑起来："大皇子过奖了，你的意思是多少女子也不及我一个能闹腾吧？"

大皇子见她丝毫不顾及女子端庄贤淑的形象，也笑了笑："南齐只一个苏风暖，若是再多一个，也是好事。"

苏风暖不置可否，对他道："皇上想必急着见大皇子，我就不耽搁大皇子了，请！"

大皇子点点头，对她道："苏小姐明日出京前往望帝山，不知何日归返？"

苏风暖道："归期不定！"

大皇子目光深幽："但愿苏小姐一路平顺。"

苏风暖笑着点头："借大皇子吉言。"

大皇子不再多言，落下了帘幕，吩咐道："回宫吧！"

赵统领和小泉子听着，总觉得二人话里有话，颇有些不见血的锋芒，如今见二人打住话，连忙与苏风暖道别，带着御林军向皇宫而去。

苏风暖目送队伍走远，收回视线，对千寒笑了笑，心情很好地说：“走吧！”

苏府门前甚是安静，苏风暖下了马车，门童听到动静，连忙打开了门。苏风暖问门童：“将军和夫人今日在做什么？”

门童连忙说：“将军在书房教导小公子，夫人陪着将军在研墨。”

她来到书房门口，便听到里面传出苏澈教导苏驰的声音，十分浑厚有力。她站在门口听了片刻，才推开书房的门走进去。

苏澈拿着一卷书，坐在桌案前，苏夫人在一旁研墨，苏驰立在桌案旁，十分乖巧认真。听到门口的动静，三人转头，便看到了苏风暖。苏驰顿时欢喜地向苏风暖跑去，一双眼眸晶亮：“姐姐，你回来啦！”

苏风暖笑着伸手摸摸他的脑袋：“嗯，回来了！”

苏驰立即说：“将军在教导我兵法。”

苏风暖笑着点头：“父亲是大将军，身经百战，你要好好跟他学，将来也做大将军。”苏驰重重地点点头。

苏夫人放下手中的活计，用绢帕擦擦手，对她说：“我听闻灵云大师圆寂了，怎么回事？出了什么事，皇上让你们带着御林军前往灵云寺？”

苏澈放下书卷，对苏驰道：“小驰，今日功课就到这里，你去练武场扎马步，一会儿我过去教你学射猎。”苏驰知道大人有话要说，懂事地点点头，出了书房。

苏风暖找了一把椅子坐下，简略地将陈芝苒背后的九龙奇景图查到灵云寺之事说了，不过思索之下，还是隐瞒了他们关于前朝之事。她只说灵云大师带着秘密坐化了。苏风暖也是考虑到她爹与皇上是知己，若是知道这惊天之事，怕是会稳不住，告诉他不见得是好事。

苏澈听罢，皱眉道：“真没想到啊，灵云大师此等得道高僧，竟然也沾染了这俗世污浊。”

苏夫人叹了口气道：“灵云大师就这样圆寂了，可惜了。”

苏风暖道：“老和尚一心求死，对他来说，也许死才是解脱。”

苏澈问：“皇上怎么说？我刚刚听闻皇上派人去灵云寺接回了废太子。据说，他身上所中的‘无伤花’和‘阎王渡’都解了？”

苏风暖点头：“都解了，‘无伤花’和‘阎王渡’原来是有解药的。”话落，她又道，“我没进宫去见皇上，叶裳昨日进宫禀报了此事。皇上对于大皇子身体安好之事，想必十分高兴。”

苏澈道：“如今大皇子回京，二皇子被认回，但愿是好事。”

苏风暖道：“人家是一母同胞的亲兄弟，自然坏不了。”

苏澈点点头。苏风暖又将她明日和叶裳一起离京前往望帝山，顺便送北周二皇子楚含离京，以及之后转去东境之事说了。

苏夫人听完立即说：“你们明日就要离京，什么时候能够回来？你们大婚的日子可是定下了，你们两个人都不在京城，大婚还能如约进行吗？”

“我们尽量在大婚之前赶回来。”

苏夫人有些不乐意：“就不能换别人送楚含回北周吗？送了他，再去东境，辗转之下，路途遥远，什么时候才能回京？如今过了春节，离你们大婚只剩四五个月了。”

苏澈道：“欸，你是妇人之见。他们出行是为了正事，若是晚了，大婚延迟就是了，国事要紧。”

苏夫人瞪了苏澈一眼：“婚姻是大事，哪有你说得这么轻巧，说延迟就延迟怎么行？”

苏风暖笑着说：“若是不出意外，四五个月也够了，定能赶回来。”

苏夫人还是不满：“不能换别人去吗？小国舅呢，他也不行？”

苏风暖笑着摇头：“不行，许家盘踞京城年深日久，他适合留在京城，不宜外出。而我和叶裳适合外出。”

苏夫人无奈：“那你们要尽快办完事赶回来。”苏风暖点点头。

苏风暖与苏澈和苏夫人在书房谈了一个时辰，交代二老，她和叶裳离京后，不管京城的天如何变，朝廷如何震荡，二人都不必理会，只管安然地待在府中，她会嘱咐许云初照看二人。

苏澈听着苏风暖十分郑重的交代，皱眉问：“你是不是还有别的事情瞒着我们？”

苏风暖摇头，语气轻松地道：“没有啊，从去年北周侵犯西境开始，京城一直动荡不安，所以我才特意嘱咐你们，万事都要小心一些。有重要的事情，找小国舅相助，他定会帮忙的。”

苏澈见她不像作假，点点头，道：“京城确实乱，皇上身体不好，如今大皇子身体好了被接回京，二皇子在养伤期间，未来朝局如何，还真是说不准。你的担心也有道理。”

苏夫人连忙说：“暖儿啊，你和小裳出行在外，更要多加小心。”

苏风暖点头：“只要你们在京城安稳，不必担心我们。”苏澈和苏夫人齐齐点头。

三人话落，苏澈对苏夫人使了个眼色，苏夫人立即起身，拉住苏风暖，对她道：“这两日你焐暖的海棠全都盛开了，比前两日好看，你随我去看看吧。”

苏风暖眨眨眼睛，笑道：“娘，您是有话要与我说吧？难道不好当着爹的面说？”

苏夫人伸手敲她的脑袋：“你随我来就是了。”苏风暖点头，笑着起身，随她出了书房。苏澈在二人离开后也出了书房，去练武场找苏驰了。

二人来到暖棚，海棠果然开了，十分娇艳，美不胜收。苏风暖笑着说：“果然开得极好。”泥鳅正在打扫暖棚，连忙给苏夫人和苏风暖见礼。

苏夫人笑着对他摆摆手：“泥鳅啊，你不必在这里侍候了，我和小姐在这里赏一会儿海棠，说些体己话，你去歇着吧。”泥鳅连忙点头，退了出去。苏风暖对苏夫人笑着问："娘，您要与我说什么话，神神秘秘的？"

苏夫人收了脸上的笑意，凑近她："暖儿，我问你一件事，你要如实回答，不准糊弄我。"她压低声音说，"你与小裳，是不是突破男女大防，共枕而眠了？"

苏风暖没想到苏夫人神神秘秘是要问这件事，脸顿时一红，咳嗽了一声，一时没答话。

苏夫人看她面上神情，便了然了："当真是已经突破男女大防，同床共枕了？"

苏风暖用手抚额，小声说："娘，您到底是想说突破男女大防，还是同床共枕啊？"

苏夫人瞪眼："有何不同？不是一件事吗？"

苏风暖摇头："哪里是一件事了，我与叶裳共枕而眠好多年了，以前来京时，我就抢他的床，抢他的被子，抢他的枕头。"

苏夫人伸手拍了她一巴掌："我不是说这个，我是说你们之间是否……更亲密了，肌肤相慰……"

苏风暖脸上烧了烧，红着脸点点头。苏夫人伸手点她额头，骂道："臭丫头，与我兜圈子，是就是，不是就不是，你以往的干脆劲儿哪里去了？"

苏风暖无奈地说："这种事情，您让我怎么干脆啊！"苏夫人更是气笑："你还知道害羞了！"苏风暖无言。她即便练就了厚脸皮，这种事情也不能不害羞吧？

苏夫人对她道："你与小裳两情相悦，情难自禁，我与你爹是过来人，也不是食古不化的顽固守旧之人，你们亲密，我们也不反对。"

苏风暖点头，小声说："我们本来是想等着大婚的，但早先我身体一日比一日差，生恐此生落下遗憾，便缠着他突破了那道防线。"

苏夫人理解地摸摸她的头，叹道："我的女儿长大了。"话落，她对苏风暖道，"我问你此事是想提醒你，虽然你们情浓意浓，但还是要谨慎些，记得喝避子汤，万不可在大婚前生出事端，影响你们的声名。"

苏风暖闻言红着脸说："娘，我的身体跟别人不同，怀孕怕是不易，所以，一直以来未服避子汤。"

苏夫人立即惊道："怎么个不易法？"

"我的身体修习两种功法，如今又引入至寒冰窟在体内，虽然因祸得福炼化成己身功力，但这等寒气盘踞在体内，对宫孕自然是不利的。宫不暖，何以生胎？"

苏夫人闻言道："那怎么办？"

苏风暖道："我想的是顺其自然。"话落，她抬眼看着苏夫人，"娘，名利如浮云，我知道自己要的是什么。所以，我们就这样，若是大婚之前有孕了，定然是上天眷顾，赐给我们的珍宝。若是大婚之后有孕，那便也好，省得如今我奔波诸事，不能安心养胎。"

苏夫人闻言一时也没了话，半晌，叹了口气，拍拍她的脑袋道："好吧，你看得开就好！你这个臭丫头，生来就比别人多一窍，万事都通透得紧，是我和你爹过于操心了。”

苏风暖伸手抱住她的胳膊，撒娇道：“娘，总之我与叶裳这一辈子是要生死相依了。那些世俗规矩，我生来便不在意，如今更没必要在意了。我这样随性而为，必然会让人觉得是您和我爹对我教导有失，但也只能委屈你们了。”

苏夫人闻言笑骂：“自从生了你，我就没少听那些，听得多也就不在意了。只要你们两个好好的，和和美美的，我和你爹便欣慰开心。”

苏风暖笑着将脑袋靠在苏夫人肩膀上，感叹道：“我可真是好命啊，生来就有您这么好的娘。”

苏夫人伸手敲她额头：“我的命不好，生出了个捣蛋鬼，也只能认命了。”苏风暖又气又笑又无语。

母女二人在暖棚里坐了半个时辰，聊了些体己话，在要出暖棚时，听到外面有脚步声传来，管家的声音在外面响起：“夫人、小姐，您二人可在暖棚内？”

二人起身，出了暖棚。管家连忙拱手，对苏风暖道：“小姐，小泉子公公前来传旨，请您立刻进宫一趟，皇上想见您。”

苏风暖想，皇上不拉着大皇子叙话，如今要见她，想必是为了叶裳要陪她出京之事。她点点头，对管家道：“好，你去给小泉子公公回话，我这便跟他进宫。”管家应声“是”，连忙去了。

苏夫人道：“皇上宣你，定然有要事，你去吧！一定谨记早些处理完事情回京行大婚礼。”

苏风暖笑着点头，对她俏皮地道：“知道了，您可真是操心。”

苏夫人笑骂：“臭丫头！都长大了，还跟个孩子一样。”

苏府门口，小泉子正在等着。苏风暖上了马车，对小泉子道：“大皇子不是刚刚回京吗？皇上没拉着他叙话？”

小泉子小声说：“皇上还没见大皇子，命人将他安置在二皇子所住的韶德殿。”

苏风暖眨眨眼睛：“两位皇子安置在了一个殿里？”

小泉子点头：“正是。”苏风暖觉得好笑：“这倒有意思了。”小泉子不再说话。

马车向皇宫而去，顺畅地来到了宫门口。苏风暖下了马车后，小泉子将她领到皇上惯常召见她的御书房旁的暖阁。

小泉子站在暖阁外禀了一声，皇帝有些气虚的声音从里面传出，小泉子应声挑开帘幕请苏风暖入内。苏风暖迈步进了暖阁，便看到皇上倚着桌案斜靠在软榻上，一脸疲惫。

苏风暖见过皇帝无数次，唯独这一次，才感受到他从心里透出的深深的疲惫。可见这把椅子把他消磨得身心俱疲，累到了极致。她暗暗地叹了口气，想着斩熠师祖可知道，他和叶嫣之子是这样过一辈子的？他九泉之下可安心？

他只是完成了自己光复先秦夺政的心愿，恐怕到死都得意于他的谋算，自始至终就不曾想过后继如何。他只想着，帝位由他的儿子来坐，由先秦后裔来坐，一代代传下去，就是先秦千秋万载了。没有想过，皇帝坐在这把椅子上损耗了一生的心血。到如今，皇帝是真的累了，已经心有余而力不足了。

她上前，第一次恭恭敬敬地给他行了礼。皇帝看着她正儿八经见礼的模样失笑，摆摆手道："小丫头，难得啊，这么久了，你是第一次这样规矩地行礼，朕却有些不习惯了。"

苏风暖笑着直起身，对他道："我对皇上是从心底油然升起了敬重之感，深切体会到您身为帝王的不易。这一礼，是应该的。"

皇帝闻言大笑："你这小丫头，每次说话都能把人逗笑。苏夫人年轻时，可不如你会说话。"

苏风暖眨眨眼睛："这就叫作青出于蓝而胜于蓝嘛。"

皇帝又被逗笑："也对。"

苏风暖走到近前，挨着皇帝最近的位置坐下身。见她一改往日漫不经心、不可一世的模样，颇显乖巧，皇帝也露出愉悦的笑意，欣慰地道："你这个小丫头，怪不得叶裳那小子爱你如至宝，放在哪个男人身上都是要将你捧在掌心里护着、爱着的，只是叶裳那小子比别人都有福气罢了。"

苏风暖笑着说："他的福气是在十三年前十里荒芜、白骨成山的战场上堆叠出来的。"

皇帝点了点头，叹道："总之，遇到你是他的福气，这一点连朕也不得不承认。即便朕对于他心里、眼里只有你一个，颇有微词。"

苏风暖闻言一笑，看着皇帝："皇上为什么会颇有微词呢？"

皇帝道："放眼皇室宗室，朕看了一圈，独独觉得他好。你说，朕对于他眼里、心里只你一个，不该有微词吗？男子汉大丈夫，心里怎么能只装一个女人？难道不该装着江山社稷、天下百姓吗？"

苏风暖眨了眨眼睛，道："皇上，自古为帝者，传内不传外，如今大皇子回归，二皇子正在您身边，您却说这样的话，您的意思我可真是不懂了。"

皇帝看着她道："小丫头，你聪明绝顶，明明懂得很，却跟朕说不懂。大皇子回来又如何？二皇子在朕身边，又能如何？他们不顶什么用处。"

苏风暖看着皇帝："依我看，他们都很好，有谋略、有手段，也有本事。不知皇上说的顶用是什么？"

皇帝看着她道："文能学富五车，武能安邦定国；谋能善待百姓，心胸能兼济天下。他们别说没有，有也不足。"

苏风暖闻言失笑："皇上觉得叶裳有吗？您刚刚不是还说他心里、眼里只有我一人吗？怎么能做到如您说的比两位皇子顶用？"

皇帝道：“叶裳这小子，自小中了热毒，挣扎多年，从没说过一个‘苦’字。无论是文还是武，无论是谋还是算，他心里都有一定之规，不会涉及阴暗底线。他虽然心里、眼里装着你，但心胸广博，达济天下。”话落，他感慨道，“苏丫头，不瞒你说，朕对他不只是喜欢啊，是寄望很高。”

苏风暖叹了口气道：“皇上，这些年，叶裳一直待在容安王府，唯有一次踏出京城，走远了些，便是燕北和西境了。他被困在京城多年，心中所愿，除了与我相守外，莫不是挣脱牢笼，游历天下。您对他真不该寄望太高，免得失望。”

皇帝闻言道：“朕也知道，他在京城待够了。早先你没回京时，他就多次与朕提到，想出去走走，朕不放心，一直不曾答应。直到你回京，他心里有了依托，才安稳下来。”话落，又道，“多年来，他一直被困在容安王府，身上肩负着容安王府的声望和担子，恨不得摆脱，朕看得出来。”

苏风暖道：“皇上，您既然都明白这些，就不要再对他寄予厚望了吧！叶裳自小被我感染得随性了。我本心也是希望他这一生活得恣意些。”

皇帝看着苏风暖：“他是容安王府的子孙，是南齐宗室贵裔子弟，生来就有着该背负的责任，这是一生都摆脱不了的。”

苏风暖无奈地道：“皇上，您也说了，他是宗室贵裔，不是皇室贵裔，有些责任该他背负，他不会逃避，但有些责任不该他背负，您何必压在他身上呢？”

皇帝揉揉眉心，一时没了话。苏风暖看着皇帝，此时此刻，她是真的可以感受到皇帝想将南齐江山交给叶裳的心情是多么迫切，一时也没了话。

半晌，皇帝站起身道：“苏丫头，你随朕来。”皇帝缓步走出了暖阁，向御书房走去。来到御书房门口，皇帝脚步不停，苏风暖立即说：“皇上，女子不涉政，不能踏足御书房，这是规矩吧，我可不敢进去！”

皇帝道：“规矩是死的，人是活的，你救了燕北，兵战西境，早已经破了女子不涉政的规矩。进来，朕准你进来。”

苏风暖闻言不再有异议，既然皇上准她，她便跟着进去看看好了。皇帝来到御案前，伸手指向高高一摞奏折，对苏风暖道：“你过来，看看这些。”

苏风暖走到近前，从那摞奏折里拿起一道，扫了一眼，发现是郡县呈报上来的奏折，上书雪灾之事。她看罢，看向皇帝。皇帝道：“都看看。”她放下这道奏折，又拿起一道，一连拿了十几道，都是在说灾情。有的是雪灾导致的房舍倒塌，死了多少人；有的是粮库缺粮，百姓冻死多少；有的是在说有一股暴民，趁着雪灾烧杀抢掠……

她放下奏折后，想着这上千道奏折、上千个地方、上千件事，帝王即便看得过来，但能顾上的有几件？江山之大，果然是呕心沥血。

苏风暖看过数十道奏折后，不继续看了，而是看向皇帝。

皇帝对她道：“不看了？”

苏风暖摇摇头："不看了。"

皇帝点点头，向外走去："你再跟朕来。"

二人出了御书房，向外走去。苏风暖落后他一步，看着他骨瘦如柴、垂垂老矣的背影，一时间心情颇为沉重。

皇帝来到了皇宫最高的一处高台，有九十九道石级。他缓步上阶。走到一半处，皇帝气喘吁吁地停下脚步，坐在了台阶上。

小泉子一直跟在二人身后，见状，连忙上前说："皇上，您身体不好，要不然奴才陪着苏小姐上去可好？"

皇帝摇头："不必，朕要亲自带她上去。"小泉子住了口。

苏风暖见皇帝累了，便也停下脚步，坐在了他身边。

皇帝道："苏丫头，朕见你身子骨虽弱，但不见气喘吁吁，比朕强上许多啊。"

苏风暖抹抹额头上本没有的汗，道："我总归比您年轻啊。为了叶裳，为了陪着他一辈子，我总要用尽全力活着的。"

皇帝笑了："你这个丫头，口口声声不离叶裳，你们还未大婚，可是半点不知羞臊。"

"人生苦短，一辈子如白驹过隙，脸面礼数，若是在意得多了，便成了束缚。"

皇帝赞赏道："不错，你能看得透彻，想得开是好事，朕有时候都佩服你。朕身为帝王，这一生困顿于皇宫，看着是荣登高位，九五之尊，可不如意之事十之八九，倒不如寻常百姓过得踏实舒服。"

苏风暖道："您是帝王，这是没办法的事。"

皇帝点点头："生而知天命，这是朕的命。"

苏风暖看着他，想着您的命本不是如此的，只是有人为您改了命而已。若是一介凡人，寻常百姓，娶妻生子，比帝王幸福得多。

二人又坐了片刻，皇帝似乎歇得差不多了，缓缓站起身。苏风暖也站起身，想着这九十九道台阶真是很高。这是皇宫里最高的观景台，可以遍览南齐京城的风景了吧？

皇帝一步一步拾级而上，苏风暖默默地跟在他身后。半个时辰后，终于登上高台，皇帝已经累得不顾形象地坐到了地上，苏风暖也跟着他一屁股坐在了地上。

小泉子连忙说："皇上，地上凉，奴才带了垫子。"皇帝摆摆手，连说话的力气似乎都没有了。小泉子只能站在一旁，为皇上挡着高台上的冷风。

苏风暖有些不忍地道："其实，您不必亲自带我登上这高台，您想告诉我什么，只管让我来登这高台，我看过之后，您告诉我就好。"

皇帝摇摇头："苏丫头，这高台，朕上来的次数，五根手指都数得过来。"

苏风暖眨眨眼睛："这是在皇宫啊！您这么多年，一共也没上来几次吗？"

皇帝点头："朕生来身体孱弱，登基前都未曾上过这高台，原因是母后怕我受不住，会出事。她只有我一个儿子，我是她的指望。先皇驾崩后，朕登基，第一次登上这高台。后来，朕娶皇后，大婚之日，与皇后一起登上这高台。之后，便是太子诞生后的百日，朕抱着太子登上这高台。再就是今日了。你看，是不是五根手指头数得过来？”

苏风暖点点头：“的确是。”

皇帝缓缓站起身，对苏风暖招手：“苏丫头，你起来看。”

苏风暖站起身，从高台上眺望。果然如她所料，这一处高台可以将京城的一切尽收眼底。楼台层叠，宫阙巍巍，可以看清东、南、西、北、中五城，甚至可以看到京城之外的远山。

皇帝待她眺望片刻，问：“跟朕说说，你看到了什么？”

苏风暖道：“我看到了整个京城。”

“还有呢？”

“江山在脚下，乾坤在囊中。”

皇帝大笑：“不错，你是该看到这些。还有吗？”

苏风暖想了想，道：“朝中重臣，市井百姓，南齐国土上生活着的人们。”

皇帝收了笑，看着她道：“苏丫头，你觉得这偌大的江山，朕应该交给什么样的人才能不负朕之所托，不负祖宗留下的江山基业？”

苏风暖默了默，道：“宅心仁厚，才华卓绝，心怀天下。”

皇帝点头：“不错，是要这样的人。”话落，他道，“可是看看朕的皇子们，谁有？哼，没有一个人！”

苏风暖暗暗叹了口气：“皇上，您一心只认准叶裳了吗？可是，他未必能如您的期望。”

“苏丫头，朕是帝王，不该为了私心，寻一个不能承继的亲生儿子来坐这把椅子。朕不能有负祖宗、有负先皇、有负社稷、有负万民啊。”

苏风暖一时无言。皇帝看着她：“苏丫头，朕活不了多久了。”苏风暖听着这话，心下忽然很难受。

皇帝道：“朕自己的身子，自己清楚得很。近日来越发差，隔三岔五咯血，朕知道怕是大限要到了。”

苏风暖抿唇，道：“您依照我给您开的药方子按时服用，不会这么差。”

皇帝摇头：“朕多年来呕心沥血，如今每日看着堆积如山的奏折，没有一桩好事，更是在损耗朕的心血，再好的灵丹妙药也已经无效了，救不好的。苏丫头，朕现在最急的事情不是查机关秘道案，而是定下南齐江山的新主啊。”

皇帝又道：“你看看，这万里江山，这偌大的南齐，四方动荡，天灾人祸层出不穷。若没有一个能力卓绝之人，心胸开阔、容济天下之人，如何能挽救这岌岌可危的朝局？如何能挽救这岌岌可危的江山？”

苏风暖反驳的话说不出口，觉得皇帝说得对。

皇帝又道：“在其位，谋其政。朕受万民拥戴这么多年，就该为万民谋福。朕可以随意择一个继承人，眼睛一闭，归赴黄泉，简单容易，可是朕不忍。朕支撑了一生，总不想闭眼后让它就这样日渐消亡，毁了基业。朕希望百年之后，南齐能再屹立百年甚至千百年，一代一代地传承下去。”

苏风暖听着他的这番言语，不得不以更崇敬的目光看着他。

皇帝伸手拍在她肩膀上：“苏丫头，朕本来不打算提早与你说这些，可是叶裳那小子非要跟你离京，朕怕支撑不到他回京的那一天啊。”

苏风暖看着皇帝，感觉他放在她肩上的手十分重，重若千钧。

“朕选叶裳，一是因为他有能力、有本事、有谋略、有声望，能撑起这偌大的江山。二是因为燕北苏家、江南叶家、京城苏大将军府、王大学士府等，都是他的依靠。他能平天下，也能安天下。南齐有他，朕在九泉之下也能大安。南齐百姓有他，诚如他有你，都是福气。”

苏风暖眼眶湿润，深深地既崇敬又感慨。半晌后，她小声开口：“皇上，您今日的目的是想让我替他答应吗？”

皇帝摇摇头，撤回手，从袖中拿出一道圣旨，递给她：“这是朕的遗旨，你替朕收好吧！现在大可不必交给他，也不必让他知道。若朕真等不到他回来，江山大乱，他愿意顾及万民，顾及刘家的江山社稷，愿意接手的话，再给他好了。”

第四章
先皇诏书

苏风暖无法拒绝这道圣旨，只能咬牙接到了手里，揣进袖中。皇帝见苏风暖收下，欣慰地露出笑容，对她摆摆手，道：“苏丫头，你们明日启程，回去收拾吧。”

苏风暖看着皇帝，沉默片刻，轻声说：“皇上，您保重，我们会尽快回来的。”

皇帝点点头，对她道：“你先下去吧，朕好不容易上来一趟，要在这里赏一会儿风景。朕这一辈子，估计是最后一次站在这高台上了。”苏风暖心里有些泛酸，点点头，转身下了高台。

皇帝站在原地，从高台上眺望京城，对小泉子道：“朕这一生，出京的次数也有限，稍后下了高台，你传令下去，让礼部准备一番，朕于花灯节之日前往灵云寺为万民祈福，命大皇子监国。”

小泉子一怔：“皇上？”

皇帝道：“再传令，让大皇子与朕一起用晚膳。”

小泉子垂首应声：“奴才遵旨。”

苏风暖一步一步地走下高台，走到一半时，回首上望，见皇帝还在高台上立着，冷风拂面，他衣衫单薄，看起来只是个瘦骨嶙峋的老人。他和她爹差不多年岁，可是如今已经两鬓斑白。她不得不敬佩他，为了南齐的江山基业，为了万民，他选了叶裳。她千百般不愿意叶裳接这个位置，可是不得不说，叶裳是最合适的人，没有谁比他更合适。

她收回视线，下了石级，袖中的圣旨重若千钧，她一步步向宫外走去。

容安王府的马车等在宫门外，苏风暖上了马车，问千寒："叶裳去了哪里？"

千寒道："在与小国舅议事。"

苏风暖点点头，道："回府吧。"

回到容安王府，进了府门，苏风暖问管家："北周二皇子呢？"

管家立即说："这几日都在院子里散步，每日按时吃药，寒疾发作的次数渐少了。"

苏风暖点点头："我去看看他。"

楚含正坐在院中的石级上，手里拿了一卷书，听到脚步声，见她来了，放下书卷看着她，等她走近。

苏风暖来到楚含近前，对他道："你收拾一番，明日启程，我送你回北周。"

楚含一怔，讶异："这么快？"

苏风暖挑眉："难道你还没在容安王府住够？"

楚含立即站起身："自然是住够了！"话落，他看着她，还是有些不敢相信地道，"你确定明日启程？这么快？机关秘道案查出来了？不是说查不出来，无法离京吗？"

苏风暖摇头："机关秘道案牵扯之人的线索断了，查不出来，便暂且搁置了。我与叶裳离京后，皇上应该会把此案交给大皇子。"

楚含皱眉："大皇子？南齐有大皇子？"

苏风暖道："废太子。"

楚含不解："废太子不是被废了，在灵云寺出家吗？怎么又成了大皇子？"

苏风暖见楚含一脸好奇，他被困在这容安王府，这两日的消息自然是不知道的，也懒得给他解惑，对他道："总之就是大皇子，你是最关心他，还是最关心回北周？"

楚含立即打消了探询的想法，断然道："自然是回北周。"

苏风暖道："那就尽快收拾吧，明日天明时分就启程。"话落，她不再多言，出了他的院子。

楚含见苏风暖离开，转身回屋子去收拾了。回北周，是他心心念念的事，终于等到了这一天，来得太快，让他一时间有些不适应。

苏风暖出了楚含的院子，对千寒说："去告诉瑟瑟一声，明日随我启程。"话落，她又问，"齐舒呢？"

千寒道："他不愿意回齐府，一直在咱们府中待着，等着世子和您带他一起出京。"

苏风暖点头，对他道："那你去给他传信，让他回府收拾一番，明日随我们启程。"千寒应声"是"，立即去了。

吩咐完这两桩事，苏风暖便去了叶家主的院子。叶昔正在与叶家主一边下棋，一边喝茶，见苏风暖来了，叶家主乐呵呵地道："小丫头，好几天不见你了。"

苏风暖笑着走进屋，挨着叶家主坐下，对他道："叶爷爷，明日我和叶裳启程离京，少则两个月，多则三五月。"

叶家主下棋的手一顿，看着她："这么快？不是说过了花灯节吗？"

苏风暖摇头："不等花灯节了。本来是打算在花灯节之日诱出沈芝兰，可是昨日红粉楼给我传信，说她离开了。既然如此，原计划便取消了。"

叶家主点点头，对她道："我听昔儿问起他太姑姑之事，说当年带走她的人是望帝山的斩熠？"他叹了口气，"那时我还年少，不太清楚个中内情，只知道姑姑对那个男子一片痴心，不惜为了他脱离叶家，这一走便杳无音信。叶家派亲卫私下寻访过，没有找到他们，原来是去了望帝山。"

苏风暖道："他当年是如何去了叶家？"

叶家主道："他游历到叶家，隐了姓名，只说父母早亡，孤身一人，是道士将他养大。当年，姑姑有婚约，生生被他迷住，毁了婚约，随他走了。"

苏风暖道："太姑姑再未回叶家，那她生下的子嗣呢？叶家半点消息也没得到吗？"

叶家主摇头："没有。若是昔儿不说，这些我都不知道。"苏风暖没了话。

叶家主忽然说："不过，我祖父临终时曾经交给我一样东西，提了姑姑的名字，不准我打开，让我好好保管。"

叶昔顿时来了精神："爷爷，那样东西呢？"

叶家主道："自然是在叶家啊，多少年了，我都快忘了，怎么会随身带着它。"

叶昔道："放在叶家哪里了？"

叶家主道："你习武的那间暗室的灯罩里。"

叶昔闻言道："这个位置确实隐蔽保险。即便叶家乱成一锅粥了，这个地方也没人动得了，应该还在。"

叶家主点头："你什么时候回叶家取出来好了，我也不知是什么，应该是关于你太姑姑的。"

叶昔道："小丫头，你早先让我提前去东境，如今你要提前去望帝山，我还是不放心，明日与你们一起，我先陪你去望帝山吧。之后可以由江南转道去东境，路过江南，找找那个东西。"

苏风暖想了想，遂点头："也好。"

从叶家主的院落出来，苏风暖便吩咐管家收拾出行的一应所用。贺知听闻后，来找苏风暖："苏小姐，我在京城待久了，也腻了，你和叶世子离京时也带上我吧。"

苏风暖能理解贺知，他与齐舒一样，家破后不愿意回府，连杀手门也不愿接手，留在容安王府，自然是为了查出什么人引他爹入套，以至于害了他全家。如今事关湘郡王、晋王等大案都被压着，还未找到证据，她和叶裳要离京，他自然不想在王府干等着。她便痛快地点点头："好，你去收拾吧，明日一早启程。"

贺知从入容安王府时便成了王府的守卫，一直都留守在府中，没想到苏风暖答应得这么痛快。他露出笑意，拱手道："多谢苏小姐。"苏风暖笑着对他摆摆手。

叶裳回府时，天已经黑了，苏风暖已经将出行的一应琐事安排得差不多了，见她正将嫁衣打包，叶裳笑问："难道你要带着，路上绣嫁衣不成？"

苏风暖点头："反正沿途坐在车里也无聊，带上的话，没准这一路就绣完了。"

叶裳轻笑："也好。"

苏风暖问："你都安排好了？"

叶裳颔首："许家一直盘踞在京城，势大根深，我将需要照料的事情都交托给许云初了。有他在，一旦有风吹草动，便会立即采取保护措施。我听闻皇上将你喊进皇宫，带你进御书房，又登上了眺望台？"

苏风暖点头："皇上支撑着偌大的南齐江山，不易啊。"

叶裳盯着她："皇上对你说了什么？"

苏风暖眨眨眼睛，道："还能说什么，老生常谈呗！"

叶裳仔细地看着她的神情："不见得吧？"

苏风暖瞧着他，不禁失笑："你又猜出什么来了，还是知道了什么？"

叶裳看着她："小泉子是我的人。"

苏风暖忘了这件事，闻言一拍脑门："是了是了，我想起来了，小泉子与我说过，他是你的人。"她叹了口气，"我本来是想依照皇上所说，瞒你一时，没想到瞒不住。"

叶裳道："即使没有小泉子，我也猜得到，皇上轻易不会带人进御书房，也不会轻易带人上眺望台。只有每逢大事时，他才会亲自登上眺望台。皇上登基、大婚、封太子，如今带着你登上眺望台，自然是又有了大的决定。"

苏风暖抚额："这样说来，不但你猜到了，只要了解皇上的人也应该都猜到了。皇宫果然藏不住秘密，天子的秘密更是不好藏。"话落，她从袖中拿出那道遗旨，递给叶裳，"喏，皇上给你的。"

叶裳并未伸手去接，对她挑眉。

苏风暖将皇帝跟她的对话复述了一遍，深深地叹了口气："叶裳，你我脱不开这世俗红尘，心有挂念，有牵绊。既然如此，何不受之？若你不受，有朝一日，大皇子登基，哪怕你我能应对，可是一生对他防备，未必过得比接了这个更惬意。”

叶裳不语。苏风暖又道：“你我在一起，一生一世相守，游戏红尘也罢，坐拥高位也罢，又有什么区别？凭你我的本事，哪怕大皇子登基了，也不惧他。但想想燕北苏家、江南叶家、西境百万兵马，我的父母兄弟、你的宗族，以及万民百姓，连皇上都看得透彻，不放心，你到时候又怎能坐视不理？”

苏风暖看着叶裳，他薄唇微抿，一脸平静，她十分心疼，想着他从小就困居在容安王府，多少年来，她每次进京又离京，他都恨不得跟她走。苏风暖伸手抱住他的腰，心顿时软得像水，柔声说：“好叶裳，你若是真不愿，就算了。我们想怎么过活就怎么过活好了。管这么多，人累心也累，何必呢，我们又不是救世主。”

叶裳闻言顿时笑了，伸手敲她的头：“听你这句话，我心里最是舒服。总归在你的心里，还是我快活最重要。”话落，他拍拍她后背，“江山皇位，还是一生恣意，对我来说，只要与你在一起都轻若云烟，不值一提。若是这江山真如皇上所料，他等不及我回来，便四分五裂，大乱将起，我接手了也没什么。”

苏风暖扬着脸看他。叶裳道：“我小时候也觉得皇上懦弱无能，在太后和许家的压制下，伸不开手脚，长大后，渐渐地对他改观了。只有这样的皇上，才能如韧草一般，支撑起这偌大的南齐江山。这一代，他坐的江山就是需要中庸之道。”

苏风暖颔首：“如今的南齐江山，已经不再需要中庸之道了，皇上看得更清楚，需要你这样的，狠得下心肠，也能软得下心肠，德容修身，兼济天下的人。”

叶裳轻笑，伸手点她鼻尖：“每次听你夸我，我都愉悦至极。”

苏风暖低笑，对他道：“我没打开遗诏，你打开看看。”

叶裳伸手打开遗诏，这显然是皇帝亲笔所书，先是自论功过，对于南齐如今的境地，罪责己身，之后，便是赞了叶裳，传位于他。行行数语，避开亲生儿子，择选同宗子嗣叶裳，让人由衷敬佩帝王的胸怀。叶裳看罢，慢慢地将遗诏收起，递给苏风暖：“还是由你收着吧。”

苏风暖点点头，这是一代帝王对未来南齐江山的希望。她收好遗诏后，对叶裳道：“皇上尚且不知道自己的身份，若是知道了自己的身份，你觉得可还会有这封遗诏？”

叶裳道：“即便知道了，也只能是对先秦先祖不屑罢了。一个帝王的心胸能容得了与他争斗了大半生的许家，岂会容不下其他？人之将死，很多东西在他眼里都轻若浮尘，自然是他呕心沥血守了一辈子的江山最重。所以，他为江山和万民做主，选择了我，应该也不会随着知道身世而改变初衷。他到死，都会将自己当作刘家的人。”

苏风暖闻言点头：“太子、废太子、大皇子，换了三重身份的他，还是太不了解皇上了。否则，他不必做这么多，只等着安然地继位就好了；也不了解你，一心让你死，哪里知道，若不是硬推到你的手里，那把椅子你是不屑去坐的。”

叶裳道：“是啊，否则他又如何会汲汲营营，要阴谋诡计？即便你我不说，他转了一圈，解了‘无伤花’和‘阎王渡’，也让皇上看破了。”

苏风暖道：“聪明反被聪明误。”叶裳哼笑。

第二日清早，叶裳和苏风暖收拾妥当，带着叶昔、齐舒、陈芝苒、瑟瑟、千寒、贺知，以及楚含，点了五百名容安王府的府卫，皇帝又调派了一万名御林军随护，浩浩荡荡离开了京城。

苏澈和苏夫人、王大学士和王夫人等在城门口相送。临别时，王大学士捋着胡须对叶裳道：“京城不安稳啊，你们早些归京。”叶裳微笑颔首：“外公放心。”

众人话别，出了城门，在城外五里处，许云初等在亭子里。叶裳下了马，苏风暖下了马车，走入亭子内。许云初站起身，对二人拱手：“昨日与叶世子将该说的话和该商议的事情都说了、议了，但我想着今日也要来送别一番，与苏姑娘说几句话。”

苏风暖笑着道：“你我不必客气，你身上的寒疾还未根除，虽然我不在京城，但你只需按时服药，自己多加注意，待我回京时兴许就根治了。”

许云初笑着点头：“姑娘放心，我一定注意。”

苏风暖看着他：“京城苏大将军府、王大学士府、容安王府，这三府就交给你照看了。如今大皇子回京，以后不知是何形势，不过我相信以你的本事定然不惧。”

许云初笑着道：“姑娘放心，昨日叶世子与我说了颇多，对于大皇子之事，我也有了防备。许家立足京城数代，说树大根深亦不为过，保护好几个府邸，云初还是能做到的。”话落，他又道，“今日一早，我收到消息，沈芝兰离京后，似乎去了沛城。”

苏风暖转向叶裳，道：“我记得我爹出事是在沛城，孙泽玉前往沛城查案，年前离京，如今已经月余了吧，一直没有消息传来。如今沈芝兰竟然去了沛城，她这是意欲何为？”

叶裳道：“我们途经沛城。”

苏风暖点头：“若她一直留在沛城，等我们去时，自然要会会她。”

许云初拱手：“叶世子、苏姑娘，万事小心，我在京城等着你们早日回京。”

叶裳和苏风暖齐齐点头，拱手告别。

队伍离开五里亭，浩浩荡荡离开京城地界。许云初站在五里亭，目送队伍走远，心下羡慕。他们二人真是这世间少有的珠联璧合了，这样携手，万事都难不住他们。他相信，他们定会平安归来。

京城内，皇帝在早朝时颁布了圣旨，大皇子“无伤花”“阎王渡”已解，可喜可贺，他决定在花灯节那日前往灵云寺为南齐万民祈福，令大皇子代天子监国。

圣旨一出，文武百官齐齐震惊，这是要传位的先兆！大皇子代天子监国，但回京后，皇上并未封府，也未让其住回东宫，而是将之安置在二皇子的韶德殿。满朝文武都不敢妄下定论。皇帝未与重臣商议，便独断地下了圣旨，群臣虽然心有揣测，但都憋在了心里。早朝十分平静地落下帷幕。

苏风暖和叶裳离京到了灵云镇后，叶裳便受不住了，命人又布置了一辆马车，将陈芝苒和叶昔丢在那辆马车中，将苏风暖拉了出来。他弃了马，与她坐在一辆马车里。

叶昔直翻白眼。陈芝苒感受到了苏风暖等人对她亲和，也少了怯弱拘谨，捂着嘴笑起来。

苏风暖对于叶裳霸道的样子觉得好笑，叶裳轻哼："你还笑？没良心的，路程长得很，我独自骑在马上吹冷风，你也不心疼。"

苏风暖抿着嘴笑："哪里是你独自骑马吹冷风，齐舒、千寒、贺知，还有五百名府卫、一万名御林军，不都陪着你吗？"

叶裳伸手抱住她："没有你，与他们待着也无趣。"

苏风暖失笑："你进了马车，打扰我绣嫁衣。"

叶裳慢慢地松了手，躺在马车上，闭上眼睛，舒服地说："好，我不扰你，你绣吧。"

苏风暖扯过车内备着的薄被给他盖在身上。叶裳闭着眼睛说："路程长得很，别太累了。"

她点头，柔声说："我知道，我累了便与你一起躺着。"叶裳"嗯"了一声。

楚含单独坐在一辆马车里，心情十分迫切，计算着照这个行进速度需要多少天才能到西境。

齐舒从小到大出京的次数有限，最远也就是因为打猎走出方圆百里，此次离京，满心满眼是对外面的向往，对京城没有丝毫不舍和留恋。他想着若是可以，寻到陈述，便与他一起留在外面，不再回京城了。

第二日晌午时分，到了河间县，虽天色还早，但叶裳决定今日不走了，在河间县落脚。苏风暖正有此意，上次河间驿站之事，因为秋风山被血洗，苏青出事，后来不了了之。再之后她回京时，因为功力全失，身子太虚弱乏力而未曾探究。今日途经河间县，她自然想稍作停留。

河间县的官员听说叶世子和苏小姐途经，都前来拜见。叶裳也不推辞，见了河间县守和一众官员，听说如今新的河间驿站驿长是当年跟随苏大将军和容安王上过战场的老兵，便吩咐县守去将驿长请来见见。

不多时，驿长步履蹒跚地来见。他一条腿瘸了，行走不便，见到叶裳，连忙见礼："小老儿见过叶世子。"

叶裳对他依稀有些印象，这人曾经是苏大将军麾下的副将，叫郑昀，在战场上伤了腿，不过依旧跟着苏大将军攻打北周，后来他爹娘战死，苏大将军引咎辞官，他便也随着苏大将军退出了兵营。叶裳之所以对他记忆深，是因为当年苏大将军和苏风暖找到他后，这人瘸着腿，带着一队士兵在战场上找他爹娘的尸首。

叶裳站起身，伸手扶起他，对他道："里面说话吧！"郑昀点点头，随着叶裳进了里屋。

县守和一众官员互看一眼，虽然早就知道这人是苏大将军的人，来头很大，但还是对于叶裳对他如此礼遇觉得吃惊，想着以后万万不可得罪他。

里屋内，苏风暖懒得见那一众官员，正在炕上歪着等叶裳完事去秋风山看看。听到动静，她睁开眼睛，见是郑昀，顿时笑了，坐起身："郑叔叔，原来你来了河间县。"

郑昀连忙见礼，也露出笑意，道："三公子回京时，上奏皇上，举荐了我，皇上恩准，将我派来了河间县。"

苏风暖笑着道："有你在，河间驿站便安稳了。"

郑昀道："我上任以来，十分太平。"犹豫了一下，他又道，"只不过有一桩事，我有些疑惑不解，正打算去书信禀将军。"

苏风暖"哦"了一声，笑着问："郑叔叔对我说也一样。"

郑昀点头，笑着道："小姐来得正好，的确对您说也一样。"他从怀里拿出一物，"小老儿来河间驿站，收拾前任驿长之物时发现了这个，请叶世子和小姐过目。"

郑昀拿出的东西是一个羊皮袋子。叶裳伸手接过打开，只见里面放着一块羊皮和一枚羊脂玉扣。玉扣上篆刻着龙形花纹，写着"容安王"的字样。

叶裳将玉扣正反面仔细看了一遍后，递给苏风暖，又打开那块羊皮，发现无字。他摆弄了一会儿，没发现什么，也递给了苏风暖。

苏风暖伸手接过，观摩半晌，对叶裳道："这应该也是用特殊药物，隐了字迹或者图案。"她从怀中拿出一瓶药粉，将那块羊皮铺开放在桌案上，将药粉撒在了羊皮上。

叶裳道："你刚刚说，这是前任河间驿站的驿长所留之物？"

郑昀颔首："正是。几日前，在他室内的耗子洞里发现的。"

叶裳蹙眉："室内的耗子洞里？"

郑昀点头："河间驿站发生过血案，我来到后便命人重新修整了驿站。那时也没发现，年关时打扫屋子，发现了耗子洞，本来我拿烧火棍想探探耗子洞有多深，以便计算用多少土石能堵住，没想到碰到了铁的东西，发出响声。我觉得不对劲，便挖了耗子洞，发现了这个。铁盒子不便携带，塞在袖子里面鼓囊囊的，我今日便没带来。"

苏风暖看着郑昀："郑叔叔，这个东西，你觉得是被耗子拖进了耗子洞，还是被人故意藏在了耗子洞里？"

郑昀道："铁盒子虽然不大，但十分有重量，不是耗子能拖动的，应该是有人故意藏到了里面。"

苏风暖闻言看向叶裳："我记得前河间驿站的驿长是景阳侯继夫人的堂弟吧？

据说，他在十多年前瑞悦大长公主生辰时，送了个暖烟壶，讨了瑞悦大长公主的欢心。瑞悦大长公主得知他想做河间驿站的驿长，向皇上请旨，举荐了他。”

叶裳颔首：“不错。”

苏风暖道：“难道是景阳侯交给了他什么重要的东西，让他藏起来？”

叶裳道：“河间驿站出事后，我查了他，倒查出了一件事。十三年前，他在西境军中，后来在与北周开战前夕因饮酒坏了军规，被除了军籍。回京后，他游手好闲了两年，与景阳侯走得颇近，才在十一年前，瑞悦大长公主生辰时送礼得心，得了这个肥差。”

郑昀道：“前任河间驿站的驿长我识得，以前在军中时，他虽然不好好练兵，但也还算过得去，将军便睁一只眼闭一只眼了。没想到他在大战前夕喝酒，将军才将他除了军籍遣放回京。”

苏风暖道：“郑叔叔可记得，他在军中时与什么人交好？”

“与他交好的几个人都是京中的贵裔子弟，都死在了战场上。所以王爷和王妃与一众将士战死后，也无人理会除了军籍的他。若非河间驿站出事，我来到之后也早忘了他在军中待过。”

等了片刻，那块羊皮上渐渐地现出字迹来，三人立即凑上前来看。只见这块羊皮上写的不是别的，竟然是传位的圣旨，而且是先皇的传位圣旨。

先皇临终得知皇上不是他亲生的，但已经无力回天，便暗中以羊皮所书，下了一道圣旨，传位容安王。羊皮上还盖着先皇的私印。

苏风暖惊异不已，看向叶裳。叶裳薄唇微抿，神色如沉云笼罩，没说话。

郑昀则睁大了眼睛，难以置信地道：“这……这圣旨怎么写在了羊皮上？还是……”他想说还是从耗子洞里掏出来的，但觉得有辱圣旨，便住了口。

叶裳沉默许久，才开口道：“原来是这样。”

“什么？”苏风暖轻声问他。

叶裳道：“若是我猜得不错，当年，先皇的这块羊皮圣旨应该是送到了我父王的手中，只是父王顾及万民百姓，不忍江山大乱，所以没将这圣旨拿出来。父王可能早就知道皇上被易子而养之事了。”

苏风暖点头：“容安王为了南齐江山，为了朝纲社稷，为了万民百姓，是做得出的。毕竟许家势大，太后所生之子又是正儿八经的太子，顺位继承，得应民心。即便王爷手中有先皇的这块羊皮圣旨，怕是也会引起动乱，大动干戈。这也就可以解释，为什么这块羊皮是与这枚羊脂玉扣收在一起了，可见一直是被容安王收着的。这枚羊脂玉扣，应该是你父亲随身佩戴之物。”

叶裳点头：“这枚羊脂玉扣，是父王出生时先太皇为他打造的。当年找不到父王尸骨，便是因为遍搜了堆积如山的尸骨后，没有一样东西能证明哪具尸骨是父王的。我没找到这枚羊脂玉扣。”

苏风暖道："如今，你父王随身携带之物竟然在这驿站找到，什么人能拿走他的贴身之物？"

叶裳摇头："父王文韬武略，寻常人想近他身不易。更何况是这先皇诏书，他既然不想露于世，自然要妥帖收藏。母妃与父王相爱，是断然不会私自拿他保管之物的，也可能是他给了别人。"

苏风暖蹙眉："给了谁呢？难道是给了先驿长？所以大战前夕他才饮酒闹事，故意被除了军籍？"

"此事不得而知，但可以肯定的是，父王有先皇羊皮圣旨传位之事，应该是走漏了风声，才引得人于十三年前密谋通敌卖国，借北周之手杀了父王。"

苏风暖又是感慨又是叹气，先皇传位容安王，容安王不接诏书；当今皇上明明有亲生儿子，却又传位给叶裳。这实在是让人感慨，他们无非都是为了南齐江山。想必当年容安王除了不忍朝纲动乱，还有一部分原因是觉得当今皇上性情温和、宅心仁厚吧！

叶裳问郑昀："你收拾先驿长的衣物时，可还发现了什么可疑之处？"

郑昀摇头："回叶世子，再没有了。不过，我来之前，看他室内和书房似乎被人搜查过。当时我想河间驿站所有人被杀，应该是三公子和官府为了查案所为。如今得知了这个秘密，兴许是有人为了找东西搜查过。"

叶裳颔首，对他道："此事只我们三人知，再不准外传。"

郑昀郑重地点头："我一定守口如瓶，世子和小姐放心。"

叶裳点点头，又问："你可去过秋风山了？"

郑昀道："去过了，一片焦土，没发现什么。"

叶裳转头问苏风暖："你可还要去秋风山看看？"

苏风暖看了一眼天色，道："天色还早，去看看吧。"

二人送走郑昀，让叶昔、千寒、贺知带人守好落脚之地，便骑马去了秋风山。

秋风山果然是一片焦土，冬日里的数场大雪也没洗干净断瓦残骸处的斑斑血迹。

苏风暖上了秋风山，看见到处是血迹，始终蹙着眉头："我三哥武功不低，你派给他的府卫武功也不低，可是我三哥中毒重伤，险些丢了命；而你派给他的府卫，全部折在了秋风山。秋风山被血洗。"

"所以？"叶裳看着她，"你想到了什么，还是发现了什么？"

"这些血迹……"苏风暖忽然抽出袖剑，挑着地上的泥土猛地一划，带着大雪融化后的雪水的泥土被她的剑挑起，甩在了墙上，如落下梅花点点。她收了剑，对叶裳道："你看看，我这一剑染在墙上的泥土绽开了花，与这墙上的斑斑血迹有何不同？"

叶裳眸子眯起，道："没有什么不同。"

苏风暖道："是了，剑划在地上的泥土，与剑划在人身上的鲜血没有什么不同。”话落，她冷清地道，“我用的是望帝山的绝命九式。”

叶裳冷下了眸光：“所以，血洗秋风山的人用的是望帝山的绝学？”

苏风暖点头：“否则，我三哥、你的府卫不会不是对手。哪怕大批黑衣人，当日他们也不至于到了那等要命的凄惨地步。”

叶裳道：“望帝山……难道秋风山又是大皇子所为？”

苏风暖道：“我在想，大皇子的师父是何人。他比林客武功高，不可能师承林客。

“昔日，太子居住在东宫，因身体太弱，隔三岔五就生病。月贵妃爱子，所以一个月难得见他一次，想必那些装病弱的时日里就在学武练功。定然是望帝山有人常年居于京城。

“但是据我所知，望帝山所有人都不喜京城，不愿来京，上到三位师祖，下到四位师叔和一众师兄弟。年前，七师兄和十一师兄若非因为我重伤孱弱，也不会来京保护我。”

叶裳道：“斩熠师祖存活于望帝山，虽然已经故去多年，但望帝山也许藏了许多连你这个传人也不知道的秘密。待我们去望帝山后，兴许能解开一二。”

二人再不逗留，下了秋风山，回落宿之地。第二日，队伍启程，离开了河间县。

苏风暖昨夜没睡好，今日便没绣嫁衣，而是懒洋洋地躺在马车上补觉。

叶裳在她耳边压低声音说：“我昨日并没有累你啊，你怎么这么累？”

苏风暖笑着看了他一眼，低声说：“你是没累我，可是我心里也觉得累。我一直觉得，望帝山是一处脱离尘世的所在，没想到并不尽然。”

叶裳摸摸她的脑袋：“这世上从来就没有哪一处是真正的净土，有人的地方就有纷争，哪能真正清静？无论是望帝山，还是灵云寺，就连麓山书院都处处有纷争。”

苏风暖忽然说：“对啊，麓山书院，我想到了云山真人，我始终觉得他是活在尘世之中，又超脱尘世的人，与师父一样。你说，他会不会知道一些事？”

叶裳若有所思地道：“他在《红颜传》里将所有人品评一番，且评得入木三分。天下他不知道的事怕是鲜少。”话落，他忽然想起什么，对她道，“如今你该告诉我了吧，被你抹去的那两句话是什么。”

苏风暖笑着道：“你就这么好奇？”

“自然，否则便不会一而再，再而三地问你了。”

苏风暖凑近他耳边，低低耳语：“枉读诗书负才华，锦绣堆里做风流。容可倾国才倾世，紫金之主天下求。”

叶裳一怔。苏风暖看着他，伸手轻柔地抚摩他的眉目：“你看，这后两句，我该不该给你抹去？”

叶裳沉默片刻，道：“抹去得好。”

“云山老道士会算命，我以前还觉得兴许是他推算你的命理推算出来了什么，如今看来，也许是他早就知道了什么，故而有此一言。”

叶裳看着她：“那你呢？他在《红颜传》里说了你什么，被你生气地撕去了。”

苏风暖道：“他说我的才是真的没好话。”

“我听听。”叶裳笑看着她。

苏风暖摇头：“不说。”叶裳瞪着她：“你要瞒我到几时？”

她眨了眨眼睛，凑近他，用唇瓣轻轻啄了他一下，笑着小声说：“大婚之夜好不好？”

叶裳心底一软，痛快地点头：“好。”

又走了两日，队伍来到沛城。沛城的大小官员早已经得到消息，前来城门迎接。

叶裳挑开车帘看了一眼，没见到孙泽玉的身影。他淡淡地问：“丞相府的孙公子呢？可还安好？”

众人听闻他问孙泽玉，互看一眼，沛城城守犹豫了一下，小声答话：“回叶世子，孙公子从来到沛城后便染了急症，如今尚在养病。”

“嗯？”叶裳挑眉，“什么急症？”

沛城城守咳嗽了一声：“就是难言之症。您和苏小姐今日若是在城内歇息，看望过孙公子后便明白了，下官……下官不便说。”

叶裳闻言蹙眉，摆了摆手，队伍进了沛城。

孙泽玉并没有住在沛城的城主府，而是住在距离城主府较远的一处西南别苑。一众官员见叶世子和苏小姐进城后连落脚之地都未择选，先是去看望孙泽玉，不敢怠慢，连忙带路。

来到孙泽玉居住的院落，四门紧闭。有人上前叩门，许久才有人开门，正是小喜。

小喜开门后，无精打采地向外看了一眼，当看到马车上的叶裳和苏风暖正挑着帘子向门口看来，他眼睛顿时一亮，大喜过望：“世子、姑娘，您二人怎么来了？”

苏风暖对他一笑，道：“我和叶世子途经沛城，听闻孙公子得了急症，前来看望他。”

小喜闻言连忙说：“孙公子是得了急症，您来得正好。叶世子、姑娘，快里面请。”

苏风暖下了马车，对后面一辆车里探出脑袋的叶昔说：“师兄，你带着他们在这里等片刻，我们再择选住处。”

沛城城主立即说：“叶世子、苏姑娘，住下官的城主府吧。”

叶裳瞅了他一眼：“也好。”话落，他对叶昔道：“表兄，带着人跟随城主去城主府吧。”城主立即道：“叶公子请！”叶昔拱手：“既然如此，有劳带路了。”

叶裳和苏风暖进了别苑大门，里面十分安静，一个仆从也没有，只有孙泽玉带来的府卫安静地立在院中。小喜小声说：“孙公子出京时，未带仆从，只带了府卫。他来到沛城后不久，便染了急症，我想招募两个人来侍候，孙公子不允，所以这院落显得十分冷寂。”

苏风暖道：“你们来沛城这么长时间了，既然孙公子刚来不久便染了急症，你怎么不传书信告知我？我也许能通过书信知晓他的症状，为他诊治。”

小喜无奈地说：“我是想给姑娘传信，但孙公子染的急症十分难言，一是孙公子严令我不准告知姑娘，二是我也觉得此事难以启齿，姑娘毕竟是女儿家，不太方便知晓，怕有污耳目。”

“嗯？”苏风暖蹙眉，停住脚步看着他。小喜为难地看着苏风暖。

叶裳淡淡地道：“你家姑娘为人坦荡洒脱，更何况医者父母心，孙公子既然病了许久，想必十分严重，这沛城的大夫是不是无人治得好？如今既然没好，便只能她来诊治，有什么难言之隐，你只管说。”

小喜闻言低下头，小声说：“是男子人道出了事端，长了许多鲜红似疹的东西。”

苏风暖一怔。叶裳已然猜到，看了苏风暖一眼，淡然地道：“带我们去见他。”小喜点点头，觉得叶世子真是胸怀坦荡，连忙头前带路。

来到正院，房门紧闭，小喜对里面小声说：“孙公子，叶世子和苏姑娘来了。”

他话音刚落，里面传出一阵剧烈的咳嗽声，须臾，孙泽玉沙哑的声音响起：“叶世子？苏姑娘？他们……他们怎么来了沛城？”

“回孙公子，叶世子和苏姑娘途经沛城，听闻你出事，特意来看看。”

孙泽玉默了片刻：“请叶世子到偏厅一见，至于苏姑娘，在下实在不便见姑娘，请姑娘……”

他话音未落，苏风暖高声开口：“孙公子，所谓君子坦荡荡，人有急症，并非不可见人之事。你当我是个医者好了。”话落，她看向叶裳。

叶裳对小喜摆手，小喜立即让开了门口。叶裳推开孙泽玉的房门，抬步走了进去，同时道：“暖儿说得是，孙兄是君子，只当她是一个大夫便好了。”孙泽玉没了声。

叶裳缓步来到里屋门口，伸手挑开帘幕，只见孙泽玉穿着单衣，正挣扎着下床，脸色苍白，十分瘦弱，几乎不成人形。叶裳怔了一下，快走两步，来到床前，伸手去扶他。

孙泽玉急急避开，连忙说：“叶世子使不得，我这兴许是瘟疫之症，恐防传染世子，世子快退远些。”

叶裳没抓住他的手，回头看向落后他一步走进来的苏风暖。苏风暖看着孙泽玉，想着好好的一个温润如玉的公子，来了沛城才月余，竟成了这副样子。她来到叶裳身边站定，看着孙泽玉道：“孙公子，若是瘟疫，不可能只你一人病了这许久，小喜却无事。你在床上躺好，我来帮你诊脉，看看到底是什么病症。”

孙泽玉苍白的脸染上血色：“这……不太好吧……我毕竟……”话落，他有些羞愧，“实在是难言之隐……”

叶裳走到远处的桌前坐下，道：“我都如此大度，孙兄就不必羞臊了。暖儿医术高绝，有她给你看诊，也好对症入药。”孙泽玉闻言看向叶裳，又看向苏风暖，一时无言。

苏风暖对他一笑：“我只为孙公子把脉，应该就能看出你的症状，无须解衣，孙公子不必觉得难为情。”

孙泽玉闻言松了一口气，重新在床上躺好：“既然如此，有劳姑娘了。”

苏风暖不再多说，伸手为他把脉。许久后，苏风暖慢慢地放下了手。孙泽玉看着苏风暖，想问，一时间又觉得不好意思。叶裳看着苏风暖，也没说话。片刻后，苏风暖道：“孙公子不是得了急症，也不是染了瘟疫，而是中了毒。”孙泽玉猛地睁大了眼睛。

叶裳挑眉：“什么毒？”

苏风暖道：“遗红花。这是一种奇毒，看起来像得了癖症，时而腹痛难言，时而小便失禁，时而勃起钝痛。”

孙泽玉的脸红白交加，低声说：“正如姑娘所说。可是我怎么会中毒呢？”

苏风暖道：“此毒不会要人命，但十分折磨人，会让人日日消磨，骨瘦如柴。”

“可有解？”叶裳问。苏风暖点头：“自然有解，而且还十分容易。只消找个女子，慰藉一番，毒便解了。”叶裳一怔，哑然失笑：“竟是如此轻易！”

孙泽玉的脸僵硬片刻，苦笑道：“我自幼洁身自好，实在做不来找个女子解毒。”他问苏风暖，“姑娘，可还有别的解法？”

“也是有办法的，只能硬挨着，挺过百日，便不治而愈了。”

孙泽玉闻言掐算了一番：“如今已经近五十日，还有五十日。”

叶裳看着孙泽玉：“孙兄可记得，是吃了或者是沾染了什么东西后染上了这种毒的？”

孙泽玉想了片刻，摇头：“不知。自从来了沛城，每日饮食我都万分注意，入口之物都以银针试过。”他惭愧地道，“我毕竟是为查案而来，可是到了这里之后，便染上了急症，但又羞于启齿，所以一直迟迟不敢给京城传信。”

小喜这时在一旁惊讶地道：“我每日与孙公子吃的是一样的饭食，喝的是一样的茶，我没事，他怎么会中毒呢？”

第五章

前往拦截

叶裳闻言看了小喜一眼，对孙泽玉道：“那除了饭食、饮茶，孙兄可吃了与小喜不同之物？”孙泽玉摇摇头：“没有。”小喜也摇头，纳闷地说：“的确没有。”

苏风暖问孙泽玉：“你大约是什么时候发现了身体不适？”孙泽玉想了想：

“刚到沛城的第四日，大约是……腊月初四。”

叶裳道：“孙兄就打算再挺五十日了？”孙泽玉叹了口气，羞愧地说：“若是需要女子方能解毒，在下实在做不出。唯一法子，只能再挨五十日了。”

苏风暖道：“沛城之案不必查了，我已经查出了截杀我父亲之人。”

孙泽玉一怔：“姑娘是如何查出的？”

“你离京后，京中发生了许多大案，循着蛛丝马迹，查出了些眉目。依我看，不若孙公子择日启程回京吧，不必留在沛城了。”

孙泽玉羞愧地说：“我实在无用，没想到刚到沛城便遭了毒手，有负皇上重托。”

苏风暖道：“如今这世道，很多事情都防不胜防，孙公子也无须自责。幸好你中的是遗红花，可见背后之人不想要你的命，只想拖延你不让你查案罢了。孙夫人十分担心你，孙公子早日回京吧。”话落，她又道，“你遭人毒手，皇上必不会怪罪于你。”

孙泽玉闻言深深地叹了口气：“在下真是无颜回京。”

叶裳道：“孙兄不必想不开，男子汉大丈夫立于世，既是君子，难免会被人算计。此次你来沛城，虽然无功而返，至少也是一次磨砺。”

孙泽玉颔首，道：“多谢叶世子，多谢苏小姐，既然如此，我明日便启程回京。不知你们二人去哪里？”

叶裳道：“我们去望帝山，暖儿身子骨一直不好，去望帝山看看可有办法。”

孙泽玉点头：“我看姑娘确实孱弱了些，不过比我离京时气色好上许多，一定会好转的。”苏风暖笑着道：“借公子吉言了。”

三人又说话半晌，叶裳和苏风暖出了孙泽玉居住的院子，临走时，孙泽玉将小喜还给了苏风暖。小喜收拾了一个来时的小包裹，跟着叶裳和苏风暖出了院落。叶裳招手，让小喜也跟着他们一起上马车。

小喜跳上马车，帘幕落下，苏风暖看着小喜道：“我刚刚看你神色不对，可是发现了孙公子毒药的来源？”小喜咬了一下唇角，小声说：“我是想起了一件事，不过，应该不能吧，大约是我怀疑错了。”

“什么事，只管说。”叶裳道。小喜立即悄声说：“孙公子离京时，随身带了预防寒症的药丸，据说是孙夫人亲自找孟太医开的，怕路上染风寒。孙公子每日都遵照孙夫人的嘱咐，吃上一颗。”

“哦？”苏风暖挑眉。小喜道：“只有这个，我是没吃的。”

“什么样的预防寒症的药丸？”叶裳问。

小喜伸手入怀，摸索半晌，拿出一颗药丸，沾了土的，褐色的，递给苏风暖：“孙公子有一次服用药丸时，不小心掉在了画堂的茶几下，我犯懒，屋中又没有别人侍候，就没搬开茶几打扫出来。刚刚我收拾衣物时，觉得除了这个，我与孙公子吃的一样，喝的一样，便搬开茶几，将这颗药丸找到了，带出来给姑娘看看。”

苏风暖接过小喜手中沾了土的药丸，凑近鼻息间闻了闻，眯起了眼睛。小喜盯着苏风暖，眼睛睁得大大的。叶裳也看着苏风暖。

片刻后，苏风暖对叶裳道："没错，这颗药丸里含有遗红花，虽然量十分少，但禁不住每日一颗。若是服用十天半个月，自然会中遗红花的毒。"

小喜惊道："还真是这颗药丸的原因啊，天哪！姑娘，据说这是孙夫人找孟太医给孙公子开的预防寒症的药丸啊。"叶裳眯了眯眼睛，没说话。

苏风暖与孟太医打交道数次，与孙夫人也见过数面，还在丞相府做过客，依她看来，二人都是良善之辈，她想不出这二人会有什么问题。"你确定，这药是孙夫人找孟太医给孙公子开的预防寒症的药？"

小喜挠挠头道："出京后，我跟在孙公子身边，每日见他饭后必服用一颗药丸，好奇之下询问他，他是这样说的。"

苏风暖闻言转头看向叶裳："如今确实是这药丸出了问题，你觉得这问题是出自哪里？我们是否去询问孙公子一番？"

叶裳摇头，拿过她手中的药丸，打量了一眼，道："不好说，这颗药丸，让人送回京城给许云初吧，让他暗中找孟太医查探一番。"

来到沛城城主府，城主安排了一处极好的院落，供苏风暖和叶裳安顿入住，又说晚上他命人备了宴席，请叶世子和苏姑娘、叶公子。叶裳并不推托，点头应下了。

落脚之后，叶裳喊来千寒，将药丸递给他，命他派人隐秘地送回京城。苏风暖分析道："孙泽玉出京时大雪天寒，孙夫人爱子心切，找孟太医给他备了随身携带的药丸，也可以理解。只是不知是哪一环出了问题，搁下彻查沛城之事，对什么人有好处？几日前，在灵云寺，我识破大皇子，得知当日是他在沛城截杀我父亲。这样说来，不排除是他做了手脚，难道他当初在沛城留了什么痕迹，怕被孙公子查出来？"

叶裳道："难说。"

苏风暖闻言道："如今过了这么久，想必就算有痕迹，也已经清除干净了。"

叶裳道："孙泽玉中的毒不是无解之毒，反而是挺过百日，无药自解之毒。只耽搁他查案，却不下狠手毒杀他，即便如今我们查无所查，面前也明摆着一个破绽。"

苏风暖忽然想起沈芝兰，对叶裳问："许云初得到消息说她来了沛城，让千寒带着人查查，看她在哪里。"叶裳颔首，喊来千寒，吩咐了下去。

傍晚时分，沛城城主和一众大小官员宴请苏风暖、叶裳、叶昔。席间，沛城城主对于苏大将军在沛城遭遇截杀之事，向苏风暖再三请罪，又提到皇上要对他革职降罪，是苏大将军宽厚，保下了他，再三表达大恩，感激之情溢于言表，酒喝到酣然时，说一定守好沛城，再不出乱子。

叶裳言笑晏晏，不置可否。苏风暖觉得沛城城主的确是个实诚人，难怪她爹在沛城遇到了截杀，最终还保下了他。酒过三巡，菜过五味，天色已晚，众人方才散场。

散场后，众人离开，叶裳落后一步，似乎无意地对沛城城主说：“据闻城主识得国丈夫人的弟弟程顾，并有很深的交情，可有此事？”

城主已然喝多，闻言一怔，笑呵呵地说：“不错，下官识得程顾，且与他交情不薄。”

叶裳笑着道：“三年前，程顾外出游历，一直没消息。我和暖儿此次出门，受小国舅嘱托，探寻程顾的消息。不知城主可否告知一二，受人之托，忠人之事嘛。”

城主闻言笑着道：“程顾啊，几日前还在沛城。如今去了哪里，神神秘秘的，我也不知。”

“哦？”叶裳挑眉，“他几日前在沛城？这样说来，我可真是问对人了。不知他这三年来都去了哪里游历，几日前在沛城做什么，待了几日？”

城主道：“他这三年待在东境，估计是东境山清水秀，他喜欢那里清静。至于几日前来沛城，好像是来这里接人，接了人之后就走了。”

“嗯？接什么人？”叶裳问。城主摇头：“不知，我也没见到人。”

叶裳道：“他既然神神秘秘而来，怎么会让你知道他来了沛城？”

城主笑起来：“那个老小子啊，他三年前在我这里存放了东西，此次自然是来拿回的。否则依我看，他还真不想让我知道他来了沛城。”

叶裳笑着问：“不知是什么东西，还需要放在城主府寄存？”

城主凑近叶裳的耳边，说：“是一个人。”叶裳挑眉：“什么人？”

“一个女娃子，被他安置在我这城主府做粗使丫鬟。我夫人是个悍妇，以为是我私下里收的小妾，没少折磨那个女娃子。我念着与他的交情，也不好张扬。如今她终于被接走了，我安生了不少。”

“什么女娃子？多大年岁？叫什么名字？”叶裳问。

城主打了个酒嗝，道：“跟苏小姐差不多年岁，长得也极好，一看就是富贵人家的女儿，十指不沾阳春水，否则也不至于让我夫人爆了醋缸。这三年下来，我虽时常护着，但也不敢太惹恼我夫人，她在城主府受了不少苦。至于名字嘛，叫紫儿。”

叶裳眯了眯眼睛：“这里有文房四宝，你不妨将人画出来，我和暖儿看看。”

城主眨巴眨巴眼睛，虽然喝得醉醺醺，但此时也觉出来叶裳不对劲：“叶世子，怎么了？程顾不会犯事了吧？”

叶裳笑着道：“我已经说了，受小国舅之托，找寻他的亲舅公。如今既然有消息，自然要给小国舅传回去。他藏在城主府的女孩，怕是与小国舅有些关联。”

城主闻言挠挠头：“我答应过他，不外泄那女孩之事，如今若是把她的画像画出来，岂不是食言而肥了？”

叶裳道：“他都将人带走了，也就是过了隐藏期。你就算说了，也不算食言而肥，毕竟人已经不在你这里了。”

“叶世子说得有理。”他晕乎乎地道，“叶世子和苏小姐肯赏光住在城主府，又肯赏脸吃酒，下官深感荣幸。不像孙公子，来了沛城后，为了查案对所有人都防范，连我这城主府都不下榻，隐疾伴随他月余了，下官悄悄给他请了无数大夫，都看不出病症，下官深感不安啊。万一他出了事，国丈和皇上一准拿下官问罪，下官日日都提心吊胆。”

叶裳道：“孙公子的病因已经查出来了，并无大碍，他明日便会启程离开沛城，你放心吧。”

城主闻言大喜，顿时没了忧愁：“既然如此，下官就放心了，这便给世子您画。”话落，他大喊：“来人，侍候笔墨。”有人连忙铺设了笔墨，叶裳和苏风暖站在一旁看着他。

不多时，一个少女模样的人便跃然纸上。这个少女，叶裳虽然没见过，但识得，而苏风暖见过真人。城主画完放下笔：“就是她，我画工不好，叶世子和苏小姐见笑了。”

叶裳笑着道：“画得很好，工笔功夫没因为事务而懈怠。”苏风暖也笑着道：“城主大人这幅画很值得收藏，好画无题字十分可惜，题上字吧。”

城主禁不得二人再三夸奖，又因为酒劲儿上来，得知孙泽玉身体无恙，明日离京，心中大快，便重新拿起笔，题了字。题好字，叶裳笑着收起了画，道：“明日不必相送了，待我和暖儿归京时途经沛城，再与你共饮。”

城主高兴地说：“叶世子和苏小姐届时一定要赏光多留两日，让下官多尽地主之谊。”叶裳笑着点头。有人扶着醉醺醺的城主回去歇着，叶裳和苏风暖对看一眼，也回了落宿之处。

叶昔不喜官场应酬，酒喝到一半时便偷偷跑了，但他并未回去歇下，而是在叶裳和苏风暖的房间等着他们回来。等了许久，才听到二人脚步声，见二人进屋，他对叶裳道：“你从来不做没目的的事，所谓无利不起早，这么给沛城城主面子，不知道可有收获？”

叶裳瞥了他一眼，坐下身。苏风暖对叶昔道：“还真有了一个极大的收获。”叶昔顿时来了精神。

叶裳伸手从袖子里抽出沛城城主画的那幅画，递给叶昔：“你看看，这个人你可认识？”

叶昔接过来一看：“认识啊，这不是东境湘郡王最宠爱的女儿紫荆县主吗？这就是你们说的大收获？她怎么了？”

苏风暖将叶裳趁着城主酒醉套其话之事说了。

苏风暖道：“可见程顾与湘郡王有牵扯。若是我所料不差，他接的人是紫荆县主，等的人应该是从京城跑出来的沈芝兰。数日前，许云初得到消息，说沈芝兰来了沛城。”

话音刚落，千寒前来禀告，说搜遍了整个沛城不见沈芝兰的踪影。叶裳摆手道："不必查了，她应该已经离开了。"

叶昔道："程顾离开京城，将花烛秀丢给许云初，他自己在东境待了三年，却将湘郡王的紫荆县主放在沛城的城主府三年，这唱的是哪出戏？"

苏风暖猜测："也许他是与湘郡王有什么交易，挟持了紫荆县主做人质？"

叶昔道："有道理，否则湘郡王怎么舍得爱女？"

苏风暖道："让我再来猜猜，湘郡王图谋造反，他有紫荆县主的荒山作为招兵买马和私造兵器库之地。程顾兴许是为了什么与他合谋，但他又不太相信湘郡王，毕竟东境是他的地盘。所以，他挟持紫荆县主，偷偷地放在了沛城的城主府，以防湘郡王事成之后有变。"

叶裳道："倒也合情合理。"苏风暖又道："如今他们应该正赶往东境，我们是否能抄近路截住他们？"

叶昔闻言立即道："怎么截？小丫头，你不会让我出马去拦截吧？毕竟你和表弟要护送楚含安全抵达西境，还带着一个陈芝苒，一万名御林军如此庞大的队伍，自然不可能做快速行军的拦截之事。"

"师兄说得是，我正想让你去做此事。"

叶昔顿时摆手："不干不干，我是要陪你们去望帝山的，你别试图支开我。"

苏风暖对他道："我们先去西境，由西境转道望帝山。你若是截到了人，再带着人追赶我们，直接到望帝山会合，兴许来得及。"

叶裳道："就算来不及，我们在望帝山下等你几日也成。"

叶昔翻白眼："程顾带着人走了几日，你们怎么肯定我能带人追上，拦截得下？再说，从沛城通往东境有好几条路，我又怎么知道他们走了哪条路？"

苏风暖觉得有理，思忖片刻，走到桌前铺设笔墨："我先来猜一下，看看他们会走哪条路。"苏风暖这些年走南闯北，遍游天下，天下的地形图早已经存在了脑海中，很快便画出了从沛城通往东境的数条路。叶裳和叶昔都起身，走到她身边看。

苏风暖画完之后放下笔，分析道："程顾和沈芝兰会武功，但是紫荆县主不会。程顾将她安置在沛城三年，她就乖乖待了三年，可见是个真正的柔弱女子。程顾和沈芝兰带着她，不会走最近的山路。这样一来，有三条山路便除去了，还剩下两条平路，一条是官道，另一条是有些曲折的山坡路。这条山坡路，沿途是稀少的猎户人家和小村庄，可以行走马车，一般是不想走官路引人注目的人行走的。所以，我推断，他们走的是这条路。"

苏风暖又道："我们离京到沛城，用了三日。离京那日，许云初得到消息，沈芝兰来了沛城，也就是说，程顾接了沈芝兰，带上紫荆县主，离开沛城也就三四日的时间。"她指着那条路道，"他们走这条路，以日夜兼程的时间来算，最多走出八百里，也就是到了汾阳。”

叶裳道：“若是表兄带着人走最近的山路，日夜兼程，一日半便能到汾阳。”苏风暖点头。

“这一日半的时间，他们继续日夜兼程的话，能赶到安都。”叶裳看着地形图道，“从凤阳到安都，走最近的山路也只需大半日。”

苏风暖颔首：“不错。”话落，她伸手比画着两条路的交叉处，“三日，日夜兼程，便能在东境的入境之地湘南截住他们。”

叶昔抚额：“师妹啊，你忍心让师兄跋山涉水吗？即便截住了他们，你觉得届时我还有力气把他们拦下擒住吗？”

苏风暖看着地形图，蹙眉片刻，转头对叶裳道：“你护送楚含，先一步前往西境，沿途走慢些。我和师兄前去追截程顾和沈芝兰。”

叶昔立即同意：“好。”叶裳断然道：“不行。”二人几乎同时开口，一个赞同，另一个反对。叶昔对叶裳翻白眼：“让我独自去，你半点不舍得都没有，小丫头说去，你立马不赞同了。臭小子，做人不能这样厚此薄彼啊。”

叶裳没说话。苏风暖道：“你毕竟是容安王府叶世子，又带着一万名御林军，沿途各地官员早已经得到了消息，十分招摇。所以，你不能离开。但我们好不容易查到了程顾的消息，牵扯了沈芝兰、紫荆县主，这个千载难逢的好机会一定不能错过。师兄身上的内伤只好了七八成，我怕他独自一人前去，对付不了程顾和沈芝兰，我与他一起去最为合适。”

叶裳绷着脸道：“你说了不与我分开的。”叶昔瞪眼：“几日而已，你难道要把人拴到你的腰带上，寸步不离？你以为我爱去啊，不去正好。你不让她去，那都不去好了，我还懒得跋山涉水呢。”

苏风暖白了叶昔一眼，伸手挽住叶裳的胳膊：“我们用三日，日夜兼程，赶到湘南，擒住他们，再原路赶回来，最多也就七八日，届时你也差不多正好到西境。你在西境等我们几日，我们带着人去西境与你会合，不过分开十多日而已。”

叶裳脸色不好。叶昔哼道：“顾全大局啊，男子汉，婆婆妈妈，黏黏糊糊的，痛快点儿。”叶裳轻轻一甩袖，一阵风刮向叶昔。

叶昔被风扫得后退了一步，顿时不满：“不好好说话，动什么手，好玩吗？”叶裳道：“叽叽歪歪，你就不能闭嘴。”叶昔顿时气噎：“行，我闭嘴，那你到底同不同意？”

叶裳揉揉眉心，不再理会叶昔，转向苏风暖：“你的意思是，只和表兄两个人前去？”

苏风暖闻言便知道他同意了：“千寒是你的近身侍卫，近来你让他跟在我身边，成了我在他就在的标志，他自然要随军而行。让贺知跟着我吧，再给我们十名武功高强的府卫就够了。”

叶裳闻言道："带上贺知，再带上五十名府卫。"苏风暖眨眨眼睛，觉得这是叶裳的底线了，便也不讨价还价："行。"

叶裳问："什么时候启程？""自然立即启程。"苏风暖道，"耽搁一刻，便是耽搁行程。一定不能让程顾带着沈芝兰和紫荆县主进入东境。到了湘郡王的地盘，必有人接应，届时怕是不好劫持人。"

叶裳自然也知道这个道理："好吧，那你们行走夜路和山路小心些。"苏风暖点头："你别担心，我和师兄行走江湖多少年了，不会出事。"话落，她伸手抱了抱他，"若一切顺利，最快十日。若是不顺利，兴许半个月。"叶裳颔首。

苏风暖拿起桌案上她画的地形图，折起来，对叶昔道："师兄，不用收拾行囊了，带上银两好了，通知贺知，点五十人，我们悄无声息地离开沛城。"叶昔点头："好。"

一行人出了城主府，来到城门，亮出叶裳的令牌，守城士兵掌着火把凑近要看是什么人出城。贺知一脚踹了过去："叶世子的亲卫，出城查案，看什么看，不要狗命了吗？开城门！"

守城士官不敢再看，连忙摆手，让人打开城门。苏风暖和叶昔被护在五十名府卫中，一行骑兵速度十分快，出城门后，便消失在了黑压压的夜色中。

叶裳在苏风暖离开后，一时间觉得身边真是太冷清寂寥了，喊了千寒进房下棋，棋风狠辣，毫不留情，将千寒杀得节节败退。千寒的嘴角从棋局开始一直抽搐到结束，愣是没敢吭声。

一局棋后，叶裳心中郁气不散，对千寒说："你棋艺退步了。"千寒终于忍不住开口："世子，我的棋艺虽然没长进，但也没退步，只是您今日火气太大，属下扛不住。"

叶裳一推棋盘，对他道："拔剑，出去过招。"千寒猛地咳嗽了起来，苦着脸看着叶裳："世子，您这么大的火气，属下连十招都接不了，一准挂彩，您……还是自己去练剑吧。"叶裳瞪了他一眼："没出息！"

千寒顿时不吭声了，不敢惹毛叶裳，想着没出息就没出息吧，总比挂彩强。叶裳"哼"了一声，出了房门，拔剑在院中自己练起来。

剑锋凌厉，所过之处如秋风扫落叶，不消片刻，院中青松便被他削成了无枝无叶的光杆。千寒在一旁想着，城主将最好的院落给了世子住，明早起来若是见了这棵青松，一定后悔得肠子都青了，等世子以后再经过沛城，估计打死都不敢再迎他来住城主府。

叶裳削完了一棵青松后，郁气散去，一时似乎被自己的幼稚给逗笑了，收了剑，对千寒说："你带着人连夜出城，去买一株上好的青松移到城主府来栽上吧。"

千寒立即说："世子，这黑夜上哪里去找青松啊？"叶裳想了想道："你去找小喜，碧轩阁遍布天下，方圆十里总能找到一株上好的青松移过来。"

小喜本来睡下了，被千寒喊了起来，一听说要找四季常青的万年青，他道：

“这个好办，我带你去。姑娘有一个旧识，最喜栽种花草树木，看在姑娘的面子上，求一棵应该不成问题。”

苏风暖的旧识是一名养花的老花匠，在城外十里的半山坡居住，千寒与小喜带着二十名府卫出了城。他们离开后，守城的士官纳闷道：“叶世子的人一拨又一拨地出城是要做什么？”

一个时辰后，小喜和千寒带着人赶了一架车，车上拉了一棵万年青回到了城门口。守城士官连忙放行，心下想着，原来是出城去拉运万年青了，幸好如今是春季了，虽然天气还未彻底暖和，但地面已经化冻了，否则这棵万年松就这么挖出来再栽上，可真是难活。

将万年青运到城主府叶裳落宿的院落，千寒进了屋，禀告叶裳：“世子，万年青运来了，是将那棵树砍了将这棵树换栽上，还是将这棵树另栽别处？”

叶裳打开窗子，向外看了一眼，那棵被他的宝剑削成光杆的松树可怜地立在风中。他默了默：“栽种在那棵树的旁边吧。”他站在窗前，看着千寒带着人挖坑栽树，想着如今苏风暖等人应该早就出了沛城的地界。

天色大亮时，城主宿醉后醒来，急急忙忙来到了叶裳居住的院落。叶裳小睡了一觉，已经起身，准备启程了。城主一眼便看到了院中的变化，盯着那棵光杆青松和松下的枝枝叶叶，又看向它一旁傲然而立的万年青，树种显然比他早先的那棵好上数倍。他愣了半晌，试探地问：“叶世子，这……这……”

叶裳微笑着对他道：“实在抱歉，昨日醉酒，兴起舞剑，伤了那棵青松，过意不去，特派人出城寻了一棵移到了这里。”

“原来是这样。昨日下官醉酒后，也不知做出了什么事，如今想也想不起来了。叶世子，您太客气了，一棵松树而已，毁了就毁了，下官不用您赔。”话落，他问道，“苏小姐呢？”

叶裳抚额：“昨日因我宿醉，她嫌弃我一身酒气，今早不想理我，先一步上车里了。”

城主咳嗽一声，呵呵地笑着说：“女儿家都厌恶酒气。”他又问，“叶昔公子呢？”

叶裳又抚额：“表兄是暖儿的师兄，自小如亲兄妹一般亲近，我惹了暖儿不高兴，他也不理我，也上车了。”

城主又咳嗽一声，看叶裳的目光多少有些想笑，大约是没想到真有敢给叶裳甩脸的人，还是两个，但又不敢笑，连忙说：“世子若是下次再途经沛城，下官……不敢再劝世子喝酒了……”

叶裳在苏风暖和叶昔离开后，也不着急赶路，慢悠悠地离开了沛城。走出几里地后，车内的楚含便发现不对劲了，他挑开车帘，对千寒招手。千寒驱马来到他车前，对他拱手：“二皇子，有何事？”

楚含问千寒：“为何走得这么慢？”

千寒语气平和地道："昨日世子醉酒，姑娘也喝了许多，今日身体颇有些不适。快速赶路的话，恐防颠簸。"楚含闻言点了点头，放下了帘幕。

叶裳坐在车中，看着苏风暖叠放在车内的绣了一半的嫁衣，伸手拿起来，想帮苏风暖继续绣，可是摆弄半晌，发现他一个男儿，在这方面真没天赋，于是作罢，躺在车内闭着眼睛补觉。

就这样缓缓地前行，三日后，楚含终于忍不住了，趁着马车歇息的空当，下了马车，来到叶裳车前。千寒拦住楚含："二皇子意欲何为？"

楚含道："我亲口问问叶世子，为何行走得这么慢？"

叶裳从车内挑开帘幕，看了楚含一眼，对他道："你急什么？若非提前出京，如今你还在容安王府住着呢。"

楚含一噎，瞪眼道："走得这么慢，何时才能到西境？就算我不急，可是你这样慢悠悠地走，实在憋闷，一日也走不了多远。你不着急拿晋王和湘郡王通敌卖国的罪证了？"

叶裳道："不急。"楚含看着叶裳，忽然说："你是不是有什么打算，才走得这么慢？"话落，他猜测道，"苏风暖不在队伍中。"叶裳点头："你猜对了。"

楚含恍然大悟："怪不得走得这么慢，她做别的事情去了，对不对？你走这么慢是为了等她。"

叶裳看着他，淡淡地道："二皇子，你若是在马车内闲得无聊，我可以给你弄两只蛐蛐，你可以斗蛐蛐。"楚含挥手："本皇子才不玩那个，玩物丧志。"他也不催促了，转身回了自己的马车。

陈芝苒自小没出过京城，这是第一次。被叶裳和苏风暖带出来，她满心满眼都是对外面的好奇，不停地挑开车帘看向外面，觉得世界真大、真美好。齐舒骑马看到陈芝苒总是将车帘掀着，已经几日了，她如飞出笼中的鸟儿一般，总也看不够外面的景色。春日里乍暖还寒，风还是冷的，他终于开口提醒："陈小姐，小心染了寒气。"

陈芝苒闻言看向齐舒，一双小鹿般的眼眸少了些怯意、怜意，多了几分天真可爱。她咬了一下唇，小声说："齐哥哥，你说我哥哥见到我，会不会还像以前一样厌恶我？"齐舒一怔，咳嗽了一声，没说话。

陈芝苒见齐舒不说话，便垂下笑脸，小声说："我真怕哥哥再让我滚远点儿。"

齐舒看着她，小小年纪，还是个孩子，便经历了这么多事。他虽然不知道苏风暖和叶裳、叶昔为何都对她极友善，像对待妹妹一般，但清楚必有原因。他宽慰道："如今安国公府只剩你们两人了，血肉至亲，他应该不会了。"

陈芝苒听在耳里，却更蔫了，像霜打了的茄子。齐舒不由得觉得自己哪里说错了，可是想想，这是寻常的安慰话，没错啊。不料陈芝苒蔫了片刻，对他说出了件惊爆的事情，她说："齐哥哥，我可能不是安国公亲生的，我与哥哥可能没有丝毫血缘关系，血肉至亲更不是。”

齐舒彻底惊了。陈芝苒叹了口气：“苏姐姐跟我说的。”

齐舒一时缓不过劲儿来，半晌后，才问：“你怎么不是安国公亲生的呢？那你是什么人生的？”

陈芝苒摇头：“我也不知道。”齐舒沉默了片刻后，怀疑地道：“安国公十分宠你啊，若不是亲生的，他怎么会这么宠你，是不是弄错了？”

陈芝苒道：“苏姐姐不会弄错吧！”话落，她道，“我也觉得，我不是安国公亲生的。”

齐舒十分敬服苏风暖，闻言不再说话了，若是苏风暖所说，她应该真的不是安国公亲生的了。陈芝苒有些害怕地说：“我若真与哥哥不是亲兄妹，他怕是更不想见我了。”

齐舒叹了口气，这回认真地想了想怎么劝慰她，才斟酌着开口，道：“你哥哥心里的结系了多年，主要还是因为安国公，如今安国公已经死了，他差不多也该解开了。”

陈芝苒自然知道陈述是因为什么而厌恶她，闻言点了点头，落下帘子窝回了车里，不再说话。齐舒见她不再吹冷风，想着倒是个乖巧的孩子，很听话。

苏风暖和叶昔带着贺知、五十名府卫出了沛城后，按照计划日夜兼程，饿了就打深山里的野味，渴了就饮雪水甘泉，累了就在树上小憩片刻，急行军一般，三日之后如苏风暖所料，分毫不差地到了东境外的湘南。这点儿苦对叶昔与苏风暖来说不算什么，对于贺知和五十名府卫来说，却是几乎累趴下，一个个累得脸色发白，腿脚发软。不过他们都咬牙坚持了下来。

越过了最后一座高山，看到湘南小镇时，苏风暖停住脚步，回头瞅了一眼，对众人道：“到了湘南后，你们集体休息。”贺知和府卫们立即咬着牙摇头，他们来湘南就是为了拦截程顾等人，怎么能到了湘南就倒下歇息，岂不是全无用处的废物？万一误了事，就白辛苦一场了。

苏风暖自然明白众人心中所想，笑着道：“几年前，我为了经营生意，怕惹了官府弄一身腥，在各个城池都布置了暗桩。东、南、西、北四境之地，布置的暗桩最多。湘南属于东境外的小镇，当年，来往生意，我布置了三十人。如今启动他们，足够了。若是我所料不差，他们无论如何都到不了湘南，我们已经赶在了他们前面。我会命人封锁小镇，你们好好歇着，养好精神，待擒了人，也好做押解人离开之事。”

贺知点头：“只要我们不是全无用处就行，但凭姑娘吩咐。”

苏风暖带着众人住下后，便发出了召集令。召集令发出后不久，她布置在湘南的所有暗桩便悉数来到了她下榻之处。这三十人，都是不起眼之人，男女老少皆有，有的是打铁的，有的是纺织的，有的是卖肉的，有的是在官府当衙役的，有的则是媒婆……涉及湘南各个行业。

三十人见到苏风暖都很兴奋激动，围着她七嘴八舌地说了一通。贺知和府卫们看在眼里，觉得他们一点儿也不像暗桩。苏风暖待众人兴奋劲儿过去，才说了来湘南的目的。众人一听，齐齐摩拳擦掌。

当下，苏风暖便制订计划，打算在程顾等人刚踏入湘南时便动手，动作要快，计划要周密，最好不弄出动静，不惊动官府和四邻。叶昔在一旁听了片刻，道："还要防范湘郡王派人前来接应他们。"

苏风暖颔首："有道理。若是湘郡王派人前来接应，那么，不是动用湘郡王府的府卫，就是动用私兵。这样一来，人自然不会是少数。"

"有没有一种可能，让湘南的官府配合？"

苏风暖摇头："湘南距离东境如此之近，要想立足，必定早已经投靠了湘郡王。所以，一定不能惊动官府。"

叶昔道："若是这样，就难办了。"

"也不一定难办，如今程顾等人还没来，若是湘郡王派人来接应他们，兴许人已经到了，或者快到了，定然不是恰巧碰头，总会有时辰差。我们趁着这个时差，先一步将湘郡王派来接应他们的人处理了。"苏风暖当即重新制订了一套计划。

叶昔道："若是届时事情不如我们所料，大不了就先将湘南这个小城的官府收服了，大动干戈一番。总之，人是要劫走的。"

苏风暖道："不是迫不得已，还是不要惊动官府。毕竟如今朝廷和湘郡王都没撕破脸，若是因此撕破脸，那么湘郡王便占了理，毕竟是他的爱女被挟持。"

叶昔点头："那我们大家都谨慎些好了，你我也不闲着了，一个在城内守着，另一个在城外守着。只要程顾一到，就立即传信行动。"苏风暖颔首："好。"

定好计划后，所有人分头行动。叶昔去了城外，苏风暖带着人守在城内。这一等，便是半日又半夜。夜半时分，果然先一步等来了东境湘郡王前来接应的人，来了百人，穿着黑衣，披着斗篷，全都透着肃杀之气。

苏风暖得到叶昔传信，眯了眯眼睛，对他传音入密道："放他们进城，先别理会。"

这百人来到城门下，拿出了湘郡王府的令牌。官府果然不阻拦，城门立即打开，放这些人进了城。暗桩传信苏风暖询问："主子，可动手？"

苏风暖站在临街店铺的二楼窗前看着进来的百名黑衣人，他们身上的肃杀之气藏都藏不住。她脑海中忽然蹦出了一个想法，湘郡王派了这些人到底是来接应，还是来杀人的？看这模样，倒像是来杀程顾的。心念电转间，她当即改了主意，吩咐下去："不准动手，让他们过去。"

这些人进城后，直接去了官府。湘南的官府果然投靠了湘郡王，她当即下令："所有人按兵不动，我先跟去官府探听消息。"苏风暖推开窗子，纵身跃下了楼，足尖轻点，几个起落便跟随那批人去了官府的府衙。

百人之中为首的一人是个小个子，三十多岁，长相颇为奇特，说话声音粗哑，来到官府后，亮出令牌大声说："让你们县太爷出来见我。"府衙的人见百人凶神恶煞，不敢耽搁，立即向里面跑去。

苏风暖眯了眯眼睛，从怀中拿出听音铃，悄无声息地攥在了手中。

不多时，里面出来一个衣衫不整的人，一边急急忙忙地走，一边穿着官袍，正是湘南的县守。五十多岁的年纪，身体有些发福，跑到门口，气喘吁吁、卑躬屈膝地说："原来是小师爷来了，下官不知小师爷竟然亲自来了湘南，有失远迎，有失远迎，小师爷里面请。"

那人骑在马上岿然不动，鄙夷地看了他一眼："我奉王爷之命，前来办差，不进去了，你只需要将湘南的所有官兵调出来给我使用就可。"

县太爷闻言大惊，顿时睁大了眼睛，结巴地说："兵……所有官兵？"

小师爷不满地呵斥："怎么？王爷吩咐，你有异议？"

县太爷似乎十分怕湘郡王，连连摇头："下官不敢，下官不敢。"话落，他小心翼翼地问，"不知王爷有何吩咐，为何要用湘南的所有官兵？"

小师爷不耐烦地说："这你就不必管了，只交给我就好。"

"这……这不好吧……万一被皇上……"

小师爷"唰"的一声抽出腰间的宝剑，架在了县太爷的脖子上，满脸杀气地看着他："你不遵王爷吩咐，信不信我杀了你？"

县太爷吓得几乎尿裤子，在黑夜里脸色如纸一样白，连连恐惧地说："下官但凭王爷吩咐，但凭小师爷吩咐，下官不敢、不敢……"

小师爷见他这副没出息的样子，似乎十分不屑，轻松地收了剑，喝道："还不快将官兵给我调出来。"

"是……是……下官这就去……去调官兵……"县太爷连连点头，不敢耽搁，立即去了。

小师爷转头对身旁一指："你，跟着他去。"有一人应声，跟上了县太爷。他连马都没下，带着人等在府衙门口。

苏风暖攥着听音铃，一字不差地将刚刚小师爷和县太爷的对话收入了铃中。她眼睛眯着，心想，湘郡王可胆子真大，手伸出东境不说，连湘南的官兵都能调动了，可见反心可不小。

过了两三盏茶的工夫，县太爷已经利落地调出了府衙内所有官兵，大约有两千人。小师爷虽然不屑县太爷的窝囊样，但是十分满意县太爷的办事效率。见人齐了，他一摆手，吩咐道："都跟着我走！"

官兵们都看向县太爷，县太爷猛地挥手："都愣着做什么？快，都跟小师爷走，听……听从小师爷吩咐，听到了没有？有谁不听小师爷的话，格杀勿论。"两千名官兵齐齐应"是"。

小师爷掉转马头，离开府衙，带着人穿街而过，出了城。

苏风暖在小师爷离开后寻思片刻，给暗桩传信，让所有暗桩依照原计划待在城内，又给叶昔、贺知、容安王府的府卫传信，吩咐众人都出城，跟上小师爷带着的百人和两千名官兵，计划可能有变。

第六章 效仿火攻

小师爷带着人出城，疾行二十里，来到一处山环，他下马打探了一下地形，开始吩咐府卫和官兵埋伏在此地。

苏风暖和叶昔等人跟到此地，在落后小师爷半里地处找了一块隐秘之处停住脚步。苏风暖对叶昔道："这想必是程顾来往的路径，看来我所料不错，湘郡王要对程顾下手。"

叶昔道："程顾手上有紫荆县主，看这架势，好像是人来了就要开杀，难道湘郡王不顾及自己女儿的死活了？"

"若是他顾及女儿的死活，就不会任由她在沛城待三年。"

叶昔点头："不知道程顾与他做的是什么交易，以至于交易完成后，他要对程顾下死手。"

苏风暖道："这就要救下程顾后好好地问问他了。"

叶昔眨了眨眼睛，看着那小师爷带着的人，又回头数数他们自己的几个人，道："你确定要救程顾？"

"程顾与湘郡王谋事多年，与虎谋皮，到如今定然知晓了湘郡王是什么样的人。他来这里，能没有准备？若是他们先斗个两败俱伤，我们这点儿人也够用了。"

叶昔"哈"地一笑："若是照你这样推断，的确够用了。"

苏风暖道："即便不够，我也有办法，我们可以布阵。"

叶昔恍然大悟："这倒是个好主意。"他打量了一眼此处的地形，"地势也好，现在就布？"

苏风暖摇头："不急，等等，免得弄出动静惊动他们，待程顾真的带着人来了，与他们打起来，我们再靠近他们布阵。"二人说定，便隐在暗处等着前方事态变化。

大约等了两个时辰，天色将明未明时，前方隐隐传来动静。苏风暖和叶昔探头看去，有一队人马缓缓走来，三四十人的队伍，赶着六辆大车，当前一人骑在高头大马上，穿着灰青色的袍子，戴着一顶皮帽子，看不清眉目。

叶昔看了看，问："那人是程顾吗？"

苏风暖摇头："那是个假人。"

叶昔又仔细看了片刻，一拍脑门："还真是假人！他的胳膊和身子是一个姿势，十分僵硬，只有身子随着马走动而微微晃动。这是程顾弄的假人吗？人才啊。”

苏风暖没说话，看向那几辆马车，又细细地闻了闻空气中的味道，忽然摆手说：“师兄、贺知，带着人退后。”

叶昔立即问：“怎么了？”

“那六辆马车里装的像是硫黄，应该还有硝石。”她环顾了一眼周遭，“这一片山林，如今雪已经化了，草木干柴遍地。若是遭遇易燃之物引火而起，届时我们退无可退，只能被火焚了。”

叶昔顿时睁大眼睛：“这跟你在燕北大败楚含名扬天下的那一场火战有的一拼，这是被程顾学以致用了。”话落，他挥手，“还等什么，我们快撤啊。”贺知等人一听，齐齐后退。

小师爷带着人等了两个时辰，手脚都冻麻了，见终于等来了人，顿时大喜，看了一眼，那人正是惯常喜穿灰青色袍子的程顾，顿时二话不说，一摆手：“放箭，杀。”

官兵们立即开弓搭箭，箭羽“嗖嗖”地向那支队伍射去，顿时有赶车的人和护卫中箭倒地，发出凄惨的喊声。当头骑在马上的程顾胸口上中了一箭。

小师爷见得手，大喜，粗着嗓子骂道：“程顾，你也有今日，看小爷将你碎尸万段。”话落，他摆手，“都别放箭了。”一个纵跃跳了出去，“将他从马上给我拽下来，爷真是高看他了，就这么点儿能耐，连还手的余地都没有，枉我调了官兵来助阵，真是看得起他，狗杂碎。”他骂骂咧咧地奔上前，百名黑衣府卫听他吩咐，也冲上前。

就在他们奔到程顾身边，将他拽下马时，随着拽下的动作，那个假人的身子发出“砰”的一声巨响，顿时爆了。小师爷猝不及防，当时就被炸飞，落在了不远处的草地上。他被炸断了手，摔断了腿，顿时如杀猪一般发出凄厉痛苦的声音。

就在同时，六辆马车也都齐齐爆开，一时间，惨叫声响起，火苗蹿起数丈，冷风吹来，火苗落在四周的荒草上、干枯的树木上，含油脂的松木先着了起来。须臾，四下都是火光。

小师爷本来疼得“啊啊”叫，见四下起火，顿时傻了，惊惧片刻，忽然大喊：“不好，中计了，程顾这个狗娘养的，快……快扶我起来，撤！”有忠心的没有受伤的暗卫在慌乱中找到了他，连忙将他从地上托起，带着他往后撤。

藏在山环处的官兵也傻眼了，惊慌地四下撤退。奈何这个时间正是山风最猛烈之时，风助火势，大火蔓延开来，不消片刻，便蔓延到了整个山环处，将小师爷、百名黑衣府卫以及两千名官兵都围在了火中。

小师爷在惨叫声中被大火活活地烧死了，百名黑衣府卫、两千名官兵同样成了这场大火中的亡魂。

苏风暖等人刚退到安全的另一座山头，便看到这边火光四起，将半边天都染红了。叶昔拍拍苏风暖的肩膀："师妹啊，幸好你来了，否则你师兄我这一次没准也跟着那个小师爷一起倒霉地被烧死了。"

苏风暖失笑："你不至于，他们跑得慢，你的轻功逃开这些火没问题。"

叶昔撤回手，摸摸自己心口说："这程顾真是个人才，只用区区几十人就换得了湘郡王一个小师爷和百名精良暗卫，外加两千名官兵啊。赚大发了。"

"那小师爷不是个愚蠢的，只是估计与程顾积怨已久，立功心切，所以没细心看那个骑在马上的假人。程顾想必是抓住了他的这个心理，用了这么粗糙的障眼法便轻而易举地收拾了他。"

叶昔道："唉，两千名官兵啊，就这么死了。"

苏风暖默然片刻："我们千里迢迢为了程顾而来，自然不能为了这两千名官兵打草惊蛇，即便能救下他们，也不能出手破坏程顾的计划。否则我们自己就会陷入被动的险境。"

叶昔颔首："是这个道理。这笔账算在湘南县守身上好了，私借官兵给湘郡王，诛九族也不为过。"

苏风暖冷声道："自然要跟他算账，即便我们不算，纸包不住火，朝廷总会和他清算。"

叶昔忽然说："如今是大皇子监国吧？今日这事一出，两千名官兵因私调兵而被大火烧死，县守供出湘郡王的话，那么大皇子如何来对待盟友湘郡王，可就有意思了。"

苏风暖也笑了："所以，不能让县守死了，回头先帮着大皇子把他押解进京，这桩好事，我们顺手做了得了。

"而湘郡王若是知道今日之事，一定会先派人杀了湘南县守，将私调官兵全部折损的罪名扣在湘南县守身上，以免供出他。所以，在他还没知道之前，一定要先一步将湘南县守弄进京，交给监国的大皇子。那么，这两位昔日的盟友今后的走向就有意思了。"

叶昔担心地说："这火若是不尽快扑灭，不会烧到湘南城吧？"

苏风暖摇头："烧不到。这一片山环被风吹得无雪存下，但过了这一片后，地上的雪还没融化，厚厚的一层，便烧不起来了。"

叶昔点头，松了一口气："那就好。如今我们该怎么办？"

苏风暖道："回湘南城，等候程顾。他带着紫荆县主，千里迢迢来东境，自然不是为了将紫荆县主还给湘郡王这么简单，也不是为了杀湘郡王手下的小师爷这么简单，定然还有更重要的事情可图，所以他一定会进湘南。"

叶昔闻言道："如今他应该就在不远处了，这样的话，我们回去等着他。"

湘南城外二十里起大火，自然很快惊动了官府。县守在小师爷带着官兵离开后，派了一个亲信跟出城探听消息。当亲信将小师爷带着人埋伏最后中招的消息传回来时，县守脸色霎时白如纸，一屁股坐在了地上，自杀的心思都有了。他的两千名官兵就这么被烧死了，他不但头顶的乌纱帽保不住，怕是很快就会人头落地。

亲信也觉得老爷这县守完了，在一旁给他出主意："老爷，咱们逃吧，皇上若是知道了，一定不饶您。湘郡王知晓小师爷死了，也一定不饶您。"

县守哆嗦着身子从地上爬起来："你说得对，快……快逃……"他说着，向后院跑去。

县守夫人正睡着，被县守吵醒，当即就泼妇般地骂起来。县守连忙说："夫人，别骂了，大祸临头，我犯了诛九族的大罪啊，快……你带着咱们女儿，快跟着我逃吧。"

县守夫人一听，顿时也吓破了胆："死鬼，你做了什么？怎么犯了诛九族的大罪？"

"没工夫和你说了，快点儿吧，再晚命就没了。"

县守夫人连忙从床上爬起来，跑去喊女儿，又跑回来收拾金银细软。县守在一旁等得急："夫人，别收拾了，命要紧啊。"

县守夫人收拾了三大包裹东西，才磕磕绊绊地随着县守出了县守府。县守早已经吩咐人备好车马，一家人坐上马车，亲信赶车，逃出了县守府。这时，天已经亮了。

马车出了城门，正巧碰到苏风暖、叶昔等人回城。叶昔看着马车挂着县守的车牌，顿时笑了："小丫头，这可更省我们的劲儿了。你看，他自己送上门来了。"

苏风暖也笑了，对贺知摆手："去拦住他们，动作快些，捆了人之后，找一辆普通马车，派两名府卫，送去……"她琢磨了一下，道，"五十里地外的尚田，交给云纺绸缎庄，让他们暗中将人送进京交给小国舅。"贺知点头，从袖中抽出一块黑方巾蒙在脸上，立即带着人迎上去。

县守没想到刚逃出城便遇到了打劫的，来人黑衣蒙面，他顿时吓得魂儿都飞了，质问是何人的话还没说出口，便被人堵上嘴绑了。

贺知动作利落，依照苏风暖的吩咐，很快就找了一辆普通的马车，将县守等人扔到车上，点两名府卫，让他们绕过大火烧山的路径，送去了五十里地外的尚田县。

收拾县守没用半个时辰。清扫了痕迹后，叶昔依旧留守城外，苏风暖、贺知等人回了城，苏风暖吩咐暗桩严阵以待，等着程顾入城。

因县守逃跑，湘南城外二十里即便着了大火也无官府派人去救，城内的百姓早起后得到了消息，生恐大火烧到湘南县，都惊慌地收拾了行囊逃出湘南城。不消一个时辰，小小的湘南走了一大半人。贺知道："姑娘，人都走了，这城就空了，是否派人阻拦一番？"

苏风暖摇头："若是他们知道大火自动熄了，没烧到这里，定然还会闻风回来。这样也好，程顾老奸巨猾，一定会派人探听消息，一旦他知道湘南城是这般乱哄哄无人管辖的样子，便会以为没有了威胁，一定会放松警惕进城，届时我们也好下手。”贺知点点头，不再多言。

果然如苏风暖所料，大火烧了半日后自动熄灭了。晌午时分，有一队人马远远绕过大火，进了湘南城。这一队人马有千人之数，清一色的凤阳镖局的押送队伍，中间有两辆马车，马车后面有两辆装着大铁箱子的大车。

叶昔看到竟然是凤阳镖局的押送队伍，眉头蹙紧，给苏风暖传音入密：“看来程顾与凤阳镖局有勾结，一千人，我们怕是不好对付，怎么办？”苏风暖也觉得这件事情有点儿棘手，即便她和叶昔武功高绝，再加上贺知和五十名府卫也对付不来。

苏风暖心思数转，一时间也没什么好办法，只能对叶昔道：“先放他们进来再说。”话落，她对所有暗桩传音道：“事情有变，原计划取消，大家撤离城门口，再听我消息。”

不多时，凤阳镖局的押送队伍缓缓进了城。贺知道：“姑娘，怎么办？就这样放他们过湘南去东境，那我们就白费功夫了。”

苏风暖抿唇，思索片刻，摇头道：“程顾毫不手软地杀了湘郡王的小师爷和百名精卫，不见得会越过湘南进入湘郡王的地盘，那等于自投罗网。他应该会在湘南落脚，湘郡王一日没与皇上撕破脸，就一日不敢大张旗鼓地出东境的地盘动兵，湘南怕是两方的谈判之地。他手里的大铁箱子应该是谈判的筹码，否则当不起这么重的镖。”话落，她忽然笑道，“江湖上的黑吃黑，听过没有？天下无人敢劫凤阳镖局的镖，此后怕是要破例了。我便调动碧轩阁，先吃了凤阳镖局的这笔买卖，捏住他再说。”

碧轩阁要动凤阳镖局这一镖，自然动得了，只不过鲜少有人知道碧轩阁的总舵在哪里。贺知看着苏风暖问：“姑娘，碧轩阁距离此地可远？”

“远是远了点儿，不过飞鹰传书，他们一日一夜应该能赶到。而湘郡王居住的金都城距离湘南也有八百里，得到消息赶来最快也要两日，来得及。”苏风暖当即喊来一名暗桩，将写好的书信送出城，由叶昔在城外飞鹰传书送了出去。一封是写给碧轩阁的，另一封是写给叶裳的，告诉他事情不太顺利，归期可能延后。

叶昔放了飞鹰后，悄无声息地进了城，对苏风暖说：“小丫头，既然不着急动手，不如我们今夜去探探，看看他那大铁箱子里装的是什么？”

苏风暖摇头：“程顾狡猾，我们不要轻举妄动，等碧轩阁的人来，无论里面装了什么，我们都劫了这一镖。”

叶昔敲敲脑袋：“也好。”话落，他打了个哈欠，“既然如此，今夜补觉好了，大家也都歇歇。”苏风暖点头。

当日，苏风暖等人睡了个好觉。第二日，凤阳镖局果然依旧驻留在湘南，未曾东进。苏风暖算计着昨日傍晚碧轩阁便应该收到飞鹰传书了，当即动身的话，最晚傍晚就能到湘南。

叶昔对苏风暖道："去年湘郡王跑去祸乱江南，我便派人来了东境，暗中也做了些动作。照这个情形，你的碧轩阁人够用吗？用不用我将安插在东境的人也调来？"

苏风暖摇头："不用，碧轩阁的人够用了。"

"依我看，程顾与湘郡王交易之事可能是军火兵器一类。"

苏风暖颔首："我也是这样猜测的。"

叶昔又道："湘郡王非要杀了程顾，可见程顾在与湘郡王谋事所成之后，对湘郡王来说是个威胁。小丫头，你说说程顾对湘郡王能构成什么威胁？他是国丈夫人的弟弟，可是连花烛秀都不要了，是要做什么大事？"

苏风暖沉思片刻道："我猜程顾背后应该有人。可能是程顾背后的人跟湘郡王做的买卖。"

叶昔道："难道程顾背后是北周的人？"

苏风暖想了想，摇头："应该不至于吧，家族都在南齐，他难道做通敌卖国之事，置家族于不顾？"

"有道理，若背后不是北周的人，那是什么人？"

苏风暖道："机关秘道案，连许云初也害，可见他背后的人容不得国丈府。这么多年，与国丈府有仇怨的除了皇室，还有宗室。"

"绕来绕去，难道又绕到了晋王身上？可是湘郡王不是晋王亲生子吗？如今难道反目成仇了？"

"亲生父子反目成仇恨不得对方死的世间少有，应该不是晋王。"

"这就难猜了，总不能是皇上。"

苏风暖摇头道："断然不会是皇上。皇上是个真正看重江山社稷的好皇帝，心有万民百姓，若他只懂帝王谋术，决计不会将背后的牛鬼蛇神养得如此壮实。"

叶昔道："除了晋王，宗室还有谁？"

"除了晋王和晋王府长子、长孙，不算叶裳的话，宗室还真没什么拿得出手的人了。不是晋王的话，应该也不是刘文，刘焱还是个孩子，更不是了。难道是大皇子？"

叶昔一拍脑门："还真有可能。如今，他虽然没回到太子的位置，但回到了京都宫里，大皇子监国，举国皆知。他和湘郡王早些年与虎谋皮，如今也到分道扬镳的时候了。"

苏风暖道："我觉得事情可能没这么简单。"

叶昔摆手，头疼地说："算了，管他是谁，先把眼前的事干了再说。先拿下程顾。"

第二日，夕阳西沉时，苏风暖收到消息，碧轩阁所有的人已经到了湘南城外十里处。毕竟来了大批人，询问她是现在进城还是入夜进城。苏风暖想着即便分成三三两两的小队入城，也会引起程顾的注意和防范。她传信出去，先请两位长老入城商议，其余人原地休息。消息传出去后，碧轩阁的二长老和三长老入了城，留大长老和其余几位长老带着人等在城外十里处。

苏风暖这两日已经想出了劫镖的对策。凤阳镖局虽然牵扯了东境，如今又牵扯了程顾，但依照她与凤阳昔日的交情，做不到形势未明时便对凤阳镖局大开杀戒。想要兵不血刃，对付凤阳镖局这么多人只有用毒了。

苏风暖掂了掂手里的软骨散，对叶昔说："师兄不是早就想去凤阳镖局探探吗？你的功夫已经恢复了，单独出入凤阳镖局应该能做到悄无声息。这包软骨散，就劳烦师兄投入凤阳镖局的水缸里吧。如今正是做晚饭时，此时正好。"

叶昔伸手接过软骨散，笑着说："成，这活儿我乐意做。"

叶昔离开后，苏风暖铺开宣纸，将凤阳镖局在湘南分舵的地形图画了出来。多少间房舍院落，画得一清二楚。她依照推测，择定一种凤阳镖局最有可能的防守方案，再依照这个方案制订了攻破之法。二长老、三长老在一旁看着苏风暖指着宣纸对他们安排，心中十分敬佩。

她安排完之后，叶昔回到了碧轩阁："小丫头，成了。"话落，他看了一眼她面前的宣纸，啧啧道，"我说师妹啊，说你是神手也不为过，你来了之后，还没去过凤阳镖局分舵吧？怎么知道是这样布置的？"

苏风暖笑着指了指脑袋："用这里猜的。"话落，她对二长老和三长老道："一个时辰后，软骨散就该发作了。让碧轩阁所有的人在一个时辰后进城，直奔凤阳镖局分舵，按计划夺镖。"

贺知见没有对他和府卫进行布置，立即问："姑娘，我和府卫呢？"

"你们留守，密切注意城内、外的动向，一得手我们立马带着程顾和镖撤出湘南。"

叶昔在一旁道："得手后，不等着和湘郡王交手了？"

苏风暖摇头："若是被湘郡王知道我们在这里，怕是他不会再顾忌而与皇上撕破脸，会不惜调重兵也要擒住我们。我们就会陷入险境，如今还不适合与他打照面。"

二长老和三长老也十分赞同苏风暖所说，待安排妥当后，二人出城去与碧轩阁的所有人会合，向众人传达计划。此时，天已经黑了。

叶昔对苏风暖道："小丫头，你的软骨散有解药吧？"

"我改了一味药，即便程顾他们发现中毒，想解也不太容易。一个时辰后，我们不等他想办法解毒，便攻破了凤阳镖局的分舵。"

叶昔点点头："我再去凤阳镖局分舵一趟，届时与你们里应外合。"苏风暖道："我与你一起去。"于是，贺知带着府卫留守，叶昔和苏风暖去了凤阳镖局的分舵。

苏风暖和叶昔顺利地进了凤阳镖局的分舵。叶昔指着中间的一间房舍传音入密道："程顾住在那间房舍里，里面放着凤阳镖局押送的镖物。"二人悄无声息地落在了那间房舍的屋顶上。

里面正有人说话，一个中年男子道："程爷，我家老爷子如今被湘郡王扣押在东境，你此番杀了湘郡王倚重的小师爷和他带来的百名精卫，而押镖的是我们凤阳镖局的人，湘郡王恼火之下恐怕会引怒火到我家老爷子身上。"

又一个中年男子的声音响起："不会，你家老爷子的妹妹是湘郡王母亲，算起来，他是湘郡王的亲舅舅，娘亲舅大，他不会将你家老爷子如何。"

那人一听，顿时惊异道："竟有这回事？我家老爷子的妹妹是宫里的先太嫔啊，怎么会是……"

"人人都道晋王府长子风流，可是没多少人知道，晋王年轻时才是真风流，连先皇的妃嫔都敢勾搭成奸生子，还暗中送去了湘郡王府养着。"程顾道，"否则你以为你家老爷子为何这么多年来每次湘郡王有求，他虽不愿，但都帮着湘郡王。这等宫闱秘事，自然不为外人道也。"

那人一时无言，片刻后道："可是湘郡王如此心狠手辣，紫荆县主在咱们手里，亲生女儿他都毫不留情地说杀就杀，难道会顾及亲舅舅？"

程顾哼道："湘郡王是个唯利是图之人。他女儿对他来说，就是他一滴血养出来的宠物而已，而凤老爷子身后可是有凤阳镖局的，他若是将凤老爷子如何了，你以为你家少主凤阳会放过他？"

"但是少主失踪了啊，如今尚不知在哪里，更不知吉凶，实在让人心里没底。"

程顾道："苏三公子待在东境日益凶险，湘郡王早就想对他下手，好不容易找到一个机会，他却狡猾得很，趁机逃开并就此失踪了。试想，苏三公子单独一人，却在湘郡王的重重围困下失踪了，定然是有人救了他。正是那时，你联络不上你家少主了，可见你家少主是与苏三公子在一起。"

"可是都这么久了，少主也无音讯，难道少主和苏三公子还在东境？"

"不好说，我得到消息，湘郡王也在暗中找他们。"

那人道："只要少主没事就好，少主没事，湘郡王便不敢对老爷子下手。程爷，在下实在不明白，你是湘郡王的幕僚，为何如今他要杀你而后快？在下没得到少主和老爷子的指示，便私自做主帮你押了重镖到此，事到如今，你该告诉在下这重镖到底是什么了吧？"

程顾道："知道这些东西，对你没好处。"

那人道："在下实在好奇。"

程顾道："是军火。"

"军火？"那人不解，"何为军火？"

"就是我研制出的火器，若是用于军事，杀伤力太大。一个火器，可以杀一批百人的精卫队，所以我将它称为军火。"

那人"啊"了一声："我知道了，就是你用于对付小师爷的那些东西。这在下更不解了，既然是你研制出来的，怎么会与湘郡王有牵扯？"

程顾叹了口气：“这就说来话长了。”话落，他拍拍那人的肩膀道，“老兄，你我相交一场，我不想害你，这种事情还是知道得越少越好。这一次请你押镖，是迫不得已拉你下水，也是看在你家凤老爷子和凤少主都对你甚是器重的分儿上，他们一个被困在东境，另一个失踪无音讯，即便你私自做主也不会怪你。”

那人闻言不再多问，道：“好吧，我不问就是了。”二人又闲谈起来，都是一些无关紧要的事。

片刻后，有人送来饭菜，二人就座，用起饭来。刚吃了两口，程顾便大声道：“不好，别吃了，饭菜有毒。”

大镖头一惊，立即扔了筷子，腾地站起来，看着程顾：“有毒？”

程顾点头：“是软筋骨的毒药，快去通知所有人，都别吃这饭菜，立即查是什么人下的毒？”

大镖头经程顾一说，暗暗运力，顿时发现经脉不对劲，的确是中了软骨毒的征兆。他脸色一白，顿时大喝：“来人！”

有人应声出现：“大镖头！”

“快，快去通知所有人，都不准用今日的晚饭。”大镖头急声吩咐了下去。那人一怔，应声“是”，连忙去了。大镖头转向程顾：“程爷，我这就去查。”

程顾一时没说话，而是看向房顶，沉声道：“是何方朋友来了此地，既然不是毒杀我们，想必不是仇敌，请下来一见。”

苏风暖和叶昔隐在房顶上，二人自诩轻功高绝，想着不该被程顾发现才是。难道程顾武功也十分高深？二人对看一眼，没出声，也没有动作。

程顾露出疑惑之色。大镖头仰头看向棚顶，细听片刻，对程顾道：“程爷，没有人吧？”

程顾不说话，又沉声道：“请贵友下来一见！”

大镖头此时也开口：“凤阳镖局行走天下，从未与人为敌，是何方朋友，下来一见？”

苏风暖和叶昔依旧没出声。程顾蹙眉，又道：“贵友来此，必有所谋，程某虽然多年不行走江湖，但江湖侠气未失。另，程某素来喜欢结善缘，贵友若有所需，不妨出来开门见山地说个痛快。程某但有能相帮之处，必不说二话。”

苏风暖一听，对叶昔挤了挤眼睛。叶昔意会，轻松地一撩衣摆，站起身，飘然下了房顶，不客气地推开房门走了进去，笑得坦然地道：“程老真是爽快人，看来今日我是来对了。这么说，我想要程老带着你手里的镖与我走一趟，如此轻易之事，必不说二话了？”

程顾和大镖头见进来一个钟灵毓秀的年轻公子，齐齐一怔。武功一道，虽然修习靠天赋，但也要长年累月的沉淀。江湖老一辈的前辈都知晓，女子里有个苏风暖，男子里也就是望帝山一众嫡系弟子了。叶昔的样貌，有着江南世家大族的清贵之气。程顾看着叶昔，缓缓拱手："江南叶家的继承人，叶昔公子，久仰久仰。"

叶昔拱手笑道："程老果然是老江湖了，一眼便识破了我的身份，在下正是叶昔，对程老也是久仰。"

大镖头立即道："叶昔公子，我们凤阳镖局素来与江南叶家无仇无怨，你竟然行下毒之事，这是所为何来？"

叶昔笑着道："凤阳镖局与江南叶家的确多年来无仇无怨，我与凤少主还有些交情，但湘郡王与我有仇有怨，我此次是为湘郡王而来。"

"哦？"大镖头一怔，不解地道，"请叶昔公子解惑。"

"去年湘郡王的人在江南祸乱我叶家，如今叶家尚在内斗，江南经济倒退了数年，这笔账，我总要找湘郡王清算。"

"你找湘郡王清算，为何找上了我凤阳镖局？"

叶昔转向程顾："这就要问程老了，程老与湘郡王谈什么交易，湘郡王既然不仁义，非要杀你而后快，不如这笔生意交给我做如何？"

程顾看着叶昔："这笔生意，就怕叶昔公子做不了。"

叶昔轻笑："天下还没有我不敢接的生意。"

程顾道："叶家根基早已经被动摇，没有几年恢复不了。叶昔公子确定敢接我的生意？"

叶昔道："不破不立。至于叶家的根基，我早就保护起来了，江南的繁华虽然在倒退，但叶家不是什么人想动就动得了的。这样说，程老还以为我做不了你的生意吗？"

"即便江南一如往昔，在下也觉得叶昔公子做不了我的生意。"

叶昔笑看着他："那谁能做你的生意？只有湘郡王吗？"

"普天之下，除了湘郡王当然还有人，那就是这天下的九五之尊。"

叶昔眯起眼睛："程老这买卖做得可真够大啊，怪不得湘郡王想杀你。"

"他目前还杀不了我。"

"那是因为程老手中有底牌。可是这底牌嘛，也要你护得住才行。"

程顾看着他："真没想到，叶昔公子是为我这笔生意而来。"他忽然眯起眼睛，"恐怕不止叶昔公子一人吧？"

叶昔眨眨眼睛："我一人难道不够劫了程老这笔生意？"

"江南叶家世代独立于江南，对天下事不甚热衷，叶公子自小游历在外，连江南的事都鲜少插手，遑论天下事了。据闻叶公子这半年来居住在京城容安王府，叶老爷子自去京城，也在容安王府定居了，这么说来，叶昔公子是为了容安王府的叶世子而来？"

叶昔"哈"地一笑："程老，若我说是为了叶裳而来，你觉得他能做你的这笔生意吗？"

程顾摇头："叶世子做不了。我的东西，不心狠手辣的人做不了。叶世子身怀容安王府的家风，虽玩世不恭，但心地仁厚。即便这个东西摆在他面前，他怕是立马毁了，也不会让它面世。”

叶昔看着程顾：“所以，程老的东西是为灭世而创？”

程顾摇头：“是为有野心的人而创。叶昔公子既然追来了湘南，想必对湘郡王的野心知道不少，所以叶昔公子请回吧！无论是你，还是叶世子，都做不来我的生意。”

叶昔摇头：“既然来了，我就没想空手回去。”

程顾脸色微沉：“这么说，叶昔公子是真想劫这笔生意了？就不怕它是个烫手山芋？”

叶昔摇头：“不怕。”

程顾道：“只凭叶昔公子一人怕是劫不走。”他的话音刚落，外面传来急促的脚步声和动静，整个凤阳镖局霎时似乎乱了起来。有人在喊“有人劫镖了”，有人在喊“快，护住镖”，有人在喊“大镖头，不好了”，一时间分外热闹。

大镖头面色大变，看向叶昔：“叶公子，你还真动我凤阳镖局的镖！”

叶昔坦然地道：“大镖头，抱歉了，谁让你这一次押的镖我很感兴趣呢？”

大镖头一时无言，看向程顾。程顾脸色平静：“叶公子，你就不怕引火烧身？”

叶昔失笑：“不怕。程老今日在湘南二十里外所用的火攻计谋，还是效仿我师妹，她是这里的行家。若是引火，也只能烧别人，烧不到我。”

程顾忽然面色微变：“苏姑娘也来了？”

叶昔笑看着他，也不否认：“程老，普天之下，若说有我江南叶家不敢做的生意，这话没错；若说有京城容安王府不敢做的生意，这话也没错；但若说有我师妹不敢做的生意，这话可就错了。你猜出了叶裳，怎么没猜出我师妹呢？难道她武功尽失后，这个江湖将她除名了不成？”程顾一时沉默，没说话。

叶昔看着他的表情，想必他心中十分心惊，轻笑：“程老，快做决定，我不是心狠手辣之人，叶裳不是，但我师妹可是。她在燕北风口山引火，火烧北周九万兵马，楚含即便恨不得杀了她，也丝毫奈何不得她。她与凤阳交情不错，即便看在他的面子上，凤阳镖局这一干人也不够她饮一壶酒的。”

大镖头一听，脸色一白，看着程顾道：“程爷，苏姑娘可不同别人，江湖中传，她行事素来凭喜好。这一次押送你这一镖，我动用的可是凤阳镖局的精英，若是都折损在这里，我只能自刎谢罪了。”

程顾看了大镖头一眼，又看向好整以暇的叶昔道：“苏姑娘一个女儿家，要我这镖做什么生意？难道苏大将军想问鼎天下？”

叶昔笑着道：“程老不必作如此想，苏大将军忠君爱国，自然不会要问鼎天下。只是师妹素来喜欢玩，好的东西不在自己手里过过瘾，她不舒服。”

程顾脸色有些差：“苏姑娘既然来了，想来势必要得手。如今看外面这般乱，想必来了不止数千人。即便我说生意不做，怕是也由不得我了。”

叶昔笑着道：“程老，识时务者为俊杰。”程顾没说话。大镖头十分震惊，骇然道：“苏姑娘在哪里调了数千人，而且我没听闻到半点风声？”

程顾道：“恐怕是苏姑娘的碧轩阁倾巢出动了吧！”

叶昔赞赏道：“程老不出门，便知天下事，这份本事也鲜有人能及了。”

程顾道：“不及苏姑娘，程某在等湘郡王，没想到没等到湘郡王，等来了叶昔公子和苏姑娘。”话落，他忽然说，“不对，你和苏姑娘应该早就来了湘南。我从沛城出发时，听闻叶世子陪苏姑娘前往望帝山治病，如今苏姑娘却出现在湘南，看来，真是冲着程某而来。”

叶昔笑道：“我与师妹诚意十足，程老，带着你的镖，跟我们走一趟吧。”

程顾听着外面一片嘈杂的声音，看着好整以暇的叶昔，沉默再沉默。他轻松地收拾了湘郡王派来的小师爷和百名精卫，等着与湘郡王谈判，占据主动，但不能轻松地收拾苏风暖和叶昔。他虽然久不混迹江湖，没见过苏风暖，但不代表他脱离了江湖。

苏风暖做出的每一桩事都足够震惊江湖，尤其是她小小年纪，让传承了百年的碧轩阁上下俯首称主。后来又传言她是望帝山的继承人，执掌帝师令，望帝山无人有异议。她更是因为燕北一战，大败北周二皇子楚含和名将单灼，而名扬天下。

去年，听闻她为了解叶世子身上的热毒，武功尽失，性命堪忧，多少人为她扼腕叹息。没想到消停了几个月，她神不知鬼不觉地来了湘南。

叶昔看着程顾，等了他片刻，笑着道：“程老，与我师妹做生意的人从来都亏不了。以十分的话，有时候她四别人六，所以这么多年，她虽然得罪的人多，但朋交也遍布天下。”

“叶昔公子，苏姑娘也来了吧，不妨请苏姑娘出来一见。”

“我师妹兴许是另有要事，待她想见程老时自然会见。程老只要跟着我们走就好了，看在小国舅与我师妹是知己之交的分儿上，定不会怠慢程老。”

“不知叶昔公子和苏姑娘要将我和我手中的东西带去哪里？”

叶昔道：“西境。千军万马中，程老的东西才最有用武之地。”

程顾又沉默了下来。这时，外面的动静渐渐息止，大镖头急了：“叶昔公子，你的人将我的人如何了？都杀了不成？”

叶昔耸耸肩：“大镖头可以出去看看，若是都杀了，也只怪程老太不果断了，我本以为程老是个果断的人，没想到区区小事犹豫得很。”大镖头闻言立即跑了出去。

程顾看着叶昔，半晌，叹了口气，道：“跟叶公子和苏姑娘走可以，但你二人必须答应我一件事，否则，程某不惜玉石俱焚，也不会让你们带走我手中的东西。”

“嗯？”叶昔挑眉，笑道，“程老请说。”

“湘郡王手里攥着我程家举家的生路，若是叶昔公子和苏姑娘能保得我全家，我便带着东西跟你们走。”

叶昔扬眉：“据我所知，程家十分太平。程家和国丈府是姻亲，受国丈府扶持，即便小国舅查出机关秘道案通往花烛秀，牵连了程老，也未上达天听。湘郡王远在东境，如何动得了程家？”

“湘郡王的确动不了，但是京中有人动得了，而且是动动手指头的事。”

叶昔了然，笑着道：“程老原来是惧怕晋王。”

程顾看着叶昔：“看来叶昔公子知道得不少，怪不得与苏小姐来湘南劫我。这么多年，盘根错节，我程家深受掣肘，除了花烛秀被我给了小国舅，程家其他所有经济命脉都攥在晋王手中。”

叶昔道：“经济命脉，应该不至于要程家的命。”

“若是见不得光的经济命脉，比如黑账呢？岂不等同于程家九族的命？”

叶昔点头：“这倒是。所以，这三年来你困在东境，为湘郡王做事是为了程家？如今你拿手中的东西与湘郡王做交易，是想换回黑账？”

程顾颔首：“不错。”

叶昔道：“东西在湘郡王手中？”

程顾摇头：“以前在，如今已经不在了。”

“那在哪里？”

程顾道：“若是我所料不差，在苏三公子手中。以前，湘郡王对我虽有忌惮，但未动杀心，他手里攥着我的黑账，我手里则攥了他的女儿。如今，湘郡王要我死，可见他手中攥着的我的把柄已经没了。苏三公子失踪后，湘郡王暗中派出大批人四下查找，若苏三公子没拿走湘郡王重要的东西，湘郡王岂会如此？毕竟湘郡王是要做大事的人，哪里有那么多闲工夫找一个失踪的钦差？”

“所以，你想让我和师妹从苏三公子手中拿出那黑账还给你。既然如此，你方才犹豫的是什么？”话落，他盯着程顾一针见血地猜测，“程老，你与湘郡王合作，背后的主子却不是湘郡王吧？想必你的主子与我和师妹背道而驰，才使你不敢轻易应允我。”

程顾看着叶昔，面色微变。叶昔道：“被我猜准了，能做程老的主子想必是非常人，让我猜猜，如今的大皇子？”程顾抿唇未语。

叶昔笑了笑：“程老既然有大皇子做靠山，想必不太担心京中的晋王与湘郡王同气连枝对付程家，所以你杀了湘郡王派来的小师爷和百名精卫，占据上风。即便他手中没了你的黑账，也想多谈些好处，掣肘湘郡王。如今这笔买卖被我和师妹捷足先登，黑账又在苏三公子手中，你背后的主子定然不乐意，那么，程家还是危急，我说得对不对？”

程顾眉头深锁：“叶公子，你既然都已经猜到，那我们打开天窗说亮话，你和苏小姐能保住程家吗？若是能保住……”他猛地一咬牙，“程某便带着人和东西随你们走。否则，即便苏姑娘会引火，也未必会对我研究了多年的火器了如指掌，若是我求个玉石俱焚，对彼此都不是好事。”

“我和师妹虽然喜欢与人谈生意，但不喜欢被人威胁，我可以答应你，但只能说尽力，保不保得住程家，要看事情动态发展。至于玉石俱焚，程老如今怕是做不到。你若是有想死之心，我应该不会拦着，至于伤人伤己，不见得。”

程顾刚要说话，外面的门“砰”的一声被撞开，一个被绑了的女子从门外被人扔了进来。程顾低头一看，见被绑着的人是沈芝兰，面色彻底变了。一个男子的声音响起：“程老，我家姑娘说了，你若是再磨叽下去，湘郡王的人马该来了。东西她先一步带走了，紫荆县主她也带走了，至于你和沈芝兰，若是不走，就在这里等着湘郡王的人马到来吧。不知你背后的主子是否能将手伸到这里救你们。”

程顾脸色一时间变得精彩纷呈，看着贺知：“你是……工部尚书府的公子？”

贺知点头，木然地道：“多谢程老记得我，我家破人亡，拜人所赐，如今在叶世子身边当差。”

程顾本来是让沈芝兰守着东西，一发现异常便点燃火引，没想到她被人钳制，半点反抗的力气都没有，不用猜也知晓是苏风暖做的。叶昔说得对，他威胁不了叶昔和苏风暖。他脸色变换片刻，猛地闭上了眼睛，沉声道：“苏姑娘和叶昔公子果然名不虚传，程某佩服，随你们走。”

第七章
探得喜脉

当即，叶昔带着程顾，将绑着的沈芝兰扔进了马车里，将软骨散的解药给了大镖头，对他道：“大镖头，劫了凤阳镖局的镖，迫不得已，江湖路长，来日再遇到，我准备酒菜，向你赔个不是。”

大镖头看到自己带来的一千名镖局精卫就这么轻松地被撂倒了，已经做好了最坏的打算，没想到苏风暖只劫程顾和他带来的人以及镖物，当下感激不尽，连忙拱手对叶昔道：“叶昔公子客气了，多谢你和苏姑娘手下留情，来日江湖再遇，在下做东请公子和苏姑娘畅快共饮。”

“好说！”叶昔洒脱地一笑，扬鞭打马，带着程顾、沈芝兰出了湘南城。贺知带着五十名府卫随行。凤阳镖局一千人的软骨散的毒解了之后，大镖头知道此地不宜久留，也带着人连夜撤出了湘南。

天明时分，一队人马从东而来，进了湘南城。这队人马有数千之众，清一色的骑兵，带着佩剑弓弩，全副武装。为首一中年男子，身穿黑色斗笠，青色锦袍，袍角绣着金丝虎图，正是湘郡王亲自来了。

这一队人马进了湘南后，直奔凤阳镖局分舵。湘郡王看着空无一人的分舵，黑色斗笠下的脸顿时沉了，对两旁的人吩咐道："去查，看看是怎么回事？"左右应声，立即去了。

不多时，左右亲卫回来禀告："郡王，子时之前，凤阳镖局撤出了湘城，所有人都离开了。"

"嗯？"湘郡王蹙眉，"为何离开？"

"不知为何，城门守卫只说凤阳镖局的大镖头带着人连夜离开了湘南。"

"程顾让我亲自来湘南谈，不可能不等我便离开，再去查。"

左右亲卫应声"是"，又立即去了。这一次，查得比较久。

湘郡王等得不耐烦时，左右亲卫回来禀告："回郡王，卑职二人查到江南叶家的叶昔带着一批人来了湘南，似乎是劫了凤阳镖局的镖。大镖头无奈之下，恼怒地撤出了湘南。"

"什么？叶昔来了湘南？"湘郡王脸色变换片刻，咬牙道，"好个叶昔，我竟半点消息未曾得到，来晚一步。程顾是废物吗？怎么会让叶昔轻而易举地将他劫走了？凤阳镖局也是废物吗？一千精卫，竟护不住镖物？难道程顾转而与叶昔做了交易？他就不怕本王对付他程家了？"

湘郡王气急失语后，才想起他手中攥着的程顾的把柄已经丢了，十有八九被苏青偷走了，程顾自是不怕他了。他更是恨急："苏青，若是被本王找到，定要生吞活剥了他。可查出他们往哪个方向去了？给我追！"

左右亲卫小心地开口道："回郡王，已经离开几个时辰了，凤阳镖局回了总舵，不知叶昔去向。数日前，听闻他随容安王府叶世子去了西境，如今挟持了人，想必不是去京城，就是去了西境。"

湘郡王道："那就分两路去追！"这时，他身后一老者上前道："郡王息怒，如今人既然被劫走，走了半夜，无论是去西境，还是去京城，靠我们怕是都截不住了。"

湘郡王怒道："那怎么办？难道就任由他这样将人劫走？"

那老者道："程顾非泛泛之辈，叶昔虽有才名，却年少，江南叶家乱了半载他都不管不问，怕是为了避祸才留在京城，想必没有传言说的那般有能耐。若说他带人从凤阳镖局一千名精卫的手中劫走程顾，老夫不大信。程顾狡猾，谋算甚深，兴许是与叶昔有什么交易，自愿随叶昔离开的。"

"嗯？"湘郡王看向老者。老者道："叶昔不管江南叶家，久住容安王府，他此次来湘南，怕是受了叶裳的指派。叶世子怕是开出了大条件，程顾十有八九是投靠叶裳了。"

"叶裳会开出什么大条件？"

"他会开出什么大条件，老夫也不敢说。叶世子得皇上厚爱多年，在南齐京城横着走，不可小视，郡王您也不可小看他。"

“不错，我还是在他幼时见过他一次，那时他小小年纪，说话便滴水不漏，聪明得很。”

“程顾是废太子的人，如今他若是投靠了叶世子，可想而知，废太子岂能善罢甘休？”

湘郡王闻言道：“他已经不是废太子了，如今是大皇子。”

老者道：“不错，听闻皇上前往灵云寺祈福，令大皇子监国。设想，他若是知道程顾投靠了叶裳，定然恼怒，所以郡王没必要动气，就让大皇子与叶裳清算好了。大皇子如今行使监国职权，由他出手，派人沿途拦截，叶昔跑得了？您若是派人去追，动作太大，被御史台参奏，可就不妙了。”湘郡王渐渐息了怒意。

“上一次您前往燕北，绕过西境，遇上江南祸乱，装病未进京，本就已经引得皇上猜疑了，我们如今丢失了程顾这笔买卖，一切还未准备就绪，若是这次再有风吹草动传到皇上耳里，皇上发难的话便不好应对了。”

湘郡王颔首：“说得有理。”老者又道：“程顾杀了老夫的徒弟，老夫自然也要找他算账，不过先借大皇子的刀杀人好了。”

湘郡王道：“大师爷，你放心，小师爷和本王的百名精卫之死，本王给程顾记下了。待有朝一日，本王君临天下，诛程家九族给他们报仇。”

老者拱手：“老夫相信郡王。”

湘郡王摆手，对左右亲卫吩咐：“立即飞鹰传书，将程顾跟随叶昔离开了湘南的消息快马加鞭送进京给大皇子。”

“是。”左右应声。

湘郡王一挥马鞭：“走，回东境。”一队人马如来时一般，风一样地离开了湘南。

苏风暖带着人押送着夺来的镖先一步出了湘南，没有如来时一般走山路，而是走的官道。她料定湘郡王不会追出湘南，一路并没有快马加鞭地赶路。

苏风暖与紫荆县主坐在一辆车里，苏风暖折腾得有些累了，见她乖巧懂事，也不理会她，上车后便躺在车上睡了。紫荆县主见苏风暖上车后倒头便睡，没绑她绳索，甚至连她头上的发钗、身上的匕首都不搜出，径自睡得酣然，实在不像个劫匪。她看了苏风暖许久，最终也耐不住困意，睡了。

第二日晌午，叶昔带着容安王府的府卫，押着程顾和沈芝兰追上了苏风暖的队伍。他骑马来到车前，伸手敲了敲车辕，喊道：“小丫头。”

苏风暖困意正浓，“嗯”了一声，眼睛不睁开，开口问：“湘郡王没派人追上来吧？”

叶昔道：“我听人说昨日夜间离开湘南城你就一直在马车里睡，如今都晌午了，还没睡够，你都睡迷糊了吧？湘郡王若是派人追上来，你还能睡得如此舒服？”

“也是。若是我所料不差，他应该会飞鹰传书给大皇子，让大皇子派人拦截我们。”

叶昔道："飞鹰传书半夜半日差不多也到京城了，大皇子得到消息势必有动作，你别睡了，起来赶紧打算打算，我们如今大批人马就这样堂而皇之地走官道，岂不是告诉所有人你是箭靶子？"

苏风暖睁开眼睛，见紫荆县主依旧安静地坐在角落里，在听着她和叶昔说话。她伸了个懒腰，坐起身，挑开车帘，看着骑在马上的叶昔说："不用理会他，我们就这样走官道，一路去西境。"

叶昔看着她："你确定？"

"确定。"苏风暖点头，"大皇子以前是太子时，在人前露面的时候少之又少，成了废太子之后，众人几乎将他遗忘了。如今又成了大皇子，还行监国之事，无数人一下子对他瞩目起来。他习惯了暗中行事，突然曝光于人前，定然十分不习惯，处处束手束脚。就算派人来拦截，他也不敢调动大批人，少数鱼虾何惧？只管走就是了。"

叶昔点头："既然这样，我也不必担心了。"话落，他道，"小丫头，你睡够了，该轮到我了吧？"

苏风暖道："行，你上车，我骑马。"

叶昔闻言也不客气，飞身下了马，跳上马车。上了马车后，他才看到角落里的紫荆县主，一个柔柔弱弱的女儿家，十分安静，他愣了一下。紫荆县主也没想到叶昔说上车就上车，她也一怔。苏风暖好像忘了男女有别，在叶昔上车的第一时间，自己就跳出去，飞身上了马。

叶昔只愣了一下，便无所谓地躺下来，闭上眼睛睡了。紫荆县主怔了片刻，见叶昔躺在苏风暖早先躺着的地方，扯了苏风暖盖过的薄被盖在身上，呼呼大睡起来，丝毫不顾及礼数，更不顾忌车中还有个她。她从来没见过这样的师兄妹。

江湖儿女不拘小节，但他们的身份可不是简单的江湖儿女，一个是苏大将军府的小姐，另一个是江南叶家的公子，都是有规矩的富贵门第。这般随性，实在少见。

她犹豫片刻，挑开帘幕，对骑在马上的苏风暖开口说："苏姐姐，我能跟你共乘一骑吗？"

"嗯？"苏风暖没想到这小县主对她说话了，尤其是喊她苏姐姐，一点儿也没有人质的自觉。紫荆县主看了一眼已经睡着的叶昔："我坐久了，腿脚麻了，想活动活动，透透气。"

苏风暖见她看叶昔，这才想起她毕竟是县主，男女有别的规矩自小是刻在骨子里的。苏风暖颔首，靠近车前，将手递给她，将她轻而易举地拽上马，坐在她身后，对她嘱咐："你抱着我，别掉下去。"

沿途无人拦截，队伍一连走了几日，都十分顺畅。

这几日，苏风暖与叶昔换着车厢轮流睡，苏风暖上车，紫荆县主也跟着上车一起睡；苏风暖骑马，她也跟着一起骑马，依旧十分安静。一连几日后，叶昔对她多看了两眼，生出好奇：“小妹妹，你就不怕吗？我还真没见过像你这样的人质。”

紫荆县主骑在苏风暖马后，扭头看着叶昔，对他说：“三年前，我哭过、闹过、怕过，发现这些都没用。如今我爹不救我，反而要杀我，我连死都不怕了，还怕什么？”

叶昔眨了眨眼睛，又找话道：“虎毒不食子啊，湘郡王可真狠，连亲生女儿都要杀。难道传说中湘郡王宠你是假的？”

紫荆县主摇头：“以前他的确很宠我，自从我被抓到沛城，我就不是他的女儿了。所以，苏姐姐、叶公子，你们抓了我，半点用处没有，威胁不了他。”

苏风暖回头瞅了她一眼：“抓你是顺手，我主要是抓程顾和沈芝兰。至于你，湘郡王背后可以不管你死活，但他素有贤名，在天下人面前是不会不顾你性命的，否则他这些年辛苦维持的贤名可就泡汤了，所以，你紫荆县主的名头在关键时刻牵制他还是有用的。”紫荆县主闻言不说话了。

叶昔落下帘幕，躺回车里，打了个哈欠闭上眼睛道：“再睡一觉，估计醒来就能到西境了，表弟怕是想你想疯了吧？你这几日颇为嗜睡，食不下咽，我提醒你，给自己好好把把脉。”

苏风暖听了叶昔的话，顿时一怔。她仔细地想了想，自己这几日确实嗜睡，吃饭没什么胃口，她以为是前几日奔波劳累的原因，难道……

她慢慢地一只手拢着马缰绳，另一只手按在脉搏上。她的脉象依旧如以前一样，如被重重雾气包裹，探不到实脉，她不由得叹了口气。

叶昔听到苏风暖的叹气声，坐起来挑开帘子，对她挑眉：“不是？”

苏风暖耸耸肩：“探不到脉。我的脉象还是一如既往，如被云雾包裹，什么也探不到。”

叶昔无言，目光向下，看了看她平坦的小腹：“兴许是我多心了，你这小丫头，以前偶尔累极了时，也是如此嗜睡，食不下咽。”说完又缩回车里，躺下身子，闭上了眼睛。

紫荆县主听出了些话外音，试探地问她：“苏姐姐，你与叶世子还没大婚吧？那你们……”紫荆县主咬唇，后面的意思不言而喻。

苏风暖坦然一笑，低声道：“我与叶裳相识相知多年，他非我不娶，我非他不嫁。年前，我以为自己挺不过去要死了，便突破了男女大防。”

紫荆县主闻言小声说：“突破男女大防，不喝避子汤吗？”

苏风暖一笑：“我求之不得，又怎么会喝避子汤？”

紫荆县主不解：“因为容安王府一脉单传，才希望尽快有喜吗？”

苏风暖摇头：“不是，是因为我修习至寒武功，有宫寒之症，怕是不易有孕。若是有孕，那便是大福气。”

“苏姐姐，与你相处几日，我方才知道天宽地广，如何活着才是不枉此生。你一直都清楚地知道什么才是自己想要的，而我一直浑浑噩噩，受人左右，活着着实没滋味。”

苏风暖笑着道：“人最不能选择的就是出身，但可以选择活法。你放心，我虽然要对付湘郡王，但不伤老弱妇孺。只要你一直能如此安静乖巧，待事情一了，我便放你离开。”

“以前我是念着父亲养育之恩，想着有朝一日回报他。如今自是不必想了，天大地大，我若是恢复自由，不回东境，也不知道能去哪里。”

苏风暖回手拍拍她：“如今想不出，就先搁着，待有朝一日你恢复自由，再做打算好了。”紫荆县主点点头，不再说话。

天色将晚时，他们来到了西境。队伍刚踏入西境地界，有一队人马迎头奔来。当前一人轻袍缓带，姿容无双。叶裳座下的马跑得急，转眼便来到了近前，一勒马缰绳，奔驰的马前蹄扬起。苏风暖刚要说话，叶裳探身一伸手，二话不说便将她拽到了自己马上。

叶昔挑开帘幕，探出头，见叶裳搂着苏风暖的腰，大庭广众之下，丝毫不避讳。他翻了个白眼：“师妹这一趟累得很，身体有些不适，你小心些，别摔着她。”

叶裳闻言立即转回头，看着苏风暖，紧张地问：“身体怎么了？有哪里不适？”

苏风暖咳嗽一声，瞪了叶昔一眼，对叶裳道：“可能是奔波数日，有些累了，不打紧，你别担心。”

叶裳闻言掉转马头：“大哥和二哥正在城内等着，我先带你回去休息。”话落，他对叶昔道：“表兄，你带着人落后一步吧。”说完也不等叶昔回话，当即纵马带着苏风暖从来路折返回去。一阵烟尘滚滚，须臾，他们已经没了影。

叶昔吃了一鼻子烟尘，心里暗骂叶裳“笨蛋”。

叶裳载着苏风暖，不消片刻，便来到了城门口，苏承和苏言正在此处等着。苏风暖坐在叶裳身前，远远便看到了大哥、二哥。待叶裳勒住马缰绳，她笑着道：“西境不用打仗了，大哥、二哥怎么瘦了？”

苏承还没说话，苏言立即道：“想你和娘想的呗！”

苏风暖“扑哧”一笑。苏承也笑道：“快进城吧！你气色不太好，想必这数日累极了，赶紧进城沐浴休息，我和你二哥在这里等着后面的人。”话落，她对叶裳摆手。

叶裳点点头，也不多言，载着苏风暖连马都没下，便入了城。来到将军府，叶裳抱着苏风暖下了马，抱着她往里面走，走了两步，忽然停住。

苏风暖窝在他怀里，见他停住脚步瞧她，对他眨眨眼睛：“怎么了？”

叶裳蹙眉：“我见你面色不好，似是瘦了，可是这重量怎么有些沉了？”

苏风暖一怔：“不会吧？我觉得还是和以前一样。”

叶裳摇头：“不是，我时常抱你，焉能不知你多重？”

苏风暖将头在他胸前蹭了蹭："可能一身风尘，全是土，沐浴后就好了。"

叶裳见她灰头土脸，想想觉得也对，抱着她继续往里走。苏风暖窝在他怀里，她如今把不出脉，但是确实有些症状，似是有喜。但仅凭这细微的征兆，她也不好告诉叶裳，免得让他空紧张，只能暂且压下，待她探明白再说。

叶裳抱着她进了内院，来到他落宿的院子，踢开房门，对千寒吩咐："去打一桶温水来。"

千寒立即说："知道姑娘来了，必要清洗风尘，刚刚水已经抬进去了。"

房间十分干净整洁，屏风后有热气冒出。叶裳抱着苏风暖径直进了屏风后，利落地解开她的衣服，将她放进了木桶里。她顿时觉得全身都暖和起来。

叶裳站在木桶旁，对她说："我稍后要找表兄去算账，凭什么他一个大男人躺在车里睡觉，反而让你一个女儿家骑马吹冷风。"

苏风暖闻言顿时笑了："日日坐在车内睡觉，也会闷出毛病的，我和师兄换着骑马坐车。"

叶裳轻哼了一声："总之是他不对，不会照顾你。"

苏风暖伸手拉住他的手，笑吟吟地趴在桶边看着他，软声软语地道："是啊是啊，他本来就不会照顾人，哪里有我的叶裳好，估计他这一辈子也娶不到媳妇儿了。"

叶裳没忍住也笑了，伸手弹她脑门："不累了吗？还有心情说笑！"

"见到你就不累了。"

叶裳闻言凑近她，抬手将她的脸抬起，轻轻地吻她娇嫩的唇瓣，笑着小声说："当真不累？不介意更累一点儿吗？"

苏风暖脸一红，看了他一眼，轻轻地咬他唇一下，听到他微微喘息："自然是累的。"

叶裳眸光忽明忽暗，声音也带了些许沙哑："我想你了。"苏风暖心神一荡，如何架得住这般风情挑逗，低低地咳嗽了一声："我也想你了呢。"叶裳闻言伸手解开衣裳，也跟着进了木桶。

木桶很大，足够两个人共浴。叶裳进来后，将苏风暖温滑娇软如锦缎一般的身子抱在怀里，压制了数日的火苗如遇到大风的干柴，刹那便被点燃了。苏风暖毕竟有所顾忌，有些担心地急声说："等等。"

叶裳亲吻着她，柔声说："我知道你累了，我会轻一点儿的……"苏风暖刚想再说，就被他的吻堵住了嘴。

浓情如细细密密的春雨，缠缠绵绵地下了起来，水温不但没降低，反而随着热潮卷来而升高。苏风暖很快就化在了叶裳为她编织的柔情里，挣脱不开，也不想挣脱。

一个时辰后，天色彻底暗了下来，在苏风暖连手指头都抬不起来时，叶裳意犹未尽地抱着她出了浴桶，回了房。盖上被子，苏风暖昏昏欲睡。叶裳躺在她身边，把玩着她的一缕头发，摸着她明显瘦了的脸，嘟囔着："奇怪啊。"

"嗯？"苏风暖迷迷糊糊听他嘟囔，闭着眼睛软绵绵、懒洋洋地说，"什么奇怪？"

"你的武功已经到了返璞归真的地步，按理说不该这么疲惫，更何况擒拿了人和镖物回来，路途中我探得的消息是行程并不快，你怎么把自己累成了这副样子？"

苏风暖嘟囔两声："可能心累。"

叶裳觉得有道理："我就知道表兄是个不抵事的，有你在，他就不愿动脑子。"低头吻了吻她的唇瓣，他柔声说，"如今到了西境，你就不必劳心了，交给我好了。我给你下一碗面，待面好了，喊你起来吃，你劳累数日，不能饿着肚子入睡。"叶裳披衣起身，出了房门。

将军府这处院子里有小厨房，叶裳进了小厨房，千寒在旁一边生火，一边说："叶昔公子带着碧轩阁的人入了城，苏大公子和苏二公子将人安排住下了。程顾有贺知看着，沈芝兰和紫荆县主还没安排。叶昔公子让我问问姑娘，这两个人如何安排，毕竟军营里都是爷们儿，没有女子。"

叶裳道："将沈芝兰废了武功，丢去做军妓；至于紫荆县主，先给她一个小院子住下。"

千寒一怔："世子，让……沈芝兰去做军妓？世子先审问她吗？"

"没什么可审的，直接送去就是了。"

叶裳利落地做好面，又炒了两个小菜，端着回了房。苏风暖睡得正香。叶裳将饭菜放下，来到床边，轻轻喊她："暖儿，起来吃饭了。"

苏风暖没动静。叶裳轻轻地推了推她："起来吃过晚饭再睡。"苏风暖依旧睡得沉。

叶裳看着她，心里有些自责，想着真该忍住不折腾她，回头看了一眼桌上的饭菜，等她饿醒了再给她做新的好了，于是解了衣服，上了床又陪着她。

他并无困意，把玩了一会儿苏风暖的头发，又把玩她的手，片刻后，他忽然想起了什么，伸手给她把脉。苏风暖的脉象如被云雾笼罩一般，他什么也探不到。

没发现什么异常，刚要撤回手时，便感觉指下的脉搏忽然窜出一股脉流，如盘走珠，他一怔，又将手指按了下去。

苏风暖的脉搏跳跃得十分鲜活，即便叶裳医术不精，也知道这是滑脉，是喜脉。他呆了半晌，手指微微发颤，饶是他定力十足，也耐不住心怦怦跳动。

竟然是喜脉！他难以置信地盯着自己给苏风暖把脉的手，一时间涌起无数情绪，又惊又喜。

许久，惊喜、震撼等情绪散去，他又自责起来。她有喜了，他早先竟然没发觉，还缠着她闹腾，不知伤到孩子没有。

他想喊醒她，又舍不得，于是又将手放在她的脉搏上，细细地把脉。可是，她的脉搏又恢复了早先的如被云雾笼罩的情形，再没有刚刚如盘走珠般的跳跃。他蹙眉，又把了片刻，依旧没有。若非刚刚自己指下的感觉还记忆犹新，他都要怀疑自己把错脉了。

他慢慢地坐起身，终是忍不住手下用力，推她身子："暖儿醒醒。"

苏风暖终于被推醒。她眼皮沉重得睁不开，闭着眼睛，对他说："叶裳，我好困啊，不吃饭了好不好？"

叶裳立即说："好好好，不吃就不吃，你快醒醒，我有话要跟你说。"

"什么话？明天说好不好？"苏风暖困倦地道。

叶裳摇头："不行，你现在就起来，现在必须说。"

苏风暖无奈，终于睁开了沉重的眼皮，瞅着他："说吧，什么事？"

叶裳克制着情绪对她说："你有喜了，你知道不知道？"

苏风暖一怔，困意去了一半，看着他："你怎么知道？"

叶裳被她问住，听她语气不对："你知道，对不对？你怎么不告诉我？"

苏风暖瞅着他："我问你呢，你怎么知道我有喜了？"

"我刚刚喊你吃饭，喊也喊不醒，我不放心，给你把脉，你的脉象如盘走珠，是滑脉。"

"你给我把脉是滑脉？"她当即睡意全无，忽地坐了起来，伸手给自己把脉。

叶裳在一旁说："怎么起得这么猛，小心些。"

苏风暖把了半晌，她的脉搏如被云雾笼罩。她皱眉，扭头看着叶裳："我什么也探不到，你是怎么探到的？"

"我就是这样把的脉，真的如盘走珠。脉搏跳动得十分活跃，不过也只是片刻，又变成如被云雾笼罩了。我心有疑虑，不放心，才喊醒了你问问。"

苏风暖闻言又把脉片刻，还是没探到叶裳所说的情况。她拽住他的手："你确定没把错吗？真的是滑脉？"

叶裳肯定地道："我虽然医术不精，但比普通大夫也算比得上，真的是滑脉，十分清楚。"

苏风暖闻言顿时笑了，伸手抱住他："你说是，那就一定是了。"她将头埋在叶裳心口，愉悦地笑起来，"真没想到啊，我本打算去望帝山后好好找找古籍医书，看看有什么办法治疗宫寒之症，希望有孕。真是上天厚爱，叶裳，你说，它是男孩还是女孩啊？"

叶裳低头瞅了她一眼："女孩吧，像你一样聪明，将来我定要把她看好了，不让她小小年纪就出去招惹臭小子。"

苏风暖"扑哧"一笑，伸手捶他："是该看着些。"话落，她又道，"不对，不要女孩，要男孩。与你一样的模样、眉眼、性情，将来媒婆都要踏破门槛，要提防像我一样的小丫头，别早早就被勾引走了。”

叶裳忍不住取笑她：“你这是在说你自己不好吗？小小年纪，太不像话了，是在检讨？”

苏风暖笑得开心：“总之一定要是男孩，软软的小身子，俊俏的小模样，抱着我喊娘。”

叶裳道：“女孩也是一样，身子更软，模样更好看，也会抱着你喊娘。”

苏风暖立即说：“那不一样，女孩儿向着父亲，男孩儿向着母亲。”

叶裳点她眉心，笑着道：“是什么都好，都是我们的孩子。”话落，他又担心地道，“你这脉象实在奇怪，去了望帝山后，还是要好好地找找古籍医书看看。我实在担心。”

苏风暖道：“你刚刚不是探到了吗？可能是月份还小，脉象被困住，时而挣脱出被你探到了。月份大了，兴许就好了。”

叶裳点点头：“但愿是这样。”

苏风暖依旧掩饰不住心里的高兴：“早先，我一点儿都没发觉，离开湘南时，心思放松后，觉得十分疲惫，几日都缓不过来。师兄发觉了，提醒我好好把把脉，可是我把了半天，也没探出脉象，想着还是先不要与你说了，免得若不是，累得你空紧张一场。没想到你自己发现了。”

叶裳闻言道：“这么说表兄还是有些用处的，看在这个分儿上，我就不找他算账了。”

苏风暖低笑。叶裳道：“你回来后就该告诉我，若非看你太累，我今日哪里会动作那么重，恐怕已经伤了你。”话落，他抱着她叹了口气，“以后我要吃素食了。漫漫长日，怎么忍得住啊！”苏风暖乐不可支。

二人笑闹了片刻，叶裳刮苏风暖的鼻子，对她柔声说：“饿了吗？面早已经凉了，我去给你做新的。”

苏风暖点点头：“不用做新的，热一下就好了，不是刚做好没多久吗？”

叶裳点头，重新披衣下床，将饭菜又端去了小厨房。苏风暖躺在床上，摸着小腹小声嘟囔：“到底是个调皮的臭小子，还是个调皮的小丫头呢？怎么你爹把脉你就出来跳腾，我把脉就这么不给面子呢？”

叶裳很快热好饭菜，端着走了回来。苏风暖睡意全无，人也精神起来，掀开被子，披上衣服，“哧溜”一下子跳下了床，赤着脚快步走到桌前，动作一气呵成。

叶裳无奈：“你小心一些，今时不同往日，怎么不穿鞋子就下地了，小心着凉。”

他走到床前，弯腰将地上的鞋子捡起来，走到苏风暖面前，蹲下身帮她将鞋穿好，又走到一旁，拿了件衣服给她披到身上。叶裳洗了手，坐在桌前，伸手敲她额头：“往后我要看着你些，你也要时刻注意，不能如以前一样了。”

苏风暖用手摸了摸小腹："知道啦，我担心了好长时间，生怕我这身体一辈子不能有孕，如今既然有了，我自然会万分注意的。"话落，她笑着俏皮地说，"叶婆婆，你放心好了。"

叶裳被气笑："快趁热吃吧，一会儿又凉了。"

二人吃了饭，苏风暖毫无困意，缠着叶裳说话，将她这一次前往湘南城发生的事情都与他说了一遍。叶裳听罢，道："程顾由贺知看着，紫荆县主，我让千寒安排了一处小院落，沈芝兰送去做军妓了。"

苏风暖无言片刻，叹了口气道："她也是咎由自取。你没审问她，便将她送去做军妓了？"

叶裳摇头："没什么好审问的，事情已经很明白了。月贵妃、安国公、景阳侯勾结，月贵妃选中了沈芝兰作为衣钵传人，暗中授予武功。为了与程顾联络，她冒充沈琪，时常出入红袖招、花烛秀等青楼，应该是受了月贵妃和太子指使。太子应该没想到你会那么轻易地杀了月贵妃，所以，由月贵妃牵扯的安国公、景阳侯这一条线就断了。在两府被灭门后，沈芝兰选择去了红粉楼，也是因为出入方便，利于行事。"

苏风暖颔首。叶裳又道："太子成了废太子，由明转暗，脱离众人视线后要杀你，一是为月贵妃报仇，二是他发现你阻拦了他要除去我的路。于是他让沈芝兰用机关秘道撺掇许灵依杀了你，顺带除去许云初，一举击垮许家。你若是出事，我必不会独活，而因你我牵扯的苏大将军府、王大学士府、燕北苏家、江南叶家必受打击，他若是再做什么，怕是无人阻拦得住了，一举数得。机关算尽，可惜没想到那么凶险绝境的机关秘道反而让你恢复了武功，又将秘道暴露出来，导致皇上大力严查。"

苏风暖道："露了窟窿，就要填补。所以，他传信让沈芝兰离开京城的同时，联络程顾与沈芝兰会合，与湘郡王谈判，应该是湘郡王手中有他想要的东西，不是兵器就是兵马，想将早先输的那一局找补回来。"

叶裳颔首："他没想到我们那么快就找到了灵云寺，想趁机用画诱导你走入误区，却被你识破，暴露了真相。"

苏风暖点头："你将事关前朝之事掩下，趁机将他推回京城，重新立于人前。这样一来，他在满朝文武的眼皮底下就要受到掣肘。"

"所以我才没拦着你去湘南城劫程顾。如今有了程顾和他手中的东西，我们就攥住了主动权。"

苏风暖笑起来："这样一来，无论是大皇子还是湘郡王，至少目前都要受我们掣肘了。"

"所以，我们不急。先送走楚含，拿到湘郡王和晋王的证据，再去望帝山查清些事，然后再理会他们好了。"

“我们是不急，我只怕他们会狗急跳墙，对皇上下手。”

叶裳目光微沉：“皇上做了一辈子皇上，世事早已经看透，否则你以为他为何要去灵云寺为万民祈福？他怕是早已经知道自己的身世，不准备回京城了，估计早已经打算好了连刘家的皇陵都不入。”

苏风暖倒没想到这一层：“皇上早已经知晓自己的身世了吗？不会吧，我怎么丝毫没发现？”

叶裳摸摸她的头：“你可还记得在林之孝腿受伤时，他前往国丈府接他，后来一并召见了林客？见了林客后，应该就知道了。”

苏风暖看着他：“你是怎么知道的？”

“猜的。你拿回遗诏，将他对你说的那番话，领着你做的那些事情都告诉我后，我便隐约猜到了。后来，他让大皇子监国，我便更确定了。若是我所料不差，不出几日，便会传出皇上在灵云寺失踪的消息。”

苏风暖道：“你的意思是，皇上早有安排，他会从灵云寺出走？”

“十有八九是这样。他困在皇位上一生，早已经坐腻了，身体不好，余生时日不多了。估计他是想摆脱皇位，出去看看外面的天下，看看他为之操劳了一生的南齐万民百姓过的是何等生活。”

苏风暖唏嘘：“皇上真是个让人可敬可叹的皇帝。估计他本来是想直接传位给你，你却不要，一心随我离京前往望帝山，所以无奈之下安排好一切，将遗诏给我，让大皇子监国。他失踪后，大皇子若是撑不起这个天下，他知道你定然不会袖手不理。”

叶裳点头，伸手将苏风暖拽进怀里，轻声道：“那把椅子没什么好的，我给大皇子一个机会，若是他撑得起来，这南齐江山就给他了。若是支撑不起来，有你有孩子，我为了你们，挑起这江山也无不可。”

当夜，二人聊到很晚才睡下。

第二日，苏风暖日上三竿才醒来。她睁开眼睛，见叶裳穿戴整齐地躺在床边，百无聊赖地等着她醒来。她转过身，伸手搂住他的腰，笑吟吟地道：“早啊！”

叶裳闻言失笑，伸手点她鼻尖：“早？都快晌午了。去净面梳洗，我去小厨房给你端早膳。”

不多时，叶裳端着早膳进来，她也梳洗结束，收拾妥当了。她走到桌前坐下，看着饭菜摆满了一桌子，失笑：“叶世子，这怎么能是早膳？午膳和晚膳被你一起做出来了吧？这么多，吃得了吗？”

“我今早特意查了医书，说女子有喜后要多进补，腹中胎儿才能营养充裕，长得好。”

叶裳做的饭菜果然很合苏风暖的胃口，每样菜她都吃了些，饱饱地吃了一肚子。饭后，她懒洋洋地靠在椅子上晒太阳。叶裳看着她的模样，眉眼俱是笑意，分外满足，将手放在她的小腹上：“我摸摸，是不是长大了些。”

苏风暖觉得好笑：“怎么能被你喂了一顿就长大？”

叶裳问：“昨日把脉，我医术不精，只认准是滑脉，但摸不出月份。”

苏风暖道：“估摸着也就是月余的事，我到现在也摸不到脉，可见这孩子喜欢你。”

叶裳得意地扬眉：“我是他父亲，他自然喜欢我。”

苏风暖心中暖融融的，笑着伸手搂住他的脖子，对他道：“娘早先跟我说，让我注意些，别在大婚前生出事端，如今可真是应验了她的话，怎么办？大婚时，我绣的喜服是不是会穿不进去？”

叶裳笑着道：“反正还没做完，将尺寸改大些好了。”

二人正说着话，叶昔来到了这处院落。他迈进门槛，挑眉打量了一眼各种饭菜，又打量了一眼二人眉梢眼角都是欢喜的表情，眯起眼睛，道：“有了？”

叶裳弯起嘴角：“还要多谢表兄提醒。”

叶昔对叶裳哼了一声，问苏风暖：“你昨日不是告诉我探不到脉吗？”

苏风暖笑着说：“我今日也探不到，不过昨日被叶裳探到了，如盘走珠，是喜脉。”

叶昔扬眉，走到近前：“过来，我给你把把脉，他是个半吊子的大夫，医术岂能作准，别高兴得太早了。”苏风暖笑着将手递给叶昔。

叶裳被叶昔鄙视也不恼，笑看着他道：“你要把得到脉才能显现你的医术，把不到脉，说什么都没用，还不见得及得上我这个半吊子的大夫。”

叶昔给苏风暖把脉片刻，如被云雾笼罩，没探出个所以然。他刚要放弃，忽然仿佛云雾散开，一股脉流滑过，如盘走珠，他大喜：“果然是滑脉，是喜脉！”

苏风暖一怔，连忙推开他的手，将自己的手指按在了脉搏上，脉搏跳动得十分清晰活跃，如珠子在碗里转动，的的确确是喜脉。她总算把到了实脉，一时心下大定，连连点头。她对叶裳道：“从脉象上推断，虽不足月，也就差一两日。这样算起来，应该是在九月末出生，那时不冷不热，天气正凉。”

叶裳笑着点头：“时节正好，免得太热、太冷你都要辛苦。”

叶昔见二人一唱一和，不客气地说：“十月怀胎，哪有不辛苦的？如今刚刚开始，你还没有太大的反应，待过些日子，有你受罪的时候。”

苏风暖对他说：“我不怕辛苦。”

叶昔瞪了她一眼，嘟囔：“小丫头还是个小丫头，便要做娘了。”话落，他抚额，“时光易老啊，我也要当舅舅了。”

叶裳纠正：“是伯伯。”

叶昔不客气地说：“爹亲伯大，娘亲舅大，我占了两样，总之将来是要听我话的。”

苏风暖失笑。叶裳也忍不住笑了，对他道："这话倒是说得有理。"三人都十分欢喜，围绕着是男孩、女孩以及出生后的事情热闹地谈论了半晌。

讨论得差不多了，叶昔道："女子怀孕，一般三个月后开始显怀。我们如今在西境，送走楚含，才能前往望帝山。在望帝山也要耽搁几日，再折去东境，对付湘郡王，辗转之下，即便顺利，少说也要两个月。"

苏风暖点头："在大婚前赶回去就好了，届时应该还不会太显眼。"

叶昔皱眉，看着叶裳道："你们就没想过在西境先把大婚之事办了吗？"苏风暖一怔。叶裳扬眉，看着叶昔："什么意思？"

"我的意思是，趁着在西境军中，暖儿的两位兄长都在，先办个简单的大婚仪式，比如对月盟誓什么的，消息传出去，就说恐防大婚之期你的两位兄长赶不回京城，他们只有你一个妹妹，免得落下遗憾。待真正的大婚之期，再回去京城大办，这样就算传出有孕，别人也不会说什么。"

苏风暖闻言挠挠头："这样行吗？"话落，她转向叶裳："古往今来，可有这样的？"叶裳没说话，似在考量。

叶昔道："天下之大，无奇不有，什么样的事情没发生过？很多人私奔后无人见证就私定终身了，而你们有圣旨赐婚的名头在，如今正赶上来西境，长兄如父，做个见证，有何不可？免得将来闲言碎语，你们虽然不惧，但不要委屈了孩子。"

叶裳点头："说得有理，还是表兄想得周到。"话落，他对苏风暖道："就这样吧，你有三个兄长，三哥尚不知在何处，便先不要管他了，到了大婚之期，无论如何他都会赶回京城，大哥、二哥镇守边境，一时半会儿回不去，这样一来的确合情合理，也免得他们遗憾。"

苏风暖笑着道："听你的。"

叶裳道："稍后我就去找大哥和二哥商议，再派人往京城送一封书信，告知伯父、伯母以及外公一声。"

叶昔见二人听了他的建议，心下高兴，对叶裳摆手："快去吧，我在这里陪着师妹，你赶紧去找苏大和苏二，他们还不知内情。若是挨揍了，你可别还手，免得得罪了未来的大舅兄和二舅兄，有你好受的。"

叶裳笑着站起来，道："他们若是揍我，我就对他们说，先将这顿打记着好了，待孩子出生后算他身上。"苏风暖喷笑，叶昔大翻白眼。

叶裳离开大约半个时辰，便与苏承、苏言一起回来了。叶昔探头向窗外瞅了一眼，对苏风暖说："看样子没挨打，可见你大哥、二哥对他太客气了。若是苏青在，一准打得他满地找牙。"

苏风暖失笑："我三哥打不过他。"

"的确打不过，但他敢还手吗？"

"即便我三哥打他，他不还手，只躲闪，他的武功也能把我三哥累疯。"

第八章
皇帝失踪

说话间，那三人来到了门口，叶裳让开一步，请苏承和苏言入内。苏承先进了屋，见苏风暖歇了一晚，气色极好，眉眼全是笑意，他当先笑道：“人逢喜事精神爽，妹妹如今这精神比昨日来时看着好多了。”

苏言不客气地说：“你医术高明，可查出怀着的是我的外甥还是外甥女了？”

苏风暖无言：“二哥，你真当我是大罗金仙吗？还不足一月，哪里查探得出来？”

苏承推了苏言一把，笑着说：“你也太急了些，生男生女都好，我们都喜欢。”

苏言咂嘴，坐下身道：“话虽然这么说，但若是早些知道是男孩还是女孩，我们可以早些准备东西嘛。”

苏风暖笑着问：“准备什么东西？”

苏言立即说：“若是男孩，就准备刀枪剑戟、斧钺钩叉等兵器，还有兵法古籍，总要继承我们将军府的门楣。若是女孩，就准备针织女红、琴棋书画，将她养成真正的大家闺秀。”

苏风暖道：“若是男孩，继承的也该是容安王府的门楣，若想继承将军府的门楣，那就要你们早些定下亲事，大婚后赶紧给我生小侄子。若是女孩……”她指指自己，“你们看我什么样，就能看到将来的她了，能成为真正的大家闺秀吗？别做梦了。”

苏言被噎得哑口无言，叶昔在一旁大乐：“依我看，无论是继承门楣，还是养成大家闺秀，都是以后的事。现在，要抓紧时间将你们的婚事办了。”

苏承立即说：“对对，这个比较打紧。”

苏言咳嗽一声：“本来我和大哥一直在商量你大婚时我们怎么回去，如今好了。不过既然是大婚，总要好好地择个日子，也不能太草率了。”

苏承道：“不错，我们只有你一个妹妹，虽然小办，但排场该摆的也要摆出来。我们西境百万兵马呢，给你抬轿的人多的是。”

苏风暖觉得好笑：“时日有限，不能在西境多耽搁。我的意思是……”

苏言立即打断她：“你的意思不管用，听我们的，楚含的人如今不还没来接他，估摸着还要两日才能到。我们今日便着手准备，刚刚叶裳算了，五日后是吉日，总能操办得像模像样了。”

苏风暖闻言看向叶裳，叶裳笑着道：“便听大哥和二哥的吧！虽然赶，但碧轩阁的人正好也都在，稍后便让他们跟着一起张罗，人多力量大，五日也够弄出个像模像样的排场了。”

苏风暖无奈：“我本以为只要一个简单的拜堂仪式就行，如今被你们这样一说，要操办出排场来，难道还要让我坐着轿子，你骑着马，环城走一圈不成？”

苏言道：“对啊，就是这样，百万大军给你恭贺，妹妹，气派不气派？”

苏风暖嘴角抽了抽：“这个……百万大军恭贺……就不用了吧？”

“用。”苏言道，“因为守卫燕北，攻打西境大败北周，你在军中的威望比父亲都高，你在西境大婚，军中的兄弟们估计都想喝你的这杯喜酒。”

苏风暖觉得好笑：“这样一来，排场未免太大了些。”

苏承道：“不怕大，你就放心吧。”

叶昔说：“越热闹越好，我只有你这一个师妹，怎么能委屈了你？我没意见，就这样办吧。”

苏风暖见众人都同意，也只能点头，对叶裳道：“可是我的大婚喜服还没绣出来。”

叶裳道：“我稍后便命千寒去请儿女双全且手艺极好的绣娘过来帮你。你已经绣了一半，另外一半若是有人帮着你绣，五日就能绣完了。”

苏承对叶裳道：“不用你的人去请，我稍后派副将去将西境最著名的绣春坊的绣娘喊来便成。”

叶裳点点头：“好。”

几人商议妥当后，便分头去安排了。苏承和苏言去安排将军府的喜堂以及通传军中安排花轿、排场布置之事，叶昔则去找碧轩阁的几位长老，安排喜婆以及需要采买之物等事宜。三人分担了所有的事情，把叶裳这个新郎官留下来陪着苏风暖。

三人离开后，苏风暖看着叶裳，越发觉得好笑。叶裳心情也极好。“哥哥多了就是好，我觉得你这一胎还是生男孩好了，以后哥哥可以照顾妹妹。”他拍拍她的头，“你从昨晚回来，便一直闷在屋中。据说女子有孕了也要多走动，对孩子好。”话落，他拽着她起身，“走吧，我们去看看程顾的镖物。”苏风暖点点头，随着叶裳起身出了房门。

二人来到存放镖物的库房，墙壁由重铁铸造，有重兵把守。叶裳命看守的人打开大门，拉着苏风暖走了进去。

程顾的镖物是研制出的各种火器，有早先苏风暖见过的弓弩，也有小型的火炮、火箭筒。叶裳环顾了一圈：“这些就是他用来杀湘郡王小师爷和那百名精卫，以及湘南县守两千兵马的火器？”

苏风暖摇头：“不是。当时他用的不是这种火器，而是研制这种火器需要的材料——硫黄和硝石，都是易燃易爆之物。”

“这么厉害的东西一旦被批量制造出来，对天下来说不是好事。用于军队互相攻击的话，定然会生灵涂炭。”

苏风暖点头：“所以，我们劫过来是对的。”

叶裳眯起眼睛道：“走，我们去见见程顾。这个人……若真是他研制出来的，他不能再活着了。”

程顾自从在湘南城内被叶昔钳制，一路到西境，都没见过苏风暖。他被贺知看着，面上虽然镇定，心里却没底得很。这一日，他问贺知：“苏小姐什么时候见我？是不是因为暗中有人扰乱，苏小姐忙着处理事情，所以这一路都无暇见我？”

贺知如实道：“她一路上不是骑马就是在车里睡觉，闲得很，无人扰乱。如今到了西境，有叶世子在，更无须她劳心了。”

程顾惊异：“这一路上无人扰乱，不能吧？”

贺知看着他：“的确无人扰乱，平静得很。如今到了西境军中，更是安全得很。”

程顾眉头蹙紧。贺知对他道：“程老安心等着吧，世子和苏姑娘早晚会来见你的。你一路上没受苦，便要知足。沈芝兰在昨日进城后便被世子派人送去做军妓了。”

程顾面色微变，看着贺知：“叶世子见了沈芝兰？”

贺知摇头：“面都没见，便下了命令。如今怕是早已经被人破了身子，毕竟她长得不赖，世子也算是犒劳了西境的军兵。”程顾脸色变化，一时间说不出的难看。

“我劝程老，若是真为了程家，待世子和苏姑娘来见你时就不要端着，拿出你的诚意。否则，你以为你做出的东西天下无人能及，那就错了。当日在湘南城外二十里的山环处，姑娘离得那么远，只靠眼力和嗅觉，便知道骑在马上的你是个假人，车里装着的是硫黄和硝石，识破了你的计谋，我们退避数里，安然无恙。你的东西虽好，但她可不是不懂行之人。”

程顾面色一白，显然若是贺知不说，他不知道这件事。贺知道：“我言尽于此，程老看着办吧！世子是心善之人，但若是为了天下苍生，他便心善不起来了。苏姑娘虽然心狠，但敬才惜才，同样也重情重义，这一路善待你，是看在小国舅的面子上，以后就不好说了。”

程顾闻言，忽然想到了什么，一时间心神巨震，片刻后对贺知拱手：“多谢贺公子。”贺知不再多言。

苏风暖和叶裳来到程顾所住的院子时，已经是晌午。二人相携而来，脚步轻缓。程顾没被捆绑着，虽然被贺知看着，但身体处于自由中。听到外面的脚步声，他立即站起身来到窗前，打开窗子，便看到了走进院中的两个人。

他看着那二人，男子举世无双，容盖天下；女子倾城倾国，丽色天成。他是颇有些恃才傲物的人，可是听了贺知的一席话，再看到苏风暖和叶裳，虽还未见面言谈，他便真切地懂了，这样的两个人，说与他谈生意，不过是客气的说法罢了。

他收回视线，在二人走到院中时，离开窗前迎了出去，贺知也跟着走了出去。程顾出了房门，对叶裳和苏风暖深深施一礼：“叶世子、苏小姐，老夫久等了。”

苏风暖挑眉看向贺知，顿时会意，笑着抬手，未碰到程顾，一股气劲便将他稳稳托起：“程老太客气了。算起来，我们是晚辈，您是长辈，可当不起您这么大的礼。”

程顾被一股无形的气劲托着直起身，心下暗暗震惊，这样排山倒海的深厚内力，无影无形，连他的衣袖衣摆都未曾吹动，着实可怕。他直起身，拱手道：“苏小姐小小年纪就有如此登峰造极的功力，着实令人敬佩，怪不得江湖上人人提到你，都尊称一声‘姑娘’。老夫虽年老为长，但也不敢托大。”

苏风暖见程顾颇为识时务，言语间心诚意恭，姿态也放得极低，没有当日在湘南城叶昔找他时游移不定的做派，若是可以收为己用，这样的有才之人是否可以留下？她转头看了叶裳一眼。

叶裳笑了笑，淡淡地道：“程老，我很好奇，将花烛秀交到了小国舅的手中，你的目的是什么？”

程顾见叶裳第一句话便开门见山问了这个问题，若回答不好，他怕是没活路了。毕竟花烛秀关系到机关秘道案，关系到许云初的性命，也关系到国丈府的生死存亡，由此可观他这个人到底能不能让叶世子手下留情。他脑中快速地转了转，连忙拱手道：“叶世子、苏小姐，屋里坐着说话吧！老夫既然当日应叶昔公子所言，随着他来了西境，便做好了知无不言，言无不尽的准备。”

三人进了屋，依次落座。程顾对叶裳道：“三年前，老夫被人控制，程家所有人的性命都被攥在了那人手中，老夫无奈之下离开京城，便将花烛秀托付给了云初。一来是因为程家的境况有潜藏的危险，我不想辛苦经营的花烛秀毁于一旦；二来，遍览程家，无一人有本事接下花烛秀。”

叶裳道：“你虽然将花烛秀交给了他，但是机关秘道的秘密并没有告诉他。”

程顾叹气道：“老夫早就受制于人，机关秘道牵扯了重重利害关系，不敢告知他，唯恐牵连他，牵连国丈府。毕竟三年前，国丈府与皇室势如冰火，弄不好便是杀身之祸。三年前云初尚未入朝，国丈府还是国丈当家。”

叶裳颔首：“可是三年后，机关秘道案被人利用，牵连了他和国丈府，险些使他丧命，使国丈府万劫不复。你可想过？”

“老夫恃才傲物，背后之人对老夫甚是礼貌，老夫也没想到三年后会处处受人掣肘，听命于人。没想到他会利用灵依来害世子您和苏小姐，同时拉云初下水。”

叶裳看着他道：“即便他这么做了，你也奈何不了他，还要为他效命。”

程顾深深地叹息：“老夫以前只知冰山一角，后来随着一件件事情发生，知道得多了，也就深陷泥潭，拔脱不出了。不为他效命又如何？”

“我听表兄说，程老在湘南时有与他鱼死网破的想法，为何这多年来，却不与那人鱼死网破？”

程顾道：“他牵连的根比国丈府立足京城的根基还要深，我既为鱼，怕也只死自己，挣脱不开网，又何谈鱼死网破？与在湘南时叶昔公子前往劫镖，不可相较。”

叶裳道：“程老的东西厉害得很，但凡有野心者，梦寐以求。我想不明白，为何他不将你留在身边，反而将你送去东境？”

“东境天高皇帝远，便于老夫研制东西。世子想必也见了，老夫的东西十分厉害，研制期间，多次试验，会弄出很大的动静。另外，硫黄、硝石等物也分质地，东境有一座山，那里的硝石质地最好。”

“所以，你背后的主子就让湘郡王发现了你的价值，将你请去东境？截杀我外公用的弩箭，想必也是出自你之手？”

程顾颔首：“不错。”

叶裳道：“三年后，湘郡王为何要杀你？是因为知道你有背后的主子，还是有别的原因？你此次前往东境，带着这些东西是与他做什么交易？”

“湘郡王一直不知道我背后有主子，对我十分礼貌。但因为机关秘道案，主子不惜一切要杀你和苏小姐，也要将国丈府一举拖下水。世子你查出了花烛秀，湘郡王得到消息后，便知道了个中内情。当时我早已经得到风声，便带着研制出来的东西暗中离开了东境，所以他没能在东境杀了我。而我为了换回他手中的黑账，押了这些东西去与他谈判。”

“只为了换回黑账吗？”

程顾看着叶裳，不敢隐瞒，如实道：“除了换回黑账，我还要求一样东西——半张藏宝图。”

叶裳挑眉：“什么藏宝图？”

程顾从怀里拿出一块用绢布包裹着的羊皮纸，显然这羊皮纸只有半张。他小心翼翼地递给叶裳：“是这个，据说是前朝的藏宝图。”

叶裳伸手接过，就是一张羊皮纸，什么都没有，他递给了身旁的苏风暖。苏风暖摆弄了一下，对他道：“跟那个画册一样，被特殊材料封存了。”她将羊皮纸铺在桌案上，伸手入怀，拿出一个小瓷瓶，倒出粉末，撒在了羊皮纸上。

叶裳对程顾道：“你从哪里得了这个东西？”

“是主子前几日让沈芝兰交给我的，让我在湘南时找湘郡王顺便换另一半。湘郡王这三年费了无数心力，助我研制火器，总不想竹篮打水一场空。对他来说，这个比半张藏宝图重要。若是与他交易，说不定他真会给。”

苏风暖道：“说来说去，若是我们猜得不错，你的主子是大皇子吧？”

程顾拱手：“世子和苏姑娘聪明绝顶，是他。”

苏风暖问：“他的这个东西从哪里来的，你可知道？”

程顾摇头：“沈芝兰没说，只说这是前朝的藏宝图，让我小心收着，无论如何也要完成大皇子交给的任务。否则程家一家的性命，就不要指望大皇子会手下留情了。”

叶裳讥笑：“他威胁起人来，倒是很有一套。”

程顾深深叹息：“老夫这一生，为程家所累，但也放不下生我、养我的程家。”

叶裳道：“本来在见到那些火器之后，我想着程老这样的人，还是不要在这世上活着好。如今我一敬你识时务，二敬你为了家人，三则是看在小国舅的面子上，你既没有害他之意，我便不想要你的命了。”话锋一转，他又道，“不过，程老是明白人，当知道，无论是你，还是火器，以及你牵连的事，到了我手里，再不准泄出一星半点儿。”

程顾张了张嘴，想说什么，又闭上了。

叶裳似乎没看到他欲言又止的表情：“这些火器，估计你研制出来后，还未给到大皇子手里。否则，你宁死也不敢随我表兄来这西境，手中有这个倚仗，想着不是迫不得已，大皇子在没得到东西之前，应该不会对程家人下手。”

程顾闻言对叶裳分外佩服，拱手道：“世子说得极对，老夫研制出来后，迫不及待地想找湘郡王换回东西，大皇子攥住了我程家一族的性命，不怕我不给他，才对我十分放心。”

三人一番话落，桌案上摊开的半张藏宝图已经显露出了图案。苏风暖和叶裳看着，一时间谁也没说话。别人兴许不识得这半张藏宝图，他们却是识得的。虽然里面的图案杂乱无章，但他们见过真正的藏宝图，对比之下，便一目了然。

须臾，叶裳将桌案上的藏宝图收了起来，对程顾道：“如你所说，大皇子一时半会儿还不会动程家人，你便安心在我身边待着吧。”

程顾松了一口气，站起身，对叶裳深施一礼：“叶世子，老夫一生所求，虽然是为家族安顺，但伤天害理之事素来不敢为。世子您心善，今日留老夫一命，老夫以后甘愿效犬马之劳。”

叶裳闻言一笑，淡淡道：“效犬马之劳倒不必，我手下不缺人。另外，程老是小国舅的舅公，为了他的面子，我也不会将你放在我手下驱使。我不缺人，但是西境军中缺人，朝廷的军器监、弩坊署都缺人。程老有大才，若是为一己之私，自然是会引火烧身；若是为国效命，那便是于国、于社稷之大功。”

程顾一怔，看着叶裳：“世子，您的意思是……”

“我的意思是，程老就留在西境军中吧！西境是我南齐与北周的边防，你此后也不必偷偷摸摸的，但愿有朝一日，程老能以不世军功载入南齐史册。”

程顾顿时大喜过望，激动地道：“世子的意思是老夫可以在军中堂而皇之地研制兵器？”

“程老无儿无女，家族既是拖累，便交给族中能承继的子弟去打理好了。你还可以将你的大才展露于天下，名垂青史。”

程顾当即热泪盈眶，深深地对叶裳一礼：“知我者世子也，多谢世子知遇之恩。”

叶裳微笑抬手，无风拂过，却将他弯下的身子轻轻托起：“既然你同意，便这样说定了。稍后我便派人去与大哥和二哥说此事，给你列入军中编制。”

程顾早先被苏风暖无形的力道托起，便已惊骇半晌，如今没想到叶裳也有如此功力，一时间更是震撼得无以复加。他连连敬服地道："老夫这一生，恃才傲物，自诩天下鲜少有人能入老夫的眼，但今日，老夫对世子和苏小姐当真是敬佩心服，论武功，论胸襟城府，天下鲜少有人能及。老夫敬服，五体投地。"

叶裳笑道："程老过奖了。"

苏风暖也笑道："人生一世，白驹过隙，我与叶裳只求南齐安顺，万民安乐，家族平安，而我们自己，一世长安就好。"

程顾想到如今南齐的情形，一时感慨道："大皇子如今监国，若他继位，这南齐天下不知是何等模样。一个只懂权谋之术的帝王，哪里及得上一个心有万民的仁君？恕老夫直言，老夫倒是觉得，世子心胸可承载万民社稷，可万不要走容安王的老路。"

叶裳淡淡一笑，不接他的话，对外面吩咐："千寒，带程老去见大公子和二公子，请两位公子安排程老入军中编制。"千寒应了一声"是"。

程顾见叶裳神色淡淡，不欲多说，也觉得这话唐突，便不再多言，高兴地随着千寒去了。踏出房门，艳阳高照的那一刻，他犹如获得了新生。

程顾离开后，苏风暖和叶裳也回到了自己的院落。进了房门，叶裳对苏风暖道："真没想到陈芝苒背后的秘密还隐藏着前朝的藏宝图。"

苏风暖坐下身："十八仙景古壁画以及藏经阁画册的秘密都被我们找出了，那么，藏宝图既然指向灵云寺，是在灵云寺哪里呢？"

叶裳拿出那半张羊皮纸，沿着撕扯的印痕摸索了片刻，道："若是我猜得没错，这被撕扯开的位置便是藏宝图藏匿之地。"

苏风暖仔细看了一眼羊皮纸撕扯开的地方，扬眉："这一处是灵云寺后山的那道奇峰山脉，看来，奇峰山脉下应该有山洞。可惜我们如今离京数千里，没办法去探探那处山洞里都有什么宝物。"

叶裳失笑："天下的宝物都被你收揽给我，入了容安王府，还有什么宝物入得了眼？"

苏风暖笑开："叶世子，算起来，你的的确确收了我许多礼啊。"

叶裳道："我一直都好好地收着，都算你的嫁妆。"

苏风暖大乐："这样说的话，我的嫁妆比你的彩礼多太多了。"

叶裳低头吻她："容安王府家徒四壁，唯我一人还能看些，这说明你当真是看上了我这个人，没看上容安王府的名头。"二人说着，便笑作一团。

苏风暖和叶裳要在西境大婚的消息不胫而走，两日后便传遍了天下。

京城苏府、王府、容安王府伴随着从西境传到京中的传言，也收到了叶裳从西境送回京的飞鹰传书。三府大为高兴，对于此事都一致同意。

许云初也收到了飞鹰传书，是苏风暖亲笔写的，提到了程顾和火器之事，也简略地提了大皇子和湘郡王，让他多留心大皇子的动作，私下多照看着程家些。信的末尾，提到了皇上可能会失踪以及她有孕之事。

许云初读到信的末尾处，一时间惊讶不已，随即又哑然失笑，想着她和叶裳两情相悦，有孕也不奇怪。的确可喜可贺，他自然也明白了二人在西境大婚的原因。

他烧了信笺，吩咐浮影：“备车，我要去一趟皇宫。”浮影立即去了。

皇宫内，太后和皇后正在谈论苏风暖和叶裳。听闻许云初进了宫，二人一怔。太后纳闷道：“云初从来是个很守规矩的孩子，如今天色已经很晚了，他这么晚进宫做什么？”话落，她吩咐严公公：“天黑路滑，你提着罩灯去接应小国舅一程。”严公公应声“是”，连忙提着罩灯出了慈安宫。

不多时，许云初入了慈安宫。太后不等他拜见，连忙问：“云初，可出了什么事，让你这么晚了进宫？”

许云初对太后和皇后施了一礼，左右看了一眼，没说话。太后意会，对严公公吩咐：“所有人都退下。”严公公连忙带着侍候的人走出殿外，关上了殿门。

许云初坐下身，道：“姑祖母、姑姑，是有一件事情要与你们说，不过，此事事关重大，你们听完之后一定要听我的安排，不可慌乱，不可惧怕，也不可轻举妄动。”

太后见他神色凝重，当即紧张起来：“哀家鲜少看到你这副样子，真是出了什么大事不成？云初，你说吧，什么事情？哪怕是天塌了的事，哀家也不惧，听你的安排。”

许云初便将皇上可能会在灵云寺失踪之事对他们说了。太后即便再镇定，听罢也腾地从椅子上站了起来，惊道：“什么？”

皇后更是身子晃了晃，脸色苍白，看着许云初：“云初……这……消息可确实？”

许云初点点头，语气平和沉稳地说：“皇上从出生起，便一直被姑祖母您左右，大婚亲政后，又被许家左右。如今他身体不好，时日无多了，南齐上下一团乱麻，他已经心有余而力不足，索性丢开了这江山，也为自己活几日。姑祖母和姑姑也不必过于心惊，有因即有果。”

许云初的一番话，将太后和皇后说得一时哑口无言。太后惊骇半晌，慢慢地坐下身，恢复镇定：“云初，你从哪里得到的消息？可确凿？”

许云初也不隐瞒：“苏姑娘在与我飞鹰传书送来的书信里提了一句，让我有所准备，免得届时慌乱。尤其是姑祖母和姑姑您二人住在这皇宫，虽是天家的媳妇，但总归是许家的人。”

太后闻言道：“苏风暖？她不是远在西境吗？怎么得到的消息？”

许云初道：“苏姑娘聪明，兴许是料到了什么。”

皇后难以置信，半晌，忽然一屁股坐回椅子上，怔怔地哭了起来。许云初瞅了她一眼，没说话。太后听着哭声只觉得心烦意乱，训斥道：“哭什么？哭有什么用？”

皇后还是怕太后的，立即抹了眼泪，看着太后："母后，这可怎么办啊？"

太后沉声道："他若是一心想脱离这皇宫，谁还能有什么办法，你就当他死了好了。"

"可是云初说他……母后、云初，你们快想办法啊，离了皇上，我们两个可怎么办啊？"

太后闻言看向许云初，想起他事前说的一定要听他安排的话来，立即说："云初，你有什么想法，怎么打算的，跟我们说说吧。"

许云初对二人道："我的意思是，便由着他去吧！皇上宅心仁厚，执政多年，他爱惜这南齐江山，定不会没有安排便这么离开，一定是早有打算。一旦有什么消息传回来，姑祖母和姑姑该如何便如何。"

太后闻言道："他离京前将大皇子从灵云寺接回，让大皇子监国，这难道就是他的安排？"

皇后哭着道："那些年，我一直针对月贵妃和太子，虽然未得手，但也给他们找了许多麻烦。若是大皇子坐了那把椅子，还指不定如何对我呢。"

许云初沉声道："姑祖母和姑姑放心，许家一日不倒，我一日不倒，你们就不会有事，安稳地在宫里待着就好。只要你们自己不横生事端，便不会惹祸上身。"

"云初说得对，我们许家斗了多少代，依然安安稳稳，怕什么？这么多年，皇上坐这把椅子，其中心酸说不尽，确实委屈他了。如今他时日无多，想将后面的日子留给自己，便任由他去好了。活着离开总比死在我们面前强得多。"皇后闻言止住了哭。

许云初道："皇上失踪的消息一旦传回京城，满朝文武势必乱作一团。大皇子监国，要安抚百官，还要派人寻找皇上，定无暇理会后宫。姑祖母和姑姑只管每日以泪洗面就好，别站出去生事端，不管外面乱成什么样，你们都会安然无恙。"

太后道："这样说起来，你在朝局里，若是乱起来，以后怕是会更辛苦。"

"姑祖母和姑姑都别怕，我今日来的目的就是让你们有个心理准备。如今天下人人都知道我与叶世子、苏姑娘是知己，他们二人如今在西境，西境百万大军攥在苏大公子和苏二公子手中，燕北苏家坐拥京麓二十万兵马，所以，这天下乱象也只是一时。如果乱得厉害，危及南齐江山，还有叶世子和苏姑娘在呢，他们不会坐视不理。"

太后和皇后闻言，心顷刻间便踏实了。许云初见二人心里有了谱，镇定下来，皇后也不哭了，便站起身道："天色已晚，姑祖母和姑姑早些歇着吧！"太后点点头，吩咐严公公送许云初出了慈安宫。

大皇子如今监国，面对如山的奏折，深切地体会到了帝王的不易。有亲信禀告："大皇子，小国舅在慈安宫坐了半个时辰，如今出来了，至于说了什么，属下探不到。太后屏退了所有人，只留皇后在。"

大皇子放下御笔：“今晚天色凉寒，你去请小国舅过来喝一杯热茶再出宫。”亲信应声“是”，立即去了。

许云初出了慈安宫被大皇子派来的人拦住后，也不拒绝，笑着点头应承下来。进了御书房，他一眼便扫见堆积如山的奏折，大皇子埋首其中，将身子隐去了大半。

见他进来，大皇子抬起头，看着他。许云初迎上大皇子的目光，笑道：“听闻大皇子有请，有热茶喝，云初便不客气地前来叨扰了。”

大皇子站起身，捶捶肩膀，道：“小国舅坐吧。”

许云初道谢，坐在了不远处的椅子上。大皇子离开御案，走过来，看着他笑问：“以前国丈府门庭若市，如今不复以前，小国舅可觉得国丈府冷清？”

许云初摇头：“以前是爷爷看不开，总觉得皇上还是需要许家卖命效力的年少时，没发觉皇上已经长大了。如今嘛，爷爷看开了，我也是个素来喜欢清静的人，并不觉得如今国丈府冷清。”

大皇子道：“以前我觉得东宫冷清，如今觉得御书房冷清。你说难道我是个天生孤寡的命不成，摆脱不了这份冷清？”

“东宫以前多少人想进去拜见太子，可是都被拦在了宫门外，不是东宫冷清，而是太子不想东宫热闹。御书房冷清，那是因为如今乍暖还寒，待过几日，天气暖了，这御书房就不冷清了。”话落，他补充道，“毕竟没有召见，无人敢随意来这御书房。”

“小国舅真会说话，怪不得能让叶世子和苏小姐引为知交。父皇前往灵云寺已经近半个月，差不多也该回京了。明日我想派人前往灵云寺请父皇回京，小国舅以为如何？”

许云初笑道：“国不可一日无君，皇上出去半个月了，是该回京了。”

“就怕父皇在灵云寺待久了，不想回来啊，毕竟灵云寺清静，适合养心。不过，诚如小国舅所言，国不可一日无君。奏折堆积如山，我实在抽不出空来，派人去请恐请不动，不若小国舅明日走一趟灵云寺如何？”

许云初闻言心下一动，面上不动声色，笑着道：“灵云寺很近，我走一趟自然可行。”

大皇子见许云初答应得痛快，微露悦色：“既然如此，就劳烦小国舅了。”

许云初笑道：“应该的。”

大皇子又道：“自从苏小姐离京，孟太医最近似乎得了健忘之症，时常忘记进宫给二弟诊治。他开的药方子，二弟喝了，气色日渐不好。小国舅与苏小姐交情极好，可否稍后去看看二弟的情况，然后传信问问苏小姐，我只这一个同胞兄弟，真是怕他有个好歹。”

许云初答应得依旧爽快：“稍后我便去看看二皇子，此事不成问题。”

大皇子笑着道：“多谢了。”话落，他便喊过亲信，吩咐道：“带小国舅去看看二皇子。”

许云初告辞，走出御书房，由亲信领着，去了韶德殿。大皇子站在窗前，看着许云初一步一步地走向韶德殿，他眼底一片沉涌。须臾，大皇子轻喊：“来人。”

有人应声而出：“主子。”

“程顾被叶裳安排编制在了西境军中的消息可属实？”

“回主子，确实，过些日子估计就会有兵部的奏折上报。”

大皇子抿唇：“好个叶裳！灵云寺可有什么动静和不寻常之处？”

“回主子，没有，一切如常。”

“父皇如今在做什么？”大皇子问。

那人道：“皇上自从到了灵云寺，一直住在主子您以前住过的房间，白日里诵读经文，晚上便早早歇下了，一连半个月都是如此。”

大皇子点点头：“密切注意灵云寺动向，一旦有变，立即封锁灵云镇，鸟雀都不准飞出去。”语气一转，他又问，“东境呢？湘郡王可有动静？”

“湘郡王将消息传给主子您之后，便回到了东境，得知您并未派人沿途拦截叶昔，气疯了，对您不停谩骂，说您……说您废物，成不了气候。”

大皇子冷笑：“他到现在还不知道劫了程顾的人不是叶昔，而是苏风暖，养了大小师爷，自以为手眼通天了。不堪一击，愚蠢至极。你派人给湘郡王传信，告诉他劫了程顾的人是苏风暖，如今程顾在西境军中，有了编制。让他规矩些，收手吧，否则我便对他不客气了。”

那人应了声“是”，见大皇子不再有别的吩咐，便退了下去。

许云初来到韶德殿，刚踏入内殿便闻到了一股浓郁的药味，他脚步顿了一下。有人走出来，挑开帘幕：“小国舅请，二皇子知道您来了，正在里面等着您。”许云初点点头，走了进去。

林之孝躺在床上，面色十分苍白，眼窝都凹陷了下去。见许云初进来，他咳嗽了一声道：“这么晚了，小国舅辛苦来见我，是大哥的意思吧？”

许云初见林之孝这个模样，多少还是有些惊讶的，点点头道：“二皇子这是怎么了？腿伤的话，不至于如此吧？是染了风寒？”

林之孝不答反问：“听闻叶世子与苏姑娘要在西境大婚，可是真的？”

许云初点头：“是真的。”

林之孝脸色一暗：“我还想着，就算不能求个成全，届时讨一杯喜酒喝应该能做到，如今看来连喜酒也喝不到了。”

许云初看着他这样黯然的神色，可见当真是极喜欢苏风暖的：“在西境大婚，不过是为了弥补苏家大公子和二公子几个月后不能回京参加大礼的遗憾，届时还会回京大婚的，二皇子也能喝上喜酒的。”

林之孝惨笑：“我能不能活到那个时候还不好说。”

许云初瞧着他："大皇子说二皇子状态十分不好，让我过来看看你，将你的情况与苏姑娘书信提提，看看是怎么回事。我也很好奇，数日前二皇子不是还好好的吗？如今这是怎么了？"

林之孝道："我也不知道。"

许云初疑惑："我看二皇子面色苍白，气血虚弱，伴随咳嗽，很像染了风寒。"

林之孝摇头："不是风寒。"

许云初奇怪地看着他："既然不是风寒，那……"

林之孝打断许云初的话，对他道："小国舅，你写书信给苏姑娘时，能不能问问她，大婚的喜酒，可否派人进京送一坛给我。"林之孝揉揉眉心，"我真怕我等不到叶世子和苏姑娘回京大婚。"

许云初蹙眉："二皇子可能是在屋子里闷久了，想多了。既然不是风寒，孟太医怎么说？"

林之孝淡淡一笑："孟太医自己都老糊涂了，能怎么说？他也说不出个所以然来。"

许云初想起大皇子说孟太医的话，忽然想起苏风暖曾提到孙泽玉吃的预防风寒的药丸是孙夫人找孟太医开的。看来他真的有必要见见孟太医了。

另外，大皇子让他来看望二皇子给苏风暖传信之事也有些奇怪。听二皇子的语气，像不太想治，也治不好了。他压下心中疑惑，不再多问："当日皇宫夜宴，二皇子帮助叶世子不辞辛苦地找我和苏姑娘，还有赠我妹妹'阎王渡'一事，云初始终感激在心。二皇子的话，云初一定给苏姑娘带到。"

林之孝微笑着道谢，许云初又坐了片刻，见林之孝似乎疲乏了，便起身告辞，出了韶德殿。

转日清早，许云初前往灵云寺请皇帝回京。行出京城十里，有暗卫压低声音禀告："公子，不好了，皇上昨夜失踪了。"

"嗯？"许云初挑眉。

暗卫道："据说是在他居住的禅房里失踪的，侍候的人今早才发现。房中一应所用，都没变化，唯独皇上不见了。"

许云初点点头，如苏风暖所料，皇上果然失踪了。他当即吩咐："来人，回京告知大皇子，就说皇上失踪了，请大皇子立即前往灵云寺。"有人应声"是"，立即去了。

大皇子昨夜批阅奏折到很晚，今早起来得也稍晚了些。他刚穿戴妥当，便听到亲信禀告小国舅的人求见。许云初的人将半途中得到消息说皇上在灵云寺失踪之事禀告了大皇子，他面色一沉，当即道："备马，我要前往灵云寺。"

大皇子匆匆踏出宫门，走出几步后忽然停住脚步，对亲信阴沉着脸道："你去问问二弟，他是真想死吗？不告诉我林客的下落，我就让他如愿去死。"亲信心神一凛，连忙应了声“是”。

大皇子带了一队人马，出了皇宫，奔出京城，前往灵云寺。一个时辰后，皇上失踪的消息传回京城，满朝文武骇然。

许云初与大皇子在灵云寺大肆查找，尤其是大皇子昨夜早已经让人封锁了灵云寺，可是昨日夜里并没发现什么动静，就像是那个人凭空消失了一般！

大皇子盘问了昨夜当值的人，当值的人只说皇上早早便睡下了，他一直守在外面，夜里皇上还上了一次净房，可是早上起来皇上便不见了人影。

大皇子质问小泉子：“你为何昨夜不当值？”

小泉子顶着黑眼圈一副要急哭出来的样子：“回大皇子，从去年到今年，一直风波不断，皇上此次来灵云寺祈福，奴才怕出事端，便一直陪在皇上身边，白天不敢懈怠，晚上更不敢合眼。十几天下来，奴才昨夜受不住了，皇上便下了死命令让奴才去歇着，没想到就出了这个事情……”

大皇子闻言脸色沉暗，沉默片刻道：“封锁消息，若是谁传出去，凌迟处死。”

一名太监在一旁道：“大皇子，晚了。皇上失踪后，寺内没有能做主的人，住持当即派人下山知会了灵云镇的县守，县守带着大批人上山后，消息就传出去了。”大皇子闻言，脸色十分难看。

许云初站在一旁，对大皇子道：“皇上失踪是大事，首先要查出皇上是怎么失踪的。另外，封锁消息已经来不及了，要紧的是找到皇上，安抚朝臣，稳住朝纲，以免发生动乱。”

大皇子看了许云初一眼，沉声道：“小国舅这般沉稳，是不是早就预料到父皇会失踪了？”

许云初面对质疑，淡淡地道：“大皇子谨言慎行。云初若是有未卜先知之能，定然会跟着皇上来灵云寺祈福，寸步不离。没了皇上，我的姑祖母和姑姑又能依靠谁？皇上失踪了，对我有什么好处？何谈早有预料？”

大皇子看着许云初，许云初一派沉稳坦然。他收回视线，道：“父皇将监国之事交托于我，我自然不能让朝纲乱了。”

许云初沉声道：“灵云寺和灵云镇都已经翻遍了，没有皇上的影子。大皇子，不若你先回京安抚朝臣，我留在灵云镇继续彻查此事，找寻皇上下落。”

“昨日我刚说了让小国舅来劝父皇，今日父皇就失踪了。我能相信你留在这里能找到父皇吗？”

“京中遍地是大皇子的眼线，我若是往外传递什么消息，或者做什么事情，想必瞒不住大皇子的耳目。大皇子若是不信我，我便回京，大皇子留在这里彻查好了。”

大皇子看着他：“昨日小国舅很晚入宫，难道不是听闻了父皇的什么消息去找太后？”

许云初面对他的步步猜疑，淡淡地道：“确实是听到了一桩消息，想去找太后证实。不过，不是关于皇上的。”

“哦？”大皇子看着许云初。许云初看了左右一眼，大皇子挥手：“你们都退下！”众人都默不作声地退了出去。

许云初压低声音道：“我听闻当年北周二皇子的母妃曾经与大皇子的母妃月贵妃易子而养，甚是稀奇，所以去找姑祖母问问，那些年她可曾发现蛛丝马迹，是否当真有此事？”

大皇子面色一变，怒道：“一派胡言，你从哪里听来的消息？”

许云初淡淡道：“总之是听到了，大皇子就别问是哪里了。”

大皇子面色一寒。许云初又道：“我也不太相信，但还是去找姑祖母求证了一番。姑祖母和姑姑那些年一直盯着月贵妃，觉得此事听来甚是可笑，滑天下之大稽，让我不必信。我想想觉得也是，便作罢了。大皇子非要问个明白，我也只能如实讲出了。”

大皇子闻言面色稍霁：“小国舅知道就好，这等事情怎么可能，两国皇子互换，难道所有人都是傻子吗？”

“是啊，我也觉得不可信。”许云初道。

大皇子道：“父皇失踪，我一时情急，说话重了些，小国舅别往心里去。你说得对，父皇将监国之权交给了我，如今他出事，我定然不能让朝纲乱了。我这便启程回京安抚朝臣，这里就交给小国舅了。”

许云初颔首，对大皇子道：“我一人也难以伸出太远的手，大皇子回京后，再多派些人来帮助我找皇上吧！”大皇子点头。二人说定后，大皇子离开了灵云寺。

西境远在数千里外，自然没第一时间得到皇帝失踪的消息，一众人等都在热热闹闹地筹备苏风暖和叶裳大婚之事。叶裳的喜服虽然早就做好了，但留在京城没带出来，所以，除了苏风暖的大婚吉服，还要赶制叶裳的吉服。

众人忙碌地折腾了五日，终于到了大婚前夜。瑟瑟听闻苏风暖和叶裳要大婚的消息，日夜兼程，跑死两匹马，才在大婚前夜赶到了西境。那时天色已晚，她没来打扰苏风暖，也实在累极了，便囫囵地睡下了。

第二日清晨到了时间，瑟瑟便带着十个十全婆婆来敲苏风暖的门。众人陆续进来，见着苏风暖，都给她见礼道喜，说起吉祥话来一套一套的。苏风暖觉得既新鲜又好玩，满屋子顿时洋溢起了喜庆的氛围。

苏风暖被感染得眉眼俱是笑意，瞅见瑟瑟也笑弯了眉眼，便笑着说：“赏每人十两银子，辛苦婆婆们起这么早了。”

十全婆婆们虽然知道这喜事一定会有赏钱，但没想到苏风暖出手这么大方，每人十两银子够她们一年的吃穿了，顿时高兴坏了，又是一箩筐的好话对苏风暖砸了过来，并且齐齐道：“多谢世子妃的赏！”

第九章
西境大婚

在十全婆婆们一箩筐的吉祥话中，香汤被抬进了屏风后，大婚所用的一应物件都被抬进了屋。沐浴出来，苏风暖换上了大红色的绸缎衬衣，还未施粉黛，便让人觉得丽色天成，天香国色亦不为过。

瑟瑟扶着苏风暖坐到镜子前，十全婆婆们连忙拥上前。按照习俗，要先绞面，瑟瑟在一旁嘱咐："我家世子妃面皮娇嫩，婆婆们可要轻点儿下手。"

一位年老的十全婆婆笑呵呵地连连应"是"："咱们世子妃面皮娇嫩如白玉，脸上干干净净，其实用不着绞面，老婆子意思意思就行，不会伤到世子妃。"

十全婆婆拿着帕子为苏风暖绞了面，便开始上妆。瑟瑟又在旁边说："婆婆，我家世子妃不施脂粉也倾国倾城，浅浅地抹一层就好，可别太多了，免得咱们世子迎亲的时候认不出人。"十全婆婆依照所说，笑着给苏风暖抹香膏擦脂粉。

苏风暖坐在菱花镜前，看着镜中的自己，想着如今迎亲的队伍估计出军营了。

瑟瑟在一旁站着，见苏风暖的神色，不由得取笑："世子妃是在想咱们世子吗？一会儿就见到人了。咱们世子容貌本就无双，今日大红色的吉服穿在身上，骑着白马沿街一走，哎哟喂，恐怕此后西境的姑娘们都嫁不出去了。"

苏风暖听她说得俏皮，忍不住笑出声。十全婆婆们都跟着笑起来，有人笑着说："不怕，姑娘们若是见到了咱们世子妃，就会知道什么锅配什么盖，该嫁的还是会嫁的。"

一位十全婆婆看了一眼时辰，笑呵呵地说："我们要动作快些，别只顾着说笑，世子估摸着快到了。"说着手上的动作利索起来了。

瑟瑟在一旁笑着说："世子要进这将军府的门可没那么容易，别当我们碧轩阁的数千人都是好打发的，关卡就设了十几重，世子要一路过关斩将才能到这儿，不见得会太早。"

苏风暖失笑，怀疑地看着她："你觉得碧轩阁的数千人难得住叶裳吗？"

瑟瑟咳嗽一声："除了陈述、齐舒这两个世子的好兄弟，以及千寒、贺知等一众亲卫，叶昔公子也不站世子那边，就算难不住世子，也不会让他轻易将姑娘接走。"

苏风暖笑出声："我怕回头碧轩阁的人挨了揍，都喊身子疼，喜酒都喝不下。"

瑟瑟看了苏风暖一眼："他们没您说的那么没用吧？说白了，您心里头还是向着世子。"

十全婆婆给苏风暖上完面上的妆容，梳好发髻，戴上凤冠，又为她穿大红色的嫁衣。嫁衣甫一穿上身，顿时满室霞光，如从天上落下了大片的星辰。

瑟瑟这么多年，自认为早已经看惯了叶裳和苏风暖的容貌，如今乍一看还是觉得苏风暖美得让人移不开眼睛。她连连大叫："赶紧的，给世子妃盖上盖头，这么看下去，奴婢的小心脏都要受不住了。"

苏风暖笑着瞪了瑟瑟一眼，接过十全婆婆递过来的盖头，盖在了头上。这时，外面锣鼓唢呐声响起，鞭炮声声传进内院，迎亲的队伍来了。苏风暖在盖头里露出笑意，觉得整个世界都是热闹喜庆的。她喜欢这样的喜庆。

瑟瑟被叶裳和叶昔嘱咐要陪着苏风暖，不敢离开，只能对小喜喊："小喜，快，你去外面探探消息，看看世子怎么闯过重重关卡进来。"小喜应一声"是"，立即跑去了前面。

不到一盏茶的工夫，小喜便大叫着跑了回来："瑟瑟姐，世子已经闯过十二关了，后面还剩四关，眼看就要守不住了。"

"欸，果然是咱们世子啊，看这娶媳妇儿的心迫切得跟什么似的，真是一点儿也不手下留情。咱们可都是他媳妇儿的娘家人啊，给点儿面子嘛。"

苏风暖喷笑，估摸着照这个速度，小喜不用再跑出去打探消息了，等他到那儿，叶裳就该来了。瑟瑟碎碎念："真是没用啊，没用啊，几千人呢，一盏茶的工夫都没坚持过，十二关啊，世子这是怎么闯的？"

小喜对叶裳是由衷地敬佩，对苏风暖说："姑娘，以后把我派到世子身边吧，打杂也行，我也乐意。"

瑟瑟一巴掌拍到了小喜的脑袋上："喊世子妃，该改口了。"

小喜立即改口，笑嘻嘻地说："嗯，是世子妃，世子妃。"

苏风暖笑着接过话："行，反正他身边确实少个跑腿的，你以后就跟着他好了。"

小喜听苏风暖答应，顿时欢呼雀跃。瑟瑟又一巴掌拍向了他的脑袋："没出息，小叛徒。"

过了半盏茶的工夫，外面依旧热闹，人潮汹涌，叶裳却没如预料那么快进来。瑟瑟纳闷："咦？依照世子刚刚那速度，如今也该进来了吧？"话落，她对小喜说："快去前面看看。"

小喜立即跑去了前面，不多时又跑了回来，大声说："瑟瑟姐，你如愿了，是苏三公子和凤少主来了，在最后一关拦住了世子，正在为难他呢。"

瑟瑟睁大了眼睛："苏三公子和凤少主，他们怎么来了？"

小喜一拍大腿："就是来了嘛，出的题刁钻古怪，一题接一题，斗文斗武，正与世子斗着呢，激烈得很。"

瑟瑟顿时高兴起来，大乐："苏三公子和凤少主来得可真是及时，真是好啊。"话落，她催促道，"我走不开，你快去看看，回头跟我说说过程。"小喜点头，又跑去了前面。

苏风暖想着三哥和凤阳看来本是在哪里藏着，听说她和叶裳在西境大婚的消息，特意跑了来。如今她父母不在，可是三个哥哥都在身边见证也算得上是小小的圆满了。

瑟瑟乐和了半天，扭头对苏风暖说："主子，您猜猜，他们能拦住世子多长时间？"

苏风暖笑着道："最多三盏茶的时间。"

瑟瑟眨巴眨巴眼睛："能拦这么久，总算给我们娘家人争回点儿面子了。"

苏风暖觉得好笑："他们这时候赶到，定然是日夜兼程而来，总要留点儿力气喝酒。"

两盏茶又半盏茶的工夫后，小喜从前面快步跑回来，兴奋地说："主子、瑟瑟姐，世子已经过了最后一关，进内院了，马上就来了，快，快关门。"

瑟瑟一听，连忙说："对，虽然世子过了前面所有的关，可是这里还有一道门呢。"说着连忙关上了门。

苏风暖不解："为什么要关门？"

瑟瑟"哎哟"一声："主子，您难道不考校世子一番，就轻易跟着他上轿吗？"

苏风暖在盖头下眨巴眨巴眼睛："他连过这么多关，一番折腾，估计也累了。"

瑟瑟一听，望棚顶道："您就算要心疼，等回头再心疼啊。自古以来，新郎迎娶新娘，哪儿有不过难关的？媳妇儿是那么好娶的吗？您等着世子来了之后，自己立马开门跟着他走，太没出息了吧！"

苏风暖低笑："难道我将他难住，不让他进来，不跟着他走，就是有出息？"

瑟瑟笑嘻嘻地说："您若是真能难住世子，就灭灭他的威风嘛。您出的题若是世子答不出来，难为他那么一盏茶的工夫，还答不出来，再放他进来嘛。"

这时，外面一阵喧闹，有人大喊："叶世子来了，新郎官来了！"

瑟瑟一把放下屋内的帘幕，遮挡了外面人往里面瞅的视线。她笑着对外面喊："世子，别以为您过了前面的关就行了，想接走您的世子妃，还要过我家姑娘这一关呢。"

叶裳穿着一身大红色吉服，面如冠玉，他虽然过了十几道关卡，却一身风华，丝毫不显疲惫，意气风发，春风满面。他停住脚步，好整以暇地笑着对里面说："哦，我的世子妃也要考考我？世子妃手下留情啊，否则丈夫丢了面子，妻子脸上也无光。"

苏风暖想着出什么题好呢，什么题能难住叶裳？她想了半天，脑中灵光一闪，轻咳一声，对外面说："大婚后，你我是要生儿育女的，就现在，你拿了笔墨，画一幅未来儿女的画像给我看吧。"

屋里屋外的众人一听，有人惊得张大了嘴，有人乐翻了天。"叶世子，快答题啊！"瑟瑟笑着对外面大喊："小喜，快给咱们世子拿文房四宝来。"小喜应一声"是"，立即去了。

叶裳听苏风暖出了这么个题目，哑然失笑："生儿育女也不是我一个人做得来的，你拿这件事考我一个人，是不是有失公允？既是我们两个人的事情，自然要我们两个一起画。”

苏风暖痛快应承：“好，我与你一起作画。”

瑟瑟刚想开口阻拦，苏风暖已经答应了，她无奈地道：“我的好世子妃，你中计了啊，明明是他答对了题，才给他开门的嘛，这还没答题就把你诓出去了，世子太狡猾。”

“他说得也没错，生儿育女本就不是他一个人的事嘛。”话落，苏风暖对她小声说，“适可而止啊，你再闹腾下去，惹毛了叶世子，你的大红封可就没了。”

瑟瑟一听，不只闭上了嘴，还连忙上前一步，为叶裳打开了门，但拦在门口，对他笑着伸出手：“世子，我们这些人可是侍候了您的世子妃一早上，赏呢！没赏的话，就算世子妃应了，我们也不放人。”

叶裳瞅了瑟瑟一眼，笑着对身后摆手：“每人五十两银子，赏！”千寒应了声“是”，当即吩咐端着托盘的人上前，掀开托盘上盖着的红布，白花花的银子展开在众人面前。

瑟瑟顿时大乐，当先接过了托盘，笑着对屋里的十全婆婆们说：“婆婆们，咱们世子有赏，每人五十两。过来领赏咯！”十全婆婆们顿时大喜，连连笑呵呵地道：“多谢世子的赏，祝世子和世子妃百年好合、百子千孙……”

叶裳站在门口，负手而立，听得眉目含笑。苏风暖由瑟瑟扶着迈出门口，叶裳迫不及待地上前，就要接过苏风暖。苏青从一旁冒出来，拦住了叶裳的手：“还没答题呢，你着什么急？就算答了题，也要哥哥背着她出门，脚不能沾地，还不到你接手的时候呢。”

叶裳闻言慢慢地撤回手，好脾气地说：“我的确着急了些，可是三哥你这一身灰的模样，能背人吗？”

苏青顿时挺直腰背：“我不能背，还有大哥和二哥呢！”

苏承和苏言也在不远处，闻言对看一眼，二人倒是衣着光鲜，比苏青干净多了，但他们都知道苏青和苏风暖自小更亲近，如今苏风暖大喜，苏青一定是日夜兼程赶来西境，眼窝子都是青的，于是心照不宣地将背苏风暖之事让给了他。苏承笑着说：“趁着现在小裳还未答题，三弟你快去梳洗换衣，背小妹的事自然要你来。”

苏青一听，便知道大哥和二哥让着他，于是点头：“好，我这就去换衣服，臭丫头你不准被这臭小子给拐走了，等我来背。”说完转身就跑了。

这时，小喜捧着文房四宝跑来，有人搬来桌案摆在门口，小喜将文房四宝放在桌案上。

苏风暖伸手要掀开盖头，叶裳先一步握住她的手，笑着说：“盖头要由我来掀。”

陈述在一旁道：“慢着，盖头不是要拜完天地入洞房后再掀吗？如今就掀，是不是早了点儿？”

瑟瑟顿时顶回去："世子妃又不能顶着盖头闷一天，西境不是京中，哪有那么多规矩？世子，别听他的，掀开掀开，不掀开怎么作画啊！"

陈述闻言顿时闭了嘴。这是自瑟瑟在京城红粉楼失踪后，这么长时间以来他第一次见她。昨日听闻她来了西境，陈述便想立即从军营出来找她，但怕她不认他，再加之今日叶裳大婚，需要他陪着迎亲，便生生压下了。

苏承和苏言也齐齐点头："掀吧！"

叶裳动手掀开了苏风暖头上的盖头，苏风暖一张倾城的娇颜便暴露在了所有人面前，平时她不爱施粉黛，如今凤冠霞帔，略施脂粉，顿时似乎所有的日月光华都聚集在了她身上。

叶裳攥住苏风暖的手，将她拉到身前，拥着她站在摆好宣纸笔墨的桌案前。苏风暖对他笑着说："你先来。"

叶裳点头，思索了一下，对她温柔地说："我们的孩子，一定要像你多一些。"

苏风暖不同意，立即说："自然是像你多一些。"

叶裳笑看着她："你喜欢儿子，若是将来生儿子，那就像我好了。我喜欢女儿，若是将来生女儿，就像你好了。"

瑟瑟在一旁逗趣地说："世子、世子妃，那你们将来就生一对龙凤胎好了，儿子、女儿都要有。"

叶裳颔首："这个主意倒不错。"他说着，便提笔在画上勾勒出了一个小女孩的轮廓。眉目要像苏风暖，看人的时候，如天上落下的星辰，脸颊……他想象苏风暖小时候的样子，笑的时候有小小的酒窝……

苏风暖见他画女孩，便提笔画男孩。眉目要像叶裳，是那种偏柔软的剑眉，一双比天上星辰还要亮的眸子，鼻子也要像叶裳，还要有一双漂亮修长的玉手……

不多时，二人便完成了一幅画，一个男孩、一个女孩，小小的人儿，漂亮讨喜得很。苏承笑着说："这不就是你们两个小时候的模样吗？"

这时，苏青换了衣服跑回来，快一步伸手将画卷起来，对二人道："这幅画归我了，等将来我的小外甥和外甥女出生后，我好好对比一番。若是你们画得不对，届时孩子都归我好了。"

苏风暖啐了他一口："哪有这么便宜的事？想要孩子赶紧自己娶妻生子。"

苏青将画一揣，不客气地说："娶妻生子这种事多麻烦，现成的多好。"揣好画后，他弯下身，拍拍自己的后背，"小丫头，上来，三哥背着你出门！"

叶裳能体会苏青疼妹妹的心，所以对他收了这幅有意义的画，没有异议。

苏风暖上前一步，趴在了苏青的背上，搂住他脖子，笑着说："背好点儿，将我摔了的话，我告诉娘揍你。"

苏青气笑："臭丫头，从小到大背过你多少次，哪次把你摔了？得了便宜还卖乖，除了会向娘告状，你还会做什么？"话落，他又轻哼，"按规矩，女儿出嫁都要哭嫁，你怎么不哭？”

苏风暖本来眼眶酸酸的，闻言却笑开了：“我才不哭呢，又不是嫁到天涯海角去，以后没准高兴了，我和叶裳挤去苏府跟你们住呢。”

苏青一边背着苏风暖往外走，兄妹二人一边说着话，叶裳含笑跟在苏青身边，一众人等簇拥着三人向将军府门口而去。

将军府门口，容安王府护卫、一万名御林军前来迎亲，人人身上系着红绸布，马头上拴着红绸，门前一辆高高的车辇，以红绸做帘幕，车辕处同样拴着红绸，车辇旁拴了一匹高头大马，通体毛发如白雪，十分漂亮。

苏青将苏风暖背到门口，叶裳上前一把将苏风暖接过，拦腰抱起，对苏青道：“辛苦三哥了！”

苏青直起身，瞅了叶裳一眼，有些不舍，但也觉得这是妹妹嫁得最对的人。普天之下，再也没有人比叶裳更好了。他伸手轻轻冲叶裳左肩膀给了一拳：“若不是你，今日任谁迎娶我妹妹，也没那么容易。”

叶裳弯起嘴角，眸底溢满浓浓笑意：“多谢三哥夸奖。”他将苏风暖放到了车辇上，轻轻抱了抱她，柔声说：“我先骑马，稍后与你一同坐车辇。”苏风暖笑着点点头。

叶裳一拢马缰绳，飞身上了马，掉转马头，带着车辇与迎亲队伍敲锣打鼓，唢呐声声，离开了将军府门口。

苏青待叶裳将人接走后，对苏承道：“大哥，设流水宴了吗？”

苏承颔首：“设了，三日流水宴。”

苏青大手一挥：“改七日流水宴！”

苏言一听：“这不好吧？皇帝大婚，太子娶妃，也不过是七日流水宴。”

苏青皱眉：“有这个规矩？”

苏承颔首：“是这样。”

苏青道：“那就改为六日！”硬气地说，“听我的。”

苏承和苏言对看一眼，笑着说：“行，既然你说改，那就改，反正六日也没破了规矩。”

苏青满意了，打了个哈欠：“我先回去睡一觉，晚上等他们拜堂后，好有精神喝喜酒。”苏承和苏言见他眼底浓浓的黑眼圈，也不急着问他这几个月发生的事，摆手让他去了。

东、西、南、北四城，沿街铺了红绸，迎亲队伍从将军府出来后，百姓发出热闹的欢呼声。刚走不远，有一个婆婆提着一篮栗子拦住了路，对叶裳笑呵呵地说：“叶世子，老婆子祝您和苏小姐早生贵子，这是老婆子的一点儿心意，您别嫌弃，收下吧。”

叶裳一怔，看着头发花白的老婆婆挎了一大篮栗子，提着都困难，走路颤巍巍的，他连忙下马，伸手接过：“不嫌弃，多谢婆婆。”

老婆婆送完东西，连连摆手：“世子快上马吧！”叶裳点头，刚要上马，又有一个小女孩抱着一盆牡丹冲出了人群，来到了叶裳身边，孩童的声音颇显稚嫩：“叶哥哥，我爹是花匠，这是他培养了十年的双色牡丹，他让我送给您和苏姐姐。”

叶裳接过小女孩手里的牡丹，含笑对她道：“谢谢你爹，也谢谢你。”

他回身将那盆牡丹递进车辇里，翻身上马。苏风暖将手中的苹果放下，捧着那盆牡丹继续前行。

其间又有百姓送东西，不是枣，就是花生，寓意都十分好。叶裳数次下马，对人道谢。迎亲队伍沿街而过，渐渐地，亲卫们的手里都提满了。

因送东西的百姓太多，队伍行得十分慢。陈述看了一眼天色，觉得这样下去，这一日怕是都绕不完全城，遑论去军中了。他与齐舒商议之后，轻咳了一声，在叶裳身后拱手：“乡亲们，世子和世子妃今日下午还要去军中，晚上要回城拜堂，行程若是太慢，便耽搁吉时了……”

他话刚说到这儿，人群中有一人说：“大家伙儿把给世子和世子妃准备的礼都送去将军府吧，别再拦世子和世子妃的路了，免得误了吉时。”众人纷纷应承，拿着东西的人向将军府拥去。

叶裳面前顷刻间便让开了一条顺畅的路来。他回头拍了一下陈述和齐舒的肩膀，笑着道：“好兄弟，多谢了。”队伍没了阻拦，顺畅地前行。

将军府内，苏承和苏言、叶昔等带着人安排布置礼堂以及流水宴之事。迎亲的队伍刚离开不久，管家来报：“公子，将军府来了很多百姓，手里提着大枣、花生、栗子，还有人捧着虎皮、鹿皮、貂皮……说是恭贺世子和世子妃大婚的贺礼。排了长长一队，一眼望不到尽头。这……怎么办啊？收不收？”

苏承和苏言一怔，对看一眼，苏承问：“怎么会有这么多百姓来送贺礼？”管家立即将百姓沿街拦着迎亲队伍送贺礼耽搁行程，索性将贺礼送到将军府之事说了。

二人闻言，觉得百姓一片好心，叶裳和苏风暖的确不能拒绝，这样看来，贺礼送到将军府也是要收下的。于是，苏承对管家道：“既是百姓的心意，不能拒了，我们这就去门口接贺礼。”苏承和苏言将手边的事托付给叶昔，连忙去了。

来到门口，果然如管家所说，百姓排了长长一队，一眼望不到头，手里提着的东西五花八门。二人吩咐人打开将军府的门，逐一接过百姓递上前的贺礼，一一道谢。

送贺礼的人太多了，络绎不绝，一上午过去，苏承和苏言接贺礼道谢累弯了腰。

苏青一觉睡醒神清气爽，与风阳一起四处溜达，见众人往库房里搬东西，询问之下得知竟然是百姓前来送贺礼，跑到门口瞧热闹。他们一来，苏承和苏言找到了救星，拉过他们二人接替接贺礼的事宜，自己退回内院一边捶着酸疼的腰，一边大松了一口气。

叶裳骑马走了一圈后，怕苏风暖闷，便弃马上了车辇。他偏头问苏风暖：“累不累？”

苏风暖摇头，靠在他胸前：“不累，只是有些感慨。我守卫燕北，是因为燕北苏家是父亲的根，爷爷、二叔他们都是我的亲人。兵战西境，是因为父亲、哥哥们在西境抵挡北周，我怕他们出事。说来说去，我不算是个大义的人，如今接受百姓的贺礼，总有种受之有愧的感觉。”

叶裳闻言叹息一声：“是啊，我也与你一样，受之有愧。我父王与岳父大人才是真真正正为了百姓的人。”

苏风暖笑着道：“我们是他们的儿女，这样说来，真该向他们学学了。”

来到军营，练兵场上林立了百万兵马。迎亲的队伍甫一出现，大家齐贺：“恭祝叶世子和苏小姐大婚，恭祝叶世子、世子妃百年好合！白首齐眉！”声势震天！

苏风暖是新嫁娘，在未娶进门前，脚不能沾地。叶裳索性抱着她飞身上了练兵场的高台，上面有一根高杆，飘着南齐的旗帜。叶裳足尖轻点，抱着苏风暖坐在旗帜下的桅杆上。二人均穿红衣，坐在桅杆上，衣袂飞扬，风华绝代。

西境的百万兵马都是跟着苏风暖和叶裳上过战场的，如今二人在西境大婚，百万兵马热血如潮，沸腾不已。一番恭贺后，一名将领大声说：“世子、世子妃，兄弟们知道您二人会在大婚之日来军中，便准备了助兴节目。”

叶裳笑着点头：“好。”

那名将领见他应承，高兴地摆手，让人上场。军中的助兴节目是大排场的布阵、摔跤、蹴鞠等，一时间闹翻了天。

一下午便在这样热闹的氛围中过去了。在离开军营回城途中，苏风暖对叶裳道：“算算时日，皇上已经失踪了吧？”

叶裳颔首：“三日前之事，还没传到西境来，估计明日就会传来消息了。”话落，他笑道，“皇上还是厚爱我们，没提前失踪，影响我们大婚。”二人一路说着话，回城进了将军府。

迎亲队伍停到将军府门口，百姓的贺礼还没送完，接贺礼的苏青和凤阳已经换成了叶昔和陈芝苒。叶裳和苏风暖回来后，便看到二人站在门口接百姓的贺礼。见迎亲队伍回来，叶昔大舒了一口气，扬声道：“乡亲们，再有贺礼，明日再说吧，世子和世子妃大婚，苏三公子高兴，备了六日流水宴，接下来，都准备喝喜酒吧！”众人欢呼一声。

叶裳抱着苏风暖下车辇，十全婆婆在一旁说：“世子先下，要射箭啊。”

叶裳回身挑眉：“为何我要射箭？”

十全婆婆笑着说：“这是习俗，新郎射轿门三箭，再接新娘子下轿子。”

陈述将弓箭递给叶裳，拍拍他肩膀取笑说：“兄弟，我们知道你疼媳妇儿，舍不得给她下马威，意思意思就行了。”

叶裳接过弓箭，见苏风暖坐在车辇内好笑地看着他，大红嫁衣，明艳含笑的人儿，让他爱极了。他也不觉露出笑意，上前一步，将弓箭递到了她手里：“反正我们改了不少规矩，不如这一桩也改改，你来射箭。我可不敢给世子妃下马威，求着娶进门的，还是你给我下马威好了。”

一时间，人群中无数人觉得今日可是开眼了，古往今来，还真没有这样的。

苏风暖摆弄了两下弓箭，随手放在身旁，笑着说：“你舍不得射我，我又怎么会舍得射你？这个下马威就免了吧！”叶裳低笑，点点头，上前一步，将她拦腰抱下了车辇。

将军府门口铺了红绸，摆了火盆。十全婆婆在一旁笑着提醒：“世子，世子妃是要迈火盆的。”叶裳抱着苏风暖不放下，迈过火盆向内院而去。

将军府的大堂早已经摆好了红烛香案，一众亲朋及观礼之人就座。叶裳父母早亡，在更高的台案处摆放了容安王和王妃的牌位。苏风暖父母在京城，但长兄如父，苏承坐在了上首。礼仪官立在一旁。

叶裳抱着苏风暖来到堂前时，一切已经就绪，只等着二人前来拜堂。叶裳放下苏风暖，二人站定后，礼仪官看了一眼沙漏，高喊：“吉时已到，赞礼启，新郎搭躬。”

叶裳对苏风暖伸出手相请。苏风暖将手递给了他，叶裳便紧紧地攥住。

礼仪官高喊：“一拜天地！”叶裳和苏风暖跪地对天地叩拜。

礼仪官又高喊：“二拜高堂！”叶裳和苏风暖对容安王和王妃的牌位叩拜，又对苏承叩拜。

礼仪官再高喊：“夫妻对拜！”叶裳和苏风暖转过身，相互而拜。

礼仪官再高喊：“礼成，送入洞房！”满座宾客齐齐欢呼一声，有人大声叫好。叶裳拦腰抱起苏风暖向内院走去，十全婆婆们连忙跟上二人。

苏青起身，大手一挥：“开宴席，今日不醉不归。”在一片热闹的欢呼声中，美酒佳肴依次端上了席面。

叶裳抱着苏风暖进了新房，入目处，大红色的喜字、红绸帷幔、红烛高燃，一派喜庆。他将苏风暖抱到床前放她坐下，问她：“累不累？”

苏风暖对他说：“你先把盖头给我掀了，然后再帮我把这一头的珠钗首饰都卸了，顶了一日，压得脖子都酸了。”

叶裳点点头，伸手挑开了她头上的盖头，忍不住低头就要吻她。苏风暖伸手推了他一把，叶裳无奈地克制住，直起身对屋内屋外侍候的人摆手：“都出去吧，这一日辛苦大家了，不用你们侍候了。”众人意会，笑着又说了几句恭贺的吉祥话，给二人关上门，退了出去。

叶裳将苏风暖头上的朱钗撤掉，便将她抱在怀里，俯身压在了床上，低头吻下。苏风暖感觉后背硌得慌，伸手推他：“被褥里好像有东西，硌得慌。”

“嗯？”叶裳连忙又伸手将她拽起，掀开了床上铺开的被子，一看，一床的枣、花生、栗子。他从桌子上拿来一个盘子，二人将东西都捧进了盘子里。

因为这些东西，叶裳满腹的急躁被压下了，抱着苏风暖吻了吻：“饿不饿？”

苏风暖点头：“饿。”

桌上早已经摆了饭菜，还有两盅酒。他牵着苏风暖来到桌前，伸手将摆好的两盅酒往旁一推，道：“你不能喝酒，吃饭吧。”

苏风暖对他说：“无碍吧？这是合卺酒。”

“不行，你喝了会影响孩子。”话落，叶裳又道，“我代替你喝好了。”

苏风暖想着两个人的合卺酒，一个人喝了也行，反正此后他们是真真正正的夫妻一体了。她点点头：“好吧。”叶裳坐下身，将筷子递给她。

二人用过了饭，叶裳对外面喊：“来人！将这些都撤下去，抬一桶水进来。”有人应一声“是”，着人进来撤掉桌子上的饭菜，将水抬进屏风后，关上房门又退了出去。

叶裳伸手将苏风暖拽起身，对她微笑着说：“我侍候世子妃沐浴。”

苏风暖伸手帮他理了理衣领：“外面的人一定都在等着你出去敬酒，我自己沐浴，你快去吧。”

“让他们等着去，我先侍候世子妃睡下再说。”说着伸手帮她解开凤冠霞帔，脱了外衣，抱着她进了屏风后。

苏风暖泡了一会儿，便出了木桶，叶裳帮她擦干净身体后，抱着她出了屏风，将她安置在床上盖上被子，柔声哄道：“你先睡，我出去敬酒，很快就会回来。”苏风暖点点头。叶裳低头吻了她一下，放下帷幔，走出房门去了前厅。

宴席已经开了一个时辰，前厅依旧人潮汹涌，街道上的流水席同样未散。叶裳来到，有人便大喊：“叶世子来了！”

苏青已经喝得半醉，依旧兴致盎然，见叶裳来了，对他说：“每人敬酒一杯，你就可以回去了。”

叶裳离开后，苏风暖便睡下了。似睡非睡间，她忽然想起以前答应过叶裳的一件事，若是这样睡过去，便食言而肥了。于是她掀开被子，披衣下了床。听到屋内有动静，千寒在门口问：“世子妃，您可有什么吩咐？”

苏风暖扫了一眼新房，对他说：“给我拿一套文房四宝来。”

千寒取来文房四宝，苏风暖打开房门，接了过来，对他说：“我这里没事，你不必守着了，也去前面喝酒吧。”

千寒摇头：“属下已经喝过喜酒了，世子回来之前，属下在外面守着。”苏风暖点点头，关上了房门。

来到桌前，苏风暖铺开宣纸，研好墨，提笔写了一首诗。写完放下笔，才放心地上床睡了。

前厅，叶裳对于苏青每人敬酒一杯的说法没有异议，痛快地应承了。苏承见叶裳应承，连忙开口训斥苏青："三弟喝多了，尽说醉话，这里有数百人，如何能一杯杯敬酒，小裳喝两杯便好了。"

苏青瞪眼："大哥，你这么向着他做什么？我听说爹当年娶娘，千杯不醉。他若是赶不上爹的酒量，凭什么当我们的妹婿？"苏承一噎。

叶裳含笑："三哥说得是，今日这酒，怎么也要喝。"

苏青一拍手，道："痛快！这才是爷们儿。"

苏承和苏言有些担心，面上不由得露了出来。叶昔在一旁笑着道："三月醉是天下酒之极品，他连三月醉都喝过，如今这酒虽好，进他肚子里与喝水没两样。不必担心。"苏承和苏言闻言松了一口气。

一个时辰后，叶裳敬完了所有人，眉眼也只是微带了些醉意，看起来更添风华，一众宾客大声叫好。苏青却喝醉了，晃悠着站起身，伸手钩住叶裳的肩膀，醉醺醺地对他说："臭小子，我妹妹从今以后就交给你了啊，你要好好对她。"

叶裳微笑着点头："三哥放心，我视暖儿如性命，此后谨遵妻命。"

苏青满意地颔首，话音一转，又伸手拍他："不过那小丫头淘气得很，你也不要过于惯着她，该收拾也要收拾，否则她会三天不打，上房揭瓦。"

叶裳失笑："舍不得。"

苏青瞪眼，嘟囔道："就知道你舍不得，以后她若是犯了错，你找我好了，我收拾她。"

叶裳觉得好笑，看着苏青是真的喝醉了。他的心情叶裳能够理解，从小一起打着闹着长大，妹妹嫁人了，他既期盼她嫁得好，又觉得出嫁的妹妹再也不是那个小女孩了，心里大起大落，矛盾得很。他笑着点头："好。"

苏青放开叶裳，对他摆手："行了，你快回去吧！"

叶裳得了放行令，便不再耽搁，回了新房。千寒见叶裳回来，上前小声说："世子，您走后，世子妃下床找了一套文房四宝，之后便睡下了，房中再没动静。"

叶裳扬眉："嗯，她找文房四宝做什么？"千寒摇摇头。叶裳见他不知，不再多问，推开房门，进了房间。

房内帷幔垂落，床上的人已经熟睡，呼吸均匀。叶裳轻轻挑开帷幔看了一眼，心一下子便暖如春水，想着从今以后，她就真正成为他的妻子了。他凝视了片刻，放下帷幔，转身走到桌前，伸手拿起桌子上的宣纸，便看到了苏风暖写的那首诗："彩凤飞来衣暖裳，红烛遮面玉含香。谁家女儿花颜色，足登金马踏南堂。"

他读罢，想起苏风暖曾答应在洞房花烛夜告知他的关于她在《红颜传》里的评语，一时间目光沉涌，幸好她在《红颜传》手札刚出来时就将这则评语撕去了，否则还真是一首祸诗。他看了片刻，将那张宣纸扔进了香炉里。

叶裳又来到门口，打开房门，对千寒说："给我抬一桶温水，我去隔壁沐浴。"千寒知道世子怕弄出动静吵到世子妃，应一声"是"，立即去了。

沐浴之后，叶裳回到房间，解外衣上床，将苏风暖拥在了怀里。他看着她熟睡的娇颜，满心满眼欢喜极了。他爱了多年的人，从今以后是他的妻子了。夫妻一体，生死与共。他看了她许久许久，夜深时，才跟着她一起睡了。

苏风暖这一觉睡到了天蒙蒙亮。她睁开眼睛，外面有微亮的光线透进来，转过头，叶裳在她身边拥着她沉睡着，即便睡着，他嘴角依旧透着愉悦的笑意。她不敢动，怕吵醒他，便就这样看着他。

叶裳本来睡着，似有感知一般，忽然睁开了眼睛。苏风暖见他醒来，眨了眨眼睛笑问："醒了？"

叶裳点点头，忽然翻身而起，覆在了她身上，轻咬她耳朵，小声问："睡醒了？不累了？"

苏风暖心口跳了跳，小声回他："睡醒了，不累了。"

叶裳低头吻她："你既然歇够了，该我累了。"苏风暖脸一红，伸手搂住他的腰。轻柔浅试，旖旎缠绵，一番浓情蜜意补全了洞房花烛。

云困雨歇，苏风暖香汗淋漓，浑身娇软，又有些犯困。叶裳意犹未尽，但也知道她如今有喜，不能放纵，得收着些，便拍着她轻哄："乖，天色还早，再睡一觉好了。"苏风暖点点头，又闭上眼睛睡了过去。

苏风暖再度醒来时，天色已经大亮，叶裳陪在她身边，把玩着她垂落在枕畔的青丝。二人起床换了新衣。苏风暖不会梳妇人的发髻，叶裳帮她绾发。苏风暖坐在镜子前，见叶裳一双玉手灵巧，啧啧夸奖："还有什么是你不会的，连梳头也比十全婆婆梳得好。"

叶裳微笑："世子妃满意，证明我没白费工夫学了好久的手艺。"

梳洗妥当，二人打开房门，出了房间。听到动静，千寒出现在门口，笑着对二人请安："属下给世子请安，给世子妃请安！苏家的三位公子和叶昔公子等人都在前厅等着了，皇上失踪的消息今日一早传来西境了。大公子吩咐取消了流水宴，毕竟皇上失踪，这流水宴不能摆下去了。"叶裳颔首。

二人去了前厅，甫一露面，苏青立即说："小丫头，快来敬茶，哥哥我等着你的茶呢。"

苏风暖迈进门口，对苏青发难："三哥还想喝茶？昨日是谁把叶裳灌得醉醺醺，让我闻了一晚上酒气的？"

苏青眨眨眼睛，不承认："有吗？是我把妹夫灌醉了吗？我怎么不记得了。"

苏风暖哼了一声，来到桌前，拿起茶壶，把所有杯子都斟满，然后放下茶壶，随手一挥，斟满了茶的杯子向屋中在座的众人飞去，稳稳地停在每个人面前。苏青顿时不满："有你这么敬茶的吗？"

苏风暖挑眉："喝不喝？"问完作势要撤回来。

苏青连忙伸手接了，道："喝，自然喝。"

苏风暖弯起嘴角一笑，对众人说："大哥、二哥、师兄、凤阳、陈述……请喝茶，多谢你们连日来筹备我们大婚，辛苦了。一盏茶，不成敬意。"

苏承笑着接过茶："小丫头都大婚了，还如此调皮！"

叶昔接过茶道："你这般敬茶，古往今来也是独一份儿了。"

凤阳也笑着接过茶："我刚刚听闻你有喜之事，叶世子手脚可真快，我和苏青兄知道你们在西境大婚，赶来的路上跑死了两匹马，一盏茶怎么够？你孩子的干爹我认下了，才算实打实的诚意，如何？"

苏风暖瞧着凤阳，他三哥能偷走湘郡王的东西混出东境，凤阳功不可没。她转头看向叶裳，叶裳痛快地应承："凤阳镖局的少主做干爹，是打着灯笼也难找的买卖。待孩子出生后，凤少主可要备下大礼，别后悔。"

凤阳顿时畅快地大笑起来："好说！叶世子和苏姑娘的孩子定然天赋异禀，也不是谁想做干爹就能有份儿的。"

第十章

皇子互换

众人说笑了一会儿，一边喝着茶，一边提起了皇帝失踪之事。齐舒疑惑地说："会不会是大皇子动的手脚？皇上若是出事，大皇子如今监国，理所当然继承皇位。"

叶裳淡淡道："大皇子善于背后钻营，从太子到废太子，再到大皇子，换了几重身份，自然有其原因。无论怎么说，他如今都是那个最不希望皇上出事的人，毕竟如今朝局不稳，遍地灾情的奏折堆满了皇上的御案。"话落，他将自己猜测皇上弃了朝纲离开之事说了。

众人听罢震惊不已。无论怎么猜测，他们也没有猜到皇上是自己弃朝而去，一时间面面相觑。苏青看着叶裳道："皇上不会什么也没有安排，吩咐大皇子监国后弃朝而去吧？他去灵云寺是在你和小丫头离京后，你们离京前，皇上可与你说了什么？"

叶裳偏头瞅了苏风暖一眼，道："没与我说什么，与暖儿说了些话。"

苏风暖见众人都看着她，便将那一日皇上领着她进了御书房，上了瞭望台，给了她一道遗诏之事说了。

"什么遗诏？"苏青立即问。

苏风暖觉得皇上让叶裳登基是大事，还是瞒着些好，万一大皇子改了脾性，是个仁君呢。事情没到不可收拾的地步，这担子能不挑还是不挑。于是，她摇头，道："没打开，皇上说是让我们从望帝山回来，折去东境，收拾了湘郡王之后再打开遗诏。"

苏青挑眉："你会这么听话？"

苏风暖耸肩："毕竟是遗诏，总要规矩些，遗诏也不是什么好东西，不看也罢。”苏青觉得有理，点了点头。

众人知道皇上是自己弃朝而去，苏风暖手中留了遗诏，便也放下了心。凤阳看向苏风暖和叶裳：“你们什么时候启程去望帝山？”

叶裳闻言问：“北周可来人接应楚含了？”

苏承摇头：“还没有。”

“嗯？”叶裳蹙眉，“不该啊，我到西境时便派人给北周传信了，按照日子计算，来接应他的人昨日就该到了。”

苏言道：“也许是你们在西境大婚，我和大哥将两国来往商贾都截住了，怕生事端，不准许通关的原因。今日再等一日，估计就来人了。”

叶裳点点头道：“等楚含被人接走，交换晋王和湘郡王通敌卖国的罪证，我们便启程前往望帝山，多不过三两日。”

凤阳点点头，又问：“你们在望帝山会驻留几日？”

苏风暖想了想：“多不过两三日。”

凤阳算了一下，道：“望帝山距离这里不远，这样的话，我便在西境等着你们一同前往东境好了。我父亲被湘郡王扣押，我总要救出他老人家。”

苏风暖闻言这才问凤阳：“凤阳镖局和湘郡王到底是怎么回事？”

凤阳叹了口气：“一言难尽，我的姑母是先皇的妃嫔，深宫寂寞，晋王又时常对她嘘寒问暖，她便对晋王生了情意，种下禁果，生了子嗣，暗中养去了湘郡王府，也就是如今的湘郡王。爷爷怕牵连凤家，自然要瞒着此事。凤阳镖局遍布天下，湘郡王长大后，便肆无忌惮地利用凤阳镖局。父亲一是怕牵连凤家，二是念着与他的亲缘关系，在他初始行事时，心软帮他做了几桩事，后来发现他虎狼之心后已经晚了。被他攥住的把柄多了，抽不回手。”

苏风暖道：“这么说，这么多年，湘郡王借爱马之由运送马匹，都是凤阳镖局押的镖了，还有秘造兵器库，以茶叶为由往燕北运送兵器，也是用的凤阳镖局？”

凤阳颔首：“但凡是他的生意，都是托了凤阳镖局。我也是数月前才知晓此事，父亲一直瞒着我。”

苏风暖道：“凤阳镖局收藏了天下奇珍无数，奇毒也无数，‘无伤花’‘阎王渡’‘恨春风’‘半步死’都是从凤阳镖局流出的？”

凤阳点点头，又摇了摇头：“在东境见到父亲时，我问过此事，只有‘半步死’出自凤阳镖局总坛的百毒轩。其余的如今还留在凤阳镖局，决计没外泄。”

一直没说话的叶昔开口道：“那大皇子手中的‘无伤花’‘阎王渡’‘恨春风’是从哪里来的？”苏风暖没说话。叶裳看了苏风暖一眼，也没说话。叶昔忽然道：“不会出自望帝山吧？因为有医毒无双的玉灵师叔，望帝山也收藏着无数奇毒。”

他这样一说，凤阳顿时惊呼：“望帝山？难道望帝山与大皇子有瓜葛不成？”

苏风暖揉揉眉心道：“他与望帝山有瓜葛是自然的，当初在沛城截杀我父亲的人是他。用的是望帝山的绝妙功法，非嫡系不传。”

一日后，北周还未来人。叶裳一早被苏青、凤阳叫去了军营，二人说要去看看程顾研制出的火器。苏风暖想着去见见楚含，便没与叶裳一起去军营。

楚含被安置在一处独立的院落内，苏承派了两千兵甲看护。苏风暖和叶裳大婚时，苏承也给楚含的院中备了一席喜酒。苏风暖来到楚含的院落时，他正在练剑。

听到脚步声，楚含收剑回身，见苏风暖缓步走来，娇颜明丽，他笑着道：“恭喜了！终于与叶世子喜结连理。”话落，他又道，“大婚次日你便来这里找我，难道是北周接应我的人还没有来？”

苏风暖点头：“没来，所以我过来问问你，在什么情况下，北周听到你归来的消息会不派人来，至今半点消息没有。”

楚含抿唇：“一是我父皇出事，朝廷已经不受他掌控；二是消息没送回北周。”

苏风暖摇头：“第一，你父皇没有出事；第二，你觉得我和叶裳送消息，能送不去北周吗？就没有第三种可能？”

楚含摇头：“我想不出第三种可能。父皇爱我，当初将我送来南齐做质子，父皇不同意，是大长公主和丞相硬做的主。我母妃日日以泪洗面，听闻我出事，悲痛不已。单灼与我自小长大，二皇子府的人是我自己一个个选的，更是忠心为主。除了这两种可能，我想不出他们在知道我的消息时为何无人前来。”

苏风暖看着他，道：“我隐约猜测过一件事情，不过未敢下定论，如今看来，恐怕要应验。”

“嗯？事关于我？”楚含盯着她，“你来说说。”

苏风暖不语。楚含皱眉：“不好说？”苏风暖想了想刚要开口，这时一只飞鹰从上空直飞而下，直直地落在了她的肩上。她伸手摸摸飞鹰的脑袋，解下了它腿上绑着的信笺，是许云初的来信。

信上除了恭贺她和叶裳大婚，又写了皇上失踪一事，还说了他几日前收到一封无名信函，信函里说了一个秘密。当年萧灵玥与萧灵晴姐妹二人，一人入南齐皇宫做了月贵妃，一人入北周皇宫做了萧贤妃，在同时有喜时，做了一出易子而养的把戏。

不过，月贵妃生的是双生子，为了暗中筹谋，又跟机关暗器世家的林家暗中易子而养。所以，如今的北周二皇子其实是南齐的二皇子，而南齐的二皇子才是北周二皇子。

许云初收到无名信函后，震惊不已，没敢声张，想暗中彻查一番。可是因为皇上失踪，大皇子怀疑他，他趁机试探，大皇子面色大变，他觉得不必查了，信函上所说十有八九是真的。

另外，提了林之孝身边的林客也失踪之事。林之孝自她离京后，身体越发差了，孟太医那里似乎出了不寻常之事，对林之孝的病情起不到好的作用。具体为何，他还未细查。他又提了林之孝请她送进京一坛喜酒，林之孝怕自己不见得能活着喝上喜酒。

苏风暖看罢信函，一时沉默，她刚刚想对楚含说的便是萧灵玥与萧灵晴可能易子而养之事。林之孝、楚含、大皇子，这三人容貌上都有几分相似。但大皇子与楚含更相似些，而林之孝与二人多有不同。

不过，在知道了南齐月贵妃与北周萧贤妃是同胞姐妹时，便打消了一闪而逝的想法，没多做猜测。如今楚含回归北周，可是消息送出数日，北周也没动静，她才感觉到了不同寻常。

许云初将他收到的那封无名信一并飞鹰传书来了西境。苏风暖看向这封无名信，这字体笔锋走动间，与她师父有七成相似。除了叶昔与她，师父的笔锋若是被人效仿了七成，那个人定然是林客。既然是林客所写，他一直陪在林之孝身边，那自然是确实无疑了。

这时她终于悟透了师父临终时说的话。他摸着她的脑袋说："我一生最得意之事，莫过于收了两个徒弟。一生最失败之事，莫过于……罢了，罢了，天命如此。"如今想来他说的最失败之事，应该是找错了人。他的弟弟不是林客，而是南齐高坐在金銮殿里的皇帝，而他找到的以为是他弟弟的人，其实才应该是南齐真正的皇帝。

如今可以肯定的是林客带走了皇上，二人都是被命运捉弄的人，皇上是师父的弟弟，林客念着师父的恩情，自然不会待皇上差了。哪怕两人隔着两个朝代的恩怨，如今也是个伴了。

楚含见她收到飞鹰传书后脸色一变再变，想着定然出了大事，因为苏风暖素来是泰山崩于前而不变色。见苏风暖向他看来，神色颇为复杂，他心中突然升起不好的预感，却依然笑着对她道："我以为没有什么事会让你见之色变的，如今这是出了了不得的大事？"

苏风暖瞅着楚含，恐怕北周他是回不去了，而南齐二皇子的身份恐怕也恢复不了。北周不会容一个异姓皇子，南齐文武百官也不会容一个屡次带兵侵犯南齐国土、杀南齐士兵无数的皇子归朝。他以后的路该如何走，真是个未知数。

她看着楚含，一时间不知道该说什么。苏风暖叹了口气，将那纸无名信函递给了他："你自己看吧。"

楚含伸手接了过去。一看之下，他面色大变，手开始微微发抖，须臾，抬起头来，脸色已经十分难看，大声说："这不可能。不可能……怎么可能？母妃自小待我很好……我怎么可能不是她的亲生儿子？很多人都说我长得像母妃，父皇爱我，也是因为爱屋及乌……"

苏风暖不语。楚含直直地看着苏风暖："这封信函从哪里来的？单凭这一封信函怎么能说这么荒唐的事是真的？"

苏风暖声色沉静："到我手里的东西，若是假的，我不会拿给你看。"楚含面色"唰"地又是一白，身子微微发颤。

"早先我想对你说的，也是这桩事，不过刚刚是隐约猜测，如今十有八九是真的。"

楚含立即追问："写这封信函的人是谁？"

苏风暖道："林客。"

"你为何这么相信他说的是真的？"楚含追问。

苏风暖看着他："你先冷静下来，稍后我再与你细说吧！你这副样子，我即便说了，你也听不进去。关于你父皇、你母妃，以及南齐的月贵妃，还有你的舅舅易疯子，你应该见过他吧？这么多年，对于外人来说，这种事情可能瞒得隐秘；对于你来说，你仔细想想，就没有蛛丝马迹可循吗？"

楚含一时没说话，脸色晦暗不定。过了许久，他忽然抱着头蹲下身子，像一个没人要的孩子。虽然看不到他的脸，但从他瑟瑟抖动的肩膀看来，显然已经崩溃了。

她觉得若是任由他这样下去，这个人就废了。回北周是他心心念念的事，心有凌云壮志，要夺了那把椅子。北周皇帝未立太子，一直厚爱他，他可能自小就将自己当作皇位的继承人，从来没有想过自己不做皇帝会是什么样。如今别说要那把椅子，这个天下都难有他的容身之地。

她来到他身边，蹲下身轻轻地拍了拍他，道："楚含，我一直敬你是真正的男儿，男子汉大丈夫，被易子而养算什么？想开点儿。"

楚含慢慢地抬起头，血红的眼睛看着她："我如何想开？怎么想开？"

"月贵妃和萧贤妃开的玩笑，比起望帝山斩熠师祖开的玩笑，小巫见大巫而已。"

楚含瞅着她，惨笑："还有什么事比易子而养这种事更滑稽可笑？"

苏风暖站起身："你听听就知道了。"

楚含慢慢地站起身，对她说："进屋说吧。"

二人进屋落座后，苏风暖便将南齐皇帝被望帝山斩熠师祖换了孩子之事说了。同时也说了他的大哥，也就是如今的大皇子，背地里钻营，换了三重身份之事。又说了林客是真正的皇上，如今与皇帝一起失踪之事。楚含震惊得半晌说不出话来。

苏风暖道："坐那把椅子就那么好吗？虽然受百官朝拜，但也只不过是困在一方天地。天下的路有千万条，不一定非死心眼地走那一条。"楚含咬唇。

苏风暖又道："北周未曾来人，估计是东窗事发了。如今的南齐二皇子伤了腿，据说身体每况愈下。他既是真正的北周二皇子，消息总会传回北周。北周虽然对你至今没有动静，但对于他，应该不会不管。但他如今在南齐京城，北周想迎回他，自然要想办法，毕竟，易皇子而养二十多年，两国都丢不起这个人。再等几日，北周定会来消息，先看看怎么说吧。"

楚含抚额，闭上眼睛，点了点头。

苏风暖知道楚含受的打击不小。她不太明白当年月贵妃和萧贤妃是怎么想的，为何要易子而养？她们是怎么狠下心将亲生子外送的？她看着楚含，对他道："与我说说萧贤妃吧！"

楚含茫然地讥笑："说什么，有什么好说的？"

"她的性情、脾性、喜恶，对你如何，对你父皇如何，总有的说。"

楚含抿唇："她性情很好，脾性很温婉，父……皇爱极了她的脾气秉性，北周多是强硬的女子，唯母妃如江南的水墨画一般，让人一见就赏心悦目。她对我私下里要求很严格，也很关爱。她喜欢的东西有很多，至于厌恶什么，却是没有。"

"嗯？"苏风暖挑眉，"一个人不可能没有厌恶的人或者事的，你确定真没有？"

楚含又想了想，摇头："没有。即便父皇宠爱她，遭了后宫妃嫔的嫉妒，背后给她使绊子，她也不说厌恶谁，父皇爱极了她这一点。"

苏风暖闻言道："萧贤妃也是个了不得的女子。你可知道她们从小被除籍，长大后回了岭山，让族长重新认回她们，是凭什么？"

楚含摇头："父皇不准任何人提起母妃的身份，包括我。我私下问过她，她说过去的事情就让它过去好了，我知道那些没什么用处。"

见从楚含身上发现不了什么，苏风暖站起身，对他道："我派人去查查，你安稳地待着吧！"楚含不说话，又垂下了脑袋。

苏风暖出了楚含的院子，去了叶昔住处。叶昔在院中的躺椅上晒太阳，听到脚步声，懒洋洋地问："小丫头，你不好好歇着，四处溜达什么？"

苏风暖来到近前，对他说："我今日收到了许云初的一封信，他与我提起了一桩事。"她将林客的那封信函递给他，"你先看看再说。"

叶昔伸手接过，看过之后，惊异地道："竟有这事？这字迹与师父的字迹有七分相似，是谁写的？"

苏风暖道："我猜是林客。"

叶昔看着字迹点点头："嗯，十有八九。"

苏风暖坐在一旁的椅子上，对他问："你看过这封信后，有什么看法？"

叶昔咂巴了一下嘴道："这也不稀奇，月贵妃就是个疯女人，她的妹妹萧贤妃也好不到哪里去。"他琢磨了一下，忽然说，"这封信说易子而养的人是二皇子，可是我们都知道，他背后的龙纹是在他出生时文的，而大皇子身上没有龙纹，这怎么说？另外，据说当年月贵妃生太子时，皇上请灵云大师赠了他一种稀世罕见的文身药料，普天之下只有一瓶。"

苏风暖蹙眉："灵云老和尚的话也不可信，谁说出家人不打诳语了？你忘了陈芝苒后背的图案了吗？就是用药料文的，出自灵云之手，哪是什么普天之下只有一瓶？该说的是普天之下只有他能制出来。他制一瓶是一瓶，他制十瓶就是十瓶。"

“这么说，月贵妃将大皇子留在身边，将二皇子悄无声息地送去了北周，待萧贤妃将自己的儿子送来后，被月贵妃趁机安排去了林家，成了林家的二公子林之孝后，灵云大师又给他文了龙纹？可是大皇子也该有龙纹才是。当初林之孝恢复身份，大皇子身上没有龙纹。”

苏风暖道：“陈芝苒后面的文身图案是能洗掉的。大皇子为了筹谋，洗掉了吧。”

叶昔皱眉：“这样说倒也合情理，只是你不觉得哪里不对吗？”

苏风暖点点头。她的确觉得有不对的地方，但一时说不出来是哪里。

叶昔想了片刻，忽然说：“会不会是林客弄错了？他毕竟是在林之孝到了林家后才去的林家，对于之前的种种，不见得知之甚详。”

苏风暖本是十分相信林客所言是真的，他写无名信不至于说谎话，可是若他以为的也是错的呢，那么……

她脑中灵光一闪：“师兄，我想到一种可能。当初林之孝公布身份入皇宫，皇帝与朝臣商议怎么给他一个身份，不让这一出易子而养的丑闻天下皆知。当时有人出主意，就说林之孝是二皇子，自小养在林家，圆了他的身份，入了皇籍。有没有可能，其实林之孝就是大皇子，而楚含是二皇子，如今在朝的大皇子才是萧贤妃送来南齐的孩子？”

叶昔愣了愣：“也就是说，月贵妃真的留了萧贤妃的孩子在身边教养，将自己的两个孩子，一个送去了林家，另一个送去了北周？”他一拍大腿，道，“是了，大皇子和二皇子之说，本就是当初为了隐瞒皇室换子丑闻而定下的身份，至于谁是真正的大皇子，谁是真正的二皇子，除了月贵妃和萧贤妃，又有谁知道？一个称呼叫得久了，大家都以为是真的了。”

苏风暖道：“这也就说通了许云初被大皇子质问怀疑皇帝失踪一事，试探地提了两国换子之事，大皇子面色大变。若林之孝是北周皇子，他不至于谈之色变。只有他自己是，他才怕。毕竟，南齐文武百官若知道其实他才是北周皇子，后果可想而知。”

叶裳去军营转了一圈后，不放心苏风暖，扔下了苏青和凤阳在程顾那里，自己跑回了城。他找到叶昔处，见二人神色都不太对，挑眉问：“怎么了？”苏风暖叹了口气，将今日收到的信以及自己与叶昔的推断对他说了。

叶裳沉默片刻，道：“怪不得大皇子和晋王、湘郡王合作多年，一直联系紧密。当初他自己服用‘无伤花’‘阎王渡’，估计是想摆脱南齐太子的身份，回北周接替皇位。可能是想为月贵妃报仇，或者是为了筹谋杀了我再走，所以一直没离开南齐。因为机关秘道案，查到灵云寺，你查到了他，他才在阴暗里暴露了出来，而我趁机请皇上恢复了他大皇子的身份，将他又圈在南齐宫廷，束了他的手脚。”

苏风暖道：“你的意思是，晋王、湘郡王一直知道大皇子的身份，他们合作是为了有朝一日大皇子回北周接替皇位，湘郡王则坐拥南齐天下？可是林之孝和楚含呢，他们是月贵妃的亲生儿子，大皇子置他们于何地？”

叶裳道：“楚含在萧贤妃的鼓动下，兴兵燕北，若是当初燕北亡，楚含马踏南齐，南齐无人抵挡而覆灭，那么就是北周的天下了。而大皇子身份一经公布，凭他的手段对付了楚含后，北周皇帝的位置非他莫属。无论是林之孝，还是楚含，无非是他的利剑罢了。”

叶昔道：“大皇子要替月贵妃报仇，总不会置她的两个亲生子于死地吧？”

叶裳道：“他是被月贵妃教导出来的，亲生子都可以在出生后就送走，何来亲情可言？他对月贵妃有几分母子情分，帮她报仇杀了你我，就足以告慰她在天之灵了。至于她的两个亲生子，他还剩多少兄弟情？”

叶昔唏嘘：“天下竟然有月贵妃这样的女人。小丫头，当初你怎么就将她那么干脆地杀了呢？”

苏风暖道：“如今看来，的确让她死得太容易了。总之她死了，至于因她而留的这堆烂摊子总能解决。”

用过午膳，叶裳将苏风暖拽回了房间休息，强令她午睡。叶裳在她睡后，帮她盖好薄被，自己起身出了房门去见楚含。

楚含的房门紧闭着，屋中没什么动静，叶裳来到门口，敲了一下门，里面没有响应。他伸手推开了门，只见楚含坐在画堂前的桌案上，手里拿了一把剑，脸上表情纠结。

叶裳站在门口，挑眉看着他：“二皇子这是想死，又觉得就这样死了不甘心？”

楚含抬起头，看着他，眼神空洞：“我算什么二皇子？”

叶裳道：“无论是北周的皇子，还是南齐的皇子，身份可以改，但血脉总改不了。虽然月贵妃死了，但萧贤妃还活着，你就不想知道当年月贵妃和萧贤妃为何要易子而养？”

楚含咬牙：“我就算想找她问，也要回得去北周。”话落，他又颓然地道，“就算回得去北周，又有什么用，我已经不是北周人了。”

叶裳看着他：“大丈夫立于世，活就活个明白，死也要死个干脆。你既想死，又不甘心；你既想活，又活不明白，也谈不上是顶天立地的英雄了。”

楚含道：“我本来就不是英雄。”

叶裳看着他，一副天都塌了的模样，与昔日率领北周兵马攻打南齐意气风发的楚含，与在容安王府做质子时，虽然寄人篱下，但依旧自若平静的楚含，再不可同日而语。他道：“你若是觉得自此废了，我也没必要伸手拉你这个掉进深潭里自己爬不出来的废人了。”话落，他转身就走。

他走到门口，楚含腾地站起来，喊住他：“叶裳！”

叶裳回身看着楚含。楚含盯着叶裳：“你说拉我，如何拉我？”

叶裳倚着门框看着他：“你先想明白，你是想活还是想死。”

“想活，死我不甘心。”

“那你就再想明白，活要如何活法？”

楚含摇头：“我虽然还没想明白要如何活，但诚如你所说，我是要弄明白当初月贵妃和萧贤妃为何易子而养。”

叶裳颔首，对他道：“我陪你去一趟北周。”

“你？”楚含突然睁大眼睛，“你不是要和苏风暖前往望帝山吗？”

叶裳道：“从北周回来再去望帝山。我怕放你自己去，有命去没命回来。萧贤妃若是在鬼山派待过，那么月贵妃会的武功她应该也会，只不过如月贵妃一样隐藏得好罢了。你若是惹急了她，没有好果子吃。我们陪你去北周，也是想弄明白，这两个女人玩弄两国权政到底是为了什么。”

楚含点点头，看着叶裳：“你自己与我去，还是苏风暖也一起？”

“她与我一起。”

楚含看着他：“我听闻她有喜了，如何能奔波？”

“既是我们的孩子，如今即便在暖儿的肚子里也是不娇气的。别人陪你去，我怕对付不了萧贤妃，难以让她说实话。北周皇帝身体越来越差，北周朝局怕是已经掌控在了萧贤妃手中。我独自陪你前往北周，暖儿也会担心，不如让暖儿与我一起。”

楚含点点头，道：“叶裳，我以前只佩服苏风暖，如今却是更佩服你。多谢了！”

叶裳笑了笑：“二皇子不必道谢。你是皇上的血脉，皇上多年来一直待我很好，我还是不希望他后继无人。”

楚含抿唇，看着他：“哪怕皇上是前朝后裔吗？”

“朝代更替，历史必然。有仁心善待天下百姓，就值得人尊敬。”话落，他对他道，“你收拾准备一下吧，今晚我们就启程。”

叶裳出了楚含的院子，又去了叶昔的住处，对他道：“我和暖儿打算陪楚含去一趟北周，表兄便留在西境吧。”

叶昔顿时道：“你们打算陪他去北周，将我扔下？这是你的主意还是小丫头的主意？”

“我的主意，她如今在午睡。我们此去北周，来回最快也要半个月，你暂且留在西境，可以吸引别人的视线。”

叶昔瞪眼：“如今北周朝局定然十分复杂，小丫头怀孕了，你这时候带她去北周，还不带上我，你觉得我能放心？不行，我不留在西境。”他眼珠子转了转道，“这样，你找一个人易容成我，不就解决了？”

叶裳看着他：“你当初与暖儿去湘南时，怎么不找人易容成我？”

叶昔嘿嘿一笑：“那是你笨没想到，我干吗要提醒你？”

叶裳的脸顿时黑了。叶昔拍拍他肩膀道：“今时不同那日，当时你要带着楚含赶来西境，若是我们三人都走了，谁来看顾楚含，万一路上出些什么事怎么办？如今嘛，找个人易容成我，是为了做做样子而已。”

叶裳脸色稍霁，想着有叶昔跟随，万一遇到什么事，他们二人合力，定然能将苏风暖和她肚子里的孩子护得密不透风，于是点点头：“好，那就这样，今晚启程。”

叶昔笑逐颜开：“这就对了嘛。行了，看你脸色不好，你去休息吧，我去找苏承、苏言安排一番，还要知会苏青和凤阳一声。”叶裳点点头，出了叶昔的院子，回了自己住的院子。

此去北周，要轻装简行，除了带上几名府卫，其余的府卫和御林军都要留在西境，以便避人耳目。除了千寒、贺知，又择选出六名府卫跟随。

叶裳安排完回到房间，苏风暖听到动静，睁开眼睛瞅了他一眼：“我刚刚听到你在同千寒、贺知安排挑选府卫，是决定先陪楚含去一趟北周皇宫？”

叶裳走过来坐在床边，伸手将苏风暖连人带被子抱在怀里，点她鼻尖，笑着说：“猜得真准，世子妃太聪明，本世子颇有压力。”

“我聪明，对我们的孩子好。叶世子，您有什么压力啊？”

叶裳道：“怕孩子生出来，嫌弃我笨。”苏风暖大笑。

苏青和凤阳听闻消息，立即从军营跑了回来，此时叶裳等人已经准备启程了。苏青气喘吁吁地来到车前，扶着车辕对苏风暖问：“小丫头，你怎么突然要去北周？”

苏风暖对他说：“陪楚含去一趟北周皇宫。”

苏青纳闷：“他不是被放归回北周吗？你们陪着他去做什么？”

“有了变故，我们陪他去北周皇宫看看。说来话长，待我们走后，你问大哥和二哥吧。”

苏青瞪眼。凤阳问：“这么说，你们不去望帝山了？”

苏风暖道：“从北周回来之后再去望帝山。”

凤阳道：“去北周转道去望帝山，岂不是出发去东境要月余了？”

苏风暖颔首：“也许。你若是急着救凤老爷子，只能先自己去东境了。不过你救出我三哥，湘郡王一定对你怀恨在心，此去东境十分危险，你若是自己去，要小心行事。”

叶裳安排完事情，走过来，对凤阳道：“湘郡王想掌控凤阳镖局，一时半会儿不会对凤老爷子如何。你还是不要自己去东境了，在西境等着我们回来吧。”

“我也觉得湘郡王不会对父亲下毒手，毕竟凤阳镖局有他要的东西，他等着我去交换。”话落，他对叶裳道，“你们只带这几名府卫，若是不介意，也带上我和苏青兄一起吧。”

苏青等的就是凤阳这句话，凤阳若是急着前往东境救凤老爷子，他自然要跟随前往相助，如今他说不急，正合他意，立即说：“我还没去过北周，算上我们两个好了。”

叶裳挑眉："你们当真要跟着？"

凤阳道："凤阳镖局遍布天下，常年押送镖物行走各地。若是我跟着去，沿途的行程都会很方便，也很好隐藏身份。"

叶裳当即点头："好，你们跟着吧。"苏青见叶裳答应，二话不说，跳上了苏风暖的车厢。凤阳也不客气，跟着钻进了苏风暖的车厢。

苏承和苏言见苏青说走就走，十分潇洒，心想，他这个钦差大人可真是够自由的。他们却寸步不能离开西境，只能嘱咐道："你们多加小心，尤其是妹妹。"

苏风暖笑着挥手："知道了，大哥、二哥，你们放心吧。"

叶裳对苏承和苏言道："我会照看好暖儿，两位哥哥且宽心。少则半个月，多则二十天，我们便能回来。"苏承和苏言齐齐点头。

叶裳上了马车，落下帘幕，吩咐道："启程。"千寒一挥马鞭，小队人马离开了将军府，向城门而去。

叶昔与楚含坐在一辆马车里，自从知道这家伙是真正的南齐皇子，他就觉得楚含这个人也够倒霉的。加之对萧贤妃那个女人十分好奇，便与他坐在一辆车里找话说，谈论萧贤妃。

苏青上了车后，便问苏风暖为何突然要陪楚含去北周，苏风暖简略地说了。苏青听完后，睁大眼睛，好半晌才说："天哪！不会吧，这也太……"

凤阳接过话："也太耸人听闻了。"

苏风暖道："虽然有些事情有我们的猜测成分，如今未得证实，但是八九不离十。"

四人又谈论半晌，苏青和凤阳怕苏风暖没法休息，知趣地出了车厢，去了叶昔和楚含所在的马车。

楚含说了萧贤妃很多事，叶昔听着觉得这个女人的确厉害，北周文武百官对皇后都颇有微词，却对萧贤妃赞不绝口。她宠冠后宫，很多人给她使过绊子，可是她从不计较，在后宫的名声也极好。

苏青和凤阳跳上车后，苏青挨着楚含坐在一起，拍拍他的肩膀说："我父亲曾经夸你后生可畏，他不是你的对手，真没想到啊，你原来是我们南齐的皇子。"

楚含苦涩一笑："以前之事，于我来说犹如大梦一场。"

苏青洒脱地说："这有什么，当我们南齐的皇子不比北周的皇子好吗？据说北周很冷，风沙颇多，很多地方都很荒凉，也有很多地方多沼泽泥潭，弄不好就陷进去出不来了，哪里如我们南齐，燕北有雪景可赏，西境有奇山可观，江南有碧湖水乡可看，东境有一望无际的稻田山林。四季分明，江山秀丽。"

楚含一时无言。苏青又道："你说北周有什么好，北周哪里好了？北周的女人据说都很彪悍，不像我们南齐的女人温柔似水。"

叶昔说："你说的还真有几分道理。"

苏青理所当然地道："那是自然，我从来不说没有道理的话。"

凤阳沿途安排了凤阳镖局的人接应，苏风暖等人都简单地易了容，顺畅地进了北周。六日后，到了北周京城外百里处的青苍城。千寒打探消息回来，禀告叶裳："世子，京城方圆百里戒严，任何人等出入都要严加排查。男子要脱外衣、净面，女子要摘掉面纱，同样净面。所携带的一应物品也要过目，凤阳镖局也不例外。"

叶裳点点头，吩咐道："走了这么多天，大家也累了，先落宿休息，再行商议吧。"凤阳带着一众人等，住进他在青苍城的别院。

众人用过晚膳后，商议进京对策。凤阳对苏风暖道："看来北周京城内发生了大事，否则不会百里戒严，竟然怕易容，还让人净面。"

"严加排查倒是不怕，我和师兄以前游历时在北周有所用的通关身份，稍后我给你们几人也伪造一份，再给大家仔细地易一番容貌，就算是净面也洗不掉，这个无须担心。只是百里外就如此严，想必京城被封锁得固若金汤。我们想进入京城，十分不易。"

楚含闻言道："只要能到京城外，我有办法带你们进城。"

苏青立即问："有秘道？"楚含点头。苏青又问："安全吗？"

楚含抿唇："只有我和单灼知道。"

苏青拍拍楚含的肩膀："但愿单灼念着你们昔日的情分，不会出卖你，否则我们就危险了。"楚含一时无言，单家忠于北齐，他也不知道单灼知道了他的身份后会如何。

众人商定后，苏风暖开始给叶裳、凤阳、苏青、楚含四人伪造身份。千寒、贺知及六名府卫也各自伪造了一份随从身份。楚含在一旁看着："你这一手，连身份都能信手伪造，足以走遍天下了。"

苏风暖笑着说："这要感谢你，当初你兴兵西境，我爹带兵前往，我潜入了北周调查你，顺便将北周皇室一众人等的卷宗都查看了。伪造身份自然信手拈来。"

楚含道："如此严查，十有八九是为了我，怕我偷偷回到北周皇宫。皇室与我有关联的一众人等，想必更是排查的重点。"

苏风暖道："这戒严令想必是萧贤妃下的。虽然与你有关的人会严加排查，但是萧贤妃那边的人呢，谁敢死咬着排查，不要命了？"

"你说得对，父王宠爱她，对她十分宽松，她的很多所用之物都是产自南齐，她的人时常外出采买。"

伪造好身份，苏风暖开始给几人依照各自的身份易容。她当初查楚含查得仔细，对萧贤妃和她牵连的人和事也都查了些，若是用她几个人的身份还是足够的。

他们几人凭借着易容后的样貌和伪造的身份顺畅地向京城而去。沿途所经关卡，无人敢仔细排查，挥挥手就让过了。说明他们猜对了，北周的政权如今怕是掌控在萧贤妃手中，戒严令是她下的。

百里行程，两日便到了，这一日傍晚，一行人来到了北周京城门外。楚含带着一行人来到城外五里亭后的一株大榕树下："这树干里是空的，洞口在树上，我先上，你们跟上。"

楚含四下瞅了一眼，见无人经过，立即跳上了树，掀开树顶一块树皮盖板，纵身跳进了树洞里。苏青立即上树，跟着跳了下去。凤阳、叶昔随后也跟着下去了。叶裳拦腰抱起苏风暖，来到树上，对她道："我先下去，在下面接着你，你再跳。"

苏风暖对他笑着说："用不着这么小心。"

"还是小心些好。"叶裳先跳了下去，苏风暖在他下去后，抽出袖中的绸带，绑在了树杈上，顺着绸带将自己顺了下去。叶裳失笑："这个方法好。"

苏风暖对上面喊："千寒，将绸带解开，你们可以跳下来了。"千寒应声解开绑在树杈上的锦绸，纵身跳了下来。六名府卫紧跟着，贺知殿后，跳下来前盖上了那块树皮盖板。

树洞下面三尺深处是一个地道，两旁都有小颗的夜明珠，十分亮堂。楚含在下面等着，见人齐了，便领着众人向前走。他一边走，一边说："因为父王宠爱我，一众兄弟十分嫉妒，明里暗里总是盯着找我麻烦。我烦不胜烦，便找了单灼商议，暗中挖了这个秘道。足足挖了三年，才从单府通到这里。"

苏青睁大眼睛："所以，我们如今是要去单府？"

楚含道："京城五门封闭，外城墙又架起了三尺高，一步一岗，连施展轻功都没法进入。除了此法，别无办法。"

苏青道："你觉得单灼可以信任吗？"

"以前我可以万分肯定，但如今我不是北周二皇子，不好说。"

苏青道："万一你被他出卖了，他知会了萧贤妃，我们届时被困在单府怎么办？"

楚含回头看了苏风暖和叶裳一眼，道："我也不知道。"苏青无语。

叶裳道："萧贤妃易子而养之事怨不得你。单家一门忠于北周，你虽然不是北周二皇子了，但如今两国邦交议和，他应该也不会出卖我们，最多不过袖手不管，若是顾念昔日情分，兴许还会帮忙。"

楚含点点头："我既然敢回北周，便没什么可怕的，若是届时连累你们……"

苏风暖道："万不得已，我会调动安插在北周京城的所有暗桩，全身而退不成问题。"

苏青立即说："小丫头，你怎么早不调动？为什么要等到万不得已？"

"我安插在北周的暗桩轻易动不得。如今两国议和，协议不能白签。传扬出去，北周百姓不明情况，会说我南齐背信弃义，祸乱北周。"

苏青咂巴咂巴嘴道："好吧。"

一行人出了秘道，来到了一扇铁门前。楚含伸手拉了铁门的拉环，拉环发出"叮当"一声脆响，如风铃一般，十分悦耳。铁门另一侧立即传来单灼低沉警惕的声音："谁？"

楚含微微吸了一口气，压低声音道："是我。"

单灼惊异的声音响起："二皇子？"楚含"嗯"了一声。单灼立即蹿到铁门前，扣动机关打开了铁门。因有些晚了，单灼穿着一身准备入睡的单衣，看到易了容貌的楚含等人，他一怔，不确定地对当前的楚含说："二……皇子？"

楚含看着单灼："是我。"

单灼看看他，又看向他身后的众人："你这是……"

楚含对他道："进你的房间说话可方便？"言外之意，可安全？

单灼立即惊醒，摇摇头，压低声音说："还是在密室里面说吧！"楚含点点头，后退了一步。单灼跟着进了密室，关上暗道的铁门。

楚含见单灼还如以前一样，对他未显疏远，心下稍安："如今全城戒严，你的单府都不安全了吗？发生了什么事？"

单灼叹了口气："一言难尽。"

楚含能猜到几分，问："是我父皇不好了？"

单灼瞅着楚含，他还称呼北周皇帝为父皇，他拿不准楚含是否知道了月贵妃和萧贤妃易子而养之事，试探地问楚含："二皇子，你可知道京城发生的事情？"

楚含摇头。单灼一时不知道该不该跟他说，有些犹豫。楚含看他的神情，顿时意会，抿了一下唇道："我知道了月贵妃和萧贤妃易子而养之事。"

单灼无言地瞅着他，又叹了口气。楚含这些日子已经看开了不少，对他道："我也算是经历过了大起大落，倒也没那么受不住。如今我回北周只是想问明白，萧贤妃和月贵妃当初为何要易子而养？"

单灼摇摇头："如今皇上陷入昏迷，贤妃把持朝纲。我收到你的书信，本要派人去迎接你归京，没想到前脚刚收到你的书信，后脚贤妃的人便将我的将军府封锁了，不准单府任何人出入。我情急之下，硬闯出去，进了皇宫。贤妃见了我，私下与我说了你是南齐的二皇子，真正的北周皇子如今在南齐皇宫，是她亲手和月贵妃换养的孩子。我被震得蒙了，都不记得是怎么浑浑噩噩地回到府中的。"

楚含一时心寒："她想做什么？如今京城百里戒严，就是为了防止我回北周吗？"

"自从你被送去南齐做质子，陛下的身体一日差过一日。皇子们没有一个撑得起朝局，所以贤妃出面，代陛下监国。北周女子本就有着很高的地位，贤妃多年来为人称颂，为了支撑朝局，朝臣们没有反对。如今皇上已经昏迷数日，贤妃对朝政之事刚硬果决，接连处理了几桩大事和几个州郡县的灾情，深得朝臣信任。我自那日冲出去质问她之后，便一直被禁卫军软禁在将军府，如今也得不到外面的消息，不知道贤妃是如何想的。"

楚含沉默。单灼又道："二皇子如今即便来了这里，也出不去单府，进不了皇宫。除非……"

楚含看着他：“除非什么？”

“除非你化去易容，公然从我的大门口走出，直接请见入宫。但这样一来你就暴露了，万一贤妃对你不利，可就不好了。”

楚含回头看向叶裳和苏风暖等人，问：“怎么办？”

单灼早已经看到了几人，因几人都是易容，他辨认不出是什么人，一时没说话，如今见楚含回头问询，他开口道：“几位是……”

苏风暖浅浅一笑：“单将军，别来无恙。”

单灼大惊：“苏风暖？你竟然来了北周？”

苏风暖笑着道：“陪二皇子来的，也想弄明白月贵妃和萧贤妃之事，毕竟不是你们北周自己家的事，还有我们南齐的事。”

单灼又看向其余人。苏风暖给他依次介绍：“叶裳、叶昔、苏青、凤阳、千寒、贺知，其余六人是容安王府的府卫。”

叶裳笑了笑：“久闻单将军其名，幸会！”单灼看着众人，目瞪口呆。没想到不只楚含自己回了北周，还带来了大名鼎鼎的几个人，他一时说不出话来。

苏风暖看着他：“禁卫军围困你几日了？”

“将近半个月了。”

“半个月的话，你这里一直无事，他们虽然困守着你，但纪律想必也松散了。稍后我们出去，暗中抓几个禁卫军，易容成禁卫军的样子，就能出你这单府了。”

苏青立即说：“抓人我最在行，这个交给我。”

凤阳道：“你一个人动作慢，也算上我。”

单灼没了话：“还是苏姑娘有办法。”话落，他对几人道，“你们先在这里等等，我先出去安排一番，将贤妃安插在我府中的眼线支开，替换成我的人在外面侍候，你们也可以出暗室到我房中收拾一番。”

苏风暖颔首：“好，劳烦单将军了。”

“单某与二皇子知交多年，如今两国邦交，就算再回不到以前知己相待，也不是仇敌。”

楚含动容，对他摆手：“去吧！”

第十一章

换子真相

单灼出了密室，支开萧贤妃的眼线，换了一批自己人守在院外，将苏风暖等人接出了密室暗道。他请众人就座：“还有半个时辰禁卫军换岗，这半个时辰之内抓人进府，届时可以趁着换岗混出去，神不知鬼不觉地离开单府。”

叶昔道：“换岗的禁卫军去哪里休息？”

“有禁卫军大营，若是头目，会带着人进宫向禁卫军统领禀告。”

叶裳笑道：“那就把禁卫军的头目换了好了。”

单灼道：“外面软禁我的禁卫军头目是张聪，他会入宫向禁卫军统领陈强禀告我在府中情况。不过张聪此人有北地的口音，吐字不十分清晰，他说话不好学，容易露出马脚。”

苏风暖转向叶昔，笑着说：“学各地言语，我师兄擅长。”

叶昔点头，对苏青和凤阳道：“我随你们一起去抓人，顺便听听那个张聪怎样说话。”当下三人便出了单灼的房间，趁着夜晚天色昏暗，施展轻功，摸去了墙根。

快到换岗的时候，守了一日的禁卫军早已经十分疲惫。有人在说话：“头儿，你说贤妃什么时候给单将军解软禁？都半个月了，我们这一日一日地守着，什么时候是个头啊？”

张聪说：“单将军得罪了贤妃娘娘，不治他的罪就不错了，至于软禁令什么时候能解，说不准。”

有人说：“娘娘是突然下了软禁令，咱们没听说单将军哪里得罪了娘娘啊？”

张聪道：“单将军闯了禁卫军看守的壁垒入宫，就是得罪娘娘了。”

那人说：“那不是在软禁令下了之后吗？”

张聪想想觉得也是，摇摇头：“这就不知道了。”

“您今日入宫去问问陈统领，咱们白日轮岗不能偷懒，人家夜间值岗可以呼呼睡大觉。就算问不出娘娘下软禁令的原因来，也请陈统领将咱们的轮岗制给换换啊。”

张聪骂了一句：“陈强那狗娘养的，黑着呢，不拿出一千两银子，他不给办。”

那人顿时没了话，跟着说：“陈统领果然黑心。”张聪又气愤地骂了两句。

叶昔三人听到这儿，觉得差不多了，不再耽搁，“嗖”地跳出墙外，动作利落地劈晕了张聪还有那说话的人，又趁人不注意，劈晕了几个禁卫军，扔进了墙内。够数了之后，便扛着人回到了单灼的房间。

单灼见三人抓的这几个人，立即说：“那个就是张聪，这个人是他的跟班朱蒙，那个叫钱文……”他依次叫出了所有禁卫军的名字。

叶裳闻言笑着说：“这样说来，单将军连禁卫军里的小兵都认识，禁卫军有上万人吧？”

单灼看了楚含一眼：“在下一直在为二皇子铺路，禁卫军、御林军的人都要熟悉。”话落，他叹了口气，“没想到出了这种事。”楚含抿唇，一言不发。单灼知道楚含心中难受，他也着实不好受，觉得多年来所做的一切都是枉然了。

苏风暖开始依照这些禁卫军的样貌给众人易容。易容完其他几人，在给叶裳易容时，叶裳嫌恶地说：“我们两个就不必易容了。”

叶昔看着他：“为什么不易容？你们不进宫吗？”

叶裳道：“臭男人的衣服脏兮兮的，我不穿，暖儿也不准穿。”叶昔大翻白眼。苏风暖喷笑，这家伙别扭的性子又来了，叶裳转头对单灼说：“你既对禁卫军十分了解，将军府里可有干净的禁卫军衣服？反正我们二人是易容成小兵，只要是禁卫军的衣服就能穿。”

单灼瞅着叶裳，又瞅瞅苏风暖，紧张的气氛因此缓和了很多。他笑着说：“有，我和二皇子以前时常扮作禁卫军，府中备着几件新衣。我这就让人拿来。”苏风暖点点头。

苏青看着叶裳道：“什么时候了，还这么讲究，果然是被小丫头惯出来的人。”叶昔哼了一声。叶裳不理会他们，径自等着。单灼的人拿来衣服，苏风暖和叶裳直接套在了自己的衣服外，易了容。

准备好一切，苏风暖对单灼道：“我们此次来北周，是问明萧贤妃，没打算将她如何。萧贤妃奈何不得我们，但以她的聪明，怕是会在我们走后对你发难。这样，我们将你绑了，带进宫去，你是受制于人，萧贤妃也不会如何你。”单灼本就想跟着进宫看个究竟，闻言痛快地答应了。

到了轮岗时，一行人出了房门，溜到了墙根，瞅准机会，翻墙而出。叶昔易容的张聪刚站稳脚，有一人跑来：“头儿，您到哪里去了？小的刚找了您一圈。”

叶昔面不改色地用和张聪一模一样的方言说：“娘的，闹肚子，刚刚去方便了。怎么了？你找我做什么？”

那人立即说：“到换岗的时间了，轮岗接班的人还没来。”他挠挠头，悄声说，“我刚刚听一个兄弟说，跟咱们换岗的孙二兆昨日又偷偷塞给了陈统领一千两银子，陈统领在贤妃面前美言了几句，贤妃赏了他。头儿，您一会儿要进宫禀告，是不是，那个，也对陈统领……意思意思？”

叶昔抬手照那人脑袋上就是一巴掌，怒道：“意思个头！老子才不做这事！有那银子不如去青楼找个小美人乐和。”

那人连忙道：“小的也就是……”

“你是个屁！”叶昔踹了他一脚，将张聪这个人演了个活灵活现，对他说，“看见没，换岗的人来了，你今天跟着我进宫，看我怎么收拾陈强那个王八蛋！”

那人连连说：“头儿，您脾气急，可千万别惹陈强，他是贤妃跟前的红人，惹了他，您吃不了兜着走。”

叶昔哼了一声：“兜着走的人是他也不会是老子，如今就让你瞧瞧，从今天起，老子就是贤妃跟前的红人了。你带着人，将单灼给老子绑了，老子要带着他去贤妃跟前邀功。”

那人顿时一惊：“绑……绑单将军，为什么？”

叶昔又踹了他一脚：“问这么多做什么，叫你去绑你就去绑，再废话我抽死你。”那人连忙麻溜地带着人闯进将军府，绑了单灼。

单灼也不反抗，那人绑着单灼一边往外走，一边小声对他说：“单将军，我们头儿今天不知道抽了什么疯，说要绑了您进宫，可不关小人的事，您以后要算账就找他。”

叶昔见人听话地将单灼绑来了，立即一挥手，指向苏风暖、叶裳等人：“你们几个，跟我一起进宫。”叶裳等人齐齐点了点头。

叶昔带着人向皇宫而去。来到宫门口，看守宫门的人看到叶昔，立即问：“张聪，你这是干什么？怎么绑了单将军？”

叶昔满不在乎地说：“我有要事禀告贤妃娘娘，关于单将军的。”那人立即放他进了宫门。叶昔带人进了皇宫后，抓住一名小太监问：“贤妃娘娘如今在哪里？”

那小太监识得他是禁卫军里的小头目，立即说：“早先在御书房，不久前听说皇上有苏醒的迹象，去了帝寝殿。”

叶昔点头，放开小太监，向帝寝殿而去。不多时，来到了帝寝殿外，一名身穿御林军统领服饰的人本来守在殿外，看到叶昔绑着单灼前来，一怔，连忙迎过来，对叶昔压低声音问：“怎么回事？你怎么绑了单将军进宫？”

叶昔斜着眼瞅了他一眼，猜想这人就是陈强，懒得与他废话，伸手点了他的穴道。陈强一双眼睛震惊地看着叶昔，不明白张聪怎么能轻而易举地制住他，他觉得不对劲，想大喊，奈何喊不出来，想动又动不了。叶昔看着他大急惊骇的表情，得意地挑了挑眉，伸手扯了他的胳膊，带着他来到了帝寝殿门口。

叶昔在外面学着陈强的声音说：“娘娘，张聪有要事禀告。”

里面传出一个温柔的女声：“张聪？”

叶昔道：“看守单将军府的张聪。”

“哦，让他进来吧。”

叶昔应了一声“是”，推开房门，先一步走了进去。在他之后，苏风暖等人一并进了帝寝殿。陈强就站在门口，张聪竟然能将他的声音学得十足像，他的一双眼睛现出惊恐，人却如木头桩子一般，什么也做不了。那个押着单灼的人不明所以，也跟着进了帝寝殿。

贺知最后一个进入，关上帝寝殿的门，守在了门口。一切发生得顺理成章，两旁驻守的人没有陈强的命令，都避开了帝寝殿，自然不知道这里面的内情。

帝寝殿外殿没有侍候的人，想必都被萧贤妃支开了。内殿，北周皇帝躺在床上，萧贤妃坐在床头，手里端着满满的一碗药，似乎正要给北周皇帝灌药。

听到不是一个人进来的脚步声，萧贤妃蹙眉，转过头呵斥：“张聪吗？怎么带了这么多人进来这帝寝殿，不知道规矩吗？”

叶昔露出本音：“请贤妃娘娘安，我还真不知道规矩。”

萧贤妃一听声音不对，顿时问：“你们是什么人？竟然混进了禁卫军来到帝寝殿，意欲何为？”

叶昔不再说话，交给楚含。楚含瞅着萧贤妃，看着那个坐在床头端着药碗的女人，她还是那样温柔，似乎一点儿都没变。他克制住情绪，沉声开口，声音有些沙哑：“我刚刚听人说父皇要醒了，母妃从御书房赶来帝寝殿，立马给父皇灌药，是想让他继续昏迷吗？”

萧贤妃一怔：“楚含？”她放下药碗，站起身，“你怎么回来了？”

“您是希望我永远不回来吧？南齐皇上仁善，放我归北周看望父王，可是到了西境，我左等右等等不到接应我的人，却等到了一桩惊天秘闻。”顿了顿，他直直问，“您和月贵妃易子而养，将两国玩弄于股掌之中，到底是为了什么？”

萧贤妃淡然地看着楚含：“谁告诉你的？”

“天下没有不透风的墙，只不过晚了二十年罢了。单灼入宫来问，母妃都敢告诉他，如今问谁告诉我的，岂不是多此一举，总之我是知道了。”

萧贤妃沉默了一下，看向他身旁的几人：“你带的这些都是什么人？”

“母妃不必管是什么人，只告诉我，为什么？”

“你敢在知道了身世后，过了重重关卡，来北周皇宫质问我，陪在你身边的人并非泛泛之辈吧？让我猜猜，这其中定然有苏风暖。”

苏风暖轻笑：“贤妃娘娘真是聪明，果然一猜就中。”

萧贤妃看着苏风暖，她易了容貌，与普通的禁卫军士兵无二，若是她不开口，萧贤妃还真认不出来哪个是她。“楚含虽然不是我生的，但自小养在我身边，他什么性情，多少本事，我一清二楚。凭他自己，即便能回到北周京城，也进不来这皇宫。”

苏风暖笑着说：“这样说来，娘娘是真不希望他回来了！所以才不准任何人来接应他。”

萧贤妃道：“不是北周的皇子，还回北周做什么？南齐才是他的去处。”

“可是当初是您将他接来的北周，如今想一脚踢开，也要问问他愿不愿意。不是吗？”

“不愿意又如何？血脉总是更改不了的。”

苏风暖看着她：“贤妃娘娘不认为自己与月贵妃易子而养，是犯了不赦的大罪吗？就算他回不了北周，您也不该活得这般惬意和理所当然，着实让人心里不舒服。”

萧贤妃忽然笑了一声：“苏风暖，你凭什么站在北周皇宫的地盘，大言不惭地对我说我有罪？”

苏风暖也笑了一声：“我只是陪二皇子来问个清楚，毕竟此事不只关系到北周，还关系到南齐。至于凭什么……就凭我轻而易举地杀了月贵妃，也能轻而易举地杀了贤妃娘娘您。”

萧贤妃神色猛地一沉：“你杀了我姐姐，我是要找你报仇的。苏风暖，你自视甚高前来自投罗网，以为只有你杀我的份儿，我却奈何不得你吗？”

“无论我是否能在这北周皇宫杀了你，还是你能奈何得了我，在这之前，我挺想知道，贤妃娘娘和月贵妃是为了什么？”

萧贤妃道：“我凭什么要告诉你原因？”

“看来娘娘是非要我对你动手了。”话落，她衣袖轻轻一抖，袖剑便握在了手中。萧贤妃见她拿出袖剑，反而慢慢地坐回了床头，高声道：“来人，抓刺客！”

苏风暖扬眉，袖剑向她脖颈处飞去。萧贤妃不躲不闪：“若是我的死能拉了你的命便也值了。此后，无论是南齐，还是北周，天下大乱也是好事一桩。”

袖剑架在她的脖颈上，苏风暖笑道：“贤妃娘娘，也许你死了，也要不了我的命。不然，你可以试试？”

萧贤妃眯起眼睛：“苏小姐本事大，天下皆知，不过本宫确实还没见识过。”

“娘娘不妨见识见识。”

这时，外面有人大喊：“抓刺客！有刺客！保护娘娘！”帝寝殿的门被推开，拥进来大批大内侍卫，将楚含等人围住。一人对着苏风暖喊：“大胆刺客，快放开娘娘！”

苏风暖头也不回。“贤妃娘娘，你想北周大乱，是吗？”话落，她伸手入怀，拿出一枚信号弹，拇指那么大，她轻轻捻着，道，“重申一遍，我此次来北周是陪二皇子而来，贤妃娘娘若是不怕死，不怕北周大乱，那么，我们就可以试试。开弓没有回头箭，贤妃娘娘可要想好了。”

萧贤妃冷静地问：“你手里拿的是什么？”

苏风暖道：“毁了整个北周皇城的东西。”

萧贤妃冷笑：“小小一个物事，便能毁了北周京城，开什么玩笑？”

“这物事虽小，可是一旦放出去，威力可就大了，北周京城必会硝烟漫天。而我一个女子，即便背负背信弃义的名声，总比贤妃娘娘您和月贵妃易子而养的事情小得多。我虽不想两国皇室因此弄得天下皆知而都没面子，但贤妃娘娘若是一味地求个结果，恐怕没有比这再坏的了，我可以成全你。”

萧贤妃面色彻底地冷了下来：“苏风暖，凭这个你威胁不了我。你杀了我姐姐，我必不会让你离开北周。你知道易子而养的原因究竟又有什么用？”

“贤妃娘娘在北周扎根极深，如今文武百官听你的，你的确可以说这样的大话。但我游历在外多年，学尽望帝山所学，无论是南齐还是北周，我若是想横着走，还没有走不了的。”

萧贤妃沉默片刻，摆摆手，对大内侍卫道：“你们都退出去吧！”

“娘娘！”大内侍卫一惊。

萧贤妃温柔地摆手：“刚刚是误会，原来是本宫的娘家人来了。真正的刺客，本宫便不会多话了，退下去吧！”大内侍卫犹豫一下，还是齐齐退了出去。

苏风暖见此，也撤回了手中的袖剑。萧贤妃理了理衣摆，道：“听闻苏小姐与叶世子大婚刚没几日，正是该如胶似漆的时候，如今苏小姐来了北周，想必叶世子也来了。”

叶裳本就站在苏风暖身旁，闻言笑道：“贤妃娘娘百闻不如一见，令叶裳刮目相看。”

萧贤妃看着叶裳：“叶世子易容成这般模样，也是糟蹋了一张面皮。”

叶裳道：“容貌如何，本就是一张面皮而已。”

萧贤妃笑了一声：“不错，虽是一张面皮，我姐姐却看不透，当年容安王将她迷得晕头转向，她再看不上其他男子。为了容安王，她背弃了我们兄妹三人当初的誓言。如今大哥死了，她也死了，只剩下我了。”她没继续往下说，而是转向二人身边的几人，问道：“跟随苏小姐和叶世子一起来的人，想必都不是泛泛之辈，不知几位是何人，请教高名！”

叶昔拱手，笑道：“叶昔！”

苏青拱手，道：“苏青！”

凤阳拱手，道：“凤阳！娘娘有礼了！”

萧贤妃听罢道：“今日这北周皇宫来了你们几位名扬天下的公子，也是本宫来到北周有史以来最热闹的一次了。看来，你们今日是非要本宫说出原因了？”

叶昔道：“我们若是一直留在北周皇宫作客不走，对娘娘也有碍不是？娘娘痛快地说了，我们也就滚了。”

楚含开口道：“我叫了您多年母妃，从没想过我不是您亲生的儿子。您不想我回北周，告知我原因，我走就是了。”

萧贤妃看着楚含，忽然叹了口气，道：“你总归是我养大的孩子，我便告知你吧。当年我们兄妹三人被逐出岭山织造，年幼无立足之地，恨天不平，恨地不公，立誓要毁了岭山织造，毁了南齐。大哥进了杀手门；大姐去了鬼山派；我流浪了一年，大哥找到我将我安置在了一处地方，后来大姐接我去了鬼山派。多年后，我们三人一起回到岭山织造，开始筹谋。

“本来我们约好，借由岭山织造识得北周皇帝，一起来北周，再暗中行事。可是大姐对容安王一见倾心，改了主意，要留在南齐。容安王对她不屑一顾，看中了江南叶家的女儿。她因爱生恨，为了离容安王近一点，嫁去了南齐皇宫。而大哥不想脱离杀手门，放不下风美人，便也留在了南齐，最后只有我一人来了北周。”

顿了顿，萧贤妃又道：“若是当年容安王接受了大姐，可能大姐就要违背誓言了，可是容安王没有。大姐在绝望中，又联络了因为她背弃约定而十分愤怒的我，说当初立的誓言还有效。她要让容安王死，容安王和苏大将军是南齐半壁江山的支柱，只要杀了他们，南齐就毁了一半。我不相信她，她对我提出了易子而养。”

众人唏嘘，原来易子而养是这么来的。

“当初她怀有身孕，我也怀有身孕，她提出此事，可见决心，我也就答应了。”

苏风暖道：“贤妃娘娘一定不爱北周皇帝吧？否则就不会将他与你的孩子送走。”

萧贤妃笑了一声："爱？我不知道那是个什么东西。能让大姐疯狂，让大哥甘愿做一个女人的相好，没出息多年，能是什么好东西。自从被逐出岭山织造，我的生命里只有兄姐。其他的人，哪怕我肚子里怀的孩子也算不得我的至亲，送出去，又来了一个，有什么不同？"

楚含闻言，心中更不是滋味。当他知道自己不是萧贤妃的亲生儿子时，心里何其难受，可是听她如此一说，他和大皇子对她来说没什么两样，她根本没把他们看在眼里。

苏风暖看着萧贤妃："自然是有不同的，你们生的孩子不是普通的孩子。易子而养，就是将两国调了个儿。"

萧贤妃笑起来："对，若非如此，我还不换呢。我养着南齐皇子，姐姐来养北周皇子，她比我有本事，再加上对容安王的恨意，恨不得与天下为敌的恨意，将来这个天下才是北周的天下。"

楚含抿起唇："可是你自小对我十分严格。"

萧贤妃看着他，温柔地道："傻孩子，我自然不能将你养成废物，否则如何兴兵北周呢？这么多年，你没有发觉吗，论帝王之术，你多有欠缺，但论兵法，连苏大将军都败在了你手里。"她看了苏风暖一眼，"若没有苏小姐，如今你早已经马踏南齐了。"

楚含脸色沉暗，晦涩地道："原来，你只督促我兵法，是为了让我帮你踏平南齐。"

"是啊，我一个女子，困居深宫，你不帮我，谁来帮我？皇上亲征吗？"她摇摇头，"皇上虽有野心，但没有那个本事，手下也没有能用之人，我能指望的就是你。你是个好孩子，于兵法上十分有天赋，只是没想到南齐出了个苏风暖。"

苏风暖道："那是因为您只注重教导兵法，没有教他谋人心。您当初若是将您的谋术悉数教给他，兴许他真能打败我，踏平南齐江山。"

萧贤妃闻言叹了口气道："他是南齐皇子，就算我教他人心算计，踏平南齐江山，将来夺得天下一统，那还是南齐的天下，与北周何干？我要毁的就是南齐的天下。"

苏风暖道："当年对不起你们兄妹三人的是岭山织造，不是南齐皇室。"

萧贤妃笑起来："苏小姐，岭山织造是什么人扶持起来的，你不会不知道吧？是南齐皇室。他们仗着家族势大，可以轻而易举地决定人的生死。我父母双亡，本就可怜，偏偏将我们兄妹三人在年幼时逐出岭山织造。我们如何不找南齐皇室报这个仇？"

叶裳淡淡开口："南齐的法治确实不规范，但这不能成为你们毁自己国家的理由。岭山织造不好，但给了你们生命；南齐不好，水土也养过你们。"

"叶世子果然不愧出身于容安王府，但正因为你是皇族宗室子嗣，即便父母双亡，也有人爱护你，衣食无忧。我若小时候如你一般，也不会生出想毁了南齐之心。"

苏风暖闻言不客气地道："贤妃娘娘这么柔弱，若你是叶裳，早已经死了。他五岁时，在十里荒芜、白骨成山的战场上活了七天。若是换作你，你是活不过的。"

萧贤妃闻言默了默："的确，我不是叶世子，做不到。无论如何，有因就有果。开弓没有回头箭，本宫早就明白这个道理。"

苏风暖、叶裳等人一时分外感慨，没想到二十多年来让两国争端不休的起点，竟是出自当初那小小的放眼天下不值一提的萧家三兄妹被逐出岭山织造的闹剧。

楚含抿唇："南齐大败北周，北周主动求和，国力衰退不知凡几。这么说来，如今您的心愿还未曾达成。"

"听闻南齐的皇帝失踪了，大皇子监国。南齐有他，北周有我。虽未天下一统，早晚要合而为一。"楚含看着萧贤妃，这么多年，他第一次觉得她是如此陌生。

叶裳开口道："不见得！自古以来，得民心者得天下。贤妃在北周虽然得民心，但终究借助了北周皇帝后宫妃嫔的身份，不是名正言顺的女帝。至于南齐，大皇子虽然有文韬武略，但惯于阴暗行事，不够光明磊落，在南齐声名不高，如今皇上失踪，他监国朝局，恐怕也难以长久。"

萧贤妃笑着说："这样说来，叶世子是不看好我们，还是另有本事拉我们下台？"

叶裳淡淡道："江山权柄，在贤妃娘娘看来，无非是野心私欲；在我看来，是身外之物。若不是担着皇族子嗣的责任，我也懒得来北周走这一趟。贤妃娘娘好自为之吧！"言罢，他转身对苏风暖说："走了。"

苏风暖点点头，对萧贤妃道："贤妃娘娘，多有打扰，既然您不喜欢二皇子留在北周，人我就带走了。愿来日我再踏足北周时，您还能高坐在这里谈笑风生。"

"几位即便今日踏出我这帝寝殿，就能保证踏出京城，离开北周吗？"

苏风暖笑着道："能！"

萧贤妃也笑了。"既然如此，就让本宫看看苏小姐和叶世子以及几位的本事。"她又看着楚含，温柔地道："楚含，你我母子一场，就算你不是我亲生的，也该喊我一声姨母。"

楚含咬唇，半晌，喊道："姨母。"

"好孩子，来世别托生在帝王家了！你没有帝王的命！"

楚含眼眶发红地看向床上昏迷不醒的北周皇帝，一时间心下悲酸难受。他慢慢地跪在地上，对着床榻上的北周皇帝叩了三个头。之后，起身，猛地转身，他一言不发地走了出去。

"贤妃娘娘，再会！"苏风暖拱手。

萧贤妃笑着说："再会！"

一行人刚踏出帝寝殿，萧贤妃便喊："来人！"

有人立即冲了进来："娘娘！"

萧贤妃一根一根地捏着豆蔻指甲："传令下去，容安王府世子叶裳、苏大将军府小姐苏风暖、三公子苏青、江南叶家公子叶昔、凤阳镖局少主凤阳，伙同背叛了北周的质子楚含，前来北周皇宫谋害皇上，祸乱北周，撕毁两国协议，行背信弃义之事。北周虽弱，但不能受如此欺辱。特昭告天下，北周臣民，但凡见到几人者，诛之。”

那人大惊，没想到贤妃报出的名字一个个都如雷贯耳。萧贤妃又道：“再传令下去，封锁皇宫，封锁京城，禁卫军、御林军、五城兵马，即刻起捉拿几人，杀无赦，若是让他们出了京城，各统领提头来见。”

“娘娘，这……”

萧贤妃目光一凝，不容拒绝：“快去！”那人不敢再多言，连忙去了。萧贤妃看向被五花大绑的单灼，单灼一张脸十分苍白难看，难以置信地看着她。那名被叶昔支使的小兵，进来之后听了天大的秘密，早已经吓得倒地昏死过去。

萧贤妃盯着单灼看了片刻，忽然站起身，向他走来。来到单灼面前：“你可知道那日你闯出单府，进宫对我质问，我为何没杀了你吗？”她伸出手，捏住他的脖颈，指甲上移，指腹顺着脖颈向上，轻轻地摸着单灼的脸，“当年，我看上的人其实是你父亲单煦，可是皇上看上了我，我便嫁了皇上。你父亲后来战死沙场，我一直引以为憾。”

单灼看着萧贤妃，瞳仁扩大，心底忽然慌了起来，猛地拂开她的手，后退了一步。萧贤妃不在意被打痛的手：“你与你父亲长得很像。我当年认识你父亲时，他也就你这般大的年纪，未娶妻。”

单灼骇然，转身欲走。萧贤妃轻柔地笑：“你若是敢走出帝寝殿的门，本宫今日就诛了单府九族。”他猛地停住脚步，身子软了软。

萧贤妃温柔地道：“从今日起，单大将军就跟在本宫身边伴驾吧！”

单灼惊骇地看着她：“不！”

萧贤妃微笑挑眉：“难道你想让本宫诛单家九族？别以为本宫不知道苏风暖绑你来是做给本宫看的，可是，你觉得本宫是这般心软的人吗？你知道了本宫这么多的秘密，本宫对你又有心，岂能再放你出宫？”

单灼惊恐到了极致，“扑通”一声跪在了地上：“单灼不该听娘娘的秘密，求娘娘赐死单灼。我死了，娘娘的秘密便不会有人外泄。”

“傻孩子，本宫要你伴驾，与秘密无干，两国易子而养的秘密，本宫不怕泄露。本宫贤良多年，即便传出去，百姓也不会相信的。”

单灼身子哆嗦起来。萧贤妃蹲下身，用指甲挑开他身上绑着的绳索：“本宫要你死做什么？你父亲当年死了，本宫一直念着他，不过还好有你，你若是死了，本宫岂不是就没了念想？”

单灼不敢再看萧贤妃温柔的脸。他觉得通体冰冷，颤着声音僵硬地说：“臣……与二皇子同岁……”

萧贤妃笑起来："男人五十，尚能娶十八芳华的女儿家；女人四十，便不能与双十男子成就好合了吗？"单灼如坠冰窟。

这时，早先昏死在地上的那名小兵苏醒过来，看看萧贤妃，看看单灼，眼睛猛地睁大。萧贤妃缓缓站起身，轻喊："来人！"

有人冲了进来："娘娘！"萧贤妃随手一指那人，吩咐道："堵住他的嘴，将他拖出去，杖毙！"来人应了一声，上前堵住那人的嘴，拖了出去。

单灼恨不得随那人一起被杖毙，也好过如今。他干涩地说："单灼……何德何能……求娘娘……"

萧贤妃看着他轻笑："若是你同意，便跟在本宫身边伴驾；若是不同意，今日本宫便下令，诛你单家九族。"

单灼一时觉得气血上涌，承受不住，一阵眩晕，昏死在了地上。萧贤妃见他晕了过去，又重新蹲下身，摸了摸他的脸，站起身，轻柔地喊："芸嬷嬷。"

一个老嬷嬷应声出现在门口，径直推开帝寝殿的门，无声无息地走了进来。萧贤妃对她说："您刚刚在外面，可看到那一批人了？"

芸嬷嬷虽然满脸皱纹，声音却不老迈，微笑着慈和地说："看到了。"

"他们没发现嬷嬷吧，看来嬷嬷您的武功已经登峰造极了。"

"一帮小子加一个小女娃，武功再如何，也不如我修炼了百年的功夫。"

"嬷嬷当时未出现，有意放他们走。我本要为姐姐报仇，如今错失了良机。嬷嬷不帮我那件事，便帮我把眼前这件事办了吧。"

芸嬷嬷看看倒在地上晕过去的单灼，无奈地说："你还是忘不了他爹？单家人都骨气硬，你若是强要了单灼，传出去，单家人怕是不甘屈辱。单家手里掌着兵权，此事有些棘手啊。"

萧贤妃道："单家家族里那些老不死的，三天两头地请太医看诊，可见怕死得很。只要让他们闭嘴，单家还有谁不甘屈辱不服？此事就拜托嬷嬷了，我大哥死了，大姐死了，在这世上，除了一个自小没长在我身边的儿子，唯嬷嬷您是我的亲人了。"

芸嬷嬷上前一步，伸手点她额头，笑着说："你还是那个俏皮的丫头，就知道捏老婆子我的软肋，我偏偏还就喜欢你这副模样。得，你喜欢这小子，老婆子帮你摆平就是了。我先将人带走，让宫女洗洗，送去你的宫里，之后再去单府宗族，为你摆平此事。"

萧贤妃笑着点头："辛苦嬷嬷。"

芸嬷嬷摆手："床上那个醒了，你处理完早些回宫歇着吧，别熬坏了身子。"说完拎着单灼出了帝寝殿。

萧贤妃转过身，床上的北周皇帝不知何时睁开了眼睛，满脸震惊恼怒地看着她，像是在看一个怪物。"皇上，您醒了？"她走上前，端起放在一旁早已经凉了的药，“这么多年，操持朝政，您也累了，如今便多歇歇吧！”

“你……”北周皇帝瞪着她，“你都……做了什么？”

“当初，我和姐姐一起怀孕，便将两国的皇子互换了。所以楚含不是您的儿子，南齐大皇子才是。南齐皇帝失踪了，大皇子如今监国，有朝一日，会一统天下。所以，皇上您就睡吧，休息够了，再睁开眼睛，这天下就都姓楚了。”

北周皇帝眼眶猛地睁大时，萧贤妃扶住他的头，将一碗药对着他张开的嘴灌了进去。北周皇帝半点反抗之力也无，一碗药下肚，他睁大的眼睛渐渐地合上了。萧贤妃放下碗，站起身，理理衣摆，走出了帝寝殿。

门口站着禁卫军统领陈强，穴道依旧被点着。萧贤妃瞅了他一眼：“枉我器重你，怎么这么废物？”她随手一拍，解开了他的穴道，“这一次本宫就饶了你，再有下次，两次并罚。”

陈强以为萧贤妃一定会治他的罪，没想到这么轻松地便放了他，当即“扑通”一声跪在地上：“多谢娘娘恕罪。”

“以后看管好禁卫军，别再让人钻了空子，也收收你那颗贪得无厌的心。否则，本宫挖了你的心去喂狗。”话落，她温柔地道，“还有，单将军此后会跟在本宫身边伴驾，这宫里的事，你给本宫守严些，不准泄露出去。”

陈强的心颤了颤，连忙大声应“是”：“娘娘放心，卑职一定守好皇宫，保证半点风也透不出去。”

苏风暖等人出了帝寝殿，立即出宫前往单府，通过秘道不费吹灰之力离开了京城，连夜走山路向望帝山而去。出了北周京城的地界后，进了深山，一行人才放松神色。叶裳怕苏风暖累到，对她说：“今日别走了，择一处干松的山洞，我们烤些野味，歇着吧。”

苏风暖点点头：“好。”

众人很快就择了一处宽敞干松的山洞，苏青、凤阳负责打猎，千寒、贺知等人去拾干柴，叶昔负责生火烧烤，楚含在一旁打下手，叶裳陪苏风暖坐在洞内歇着。

苏风暖歇了一会儿，问叶裳、叶昔：“在帝寝殿，我拔出袖剑威胁萧贤妃时，你们可感觉有一个人隐藏在殿外，气息似乎与空气融为一体，武功显然十分之高，怕是已经到了登峰造极的地步。”

叶裳点头：“感觉到了，不过一瞬。”

叶昔也颔首：“我当时怀疑自己感觉错了。”

苏风暖见二人都点头，道：“我本来是想给萧贤妃些颜色瞧瞧的，可是拔剑时发现有人隐在暗中，如此高手，世间少有。又是在北周的地盘，我们怕是即便伤了她，自己也得不到好处，便作罢了。”

叶裳道：“气息与我们三人身上的气息很像，像出自望帝山一脉。”

苏风暖点头。“正是。萧贤妃有恃无恐，可见除了如今她掌控的北周朝纲，身后还有倚仗。”她看向楚含：“你可知道萧贤妃背后还有什么人，武功如此之高？”

楚含想了想道：“她有一支暗卫，是当年生下子嗣，北周皇帝特准的。有一个暗卫首领，似乎是她从江湖上请进北周皇宫的，我没有见过。”

苏风暖看着他：“连你都没见过，你就未曾好奇，是男是女，是老是少？”

“自然好奇，只不过她说见过那人脸的人，除了她，都死了，让我不准探究。”

苏风暖无言：“这么神秘，如此怪僻，可见真有大本事了。若不是时机不对，我无论如何也要探个究竟，看看到底是望帝山的谁。”话落，她摸摸小腹，“果然有了软肋，便束手束脚。”

叶昔道：“你没冲动是对的，即便没有暗桩，萧贤妃武功也极高，再加上有绝顶武功之人在背后，还有宫廷禁卫军、御林军、五城兵马，我们也讨不到好处。你肚里的孩子最为打紧，若是因冲动出了事端，后悔莫及。”

苏风暖点头，叹了口气：“那气息，与望帝山的功法同宗同源，既十分熟悉又陌生，可见是我从未接触过的人。”

叶昔道：“从我入望帝山后，便只知道三位师祖、四位师叔，以及游离在外的师父和紫风、玉灵两位师叔，再加上十几位嫡系师兄弟。难道这人不是出自望帝山嫡系一脉？”

苏风暖道：“此次我们前往望帝山，好好对三位师祖询问一番吧！”叶昔颔首。

叶裳道：“那人是个女子。她的气息里有隐约的驻容花的味道。”

“驻容花？”苏风暖蹙眉，“普天之下，驻容花有很多种，是哪一种？”

叶裳道：“我在紫风师叔的身上闻到过的那一种，不知叫什么花。”

苏风暖一惊。叶昔也惊异地道：“紫风师叔在燕北的最高峰待过十年，他除了用热泉沐浴，还常食泉边的玉容花，所以，他身上的香味是来自玉容花，由体内散发出的。”

叶裳默了默：“可是紫风师叔我见过，他身上除了这种花的味道，还有药香味，而那人没有，气息是纯粹的花香味。”

苏风暖道：“你的嗅觉从不会出错，这种惯于将自己隐在暗中的人，一定不会擦花粉，所以应该是这人也服过玉容花。这么说，我们要找紫风师叔好好问问了。”

叶昔道：“紫风师叔和玉灵师叔回望帝山后，很久没有消息了吧？”

苏风暖点点头。叶昔嘱咐：“此次我们回望帝山，怕是也有危险，你届时万不可冲动。”

苏风暖颔首：“我知道。”

楚含忽然问叶裳：“你说的香味，是不是一种十分好闻、很独特、很隐约的如玉兰花的香味，但又不太像玉兰花？”

叶裳颔首：“不错。”

“北周皇宫，的确有一个人身上有这种独特的香味，不过那是一个老嬷嬷，叫芸嬷嬷。打我记事起，她就在北周皇宫。不过她不当值，十分清闲，只负责陪萧贤妃说话。有时在宫里，有时住在宫外，有时一年都见不到她的人。”

芸嬷嬷？苏风暖蹙眉，当初她调查楚含时，顺便查了萧贤妃，并不记得有这么一个人。她看着楚含问：“她多大年纪？”

楚含想了想：“跟宫中的太妃年纪差不多，萧贤妃对她十分敬重，与她说话与对别人不同，十分信任亲近。”

苏风暖道：“她长什么模样？”楚含描述了一番。苏风暖听他描述，没什么特别的，对他道：“你画一张她的画像出来，我看看。”

楚含点头，扔下手中的活，从包袱里拿出文房四宝，很快就画了一张那嬷嬷的轮廓出来，当画到脸上时，他顿住笔，仔细想了半天，似乎想下笔，又觉得不对，如此几次，他无奈地说：“大约是我对她的印象不深，竟回想不起来她的面相了。”

苏风暖蹙眉看着他：“不会吧？你记性很差？”

楚含敲敲头：“大约受了重伤落下那条河后染了寒疾，身体病得久了，记忆力也跟着变差了。”

叶裳这时开口道：“从皇宫出来时，你心情极差，到了单府竟然还想着将你存放在单府密室里关于晋王和湘郡王通敌卖国的证据带出来，记性怎么会差？你长在北周皇宫近二十年，记性就算再差，也不该忘了那芸嬷嬷的面相。”

楚含无奈地说：“可我就是记不起来了。”

苏风暖觉得不对劲：“你本来是不是对她记忆还算好，也能描述出她的模样来，可是我让你作画，你脑中忽然很模糊，不知眉目该如何画，脸庞该如何画？”

“正是。怎么会这样？”

苏风暖了然：“我敢肯定，这个人一定是隐藏在帝寝殿外的高手，江湖上有失传已久的一种武功，叫作幻容术。这个人一定会幻容术，让人见了她后觉得十分普通，不见她时，就忘了她的存在。只有提到关于她的事，才能想起她来。即便想起来，对她的容貌也十分模糊。”

楚含惊讶：“竟然有这种厉害的武功？”

苏风暖点头：“这是一种禁术，习这种禁术的人，要经受非人之苦，百年后可以返老还童。但这种禁术十分违背天道，被列为古禁术第一。”

楚含立即说：“返老还童，也就是说，年过百岁重新活一次？长生不老？”

“算是长生不老，可惜要付出的代价太大。”

楚含问：“什么代价？”

苏风暖道：“一百条人命，换一条人命，到百岁时，用功法吸干百人的精血，这百人必须是童男童女。”

楚含面色一变：“难道那芸嬷嬷修炼了这种功法？”

苏风暖道："听你的描述，像是这种功法，但我没有见到她的人，你又画不出她的面相，也就不得而知了。"

叶裳道："望帝山集天下大成之术，这种古禁术传自江湖哪里？"

苏风暖摇头："不知，千年前的古禁术，目前望帝山有史记载的古籍里没有此禁术。"她看向叶昔："师兄可知道？"

叶昔琢磨着道："我似乎听师父醉酒时说过一句，'没想到她还活着，古禁术现世，这天下要大乱'的话。他酒醒时死活不承认，说自己没说。"苏风暖沉了目光，思忖起来。

苏青和凤阳等人扛着猎物回来时，便见几人脸色凝重，苏青立即问："怎么了这是？发生了什么事？"叶昔将事情说了。苏青惊道："竟有这等事情？"

凤阳放下猎物："我似乎听我父亲说过这个人。"

苏风暖立即抬头看他："凤老爷子怎么说？"

"我父亲当时是感慨你出自望帝山，他说，望帝山每一代都会出一个奇人，我便问他都出现了什么样的奇人。他与我说，一百三十五年前，望帝山最奇的人不是那位名扬天下的天师凌祝，而是一个女子，叫凤来。她天赋异禀，习成了望帝山所有功法，发现望帝山即便集天下学术大成，也没有长生不老之法，听说有一种幻容术可以让人返老还童，于是她背离望帝山，穷毕生精力寻找这种古禁术。"

苏青问："找到了吗？"

凤阳摇头："幻容术传自千年前，被列为古禁术第一，因其违背天道，早已失传。此后，凤来就失踪了，再没出现过，我知道的也就这么多了。不知道父亲口中说的人是不是就是这个芸嬷嬷。"

叶昔道："我入望帝山时，遍览望帝山先辈们的古籍，确实没有关于凤来的记载。师祖们都说，师妹是望帝山有史以来第一个入山门的女弟子。"

苏风暖颔首："当年师父也是这么跟我说的。"话落，她又对众人道："我想折返北周京城，看看这个芸嬷嬷到底长什么样子。"

苏青当即反对："不行，那芸嬷嬷若真是你们望帝山老祖宗，她如今看起来也就五六十岁，显然已经用幻容术活了一个百岁的轮回了，功力不知道要长你多少，如今你怀有身孕，怎么能去冒险？"

不只苏青，凤阳与叶昔同样也不赞同。叶裳没说话，似在寻思。苏风暖道："我就是想看看她的模样，悄悄地看，不引起她的注意。如今我们刚出北周京城的地界，折回去也不远。"她转向没反对的叶裳："你说呢，若她真是凤来，我们正要去望帝山，不如先瞧瞧她。"

叶裳缓缓道："我在想，无论是萧贤妃还是芸嬷嬷，应该都想不到我们会折回北周皇宫。"

苏青瞪眼："叶裳，你不要什么都任由这个小丫头，她胡闹，你也跟着她胡闹可不成。你是要当爹的人了。”

叶裳看着苏青说：“我的想法是，我与表兄折返一趟，你们陪暖儿在这里等着。我们两人不带上她，她不会有危险。”

叶昔立即同意：“这样行，就听你的，就我们两个吧！”话落，他腾地站起身，“现在就走好了，我也想看看她什么样儿。”

苏风暖看着叶裳和叶昔，无奈地说：“你们两个……”她抚额，同意道，“就算你们不带我，还是先吃了东西再去吧。”叶昔闻言又坐下身。

苏青、凤阳没有意见，楚含对叶裳道：“我还是有些担心单灼，我们走后，不知是否牵连了他。叶世子、叶昔公子，劳烦你们帮我看看他是否安好？”叶裳颔首。

商议妥当，众人开始架火烤食，待吃过之后，叶裳和叶昔折返去了北周皇宫。苏风暖在二人离开后便睡下了，她不太担心叶裳和叶昔，以两人的武功和聪明才智应该不会吃亏。苏青、凤阳等人轮流在山洞外值守。

叶裳和叶昔连夜走山路，趁着黎明的雾气，重新通过秘道进了单府。出了秘道，屋中空空，不见单灼，房间还是他离开时的模样，可见在他们离开皇宫后，他没回来。

二人走出房间，刚到门口，便听一个老者悄声问：“去宫里打探了吗？”

一人道：“打探了，传出消息说今日宫里进了刺客，贤妃娘娘十分恼怒，下令禁卫军、御林军、五城兵马追拿刺客，封锁皇宫，封闭城门。又下旨，从今日起，将军伴驾，保护娘娘。”

那老者松了一口气：“看来将军没事。”

“贤妃娘娘是贤良之人，如今外面的禁卫军要撤了，想必没事，管家您就放心吧。”

叶裳和叶昔在那二人离开后，跃窗而出。跃出单府的高墙，在将军府外还有一处单府，显然是单家宗族的府邸。二人正要离开，两个人提着灯笼从西墙走过，步履匆忙，其中一个人边走边悄声对另一个人说：“大太爷吩咐了，单将军的事情谁传出去要谁的脑袋，我们把嘴巴守严实点儿。”

另一个人点头，叹了口气：“单将军可惜了。”

那人立即训斥：“可惜什么，能在贤妃娘娘身边伴驾，是多少人求不来的荣华。换作别人，贤妃娘娘还看不上呢。”

“可是贤妃娘娘总归……”

“老徐，你可不能犯糊涂，嘴巴一定要守紧了，否则不只是我们两个，我们的家人都要完蛋。”

“你放心吧，我只是替单将军可惜，这是踩在火坑里的荣华啊。”

“如今两国无战事，咱们单家和将军府不比以前了。贤妃娘娘看上将军，以后必不会亏待单家。我们是大太爷身边的，也少不了好处。”那人道，“此事除了天知、地知、几位太爷知，就你知我知了，千万守好了，不要让将军府的人知道，否则单家九族都要受牵连，我们是单家的家生子，也跑不了。”

第十二章 百年功力

叶裳和叶昔从这两人的话音里听出了关于单灼的境况。二人怎么也没想到萧贤妃会看上单灼。萧贤妃多大年纪，那可是楚含的姨母，单灼与楚含同岁，这萧贤妃可真是……让人开了眼界。尤其北周皇帝还活着，可见她真是有恃无恐。

二人对看一眼，去了北周皇宫。此时正是黎明前最黑暗的时候，宫廷禁卫军一队紧接着一队地巡逻，帝寝殿已经熄了灯，御书房也熄了灯。

叶昔传音入密对叶裳说：“我们还是去看看单灼吧！如今他被萧贤妃扣在宫中，估计情况不大好，我们看看能不能救出他。”

叶裳颔首，传音入密回道：“好。”

叶昔道：“萧贤妃把单灼扣在宫中，不能今晚就如此着急让他伴驾吧？”他挠挠脑袋，想了想，“这样，我知道萧贤妃的宫殿在哪里，我们先去她的贤淑宫看看再说。”

二人很快就来到了贤淑宫，宫外驻守着大批大内侍卫，宫内亮着灯，昏黄的灯光从浣纱窗透出来。因得知萧贤妃身边有芸嬷嬷这个高手在，二人屏息，不敢轻举妄动。叶裳依靠嗅觉查探了片刻，对叶昔传音摇头：“那个芸嬷嬷不在贤妃宫里。”

叶昔道：“正好，走，我们进去看看。”

“进去？”叶裳皱眉，站着不动。

叶昔恍然大悟：“是了，萧贤妃毕竟是女人，我们若是进内殿，的确不太好。”话落，他犯难地说，“我们上房顶，听听动静？”

叶裳点头。二人施展轻功，无声无息地上了贤淑宫的房顶。等了片刻不见动静，叶昔对叶裳传音入密道：“没有动静，萧贤妃在睡着，不然我们去别处看看单灼关押在哪里？”

叶裳看了一眼天色：“快天明了，她如今监国，要上朝的，我们再等等。”又等了片刻，果然，一个小太监提着灯笼来到殿门前：“娘娘，该起了，要早朝了。”

殿内传出萧贤妃轻柔慵懒的声音：“好，本宫知道了。”小太监立即提着灯笼退离了殿门口，守在不远处。

须臾，殿内传来一声闷哼，是男子的嗓音。叶裳和叶昔对看，眼中有些晦暗。紧接着，萧贤妃轻柔甜腻的声音传出：“你昨夜累到了，我先起了，你再多睡一会儿，等本宫下朝回来，再喊你起来好了。”

话音落下，无人应答。萧贤妃又柔声说：“本宫虽长你些年岁，但自诩不比豆蔻年华的女儿家差，我这副身子，你已经沾染了，便想开些，你不痛快，本宫也不舒心，那么单家的九族也甭想舒心。”

单灼恼怒喑哑的声音终于传出：“你……你都迫我至此……还想怎样？”

萧贤妃似乎轻柔地拍了拍他的脸：“你乖乖跟在我身边，我总不会亏待你的。”

单灼又没了声。萧贤妃不再逗弄他，对外喊道：“来人，更衣。”在外殿守着的宫女连忙进了内殿，一名宫女前去拨亮灯芯。萧贤妃制止道：“别太亮了，单将军还是要继续睡的，免得扰了他。”宫女连忙应“是”，撤回了手，过来帮萧贤妃穿衣。萧贤妃收拾好，出了内殿，去上朝了。

叶昔和叶裳目送她离开，一时有些犹豫，听刚刚二人的对话，已经木已成舟了，他们不知道该不该再下去救单灼。叶昔问：“怎么办？人还救不救？显然我们来晚了，这女人可真急啊，早知道我们那时候就该将他带走啊！悔之晚矣。”

叶裳蹙眉，思忖了一下，摇头道：“算了，当我们没来过吧。”

叶昔看着他：“真不救了？”

“我们救得了他，也救不了单家的九族，显然他是因为单家被威胁的，否则自刎而死总是能做到的。”

“你也听见了，单家那几个老不死的估计是将他卖了。单家都不顾及他，他还顾及单家做什么？”

叶裳叹了口气：“单家不只那几个老不死的，还有九族无数人。我们若是救出单灼，萧贤妃定会杀了单家九族。”

叶昔道：“无论如何，是不是该下去问一声，让他得知单家那几个太爷是如何对他的，也好让他做个选择。否则我们就这样走了，太不仁义了。”

“没什么区别，结果都一样。要不然你下去问问他好了，我是不会进那个女人的寝殿的。”

叶昔琢磨了一下，还是秉持道义地咬牙道：“好，我下去问问他。”他轻飘飘地下了房顶，悄无声息地推开贤淑宫的门，走了进去。

萧贤妃的寝殿内，帷幔垂落，单灼躺在床上，屋中气息混浊，他的喘息声有些虚弱。叶昔咬牙来到帷幔前，开口：“单兄！”

单灼听到叶昔的声音一惊，腾地坐起身，猛地掀开了帷幔。叶昔便看清了他的模样，脖颈以下都是吻痕，他眨了眨眼睛，不厚道地想，怪不得萧贤妃看上了单灼，将他纳入软帐中，这副美人被揉虐的模样，着实有些美感。他咳嗽了一声，道：“单兄，我是回来救你的，对不住，来晚了。”

单灼见果然是叶昔，一时心中涌起无数情绪，片刻后猛地反应过来，挥手落下帷幔，遮住了自己。叶昔觉得他应该听叶裳的，不该出来，单灼估计被他看到窘迫死了。他连忙补救：“男子汉大丈夫，这种事情，你身为男子，也不算吃亏，萧贤妃……咯咯，还是难得一见的美人，的确看不出年岁，温柔有魅力，是个尤物……”

他话落，单灼没吭声。叶昔一时有些发愁，琢磨着说：“我们本来已经离京，二皇子不放心你，让我回来救你。你若是愿意，我现在就能带你走。”话落，他将在单府听到的话与他简略地说了一遍，“单家人定然是出卖了你，这样的家人不要也罢，你不必为了他们，苦了自己，跟我走吧。”

叶昔见他还是不吭声，一时也没了主意：“单兄，单家九族我如今是没办法救，但单家你在意谁，我可以试着一并带走。”

单灼攥紧帷幔一角，虚软无力地扯了扯，终于哑声开口：“多谢叶昔兄了，我不走。”

“单家那些老不死的都将你卖了，你还顾及单家做什么？”

“即便他们把我卖了，也还有九族其他人，有很多兄弟姐妹，有的刚出生，有的还是少年，若是我走了，他们的一生全都毁了。”

叶昔一时无言：“即便你这样大义牺牲，单家人也未必念着你的好。”

单灼苦涩一笑。“我从出生起，做的就是将军梦，也如愿做了多年的大将军。如今两国议和邦交，十年内不兴兵战，百姓不需要我保护了，我这个将军也没什么用处了。如今贤妃娘娘看重我，若是在这红粉软帐里能保护九族家人，我也还算有些用处。”话落，他艰难地道，“诚如你所说，我是男子，也……不吃亏。”

叶昔挠挠脑袋：“你当真决定了，不随我走？你再好好想想。”

单灼摇头：“我自幼与二皇子交好，劳烦叶昔兄转告苏姑娘和叶世子，请待二皇子好些，二皇子过得好，我便别无所求了。”

叶昔叹气：“若是二皇子知道萧贤妃强迫你，怕是会杀回北周来。”

单灼立即说：“两国好不容易和平，不能再兴起兵战了。请叶昔兄转告二皇子，就说是我自愿的。”话落，他难于启齿地低声道，“不瞒叶昔兄，贤妃娘娘虽然拿九族威胁我，但并没有十分强迫我……昨夜……是我……没受住……她的诱惑……”

叶昔懂了，男人嘛，血气方刚，单灼虽然不愿，但耐不住萧贤妃的本事，没受得住诱惑，这……也算是享受了……他咳嗽一声，拱手道：“既然单兄已经做了决定，那叶昔就不强行替你做主了，我会转告表弟和师妹好好待二皇子，也会转告二皇子，让他宽心。”

单灼颔首：“北周没有南齐那些礼教规矩，我既为了九族，礼义廉耻便也丢了。叶昔兄不必为我可惜。我一条命，活着只要对人有用，有价值就是了。”

“无论如何，我叶昔敬单兄是个真正的英雄，为国为家，能做到如此地步的人，不多。”

单灼道：“叶昔兄，好走，不送了！”叶昔又拱了拱手，不再多留，如进来时一般，悄无声息地离开了贤淑宫。叶裳坐在房顶上，听着单灼的话，不得不承认，单灼也算是一条英雄好汉了。若换作他，宁愿被诛九族，也做不到这么大义。

二人离开贤淑宫后，去了萧贤妃早朝的金殿。天还未亮，今日早上的雾气尤其大。二人上了金殿的房顶，听着萧贤妃一桩一桩地处理朝政，有条不紊，干脆果断，十分得心应手。探查了片刻，没有芸嬷嬷的踪影气息。

叶昔对叶裳传音入密问："这里也没有，这皇宫这么大，难道我们要挨个儿搜查？"

叶裳摇头："太费时间了。我们跟着萧贤妃。"

"这样不是更耽搁时间吗？楚含也说了，那芸嬷嬷不是侍候萧贤妃的人，自由得很。"

"昨日我们来找萧贤妃时，她在，今日也不见得就走了，跟萧贤妃一日再说。"

叶昔颔首："好吧。"

下了早朝，天刚蒙蒙亮，萧贤妃出了金銮殿，径直回了她的贤淑宫。叶昔和叶裳悄悄屏息跟着她又向贤淑宫而去。走到半路，一个老嬷嬷，穿戴着贵气的紫金袍裙，手里拿了一串佛珠，拦住了萧贤妃的路，面容慈和："娘娘！"

萧贤妃看到芸嬷嬷，摆手挥退左右侍候的人，笑着开口："嬷嬷昨日宿在了哪里，竟没有回宫，今日这么早便进宫了？"

"昨日宿在了宫外你给我的宅子里，用热泉泡了泡这把老骨头。今日一早想着过来看看你，昨日娘娘过得可还舒心？"

萧贤妃笑起来："自然是舒心的，多谢嬷嬷为我操劳了。"

芸嬷嬷笑呵呵地道："你舒心就好，你舒心我也舒心。你的心愿如今了了一桩，老婆子在这皇宫也住了一段日子，明日便走了，帮你去看看你那个小崽子。"

萧贤妃笑着点头："嬷嬷替我转告他，只要杀了苏风暖和叶裳，南齐是他的，北周也是他的，让他争气点儿。"

芸嬷嬷点头，摆手："知道了。"说完，她便走了。叶昔和叶裳将自己的气息隐于无形，不外透一丝一毫，死死地盯着芸嬷嬷，牢牢记住她的面相，不错过一丝一毫的表情。直到她走之后半晌，萧贤妃也离开时，二人才敢轻轻舒了一口气。

叶昔与叶裳对看一眼，不再跟随萧贤妃，无声无息地离开了北周皇宫。二人顺利地出了北周城，进了深山才开口说话。叶昔问叶裳："你记住她的面相了吗？"

叶裳颔首，叶昔道："我也记住了，回头我们赶紧画下来，拿去望帝山，让人辨认一番，看看她是不是凤来。她武功的确深不可测，就站在人面前，竟然感觉不到她的存在，显然是将功法练到了极致，能够融于自然。小丫头武功虽然已经登峰造极，但也未到如此地步。我们两个定然不是她的对手。"

叶裳道："我们两个若是联手，未必不是她的对手。"

"我们两个修习的都是望帝山的武功，若她是凤来，望帝山的武功早已经学尽，我们就算联合起来，也不见得奈何得了她。再加上师妹还差不多，小丫头除了望帝山的武功，还学了许多杂七杂八的武功。"

叶裳道："暖儿有喜，不能动武。"

叶昔叹了口气："是啊，偏偏师妹有喜了，我们要万事小心。听她与萧贤妃说话的意思，是要去南齐大皇子身边，若是她到了大皇子的身边，对我们来说不是好事。"

"若是我所料不错，大皇子的武功应该是传自她，这么多年，她暗藏在南齐，早已经是大皇子的助力了。"

叶昔默了默，道："我们是不是可以在她去南齐的路上拦截她？"

"拦截了之后呢？"

叶昔眨眨眼睛，一时说不出来拦截了之后要拿她如何。小丫头怀有身孕不能轻易动武，而他、叶裳、苏青、凤阳等人合力不知道能不能擒住她。

叶裳道："我们如今尚在猜测，不清楚她的深浅，她应该不知道我们已经发现了她，还是不要轻举妄动得好，先弄清她的身份再说吧！"

二人话落，便不再多耽搁，赶去与苏风暖等人会合。回到山洞时正是晌午，一行人在洞外山坡的大石头上晒太阳。苏风暖第一时间便感知到二人回来了，当即从石头上坐起来，对众人道："他们回来了！"

凤阳凝神细听片刻，没发现那二人的气息，苏青也没感知到，于是纵身跃到一棵古松上，四下眺望。过了片刻，说："我看到了，还真是他们回来了。"话落，他转向苏风暖，对她说："臭丫头，你能感知方圆五里的动静吗？你发现他们时，他们至少在几里外。"

苏风暖道："差不多吧。"苏青觉得人比人真是气死人，论学武，他们兄妹四人都是从一个娘肚子里爬出来的，只她天赋异禀。

不多时，叶裳和叶昔回到了这处地方。苏青跳下古松，不等二人开口，立即问："怎么样？你们可看到那嬷嬷长什么样儿了？"

二人点头。叶昔道："快，拿笔来，我印象已经不太清了，再过一会儿，我怕我就忘了她的面相。"千寒立即取来纸笔。

叶裳走到苏风暖身边，伸手抱了抱她，又摸了摸她的头，笑着柔声问："想我了吗？"

苏风暖轻笑："想了，一直都在想你和师兄什么时候能回来，顺利的话，我估摸着晌午就能回来，没想到还真挺顺利。"

叶昔瞅了二人一眼："不过是一夜半日没见而已，你们也真是有出息。"话落，他对叶裳招手："你来画，我对她的眉眼印象已经模糊了。"

叶裳放开苏风暖，走到叶昔面前，接过纸笔，在宣纸上画了起来。不多时，便画出了一个老嬷嬷的模样。叶昔在他画完放下笔时，当即道："对，就是她。"

楚含也道："是，就是她，她就是芸嬷嬷。"

苏青打量着画说："这老嬷嬷看起来十分普通啊。"

苏风暖没说话，看着那芸嬷嬷，微蹙眉头。叶裳见她神色不太对："暖儿，你见过她？"众人也向她看来。苏风暖颔首："见过。"

苏青好奇地问："在哪里？"

"丞相府。"

叶裳眯起眼睛："丞相府？什么时候？"

"去年去丞相府做客时，我被丞相夫人请进画堂，她端来茶点，不过，不是一个老嬷嬷，而是一名婢女。"

"啊？"苏青看着她，"小丫头，你没弄错吧？这一个老嬷嬷、一个婢女，差得太远了。"

苏风暖摇头："不会弄错，人的容貌无论如何变化，眼睛也变不了。无论是多高明的易容术，抑或是幻容术，只能换一张面皮，却换不了眼睛。"

叶昔立即问："也就是说，她是在丞相夫人身边侍候的婢女？"

"叫什么名字？"叶裳问。

苏风暖摇头："那时我为了躲避许云初，钻进了丞相府的马车。为了答谢孙晴雪，听闻她去墨宝阁，便跟着一道去了，送了她玉芝兰的笔洗作为谢礼。后来她请我去丞相府做客，孙夫人见到我后，拉着我说起还礼之事，我想办法推托时，瞅了那婢女一眼，就是这双眼睛。"

叶昔当即问："小丫头，你既然记得她的眼睛，可记得她的样貌？画出来！"

"我还真记得。"话落，她拿起笔，在叶裳那幅画旁边画出一个婢女的模样来。这名婢女面相寻常，却长了一双好眸子，看起来甚是灵动。

苏风暖画完后，众人都看着她的眼睛，还真与芸嬷嬷的眼睛相差无几。芸嬷嬷的眼睛，是刻意地掩盖了眸底的光华灵动，像是蒙了一层雾气。而这少女，一双眸子清澈见底。但确实是一模一样的眼睛。

苏青瞅了又瞅，摇头："我去了丞相府数次，没见过她。"

叶裳道："我也未曾见过。"

苏风暖看了几人一眼："看来还就我运气好了，见到过她。"

叶昔道："这婢女在丞相夫人身边侍候，是她自己在京城隐匿在丞相府的身份呢，还是说丞相府的水也很深？"

苏青当即道："不会吧，丞相府一门清正，对南齐忠心耿耿，且丞相和外公交好。丞相府公子孙泽玉和我交情不错，她妹妹也与小丫头交情不错。丞相夫人人缘极好，每年都会提前一日去灵云寺后山为容安王和一众战死的英魂上香。丞相也算是我的半个老师。若说丞相府背后有什么事，我是打死也不信的。"

苏风暖、叶裳、叶昔等人都没说话。苏青看着众人："怎么？难道你们都觉得丞相府有问题？"

叶裳道："丞相府是否有问题，要看证据，不能凭猜测下定论。"苏青虽然觉得这话有理，但还是觉得叶裳有猜疑丞相府的成分在内，他转头看向苏风暖："小丫头，不能因为芸嬷嬷与丞相府的婢女有一双一模一样的眼睛，就猜疑丞相府吧？"

苏风暖对苏青道："你离开京城这几个月里发生了很多事情，其中有两桩事是牵扯丞相府的。"

"嗯，什么事？"苏青立即问。

"一桩是机关秘道案，你应该也听闻了七七八八，其中牵扯了花烛秀，又牵扯了方华斋的玉人香。我请娘办了一次赏花宴，那日死了一名下毒的婢女，在发现那名婢女尸首的墙角，丞相府的马车载着孙夫人和孙小姐正巧路过。孙小姐也有玉人香，有杀人的嫌疑。"

苏青睁大了眼睛。苏风暖又道："还有一桩事，爹从西境回京，途经沛城，遭遇截杀。皇上派孙泽玉前往调查，但他到达沛城后便染了隐疾，不能查案。而我们此次来西境经过沛城方才查知，是因为孙夫人在他出京时，给他找孟太医求的预防寒症的药有问题。"

苏青惊了惊。苏风暖继续道："这两桩事，第一桩是太凑巧了，难免让人猜疑。第二桩是孙夫人和孟太医，总有一个是有问题的。孟太医我接触过数次，是个医痴。孙夫人呢，是个和气的长辈，以前我不多做评价，但如今嘛，芸嬷嬷作为婢女出现在她身边，必有因果。"

苏青听罢，一时间觉得头皮发麻："这……不会吧？"

凤阳拍拍苏青的肩膀："知人知面不知心，很多事情都难说得很。丞相位居高位，在皇上和国丈府斗得最激烈时，依然安然立于朝中，真正的心善之人坐不了丞相的位置。"

苏青闻言立即反驳："我外公这么多年也夹在皇上和国丈之间，难道他也有问题？不管怎么说，我还是相信丞相。我算是他的半个门生，入朝之前，他对我悉心教导数日，不曾藏私。就算他与外公一样，狡猾如狐狸，不是真正的心善之人，但身为丞相，也是在其位，谋其政。至于背后有什么阴暗之事，我是不信的。"

叶昔道："事情未查明前，不宜过早下定论。我们还是先赶紧前往望帝山，让三位师叔祖看看这个人是不是凤来好了。"

苏风暖点点头，转移话题，问道："单灼可还好？萧贤妃有没有为难他？"楚含立马看向叶裳和叶昔。二人对看一眼，一时间都没开口。楚含有些急："萧贤妃对他出手了？"

叶昔叹了口气，道："不是你想的那样。"

苏风暖聪明，觉得让二人难说之事，想必不是夺权杀人这么简单。叶昔见叶裳一副打死也不说的模样，他咳嗽了一声，无奈地说："我和表弟去时，听到单府有人在谈论单灼可惜之事，觉得不妙，连忙进了宫，我们进宫时，天已经快亮了。咯咯……单灼宿在萧贤妃的贤淑宫内……"

"什么？"楚含睁大眼睛，难以置信地看着叶昔，"怎么可能？"他拔高声音。

叶昔道："萧贤妃上朝后，我去见他时，他说萧贤妃虽然用九族威胁他，但他也是没受住诱惑……”将单灼的原话与楚含复述了一遍。

楚含眼前轰轰如天雷炸响，一时间呆呆的。他即便离开了北周，私心里还是觉得萧贤妃是他的母妃，而单灼是与他从小相识的兄弟，他们竟然……半晌，楚含一屁股坐到了地上。

众人都看向他，别人听了这样的事，也就是觉得世界之大无奇不有罢了。可是搁在楚含身上，无异又是一重打击。苏风暖想了想说：“我查你和单灼时，查到当年萧贤妃看上的人是单煦，不过后来她选择嫁了北周皇帝。十三年前，单煦战死沙场，萧贤妃失落了很久。”

凤阳道：“对，是有这么回事，我凤阳镖局的消息网里也收录了此事。”

“天哪！这是什么女人啊！老子死了要儿子？”苏青受不了地说道。

楚含冷笑：“她就是这样的女人，还有什么是她做不出来的？”

“单灼长得很像单煦吗？”苏青问。

楚含点头：“七分像。”

苏风暖道：“你看开些吧，北周已经不是你在时的北周，萧贤妃也已经不是你的母妃。单灼虽然是你的兄弟，但从今以后，你们的兄弟交情也就断了。人生一世，每个人都有自己的选择。与你无关，便不要多想了。”

楚含闭了闭眼睛，自嘲道：“我都不知道自己前路在何方，还怎么管别人？”

叶裳站起身：“天色不早了，启程赶路吧！”众人无异议，继续赶路，前往望帝山。

六日后，一行人来到了望帝山脚下。苏风暖不愿将苏青等人牵扯进望帝山，何况外人是不准踏入望帝山的，便对他们道：“三哥、凤阳，你们在山脚下择一住处，我和叶裳、师兄三人上山，多则五日，少则三日，便下山与你们会合。”

苏青点头：“好吧，你们早些下山。”

白雕驮着苏风暖、叶裳、叶昔三人上了望帝山，结果望帝山空空如也。每处院子都是空的，各个房间也像许久未住人了。苏风暖用指腹在桌案上摩擦了一下，抬起手指，看到手指染了一层灰。叶昔纳闷道：“望帝山怎么会没人，莫不是都出去游历了？”

苏风暖道：“望帝山从来没有出现过无人镇守的情况，三位师祖已经多年不下山游历了，四位师叔也不喜尘世纷扰，很少下山，一众师兄弟就算下山游历，最多不过是三五结伴，不可能都离开望帝山。”

“难道是出了什么事情？看这样子应该有月余无人住了。”叶昔面色凝重，“望帝山月余无人，我们却没得到丝毫消息，如今怎么办？”

苏风暖面色不太好，抿唇道：“我问一下白雕。”

叶昔提醒道：“小丫头，白雕是畜生。”

“但是通人性。”

叶昔点头："好吧。"苏风暖当即走出房间，用哨音叫来白雕。白雕落在她面前，抖着翅膀，十分高兴的样子。她摸摸一对白雕，回头指指房间，对它们说："人都哪里去了？你们可知道？"

白雕瞅着她，似乎不明白。苏风暖想了一下，对叶昔道："师兄，你身上可有师祖、师叔或者师兄弟们送给你的东西？"

叶昔拿出挂在腰间的短笛："这个，是我从玄青师叔手里抢的。"

"解下来，让它们衔着，带着我们去找师叔他们。"

叶昔眼睛一亮："这倒是个好主意。"话落，他立马解下来扔给白雕。白雕张嘴叼住，歪头瞅着叶昔和苏风暖。苏风暖说："乖，带我们去找玄青师叔。"

白雕似乎懂了，当即转过身，抖抖翅膀，伏在了地上。两只白雕驮着三人离开院子，并没有下山，而是前往寒池山。望帝山以前四处锦绣如春，唯有一处寒池山是至寒之地，后来因为给叶裳解热毒，寒池山化了，成了一片碧湖热泉。

白雕驮着三人来到寒池山，立在山顶上，将短笛从口中吐出来，用爪子跺了跺寒池山的山石。苏风暖当即意会："白雕告诉我们，玄青师叔被压在寒池山下。"她目光扫了一圈，道，"他应该在寒冰窟里，也就是如今水流的泉眼。"

叶昔看向原来的寒冰窟，如今水流涓涓的泉眼，他冷汗直冒："那里面还能待人吗？"

苏风暖道："放眼四下，除了那里，别处更不能待人了。"

"我们怎样进去？浮水？"话落，他转向叶裳，"表弟，你会浮水吗？"

叶裳道："会一点儿。"

"会一点儿跟旱鸭子没什么区别。"他又看向苏风暖，"寒池山融化后，水深比大海不差，就算我们会浮水，也无法下水。尤其是你，怀有身孕，太危险了。"

苏风暖皱眉想了想："是啊，无法下水，我们只有一条路可以找到他们。"

"什么路？"叶昔问。

"天地关的绝门关，通向绝地寒冰窟。我们从天地关进入绝地，能到达寒冰窟内。"

叶昔顿时睁大眼睛："小丫头，你不要命了？那可是望帝山的死地，千百年来，没有任何一个人闯过绝地。"

叶裳问："什么是绝地？"

叶昔道："上次你闯的天地关，布置着无数机关阵法，是望帝山千百年来传承武学之地，通过了天地关，便成了望帝山真正的弟子。但是，你通过了天地关，并不算是真正通了所有关卡，还有一处便是天地关的绝地。古往今来，除了建派的祖师爷，无人穿过绝地。进入一个死一个，绝地便关闭了，考核弟子便少了这一项。"

苏风暖道："当初我和师兄是想去闯一闯的，师父不许，说他一生中只收了我们两个徒弟，他可不想这两个徒弟都死在天地关的绝地。如今望帝山空空如也，这是从来没有过的事。我总不能没弄清什么事便一走了之，枉顾了师父临终前的托付。”

叶昔闻言道：“你要去闯绝地？”

“这湖水与山崖同高，诚如师兄所说，等同于大海，我们是没办法从水中进入的，唯有从绝地进入。如今既然知道玄青师叔在寒冰窟内，总要试试。”

叶昔猛地一咬牙：“你们两人在外面等着我，我去闯天地关的绝地，看看情况。”

苏风暖摇头：“你自己一个人去不行。”

“怎么就不行？难道你要去？别忘了你肚子里的孩子，那可不是好玩的地方。”

“就因为知道不是好玩的地方，我才不能让你自己去。我们三个一起去。”

叶裳颔首，没有异议：“好。”

叶昔见叶裳不但不拦阻苏风暖，还说好，顿时气道：“叶裳，你昏头了吗？你不知道天地关的绝地有多厉害。小丫头怀有身孕，动武都要小心，更何况去闯绝地？”

叶裳道：“望帝山一脉，根源在此，若是我们明知道玄青师叔，或者不只是他，还有很多人都被压在下面，却不搭救，那么就枉费望帝山的教导了。况且我们三人一起，胜算会多一些。我也想看看，传承了千百年的望帝山绝地是如何进得去、出不来的死地。”

苏风暖道：“师兄不必说了，你了解我的脾气。我腹中的孩子我定会保护好的，我们三人一起，也不见得就破不了望帝山的绝地。”

叶昔见二人打定主意，只能无奈地点头。“好吧！”话落，他又道，“若是所有人都被关进绝地的寒冰窟，这么长时间，怕是早出了事。我们去试试，若是觉得不行立即停止。就算是我私心也罢，总之你腹中的孩子不能有事。这个天下，也不是不能少了望帝山一脉。”

苏风暖点头：“师兄放心，我与你想法一样，做不到明知是死而去赴死。”

三人又骑白雕下了寒池山，去了十八天地关。来到天地关门前，苏风暖不急着闯入，而是对叶昔说：“师兄，当初你研究闯天地关的图纸，可还留着？”

“留着！”叶昔伸手入怀，拿出一张快磨烂了的羊皮纸，递给苏风暖。她伸手接过，摊开在地上，蹲下身仔细研究起来。叶裳也跟着一起蹲下身。叶昔没事就拿出来琢磨一番，如今闭着眼睛也能记下来，就坐在一旁等着二人。

过了一会儿，苏风暖抬头问：“师兄，你觉得你琢磨多年，对闯绝地有几分把握？”

叶昔咂咂嘴：“五分吧！”

苏风暖转头问叶裳：“看这张图纸，你有几分？”

叶裳琢磨着重重机关，蹙眉片刻，道：“我能有六分。”

叶昔“咦”了一声：“你那一分在哪里？”

叶裳伸手一指图纸的一处：“这里。”叶昔瞅了一眼：“嗯，你压制热毒多年，这一处火关，你确实比我胜算多。小丫头，你有多少把握？”

“我自己硬闯的话，也就六分。但若是智取，估计九分。”

“嗯，”叶昔看着她，“怎么智取？”

苏风暖指着图纸道：“我觉得天地关可以被分为一年中的四季。春、夏、秋、冬，四处生门，一处绝地。”她指向四处，一圈之后，又指向一处道，“望帝山以自然之法论天道轮回。这里是春，是天地关伊始，也是望帝山功法的开始之地，正是入门之径。然后便是夏，炎热酷暑，是考验耐性之时，再然后便是秋高气爽，功法小成后，天地门打开，眼界也开了。再之后便是冬日严寒，进入了功法的至高之境，不能更进一步，再进便是草木枯荣。”话落，她指向死地，重重地用手指点住，“是枯死，还是复苏，便决定在死地。”

叶昔似懂非懂：“说明白点儿！”

苏风暖拿开手指：“你治理江南叶家，用的是置之死地而后生的法子。这望帝山天地关的绝地，我觉得，也正是要置之死地而后生。”

叶昔皱眉：“你的意思是，先死后生？我们不闯前面的关卡，先直接迈入死地？这不是找死吗？”

苏风暖站起身，道：“千百年来，多少人被埋在天地关出不来，何不反其道而行？进了死地再破关重生，万物轮回，不枯如何生？”

叶昔大悟：“有道理！”

三人商议妥当，便收起图纸，打开天地关，进入了绝地。绝地伸手不见五指，即便三人武功高绝，也只觉得天地间一片黑，身子落下，耳边却无风，就是一个无底的黑洞。

叶裳和叶昔将苏风暖护在中间，大约坠落了一盏茶的工夫，即便不能视物，苏风暖依旧睁大了眼睛，忽然见有一道光影闪过，她眼睛眯起一条缝，当即传音入密对二人说：“下方两米处，似乎有银质的绳索，抓住它。”

叶裳听罢身子在下坠时猛地运力前倾，伸手一抓，果然是一根银质的绳索。三人顺着绳索向下走了一盏茶的工夫，到了尽头，叶裳的手摸到了一架梯子：“有梯子。”话落，他拉着二人上了梯子。刚踏上梯子，叶昔便大叫了一声：“冷！”

苏风暖连忙问：“师兄，你冷？哪里？”

叶昔牙齿打战：“脚，寒气顺着我脚心蔓延而上，太快，我要冻成冰柱了。”

苏风暖一听，当即要将自己的功力输给他。叶裳阻止她：“我来。”话落，他将自己的功力输给了叶昔一部分。叶昔同时也运功，将从脚心冲进身体的寒气逼退了回去。

不消片刻，已经在死神面前打了个晃。叶昔道：“好险！”

苏风暖道：“想必我们已经进寒冰窟了。寒冰窟的地心之寒，当年我修习至寒功法时，都没敢踏入。”

叶裳道："我体内功力因压制热毒多年，早已经融骨入血，所以不惧寒冰窟的地心之寒。而暖儿修习的本就是至寒功法，又因解我热毒，体内住了一座寒冰窟，也不惧地心之寒。"

叶昔扼腕："幸好你们跟来了，否则我一个人来的话，就埋骨在这里了。"

苏风暖本想逗叶昔两句，但实在没有心情："师兄，你好些了吗？可能行走？"

叶昔咬牙说："能。"

叶裳在头前开路，三人踏着梯子而走。大约走了一盏茶的时间，眼前冰梯搭建的桥走到尽头，渐渐地亮了起来，现出一座冰雕的人像。人像站在桥头，穿着男子的衣衫，容貌也是男子的模样，左手拿着一颗夜明珠，右手拿了一把薄如绢纸的剑，剑柄上写着两个字——冰魄。

叶昔叫道："这是开创望帝山的祖师爷，据说他的剑叫冰魄。"

叶裳转头对苏风暖说："看来你说对了，绝地便是生地。"

苏风暖目光崇敬："望帝山一脉，流传千百年，是天纵奇才。望帝山的功法都是顺应天道而为，这绝地却反其道而行，想必是告诉望帝山的后继子弟，天下功法终究归于自然，逆反也是天道自然。"

叶昔大悟。"诚如阴阳相合是一个道理。"他望着人像，忽然说，"手臂上有字。"

三人凑近一看，上面写着："弟子凤来，南齐开元元年元日拜上。"如今是南齐一百三十六年，开元元年也就是一百三十六年前，凤来竟然来过。叶昔唏嘘："果然是凤老爷子口中的奇人，可是为了长生不老，背离望帝山，也太……"

苏风暖寻思片刻，道："你们看，这祖师爷的人像一座冰像，还是人化为冰的人像？"

她这样一问，二人顿时细看起来。片刻后，叶裳道："是人像。"叶昔脸色不太好看："刚刚若非你们为我运功，我恐怕也成了这样一座人像。"

苏风暖看着人像突然道："我明白凤来为何要背离出望帝山了。"

"嗯？"叶昔转头看着他。

"她学尽望帝山所学，闯过天地关，悟透祖师爷的绝地机关，来到这里，看到了祖师爷的人像。她定然想到，望帝山集天下功法，祖师爷却没能长生不老，也没能羽化成仙，只能在这里化成冰雕死去，死前为自己点了一颗夜明珠做长明灯。大道自然纯粹是空谈，所以，她背离望帝山，去寻找长生不老之法。"

叶昔闻言看着人像道："祖师爷估计也没想到，千百年来，多少人前赴后继，却没能悟透他的正反阴阳天道自然，望帝山只能关闭了绝地。反而出了一个凤来，彻底反其道而行，背离了望帝山。"

人像身后是一座冰山，苏风暖道："这应该就是寒池山。若是我所料不差，这儿曾经是有一块冰石做门的，可惜千百年来，只有一个凤来闯入这里，她应该是进了死地，又从死地原路折返出去的，所以无人打开。那扇门已经冰封死了。”

叶昔道：“也就是说，师叔他们可能是在这座寒池山的山门后，怎么办？”

苏风暖回头伸手一指：“祖师爷的剑叫冰魄，削铁如泥，是古往今来最好的剑了。将它取下来，破冰山之门而入吧！”苏风暖跪在地上，叩了三个头，起身从人像手中去拿冰魄。她手刚攥到冰魄的剑柄，便感觉一道柔和的气息从剑柄传入，顺着她的手心蔓延到四肢百骸。她一怔。

叶裳和叶昔见她握住剑柄不动，脸色奇异，立即紧张地问：“怎么了？”

苏风暖转头对二人道：“祖师爷似乎在冰魄上封存了功力。”

“怎样？你可受得住？”叶裳上前一步。

苏风暖点头：“十分绵柔，气息温暖如春，与我身体竟然十分契合。”

薄如绢纸的冰魄，封存的功力足足让苏风暖接收了一个时辰。叶裳和叶昔始终站在她身旁，不敢放松警惕，专心为她护法。一个时辰后，苏风暖面色终于动容，轻轻抬了抬手，将冰魄轻而易举地从人像手中接了过来。二人这才敢开口，齐声问：“怎么样？”

苏风暖对二人一笑。“我怕是接收了祖师爷百年的功力。”她拿着冰魄剑，摆弄了一下，道，“原来祖师爷与我修的至寒功法一模一样，我才得了这个机缘。入体的百年功力，轻而易举就被我吸收了，如今与我的功力融为一体了。”

叶裳点点头：“你这个小丫头，就是命好。若是别人吸收了百年功力，指不定怎么折腾着消化不了呢。”

苏风暖对叶昔吐吐舌头，然后神色一肃：“我能感知到在冰山的山门内有人的气息。走吧，看看师叔他们可还活着，是怎么回事。”

三人来到冰山的山门前。苏风暖执着冰魄剑，轻轻地对着山壁一划，划出了一个门形。她收剑入鞘，伸手一推，一扇冰门应声而倒，“砰”地砸到了地面上，露出一扇门来。

叶裳上前一步，握住苏风暖的手，当先走了进去，叶昔跟在二人身后。进了山门内，入目是一座明亮的灯塔，全是以冰为雕，偌大的冰室顶方，是一盏很大的用冰雕筑的长明灯。冰室内除了一盏长明灯，再无别物。“咦，没路了？”叶昔看了一圈，对二人说。

苏风暖寻思着：“不应该啊，我刚刚明明感受到人的气息了。”她凝神感受片刻，走到冰筑的墙壁处，说，“还有一扇门。”

叶昔纳闷：“还用冰魄剑？那祖师爷弄这么个空冰室有什么用？”

叶裳道：“没有无用之地，是否有机关在这里？”

叶昔道：“这是冰筑的，如何以冰为……”不等他说完，苏风暖忽然飞身而起，踏在了那盏冰灯上，叶昔住了口。苏风暖上了冰灯之后，蹲下身，轻轻念道：“长明灯灭，望帝归心，紫气东来，凤凰为主。”念罢，拿起一物，仔细看罢低声惊呼，“是传国玉玺。”

“啊？”叶昔惊呼一声。

叶裳蹙眉：“传国玉玺？”

苏风暖蹲在灯上，向下看着二人：“没错。是天地开辟朝代之初，传载于世的传国玉玺。”

叶昔顿时急道：“还有什么？你快看，看完后下来，我们也上去看看。”

苏风暖对二人说：“这盏灯很大，很结实，你们上来吧，能撑住，无碍的。”

叶昔当即飞身上了灯盏，叶裳也紧随其后。三人蹲在灯上，正好将这一盏灯占满。叶裳道：“这里还有字。”二人凑过头看去，只见另一侧写着：“吾之弟子，承吾一脉，接传国玉玺，择明主而投，辅助真主，缔守天下，望帝归一，四海升平，天下长安。”

三人又看向灯盏四周，除了封在长明灯里的一颗偌大的夜明珠，再无别物。叶裳对苏风暖说：“将传国玉玺给我看看。”

苏风暖递给了他。叶裳看了看，又轻轻地叩了叩，说：“这里面是空的。”

“空的？”叶昔恍然大悟，忽然道，“我懂了，长明灯灭，望帝归心，紫气东来，凤凰为主。也就是说，这灯芯就是传国玉玺的内芯。长明灯灭，是代表祖师爷不再守护传国玉玺了。望帝归心，就是望帝山归还传国玉玺给真龙天子执掌，为天下归一，四海升平，开创一个太平盛世的意思。”话落，他看向叶裳，“是吧？”

叶裳道：“解释得通。”

苏风暖眨了眨眼睛，对叶裳说：“看来你真是注定要挑起这江山的担子了，我想帮你逃开，都逃不脱。师兄说得不错，这灯芯可能就是传国玉玺的内芯了。我们拿了传国玉玺的内芯，这盏长明灯自然会灭了。”

叶昔道：“走，我们下去，让未来的天下之主拿吧！”

苏风暖笑着看向叶裳：“交给你了。”叶裳无奈地点了点头。

叶昔和苏风暖下了那盏灯，轻飘飘地落在了地面上。叶裳轻轻抬手，一缕气线飘向长明灯的灯芯，气线所过之处开通了一条冰道，他伸手将冰封在灯里托着夜明珠的灯芯取了出来。那灯芯果然是传国玉玺的内芯，与传国玉玺一模一样。

叶裳一只手拿着传国玉玺，另一只手拿着夜明珠，飞身而下。叶昔瞅了瞅道：“这东西既然是传国玉玺的内芯，怎么装进去？”

苏风暖摆弄了一下传国玉玺，半晌后道：“祖师爷果然是奇人，他用了些许功力，封了内息在传国玉玺外侧，幸好我如今继承他百年的功力，才能解了他用内息封的死结。”说完，她拿过叶裳手中的传国玉玺的内芯，轻轻地从底托处推了进去。

她推的动作极慢，过了大约两盏茶的工夫，她才撤回手，又用内息封了个死结，递给了叶裳。叶裳笑着说：“你二八年华，如今这功力也是开天辟地再无第二人的造化了。”

叶昔凑近一瞧，惊异地说：“小丫头，你行啊，这传国玉玺被你用内息封了缝隙，如今看着天衣无缝，像本就是一体的。”

苏风暖笑着道：“传国玉玺打造之时本就是一体的，想必是祖师爷用百年功力从中掏出内芯，将之用内息封存了。只有得到他的内息传承的人，才有办法复原这传国玉玺，合而为一。”

叶昔恍然大悟：“这也应和了他说的那句话：‘吾之子弟，承吾一脉，接传国玉玺，择明主而投，辅助真主，缔守天下，望帝归一，四海升平，天下长安。’”

苏风暖点头，将传国玉玺塞给叶裳：“你收好！走吧，我们要赶紧救人，希望师叔他们还活着。”叶裳和叶昔闻言神色一肃。

苏风暖来到石壁前，如早先一般，拿出冰魄剑，轻轻在冰墙上一划，一扇门“轰”地向她砸来。她收了剑，轻轻伸手一托，便托住了千钧重的冰门，将冰门轻轻地放到地上。

这时，里面响起虚弱的声音：“谁？”

苏风暖听是紫风师叔的声音，立即走了进去。只见里面是一间石室，十分狭小，也就能容纳几个人站立。紫风半躺在地上，手里拿着剑，他旁边躺着玉灵、玄青，还有两个望帝山的师兄弟。一共五个人，其余四人都一动不动，只有紫风脸色苍白，虚弱地拿着剑。

她看到这个情形，连忙走到紫风面前，蹲下身，喊了一声：“师叔！”

紫风看到进来的苏风暖、叶裳、叶昔三人，又惊又喜，一时抖着嘴角，说不出话来。苏风暖看着他：“师叔，怎么回事？你们怎么会都被困在这里？”

紫风嘴角抖动半晌，扔了剑，吐出一句话：“你们来了就好，快……快救他们……”

苏风暖不敢耽搁，过去给玉灵师叔把脉，发现她身体虚弱到了极致，脉象有枯竭之势，连忙伸手入怀，取出一个瓶子，倒出一颗药，给她喂了进去。她又给玄青师叔和另外两位师兄弟把脉，发现他们都是一样的症状，便都喂了药。给四人喂完药，苏风暖又走回紫风身边，给他把脉，发现他比他们稍好一些，但也好之有限，连忙也给他喂了药。

另一旁，叶昔和叶裳待苏风暖给他们喂过药后，二话不说，运功助那几人醒来。苏风暖将紫风从地上扶了起来：“师叔，我运功帮你。”

紫风点点头，就着她的手坐了起来，待她要运功时，他似乎察觉到了什么，连忙阻止：“罢了，你怀有身孕，不易动内息，会搅乱孕脉。”

苏风暖一怔，失笑：“师叔，你这医术快赶上玉灵师叔了，我扶您一下，就被您把出了脉。数日前，我自己无论如何都把不出喜脉。”

“你的脉象很明显，你因何把不出脉？”

苏风暖闻言给自己把脉，如珠走盘，的确十分明显。她放下手笑着说：“数日前，我的体内仿佛被云雾笼罩，我自己都看不出究竟，没想到今日这般活跃。”

紫风道：“看来小家伙十分喜欢我。”话落，他转头看了一旁两眼，叹了口气，“你们是怎么进来的？你们若是不来，我们就死在这里了。”

苏风暖闻言肃了神色：“师叔，你们怎么会进了死地被困？其他人呢？我们上山时，望帝山空空如也，一个弟子都没有。”

紫风脸色十分难看。“一言难尽啊！回头再说吧，先救人要紧。”话落，他道，“我们五人被困在这里有月余了，其余人也都进了绝地，与我们分开了。我也不知道他们都落身何处，是否还活着。我们是因为你师叔身上带着无数好药，才一日一日地熬过了这么多天。”

苏风暖一听，当即站起身：“我去找他们。”

叶裳和叶昔给每个人度了些内力，此时已经收功，也站起身道：“我们一起去。”

苏风暖点点头，对紫风道：“师叔，你们在这里等着，我们四处找找。”

紫风道：“除了你们进来的门，这间石室无路，也没有机关，就是一个死地。”

苏风暖沿着墙壁走了一圈，停在一处，对墙凝神细听片刻：“还有人，与师叔你们隔着一间石室。”话落，她拿起手中的冰魄。

紫风见了，低呼：“冰魄？”

“正是祖师爷的冰魄，被我不久前得了，我就是用它破了这个墙体。”

紫风欣喜地道：“你得了祖师爷的冰魄，真是大造化。这些日子以来，我们每每想破墙而出，但墙壁重达千斤，普通宝剑做不到。”话落，他连忙催促，“快，赶紧找到他们，看看他们是否还有救。”

苏风暖颔首，用冰魄划开了一道门。紫风见她十分轻松，虽然有冰魄在手，但若没有绝顶武功和气劲也做不到，问叶昔：“你师妹身子骨好了？”

叶昔点头：“不只好了，还得了开天辟地的大造化，每次都因祸得福。”

第十三章

凤来青凰

破门而入，果然又是一间天井一般的石室。比刚刚那间大一些，里面横七竖八地躺着八个人，其中有一位师祖，所有人都一动不动。她收剑上前，逐个把脉。八个人，七人尚有一丝气息，其中一个人已经没了气息，救无可救。没有了气息的是三位师祖中的一位。

苏风暖心情十分沉重，给每个师兄弟口中塞了药丸，叶昔和叶裳逐个辅助运功。

她又凝神细查，从这间石室内又破开一道门，里面躺了五个师兄弟。这五个人仅两人还有气息。

救了这二人，还少两位师祖和三位师兄弟。于是，她又破开了一道门，门里果然躺着两位师祖和三位师兄弟，其中一位师祖和一位师兄弟已经没了气息。

苏风暖救了几人后，转身看向叶裳和叶昔。二人心情也极为沉重，被困月余，有的人心口尚留一息，有的人挨不住，已经没了气息。望帝山此番折了两位师祖、四位师兄弟。

此时，紫风和玉灵师叔已经相互搀扶着走进来，看到此情此景，十分难受。苏风暖这才问："师叔，到底是怎么回事？为什么望帝山所有人都进了绝地？"

紫风怒道："是望帝山出了败类！你可能不知，望帝山千百年来，你不是第一个入山门的女弟子，在百年前，有一个女弟子，叫凤来。她天赋异禀，学尽了望帝山武学，连绝地都闯过。可是心术不正，她听闻上古有幻容术，能够让人长生不老，所以背离师门，去寻找幻容术和长生不老之道了。"

苏风暖早先已经知道了凤来，闻言点了点头。紫风见她面色寻常，继续道："她执意离开，无人劝得住，当年执掌山门的师祖大为伤心，将她从望帝山除名，焚毁了所有关于她的记载。望帝山此后再没有她这个弟子，所以她的存在成了望帝山的一个秘密。"

紫风又道："我本也不知此事，我和玉灵回望帝山是因为收到了你的飞鹰传书，回来帮你找寻医书古籍，寻求诊治你身体之法。不承想，她在一百多年后，重回望帝山，正被我们赶上了。她说百年已过，自她之后，望帝山一代不如一代，出来的人都是废物，无一人敢闯绝地。依她看来，望帝山早晚要灭绝。又说什么祖师爷传承的天道自然，在她看来纯粹是欺世骗人。望帝山根本就不配受天下尊称为望帝山。"

苏风暖不语。紫风叹了口气："她如此一番言语，我等自然受不住，十分恼怒。"

叶昔道："所以你们就对她动手，这么多人打不过她一个，被她扔下了绝地？"

紫风摇头："不是。这也怪我，我脾气差，没忍住，与她动了手，被她三两下打败了，没想到她武功如此厉害。打败我之后，她似乎来了劲儿，邀三位师祖过招，三位师祖再好的脾气也受不住她一次次污言秽语地挑战，就接了招。"

叶昔道："是单打独斗，还是联手？"

紫风灰着脸说："联手，仍然不是她的对手。"

玉灵这时开口说："她实在欺人太甚，百年前，掌山的祖师爱才惜才，放她离去，没将她绞杀。没想到百年后，她不记恩情，找上山门来说那些污言秽语，将望帝山贬得一文不值。于是，我便说她不过是年长我们百岁，有此功力不足为奇，却一大把岁数回来欺负小辈，羞不羞人？她听我揭她短处，便下了杀心，让我们一起上，我们的年纪加起来大她好几轮，也不算是欺负我们。她当日就要血染望帝山，让祖师爷看看，这些无用的废物弟子陪他去九泉下喝茶。"

叶昔怒道："欺人太甚。"苏风暖也有了怒意，的确欺人太甚。

玉灵又道："三位师叔联手都败在她手里，受了轻伤。紫风因与她单打独斗受了重伤，而我一心钻研医术，于武学一道不精通，剩余的便是你们的四位师叔和十几位师兄弟了。在她面前，就算联合起来也无异于乌合之众。我权衡之下，便对她说，她当年闯入绝地有什么了不起，望帝山的绝地在她之后就没开过。她听我这样一说，就说她还懒得动手了，便好好地看看，我们如何从绝地里爬出来。"

"就这样，你们所有人都进了绝地？"叶昔问。

玉灵无奈地点头："一边是她要血洗望帝山，另一边是绝地，我思来想去，选了绝地。死在绝地，总好过死在她剑下。"

"师叔说得有理。这个老妖婆，数日前我见到她，没将她如何，真是便宜她了。"

紫风一怔："你们见过她？"

叶昔点头："在北周皇宫，我和表弟见过她，她是萧贤妃身边的芸嬷嬷。如今她离开北周，前往南齐了。"

玉灵立即问："你们怎么去了北周皇宫？"

苏风暖接过话道："说来话长，我们出去之后再与师叔细说吧。"玉灵点点头，不再问。

几人说话间，被救活的人陆续醒了。唯一活下来的一位师祖是与苏风暖时常通信的忘提师祖，他醒来后听闻那两位与他同辈的师兄弟已死，又死了四位小辈，心下大哀，看着苏风暖三人道："幸好你们来了，否则望帝山此后除了你们，便折尽了。"

苏风暖暗悔若是早来几日，两位师祖和四位师兄弟也不至于熬不住没了命。

忘提见她十分难受的样子，道："罢了，望帝山到底该有这一劫，没挺住的人是应了劫数。如今也算是不幸中的大幸了，至少我们大多数人还都活着。你们三人是怎么找到我们的？"

叶昔便将事情说了一番。得知苏风暖吸收了祖师爷在冰魄剑里封存的百年功力，玄青大喜："小丫头，我们此番大仇，就指着你报了。"

苏风暖抿唇冷声道："我身为执掌帝师令的掌山人，自然容不得有人如此欺辱望帝山。这个仇，我一定找凤来讨回来，替望帝山清理门户。"

在三人的带领下，被困了月余的一众人等出了望帝山，重见天日后，都由衷地生出了死了一回重新活过来的感觉。

忘提师祖对苏风暖道："出了凤来之事后，当年的掌山人立下规矩，望帝山再不收女弟子。可是你师父见了你之后，便要收你入门下。我等反对，他说什么也不听，只说不能因为一个凤来，便一棍子打死一帮女子，执意收你入望帝山。你师父说，这个弟子是他求来的，与他投缘，也与望帝山投缘，因他手中执掌着帝师令，我等反对也无用。如今看来，他比我们都眼光好，看得开，否则今日我们望帝山这一脉就绝了。”

苏风暖道：“我回望帝山，是有很多不解之事，想探查个究竟。没想到赶上了这么一桩事，也是天意不绝望帝山。”

忘提师祖对天拱手：“是祖师爷冥冥之中在保护着望帝山，我等的确是一堆无用子弟。”

苏风暖道：“师祖万不要这样说，不是你们无用，而是凤来其人心恶。”

叶昔在一旁道：“活了一大把年纪，如今一百五六十岁了，靠百名童男童女换了个轮回，这样的老妖婆早晚要遭天谴。”

忘提叹了口气：“是啊，我望帝山千百年来，只出了这么一个心恶如魔鬼的弟子。”

紫风道：“暖丫头有了身孕，一年内怕是不能与老妖婆动手，但望这一年那老妖婆不再有动作，留待一年后再与她清算。”

众人都还不知道苏风暖已有身孕，闻言都有些惊讶。见众人看过来，她微笑着说：“我的确是喜脉，算起来，也快两个月了。”

玉灵看了叶裳一眼：“你们两人，大婚不是定在五月吗？难道……”

叶裳笑着接过话：“在京城的大婚的确是定在五月，不过当初暖儿身子骨太差，我们便突破了大防。数日前查出怀有身孕，我们便先在西境大婚了。”

紫风闻言笑起来：“望帝山没那么多世俗规矩，我与你玉灵师叔大婚前就有了秋华，不用怕我们笑话。暖丫头的身子骨能怀孕，当真是福气，可喜可贺。”

众人也纷纷高兴地恭贺起来，忘提师祖捋着胡子说：“在我眼里，暖丫头还只是个小丫头，没想到快是孩子娘了。”他拍拍苏风暖的肩膀，“暖丫头啊，你既然怀有身孕，便先不要急着找凤来清理门户了，养胎要紧。待孩子生下来，再清算不迟。”

众人齐齐应和。苏风暖点点头，她如今的确需要顾及孩子，不敢轻举妄动。

商议妥当，众人便暂且搁下此事，安置两位师祖和四位师兄弟的后事。望帝山搭建了灵堂，两日后，安顿了六具棺木下葬，一众人等才坐下来好好地说话。

苏风暖回望帝山，就是要解开疑问，一是紫风师叔和玉灵师叔回望帝山替她查询医书古籍而没了音讯之事，如今知道是凤来上山找碴儿，便不再提。二是她师父的死。

众人听她提起她师父的死，不是天命大限，都有些惊异。

“当初，师父对我说天命大限，我是不信的，但又找不到他的死因。天下武学，只有一种是让一个人在弹指一挥间经脉尽断，而全身外表都完好无损的。那就是，他调动内息，进入别人的身体，给人运功疗伤或者祛毒驱寒，或者别人调动内息，进入他身体内。这种时候，一旦两种内息在体内相撞，那么至少会造成其中一人经脉尽断。”

“我思索再三，能做到这个地步，一定是十分亲近之人。本来我觉得是林客，后来与林客接触几次，发现不是他。排除林客后，我怀疑是我们望帝山自己人。”话落，她直言不讳地道，“我怀疑过三位师祖和四位师叔。只有功力相当之人，才会在冲撞之下，师父致死，而不是别人。小一辈的师兄弟，武功都没那么高。”

众人听罢，看向唯一幸存的一位师祖和几位师叔。忘提师祖当先开口：“暖丫头有此推论，不无道理。”

紫风左右看了一眼，道：“小丫头，你就直说吧！我们望帝山千百年来，只出了一个凤来，其余人都尊师重道，有同门之谊。如今你既说出来，可是有什么猜测，或者知道了什么？我也想知道，青凰师兄因谁而死。”

苏风暖摇头：“我不知道，所以，才想向师祖和师叔们以及在座的师兄弟问问。”

玉灵也左右看了一眼，开口道：“两位师祖已死，在座的就我们这些人了，都是从鬼门关走了一圈的人。若是青凰师兄因谁而死，也不必再隐瞒，暖丫头不过是想求个原因。忘提师叔和几位师兄弟都说说吧！就算不是事关自身，但关于青凰师兄有什么牵扯之事，今日也不必隐瞒了。”

苏风暖看向众人：“我正是这个意思，事关望帝山的秘密，不只我身为掌山人该知道，在座的师兄弟们要与我一起将望帝山传承下去，也该知道。关于斩熠师祖、我师父、林客、当今皇上，我是要弄明白师父的死没错，但也要弄明白前朝与今朝，与牵扯了我们望帝山这些人的关联。”

她话落，众人都齐齐看向忘提师祖。望帝山的秘密，如今也就老一辈的人知道了。忘提师祖是在座所有人里最年长的，也一直掌管望帝山的山规门训戒条。

忘提师祖沉默了一会儿，无奈地说：“当初，我师父临终前再三告诫我们，望帝山的秘密便终止在我这一代。没想到发生了这么多事，望帝山也险些因为凤来而埋没于这世间。罢了，事到如今，我这秘密便也不再留着了。”他拿出一个玄铁打造的黑匣子，递给她，“都在这里，你自己看吧。”

苏风暖打开，里面放着一卷牛皮纸的书卷。书卷表皮没有一个字，很薄，看起来很旧，但保存完好，没有一处破损。她打开，第一页是一张人物画像，正是望帝山开山立派的祖师爷。在画卷下方，注释着他的生平和事迹。

他是天地开辟之初有朝代伊始，一直流传下来的正统皇室子孙。他离世时，推算出朝代更替，天意自然，不可违拗，便将传国玉玺随着他一起埋在了寒池山下，等待望帝山后继子孙有明悟者，承他衣钵，择明主而投，守天下百姓长安。在他之后，望帝山无人闯过天地关绝地，他的秘密便埋没了千载。

直到前朝末期，望帝山收了一个前朝皇室的弟子斩熠，重新与皇室有了关联，开启了望帝山这百多年来与皇室的纠葛。斩熠入山门时尚年幼，他入山门不久，前朝便亡国了。南齐太祖在部属的拥护下建朝，请当时有名望的天师择都城而定，那天师便是望帝山的掌山人凌祝——斩熠的师父。在斩熠的恳求下，他心生不忍，于是将龙脉地址从灵云寺改成了如今的南齐皇城。

南齐建朝后不久，太祖崩，高祖登基，斩熠也长大了，娶了高祖的女儿英夙。三年后，生有一子青凰。凌祝十分喜爱青凰，在他记事后便将他带在身边。

青凰年少时，斩熠游历带回了江南叶家的女儿叶嫣，那时叶嫣已经怀有身孕，即将临盆。英夙公主大闹望帝山，得知斩熠为了复国而娶她，含恨自刎。叶嫣随斩熠进入望帝山后，才得知他早有妻儿，也是大为惊怒，动了胎气导致早产，生下一个儿子。斩熠背着叶嫣，将儿子换去了南齐皇宫。事情很快就被叶嫣发觉了，叶嫣又气又急，晕厥了过去。凌祝得知后，也是气急，一病不起。

望帝山掌管戒律堂的一位师祖思索再三，觉得此事太大，收了前朝皇室后裔为弟子是一罪，改换龙脉地址是二罪，偷换皇子是三罪。这三大罪加在一起，若是传扬出去，望帝山便毁了。这位师祖与斩熠交好，不忍将他逐出，于是与凌祝商议对策。

斩熠跪在凌祝床前请罪。凌祝觉得祸已酿成，若是强行挽回，就会牵连望帝山，毁了望帝山的千百年基业。斩熠是他唯一的弟子，从幼年时便跟着他，他做不到将他逐出，一时间也是难以决断。

掌管戒律堂的师祖觉得斩熠换回来的这个孩子不能留在望帝山，但又做不到生杀无辜性命，尤其这个孩子还是真正的南齐皇子，思量之下，便咬牙将这个孩子丢弃在了山下。

青凰当时游历回望帝山，对他娘的死，爹的变心，戒律堂长老遗弃了他弟弟，一时间接受不了。他偷偷下山，抱起那个被遗弃的孩子，择了一处人家暗中安置起来。凌祝知晓青凰所为，也没阻止。

叶嫣醒后，万念俱灰。斩熠终究是爱叶嫣胜过英夙，发誓他此生心愿已了，从此以后，陪伴她一生，再不沾染前朝和今朝之事。二人辞别众人，离开了望帝山。此后，望帝山失去了他们的音讯。

斩熠离开后不久，凌祝在天命大限时，将自己一手带大的青凰叫到跟前，传给了他帝师令。但对于他私下安置的不是他亲弟弟，实则是南齐皇子之事隐瞒了，觉得不告诉他也好。

凌祝离世后，这宗秘密只有掌管戒律堂的那位师祖知晓了。他座下只有一个弟子，就是如今的忘提师祖。忘提师祖守着这桩秘密到现在，今日苏风暖问，他方才说了出来。

看罢，苏风暖想说斩熠真不是个东西，但又觉得，国仇家恨面前，个人恩怨情仇似乎都渺小如云烟。她不是斩熠，不知道他小小年纪背负着国家灭亡的恨是如何长大的，也无权置评。只是可怜了她的师父、当今皇帝、林客这三人，真可谓命运弄人。

她看完，递给了坐在她身侧的叶昔，对忘提道："事关凤来的秘密，师祖应该也留着吧？"

忘提点点头，指了指铁匣子说："在底层。"

苏风暖在铁匣子底端轻轻一抠，里面有一个夹层，同样放着一卷书卷，表皮没有一个字，打开后是一个女子的画像。这女子一身白衣，容貌倾国倾城，一双眸子十分漂亮灵动。下面注释一行小字：“凤来，望帝山第九代弟子，出身于凤阳镖局”。

苏风暖一怔，原来凤来出身于凤阳镖局，叶裳也有些意外，不过想想凤来姓凤，天下姓凤者，独凤阳镖局一家，也不奇怪。

凤来天资聪颖，于武学有惊人的天赋，入望帝山后，拜在明冠师祖座下，成了凌祝的师妹。她深得明冠师祖的喜爱，时日一长，师徒生出了不该有的情分，有悖伦常。明冠师祖克制己身，不想毁了凤来的大好年华，也不敢有违世俗伦理，便让凌祝代师教导凤来，自己则离开望帝山外出游历。她这一离开，便是五年。

凤来情窦初开，便受了挫折。她心性颇高，受不住，性情此后有些变了，沉默不爱言语，一心钻营武学。五年后，明冠回望帝山。凤来见到他，便拔出了剑：“师父，你不想考考弟子在你离开的这五年是否有长进吗？”

明冠不能拒绝，也拔了剑。最终，凤来胜，明冠败。师父败在了徒弟手中，也不算是丢人的事，但明冠败后，凤来凑近他耳边说了一句话，他当即神色大变，看她最后一眼，随后横剑自刎在了她面前。

明冠自刎时，只有凌祝在二人身边，听清楚了凤来对明冠说的那句话，她说：“师父，你躲我多少年也没用。五年前，你醉酒与我缠绵一夜，醒来时以为自己做了不该有的春梦，殊不知你我颠鸾倒凤，早已经是事实。你离开后，我便怀了你的孩子。你若是不接受我，便只有自刎而死，我从今以后便纠缠不到你了，也不会让你我的孩子受世人耻笑，我也会如你所愿，过得好好的。”

明冠死后，凤来打开天地关的绝地，闯了进去，出来后，便背离望帝山，要去寻找幻容术。凌祝劝不住，但又不忍伤她，放她离开了望帝山。

事情到这里并没有结束。几十年后，凌祝大限将至之日，凤来又回了望帝山。凌祝难以置信地睁大了眼睛，因为凤来还是几十年前的模样，一点儿都没有变。凤来笑着说：“我推算到师兄已经到了大限之日，特意回来送你一程。”

那时，青凰跪在凌祝床前，不久前正红着眼睛接了望帝山的帝师令。凤来看到跪在床前的少年：“好俊俏的少年，比师父当年还要有风骨。”

凌祝见她风情娇媚，又提起师父，脑中警钟大作，脱口说：“你不准打他的主意。”

凤来大笑：“师兄，当年我骗师父，说我在他酒醉时与他颠鸾倒凤，在他走后，我怀有身孕，他还真信了，自杀而死。他宁愿死，都不愿与我成就姻缘。我到如今，总是心有不甘。”

凌祝闻言顿时大怒：“你……当年是在骗师父？”他又气又急，“你怎么……你……你心怎么那么狠，竟然让师父为你……”

“拜师父所赐，我总算看透了些东西，人来这世间走一遭，情情爱爱的，太过浅薄，心向大道，才是道理。不过祖师爷的大道我不敢苟同，我觉得大道便是长生。

师父既然是我的情劫，我便亲手斩断这情劫，他自己解脱了，我也不必再自苦。”

凌祝一时间说不出话来。他沉默片刻，压着怒气问：“你找到古禁术幻容了？否则不会如此年轻。这些年，你在哪里？”

“是啊，找到了，我遍寻天下，兜兜转转，十几年前才找到，原来古禁术幻容在鬼山派。后来我一直待在鬼山派。”

“什么？你竟然一直待在鬼山派？那是邪派！”凌祝立即道。

“什么是正？什么是邪？师兄，别以为这些年我不知道你的好弟子都做了什么事，在你的纵容下偷天换日，那算得上正吗？在我看来，如今的望帝山与鬼山派没什么分别。鬼山派是邪派没错，但邪得有道理。而望帝山自诩正派，可是背地里做的事，丝毫不正。风气不正，何谈正派？”

凌祝伸手指着她，半晌，闭眼道：“我纵容弟子，是我的错，但望帝山根基之正，不容你如此侮辱。你既离开了望帝山几十年，此后便与望帝山再没关系，你若还念着昔日的同门之谊，还念着诓骗师父为你而死，你便走吧，以后别再踏入望帝山。”

“若非想着送师兄一程，还有一件事受人所托，我也不愿意再上望帝山。既然师兄不想见我，就帮我把受人所托之事解了，我这就走。”

凌祝睁开眼睛，看着她：“何事？”

“祖师爷传下来的传国玉玺，应该是一直由掌山人代代相传，如今这传国玉玺是在师兄你手中吧！你既身死，也已无用，给我吧。”

凌祝盯着她：“你替什么人求传国玉玺？”

“我替谁来求，师兄就不必管了。”

凌祝摇头道：“祖师爷没有什么传国玉玺传下来，望帝山代代相传的只有帝师令。即便你拿走帝师令也无用，不是嫡系的望帝山掌山人，未经帝师令择主，也调不动帝师令。”

凤来挑眉：“师兄，是真没有，还是你不给？”

凌祝瞅着她：“你在望帝山待了多年，岂能不知此事？望帝山根本没有传国玉玺，只有帝师令，我骗你做什么？”

凤来想想觉得也是，看着他撑着一口气的模样，又看了看跪在地上的少年：“师兄，你累了，强撑着一口气不愿闭眼，是不是不放心这个孩子？你安心走吧，你我师兄妹一场，这个孩子以后我帮你照顾。”

凌祝听着她的话，总觉得不对味，死死地盯着她。凤来一笑，风情万种：“师兄这样看着我做什么？我很老吗？”

“你……你是不老，可是你……不准……我不准……他还是一个孩子……不准你……”

“师兄，你不了解幻容禁术，那是一种将人打入十八层地狱，再轮回重生的禁术。我如今从内到外，早已经不是昔日的凤来了。算起来，不过样貌没变，记忆还是我的，其余的，百骨炼化，百血凝一，活脱脱的便是如今这个年纪，你怎么就不准呢？”凤来伸手，轻轻地拍了拍凌祝，“师兄，你去吧。到了九泉之下，对师父说一声，就说他不稀罕我，这世间，总有人会稀罕我的，哪怕轮回千百年，我也不会去九泉下找他。”

凌祝一口气憋着挥开她的手，去抓跪在床前的青凰，看着青凰，用尽所有力气对他说：“这世间千万女子……你娶谁……都行……唯独……不能是她……知道吗？”

青凰呆呆地看着凌祝，又瞅了凤来一眼，一知半解地点了点头。凌祝见他点头，终于松了一口气，手臂垂落，闭上眼睛，不时便气绝了。青凰伏床痛哭。

凤来任他哭够了，才温柔地说：“人死如灯灭，节哀吧！”

青凰这才注意到凤来没走，红着眼睛看着她：“你……到底是谁？”

“我是鬼山派玉颜轻。”

“玉颜轻？”青凰没听过这个名字。凤来道：“我就是玉颜轻，你记住我的名字。”说完这句话，她便干脆地走了。

青凰在她走后，安葬了凌祝。此后，他拼命修习望帝山的武学功法，同时，也在查关于凌祝有个师妹之事，可是查遍了望帝山的古籍，都没有关于她的丝毫记载。

三年后，他收到了一封来自鬼山派玉颜轻的来信，说他的弟弟如今在鬼山派，让他去鬼山派找她。他大惊，连忙下山去了安置他弟弟之处，发现人确实不见了。无奈之下，他依言去了鬼山派。就这样，玉颜轻以他弟弟胁迫，一来二去，天下便传出了鬼山派玉颜轻与望帝山青凰彼此心仪，奈何门派殊途，不能结为连理之事。

玉颜轻逗弄了青凰多年，见青凰死守着身份，始终不越雷池一步，失去了耐心，迁怒于他弟弟。青凰当即拔剑，要自刎在她面前。玉颜轻看着青凰，不由得想起了昔年，她逼师父自刎，如今是青凰甘愿自刎，一时大为心伤，瞬间白发。

青凰面色大变，玉颜轻这么多年对他的真心，他还是看得明白的，于是咬牙对她立下重誓：“只要你……不为难我弟弟，我……虽不能与你成就百年之好，但甘心立誓，为你终身不娶。”

就这样，玉颜轻放过了青凰，虽没难为他弟弟，但还是将他弟弟留在了鬼山派。青凰此后，游历天下，一直糊里糊涂地过着日子，常年穿着破道服。他不常回望帝山，终身未娶，一生有两个弟子，直到天命大限，也没对人说玉颜轻的真正身份。

望帝山历代掌山人都要将骸骨埋在通灵谷，将牌位设在望帝台，供望帝山所有弟子每年上香瞻仰。青凰却成了第一个例外，他临终留下遗言，让苏风暖将他的骸骨一半埋葬在了他最喜欢住的青玉山，一半送去鬼山派，给了玉颜轻。

苏风暖看完，将之给了叶昔后，久久没说话，她怎么也没想到原来玉颜轻就是凤来。她和师兄早些年远远地见过玉颜轻一面，至今都觉得那一面实在让人难忘。玉颜轻站在青玉山前，似月光凝了一身，何等的风华气韵。他们当时哪里知道原来玉颜轻是凤来，百骨炼化，百血凝一，轮回了一世的凤来。

她看着忘提师祖，深吸了一口气，问：“此次凤来上望帝山，又是为了什么事，应该不是单单为了找碴儿而来吧？”

忘提叹了口气道：“她是为了要通灵谷供奉望帝山列位先祖的九转灯。九转灯是至纯至净之物，每一代望帝山的先祖大限前，都会将自己的真气注入九转灯。千百年来，九转灯以真气做灯油，长明不灭，久而久之，能洗濯污秽之气。我起初也不知，她也未说，前两日筹备两位师兄弟和四个小辈的丧事，我去通灵谷上香告慰列位掌门在天之灵，才发现九转灯不见了，定然是她拿走了。”

苏风暖问：“她拿九转灯做什么？”

“她既修习幻容禁术，如今年纪不小了，想必是在筹备下一个轮回，用九转灯里的真气和纯净洗濯自身的污秽之气。”忘提看着她道，“九转灯一定要拿回来，那是我望帝山流传下来的圣物。”苏风暖颔首。

叶昔一时间唏嘘不已：“难道陈芝苒真是师父和她……”他有些说不下去了。

苏风暖摇头：“不好说。”

叶昔问：“你上一次传信给玉颜轻，她可回应了什么？”

苏风暖摇头：“瑟瑟将信送到鬼山派后，未等她回话，听闻我和叶裳在西境大婚，便急着赶回去了。”

叶昔转头问叶裳：“你怎么看？”

叶裳琢磨了一下道：“当年师父立了重誓后，她放过了师父，师父后来收了你们两个弟子，你们常年伴在他身边，他应该与她没了瓜葛。”

叶昔道：“我们也不是常年跟在师父身边，每年你生日的那一个月，师妹要进京陪你，顺便回苏家，而我要回江南叶家。师父也自有去处。”

叶裳道：“这去处总不能是鬼山派。”

叶昔摸摸鼻子：“师父临终将骸骨给了她一半，是不是还是暗中有瓜葛？若是无情，完全没必要给她一半骸骨嘛。”

叶裳一时无言。叶昔又说：“玉颜轻的的确确是个美人，说风华绝代都不为过。当初我和师妹都觉得师父太浑蛋无情，辜负美人芳心。谁承想，唉，美人功成万骨枯啊。”话落，他又道，“其实要我说，师父真没必要守着，什么红颜白骨、百年轮回，管他呢，人活一世，活得那么明白做什么，糊涂点儿好。师父虽然看着糊涂，就是心里太明白了，才苦了一辈子。”

苏风暖本来看了这秘密十分不好受，听了叶昔三两句话，她又气又笑：“师兄，说什么混账话呢？若照你这样说，天下哪里还有什么伦理教化，别听坏了我腹中孩子的耳朵。”

叶昔刚要反驳，想起她如今怀有身孕，真没准肚子里有双小耳朵。他连连“呸”了两声：“是我胡说八道，小东西，你赶紧忘了啊，否则以后不给你买糖吃。”苏风暖喷笑。

众人知道了这些秘密，本来心情都极其沉重，如今见叶昔和苏风暖笑闹，一时间心里都跟着松了松。紫风道：“你刚刚说的陈芝苒是什么人？”

苏风暖将陈芝苒的身世简略地说了说。众人唏嘘，没想到青凰有一个八岁的女儿，那么他是何时与何人有的这个女儿？一群人你看我，我看你，谁也不知。

苏风暖揉揉眉心，道：“师祖和师叔以及众位师兄弟从绝地出来后，未曾好好歇着，便留在山上好好休养数日吧，我和叶裳、师兄三人今日便下山了。”

忘提一怔：“暖丫头，你们不多留几日了？你不是还没查阅医书古籍吗？”

苏风暖摇头：“没必要了，不查了。”

玉灵这时说：“我已经帮你查了，是祖师爷留下的唯一的医书，关于寒冰窟入体记载着几句话。我参悟不透，便先收起来了，如今给你吧，你自己拿着慢慢参悟。”说完，伸手入怀，将一卷用绢布包裹得严实的书卷给了苏风暖。

苏风暖伸手接过，也不急着看，收了起来，道：“谢谢师叔。”

玉灵道：“这一回，我们差点儿死在绝地，多亏你相救，不必言谢。你如今怀有身孕，虽然传承了祖师爷的百年功力，但若是遇到凤来，还是不可轻易动手，一切要等你诞下麟儿再说。”

苏风暖点头：“我晓得的，师叔。”

紫风问：“你们下山后，要去哪里？”

苏风暖道：“先回西境，然后可能再去东境。”

紫风道：“我和玉灵与你们一道下山，我们回恶狼谷去看看秋华，然后去西境找你们。我想见见你口中说的那个是青凰师兄女儿的小丫头。”

苏风暖颔首：“她如今在西境，由我两个哥哥和她的哥哥安国公府二公子陈述照看着。”

玉灵道：“没想到青凰师兄还有血脉留下，我也想见见。另外，你怀有身孕这一年，我打算陪在你身边照料你。你总归是小丫头的心性，虽然医术极好，但医者不自医，我陪在你身边，可以每日帮你调理饮食。”

叶裳站起身，对玉灵拱手一礼：“自从暖儿有孕，我便每日都担心着，生怕照料不周。若是师叔在身边，最好不过了，多谢师叔。”

玉灵大乐：“你放心，我定然将她照料得平平安安，给你生一个大胖儿子。”

叶裳眨眨眼睛：“为何是儿子不是女儿？”

玉灵立即说：“丫头有什么好，还是儿子好。丫头长大就嫁人了，儿子是要娶媳妇儿进门的。这家里多一口人和少一口人是两回事。”

忘提师祖见几人商定，开口道：“望帝山一下子折了六人，又丢失了九转灯，你们下山后我准备封山半载，为祖师爷和通灵谷的一众先祖陵寝不再被叨扰。”话落，他又道，“暖丫头、叶世子，传国玉玺你们收好。几十年前，凤来受人之托就惦记传国玉玺，如今传国玉玺现世，若有懂天象的人，必会看出征兆。你们要多加小心。”

苏风暖和叶裳点了点头。忘提摆摆手：“如今天色不早了，既然你们今日就要离开，便早些下山吧，待你们什么时候回山，把是青凰骨血的那个小丫头带来，我也看看。”

苏风暖颔首，不再多言，与叶裳、叶昔、紫风、玉灵等人告别了忘提师祖和一众师兄弟，下了望帝山。离开望帝山时，苏风暖带走了那玄铁匣子里的秘密。

苏青、凤阳、楚含等人一直等在望帝山下。一连等了几日，苏青有些坐不住了：“小丫头他们上去有几日了吧，怎么还不下来？不会出什么事了吧？”

凤阳道：“难说。”

正说着话，两只白雕驮着苏风暖五人下了望帝山。二人一喜，连忙上前。苏青道：“你们总算下来了。”又看向紫风和玉灵，“这两位是……”

苏风暖连忙为他介绍，苏青对二人见礼。紫风和玉灵也是第一次见到苏风暖这个三哥，觉得十分不错，紫风笑着说：“三公子还没娶妻吧？可有意中人？”

苏青一怔。苏风暖顿时笑了：“师叔，你难道要给我三哥做媒？”

“三公子若是没有意中人，是有这个打算。”

凤阳在一旁笑着说：“在东境时，涟涟姑娘……”

苏青不由得咳嗽起来，伸手拍了凤阳一下，耳根子有些红地说：“没影的事，你不要胡说。”话落，他对紫风不客气地道：“我大哥、二哥还未娶妻，我是不急的，不过若是师叔有好的女儿家，可以为我说，多谢了。”

紫风哈哈一笑，道：“我有一个女儿，叫秋华，还没定亲。”

苏青愕然，没想到紫风说的是他的女儿，挠挠头：“这个，虽然是父母之命，媒妁之言，但师叔您想必没那么古板，虽然您看着我还不错，但令爱不见得也觉得我不错。”

玉灵笑着接过话：“我家那个调皮丫头，待我们去恶狼谷接了她，一起到西境找你们会合。在暖儿生下麟儿之前，我都会陪在她身边，回头你们见见，时日长着呢，也可以相互了解。”苏青闻言，一时间说不出拒绝的话来，只能笑着点头。

苏风暖颇为无语，她三哥这么抢手吗？玉灵师叔刚见他一面，就想把女儿嫁给他了，也真是……

紫风见苏风暖看着他，笑着说：“我和你玉灵师叔以前觉得她年岁还小，想多留些年。但此番在绝地险些丢了命，绝望时唯一不放心的便是秋华，后悔没给她早些定下亲事。以前我一直中意昔儿做我女婿，但他一直将秋华当妹妹，如今见了你三哥，既然他还没意中人，也许就是个缘分。”

苏风暖笑着点头：“师叔说得也有道理。”

叶昔说：“无论是师妹，还是秋华，在我眼里都是小丫头，还都是闹腾的主儿。我做了多年师兄，被她们闹腾得头疼，可不想一辈子听她们在耳边闹腾。”

玉灵笑起来："臭小子，看你以后娶个什么样的媳妇儿？不喜欢闹腾的，难道喜欢大家闺秀？江南叶家嫡系可就你一个人，叶老家主还等着抱重孙子呢，你还能逍遥几年？"

叶昔道："能逍遥几年算几年。"

紫风哼一声，对玉灵道："走了。"话落，他对苏风暖说："三日，在西境等我三日，我们便到那儿。"苏风暖点头，笑着说："好！"紫风和玉灵不再逗留，先一步离开了。

苏风暖问苏青："在东境时，你和涟涟怎么回事？"

"没什么事。"

苏风暖见苏青不答，看向凤阳。凤阳笑着说："涟涟救过他一次，为他解围一次，我们离开东境，暗中也帮过忙。"

苏风暖看着苏青："救过你，然后是你对她有了想法，还是她对你有了想法？"

苏青翻白眼，伸手敲苏风暖的脑袋："臭丫头，除了救我和暗中帮我，她离我远着呢，能生出什么想法，别乱想了！"

苏风暖闻言也懒得再问，笑着说："你在东境时，丞相府的孙小姐问过我两次你的消息，听闻你失踪，似乎有些紧张。"

苏青一怔："有这事？她不会对我有……什么想法吧？"

"这我就不知道了，她没说。"

凤阳笑着说："艳福不浅啊！女儿家紧张你，不是心里有意思，还是什么？你这不是明知故问吗？"苏青一时无言，挠挠头："飞来的艳福，不敢消受。"苏风暖喷笑。

凤阳问苏风暖："这次上望帝山，可有收获？"

有些事情毕竟是望帝山的秘密，不太好说，但有些事情是可以说的。苏风暖简略地将凤来上望帝山，望帝山遭了一劫以及他们三人闯绝地救人之事说了，又提了凤来带走了通灵谷的九转灯，估计是准备下一个轮回。

"这么说，凤来的武功已经到一人可以挑望帝山众人的地步了？老天！这该有多厉害！"

叶昔道："师妹也不差的，承袭了祖师爷的百年功力，真打起来，谁输谁赢还难说呢。"

凤阳抚额惊叹："你小小年纪，便有百年功力加身，消化得了吗？"

苏风暖笑着说："已经消化了。祖师爷的功力路数与我的十分契合，消化得十分顺利。"

凤阳无言："真是祸兮福兮。"

一日夜后，一行人到西境，得知陈芝苒于三日前失踪了，苏风暖皱起了眉头。

苏承道："你们走后，她一直住在早先安置她的院子里，未出将军府。将军府上上下下的人都在，唯独少了她。谁也不知道她到哪里去了。”

苏言接过话：“我们已经找了三日，将这座城里都翻遍了，也没有她的下落。按理说，将军府布置着重兵，一只苍蝇飞进来要想飞出去都难，她是怎么失踪的呢？”

苏承道：“将军府布置着重兵，什么人能悄无声息地闯进来带走她？”

叶昔道：“有一个人能做到。”他看向苏风暖和叶裳，“你们猜是不是凤来途经西境，带走了陈芝苒？”

苏风暖脸色不太好，抿唇道：“有这个可能！”

陈述问：“凤来是谁？”

叶裳道：“一个活了一百五六十岁的人。每当百年，便用功法吸干百名童男童女的精血，用上古的幻容禁术，助其重返韶华，长生不老。”

陈述闻言，惊骇得张大嘴，说不出话来。陈芝苒被她抓走，她小小年纪，难道那个女人是要吸干她的精血练功？

苏风暖一时间又是恼怒又是无奈，想着这么多年来，她做的最错的事情可能就是派瑟瑟去鬼山派送信，知会玉颜轻陈芝苒之事。她就不该派人去询问凤来。陈芝苒若真是凤来的女儿，凤来怎么可能这么多年不管不问，让陈芝苒隐身在安国公府？

她沉默片刻，对陈述说：“事关望帝山的秘密，我也不好与你明说，你只需要知道，陈芝苒是我师父的女儿，如今陈芝苒出事，我是无论如何也不会坐视不管的。”

叶昔道：“凤来想必是带着陈芝苒去京城了。我们想要找陈芝苒，怕是要回京城一趟。”

叶裳道：“凤来若是要幻容轮回，总要筹备好闭关的地点以及百名童男童女。陈芝苒不见得有危险。”

叶昔道：“若陈芝苒不是凤来的女儿，但愿凤来因为师父而不对陈芝苒下毒手。”

叶裳沉默下来，苏风暖更是沉默。她本打算从望帝山回来，直接去东境对付湘郡王，如今，她却没法对陈芝苒置之不理而立即去东境了。

天色已晚，众人没商议出个办法，只能暂且搁置此事，等紫风和玉灵前来会合再说。两日后，紫风和玉灵带着秋华来到了西境。

秋华还如大半年前一样，穿着道袍，身段瘦弱娇小，容貌清秀，身边跟着一只狼。乍一进将军府，她便欢蹦乱跳地跑到了苏风暖身边，清脆好听的声音高兴地说：“苏姐姐，听我娘说你有喜了，真是太好了，我总算不是年纪最小的了。”

苏风暖瞅着她，这半年她的稚气褪去，活脱脱是个娇俏的小姑娘了。她笑着捏捏她的脸：“在我们这一辈，你还是最小的，高兴什么？”

秋华顿时嘟起嘴，打掉她的手，“哎呀”一声，水灵灵的眼睛又瞋又恼：“我都没有婴儿肥了，你怎么还喜欢捏我的脸？”转头瞅见苏风暖身边的叶裳，甜甜地喊了一声：“世子姐夫好！你管管你媳妇儿，都是有孕的人了，还这么喜欢对人家动手动脚。”

叶裳看着秋华，笑着点了点头，伸手摸摸苏风暖的头，宠溺地说：“你若是管不住手脚，想捏人，以后就捏我的，她一个小姑娘有什么好捏的。”苏风暖大乐。

秋华瞪圆了眼睛，对他说：“宠媳妇儿也没你这么宠的吧？”话落，她转过身，问：“叶昔哥哥呢？”

“他被我三哥和凤阳拉去军营了。”

秋华眨眨眼睛，忽然凑近她，小声说：“你三哥，是不是就是我爹娘跟我说的有意给我许亲的人呀？”

苏风暖笑着点头：“嗯，是他。”

“长得是不是很俊俏？”

“还算俊俏吧。”

“比你和姐夫还有叶昔哥哥呢？”

“没我们好看。”

秋华歪着头想了想说：“好看的男人靠不住，不太好看才让人放心。”

苏风暖咳嗽一声，大乐，伸手敲她的头：“小丫头，你还真有心琢磨着想嫁给我三哥啊？”

秋华嘻嘻一笑：“只要他不怕我的狼宝贝儿们，我可以考虑啦。”

苏风暖又忍不住伸手捏了捏她的脸：“这么可爱漂亮的小姑娘，若是做了我小嫂子，我也是很乐意的。不过我三哥可没有两位师叔看着那么好，有时候混账着呢，你这么个可人儿，不见得降服得住他。”

秋华哼了一声，忽然问：“军营好玩吗？”

苏风暖见她眼睛冒光，笑着说：“军营有军规，士兵们每日操练，寻常时候不准许女子踏入。”

秋华拍拍身上的道袍：“我不算女人，是道士。”

紫风和玉灵来到近前，紫风训斥秋华：“华儿，不准胡闹！”

秋华吐吐舌头，然后伸手拉苏风暖的衣袖，央求道：“苏姐姐，求你了，我想去军营看看，我还没去过军营呢。”话落，她又说，“在燕北时，我可带着我的狼宝贝儿们帮了你的大忙呢。那时候，我也跟着兵士打仗的。”

“好好好，你和你的狼宝贝儿们可是我们的大功臣。”话落，她对叶裳说：“让千寒陪着秋华去吧。”秋华顿时高兴得手舞足蹈，跟着千寒去了。

玉灵无奈：“你就惯着她吧，越发没个样子了，这样下去，还怎么规矩嫁人？”

“师叔，我也没规矩过，如今也已经嫁人了。您还怕您的女儿嫁不出去吗？”

玉灵笑着伸手点苏风暖的额头：“就你会说。”又问，“陈芝苒呢，在哪里？快让我们见见。”

苏风暖闻言收了笑意：“五日前便失踪了。”将他们猜测是凤来悄悄带走陈芝苒之事说了。

玉灵惊道："这样说的话，她抓走陈芝苒，是不安好心了？"

苏风暖抿唇："不知道她是怎么想的。"

紫风道："青凰师兄因为她终身未娶，骸骨最终送去鬼山派给了她一半，陈芝苒若真是他的女儿，她如此偏激成性，心狠手辣，保不准拿她练功。"

玉灵道："不行，这样的话，必须赶紧找到那孩子，阻止她。"

紫风沉声道："暖丫头有孕，不能与她打斗，我们即便找到那个孩子也救不出来。"

叶裳温声说："两位师叔不必着急，陈芝苒若是有事，如今已经过了五日，早已经出事了，忧急也没用。若是没出事，那么我们可以从长计议，看看如何找到凤来，救出陈芝苒。"

紫风点点头："只能如此了。"

几人一边说着话，一边进了画堂。苏风暖对叶裳问："我们是回京城还是去东境？师父毕竟只有这一个女儿，我们不能不管。但是早先我离京时，拿了皇上的兵符和密旨，奉旨去东境收拾湘郡王，顺带拔了晋王。"

叶裳道："皇上失踪，大皇子监国，南齐各州郡县遍地灾情，朝廷上下也人心惶惶，京城如今一团乱象。你如今怀孕，不宜回京城蹚浑水。另外，湘郡王与大皇子暗中合作多年，如今大皇子掌控朝政，南齐四处灾情，唯东境安平，国库供应不足时，他怕是会调东境的粮仓来救南齐四壁灾荒。这样一来，湘郡王定然不干。那么，他们兴许会先打起来，我们也不必去东境，坐山观虎斗好了。"

"你的意思是，无论是京城，还是东境，我们都不去了，那我们去哪里？"

"不能让凤来知道我们已经清楚她与萧贤妃和大皇子的关系，也不能轻举妄动追去京城，免得打草惊蛇，招她惦记。你如今安胎要紧。京城定然不是凤来安心闭关之地，她若是闭关，定会回鬼山派，陈芝苒暂时不会有事，我们先去江南叶家吧！"

"嗯？去江南叶家？"苏风暖寻思。

叶裳点头："表兄离开江南也有大半年了，我们先跟着他整治了江南再说。我们有西境、燕北、江南三地，不管京城如何乱，不管湘郡王如何闹腾，都不怕他们。平息江南的同时，可以趁着凤来不在，派人潜入鬼山派，探查她闭关的地方，提前做好准备。若是她在你没生下孩子前闭关，那么，我们只能在她闭关功力最弱时动手；若她一年之后再回鬼山派闭关，那时你生下孩子，我们也就不怕与她硬碰硬了。"

第十四章 江南叶家

苏风暖觉得叶裳说得有理。紫风也颔首道："即便那个小丫头是青凰师兄的骨肉，也还是暖丫头肚里的孩子打紧。就按照你说的办吧，我们跟着你们一起去江南。”

苏风暖道：“这样的话，派谁潜入鬼山派呢？”

叶裳想了想说：“论潜入隐藏自己的功夫，贺知在青楼隐藏多年，让贺知前往鬼山派吧。”

“他一个人行吗？总要派个人与他一起。”

叶裳道：“小喜机灵，让他跟着贺知好了。”

苏风暖颔首：“这样也好，他们可以相互照应。也别先急着让他们去，先让他们二人多相处些时日，彼此了解了，将来也好配合默契。”叶裳点头。几人就此定下了此事。

苏承和苏言早上跟着叶昔、苏青等人去了军中，在千寒带着秋华去军营时，听说紫风和玉灵到了，二人连忙先一步返回了将军府。当初苏澈受了重伤，性命垂危，是紫风和玉灵救的，二人惦记在心，连忙回来相见，同时吩咐将军府的厨房准备设宴。

紫风和玉灵见苏承和苏言一身英气，眉目周正，虽然不如苏风暖和苏青漂亮俊俏，但也是出类拔萃的。尤其二人坐镇军中，少年将军，统领百万兵马，着实气度不凡，不禁连连点头。紫风对苏风暖说：“我看，你这三个哥哥都十分不错啊！”

苏风暖失笑：“师叔，我大哥、二哥也还未定亲，可惜您只生了一个女儿，即便现在赶紧生，也来不及了啊。”

玉灵笑起来：“我那个皮丫头，能被其中一个看中我便知足了，做人总不能太贪心。”

苏承和苏言对看一眼，不明所以，苏风暖对二人道：“三哥呢，可见着了秋华了？”

苏言似乎有点儿明白了，笑着说：“见了，三弟早先正与程顾一起钻研炮火，不久前险些被炮火打中。秋华妹妹见到他时，他灰头土脸的，看不出模样，着实……让人不忍直视。”

苏风暖大乐，转头对紫风说：“师叔，看吧，我三哥也是个能闹腾的人。”

紫风笑着说：“我就看中三公子的俊秀灵透了。”

玉灵笑着看了他一眼：“你看中不行，这还要看他们能不能合缘。”

秋华去了军营后，一眼便看到了叶昔，张开手跑过去：“叶昔哥哥！”

叶昔转头看到秋华，不由得露出笑意，见她如小时候一般要抱，猛地咳嗽一声，拦住她的手：“小丫头，你如今是大姑娘了，可要注意场合和分寸，不能如小时候一样了。”

秋华嘟嘟嘴，打开他的手，一把抱住了他的胳膊：“无论什么时候，你也是我的叶昔哥哥。”叶昔无奈，又气又笑。她瞅着一旁的众人，对楚含伸手一指：“我认识你这坏人。”

楚含无言，又看了一眼她身后跟着的狼，想起往昔，一时间眸中涌起些情绪。

叶昔笑着拍拍她的头："以前是两国之事，各有立场，如今他不是坏人了，是我们的人。"

秋华也不刨根问底，对楚含说："你不是坏人的话，我就不让我的狼宝贝儿咬你了。"

楚含吐出两个字："多谢。"

秋华转向凤阳，瞅了瞅，忽然笑着说："我也认识你，凤阳镖局的少主，据说江湖暗器世家林家的小姐心仪你已久，满天下地在找你。"

凤阳没想到这小姑娘见面就揭他的底，嘴角抽了抽："我不认识什么林家小姐。"

秋华对他哼了一声："拈花惹草！"

凤阳一噎，叶昔大乐："这小丫头嘴毒着呢，跟师妹学坏了。"

秋华也不恼，好奇地问："叶昔哥哥，苏姐姐的三哥呢？哪个是？我怎么没看到？"

"在兵器库里呢，这就出来了，你一会儿就能见到他了。"

不多时，苏青出来了，他是被火炮轰出来的。众人只听得"轰"的一声巨响，一个黑影从兵器库里飞了出来，在十丈高的半空中打了个转，然后落在地上滚了滚，滚灭了身上的火星子，爬起来直叫："天哪，这东西太厉害了！幸好我躲得快，慢一点儿小命就没了。"

程顾随后冲出来，见苏青没事，大松了一口气："三公子，你吓得我心都快跳出来了，这东西是厉害，刚被我钻研出两日，都跟你说了还没试验过，你非要做这第一人。你若是出事，砍了我的脑袋也不好跟叶世子和苏姑娘交代啊。谢天谢地，幸好没事。"

苏青不在乎地拍拍身上的灰土，笑着说："没事没事，程老放心，我别的本事没有，逃命的本事一大堆。"

程顾点头："看出来了。"叶昔等人这才明白发生了什么，看着苏青，都不由得觉得好笑。

秋华觉得好玩极了，松开叶昔的胳膊，冲到了苏青的面前，挺直腰板看着他，开始自我介绍："是苏青哥哥吗？我是秋华，你在玩什么？我要跟你一起玩。"

苏青瞅着水灵灵的小姑娘，穿着道袍，模样娇俏可爱。他愣了一下，才想起秋华是紫风和玉灵的女儿，那二人要给他为自己的女儿做媒，他咳嗽了一声，对她笑了笑。

他灰头土脸，不笑还好，这一笑，满脸掉灰，看着十分滑稽。秋华见了，乐开了花："我听见'轰'的一声响，跟打雷一般，你是在玩火雷吗？"

苏青笑着说："程老在钻研火炮，一种用于军事的火器。"

秋华眼睛一亮："我也要玩。"话落，她转头对程顾道："你就是程老吗？我也要玩。"

程老连忙说："小姑娘，这不是好玩的东西，弄不好便会伤及人命。"

秋华拍着胸脯说："你放心，我命大着呢，不怕的。"

程老自然不敢让她玩，连连摇头。秋华嘟起嘴，对不远处喊："叶昔哥哥，我也要玩。"

叶昔缓步走过来："这个十分危险。"秋华点头："我知道啊。"她伸手一指苏青，"看他的样子就知道很危险了，但一定很好玩。"

程顾连忙说："不好玩，不好玩。"

叶昔见她十分想玩，笑着对程顾说："程老，让她试试好了。你放心，她自小跟着群狼一起长大，不只胆儿大，身手也迅速敏捷，我在这里，不会让她出事。"

苏青见叶昔都同意了，他也想看看这么个小姑娘有多大的本事，他对程顾点头。

程顾只能带着秋华去了。不多时，只听得"轰"的一声响，一个人影在炮火中飞了出来，那身影在半空中打了个转，然后轻飘飘落下。程老立即跑了出来，见秋华除了道袍上沾了些土，毫发无损，比苏青强多了，顿时大松了一口气。

秋华高兴地说："太好玩了，我还要玩。"

叶昔一把拽住她："这个不是玩的，给你玩一次就行了，程老还要继续钻研，我们就别在这里捣乱了。"

秋华嘟起嘴，拽住叶昔的衣袖："叶昔哥哥，我再玩一次，就一次好不好？"

叶昔板起脸："不行，从小到大，你与师妹一样，有一还有二。"

秋华举起手保证："真的就一次。"她又转头对苏青道："苏青哥哥，好不好？"

苏青看着她漂亮的大眼睛，娇俏可爱，央求人时，嘴巴软软的，从小到大，他就没被妹妹这样央求过，不由得笑着点头，答应："那就再让你玩一次好了。"

秋华顿时高兴地拍着手蹦蹦跳跳地去了。程顾无奈地瞅了苏青一眼，只能也去了。

不多时，众人又听到"轰"的一声巨响。秋华在十余丈高的半空中转了数圈，然后轻飘飘地落地。这一次，半点儿烟尘都没沾上，她落地后，笑着跑回来："叶昔哥哥，我说话算数，说一就是一，说二就是二，你以后可不能怀疑我的诚信了。"

叶昔失笑："小丫头长大了，懂得诚信了。走吧，我们回去吧，看看两位师叔他们来到之后，师妹和表弟是怎么商量的。"一行人和一只狼一起出了军营。

苏青脸没洗，衣服也没换，依旧灰头土脸，便这样骑着马跟着众人回城了。

秋华骑着马，挨着苏青走，一边走一边跟他说她从小到大的有趣事，在恶狼谷的生活，以及每年苏风暖去恶狼谷总是爱捉弄她的事。还有一年，她跟着苏风暖和叶昔去极北之地的雪梅岭赏雪梅，遇到了一群雪豹。那时候她还小，苏风暖和叶昔就一人夹了她的一只胳膊，拖着她跟雪豹赛跑，开始时，他们三人还怕雪豹，后来玩上瘾了，便跟雪豹玩了一天……

开始是秋华说，后来便是苏青一个劲儿地问她。一路回城，秋华嘴巴说干了，可怜兮兮地说：“苏青哥哥，反正我又不走了，你想听的话明天再说吧，我嘴巴都说干了，肚子也饿了。”

苏青看着她可怜的小模样，径自笑起来，痛快地点头：“好。”

一行人进了将军府，秋华跑进画堂便大呼：“水，水，我要喝水，快给我水。”

苏风暖伸手给她倒了一杯水：“你赶路来到这儿，没喝一口水就跑去军营玩到这时候，自然是渴了。”秋华接过，便一气往肚子里灌。

她喝够了，一屁股坐在苏风暖身边，伸手要去抱她胳膊。

苏风暖嫌弃地挡住她：“一身土，去换衣服。”

秋华嘟起嘴：“我又不太脏。”

“你这还不太脏？”话落，苏风暖看到了进来的苏青，顿时失笑，“果然还有一个更脏的。三哥，你们这是钻灰堆里了吗？”

苏青咳嗽一声，对紫风和玉灵见礼，然后答道：“是程老钻研的火炮，十分厉害。我这就去换衣服。”苏青出了画堂。秋华遭了苏风暖的嫌弃，也只能站起身，去换衣服了。

紫风问叶昔：“秋华去军营是不是捣乱了？”

“不算捣乱，玩了两次程老钻研的火炮。”

玉灵小心地问：“你看华儿和暖儿的三哥，今日他们见了，可有这个缘分？”

叶昔笑起来：“他们说了一路话，脾性倒是相投，不过师叔也别急，是不是姻缘要看时日，不是一时半会儿就能定下的。”

玉灵点头：“也对。”

叶昔转向苏风暖：“可商议妥当了，如何安排？”

“先跟你去江南叶家。”苏风暖将叶裳的想法以及几人商议的决定与叶昔等人说了一遍。她又对凤阳道：“至今没听闻凤老爷子出事的消息，待我们到江南后，我传信给涟涟，让她暗中打听一番。你也别太急，无论是京城，还是东境，如今不宜去。”

凤阳颔首：“也好，湘郡王不是被逼无奈，是不可能放弃凤阳镖局这块肥肉的，老爷子一时半会儿也不会有事，我随你们一起去江南。”

事不宜迟，一行人决定第二日便启程前往江南。苏承和苏言当晚备了酒席，一众人等吃着饭，闲聊到深夜。

齐舒决定留在西境，他觉得西境军中是个极好的地方，十分锻炼人。这里民风淳朴，也没有京城那般钩心斗角，待得十分舒服。陈述决定与叶裳和苏风暖一起前往江南，等着寻着机会，救出陈芝苒。

齐舒搂着陈述的肩膀说：“我来了，你却要走了，什么时候再来？”

“救了陈芝苒，我便还回西境。”

“好，那我在西境等着你，这里真不错。”

次日，苏承和苏言对苏风暖一再交代，让她不可任性，一定要小心，又嘱咐叶裳，仔细照看苏风暖云云。苏风暖看着大哥和二哥恨不得跟着她一起走，觉得又是温暖又是好笑，连连点头，无论二人说什么，她都痛快地答应。

众人一番告别后，队伍启程，离开西境，前往江南。

刚出城不远，一只飞鹰从天空俯冲而下，径直冲进了苏风暖所在的车厢里。苏风暖正懒洋洋地躺在叶裳腿上与他说闲话，听到动静，连忙坐起身，从飞鹰的腿上解下信笺，看了一眼，对叶裳道："是许云初来的信。"她展开信笺，与叶裳一起看。

信中说，皇上还没找到，各州郡县堆积了无数灾情的奏折，大皇子一人处理不来，已经将他召回了京。大皇子如今每日都沉着脸，文武百官更是不踏实。

另外，两日前，北周有消息传来，萧贤妃发布告示，昭告北周百姓，苏风暖、叶裳等人竟然潜入皇宫要杀北周皇帝，南齐欺人太甚，一时间，北周上下群情激愤，大骂南齐背信弃义。

消息传到南齐京城，满朝文武百官不明所以，不知道叶裳陪苏风暖离京去寻医救治，怎么去了北周，一时间纷纷猜测事情的真假。大皇子本就焦头烂额，听到此事，脸更阴了，让许云初联络苏风暖和叶裳，询问究竟。

大皇子一边派人找皇上，一边与许云初商议如何处理灾情。许云初对他提议，西境养着百万兵马，自然无法调派粮草；燕北经过去年一场恶战，刚刚恢复生息，不找朝廷要粮就不错了；江南叶家乱了大半年，江南经济衰退；如今唯有东境富饶安平，建议大皇子找湘郡王要粮草赈灾。大皇子盯着许云初看了片刻，实在没有好办法，写了一封密函，派人送去东境。如今密函刚送走两日，估计还没到东境。

许云初在信中说，湘郡王有银有粮，筹备多年，不见得舍得往外拿，怕是与大皇子要生出矛盾，那么，朝廷会更水深火热。又提到二皇子喝了喜酒，看罢她特意给他的信后，有了些精神劲儿，身体虽没好转，但也没恶化。

另外，孟太医死了。几日前，孟太医在自己府中滑倒，摔了一跤，偏偏不巧摔破了脑袋。医者不能自医，太医院的一众太医医术也不高明，他没挺住，很快就去了。

京中王府、苏府、容安王府一切都好。苏大将军伤好得差不多了，一直未曾入朝，在府中与苏夫人一起筹备苏风暖和叶裳五月回京后的大婚事宜。王大学士和丞相数日前听闻皇帝失踪，一边派人找皇上，一边帮着大皇子安抚朝臣，忙了数日，也累倒了，如今在府中安养。叶老家主在容安王府除了筹备二人大婚事宜，大多数时候闭门不出。

信中又说他已经安排人将湘南县守送去了刑部大牢，同时给御史台那边的几位老大人递了话。御史台的人如今正在弹劾湘郡王，说他竟然越界控制湘南县守，导致湘南府兵折损两千人。大皇子有些恼怒，已经与筹集粮食之事一起送了问罪的信函。

信的最后询问苏风暖如今在哪里，叮嘱苏风暖一切小心。

读罢信，苏风暖道：“如今南齐遍地受灾，一旦朝廷没有良好的措施和解决方法，会死人的。大批死人加上暴乱，便难以收拾了。我们不能因为想让大皇子陷入水火之中，而漠视万千百姓深受其苦吧？”

“不错，我们要想个法子。”叶裳想了片刻，道，“你传一封信，让碧轩阁的长老们联络江湖各大门派，暗中去各州郡县驻守，私下照看着些，暗中赈灾吧。”

“这倒是个办法，可是我们赈灾了，大皇子便不急了。”

“暗中赈灾，不做大的动作，灾情的折子不要拦截，照样上达京城。”

苏风暖顿时一笑：“这样好，让大皇子以为各地已经乱作一团了，他会加紧催促湘郡王，而湘郡王死活不给，他定然十分恼怒，再加上湘郡王被抓到越界掌控湘南县守的把柄，御史台弹劾，大皇子本就压着火，用不了多久，就要派人拿湘郡王入京问罪了。”顿了顿，她又道，“不过，他们即便斗起来，也不见得会忘了我们，还是要想个法子让他们斗个厉害。”

叶裳道：“唯有我们消失，他们估计才会无所顾忌，否则西境百万兵马，他们总要提防着我们。”

苏风暖想了想道：“除非你我出事的消息传遍天下，让大皇子和湘郡王都信服。”

“这倒是个好主意，我们从望帝山下来时，便不应该先去西境，应该放出消息，在绝地出了事，如今错过了最好时机。”

苏风暖思忖道：“也不怕，还有江南呢。我们去了江南，再依靠大皇子和湘郡王埋在江南的眼线，在他们的眼皮子底下生出一场事端，然后将消息放出去。”

叶裳点点头：“也好。”二人就此商定，苏风暖提笔给许云初回信。

信中极其隐晦地提了大皇子、楚含、林之孝三人真正的身份和关联，又简略地提了前往北周是找萧贤妃弄明白两国皇子互换的内情，另外，又明确地告知，她和叶裳如今前往江南，帮助叶昔处理江南内乱。

至于凤来、陈芝苒失踪等事，她半分没提。以防许云初得知了凤来之事，稍有动作，被凤来和大皇子察觉，打草惊蛇。

阳春三月，正是前往江南最好的时候。几日后，一行人到了江南的地界。

一行人前往江南并没有避人耳目，他们出西境不几日，江南叶家的众人便都收到了消息。

叶家人是不惧叶昔的，觉得叶家这一代的嫡子嫡孙十分不争气，没有权力心不说，常年在外面瞎玩，吊儿郎当。众人听闻叶昔回江南，本没放在心上，没想到探听了个让所有人都恐惧的消息。容安王府世子叶裳、苏大将军府小姐苏风暖、三公子苏青、凤阳镖局少主凤阳等人竟然跟着叶昔来了江南，一时间都警钟大震。

众人一改早先的乱象，一改大半年来水火不容的状态，聚在一起，商议起来。

有人说，不让他们踏入江南的地界，封锁江南。

有人说，赶紧出动府兵暗卫，截杀他们，不让他们来叶家。

有人说，容安王府叶世子、苏大将军府小姐与公子、凤阳镖局少主，别人先不提，只这四个人便轻易动不得。

商议许久，没个计策。最后还是一位老者说：“听闻叶世子和苏小姐离京时，皇上给了他们一万名御林军。那一万名御林军可跟着？”

有一人想了想说：“好像没有吧，我听暗卫禀报，只一小队人马，几十人的样子。”

老者说：“一万名御林军哪里去了？”众人你看我，我看你，都摇摇头，不知道。

“快去派人打探，到底是怎么回事？大家切不可焦躁，一切要从长计议。公子虽然不足为惧，但叶世子和苏小姐可不容小视，不可贸然动手。”

半日后，打探回来消息，有人禀告说：“苏风暖和叶裳此次随叶昔前来江南，将那一万名御林军留在了西境，并没有带着。”众人一听，大松了一口气。

那老者说：“既然如此，我们就敞开大门，将他们迎进来就是。”

有人连忙反对：“不行，太叔公，就怕他们届时对我们发难，我们可就麻烦了。苏风暖奸诈狡猾得很，杀人如麻，不是好惹的。”

老者道：“据说她自从救了叶世子，身子骨差到了极致，她多么厉害那是以前，如今不可同日而语了。”

众人一听觉得也对。那老者又道：“都听我的，打开大门，让他们进来吧，先探探他们的底细再说。他们若只是前来做客还好说，若是前来争权，那就别怪我们不客气。”

商议妥当后，由那老者安排人前去迎接已经踏入了江南地界的叶昔等人，其余人严阵以待，等着他们进叶家。

叶昔看到前来迎接的一批人，扬了扬眉梢：“这么多年，我还是第一次享受回家被人迎着的待遇，可见你们几人的面子真大。”

叶家前来迎接的人早就被叮嘱好，要做到和颜悦色地迎接公子和他带回家的客人。一众人等见到叶昔，左一声“公子您路上可辛苦”，右一声“老家主怎么还没回来”，嘘寒问暖，真是欢喜极了。

叶昔以前没受过这等待遇，觉得收拾他们之前，好好地享受一番也不错，便也极其亲和地一一作答，言谈举止间，真是一个倜傥风流从外面游玩回家的公子哥儿的模样。

一番寒暄后，叶昔笑着将凤阳等人简单地做了介绍，众人以殷殷待客的模样连忙见礼。叶昔又伸手一指马车：“车里坐着我的表弟与师妹，他们二人近来身子骨不好，这几日一直在车中休息。”众人闻言看向马车。

帘幕挑开，叶裳探出头，脸色极尽疲惫，但一张无双容颜依旧让人觉得惊艳。

他掩唇咳嗽了一声，声音微哑地说："我娘亲出生在叶家，我虽自小没来过，但见到各位舅舅，备感亲切，大家不必多礼。"

众人第一次见到这位自小便名满天下，因受皇上宠惯，在南齐京城横着走，后又因与苏风暖赐婚之事闹得沸沸扬扬的容安王府世子叶裳。虽然听闻苏风暖为叶裳解热毒，救好了他，但如今见到叶裳，觉得怕是那些年热毒伤了他的筋骨，即便没有性命之忧了，身子骨也极虚弱。

众人对他见了礼，面上都言笑亲切。一人道："早些年我们便劝老家主将你接来叶家住些日子，免得在京城一人孤苦，但老家主死活不同意，说和皇上约定，不插手你的事，不好失约。"

叶裳闻言笑了笑："外公考虑得极是，皇上待我宽厚，京城有一众皇室和宗室的兄弟姐妹叔伯，也不觉得孤苦。多谢舅舅们惦记了。"

有一人问："苏小姐呢，怎么不见？"

"舅舅恐怕还不知我二人已经在西境大婚了，她虽是苏小姐，但更是我的世子妃。"

那人想起轰动天下的西境大婚，连忙改口："对对，是世子妃，你看我都糊涂了。"

叶裳向车内看了一眼，叹气道："她昨日身体不适，难受了一夜，刚刚睡着了。待她醒来，舅舅们再见她吧。"

"不急不急，世子妃的身子骨打紧，待住进家里，再慢慢见好了。"

叶昔见众人跟叶裳寒暄完了，问道："叔叔伯伯既然得了信来接我们，家里是否已经给我们做了好吃的？"

"做了，太叔公命人设了宴席。"

"真是太好了，还是太叔公疼我，我都想家里厨娘做的饭菜了。"话落，他摆手，"走吧！赶紧回家。"一行人进了城，前往叶家府宅。

江南和京北果然不同，春风吹到面上都带着柔柔的暖意，沿街的楼里飘出江南特有的水乡小调，十分耐听。苏风暖坐在马车里，枕着叶裳的腿，优哉游哉地听着，哪有半点难受和困意。从踏入江南地界，她就开始装病了。

叶裳把玩着她的发丝，低头贴在她耳边耳语："江南是表兄的，你我就不要插手了，让他处理吧。"

苏风暖点头。"自然，谁让他这么多年不管江南，以至于没有半点威慑力来着，自己种的苦果自然要自己收拾。这些年他玩够了，是该回来接手江南了。"她又道，"偏偏师兄的父亲是个比他还没有权力心的人，支撑江南叶家的担子自然就落在他肩上了。"

"大舅舅与娘亲从小感情极好，因为娘亲的死，他悲痛欲绝，伤了肺腑。这些年来一直养着，若非不能长途奔波，他怕是早就不顾外公反对和皇上的约定，去京城看我了。”

苏风暖道：“他们远离了叶家的权力中心，住在枫山。”

叶裳颔首：“嗯，那是他和娘亲从小长大的地方，秋天时，漫山遍野的枫叶，十分漂亮。我们过两日就去枫山见他们。”

苏风暖笑着点头：“好。其实我见过他们的。”

“嗯？”叶裳看着她。

“我与师兄来过江南两次，第一次时他们以为师兄是带回了儿媳妇儿，急急地赶回来见我。后来师兄解释了半天，他们才信了。”

叶裳眯起眼睛：“还有这事？”

苏风暖瞧着他：“是啊。”

叶裳轻哼了一声。她伸手搂住他的脖子，小声贴在他耳边说：“这一回，你带着我去枫山，正儿八经地见见他们，让他们知道，我是你自小就定下的媳妇儿。”

叶裳弯起嘴角“嗯”了一声。苏风暖低笑。二人说话的声音极低，外面马蹄声、谈话声，十分嘈杂，自然听不到他们这一番话。

队伍被迎进叶家，太叔公带着人在大门口迎接。叶昔下了马，笑着上前，如每次回叶家一样，与太叔公见礼。他是叶家的嫡子嫡孙，身份地位摆在这里。他对太叔公见礼后，众人纷纷对他见礼。叶昔又引荐凤阳、苏青等众人。之后，叶裳抱着昏睡的苏风暖从马车里下来，与众人见礼。

众人见他抱着苏风暖，气息虚弱，但还强撑着不让人接手的模样，着实觉得叶世子和世子妃是真的身子骨不大好。太叔公见了，连忙说：“快，快，都别多礼了，住处已经安排好了，先请叶世子和世子妃安置了再说。”

叶昔听闻苏风暖和叶裳安置的院落距离他的院落极远，大手一挥：“不用，表弟和师妹就住到我的院子。”

太叔公一惊：“那怎么行？公子，您的院子不是待客的院子。”

叶昔不在乎地说：“他们不是外人，一个是我表弟，一个是我师妹，不算客人，就住我的院子。”话落，他对人群中一个书童打扮的半大少年说：“秋叶，你带路。”秋叶干脆地答应了一声，连忙头前带路。叶裳跟着秋叶，抱着苏风暖，向叶昔的院子走去。

太叔公皱眉，对叶昔说：“公子，你太胡闹了。”

叶昔伸手搂住太叔公的肩膀，亲近地笑着说：“太叔公，他们住两日就走，住去别处还要另外派人侍候，麻烦死了，就住在我的院落，省心省力。”

太叔公听闻他们住两日就走，顿时没了意见，道：“好吧。”

“咱们库中是不是还存着一株灵芝草，您一会儿吩咐个靠得住的人去取出来给我。”

太叔公一惊：“那株千年的灵芝草十分珍贵，公子，你要它……”

叶昔苦下脸："再珍贵，也没有我师妹的命珍贵，她和表弟此番与我来江南，就是取这株草救命呢。"

太叔公心下一喜，但面上还是震惊地说："我听闻苏小姐抱恙，出京寻医问药，难道还没找到救治的法子？"

叶昔叹了口气说："哪里那么好找救治的法子。先吊着命，慢慢找吧。"

太叔公跟着忧愁："灵芝草珍贵，一直好好放着，派人去拿我不放心，你们先安置，我亲自去取。"

叶昔顿时大为感动："多谢太叔公了，还是您最疼我。"

"你是咱们叶家的公子，我不疼你疼谁？"叶昔觉得这话说得真有道理，给了他大大的笑容。

太叔公看着叶昔刚刚脸上还愁云密布，这么一会儿就笑容满面了，心里感慨，公子真是个没心没肺的人。千年的灵芝草，叶家收藏了一代又一代，无异于传家宝，就这么轻易地给出去，他是半点都不心疼。太叔公琢磨着，这灵芝草是给还是不给，要与众人赶紧地好好商量一番。

叶昔身为江南叶家的嫡子嫡孙，住处自然极大，比容安王府还要大。叶家盘踞江南数代，随处可见世家大族的底蕴。苏风暖、叶裳、苏青、凤阳一众人等，都住进了叶昔的院子。即便这些人都住进来，院落也不显拥挤。

叶昔长年不在家，院中只有几个人打点，依旧井井有条。苏风暖小声对叶裳说："容安王府有一片枫林，师兄的住处也有一片枫林。"

叶裳轻"嗯"了一声："母妃喜欢红枫，在闺阁时，院落里都是红枫，父王怕她思乡，特意从江南叶家移红枫栽去了容安王府。"

叶昔将苏风暖和叶裳安置在了大片枫树的红枫园。入住后，苏风暖躺在床上，抱着枕头懒洋洋地说："果然比马车里躺着舒服多了。"话落，她问叶裳，"我可不可以睡一觉？"

"自然可以，我陪你睡。"

"听闻叶家的太叔公设宴，不参加晚宴了？"

叶裳一本正经地说："你身子骨极差，我也被你折腾得不大好，就不参加了。"

苏风暖低笑："你装起病来，也像模像样嘛！"

"这等宴席，有什么好吃的，无外乎看他们耍心思罢了。稍后让人送到我们房里来，不去应付他们耍腔调了。"他也脱了鞋，随苏风暖一起和衣躺到床上，二人便睡下了。

千寒得了叶裳的吩咐，守在门口，将叶家来拜见的人都客气地推了回去："我家世子和世子妃舟车劳顿，身子骨乏累，先歇下了，今晚的宴席就不参加了，明日歇过来，再与各位拜会。"

叶昔觉得这两个人装病装得也太像模像样了，显然是不打算帮他管这烂摊子。

他腹诽了两句没良心，沐浴更衣后，与苏青、凤阳等人一起去太叔公那里赴宴了。

太叔公将叶昔要拿灵芝草给苏风暖救命之事跟众人商议，众人齐齐反对。

有人说："不能给！千年灵芝草珍贵得很，我们叶家保存多少代了，怎么能给个外人享用？"

有人埋怨："太叔公，您老糊涂了吗？怎么就答应了下来？"

太叔公叹了口气道："他们此番随公子来叶家，是为了取灵芝草救命，公子已经应了人家，若是我们不给，岂不是得罪了叶世子和世子妃？"

有人说："就不能用别的药代替？"

太叔公道："据公子说，千年的灵芝草才只能吊几个月的命，遑论别的药了。但凡有别的办法，他们也不会来江南叶家求药。"

众人觉得也对，太叔公一咬牙："给吧！舍不得孩子套不到狼。他们得了灵芝草，就会离开了。"

有人问："公子也跟着离开？"

太叔公道："十有八九也会跟着离开。"众人一听，觉得叶昔离开正好，送走这些瘟神，省心省力不少，闻言也都咬牙答应下来，不再反对。

太叔公亲自去药库房取了灵芝草，在叶昔带着人前来赴宴时，递给了他。叶昔接过盒子，就要打开看。太叔公连忙伸手捂住盒子："公子要知道，这灵芝草从保存伊始，便没被人打开过，一旦打开不服用，就会散了灵气，失了药效。一定要在世子妃准备服用时再打开，方才起效。"

叶昔闻言罢手："还是太叔公最懂。好，我记住了，等我吃完了酒，那时候师妹也醒了，我便带回去让她吃下。"太叔公心里极为肉疼，但还是点点头。

宴席后，已经月上中天。散席时，叶昔揣着装着灵芝草的锦盒对太叔公说："太叔公，我以前小，不懂事，一年到头不着家，如今我算知道了，还是家里好。我打算好了，要在家里多住些日子，不急着走了。"

太叔公一惊，顿时酒醒了一半："公子这次要多住些日子？"

"嗯。"叶昔打了个酒嗝，醉醺醺地说，"本来我想待两日就走，如今见了太叔公和一众叔伯兄弟，十分舍不得，觉得多住些天好了。"

太叔公一时间没了话，不知道该怎样说，叶昔便带着苏青、凤阳等人回了自己的院子。叶昔离开后，太叔公还愣着，觉得他们是不是对叶昔太好，亲近过头了，公子竟然觉得家里太好舍不得走，怎么办？

有人在一旁瞪着眼睛埋怨道："太叔公，都怪你，摆什么宴席，给什么灵芝草，你看，如今把他惯得不走了，怎么办？"

也有人道："太叔公，你可真是老了，糊涂了。你这么对他，搁谁也不想走了啊。"

"我哪里想到公子会说要住些日子？"话落，他又道，"你们急什么，以前多少年，老家主在每年公子回来时都让他别走了，可是不管用，公子顶多住个三五天，他在叶家待不住。今日他喝醉了，是醉话，明日醒来后，估计就忘了。”

“他若是动真格的，真不走了，怎么办？”

太叔公道：“到时候我们再想办法。”众人觉得也只能这样了，都点点头，散了。

叶昔回到自己住的院子，苏风暖和叶裳已经睡醒了，画堂里亮着灯，二人优哉惬意地在用膳。扫了一圈，他的院子都被叶裳的人守好了，鸟雀都飞不进来，自然不怕人看到。叶家人虽然探听不到消息，但也觉得实属正常。京城里生活久了的人，毛病都很大，尤其如今叶裳和苏风暖身子骨这般不好。

叶昔进了画堂，瞅着二人，嫉妒地说：“你们倒是惬意得很。”

叶裳扬了扬眉，懒洋洋地说：“江南叶家总归是你的，我们也不好插手。”

叶昔揉揉眉心：“一帮子利欲熏心的人，实在讨厌得很。我真是不明白，叶家人什么时候变成了这副样子。”

苏青后脚进来，笑着说：“叶家人真有意思，今儿学到了不少东西。”

凤阳笑着说：“累积了千百年的世家大族，代代延续下来，都有各种弊端，叶家就乱在嫡系太弱，旁系过大。”

楚含道：“今日我也是长见识了，北周也有钩心斗角，但不及南齐这般，一句话，心思转个百转。”

叶昔大笑：“不是北周人没有心思，而是你从小所学便是兵法谋略，未学谋心之术。”

“也对，以前真是白活了。”

苏青笑着说：“等我们住个十天半个月，他们的耐性没了，发现我们还没有走的打算，那时候想必更有意思。”

叶昔将锦盒递给苏风暖：“给你，一会儿就吃了吧。”

苏风暖瞅着他问：“什么？”

“千年灵芝。”

苏风暖失笑：“师兄，我又不是真的身体不好，不用吃，你留着吧！千年灵芝稀少，怕是只江南叶家有这一株了。”

“让你吃你就吃，对腹中胎儿好，就当我给孩子的见面礼好了。”

“师兄，他还没生出来，这算什么见面礼啊？”

叶昔瞅着她：“废话真多。”话落，他看向叶裳。叶裳想了想道：“我听闻女子生孩子，是一脚踏进鬼门关，这千年灵芝，既然表兄送你，你就收了吧，待你生产时再吃好了。”

叶昔觉得这话有理，一锤定音：“好，就这么定了。”苏风暖有些无奈，但也只能收下了。

叶昔喝了一盏茶，对二人问："明日去枫山？"

苏风暖道："明日便去吧！否则大舅舅得到你来了的消息，估计又该跑回叶家了。如今叶家乱作一团，他既然不喜权力，还是不宜让他掺和进来。"

苏青开口说："你们刚到叶家，便累得疲乏，连晚宴都没参加，明日一早便启程去枫山的话，那些人会不会怀疑你们装病？"

叶昔挥手："今晚师妹服用了千年灵芝草，明早起来精神很多，能走动了，而表弟想念舅舅，急着前往枫山去看他，不是很正常吗？"

苏青点头："有道理！"

叶昔道："明日表弟和师妹先去，他们在枫山住几日，你们陪我在叶家先待着，我有事情要让你们暗中帮我去做。过些日子，事情办妥，我们再去枫山。"

苏青眨眨眼睛："什么事？"

"见不得人的。"

苏青来了精神："好，我就喜欢干见不得人的事。"苏风暖喷笑。

一行人商定，叶昔等人都回去歇下了。苏风暖和叶裳睡了一下午，并无困意，便坐在窗前说话。叶裳问："叶家府宅距离枫山多远？"

苏风暖道："百里地。"

叶裳看了一眼天色："你还困吗？若不然我们现在就启程，到枫山的话，天也亮了。"

苏风暖笑着说："好啊。"

叶裳当即站起身，对外面吩咐："千寒，备车，前往枫山。"

千寒一怔，低声问："世子，此时启程会不会扰醒了叶家人？"

"扰醒就扰醒。"千寒应声"是"，立即去了。

叶昔刚要睡下，听到秋叶禀告，起身出了房门。他扬眉："现在就启程去枫山？"

叶裳道："睡了一下午，睡不着了，我们现在启程，明日一早也就到枫山了。"

叶昔颔首，吩咐道："秋叶，你跟着他们走一趟枫山，沿途领路。"秋叶应声"是"，叶昔又回去睡下了。

叶家府宅门口，得到消息的太叔公带着几个人匆匆跑了出来，见叶裳抱着苏风暖，正将她小心地放入车里，他气喘吁吁地问："叶世子、世子妃，你们二人为何深夜离开？"

叶裳温声说："惊扰太叔公了，实在抱歉，暖儿服下千年灵芝，感觉身子骨好了很多。我们睡了一下午，没了困意，便打算赶去枫山看大舅舅和舅母。"

太叔公听闻苏风暖已经服下了千年灵芝，心里一阵肉疼："这么说，那株千年灵芝可真是管用。"

"管用，见效极快，这几日，她大半时候都在昏睡，从不曾见像现在这般精神，非要闹着半夜启程。”

太叔公闻言看向苏风暖，苏风暖挑着帘子，倚着马车，看起来十分虚弱，眉目间精气神儿倒是十足。她笑着开口：“太叔公，以前我随师兄来叶家时，您就是这个模样，多少年没见了，您可真是一点儿都没变呢，越发筋骨强健了。”

太叔公想起以前，这小姑娘随叶昔回叶家时，活蹦乱跳，如今这般柔弱，可见真是病得厉害，否则依照她的性子定然要骑马的。他不由得露出笑意：“你这小丫头，长大了，当年你随公子来叶家时，我们都以为你会成为公子的……”他咳嗽一声，打住话，改口说，“如今也好，叶世子也是半个叶家的人，你嫁他也是一样的。”

“当年我随师兄来叶家时，都还小，没想到让大家生出些误会。”

“公子在外多年，从没有往回带过女儿家，生出些误会，自然是难免的。叶阑这些年一直待在枫山，因为王妃与王爷战死，悲痛欲绝伤了肺腑，身子骨一直不好，否则早就忍不住进京去看世子了。如今他怕是还没得到消息，我也忘了给他送信，你们此时启程去也好，天亮也就到枫山了。”

叶裳笑着说：“正是这个意思。”

太叔公问：“你们在枫山住几日？”

叶裳说：“不晓得会住几日。”

“公子怎么没同你们一起去？还有其他人呢？这天黑路滑的。”

“他们都喝醉了，我和暖儿是临时起意。”

“就带了这么几个人，我派些人沿途护送你们吧。”

叶裳摇头：“不必，人多麻烦。”太叔公闻言也不强硬塞人，嘱咐二人路上小心。叶裳上了马车，落下帘幕，与苏风暖一起坐车离开了叶家府宅。

看着他们二人离开，太叔公便真切地相信苏风暖和叶裳是为求药而来，这才刚吃了灵芝草，便急着走了。他们走了也好，剩下的人就好说了。

苏风暖和叶裳顺利地出了城，小队人马驶向枫山，府卫掌着火把，将山路照得通明。走出二十里地后，苏风暖忽然说：“前方五里处，似乎有人在埋伏。”

“嗯？”叶裳凝神细听，什么也没听到。他蹙眉，吩咐道：“停车。”队伍当即停了下来。

苏风暖道：“应该有不少人，就在正前方的树林内，方圆五里都十分安静，鸟雀皆无，唯有那一处有些动静，且十分杂乱。”

叶裳抿唇：“这些人是什么来路？我们临时起意前往枫山，这些人不该是叶家的人吧？”

“我们行走山路十分缓慢，若是叶家有人想要我们的命，提前快马绕路也是来得及埋伏的。但我们刚到叶家，未曾得罪谁，我们离开时，看太叔公的面色是巴不得我们走的。如今在路上，叶家人便想要我们的命也不太说得通。”又凝神静听片刻，道，“这些人虽多，但也不算是绝顶高手，我们继续行路吧，到那儿之后，再看看是什么人，到底想做什么。”

“好。”叶裳对外吩咐了一声，马车继续前行。

走出二里多地时，叶裳也感应到了前方的气息，应该不下百人。千寒低声吩咐府卫们：“都小心些，护好马车。”众人忙应”是“。

又走出二里地，快到那批人的埋伏之处时，叶裳听见前方有人低声说：“头儿，是从叶城来的人，不是枫山方向下来的人。”

有人低声问：“你能看清吗？多少人？”

“几十人护着一辆马车。”

那人小声说：“都别动，让他们过去。”众人应“是”，都没有动静，等着队伍过去。

苏风暖和叶裳耳目极好，这么近的距离，即便那二人是耳语，他们也听得清楚。二人对看一眼，想着多一事不如少一事，既然他们不动手，那也就不理会他们了。叶裳低声说：“继续赶路吧，不必理会。”

千寒应了一声“是”，队伍继续前行，顺畅地过了这一处多荆棘灌木的树林。走出不远，只听早先那人说：“头儿，消息准确吗？叶阑夫妇真的深夜回叶家？”

有人接口：“错不了，等着吧！”那人“嗯”了一声。

苏风暖和叶裳闻言顿时蹙起眉，叶阑夫妇？那不是叶昔的父母，他们的舅舅、舅母？原来这批人是来对付他们的。

叶裳吩咐道：“停车。”千寒勒住马缰，一挥手，众人止步，“千寒，你带着所有人折回去，将那批人收拾了，问问为何要埋伏在此地对付叶阑夫妇？”

千寒看了一眼黑漆漆的夜色：“世子，我带走所有人，您和世子妃身边就空了。万一……”

“没有万一，方圆几里，除了他们，再没有别人。你带着所有人去，速战速决，别耽搁时间。”千寒应“是”，一挥手，带着五十名府卫折了回去。叶裳抱着苏风暖下了马车，透透气。

不消片刻，后方传来打杀声。那批人怎么也没有想到他们悄悄地放了人过去，这批人竟然折回来对他们出手。他们没有准备，慌忙迎战，但根本就不是对手。容安王府的府卫不是手段狠辣的杀伐之辈，出手都留了余地，只让这些人身上挂了些彩，同时抓住了领头的头目。

千寒将剑架到那人的脖子上，冷声问：“说，你们是什么人？为何埋伏在此地？”

那人吓破了胆，连连说：“壮士饶命！壮士饶命！我说，我说，壮士手下留情。我们是八里堡的人，叶家人给我们传信，说叶阑夫妇要回叶家，深夜途经此地，只要我们擒了他们，就给我们千两黄金。”

千寒眯起眼睛：“叶家的谁？”

那人不敢马虎，立即说：“是叶家的叶睿公子。”

千寒蹙眉："叶睿？他为什么这么做？"

那人不敢动："小的也不知道啊。"

千寒不知道叶睿是谁，想了想，将他拎起来绑在了马上，自己飞身上马，来到叶裳面前。他将那人扔在了地上，禀道："世子，他说是受了叶睿的指使，要擒住叶阑夫妇。"

第十五章 枫山小住

叶睿？叶裳蹙眉，转头看向苏风暖。苏风暖道："叶睿是叶家太叔公那一房的侄孙，算是师兄的堂弟吧。在叶家，除了师兄，他也算是有指望的子孙。"

叶裳看着被扔在地上的那人，显然是个土匪模样："若他真是叶家有指望、有出息的侄孙，怎么会做出这等没出息的事？"

苏风暖笑着说："这叶睿我见过一面，不像是会做出这等下作事情的人，至少若是用人，应该不会用这等乌合之众。"

"嗯？"叶裳眯起眼睛，转头看着地上的人，声音不高不低地说，"你确定你是受叶睿指派？我给你一个机会，说实话，如果我听着不像实话，我家有人喜欢养狼，就将你送给她的狼宝贝儿生吞活剥了，也省得给它买猪肉吃了。"

那人被从马上扔到地上，摔得头晕眼花。他抱着头抬眼，便看到了在火把的照耀下，车前站着一男一女，都十分年轻，容色无双，说话之人是个男子，通体的尊贵清华。他一时看呆了眼，说不出话来。

千寒下马，挡在了叶裳和苏风暖面前，冷声道："合着你刚刚说的话是骗人的？"

那人骇然地说："小人不敢骗壮士，小人一个时辰前收到一封信函，的确是叶睿公子。"

"信函呢？拿出来。"千寒喝道。

那人不敢耽搁，连忙伸手入怀，拿出一份信函，递给了千寒。千寒检查了一番，见没有异常，便递给了叶裳。信函上只写了一句话："今夜，带着你的人，埋伏在城外二十里荆灌林，叶阑夫妇会从此路过折返叶家，擒了他们，暗中藏起来，奉送千金。"落款："叶睿"。

这字甚是规整，是正儿八经的楷书。叶裳不识得叶睿的字，转头将信函递给了苏风暖。苏风暖瞅了一眼，摇头："我也不识他的字。"话落，她喊道："秋叶，你过来。"

秋叶闻言立即上前。苏风暖将信函递给他："你来看看，这可是叶睿的字迹？"

秋叶是叶家主自小选给叶昔的书童，可是叶昔常年不在家，他这个书童没有主子，只负责看顾着叶昔的院子，但他十分聪明，闲来无事也读了很多书，对叶家各房各院的事情耳目也极灵通，很多时候都是他给叶昔通信告知消息。他接过信函，瞅了又瞅，挠挠头："这字迹，像是叶睿公子的字迹，但又不太像。"

"嗯，"苏风暖看着他，"怎么说？"

"叶睿公子自小是练习楷书的，可是自从几年前……"他咳嗽了一声，小声说，"自从几年前，公子带世子妃回叶家，那一次叶睿公子见了世子妃的手书，觉得甚是有筋骨，心生仰慕，便自此练习起了世子妃所练的草书。"

"哦？"叶裳不高不低地开口。

秋叶看了叶裳一眼，小声说："这件事只有叶睿公子近身的几个人知道。我之所以知道是因为当年公子和世子妃离开后，叶睿公子借走了世子妃留下的那幅字。后来我便发现，他每次书写自己的名字时，'睿'字的字头都有些草书的张扬感。这字，便是承袭了世子妃的风骨。可是这封信，虽然通体都是叶睿公子的笔迹，'睿'字却规规整整，所以……"他挠挠头，"我也难辨真假。"

苏风暖闻言点头，看向叶裳："这样，将这封信派人送给师兄吧。他虽然自小没在叶家长大，但对叶家的每个人清楚得很，让他理会吧，我们就不管了。"

叶裳颔首，将信函又递给千寒，吩咐道："点两名府卫，暗中将这个人和这封信函都交给表兄，让他来处理。别惊动叶家的人。"

千寒点头，询问道："世子，除了这个人，那百名被我们控制住的人该如何办？"

叶裳随意地道："喂了药，让他们睡两个时辰。"千寒颔首，立即去办了。

不多时，队伍继续前行。大约又走出五里地，千寒低声说："世子，前方也有一队人马。"叶裳和苏风暖早已经感应到，他伸手挑开帘幕，吩咐道："停下，等着他们走近。"

千寒一挥手，队伍停下，苏风暖也跟着叶裳一起探出头向外看。前方有二十多人护送着一辆马车缓缓行来，车上没有车牌。

对方也看到了迎面驻足不前的队伍，管家模样的人连忙勒住马缰绳，对车内低语："老爷，遇到了一队人马，不知是什么来历？"

这时秋叶从后面跑上前，对叶裳和苏风暖说："世子、世子妃，是我家老爷和夫人，他们定然是听闻您二人来了，所以急急赶回城。"

那管家模样的人循声看来，认出了秋叶。秋叶连忙向对面喊："邢管家，世子和世子妃想见老爷和夫人，公子派我深夜带路前往枫山。"

邢管家顿时惊喜地说："老爷、夫人听闻世子和世子妃来了叶家，便急匆匆地下山要回城去见，没想到竟然在半路上遇到了。"话落，他对车内说："老爷、夫人，是世子和世子妃。"

车内的人"呼啦"一声挑开帘幕，有人"噌"地跳下了车，大声问："在哪里？"

叶裳看见一团黑影跳下车，动作挺利索，想着他舅舅看来挺硬朗，不像被人提到的那病恹恹的模样。他不疾不徐地下了车，又伸手扶苏风暖下车。

邢管家“哎哟”一声，连忙说：“老爷，您慢点儿，人跑不了，就在那里。”

叶阑一看对面，一男一女极为年轻，正在下车，连忙跑了过去。叶阑的夫人从车厢探出头，她下车时，叶阑已经跑到了叶裳和苏风暖身边，她好笑地对管家说：“还是生小裳的时候你家老爷随父亲进京见过一面，如今多年未见，看把他急的。”

叶裳和苏风暖下了车后还没等有所动作，便见叶阑冲到了面前，激动欣喜地看着叶裳：“小裳，我是舅舅。”

叶裳除了苏风暖，其余的任何事都不大在意，久而久之养成了淡然的性子。可是叶阑的这副模样，话让他心下触动，眼眶微酸，立即喊了一声：“舅舅，我是叶裳。”

叶阑听他喊舅舅，顿时忍不住热泪盈眶，抹了一下眼睛，看着他说：“好啊，好，你娘在天之灵若是看到你这般模样，定然极其欣慰。”

叶裳微笑点头：“母妃深爱父王，与父王同赴黄泉，也算是求得了圆满，已经过去多少年了，舅舅不必再伤心了。人这一生，命数由天定。”

叶阑伸手拍了拍叶裳的肩膀，哽咽地说：“舅舅知道，舅舅知道。”话落，他看向叶裳身旁站着的苏风暖：“小丫头，没想到你再来叶家，竟然成了我的外甥媳妇儿。”

苏风暖俏皮地说：“是啊，那时候我提起叶裳，您缠着我听了很多关于他的事呢。”

叶阑“哈哈”一笑：“没错，那时候听你说起他的事，有时候说得气哼哼的，有时候说得眉飞色舞，我便看出不同寻常。别人一个劲儿热乎地觉得你是昔儿中意的姑娘，我却知道，不见得是他们想的那样。”

苏风暖笑起来：“您慧眼如炬。”叶裳也弯起了嘴角。

这时，叶夫人来到近前，笑着说：“昔儿第一次带暖儿来，我就极其喜欢，成不了我的儿媳妇，成了外甥媳妇也是一样，总归是肥水不流外人田。”

叶阑觉得这话极对，点点头：“就是，就是。”话落，他对叶裳介绍：“这是你舅母。”

叶裳松开苏风暖的手，规规矩矩地给叶夫人行了大礼：“叶裳拜见舅母。”

叶夫人快步上前，伸手扶起他：“快免礼，自家人，不必见外。若非你舅舅身子骨不好，我们早就进京看你了。”她又看着苏风暖说，“小丫头长大了，越发水灵了，普天之下，也再难有这么出色的姑娘了。小裳好眼光，这样的小姑娘就该自小定下。”

叶裳低笑：“舅母说得是。”

几人亲热地寒暄半晌，才想起如今是大半夜，不能在荒郊野外这么说下去，该启程了。叶阑说：“我听说暖儿为了救小裳，身子骨不好，这里距枫山六七十里地，距叶城三四十里地，若不然，我们回叶城？路程短些。”

叶夫人附和：“这样就免于颠簸了，身子骨要紧。”

叶裳笑着说：“暖儿不怕颠簸，我们想去舅舅和舅母所住的枫山住上些时日，听闻枫山十分漂亮，景色独特。”

苏风暖小声说：“舅舅、舅母放心，我这是装病呢，其实无碍的。您二人若是不嫌奔波，咱们就启程去枫山吧。”

叶阑夫妇大喜：“原来是这样，那正好，我们也不乐意回叶家，走，回枫山。”

叶夫人拉着苏风暖的手说：“我们娘儿俩坐一辆车，你们爷儿俩坐一辆车，这样可行？”

叶阑连连道：“自然可行，我与小裳有许多话要说。”

叶裳看了苏风暖一眼，苏风暖对他挤挤眼睛，他微笑：“自然可行，听舅母的。”

四人商定，便分别上了马车，两家的队伍合成一队，启程前往枫山。马车上，叶阑拉着叶裳说话，叶夫人拉着苏风暖说话。

叶阑想知道的无非是叶裳这些年是怎么独自在京中度过的，虽然从旁人口中听了不少，但还是想听叶裳说。舅甥虽然自小未见，但所谓娘亲舅大，骨血连着，叶裳见到舅舅也格外亲近，不厌其烦地与他说起了这些年的大事小事。

另一辆车里，叶夫人也与苏风暖说着话，她说话温柔细语，让人听了十分舒服。虽然是个温婉柔和的女子，但对于兴兵打仗这等事情比其余的琐碎之事更乐意听。她拉着苏风暖的手，问的大多是苏风暖被人口口相传的事迹。

苏风暖早就知道她的性子，看着温婉，但骨子里十分刚硬。她嫁给叶阑，生了叶昔后不久，叶家的长辈们要给叶阑纳妾，叶阑虽然不同意，但防不胜防，叶家人变着法地往他身边塞人。叶夫人不闹不怒，当没事人一样，弄得叶阑以为她不爱自己，有些郁郁。有一日，叶家进了大批水灵灵的女子，她以叶家长房长子长媳的名义，给各房各院都送去了人。

这招一出，叶家各房各院的后院都起了火。不少人告状告到了叶老家主那里，叶老家主应景地叫叶夫人去问话。叶夫人慢条斯理地说：“我看叔伯、伯母、婶婶们都十分关心我的内院，来而不往非礼也，我也不好意思不关心一下他们，免得让人觉得我这个做小辈的不孝顺。”一句话堵住了所有人的嘴。众人吃了哑巴亏，此后，再没有人敢往叶阑身边塞人了。所谓兵不血刃，便是这样。

叶夫人问完苏风暖那些名扬天下的事，才说起了别的话，询问起她和叶裳来，问叶裳的热毒是否真的解了，又问她的身子骨是否真无恙，苏风暖一一对她说了。叶夫人感慨地说：“你们这一对小儿女，走到如今这一步，在西境大婚可真不容易。”又悄声问，“你的身子骨，可宜怀有身孕？”

苏风暖笑着悄声说：“已经有喜了。”

叶夫人猛地睁大眼睛，看着她纤细的模样，难以置信地问：“当真？”

苏风暖笑着点头："当真。已有月余了。"

叶夫人算算日子："这……难道大婚之前你们就……有了？"

苏风暖也不隐瞒，将来龙去脉说了。叶夫人听罢，又是欢喜又是感慨，摸着她的头说："可怜了你这孩子，定然遭了不少罪。幸好你们两个人都好好的。"苏风暖点点头。

叶夫人又说："昔儿那个臭小子，没与你们一起来枫山，是要对叶家人动手吗？"

"大概是吧。师兄觉得叶家置之死地而后生，也差不多到时候了，不能继续乱下去了。如今正好我和叶裳一不能回京，二不能去东境，不如待在江南，等师兄处理完叶家的事，免得他一直担心我们，无暇理会江南。"

叶夫人笑起来："他没有至亲的兄弟姊妹，但这个师兄和表兄当得也是像模像样的。"

苏风暖笑着点头："师兄虽然从小不着调，喜欢和师父合起伙来欺负我，但大多时候还是有师兄的样子的。至少我闯了祸，他是帮我善后的。"叶夫人大乐。

天亮时，到了枫山。来到山脚下，守门人对着马车见礼："老爷、夫人！"

叶阑的车走在前面，他挑开车帘，高兴地对守门人说："李伯，这是我外甥叶裳，他会在枫山多住些日子。"

守门人知道老爷和夫人是去见叶世子和世子妃，没想到这么快就回来了，在叶裳探出头来时连忙见礼："叶世子好，老爷和夫人时常念叨世子，如今总算把您盼来了。"叶裳微笑点头。

马车驶进山门，叶裳挑着帘子，看着枫山的景色。叶阑对他说："小时候，我和你娘每年有一半时间住在枫山，她喜欢枫山的红叶，四季气候宜人，以前未出嫁时跟我说，她招个上门女婿，我再给她娶个嫂子，我们兄妹二人就在枫山比邻而居。没想到，她见了你父亲，喜欢上了他，只能恋恋不舍地离开枫山，嫁入了京城的容安王府。"

叶裳道："容安王府有一处红枫苑，是父亲特意从江南叶家移过去的，我五岁之前，都是陪着他们住在红枫苑，后来他们战死沙场。我回京后，怕睹物思人，便将红枫苑封了。虽然多年无人住，但每年我都会派人打扫，红枫长得极好。"

叶阑笑着说："当年我还怕红枫从枫山上移去京城，不适应京城的气候，没想到长得不错，你母亲与我通信时，还给我绘了一幅红枫图。那幅图里，也绘了一个你，那时候你就是个小娃娃，一转眼，你已经这么大了，娶妻快生子了。"

"那幅红枫图，舅舅可一直留着？"

"留着。你母亲的信，我都留着，你父亲和母亲离世最初的那几年，我不敢拿出来看。后来过去那个劲儿了，便时常拿出来看看，就当她还在京城活得好好的。"叶阑道。

叶裳眼底又涌起微潮："待京城安稳了，我便接舅舅去京城长住，也好看看那红枫苑。”

叶阑痛快地应承：“好。”

叶裳又问：“舅舅的病，没有办法医治吗？”

“是因为你娘的死，我肺腑大伤，落下了心疾，当年十分凶险，幸亏昔儿的师父云游江南，出手救了我。他见昔儿天赋高，收了昔儿为徒。后来，每年我都按照他给的药方子调理，只是切忌大悲、大喜、大怒。几年前，昔儿带暖儿来叶家，小丫头给我号脉后，又为我换了药方，近来身子骨好很多了。去年我便想去京城，奈何北周兴兵攻打西境，我想起当年你父母之死，心疾有隐隐复发征兆，你舅母便不同意我去了，说反正你已经长大了，我身子骨若是养得硬朗了，早晚能见到你。”

“舅母说得有道理，这一年多以来京城乱得很。我如今都躲出来了，您不去也罢。”

叶阑点点头，叹了口气：“这天下不知道什么时候才能长治久安。”

叶裳温声道：“早晚的事。”

叶夫人将苏风暖和叶裳安置在了枫山的凝翠苑，是昔日叶裳娘亲未出阁时居住的院落，这些年一直保存得完好，收拾得十分干净。叶阑从不准下人随意进出那处院落，如今叶裳来了，就让他住进了那处院子。

安置好二人，叶阑有些疲惫，拍拍叶裳的肩膀：“赶了一夜路，你们也累了，用过早膳，先休息，睡上半日再说。”

叶夫人也对苏风暖道：“我们就住在隔壁的院落，有什么事情，派人喊我们。”

叶裳和苏风暖都笑着点头：“好。”

叶昔清早起来，便收到了叶裳派府卫送到他面前的信和人。他拿着信函，看了片刻，又瞅着地上绑着的人，挑眉：“八里堡的大当家？”

那人抬起头，看着叶昔，灰着脸说：“公子饶命。”

“我只听闻八里堡的人劫富济贫，什么时候做起黑市的生意了？如今劫到我的头上来了，真缺黄金？要靠这笔钱改邪归正？”

那人连忙叩头：“公子饶命啊，是小人见钱眼开……”

“你收到这信函，怎么就确定这是叶睿的亲笔手书？这般相信是他要和你做这笔生意？”

“是我的师爷，他有一个妹妹，在叶睿公子处当差，她传回的信函，师爷呈递给我，说错不了。”

叶昔顿时笑了：“八里堡还有军师？行啊！赶上一个军营了。”

那人连忙说：“是狗头师，不……不算是军师……”

叶裳坐下身，喝了一口茶，不再理会他，琢磨起那封信函和笔迹来。足足看了一盏茶的时间，才折好信函，对那人慢条斯理地说：“你是想活，还是想死？”

那人连忙说：“小人想活。”

“我看你这个人，个儿大壮实，当土匪可惜了。我给你一条路，带着你八里堡所有年轻壮实的人都去从军吧！”那人一怔。叶昔扬眉：“怎么？不乐意？”

那人连忙说：“小人愿意，小人早就当够土匪了，但不敢投靠官府，怕投靠后，官府趁机收拾了我和我的兄弟们。”

叶昔觉得他说得也不无道理，叫过身边的一人，吩咐道：“言责，你带着他去趟南兵营，就说我说了，八里堡所有年轻力壮者都从军，让柳河将人收了，该调教就调教，但不准为难。”言责应了声“是”。

那人见叶昔言谈间似乎他派人传个口信，那柳副将就一定会收了他们一样，顿时提起了三分精神，当即叩头：“小人谢公子宽恕不杀之恩。”

“杀人脏手，我最不爱做，你以后不在军营混出些名堂来，别说是我让你去从军的，免得丢人现眼。”那人连连应“是”。

把人打发走，叶昔站起身，伸了个懒腰，揣着那封信出了房门，去了叶睿的住处。叶睿正在书房练字，一名清秀可人的姑娘陪在他身边。有人禀告说叶昔来了，他应了一声，并未出去迎接，而是道：“将大哥请来我书房吧。”

叶昔到的时候，叶睿依旧在练字：“四弟红袖添香，好羡煞人啊。”

叶睿面色不大好，瞅了叶昔一眼，低声说：“我问过大哥，大哥说让我不要打暖姑娘的主意，她虽生于金玉，长于乡野，不耽于闺阁，却是人间富贵花，将来是个会嫁入锦绣富贵地的人儿，我够不到她的边儿，免得负了相思。”顿了顿，他又道，“当初你说这句话，是指叶世子吗？他的确是个金尊玉贵的人。”

叶昔看着他，笑着说：“你只见了她一面，还放不下？”

“放不下也要放，叶世子和世子妃如今都已经大婚，我的确如大哥所说，负了相思。”话落，他一指身边人，“这是玉珠，我收在身边的人。”

叶昔听他这般介绍，扬了扬眉。那女子连忙屈膝见礼：“奴婢玉珠，见过公子。”

“八里堡军师的妹妹？”

女子心里“咯噔”一下，连忙低下头回话：“正是奴婢。”

叶昔将袖中揣着的信函摊开，放在了叶睿的桌案上：“能仿得你一手好字，的确是双妙手，也是个妙人，只是可惜了，虽然跟在你身边，心却不向着你。”

叶睿一怔，看着那封他落款的信函，看向一旁，沉下脸，难以置信地说：“玉珠，我待你不好吗？你为何这般害我？”

玉珠“扑通”一声跪在了地上，脸色煞白。叶睿盯着她：“为什么？”玉珠顿时哭起来：“奴婢自小卖身进了叶家，跟在您身边十多年，几年前，哥哥为我赎身，我都不愿离去，甘愿跟在您身边做奴婢。可是您，就因为见了公子带来的师妹，自此一心倾慕于她，根本看不到我……”

“所以，你就恨上我了？”

玉珠哭着摇头：“不，我是恨叶昔公子，若不是他带回来那个女子，你就不会倾慕于她，自此念念不忘。她有什么好？”叶睿看着她哭诉，一时无言。叶昔不再理会二人，转身出了叶睿的书房。

叶睿沉默许久，对玉珠道：“谁指使你的？你一个人不可能做成这件事。”

玉珠含泪道：“奴婢若说了，您还能让奴婢继续跟着您吗？”

叶睿低头看着那封信函，片刻后转过身，温柔地为她擦了擦脸上的泪痕：“自然，有的人是天上的云，我注定够不到，何不惜取眼前人呢？”

玉珠一听，顿时伸手抱住他，哭起来：“多谢公子，奴婢做了错事，奴婢知错了，以后再也不会了。”

叶睿点点头：“乖。”

玉珠哭了一会儿，小声说：“是三老爷。他觉得太叔公对公子太好了，太叔公老糊涂，不中用了，叶昔公子既然回来了，有什么不敢动手的，等他走了，哪天再回来接手叶家吗？趁着天黑路滑，劫了大老爷和夫人，迫叶昔公子就范，才是上策。”

“原来是三叔。”他看着玉珠，温柔地道，“你跟我一场，给你一个全尸吧！”说完，他沉声道：“来人，将玉珠拖下去，杖毙！”

玉珠难以置信地看着叶睿，浑身的血液都僵了。她惊恐地说：“公子，您刚刚答应过奴婢，让奴婢继续跟在您身边的。”

叶睿对她道：“你死了，就埋在我早已经给自己选好的坟墓旁，不会将你扔去乱葬岗，也不会将你送归八里堡，还是依旧留在我身边。”

玉珠睁大眼睛，死死地抱住他的腿，大颗眼泪落下：“公子，奴婢的确做错了事情，可是为了公子，奴婢罪不至死啊。奴婢侍候了公子这么多年……”

叶睿面色淡漠地瞅着她：“你陪伴我这么多年，便只学会了效仿我的字，以我之名，联合三叔，对大哥出手吗？”

玉珠哭道：“是奴婢受了三老爷的蛊惑。”

“你跟在我身边多年，至今仍然不知道，叶家这两年来乱作一团，我为何不参与其中，任他们互相残杀，乱哄哄地抢掌家权吗？”

玉珠止了哭，看着叶睿。他平静地道：“那是因为，我早在几年前就知道，这个叶家，无论别人怎么闹腾，掌家权永远都是大哥的，谁抢也没用。”

“只是因为您不出手，您若是出手，掌家权未必是叶昔公子的，他自小离开叶家，每年只回来一次，哪如生在叶家、长在叶家的您？”

叶睿冷笑：“你错了！大哥即便常年不在叶家，也始终掌控着局势，江南境地四方兵营，统兵者从上到下都是他的人。叶家内乱一直未波及叶城外，四方兵甲按兵不动。你当是为了什么？那是因为大哥不让动。”

玉珠呆呆地说不出话来。叶睿看着她：“枉你跟在我身边这么多年，却什么也不懂，效仿我的笔迹，但连一个‘睿’字的风骨也学不会。”

玉珠泪眼蒙眬：“公子，是奴婢错了，奴婢……”叶睿不想再听她说什么，对进来已经等了一会儿的府卫吩咐：“拖出去，杖毙。”

府卫上前，将玉珠干脆地拽离了叶睿身边，外面传来行刑的声音和女子的哀痛声，不多时，玉珠便奄奄一息了。一个中年男子快步跑进叶睿的院子，看到行刑的人，大呼：“住手！”

最后一杖停住，行刑的人看着奔来的三老爷，又看向书房内。叶睿沉声道：“我说杖毙！”行刑的人不敢再耽搁，一杖狠狠地落下，玉珠瞬间香消玉殒。

三老爷跑到近前，一探玉珠的鼻息，顿时大怒，转身一脚踹开了书房门，指着叶睿，脸色铁青地大骂：“谁让你杖毙了玉珠？”

叶睿淡淡地看着三老爷：“她是我自小买来的奴婢，别人还无权来质问我。”

三老爷一噎，气怒道：“叶睿，你的出息呢？你就那么怕叶昔吗？他只不过发现了这件事情而已，找到你门上来，还未将你如何，你便杖毙了自小跟你长大的人。你自小聪慧，若是你早出手，这叶家已经是你的了，我们这一房也不必如此困难。偏偏谁劝你也不听，如今怎么学会心狠了？你若是早狠些，这叶家还有叶昔的立足之地吗？”

叶睿不语。三老爷怒火上头，冲进来：“你说啊！你怎么不说话？”

叶睿看着怒火攻心的三老爷，低声道：“三叔，您一把年纪了，还惦记着侄子房里的人，羞不羞？您若是真喜欢她，就将她带走好了，这么愚蠢的奴才，我不要也罢。”

三老爷伸手指着他：“你……你今日不跟我说个明白，玉珠的死，我怎么也不会饶过你。”

叶睿嘲弄地看着他：“三叔怎么饶不过我？”

三老爷一时说不出话来，片刻，放下手，灰着脸说：“我们这一房，只出了你这么一个有指望的子孙，偏偏你这般没出息。”话落，他走出书房，心痛地看着外面已经气绝而死的玉珠，说，“既然你不要了，人我就带走了。”

“三叔请便。”

三老爷抱起玉珠的尸身，出了叶睿的院子。叶睿将桌案上的信函扔进香炉里，静静地站了许久，才继续提笔写早先未写完的字。

苏风暖和叶裳睡了半日，醒来时已经是晌午，千寒禀报，说舅老爷和夫人在报堂厅里等着他们醒来用午膳。二人梳洗妥当，去了报堂厅。

叶阑见二人来到，高兴地说：“你舅母让厨房备了好些菜，咱们爷儿俩今日喝点儿。”

叶裳微笑：“好。”

叶阑道：“我记得暖丫头也是能喝酒的，你既然身子骨无恙，也喝点儿。”

叶夫人立即说：“她不能饮酒，我忘了告诉你，她有喜了。”

叶阑一怔，顿时大喜："当真？"

叶裳微笑："当真，暖儿有孕了。"

叶阑一拍大腿："好事啊！"话落，他将本来要放到苏风暖面前的酒壶立马拿走了，"有了身子自然是不能喝酒的。"说完，埋怨他夫人："你既然知道了，怎么没早告诉我？"

叶夫人笑着说："上山后，你就倦得歇下了，如今也是刚醒来不久，我去厨房吩咐人炖了鸡汤，还没空告诉你，你这就说起让暖儿喝酒来了。"

叶阑高兴地说："这可真是一件大喜事，以后你每日都让厨房给暖丫头炖鸡汤好了。"

"我变着样儿地让厨房给她做好了，每日都喝鸡汤，她也会腻的。"

叶阑点头："有道理。"

苏风暖觉得来了枫山，真跟回家没二样了，无论是以前随叶昔来时，还是如今，叶阑夫妇都是拿她当闺女看待的。她笑着说："如今三月，山间的野菜正鲜嫩好吃，稍后我们吃完饭，去山间采野菜吧。"

叶阑立即说："吃野菜做什么？你怀有身孕，就该吃好的。"

叶夫人说："这你就不懂了，野菜更是珍品，多吃些对胎儿好。"

叶阑转头对叶裳说："那咱们爷儿俩少喝些，差不多就得了，一会儿跟着她们去采野菜。"叶裳笑着点头。

一顿饭吃得甚是欢乐，饭后几人一起，拿了篮子去山间。枫山四处都是半矮的山坡，除了漫山遍野的红枫林，还有许多的田地和果树。叶裳走了一圈："今日早晨上山时，我还没发现这枫山竟然布置了许多阵法。"

叶阑笑着说："这是早些年昔儿和暖丫头来时布置的。我和你舅母离开叶家时，带的仆从护院也不少，可是自从有了这阵法，仆从和护院根本就用不到了。想走的就打发了些；不想走想继续跟着我们的，就开辟了些田地，春种秋收，自给自足了。"

苏风暖因学医术，哪种野菜可以吃，哪种不可以吃，都十分懂得，在她的带领下，四人动手采了不少野菜。晚膳便多了几碟山野菜。叶阑吃了两口，连连点头："味道确实不错。"

第二日清晨，天空飘起了蒙蒙细雨。下雨无法外出赏景，叶阑邀叶裳下棋，叶夫人和苏风暖坐在一旁观棋，她手里拿了针线，一边与苏风暖说话，一边做绣活儿。

叶阑下了一会儿棋，转头瞅了一眼，奇怪地说："你有两年没做绣活儿了，怎么如今又突然做起绣活儿了？"

叶夫人抿着嘴笑："给小裳和暖丫头未来的孩子做几件衣服，他们离开时，也好带走。"

叶阑一听："那多做几件。"话落，他又想到"离开"二字，顿觉不舍："你们不多住些天吗？打算什么时候离开？"

叶裳笑着回："多住些天。至于什么时候离开，视情况而定。"

叶阑满意："这里清静，适宜养胎，能住多久就住多久，住到生最好。"叶裳失笑，苏风暖也笑起来。

春雨绵绵，下了两三日才晴。天气晴朗后，枫山的田地可以耕种了，于是，苏风暖和叶裳、叶阑和夫人，四人跟着仆人们一起下地干活，一时间干得热火朝天。叶裳第一次知道庄稼是怎么种出来的，觉得农耕不易，百姓更不易。

过了几日，农耕忙完时，有两个人上了枫山。叶阑听到管家禀告，讶异地说："睿儿？他才来过没多久，怎么又来了？"

"四公子只说想念老爷和夫人了，又听闻叶世子和世子妃住在枫山，便前来拜会。"

"除了他，还有别人吗？"

"只带了一个书童。"

叶阑摆手："既然没带外人，赶紧请他上山吧。"管家应"是"，连忙去了。

叶阑对叶裳道："是太叔公那一支小辈里行四的哥儿，自小与昔儿处得还不错，十分聪明，也懂得进退。这么多年，叶家各房各院闹腾着争权夺利，唯独他不争不夺。"

叶裳扬眉："叶睿？"

叶阑点头："正是他，你知道他？"

叶裳看了苏风暖一眼，不带情绪地说："知道。"

苏风暖眼观鼻，鼻观心，佯装没看到叶裳瞟过来的那一眼，想着叶睿怎么就来枫山了。她和叶裳都没对叶阑夫妇提路上遇到八里堡的人要劫他们之事，师兄也未对他们传信说那桩事最后是如何处置的，如今叶睿来枫山，是否真是单纯地想念和拜会。

叶夫人在一旁笑着说："我和你舅舅这么多年，与叶家人甚少有来往，唯独这孩子，每年都会来上几次，有时来看看我们就走，有时会住上几日。今年还是过年时来拜年，住了两日，如今也月余没来了。他这个孩子，从小就聪明，叶家太叔公那一房的人早就劝说他争权，他就是不为所动，否则太叔公那一支定然和如今的情形不同。"

叶阑道："昔儿每年回家都会教他几招，在叶家与他算得上亲近的人，也就是这小子了。争什么？夺什么？昔儿将来也不会亏待他。"

叶夫人点头："所以说，这孩子是个透彻的主。"

叶裳听着，没发表一言半语。不多时，管家便将叶睿请上山，来到了院子里。叶裳抬眼，看着缓步走进院中的人，与他年纪相差无几，样貌清逸出众，周身气度十分特别，既有着世家大族的清贵底蕴，也有着红尘烟火淘洗的清雅。他看得眯了眯眼睛。

叶睿走到院中，透过敞开的房门，一眼便看到了坐在椅子上的叶裳，脚步猛地顿住。叶裳穿着一身绛红色的锦裳，容色无双，气度尊华。苏风暖坐在他旁边，身穿与他同色的绛红色软烟罗裙，裙摆尾曳拖地，纤细的身段半靠在桌案上，清丽的容颜十分柔美，两个人并坐在一起，任谁也说不出“不配”二字来。

叶睿站在原地，沉静地看着苏风暖和叶裳，直到管家走出一段路，发现他没跟着，疑惑地转头询问：“四公子？”他才收回视线，露出微笑，抬步向画堂走来。

叶睿缓步进了画堂，叶阑不待他见礼，立即伸手一指，亲切地给他介绍：“睿儿，这是小裳，这是暖丫头。”

“叶世子，久仰了，都说容安王府世子荣华无双，诚不欺我。”话落，他对苏风暖道：“几年前，世子妃留下一纸墨宝，自此再没来叶家，我一直引以为憾，如今世子妃总算又来叶家了。”叶睿笑着对叶裳拱手。

叶裳见他十分坦然，效仿练习苏风暖字帖之事也未隐瞒，另外提及苏风暖的称呼是世子妃，倒真是个人物。他微微一笑：“我竟不知江南叶家还有四公子这样灵秀的人物，今日见到，有幸了。”

苏风暖从叶睿眼中没看出分毫对她的爱慕来，顿时放下了心，笑着说：“我几年前那一纸狂草，离开叶家后，被我师兄好一顿批评，说我华而不实，难为四公子觉得不错了。”

“在我看来，世子妃是将狂草书写到了极致，真是极好的，华而不实又何妨？”

苏风暖一笑，不再说话。叶阑连忙笑着摆手：“坐吧，别站着说话，你一路上山辛苦，喝口热茶再聊不迟。”

叶睿点头，坐下了身。叶夫人给他倒了一杯茶，笑着问：“睿儿，昔儿呢？怎么还没来枫山？你可知道他在做什么？”

叶睿喝了一口热茶，道：“大哥离开许久，刚回到叶家，有许多事要做。这两日在做什么，我不知，但他抽出身来定然会来枫山的。”

叶夫人笑着点头：“他是该忙些，总不能一直在外面玩，不顾家。”

“大哥是顾家的，即便在外面玩，也未曾真正不管叶家。”

叶阑道：“说他做什么？叶家的事也不要说，无端添烦。睿儿，你这次来，是待一会儿就走，还是有闲暇住上几日？”

“大哥正忙，无暇来枫山，我没什么事，可以住上几日，陪陪叶世子和世子妃，帮着大伯父和伯母尽尽地主之谊。”

叶阑笑着点头：“好，这样最好，你们年轻人待在一起有话说。”

晌午，叶夫人让厨房多添了几个菜，叶阑高兴地招呼叶裳、叶睿喝两杯。饭菜端上来后，叶夫人将燕窝端到了苏风暖面前：“这是新鲜的燕窝，趁热喝。喝完这个，还有一盅参汤。”

苏风暖看着燕窝：“再这样吃下去，用不了多久，我就会成胖猪了。”

叶夫人笑起来："你如今怀着身子，就是要好生滋补，孩子才能长得好。"

叶裳偏头笑着说："就算变成胖猪，我也不嫌弃你，尽管吃好了。"苏风暖看了他一眼。

叶阑哈哈大笑："小姑娘，就是爱美。"

叶夫人道："暖丫头身子骨瘦弱，就算再怎么滋补，也不会变成胖猪的，别担心。"几人说着笑起来。

叶睿闻言问："世子妃有喜了？我府中有几株上好的野参，稍后派人去拿来，大伯母炖了给世子妃滋补吧。"

叶夫人立即说："不用，家里还多着呢。"

"我收的那几株野参是难得的雪参，参性耐寒，最利于修习至寒功法的人滋补。尤其是世子妃如今怀着身子，滋补更好。"

叶夫人一听："既然这样，那回头派人去拿来，睿儿破费了。"

"不是外人，大伯母别和侄儿客气。"

用过午膳，几人分开回房午睡。苏风暖最近被叶裳看管着，每日按时午睡，躺在床上，她便犯了困意，打了哈欠，说："枫山真好，每日待着都让人心情愉快。"

叶裳伸手搂着她，摸着她小腹，小声嘟囔："怎么还是这么平？"

苏风暖低笑："如今月份还小得很，不到显怀的时候。"

"肚子里揣了个小东西，是不是感觉很辛苦？"

苏风暖摇头："一点儿也不辛苦。"

"怎么可能不辛苦呢？最近你胃口虽然好了不少，但我见你甚是挑食，只不过碍于舅母为你操劳辛苦，所以才每样都困难地吃了些。尤其是燕窝，你是一点儿也不想吃。"

苏风暖失笑："这都被你看出来了？"

"你有细微的变化，自然瞒不过我。不乐意吃便不要吃好了，舅母也不会说你什么。"

"要想孩子长得好，营养平衡，每样东西都是要吃些的，即便不爱吃也要吃。"话落，她又道，"更何况舅母也很辛苦，变着法给我做好吃的，你没发现吗？每顿饭菜都是专门搭配着做的。"

"发现了。就是觉得你有些辛苦罢了。"

"天下的母亲怀着孩儿，哪个不辛苦的？哪有现成的便宜可占？不用辛苦就有孩子在你面前蹦跳着喊娘，那是三妻四妾的人家才如此。男人不知，女人宁愿生孩子辛苦些，也不愿面对一堆莺莺燕燕围着自己男人侍候。"

叶裳低笑："这样说来，你虽然辛苦，还算是幸福的事了？"

苏风暖伸手搂住他的脖子，盈盈浅笑："嗯，心满意足得很。"

叶裳笑看着她，刚要说什么，一只飞鹰落在窗前，轻轻啄窗子。他打开窗子，飞鹰飞进来落在了他的肩膀上。叶裳从飞鹰腿上取下信函，打开看罢，眉头蹙起。

“怎么了？”苏风暖见他蹙眉，收了笑意，“可是出了什么事情？”

叶裳转身看向她：“是许云初来的信。湘郡王推托说东境粮仓也不丰裕，大皇子大怒，命刘焱带兵前往东境，缉拿湘郡王。”

苏风暖也蹙起眉头：“刘焱能行吗？”

“旨意已下，刘焱不行也要去东境。”话落，他又道，“你忘了，湘郡王是晋王所生，刘焱是他的亲侄子。”

“可是刘焱知道这秘事吗？”

叶裳摇头：“不见得知道。”

“湘郡王面对亲侄子前去督促粮草，不知是给还是不给。给，不情愿，多年筹备，付诸流水；不给的话，湘郡王只能趁机反了。”苏风暖看着叶裳，“你是担心刘焱？”

“我只怕他会成为大皇子和湘郡王博弈的牺牲品。我自小对湘郡王没什么记忆，他有很多年未进京了，你觉得湘郡王是个会念亲情的人吗？”

苏风暖想了想：“说不好。”

叶裳道：“皇室、宗室里所有兄弟都算上，唯刘焱与我自小亲近。”

苏风暖看着他：“派人路上截住他？拦下来？”

叶裳揉揉眉心：“让我想想，还不急。”他提笔给许云初写了一封回信，然后躺回床上。他伸手揽苏风暖在怀，温声说：“睡吧。”

苏风暖靠在叶裳的怀里，一时间没了困意：“刘焱虽然是晋王的孙子，但到底是无辜的，与你自小又有兄弟情分，他若是出事，你必定难受。涟涟一直在东境，晚上我试着写一封信，让飞鹰联络她，看看她可否护着刘焱。”话一转，又道，“你也无须担心，他是晋王最宠爱的孙子，晋王不可能不嘱咐些什么。另外，还有文叔叔呢。”

叶裳道：“我竟将文叔叔忘了，他虽然一直荒唐，姬妾无数，但只刘焱这么一个儿子。如今这样的事情一出，他总不会袖手不管。”

“从那日文叔叔提醒我眉心带煞，我便觉得他不像是传言那般荒唐无用。”苏风暖道，“算算时日，凤来如今该到京城了吧？”

叶裳颔首：“定然是已经到京城了，否则大皇子没有倚仗，不会如此敢动湘郡王。”

苏风暖轻哼：“狗咬狗。”

叶裳失笑，点她鼻尖：“睡吧，你是有身孕的人，切忌思虑过甚。”苏风暖点头，闭上了眼睛。

第二日，天气晴朗，微风和煦，苏风暖问叶裳：“你会做风筝吗？”

“会一点儿。”

苏风暖笑着说："那我们做风筝，一会儿去半山坡的草地上放风筝吧。"叶裳点头。

二人做风筝做到一半时，叶睿提着几个锦盒进了院子。千寒守在门口，见他来到，上前见礼："四公子。"叶睿笑着说："这是我昨日连夜让人回府中取来的野雪参，先拿过来给世子妃过过目，再送去让大伯母炖参汤。"

千寒点头，看了里屋一眼，说："四公子稍等，我去禀告我家世子和世子妃。"他来到门口，禀告叶裳。

叶裳闻言扬了扬眉，道："将四公子请进来吧。"

叶睿进了画堂，便看到苏风暖和叶裳正围在桌前做风筝。他将几个锦盒放在一旁的茶几上，笑着对二人道："世子和世子妃这是要去放风筝？"

"嗯，如今正是好时节。"苏风暖笑着看了他一眼，说，"谢谢你的雪参了。"叶裳此时也转头瞅他："多谢。"

叶睿道："世子不必客气，你我也算是表兄弟。"叶裳不置可否。

叶裳和苏风暖很快就做好了一只风筝，用的是彩色的绸布，但没有图案。苏风暖摆弄着风筝，对叶裳说："你来绘一幅画呗。"

叶裳笑着问："绘什么？"

苏风暖想了想说："就枫山的景致好了。"叶裳提笔，一气呵成，在风筝上绘出了一幅枫山景致图，画技精湛到那风景似乎跃出绸布面展现在了眼前。

叶睿忍不住赞道："好画。"

叶裳微笑，转身将笔递给叶睿，对他说："四公子临摹暖儿的字帖多年，想必对于她的笔迹已经练到炉火纯青了，你来题字可好？"苏风暖瞅了叶裳一眼，没说话。叶睿怔了一下，摇头："不敢班门弄斧，让你们见笑。我怕我笔墨功夫不够，毁了一幅好画，还是世子妃提笔吧。"

苏风暖觉得这笔账叶裳不清算一下是难以过去了，自小就别扭，如今这性子是怎么也改不了。她接过笔，提笔写了叶裳的名字。这两个字写完，叶睿见了，眸光有一瞬间变动。

叶裳失笑："你学我的字，看来也是下了功夫，若非你在我面前提笔，我还不知这不是我写的，而是你写的。"

苏风暖笑着说："你以前总说我的字难登大雅之堂，我干脆就学你的字好了。"叶裳轻点她眉心，提笔在旁边写了苏风暖的名字。这三个字由他的手写出来，笔迹张扬恣意，十足地狷狂洒脱。苏风暖失笑："你觉得我的字不好，还学我的字做什么？"

叶裳瞥了她一眼，道："乐意学。"话落，他笑着问叶睿："四公子觉得是你的笔迹最像她的笔迹，还是我的笔迹最像？"

叶睿面色如常："自然是世子的最像。当年我只拿了世子妃一张字帖，观摩有限，所学不精。”

叶裳放下笔：“糨糊未干，下午才能去放风筝，四公子若是无事，你我对弈一局？”

叶睿笑着点头：“自然无事，听闻连皇上都不是世子的对手，与世子对弈，荣幸之至。”

“我小时候皇上总是让着我，怕我哭鼻子罢了。后来让久了便习惯了，不怕输给我了。”

“世子虽然自幼失怙，但有皇上护着，还是十分有福气。”

叶裳道：“我有福气，不再由皇上护着，而是暖儿自幼立誓要护着我。”叶睿笑了笑，不再多言。二人摆好棋盘，坐在窗前，对弈起来，苏风暖在一旁观棋。一局棋罢，以和局告终。

叶裳瞅着棋盘，对叶睿道：“四公子的棋艺，原来是承袭师祖云山真人一脉。”

叶睿笑着说：“云山真人甚喜江南风光，每年都会在江南住上半载，他早已经不收徒，对我只是有教导之谊。”

苏风暖接过话：“能让云山老道教导，可见四公子天资过人。得他教导，怪不得四公子棋艺如此精湛。”

叶睿笑着道：“得云山真人教导，是我的福气。我知道叶世子昔日待在麓山书院一年，师承陆文峰，与你对弈，我已经刻意隐藏了云山真人的棋风，没想到还是被看出来了。虽是和棋，但我还是棋输一着。世子的棋风千变万化，因人而制，我虽与你下完一局，但没摸清你的门路，着实令人敬佩。”

苏风暖看着二人：“天色还早，你们再来一局？”

叶睿微笑摇头：“不了，你看看雪参，没有什么问题的话，趁着天色还早，给大伯母送去，让大伯母吩咐厨房给你炖参汤。”

苏风暖起身走到桌前，打开他带来的锦盒，每个锦盒里放着一株雪参，足有五盒。她合上锦盒，笑着说：“红雪参并不多见，着实珍贵。我就收两盒好了，其余的你拿回去吧，以后总有用处。”

叶睿摇头：“我没什么用处的，你都收着吧，这种东西，对你来说如今最是有用。”

这可是个大人情了，五株红雪参，价值要上万金了，苏风暖看向叶裳。叶裳道：“四公子最喜欢你的字，你若是觉得过意不去，多写几张字送他好了。”

苏风暖失笑：“我的字不值什么钱。”

叶睿道：“世子妃的字帖对你自己来说不值什么钱，但对我来说，便是无价之宝。若是你真觉得过意不去，便送我几幅字帖好了。”

苏风暖见话说到这份儿上，叶裳也没什么意见，便不再推托，笑着应承了下来：“好，既然你看重我的字帖，我回头便写几张送你好了。比起这五株红雪参，还是我赚了。”叶睿笑了笑，有些高兴。

三人又闲聊了片刻，叶夫人派人来喊他们用膳，才一起出了画堂。叶夫人看到五盒红雪参，“哎哟”半晌，对叶睿说：“睿儿，多谢你了。你这孩子，就是实在。”

叶睿笑着道：“自家人，自然要舍得。”

用过午膳后，叶裳和苏风暖回房休息，进了房间，关上房门，苏风暖瞅着叶裳：“你怎么会提议让我给四公子写几幅字呢？”

叶裳笑着道：“他既然这么大方，我也不能过于小气了。你人是我的，几幅字而已，我还是舍得送出去的。”苏风暖失笑。

一觉睡醒，外面无风无云。叶裳站在窗前，对苏风暖道：“看来今日这风筝是无用武之地了，无风飞不起。”苏风暖笑着说：“那就改日好了。”

又过了三日，紫风、玉灵带着秋华来到了枫山。秋华闹腾地拽着父母转遍了叶城，如今玩够了，听闻枫山风景极好，三人才在这一日上了枫山。听到守山人禀告，叶阑一怔：“不识得，这是什么人？”

苏风暖在一旁说：“是我的两位师叔和师妹，我师叔懂医术，怕我有喜期间出差错，打算在生产前跟在我身边照料。数日前，我们深夜离开，将他们放在叶城了，如今这是找来了。”

叶阑一听，顿时说：“快，快请他们上山。”

不多时，三人被请上了山。秋华见到苏风暖，立即跑过来要抱她：“苏姐姐，你太不够意思了，说好一起，却偷偷扔下我们。”

叶裳伸手挡住了秋华：“让你好生在叶城玩几天，还是我们的错了？”

秋华立即止步，对叶裳吐吐舌头，嘀咕：“瞧你紧张的，抱都不让抱。我时刻记着她肚子里有我的小外甥呢，自然不会伤到她的。”

叶裳笑着说：“你如此莽撞，我自然不太放心你。”秋华嘟着嘴转过头。

玉灵笑骂：“没规矩，快给两位长辈见礼。”

叶夫人笑着拉着秋华说：“这就是秋华吧？以前听昔儿提起过，说他师叔家有个妹妹，比暖丫头还闹腾，一刻都不闲着。”

玉灵失笑：“就是她，闹腾得很。”

叶夫人笑着道：“女儿家，还是活泼些好，等到了我们这把年纪，就活泼不起来了。”

叶阑将叶睿介绍给紫风和玉灵，二人见叶睿样貌玉秀出众，连说：“江南果然人杰地灵，水土养人，四公子真是好风采。”

秋华歪头看着叶睿：“哥哥们都长得这么好看吗？”

玉灵劈手给了秋华一巴掌，气笑道：“一点儿女儿家的样子都没有。”话落，她对叶睿笑着说：“这丫头长在乡野，自小皮得很，四公子见笑了。”

叶睿笑着摇头："伯母客气了，秋华妹妹这样活泼的性情十分讨人喜。"众人说着话，进了画堂，就座后热闹地闲聊起来。

当晚，秋华听闻苏风暖和叶裳等着有风要去放风筝，高兴地说她也要去。但是她不会做风筝，便央求叶裳："姐夫，你也给我做一只风筝好不好？"

叶裳摇头，果断拒绝："不好，做风筝太麻烦，明日我让千寒下山去给你买好了。"

秋华嘟起嘴："我是苏姐姐的娘家人啊，你可真一点儿面子都不给。"叶裳失笑，不再理她。秋华转头央求苏风暖："苏姐姐，我不想要买的风筝，你们做的那只风筝才好看。"

苏风暖耸肩："不是我做的，你央求我也没用。"

秋华无奈，转头对叶睿问："叶睿哥哥，你会做风筝吗？"

叶睿摇摇头："不会。"秋华垮下脸。叶睿道："不过大伯母这府中收着两三年前大哥亲手做的风筝，也很不错，你可以拿来玩。"

秋华问："叶昔哥哥做的吗？"叶睿点头。秋华顿时高兴起来："好，我就用那个了。"话落，她对叶裳轻哼："看看到时候谁的风筝飞得高。"

第二日不但没风，还下起了春雨。一连下了五日春雨，这一日，风吹散了乌云，天气终于放晴。秋华一大早拉着苏风暖说："快，天气晴了，有风，我们去放风筝。"

苏风暖无奈："天刚放晴，外面泥泞得很，没办法出去，要太阳出来晒一晒才好。"

第二日，果然如苏风暖所说，春风拂面，暖意融融，正是放风筝的好日子。用过早膳，众人一起去了南山的半山坡。毕竟都闷几日了，出来散散心，人多热闹。

秋华铆足了劲儿和苏风暖比赛，看谁的风筝飞得高。待二人的风筝飞上半空，秋华的风筝落下了苏风暖的风筝一大截，她嘟起嘴，泄气地将风筝线绳递给叶睿："来，你来帮我，一定要超过他们。"

叶睿笑着接过，风筝顿时飞得高了起来，不多时，便与苏风暖那只风筝追平。秋华高兴地拍起手来："叶睿哥哥，你好厉害。"

苏风暖笑着说："别得意得太早。"她轻轻抖动手中的线绳，风筝立马拉高了些许。秋华立即说："叶睿哥哥，追上去。"

叶睿也抖了抖手中的线绳，风筝同样拉高了些许。秋华得意地又扬眉："苏姐姐，看吧，有高手吧？"

苏风暖本来没有争斗的打算，如今被他的技法挑起了几分兴趣，便玩似的又将风筝升高了许多。叶睿笑着看了她一眼，依旧跟了上来。苏风暖想看看他到底能跟多高，便不停地抖动手中的线绳，风筝一寸寸地升高。而叶睿，依旧一步步地追跟了上去。叶裳站在一旁观看，也有些意外，看着升高的两只风筝，没说话。

半个时辰后，苏风暖将风筝升到了极高之处，线绳不够了，她握着线绳对叶睿笑着说："如今你若是再追上来，我便承认你的确很厉害了。"

叶睿试了几次，均没追上去，风筝再不能高了，他哑然失笑，认输道："跟不上了，世子妃这放风筝的技法比我要高一筹。"

秋华嘟着嘴，有些泄气，但还是对他说："叶睿哥哥，你已经很厉害了，只怪苏姐姐太厉害了，她自小就跟别人不一样，叶昔哥哥曾经说她就是个小怪物。"她刚要再说什么，苏风暖手中的风筝线绳忽然断了，风筝向更高处飞去。

叶裳当即弯身拾起地上的一小截树枝对着那高飞的风筝掷去，只听"啪"的一声，风筝的顶端被树枝砸到，不再高飞，径直垂落。秋华顿时欢呼："姐夫好厉害，你若是不出手，这风筝就飞走了。"

就在同时，叶睿忽然低喝："什么人？"叶裳也发现了，猛地回身，眼前一阵疾风扫过。他不避反而上前，瞬间被一股大力扫开，身子被扫出数步，猛地捂住心口，吐出一口血来，再站稳，发现疾风过去，眼前没了苏风暖的身影。

"苏姐姐？"秋华面色大变，惊呼大喊。

不只苏风暖没了，叶睿也不见了。

第十六章
凤来劫持

叶裳想去追，但不知苏风暖去了哪里，凝神细听，四周都是风声，他一时间脸色惨白，心口剧痛，竟然半点力气都提不起来。紫风、玉灵、叶阑、叶夫人在不远处的山石上坐着聊天，发现出事，立马奔了过来。紫风最快，跑到近前，一把扶住晃着身子就要栽倒的叶裳，急声问："小裳，出了什么事？"

叶裳还未开口，又吐出一口血来。秋华惊骇地说："爹，不知怎么回事，一阵大风刮来，将苏姐姐和叶睿哥哥刮走了，姐夫受伤了。"

玉灵连忙给叶裳把脉，手刚触到他的脉搏，面色顿时大变，急声道："快，盘膝坐下，不要再乱动。"

叶裳摇头："不，我要去救暖儿……"

玉灵当即喝道："你如今受伤极重，若是不及时救治，会有生命危险，怎么救她？"

紫风一听，当即寒声道："小裳听话。"

叶阑这时也来到了近前："快听话，暖丫头应该不会有事的，你刚刚都被人打伤了，如今追也追不上。"

叶夫人也劝道："小裳听话，你若是性命不保，还怎么救暖丫头？"

叶裳闻言咬牙闭上了眼睛，慢慢地坐下身。玉灵给叶裳喂了几颗药，然后示意紫风与她一起给他运功疗伤。叶裳伤得极重，经脉几乎被震碎。

千寒喊来一名府卫，急声吩咐："快，骑快马去叶城，通知叶昔公子，就说有人抓走世子妃和叶睿公子，重伤了世子。"那名府卫应声"是"，立即去了。

一个时辰后，紫风和玉灵输入大半功力，才稳住了叶裳的伤势，二人浑身已然湿透，脸色不比叶裳好多少。叶裳睁开眼睛，声音低哑："是凤来。"

紫风点头："不错，是凤来。这普天之下，也只有她能在一瞬间抓走暖丫头，重伤你。"

玉灵道："她怎么会来了江南，我们竟半点没发现？"

紫风道："她定然早就来了，特意选了今日，借着风隐藏了气息，我们察觉不到。"

玉灵怒道："这个老妖婆，她到底想干什么？"

紫风看向叶裳，虽然心下也急，但还是宽慰道："小裳，你别急，她既然不是来杀人，而是来抓人，暖丫头一时半会儿不会出事。"

叶裳抿唇，点了点头，喊："千寒。"

"世子，"千寒不待叶裳问，立即道，"我已经派人去给叶昔公子送信了。"

叶裳颔首："江南是表兄的地盘，凤来一时半会儿应该走不出江南。再派人去传信，让他不必担心我，不用来枫山，派人封锁江南各个州郡县，严密排查。"千寒应声"是"，连忙又喊来一名府卫，吩咐了下去。

叶裳挣扎着站起身，心口依旧疼痛，但已经好了很多，他看到不远处落地的风筝，抬步走过去，俯身慢慢地捡了起来。做风筝的绸布并没有损坏，但是支撑绸布的结点都折断了。

叶阑听几人言语说什么凤来老妖婆的话，走到叶裳身边，对他问："小裳，你们知道是谁抓走了暖丫头和睿儿？为什么要抓走他们？"

"知道，是望帝山一位背离师门的老祖宗。至于为什么抓走他们……"他冷笑一声，"必然有所图。"叶裳不想多言，对叶阑道，"舅舅，我想立即启程去叶城找表兄。"

叶阑闻言道："好，我和你舅母陪你一起去叶城。"

叶裳摇头："你们还是留在枫山吧，回叶城，就是回到了叶家，麻烦得很。"

叶阑立即道："我们还怕什么麻烦，暖丫头和睿儿被人抓走了，这是大事，我们怎么还在枫山待得住？"说完，连忙吩咐管家备车。

一行人下了枫山，骑马的骑马，坐车的坐车，快马加鞭，一个半时辰就到了叶城。

叶昔早已经得到了消息，发出了十几道官府令，命人通传江南各地封锁城门，任何人不得通行。不是各州郡县戒严，而是任何人不得通关。

命令一经下达，顿时震惊了江南叶家的所有人，叶家人第一次意识到他们错了。他们小看了这位叶家的嫡子嫡孙。

叶昔着急苏风暖，挂心叶裳，懒得理会叶家人，当即带人出了叶家府宅，去城门口，他猜到叶裳定然会回叶城与他会合。果然如他所料，他安排好一切事情，到城门口时，叶裳也来到了叶城。不待叶裳下马车，叶昔跑过来一把掀开帘幕，看着叶裳毫无血色的脸，显然受伤极重，到了危及性命的地步，他急声问："到底是怎么回事？"

叶裳缓声将当时的情形说了一遍。叶昔听罢，蹙眉道："小丫头没反抗，就让老妖婆给抓走了？"

"她怀有身孕，无法反抗。只要反抗，必定重伤。凤来当时显然也无意伤我，只是我上前一步要抓暖儿，她才对我下了重手。"

叶昔沉声道："她怎么会来了江南？来抓小丫头？这么突然，是为了什么？另外，怎么抓走了四弟？"话落，他低声猜测道，"难道是为了传国玉玺？小丫头是望帝山的掌山人，她和你前往望帝山救出师祖和师叔以及师兄弟们之事定然被她知道了，因此追来了江南？"

叶裳道："你知道的，那个东西，她早给了我，如今在我身上。"

"她若是为了这个，那么抓小丫头是无用的，早晚是要找到你身上的。"

"若是为了这个倒好办了，她找我们，比我们找她容易，只怕她不是为了这个。"

叶昔道："她为北周萧贤妃做事，前阵子抓了陈芝苒进京，显然是去见大皇子，如今来江南，难道是为了大皇子？"

叶裳道："若是这样，她抓了暖儿，不是前往京城，就是前往东境。前往东境的可能性要大些，估计要利用她收拾湘郡王，同时钳制你我。"

苏青落后叶昔一步跑到近前，听叶裳叙述了经过后，白着脸说："那老妖婆实在可恨。"

凤阳道："不能让她带着人离开江南。"

叶昔点点头，对叶裳道："小丫头被她抓走，一时半会儿也不会有事，你先紧着自己的身体，赶紧疗伤。我们先回府，从长计议。"他一摆手，队伍进了城门，回了叶家府宅。

叶家府宅，太叔公带着一众人等在门口，见叶昔折返，上前一步，小心翼翼地问："公子，出了什么事情？"

叶昔看了众人一眼，沉声道："有人劫走了我师妹和四弟，重伤了表弟。我已经命人封锁了江南，任何地方，任何人等，一律不准通行。从今日起，叶家任何人都不要出叶城走动了。这是命令。"

太叔公一惊，三老爷当即脱口说："睿儿也被劫走了？什么人劫走了世子妃和睿儿？"

"目前揣测，是一个身怀绝世武功的高手。总之，大家都记住我的话，但有不遵者，家法处置。"众人心神齐齐一凛。叶昔摆手，太叔公立即让开了门口，叶裳车也未下，马车径直赶入了府内叶昔的住处。

下了车后，紫风扶着叶裳进了内室。玉灵开了药方，叶昔吩咐言责速去煎药。

叶昔道："风来不可能在这么短的时间内离开江南地界，各州郡县城池都已经封锁了，任何人不得通行，她不可能带着两个人悄无声息地离开江南。只要她强行通关，我们一定会得到消息，就有她的踪迹可循了。"说完，他看向叶裳，"你可还有什么好办法查到她的踪迹？"

叶裳道："暖儿身上有香兰草的气息，但也要她在我方圆十丈之内，我才能嗅到。另外，她养的飞鹰能找到她，但是如今飞鹰都不在身边，派出去了。"他揉揉眉心，道，"让我好好想想，有什么周全之法，迫风来自己交出人来。"

半个时辰后，药熬好，叶裳喝完之后眼皮沉重，费力地睁了睁，他看向玉灵："师叔，你的药……"

玉灵温声说："你现在必须休息，我加了几味安眠的药物。待你睡醒一觉，头脑清醒了，再想救治之法。"

叶裳挣扎片刻后，歪在桌案上闭上了眼睛。叶昔将他扶起，送去了床上躺下，回身对玉灵说："师叔，表弟伤势有多严重？"

"若非当时我和紫风一人给他输了一半功力，救治得及时，他一条命就没了。"

叶昔咬牙："风来真是心狠手辣。让我不解的是，她为何也抓走了四弟？如今我封锁了江南各地，暂且等等消息吧。"

诚如众人猜测，劫走苏风暖和叶睿的人正是风来。

苏风暖当时与叶睿斗风筝，未曾留意周遭环境，但她在风筝断了线后，便感知到了风来的气息。她如今怀有身孕，不敢与她硬碰硬，索性顷刻间锁了自己的内功，脉搏霎时如被云雾笼罩。她赌风来不是来杀她的，但是不能让风来知道她承袭了望帝山祖师爷的百年功力，否则她即便本来没有杀心，也会因嫉妒和愤怒生出杀心。那样的话，孩子就保不住了，所以，她顷刻间就做了决定。

叶睿本就十分在意苏风暖，在叶裳俯身捡那一截树枝打向高空飞去的风筝时，他忽然感觉一股压力对身旁的苏风暖压来，排山倒海，十分强大。而苏风暖似乎半点也没察觉，全无反抗。他面色大变，当即扔了手中的风筝线绳，扑过去，顾不得礼数，从后面抱住了她。被叶睿抱住，苏风暖一怔。

这时，风来已经来到了近前，她当即出手，要打开叶睿，可是正逢叶裳也发现了，她要打向叶睿的那一掌移开，打向了叶裳，将叶裳打退数步。她不想露面，不想被人知道是她抓走苏风暖，索性便带着叶睿一起走了。

叶睿紧紧地抱着苏风暖，二人被风来提着。风来竟然用轻功踏着树梢而走，随着风拂过的方向，一路离开了枫山。随着他们离开，春风吹拂，枫山上没了他们的踪迹，痕迹也被吹散得无影无踪了。今日，风来选得极好，时候也掐算得极好。

风来带着苏风暖和叶睿，用轻功奔了一个时辰，怕是已经行出百里地了，方才在一处荒山处停住脚步。枫山距离叶城也就百里的路程。苏风暖猜测，这座荒山应该就在叶城外不远处。凤来停住脚步后，不客气地将苏风暖和叶睿扔在了地上。

叶睿护着苏风暖，自己的背部撞到了地面上，发出“砰”的一声响，但他仍然死死地抱着苏风暖没撒手。苏风暖又是一阵无奈，一时没开口。倒是凤来，似乎十分意外地看着叶睿：“江南叶家的四公子叶睿？”

叶睿不识得凤来，被撞了一下，没觉得疼，抱着苏风暖起身，又将她护在了身后，沉着声音问：“你是谁？”

凤来依旧是芸嬷嬷的打扮，面对叶睿的询问，她一笑：“你不必知道我是谁。”

叶睿看着她：“你为什么要抓我们？”

凤来看着他：“小子，我没有要抓你，是你紧张这个小丫头，自己送上门来，我见你痴情一片，也就成全了你。”

叶睿抿唇：“那你为什么要抓世子妃，是何目的？”

“我抓她的目的多了。”凤来看着安静地待在叶睿身后的苏风暖，哼道，“青凰的得意弟子，临终传了你望帝山的帝师令，如今就这般被我轻易抓了，如此没用吗？”

苏风暖推了叶睿一下，叶睿不让开，纹丝不动。苏风暖无奈，对他低声说：“你先让开，她若是要杀我们，早就杀了，不必等到现在。”叶睿闻言让开了半个身子。

苏风暖端详着凤来，发现上一次叶裳和叶昔暗中前往北周皇宫依照记忆画出来的凤来的画像半分没错。她佯装试探地问：“凤来老祖宗？”

凤来一怔，脱口说：“谁是你老祖宗？”

苏风暖想了想，对她眨着眼睛道：“望帝山背离师门的老祖宗凤来，鬼山派的宗主玉颜轻。月前，我和师兄、叶裳前往望帝山，从绝地里救出一众师祖和师叔以及师兄弟，才知道你还活着。”

凤来眯起眼睛，上前一步，气息顿时如高山压顶，对着叶睿和苏风暖罩来。叶睿顿时又将苏风暖护在了身后，紧张地盯着凤来：“你要做什么？”

凤来只走了一步，便停住脚步，见苏风暖面上没有惧色，凌厉地说：“我知道你将他们都救出绝地了，只是不知道你是如何救出他们的。一个没有武功的人，能在绝地里来去自如吗？”

“没有武功就不能进绝地吗？我虽然失去了武功，但我师兄和叶裳可是有武功的。他们二人带着我，自然不是问题。再说了，要进入绝地，靠的不仅仅是武功，而是脑子。我虽然没了武功，但脑子还是在的。”

凤来闻言：“那么，用你的脑子想想，我抓你来做什么？说好了，凡事都好说，说不好的话……”她目光转向叶睿，“我先杀了这小子。”

苏风暖绕过叶睿，走到他面前挡住他，平视凤来，对她说：“我是不愿意称呼您为老祖宗的，毕竟隔着我师父那层关系，我和师兄小的时候，是很想师父将您娶回家，结成连理的。那时候，我只知道您是玉颜轻，不明白师父那么洒脱的一个人，为什么那么看不开，太看重门派殊途的规矩。直到月前，在望帝山看了秘密，我才知道了原因。”

凤来脸色变换，没说话。苏风暖温声说：“其实，我从小就性子野，没什么规矩，师兄自小被师父教导，被我拐带，也没什么礼数规矩。若是我们早就知道这一桩事，也许会劝师父，人生一世，白驹过隙，何必管那么多世俗规矩礼数。”

凤来闻言又眯起眼睛：“你是这样想的？”

苏风暖坦然地道：“是啊，我自然是这样想的。只不过师父迂腐，想不开罢了。”

凤来不信，看着她道：“我不相信，苏大将军府的小姐、王大学士的外孙女、燕北苏家的大小姐、容安王府的世子妃，会是如此不顾世俗规矩礼数的人？”

“所谓无规矩不成方圆，自然不能全然不理会。但我觉得，就事论事，您重生一回，已经不是早先的凤来了，望帝山没有您半点记载，百年轮回，百骨炼化，百血凝一，您早已经就是玉颜轻了。玉颜轻和师父只是门派殊途，也不算是有碍人伦，有何不可？”

凤来面色终于现出一丝和缓，微微动容，沉声说：“你师父执拗一生，到死不能接受我，如今这样看来，他可真是收了个好徒弟。”

苏风暖觉得话说得差不多了，不再接话。凤来对她道：“你伸出手来。”苏风暖不犹豫，将手伸给了她。凤来手指按在了苏风暖的脉搏上，她的脉搏像被云雾笼罩，什么也探不清，她蹙眉：“你的脉是怎么回事？”

苏风暖平静地对她说：“自从我在望帝山的天池山寒冰窟解了叶裳热毒，便武功尽失，成了这个样子，我也想知道是怎么回事。”

凤来又探了片刻，发现还是没有结果。苏风暖的确没有半点武功，脉象奇异，仿佛有云雾笼罩，什么脉象也探不出。她在苏风暖面前，明显地感觉到苏风暖的气息与常人无异。她撤回手，冷哼道：“为了容安王府的那个小子吗？他有什么好，据说脾气差得很，只是长得好而已。我要带走你时，他竟然不识时务，如今不死，也丢了半条命。”

苏风暖自然知道叶裳有性命之忧，不过有玉灵师叔在，一定不会让叶裳出事，她虽然心疼，但是也不会过于担心。于是，她接话道：“老祖宗自然无须知道他的好。他的脾气不好，也是我从小惯的，左右是我护着、看着、陪着长大的人，我知道他的好就行了。多谢老祖宗手下留情，他可是我的命。您伤了他，我就不计较了，您若是要了他的命，我可就要找您拼命了。”

“你这副样子，风一吹就倒，还需要人护着，拿什么找我拼命？”凤来说出这句话，苏风暖低笑了一声。

凤来看着她竖眉：“你笑什么？”

“老祖宗带着我们用轻功走出百里，您只顾着一路拎着我们奔走，自然是没察觉我已经对您下了毒。”

凤来一怔，苏风暖又道：“千百年前，有一种毒叫‘无约’，不知道您可听说过？这种毒由发丝进入，老祖宗带着我们只顾奔走，我手指沾染了您的发丝，您也是发现不了的。您若是不信，可以感觉一下，是不是心口有十分细微的麻痛感？后脑勺正中的位置微微胀痛？”

凤来当下感应一下，面色瞬间一寒，看着苏风暖浅笑盈盈的模样，怒道：“你竟敢对我下毒？”

“我只是想告诉您，您虽然身怀绝世武功，我半点武功没有，但是，您挟持我，伤了叶裳，我对您用毒，是来而不往非礼也。脑子这个东西，有时候比武功管用得多。”

凤来脸色森寒：“你就不怕我杀了你？”

“老祖宗辛辛苦苦活了两辈子，总不想轻易地死在小辈的手里，不是吗？而我呢，也不想将您如何。您来找我，要是谈买卖，我十分乐意谈；若是以大欺小，以强欺弱，凌驾于我之上，我可是不依的。师父可没教导过我‘软弱’二字。”

凤来脸色十分难看，半晌，冷笑：“你可真是你师父教的好徒弟。”

苏风暖笑吟吟地说：“自然，如今您承认就行，我就算没了武功，也不会给师父丢脸。”

凤来怒道：“解药拿来。”

苏风暖摇头：“没有解药。”

凤来眼底泛起寒光，盯着她：“你真是想死吗？”

苏风暖道：“‘无约’的确没有解药，您若是知道‘无约’，那么自是该知道它没有解药的。‘无约’是我早些年偶然得的，一直放在身上，没打算给人用。只不过如今遇到了老祖宗，我怕别的药对付不了您，这才给您用了。”

凤来顿时杀气四溢，她的杀气太强大，苏风暖封锁了武功，自然受不住。叶睿又将她拽到身后扶住她，对凤来说：“我也是知道‘无约’的，你即便杀了我们，也不管用。”

苏风暖咳嗽一声，对凤来说：“老祖宗，我从不相信天下哪一样事物是没有别的事物与之相克的，只不过是没被人发现或者研制出来而已。叶裳的热毒还是无解之毒呢，还不是一样被我找到办法解了。只要您拿出做买卖的态度，念着同门之谊，我自然也能帮您找到解毒之法。”

凤来盯着她：“我真是小看你了。”

苏风暖对她一笑：“您小看我，我可不敢小看您，‘无约’是我最宝贝的东西，都拿出来给您用了，可见我是多么看重您。”

凤来泄了杀气，冷哼一声：“你以为‘无约’能毒死我？你既然知道百骨炼化，百血凝一，那么也该知道，我已经是百毒不侵之身了。哪怕是‘无约’，也奈何不了我。”

“‘无约’可能不会让您丢命，但您的容颜呢，就不在意了吗？幻容之术，我虽不懂，但要想幻容，身子骨恐怕是半分影响都受不得。您不难为我，我自然能找到解药，为您奉上。前提是，老祖宗不要仗着自己的绝世武功，太居高临下了。我虽然是小辈，但也十分不喜欢。”

凤来沉声道：“好，真是好本事，好一张利嘴。”

苏风暖笑吟吟地说：“老祖宗过奖了！师父教过我，不战而屈人之兵，我学得很熟。”

凤来冷哼一声：“你想如何？”

苏风暖叹了口气，无奈地说：“不是我想如何，是您来抓我，想要如何？”

凤来道：“传国玉玺，给我。”

苏风暖摇头：“我手中没有传国玉玺。”

凤来道：“不可能，少哄骗我。”

苏风暖耸肩：“您若是不相信，只管搜我的身，我身上的确没有传国玉玺。”

“那传国玉玺在哪里？我已经掐算出传国玉玺现世了，就在你身上。”凤来道，“在望帝山的绝地，你拿了传国玉玺。”

苏风暖想想秘密里说凤来曾经推断出凌祝的大限之日，前往望帝山送他一程，可见真是不假。她道：“传国玉玺那么重要的东西，自然是被我藏起来了。老祖宗既然能推断出玉玺现世，那么，只管推断它的位置就是了。”

凤来冷然：“只有传国玉玺现世之日，天空才出现了征兆，我只知道是在你身上。”

苏风暖摇头：“你若是推断不出来，那就没办法了。我既然得了传国玉玺，是要留着有朝一日择定明主而投的。您活了两世，看起来也不像是想要这个天下的人，要传国玉玺做什么？”

凤来道：“送人情。”

“老祖宗这么有本事，还用得着欠别人的人情吗？”

凤来道：“少废话，在哪里？”

苏风暖摇头：“我是不会告诉您的，没得商量。”

凤来脸色冷寒：“我如今杀你，轻而易举。”

苏风暖满不在乎地说：“我知道啊，我身子骨不好，老祖宗您探脉也探出来了，您就算不杀我，我也不知自己能活多久。危害天下这种事，我是有原则的，死也不给你。您找我不只这一桩事吧，说下一桩吧。”

凤来看着苏风暖，发现她真的是十分聪明。凤来抓了苏风暖，没查探到苏风暖有武功，却被她下了无约之毒，明明苏风暖才是弱者，偏偏有一种强者的姿态，凤来有些意外和惊讶，相比之下，中毒的愤怒倒没那么强烈了。凤来沉默片刻，道：

“第二件事情，随我去东境，让湘郡王交出粮草。”

苏风暖痛快地答应：“这一桩事情好办。”

凤来见她答应得痛快，挑眉：“你不会又有什么鬼主意吧？”

苏风暖道：“只要你放了叶睿，我便跟你去东境。”

凤来还没开口，叶睿当即道：“不行，我不用她放。”

苏风暖无奈，回头瞅着叶睿：“你也看到了，她是望帝山的老祖宗，不会杀我，也不会将我怎样，你回叶家吧。”

叶睿摇头：“要回叶家，我带你一起回叶家，我自己是决计不走的。”

苏风暖揉揉眉心，好言相劝：“你放着舒服的日子不过，怎么偏偏这么想不开？我知道你以前心仪于我，情分我领了，如今我已经嫁作他人妇，你无论有什么心思，都收了吧。”

叶睿抿唇，沉声道：“我没什么心思，我知道世子妃与叶世子两情相悦，我没想与你如何，不需要你承情。要回叶家一起回，你要去哪里，我都陪着你。哪怕她杀了我，我也心甘情愿。”苏风暖闻言彻底没了话。

凤来笑着说：“真是好一桩痴情的戏码啊。就算你不痴情，我也不会答应放你此时离开，暴露行踪这种事，我自然不会做。”

苏风暖看着凤来：“我虽然答应了随你去东境，但也要你能离开江南再说。”她看了一眼天色，道，“这个时辰，我师兄怕是已经封锁江南各州郡县了，江南是他的地盘，他断然不会让一只鸟雀通关。”

“这你不必担心，我自然有本事带着你们通关离开。”凤来打了个口哨，一匹马拉着一辆车从山坳里跑了出来。这匹马，油鬃水滑，十分漂亮，可见是宝马良驹。马匹来到近前，凤来亲昵地摸了摸马头，对苏风暖和叶睿道：“上车吧！”

三人依次上了车，凤来对马儿吩咐：“翻过这座大山，绕过叶城。”马儿顿时向着山坡上跑去。苏风暖刚坐稳，便听到了这句话。她挑开车帘向外看去，不远处那一面高山，足有数千丈，人都难徒步行走，遑论马车上山。这座山叫九峰山，也就是说，有九座山峰，是叶城的一道天然屏障。她转回头，看着凤来：“老祖宗没开玩笑吧？马车上山，走不好的话，我们都会被摔个粉身碎骨。”

凤来瞅着她：“你只管瞧着就是了，你还有用处，我自然不会让你摔个粉身碎骨。”

苏风暖闻言不说话了，叶睿皱着眉头说：“山上有山石颠簸，你这车厢里怎么不备厚一些的被褥？”

凤来看着叶睿：“小子，你是一点儿也没有做人质的自觉吗？你再多言，信不信我扔你下去自己徒步走路？”叶睿不说话了。苏风暖暗笑，叶睿自然是因为怕颠簸到她腹中的孩子，才有此一问。

片刻后，马车来到山脚下，那匹马当真登上了山，果然十分颠簸。凤来稳稳地压在车头，马车半点未被颠起。

叶睿对苏风暖说：“你靠在我身上好了，会减少些颠簸。”话落，他觉得这话唐突不妥，又改口说，“按照身份，我算是叶世子的表弟，你如今也算是我的表嫂。所谓长嫂如母，我断然不敢对你生出非分之想，你便靠着我吧。”

苏风暖笑喷，转头瞅着叶睿，笑吟吟地说：“我以前怎么没发现你这么可爱呢？”怪不得她师兄对这个堂弟比对叶家其他人都好，他的确聪明又懂事。她笑罢，点头：“好，我便靠着你，你可要扶稳了啊，否则我们俩都会栽下车去。”

叶睿见她答应，面色一松，点点头。苏风暖不客气地靠在他身上，叶睿承载了两个人的支撑，一只手扶着车壁，坐得稳稳的，纹丝不动。风来也不理会二人，如老僧入定，稳稳当当地坐着。

山路越发陡峭，但好马到底是好马，脚程极好，依旧一步一步稳稳地踏上了山坡。过了一会儿，苏风暖打了个哈欠，开口说：“我睡一会儿。”

叶睿道：“你若是睡得着，便睡吧，我看着你。”

苏风暖点点头，靠着他闭上了眼睛，不多时便真的睡着了。叶睿越发小心翼翼地扶着她。

风来瞅了叶睿一眼，道：“小子，你说你没有非分之想，这话骗谁呢？”

叶睿目光清正地看着风来：“我的确没有非分之想，我几年前就喜欢她，这几年，无非是盼着她再来江南，我再见她一面而已。至于非分之想，很久以前大哥便对我说，她是不可能嫁给我的，我早就断了念想。”

风来冷哼：“人的欲念一旦生成，怎么能自己掐断？若是能掐断，这世上也就没有那么多痴男怨女了。”

“别人我不知道，如今我自己是决计没有了。”

“这小丫头如今没有武功，你就算有，我也不会拦着你。”

叶睿端正面色说：“君子慎其独，不欺暗室。我虽然算不上是君子，但也不会如此畜生不如。”

风来看着他：“我忽然发现，你很像一个人。”叶睿扬眉，她却不再说话，闭上眼睛，又如老僧入定一般。苏风暖虽然睡着了，但声音还是隐约进入了她的耳朵里。她迷迷糊糊地推叶睿，不客气地说：“帮我盖上被子。”叶睿立即伸手扯了车厢内的薄被，盖在她身上。

马车稳稳地走着，足足走了一日，天黑下来时，终于出了九峰山的山脉，悄无声息地绕过了叶城。

苏风暖睡了一日，醒来见风来还如老僧入定一般，头顶有微微热气散出，显然是在解自己给她下的无约之毒。苏风暖发现车厢已经不颠簸了，但叶睿的身子依旧一动不动，手稳稳地托着她，十分牢固，她伸手推推叶睿。

叶睿立即问：“醒了？”又对她苦笑，“你睡了很久，你若是想起身，自己推我一把，我如今浑身都僵麻了，暂且动不了。”苏风暖坐起身，推了推他，又气又笑：“你说说你，非要凑上前遭这份罪。”又想着他也是为她，于是动手帮他捶了捶肩，捏了捏腿。片刻后，叶睿总算活动自如了。

苏风暖挑开车帘，探头看向外面，发现天黑了，马车依旧在荒野里走着。她回头对凤来不客气地说：“老祖宗，我饿了。”

凤来仿若未闻，依旧一动不动。苏风暖懒洋洋地说：“老祖宗，这无约之毒，就算您有绝世功力，一时半会儿也是除不去的。这种毒的霸道之处在于，它在从您发丝进入您身体的那一刻起，就流入您的身体，融入您的血液了。除非，在六个时辰内挖骨剔肉，血液换净，才能拔除它。但是拔除了，人也死了。”

凤来突然睁开了眼睛，有些恼怒地看着苏风暖。苏风暖不惧：“我从得了‘无约’，钻研多年，琢磨出大约是还有一种解法的，不用挖骨剔肉，血液换净。但是呢，也没那么容易，不过我现在自然是不会告诉你的。”

凤来冷哼一声：“总之你跑不出我的手心。”

苏风暖点头：“没错，我是跑不出您的手心，也没打算跑。可是，如今都走一天了，饿死了，老祖宗，停车弄吃的吧。”

凤来探出头，从车厢一侧拿过一个挂着的牛皮袋子，扔给苏风暖。苏风暖接过，打开一看，里面放着干粮。她用手摸了摸，风干得硬邦邦的，这样吃下去，对孩子定然不好。她又扔了回去：“才不要吃这个。”

凤来竖起眉头：“那你要吃什么？这不是干粮吗？”

“是干粮才不吃，硬邦邦的，怎么能吃？吃进去，胃定然是不舒服的。”

“我没听说你这么娇气。”

“以前是不娇气的，如今没了武功，娇气得很。”

凤来哼了一声：“就吃这个，荒山野岭，不吃没的吃。”

苏风暖道：“打野味吃。”

凤来道：“那是杀生。”

苏风暖险些笑喷：“老祖宗，我没听错吧？您不杀生？您可不是个手软的主儿，怎么打野味就是杀生了？”

凤来脸色难看地瞅着她：“正因为我百骨炼化，百血凝一，才要在这一世吃斋念佛，不杀生灵，赎罪过。否则你以为叶裳会那么好命，我能对他手下留情？”

苏风暖闻言正了神色，道：“老祖宗，您上一趟望帝山，三位师祖折了两位，四位师兄弟丢了性命。这可是六条人命，您已经杀生了。”

“那不是我亲手杀的，只能怪他们没本事、没出息，枉为望帝山弟子。”

“别人因您而丢命，在我看来，就是您杀生了。若不是您逼迫，他们如今都活得好好的，不会进入绝地，更不会丢命。无心之失也就罢了，但明知是死地还推波助澜，让他们出事，就算到了地底下，阎王爷判官的笔也会判老祖宗您一个杀生之罪的。”

凤来怒道：“你又不想活了吗？叽叽歪歪，是想教训我吗？我还轮不到你教训。”

苏风暖嘟起嘴，也恼道：“反正我就是不吃干粮，要吃你吃，我就要吃野味。”

“要吃自己去打。”

“我自己打不动。”

“自己打不动便不要吃。”

“我不吃就饿死了，饿死我，没人给您解无约之毒，您也活不了多久。”

凤来气急：“总之我是不会去杀生的。”

苏风暖道：“您不是说不亲手杀生不算杀生吗？那么，您布个阵法，把野兔子、野鸡都吸引进阵法里，我抓了它们，烤了吃掉。它们进了我的肚子，也怨不到你。”凤来一噎。苏风暖催促：“快去啊，饿死了。”

叶睿忍不住想笑，他从没见过哪个人质这般嚣张。不过被冷风吹了一天的干粮，没什么营养，的确不适宜她吃。要吃，自然要吃熟的、好的，野味是最好不过的。

凤来怒道：“我不会布置什么阵法。”

苏风暖不高兴地说：“老祖宗，我十分配合，辛苦地跟着您去东境，您就这样饿着我，一点儿也不配合我的肚子的话，那么我也不配合您了，您自己去东境吧。”

凤来眯着眼睛看她：“你威胁我？除了给我下毒，你还有什么招数？你想不跟我去东境，就不去吗？”

苏风暖挑眉：“给您下毒还不够吗？无约之毒，天下除了我，再没有人能解。”

“我如今不需要你解毒。”

“人是铁，饭是钢，我不吃饱，以后更没力气。”

凤来看着她，隐隐有要发作的趋势。叶睿这时开口，对凤来道：“你停车，我下车去打野味好了。”

凤来探出车外，勒住马缰绳。叶睿不放心将苏风暖自己留在车上，生怕她和凤来扔下他，便说：“你也下车吧，我带你去烤野味好了。”

凤来挑眉：“你不会是想带着她逃走吧？”

叶睿看着凤来：“荒山野岭的，能逃去哪里？你若是不放心我们自己去打野味，你就帮我们。”

凤来瞅瞅叶睿，又瞅瞅苏风暖，挥了挥手：“不准离开我的视线，否则有你们好果子吃。”

叶睿扶着苏风暖下了马车。这一处果然是荒郊野岭，再加上天色已晚，十分荒芜。叶睿对苏风暖说：“小心点儿，地上都是茅草。”

苏风暖点点头，对凤来问：“老祖宗，您的视线有多远？”

凤来顿时警醒："你要打什么主意？"

苏风暖翻了个白眼："我是想问问您，我们能走多远，免得到时候我们抓兔子、野鸡抓得正尽兴，您突然出现干涉我们。"

凤来哼道："方圆五里，随你们闹腾。"

苏风暖唏嘘："老祖宗，您可别吹大话。"

凤来不屑道："我用得着吹大话吗？小辈见识浅，不知武功至高境界。"

苏风暖嘴角抽了抽，四下看了一眼，说："也就是说，我们别出这片荒山就行了？"凤来"嗯"了一声。苏风暖转头对叶睿说："你听到了，别出这片荒山地界，老祖宗宁愿啃干粮，也不杀生吃野味，我们躲远点儿吧，免得她不劳作，闻到香味又来抢。"这话简直是小孩子怕抢糖果糕点的小气样儿。

凤来又哼了一声："你们快点儿，我没什么耐心。"

苏风暖不客气地说："抓来野味要褪毛扒皮，还要架火烤熟，哪里那么容易？再说那匹马翻山越岭的，走了一天，您不歇着，也该让马儿歇歇。这可是一匹宝马，别给累死了。"

"废话真多。"凤来不耐烦地摆手。

苏风暖向那一片树林走去。叶睿自然跟在她身边。苏风暖径直走进了树林深处，走出大约二里地，才对叶睿说："就在这儿吧，这儿有块空地，我在这里捡干柴捣鼓架火，你快去打野味来，真是饿死了。"

叶睿知道凤来虽然人没跟来，但强大的气息早已经覆盖这座荒山，他们的一举一动，她想必都清楚得很。她若是想来，顷刻间就能到。他不放心地道："你自己待在这里能行吗？"

苏风暖笑着说："能行的。"

叶睿依旧不放心，嘱咐道："我不会走远，有什么事，你立即喊我。"

苏风暖摆摆手："啰唆，快去吧。你不饿吗？"叶睿立即去了。

苏风暖在周遭拾干柴，不多时，便拾了一堆，从怀里拿出火石，开始架火。没用多久，叶睿便拎了两只野兔、两只野鸡走了回来。见苏风暖已经拾好干柴架了火，对她说："这个要怎么烤？"

苏风暖说："交给我就好。你去那棵最大的树下，挖个坑，会有水冒出来，到时候我剥完它们的皮，要洗一洗才能烤，这样干净。"

叶睿点头，立即去了。他在树下弄出了个大坑，不多时，果然有水慢慢地溢出来，他第一次知道这种野外生存的办法，惊喜地说："出水了。"

苏风暖点点头："如今水定然有点儿浑浊，等一会儿，水清了，就可以用了。"

苏风暖对他无声地招手，示意他过来。叶睿立即走到苏风暖的身边。苏风暖指指树梢，又比画了个飞的手势。叶睿眨了眨眼睛，足尖轻点，上了树，顷刻间便抓了两只山雀。苏风暖顿时笑了，想着叶睿的确聪明。

叶睿下了树，将山雀递给她。苏风暖又指指树，意思是不够，让他再多抓些。叶睿于是又上了树。

苏风暖伸手入怀，取了随身带着的纸笔，纸是上好的绢纸，笔是用木炭做的。她在纸上写："已攀过九峰山出叶城，前往东境，安好，勿担心。"写完用草绳绑在了山雀的腿上。

如今她身边没有飞鹰，全部放出去了，只能依靠这种山雀来传信了。山雀未经训练，只能多弄些。师兄和叶裳封锁叶城后，久不见凤来和她的踪迹，必定会忍不住派人四处搜查。那么，多弄些山雀，都写上这样的字迹，绑在腿上，早晚能被他们发现。

叶睿看到苏风暖的动作，也明白了她的意思，便不停地上下树，怕凤来察觉，还刻意从树上折了几次枯枝，扔进了架好的火堆里，让火烧得更旺些，噼里啪啦的声音掩盖苏风暖细微的纸笔声。

一连抓了二十多只山雀，苏风暖觉得差不多了，示意他停手。放飞了山雀后，山雀早已惊得不敢在山林里待，向别处四散飞去了。

苏风暖拎起兔子和野鸡，走到水坑旁，水已经快溢满那个坑了，十分清澈，于是将兔子和野鸡扔进去洗干净，又拿出来，放在火上烤。

苏风暖笑着说："以前我和师兄游历时，没钱落宿客栈，便宿在荒山野岭，饿了就打野味，渴了就饮山泉水。"

叶睿一怔，看着她奇怪地说："你没钱也就罢了，大哥怎么会没钱？"

苏风暖失笑："他穷得叮当响，我偶尔身上还能掏出两个铜板，他是一个也掏不出来。"

"为什么？江南叶家的营生遍布天下，每一座城池都有钱庄，他是继承人，只要亮出玉佩，随时可取。"

"这你就不知道了，师父早在他入师门之时将他的玉佩没收了。我们两个跟着师父，就要靠自己的一双手赚钱，这些年，不说他没花江南叶家钱庄的一文，还给江南叶家赚了不少。师父告诉我们，要在这个世道上立足，首先要学会自己不饿死。刚入师门时，他带着我们在荒漠之源一待就是半年。我们出了荒漠之源后，都感觉自己与尘世格格不入了，像个野人。"

叶睿道："一定很辛苦吧。"

"怎么说呢，辛苦也不辛苦，我们心中都有执念。师父的执念是，将他从凌祝师祖手中接掌的望帝山帝师令早早地寻到继承人，传承下去。师兄的执念是，支撑起江南叶家，让叶家累世积攒的荣华不在他这里没落。他从小就知道外公对他寄予厚望，他即便再不想管江南叶家，也要担负起这个责任。而我呢，是为了叶裳，自从容安王和王妃战死沙场，他在十里荒芜、白骨成山的战场上活下来，我随父亲一起找到他后，就发誓要护他一生一世。所以，我必须学尽所学，才能为他支撑起一方天地。”

叶睿抿唇：“原来你与叶世子的情分是从那时候就注定了的。”

苏风暖想到叶裳，声音不自觉地温柔下来：“是啊，只是我没想到，我还没学有所成时，他便中了热毒。”

“如今，叶世子的热毒还是被你解了。”

“这是我目前为止最得意的一件事了。”

叶睿看着苏风暖，她说这句话时，扬起的笑脸十分明媚。虽然夜晚没有阳光照耀，但他还是觉得她从内到外都透着明媚之色。他笑了笑，说：“叶世子受尽了苦痛，是该得到这世间最好的温暖了。”

第十七章 前往东境

苏风暖和叶睿一边吃着东西一边聊天，苏风暖吃了半只兔子、半只鸡，叶睿跟她吃的一样，苏风暖又让叶睿凿树洞凿出了些干净的水，吃饱喝足，总算舒畅了。

叶睿问：“这剩余的一只兔子和一只鸡呢。”

苏风暖说：“带着吧，明天若还是在前不着村后不着店的地方，我们还得继续吃，饿了也不用现去抓，总比那破干粮强多了，好歹是肉啊。”

熄灭柴火，叶睿拎着一只烤熟了的兔子和野鸡，跟着苏风暖一起回了原地。他看出来了，苏风暖根本就没打算跑，也知道，凭凤来的武功，他们想跑也跑不了。

回到马车旁，凤来正站在车前，看着望帝山的方向。叶睿将一只兔子和一只鸡装进了车旁的牛皮袋子里。

苏风暖吃饱了，心情很好，笑吟吟地走到凤来身边，对她说：“老祖宗，您这是在看望帝山吗？我虽然从师父手中接了帝师令，但都不时念着望帝山，还是贪恋这俗世红尘。您这般念着望帝山，为什么呀？”

凤来哼道：“谁念着望帝山了，望帝山有什么好？”说完，对她沉声道，“上车，启程了。”

三人上了马车，苏风暖对叶睿说：“如今没有山峰了，虽然是荒山野岭，但也还好，不算颠簸，你不必照看我了，睡一觉吧。”

叶睿摇头：“我不困。”

苏风暖道：“我睡了一日，精神得很，你睡吧，等我困时，你也好有精神照料我。”叶睿闻言点点头，靠着车壁，闭上了眼睛。苏风暖扯过被子，盖在了他身上。

凤来瞅了二人一眼，对苏风暖说：“这般招桃花，跟你师父一个样。”

苏风暖失笑：“我师父邋里邋遢的，这么多年，也没招了什么桃花。他的桃花不是早就被您斩断了吗？”

凤来沉下脸："那陈芝苒是怎么回事？石头缝里蹦出来的不成？"

苏风暖想着我还没问你，你正好问我了，那就要说道说道了，她看着凤来讶异地说："老祖宗，我以为陈芝苒是您和师父……"

凤来怒道："一派胡言！"

苏风暖无奈地说："既然这样，我也不知道了。从我和师兄跟着师父学艺起，便没见过师父身边有哪个女人，除了与鬼山派的玉颜轻因为门派殊途，不能结成连理，真是一只母耗子都没有。所以，陈芝苒指不定不是师父的女儿呢！您若是也不知道，我们只能慢慢查了。"

凤来哼了一声。苏风暖道："您将陈芝苒弄哪儿去了？他哥哥找她，急得都快跳脚了。若老祖宗您不开口，我还不知道原来她被您弄了去。"

凤来道："在京城。"

"哪个京城？"

"南齐京城。"

苏风暖道："您没虐待她吧？她小胳膊小腿的，不禁虐待。"

凤来哼了一声，不答她的话。苏风暖觉得陈芝苒大体应该是没受什么虐待的，她便也不再揪着问。"老祖宗，您说让我随您去东境，让湘郡王交出粮草，您什么时候管上我们南齐朝政民生的大事了？"话落，她忽然说，"对了，我们南齐皇帝失踪了，是您将他带走，藏起来了吗？"

凤来语气极其不屑地哼道："一个糟老头子，我藏他做什么？无用至极的废物。"

"既然皇帝不是您带走的，那您怎么关心起南齐朝局的事了？"她佯装猜测道，"难道是因为大皇子？大皇子如今正四方受急，急需粮草，稳住朝纲。"

凤来看着她："你猜得不错。"

苏风暖盯着她，恍然大悟地说："噢，我晓得了，我师父死了三四年，您早已经将我师父忘了，看上大皇子了。"

凤来一怔，顿时恼怒："胡说八道！再胡说，我封了你的嘴。"

苏风暖咂咂嘴，咳嗽一声，小声道："不是就不是嘛，您犯不着动怒，咱们这是聊天，闲聊，您会不会与人聊天啊？"

凤来瞪着她："多嘴多舌。"

出了九峰山后，凤来依旧走最难走的人迹罕至的路，宝马良驹拉车，向东境而去。

苏风暖和叶睿轮着班地睡觉，苏风暖是处于黑白颠倒状态，白日一睡就是一天，晚上精神得很，没话找话与凤来聊天。凤来开始不爱搭理苏风暖，动不动就冷哼，时日一长，倒也温和起来，与苏风暖聊上几句。

对于帮助大皇子，凤来说是欠了人情要还，所以，才涉入这朝纲民生之事。苏风暖再问她什么人情，她却不说了。苏风暖想着她应该不是欠大皇子的人情，十有八九是欠萧贤妃的人情。至于是什么人情，估计十分不可说。

叶裳被玉灵在药里放了几味安眠的药物后，足足睡了半日又一夜。当他醒来时，已经是第二日的早上了。叶昔见他醒来，立即说：“你总算醒了。”

叶裳立即问：“暖儿有消息了吗？”

叶昔摇头：“没有，等着你醒来，商议如何查找，各州郡县从我下命令封锁之日起，一只鸟雀都没通关。我觉得，凤来可能是带着暖儿待在了江南某一处。”

叶裳看着他，脸色不好：“我睡了多久？”

叶昔道：“半日一夜。”

叶裳问：“你就没有派人去找？”

叶昔道：“从对付望帝山一众人来看，凤来十分心狠手辣，派人四下查找的话，即便找到了也是无用，送不回来信。另外，苏青和凤阳要去找，我也不放心，先等你醒来再说。江南太大，就算要找，也不能盲目地找，总要商量一番，如何找。”

叶裳抿唇。叶昔道：“你别担心，小丫头不是软脚虾，凤来即便再厉害，她应该也不惧的。更何况，她身上有师祖的百年功力。”

叶裳道：“她当时应该是察觉到凤来出现，自己封锁了功力，让凤来将她带走了。”

“这样的话，就更不用担心了。”

叶裳睡醒一觉，脑子清醒很多，对叶昔道：“暖儿被凤来带走，她怕我们担心，定然会在某处留下记号，或者会想办法给我们传消息。派人去找，将所有人都派出去。以叶城为界，方圆百里，寸草寸木都不放过。”他看着叶昔熬红的眼睛，道，“关心则乱，玉灵师叔给我下药是对的，表兄也不必担心了，传下命令后，你、三哥、凤阳及未曾休息的所有人都去休息。等派出去的人找到信号或者消息，我们再谋定而后动。”

叶昔点头：“我这就去传命令。”苏青、凤阳觉得叶裳说得有理，挣扎片刻，也去休息了。

叶昔命言责传出他的命令，所有暗卫、官兵都沿着叶城，方圆百里地毯式搜索，苍蝇鸟雀、草木山石，每一处都不放过。传达完命令，他也知道自己如今脑子浑浑噩噩，不能这样熬着，便去休息了。

叶家人第一次见识到了叶昔的本事，一个个规规矩矩，不敢再炸刺，也不敢再争权夺利。江南叶家的内乱似乎一夕之间烟消云散了，一切都十分平和，没人敢触叶昔的逆鳞。

派出的人搜寻了两日，没有丝毫消息传回来。叶昔也有些急了，说：“不应该啊。”

叶裳蹙眉，对跟着言责出去一起搜寻的千寒问：“方圆百里，确定寸草寸木都没放过？”

千寒想了想说：“除了九峰山顶。”

叶裳立即说：“派人去九峰山顶搜。”千寒应“是”，立即去了。叶昔对言责摆摆手：“你们也去，九峰山顶，人迹罕至，搜查更要仔细些。”言责点点头，也立即去了。

叶昔道：“难道凤来不是走各州郡县城池的关卡，而是走九峰山的山脉？绵延数百里，走上数日，真的能够出江南了。”

叶裳眯了眯眼睛：“派出去的人略过九峰山，是因为九峰山十分难走吗？”

“高山一重接一重，共有九重。毒蛇猛兽时常出没，灌木荆棘遍地皆是，尤其是深山林木，满是毒瘴，常人吸入瘴气，中毒若深，便是无救。你觉得，凤来是不是真带着他们走九峰山了？”

“无论是山峦高耸，还是毒蛇猛兽，抑或灌木荆棘，再或者有毒的瘴气，凤来都不怕是吗？她知道劫走暖儿和叶睿，江南是你的地盘，你必在各州郡县城池的关卡布下天罗地网，她即便武功高绝，也不见得不怕数万兵马围困。为了避免麻烦，九峰山确实是首选了。”

叶昔道：“若是她走九峰山，我的确是无论如何都拦不住的，普通官兵进不了九峰山，能进入九峰山的人，唯独你我的暗卫、武功高手才能闭息屏蔽瘴气。偌大的九峰山，即便知道她的踪迹，也拦不住，只能任她离开了。”

叶裳道：“离开就离开，我只想知道暖儿如今是否安好就行了。”

又等了一日，依旧没有消息。第四日傍晚，在叶裳和叶昔也快失去耐心时，千寒和言责终于带了一只山雀回来，满面欢喜地拿给二人看。山雀的腿上绑着绢纸，上面写着一句话：“已攀过九峰山出叶城，前往东境，安好，勿担心。”正是苏风暖的笔迹。

叶裳终于露出了笑意，竟然如他所料能通过山雀传消息，可见苏风暖在凤来的手底下并没有吃亏。

叶昔也是心下大慰，对叶裳道：“想必如你猜测的一般，是带着暖儿去东境对付湘郡王了。大皇子也是煞费苦心，请了凤来前来拿人，真是十拿九稳，如今怎么办？我们是否追去东境？东境是湘郡王的地盘，湘郡王筹备多年，不好易与。”

叶裳想了想道：“不，不去东境，我回京城。”

“嗯，”叶昔看着他，“你不去东境救小丫头了？”

叶裳抿唇：“她既然能用山雀传信，可见并无大碍，我们如今即便去了东境，也救不出来她，不如回京城，对大皇子施压。我倒要看看，大皇子交不交人。”

叶昔琢磨了一下，叹道：“你说得有理，即便你我联手，也不是凤来的对手，更何况如今你伤势太重，还未养好。回京城，同样是一个好办法。”

叶裳点头：“备车，即刻启程回京。”话落，他对叶昔道：“你就留在江南吧，我自己回去。”

叶昔皱眉：“不行，你如今重伤，我怎么能放心？我与你一起去京城。”

“你刚让江南安稳下来，如今还不宜离开，你的江南，也算是占了四分之一的江山。我如今也算是想明白了，若是想护着最在意的人一世安好，必要让天下先安稳。只有天下长安，我才能安。你留在江南吧，等我消息。”

“你的意思是……”

“暖儿从望帝山祖师爷手里接过传国玉玺给了我，我总不能辜负祖师爷的在天之灵。”

叶昔恍然大悟，伸手拍拍他的肩膀：“好吧，那你路上小心，我派一队人马护送你回京。”

苏青和凤阳听闻叶裳要回京，立即来找他。叶裳将他的意思说了，对二人问：“你们有什么打算？”

凤阳道：“虽然已经拦截不住，去东境从凤来手中也夺不回来人，但是我觉得也要有人去东境。更何况，我父亲还在东境，我要去一趟东境。”

苏青道：“这样，叶裳回京，叶昔兄留在江南，我和你去东境。”

凤阳点头：“也好。”

紫风、玉灵二人随叶裳进京。秋华闹着要和苏青、凤阳一起去东境救苏风暖。紫风和玉灵觉得苏青和秋华这些日子处得还不错，虽然目前还看不出有什么小儿女的情意，但相处的时日还短，如今秋华随着苏青去也好，正好培养感情，便痛快地答应了。

苏青连忙摇头：“不行，我怕照料不好你。”

秋华瞅着他：“苏青哥哥，凭你的武功，都不见得是我的对手。我这些年四处跑着玩，大江南北哪里都去过，世面见识得多了，不用你照料，我能照料好自己。”苏青被噎住，一时没了话，的确，论见识他还不如秋华。

陈述不想回京，去东境也是苏青等人的拖累，便随叶昔留在了江南。叶裳临走时想起楚含，派人叫来他，询问他的打算。楚含身份敏感，帮不上忙的同时，不知道以后该何去何从。见叶裳问他，他摇头：“我不知道，你帮我决定吧。”

叶裳想了想，道：“你随我进京吧。你毕竟是皇上的亲生儿子，是南齐的皇子，有朝一日，身份总归会大白于天下。刘家的血脉，怎么可以流失在民间？”

楚含抿唇自嘲：“即便身份大白于天下，我在南齐京城恐怕也没有立足之地。我曾经带着北周兵马，马踏南齐国土，杀生无数，南齐上下谁会容我的身份？”

叶裳道：“不知者无罪，两国兴兵之事早已经翻篇，就算要论罪过，也论不到你身上多少，是月贵妃和萧贤妃造的孽罢了。你放心随我回京，还跟我住在容安王府，待你身份大白天下那一日，我保你有容身之地。”

楚含动容，点头：“好，我随你回京。”

叶昔派了一队人马，当日夜里，护送叶裳回京。队伍不敢走得太快，免得奔波加重叶裳的伤势。叶裳离开后，苏青、凤阳、秋华一起离开，去了东境。叶昔撤了江南各州郡县的封锁令，开始整顿叶家人。

太叔公见叶裳回京了，苏青、凤阳也离开了，叶昔面上也不如早先那般担心焦急了，小心地问叶昔："公子，世子妃和睿儿可有下落了？"

叶昔拍拍太叔公的肩膀，温和地说："您老白发又多了，四弟无事，您以后安心颐养天年吧，别操太多心了。人生短短一世，到了您这个岁数，就该想开点儿，享受子孙绕膝的天伦之乐，您说呢？"

太叔公瞅着叶昔，江南叶家真正的公子，一身世家大族养成的底蕴和气度掩都掩不住，轻而易举地就让叶家所有人都不敢再炸刺。他感慨，自己真的老了，地上的影子都驼背弯曲，不像叶昔，站得笔直，气度清雅华贵。这才是叶家的指望和未来。他点点头，笑呵呵地说："公子说得对，这些年，我可真是操了不少闲心，如今公子回叶家，支撑起门庭，这是再好不过的事了。只要睿儿没事，我的心也就安了。听公子的，以后多享享福。"

叶昔微笑："太叔公这样的心态，长命百岁不是问题。"

苏风暖在江南失踪之事，如一阵风一般地传了出去，不出几日，便天下皆知。前段时间，北周萧贤妃昭告天下，说苏风暖、叶裳等人在北周皇宫意图刺杀北周皇帝。如今便传出苏风暖在江南被人劫持，下落不明，叶裳受了重伤。这样的消息一出，都猜测是否北周暗中动了什么手脚，抓走了苏风暖。

消息传到京城，许云初第一个便坐不住了，发信函前往江南，询问发生了什么事。王大学士府、苏大将军府、容安王府府邸等众人也是大急，叶家主当即写一封书信发往江南，询问叶昔情况，同时派人出京打探消息。

凤来带着苏风暖、叶睿一直都在走荒山野岭、人迹罕至之地，苏风暖自然不知道她的失踪早已经传得沸沸扬扬。一连数日，苏风暖吃野味都吃腻了，还没有到东境。

这一日，她忍不住跟凤来抱怨："老祖宗，我嘴里如今都快淡出鸟来了，整日打野味来烤，但是也没有盐，实在淡得很，您能不能不走荒山野岭了？找个有人烟的地方走行不行？您怀有绝世武功，怕什么呢？如今早出了江南的地界不知多远了，没人知道咱们在哪里。"

凤来瞥了她一眼："别以为我不知道，你打野味来烤时，不是采了很多草药磨汁调味吗？嘴里怎么就淡出鸟来了？"

苏风暖瞪眼："草药汁也抵不了盐啊，长期不吃盐，会长粗脖子的，就不美了啊。"

凤来哼了一声："整日里邋里邋遢，没看出你哪里爱美来。"

苏风暖翻白眼："您将我擒来，没衣服换，可不就邋遢着吗？您车上只有干粮，连个盐袋都没有，再这样下去，我们都快成长白头发、长白毛的野人了。”

凤来终是被苏风暖抱怨得厌烦，走了一日后，拐出荒山野岭，进了一个小镇。马车刚踏入小镇，苏风暖就挑着帘子说：“老祖宗，去那家宝香斋，他家的东西可好吃了，尤其是招牌菜焖烧醉鸭，出名得很，恨不得让人一日三顾。”

凤来哼了一声：“你选这么贵的地方，身上带银子了吗？”

苏风暖摇头：“没有啊。老祖宗，您出门来劫人，身上没带银子吗？我没有银子，自然是花您的银子啊。”

凤来道：“我不需要银子。”

苏风暖看怪物一般地瞅着她：“别告诉我您这么多年，都嚼破干粮混日子。”

凤来又哼了一声，不再说话。苏风暖见她可能真是没有银子，便转头看向叶睿：“你身上有银子吗？”

叶睿温声说：“我每次出门都是带着银子的，不过在枫山不需要银子，上山放风筝前，便解下钱袋放在房里了。如今也是身无分文。”

苏风暖无言片刻，对凤来耍赖说：“老祖宗，您给我想办法，我不管，我就要吃宝香斋的醉鸭。再不吃，我肚子里的馋虫都快跑出来了。”

凤来抿唇，不耐烦地训道：“别嚷嚷了，让你吃上就是了。”苏风暖顿时不嚷了。

马车来到宝香斋门口，三人下了车，小伙计立即跑出来，笑呵呵地问：“三位客官，是打尖还是落宿？”

凤来说：“打尖。”

苏风暖说：“落宿。”

二人几乎同时开口，小伙计顿时一怔。凤来皱眉。苏风暖立即说：“每日躺在车上，好多日子都没睡个安稳觉了，宝香斋不只酒菜好，客栈环境也是上乘。老祖宗，您既然能解决一顿饭，就住一晚上吧，反正我吃饱喝足是不想走了。”

凤来蹙眉：“不行。”

苏风暖抬步就往里走：“如今天色都晚了，反正我是不想走了，要走您自己走。”她招呼身后：“叶睿，快跟上，你不饿吗？”说完，她又对愣着的小伙计说：“上好的包房，把你们宝香斋四大名厨拿手的招牌菜都上来，另外，再给我们两间上好的厢房。”

小伙计答应了一声，连忙头前带路：“客官，您随小的来。”

叶睿走在苏风暖身后问：“为什么两间客房？”

苏风暖头也不回地说：“我跟老祖宗一间，你是男子不方便，自己一间。”

凤来见苏风暖自己做了主意，一点儿人质的自觉都没有，本来要恼怒发火，听苏风暖说与她一间房，顿时怒气莫名地就散了些，板着脸默认了苏风暖的决定，进了宝香斋。

小伙计将苏风暖领到上好的包房，连忙说：“客官，小的这就去催厨子赶紧给您上菜。”

苏风暖摆摆手：“不急。看到我们三人的衣着了吗？去找你们这里最出名的成衣坊，让他们来一个人，给我们三个每人弄两套新衣服来。”

小伙计一怔，点点头：“成，小的去厨房吩咐了厨子后就去成衣坊，我们这里最著名的轻纺阁，衣服都是顶好的。”

苏风暖露出笑意：“好，就他家了。”小伙计立即去了。苏风暖走到一处软榻上，不顾形象地躺了下来，咕咕哝哝地嘟囔：“好舒服啊，总算是沾到床了。”

叶睿知道她怀有身孕一路奔波定然十分辛苦，只不过不说罢了，对她温声道：“若是累，你先睡一觉，饭菜做出来没那么快。”

苏风暖点点头，当真闭上了眼睛。风来瞅着苏风暖，想着自己年轻时是什么样，可否这么娇气过。不知多久之前，她就丢弃了这些女儿家的娇弱，显露在人前的从来都是一副强者姿态。久而久之，她都不知道自己撒娇是什么模样了。她一时神情恍惚，似想起了久远的前尘往事，默默地坐下身，没说话。

不多时，有小伙计端来一壶茶，放在了桌案上，对叶睿说：“公子，这是上好的青雾花茶，是咱们八宝斋最好的茶。品一口，唇齿留香。”

叶睿点点头，问：“可有红枣茶？再来一壶红枣茶。”小伙计应一声“是”，立即去了。

风来哼道：“都什么时候了，还喝红枣茶，她的娇气都是被人宠惯的。”

“如今虽是春日，但依旧乍暖还寒，她睡醒一觉，喝一盏红枣茶，正好暖胃，再吃饭菜，便不会导致胃不舒服。”

“花茶也是热茶，就不能暖胃怎的？”

叶睿道：“在我看来，没有红枣茶好。”风来不说话了。

过了一会儿，早先那名小伙计带来一个中年男子，进门后，瞅见苏风暖睡着，叶睿和风来在座，他笑着对叶睿说：“公子，这是轻纺阁的掌柜的，听说有客要买成衣，便跟着我来了。您可以告诉他要什么样的。”

叶睿瞅着轻纺阁的掌柜的，四五十岁，穿着灰色长袍，蓄着胡须，模样端正，看起来面色十分和气。他道：“我的衣服随意就好。”话落，他一指床上躺着在睡的苏风暖，“她的衣服嘛，要上好的。”

掌柜的瞅了一眼苏风暖，拱手说：“烦请公子喊醒这位姑娘，我要看看她的身量，方可为她选合适的尺寸。”

叶睿走到床前，伸手推苏风暖：“醒醒。”苏风暖本也没怎么睡着，应声坐起身，瞅了那掌柜的一眼，站起身，笑着问：“你们轻纺阁最贵的衣服多少银子？”

“回姑娘，我们轻纺阁最贵的衣服是要金子的，银子不够。”

苏风暖转头对风来说：“老祖宗，咱们要去东境，可不能寒酸了，您没银子，可有金子，让咱们吃得饱，穿得暖，体体面面地去会客？”

凤来哼了一声："你只管做就是，没有金子，没有银子，也有东西给你花费。"

苏风暖顿时笑了，对那掌柜的道："我们每个人来两套最合适我们穿的最贵的衣服。"

掌柜的连忙颔首，笑呵呵地道："这好说，我们轻纺阁有现成的最好的沉香缎的成衣，男女老少的都有。价钱自然也是好价，千金一件。"

"那就行了，你快去，给我取来，金子少不了你的。"掌柜的点点头，不再多说，连忙去了。

小伙计道："小的去厨房给几位催催饭菜。"说完也下去了。

苏风暖也不睡了，走到桌前坐下，对凤来好奇地问："老祖宗，我们吃住是最好最贵的酒家，穿戴是千金一件，您真有东西付账吗？别到时候人家来催账，我们只有逃跑的份儿。"

凤来哼了一声，从怀中拿出一块玉牌扔给她："这个够不够？"

苏风暖接过来一看："原来金玉钱庄是大皇子的，他对您真好，这个都毫不含糊地拿来给您了。您早拿出来啊，免得我们这一路上风餐露宿的。"

宝香斋的酒菜，色香味俱全，荤素搭配，一席菜吃得苏风暖十分舒畅。尤其是红枣茶，甚得她心，一个人喝了一壶。凤来吃得极少，只吃了些素菜，便放下筷子，端着一盏青雾花茶慢慢地品着。

苏风暖吃饱喝足，瞅着凤来说："老祖宗，您这样真没趣，又枯燥，又乏味。"

凤来一顿，看着她，冷声道："你又想说什么？"

苏风暖叹气："您哪，好酒不喝，好肉不吃，过日子如白开水一般，无趣得很。我怕我再跟您待下去，以后也会变成闷葫芦的性子。"

凤来哼了一声："你都嫁作人妇了，还整日里闹腾得很，就是有出息？把自己武功都给混没了，就是有趣？"

"说得也是。"她无奈地耸耸肩，"真是道不同，不相为谋啊。"苏风暖打了个哈欠，对叶睿摆手："你去睡吧，明日睡到自然醒再启程。"叶睿点点头，转身去了。

苏风暖爬上了床，自己躺去里侧，然后拍拍另一侧："老祖宗，我睡觉不老实，您快上床挡着我些，免得我睡着了打滚掉下去。"

凤来瞅着苏风暖，娇娇软软的人儿，裹了被子，很快就睡着了。当年她若不是因为爱上师父，逼他自杀，而走上了这一条百年轮回路，也许就会如苏风暖一般嫁人，也会有儿女绕膝……这样的想法，她从来没有过，自从挟持了苏风暖，相处日久，越发想得多了。

她坐了许久，直坐到掌灯时分，天色昏暗下来，也没有上床去睡。漆黑的夜里，她的武功可以笼盖住这座小镇，一动一静都在她的意识中。外面喧嚣，更显得尘世的烟火气重。这么多年，她似乎从没好好地感受过尘世的热闹。许久，她才上床，在苏风暖一侧躺了下来，听着她均匀的呼吸声，不多时竟然也跟着睡了。

第二日，凤来睁开眼睛，发现床里侧已经没了人，她一怔，忽地坐起了身。房中也没人。伸手摸摸床上，被褥是凉的。她瞬间冲出门外，抓住早先那个迎他们进来的小伙计问："那个小丫头呢？她什么时候走的？"

那小伙计一怔，连忙说："昨日那位姑娘吗？没走，她在后院的草棚里喂马。"

凤来一听，当即去了后院，果然见苏风暖正在给马喂草。她的脸色十分难看，一步步走近，阴沉着脸说："你是怎么从我身边离开的？我竟半点没察觉到你下床离开了房间？说！"

苏风暖手里拿了一把草，正在一点儿一点儿地喂给马吃，扭头向她瞅来，不客气地嘟起嘴哼了一声。"昨日喝水喝多了，早上醒来去茅房，见您睡得熟，我只能轻手轻脚地从您脚边爬到了地上，没敢打扰您。"话落，她道，"老祖宗，还是床舒服吧，瞧您睡得这个沉。"

凤来一怔："我睡得很沉？"

苏风暖点头："可不是，我睡不着了，怕扰醒您，只能来喂马了。"

凤来面色微微和缓下来："我似乎有好久没睡得这么沉过了。"

"您何必呢？一世也就百年的光阴，匆匆即逝，该享受的时候就要享受，否则没有乐趣，还有什么活着的意义？"苏风暖又问，"老祖宗，您活着的意义是什么？"

凤来不答话，站在原地，晨雾将她笼罩，她面容有些虚幻。苏风暖隐约看到芸嬷嬷的面容隐隐淡去，瞬间换了一张倾城颜色，原来这就是幻容，这世间当真有这样神奇的幻术。随着她容貌的改变，一头只有几根白发的青丝也变成了如霜雪一般。这应该就是当年他师父拒绝她拒绝得彻底，令她心神大伤的见证。

不过也只是须臾，她周遭笼罩的虚幻退去，她的声音透着几分晨起的清冷，回答苏风暖的话："意义？我早已经不知道我活着的意义是什么了。"

"那老祖宗以前那些年呢？总有什么东西是您的支撑。"

"执念。即便活在炼狱里，也不踏足黄泉道，永生永世不相见。"

"是第一世的人，还是第二世的人？永生永世不相见的那个人是谁呢？"苏风暖问。

凤来道："第一世有第一世的人，第二世有第二世的人。"

苏风暖看着她："您心中的恨有这么深吗？对你师父、对我师父，恨都一样吗？"

凤来目光忽然又变了一下，片刻后，慢慢地摇摇头："不是，怎么能一样？一个是鲜血白骨，累累罪；另一个是红尘夙愿，意难平。"

苏风暖轻叹，想着这才是她真正的心声了。她因为爱而不得，逼死自己师父，从此堕入了人性最阴暗的那条路，追求长生之道，不老不死。白骨成堆，都是罪恶。重生一世，红鸾星动，遇到了苏风暖的师父，却还是未能圆满，到底是意难平。恨终生与意难平自然是不同的，也就是说，她对苏风暖的师父是不恨的。

苏风暖看着凤来，认真地问："老祖宗，您知道我师父是怎么死的吗？"

凤来虚无的目光渐渐地聚拢："你不是告诉我，他是天命大限吗？"

"经脉尽断，虽然十分像天命大限，但如今看来怕是另有隐情。"

凤来眯起眼睛："什么意思？"

苏风暖摇头："我也不知道，师父说过，要看着师兄和我将来各自嫁娶，他总要观礼喝一杯喜酒，怎么会有自爆经脉的想法？另外，除了老祖宗您的事，他素来通透，对这世间的恩恩怨怨看得明白，不会自暴自弃的。所以，我想问问老祖宗，您可知道？"

凤来沉着面容说："我只看到他的一半骨灰，连他的尸首都未见，想得知什么，他和你都没给我机会。"

苏风暖盯着她的眼睛道："当时我也以为师父是天命大限到了，师父临终留下遗言，让我将他的尸骨火化，一半送去青玉山，一半送去鬼山派。我便依照他所说的做了。"

凤来闻言幽幽地道："总之人都死了，知道怎么死的又有什么用？死了的人一了百了，活着的人空留念想。"话落，她摆手，"走吧，用过早膳，启程。"

苏风暖看着她，又问："老祖宗，那如今您还有执念吗？"

凤来点头："有。"

"能说吗？"苏风暖又问。

"报恩。"

"大皇子的恩？"

凤来"嗯"了一声，之后似乎察觉自己今日说得太多了，沉下脸："问这么多做什么？别以为我这一路上没将你怎样，你便在我面前越发放肆了。"

苏风暖见她又变脸，扭过身，将手中的草喂给马，之后拍拍手，对凤来哼道："不说就不说，谁乐意听呢！您不知道我每日与您待着无趣死了，还不如和马说话呢，它好歹知道对我和颜悦色。"

凤来哼了一声，转身往回走。苏风暖跟在她身后，一边走，一边踢着地面的一块小石子，将小石子踢得滴溜溜地转，跑到了凤来的脚边。凤来忽然转过身，停住脚步，对她说："将你的手给我。"

苏风暖瞅着她："干吗？"

凤来竖起眉："把手给我。"苏风暖上前两步，将手臂伸给她，凤来伸手给苏风暖把脉。她的脉搏依旧如云雾笼罩，雾气似乎更浓了些。她蹙眉，抬眼看苏风暖，发现她的面色在晨光里透着微微的透明色："你身体里的雾气怎么又重了？"

"一日重过一日，一直都是这样的。"

凤来撤回手，道："祖师爷曾经有一本札记，记载过这样一句话，'吸天地之极寒，纳四海之极冰，锁本体，封内元。沉如天池山压顶，重如天柱牢笼困心，历九重寒冰凝练，攻三丈冰封之门，破十重通天境界，方得天地造化，大成于人’。”

苏风暖一怔。这一句话她知道，正是从绝地救出望帝山众人后，玉灵师叔给她的师祖留下的一卷医书手札里的，她似懂非懂，还没参悟透。她看着凤来，佯装问：“老祖宗，这话是什么意思？”

“你救叶裳，引了寒冰窟，便是吸纳了天地之极寒入本体，你身体被寒冰窟封锁，本要将你冻成冰人，但因你机缘造化，泄了体内大半寒冰，所以，也算是历了九重寒冰凝练，攻三丈冰封之门。如今，便是这个样子。再有造化的话，那么，你的寒冰功法就能破十重境界，功法大成，便是人上人了。”

“老祖宗莫不是逗我，我都这副德行了，怎么能功法大成？”

凤来哼了一声：“大皇子与我说，在灵云寺，你曾动手要杀了他，不是外界传言那般柔弱没有武功，而是武功早已经恢复，他不是你的对手，可有此事？”

苏风暖点头，承认不讳：“有啊，不过也只是一时之间，否则，我怎么可能放过他？就算不杀他，我也要给他点儿好看。”

“那时，你的武功是怎么回来的？”

“不知，那一日我突然就恢复了武功，不过也只是一瞬，便又成这个样子了。”苏风暖看着她，“老祖宗，您是不是有办法帮我治好身体，恢复武功？”

凤来哼了一声，道：“我不会帮你。”

苏风暖闻言笑着说：“您不会帮我最好，望帝山两位师祖和四位师兄弟的命，我始终没忘记呢。我若是恢复了武功，定要找您清算的。您可别送我人情，免得我有朝一日找您算账，下不去手。”

“你别高兴得太早，天地造化，千万年来，也没出现一人。你可知道祖师爷是怎么死的？”

苏风暖歪头看着她：“不是自己看破红尘，羽化归一？”

凤来冷笑：“不是。他是第九重寒冰功法突破第十重时，功法反噬，回天无力，以身化冰，将自己冰封了。”

苏风暖闻言唏嘘，原来祖师爷是这样死的：“至寒功法当真有第十重？”

“自然是有，可是开创至寒功法的祖师爷在突破第十重时都死了，你以为千年后的你，这般弱不禁风的模样突破得了第十重？”

苏风暖摇头：“我没想着突破，为什么要突破呢，活着就好。”

凤来冷哼一声：“没出息！”

“老祖宗，您是不懂的，对我来说，什么通天大成的功法本事也不及叶裳好好的，我好好的，我们一世相守。”

“他都保护不了自己，何谈保护你，何谈一世相守、平平安安。这世间，强者说了算。”

“老祖宗，您是强者吧？在这世上，没有谁再比您武功更高了，是不是？可是，您觉得您过得遂心顺意吗？如今您数千里奔波，也不过是为了帮人做事，强者就能说了算吗？‘还人情’三个字便束缚了您。”

凤来不再说话。苏风暖早先因为怕与凤来硬拼伤了腹中胎儿，便自己封锁了功力，没想到这些日子下来，她渐渐地发现，她的功力竟然能够在封锁的情况下自行冲开，也就是说，她如今站在凤来面前，其实是一身功力，脉象却依旧如被云雾笼罩，连凤来也察觉不出来。她的身体似乎自行设了一个防护罩，她可以将别人看清楚，别人却看不清楚她了。

昨夜，她本来可以趁着凤来睡熟时对她出手的，但她师父的死还没查清，凤来是除了她和师兄、林客，与师父牵绊最多的人了。尤其凤来牵扯着萧贤妃、大皇子，不能轻易对凤来出手，有些事情总要弄明白，不急于一时。

叶睿早就醒了，倚着栏杆看着后院草棚前说话的二人，他虽然听不清二人说了什么，却莫名地感觉到苏风暖与往日不太一样了，那是一种说不出来的凌驾于凤来之上的气息。他心下有些震撼。

二人上了酒楼，凤来瞅了恍惚的叶睿一眼，冷声道：“傻小子，你真是喜欢极了这个小丫头吗？她不喜欢你，悬崖勒马吧！免得一生身在苦海，不得安生。”

叶睿恍惚尽退，看了凤来一眼，没说话。苏风暖随后走上来：“老祖宗说得对，前车之鉴，务必警戒。”她又笑着问叶睿：“你刚刚在看什么？”

“在看你们说话，想着是不是要启程出发了？”

苏风暖从他的眼睛里读出了疑问，伸手拍了拍他的肩膀说：“是啊，出发了，吃过饭后，我们启程。”叶睿感觉肩膀上一股绵柔的气息流入他的四肢百骸，他挡都挡不住，顿时又是一惊，骇然她的武功已经到了如此地步。

用过早膳，成衣坊准时送来新衣，交还了凤来金玉钱庄的令牌。三人沐浴收拾之后，换上新衣，离开了这座小镇。

在三人离开后，宝香斋和轻纺阁的两位掌柜的坐在密室里商议。宝香斋的掌柜问：“姑娘传出命令，让我们一个月之内做空金玉钱庄，能办到吗？”

“恐怕是难。”

“难也要做，想办法吧！姑娘如此被人挟持，我们要立即救出姑娘。”

轻纺阁掌柜的笑起来：“姑娘哪里像被人挟持的样子，金玉钱庄的令牌昨夜被她轻而易举地避开那老妖婆的耳目仿造出来了，那老妖婆至今毫无察觉，有哪个人质是这样的？”

宝香斋掌柜的也笑起来，捋着胡须说：“是咱们姑娘厉害。”

轻纺阁掌柜的笑罢，有些愁眉苦脸：“可是姑娘给的时日太短了，做空整个南齐的金玉钱庄，只靠我们天下钱庄的话怕是做不到啊。除非借助外力，找人相助。金玉钱庄既然是大皇子的，要想做空它，恐怕要找与大皇子旗鼓相当的势力才能做到。”

宝香斋掌柜的道："据传来的消息说，叶世子不是回京了吗？"

轻纺阁掌柜的道："叶世子回京恐怕是为了牵制大皇子，哪里有精力抽出人手来帮我们对付金玉钱庄？即便世子能抽出身，也不能让他分心啊。否则一旦因此有了差错，我们怎么向姑娘交代？"

宝香斋掌柜的点点头："也是，那么找谁做助力呢？"

轻纺阁掌柜的也寻思起来，片刻后，一拍大腿："我想到了一个人，国丈府小国舅。"

"你说得对，小国舅与姑娘是过命的生死交情，而他国丈府的营生也遍布天下，由我们在明、他在暗的话，有那么一个月，定能完成姑娘的交代，做空金玉钱庄。"

轻纺阁的掌柜点头："那就这么办了，可是如何联系小国舅呢？"

宝香斋的掌柜道："这样，你依照姑娘的计划联络各地的商行钱庄行事，我快马加鞭，亲自进京一趟，私下去见小国舅。"

"也好，若要得到小国舅的倾力相助，的确要你进京一趟，当面相请。你别忘了带上姑娘的印信，否则小国舅不见得会相信你。"

"你放心吧，我进京时，想必叶世子已经回京了，我先去容安王府，通过世子引荐，小国舅必会相信我。这年头，印信也有可能伪造，比如我们手中的这块金玉钱庄的令牌。小国舅更是一个小心谨慎的人，印信也不见得管用。"宝香斋掌柜的站起身说，"事不宜迟，我这就启程。"

轻纺阁掌柜的也站起身："你路上要小心。"

第十八章

进湘南城

叶裳一行人由江南叶家离开，回京的路上遇到了三拨黑衣人截杀。拦截的人无一例外是武功高绝的死士，黑衣蒙面，在任务失败后吞食了化骨散，半点痕迹不留。叶裳心中清楚，是大皇子派来的人。

十日后，叶裳回到了京城。经玉灵用好药调理，他的伤势略有好转，但因为长途奔波，遭遇截杀，不得休息，脸色还是一样苍白。得到他回京的消息，许云初匆匆赶到城门口迎接，见他脸色苍白，显然受伤极重，还未养好，立即问："怎么受了这么重的伤？世子妃当真被人劫持失踪了？"

叶裳颔首，对他道："随我回府再说吧。"

许云初知道城门口不是说话之地，又翻身上马，随着叶裳回了容安王府。

叶老家主听闻叶裳回来的消息，连忙命人打开大门。王大学士和王夫人、苏澈和苏夫人也都赶到了容安王府。叶裳立在门口，先对叶老家主喊了一声"外公"，然后又对下车的王大学士、王夫人见礼，之后对苏澈和苏夫人道："岳父、岳母恕罪，我没保护好暖儿，让她被人劫持了。”

苏澈知道苏风暖离京前，早已经恢复武功了，有人能将她劫持走，那么武功一定是在她之上的。他立即上前，对叶裳道：“先别说暖儿，她不会有事的。小裳，你伤势怎样？”

苏夫人也上前：“是啊小裳，听闻你受伤极重，可有大碍？”

叶裳摇头：“多亏了两位师叔，我的伤势没有大碍。”说完，他为众人引荐紫风和玉灵。

一番谦让后，众人入了容安王府，来到画堂，依次坐下。叶裳将苏风暖当日如何被劫持之事说了，又提到苏风暖沿途绑在山雀腿上的传信，说她无恙。众人心底都松了一口气。

叶老家主怒道：“到底是什么人有这么高深的武功，连小丫头都能劫走？”

叶裳道：“她叫凤来，是望帝山的一位老祖宗，与北周萧贤妃和大皇子都有牵扯。”话落，他便将凤来的事情简单地说了说。

许云初道：“这样说来，世子妃岂不是很危险？即便一时无事，也不能保证以后无事，我们要赶紧想办法救出她。”

叶裳道：“我没去东境救她，反而回京，就是为了从大皇子这边入手。凤来十有八九是受他指派去劫持暖儿，应该是为了让她去东境对付湘郡王。”

许云初瞬间通透：“这样的话，在没收拾湘郡王之前，世子妃是不会有事的。”

苏澈闻言叹了口气：“真没想到皇上就这样扔下了江山，大皇子监国，四面灾情，南齐江山到了这般地步，可真是令人忧急。”

王大学士看向叶裳：“皇上在你和小丫头出京前，可对你们有什么交代？”

“没对我有交代，给了暖儿一封遗诏。”叶裳将皇帝遗诏上的内容简单地说了一遍，“遗诏被暖儿一直收着，没在我这里。”

苏澈腾地站了起来：“小裳，既然早有遗诏，你为何不遵遗诏告示天下？”

叶裳看着苏澈：“岳父大人希望我承接那把椅子？”

苏澈对上方拱了拱手，洪声道：“皇上遗诏，为我南齐江山择定了继承人，所谓金口玉言，如何能不遵从？若是你早遵从，南齐江山也不至于到如今这般危急的地步。大皇子善喜背后钻营，不是一个好的为君为帝之人。”

王大学士接过话道：“既有遗诏，你的确该遵从，怎么能如此胡闹，瞒而不示？你虽不是皇子，却是正统的宗室子弟。皇子无能者，当宗室贵裔能者居之，皇上明智，留有遗诏，这是对南齐江山万民负责，你怎么能推卸肩上的责任？任南齐江山到这等水深火热的地步不管？简直不像话！”

苏夫人连忙开口说：“爹、苏澈，这也不能怪小裳，接皇上遗诏可是大事，将来要登上金銮，坐拥天下，这可不是儿戏。”

苏澈道：“正因为不是儿戏，皇上才将这副重担交给了他。因为皇上相信他能给南齐江山一个万民安顺。”片刻，见叶裳不语，他叹了口气，“小裳，你到底是怎么想的？”

苏夫人推了苏澈一把：“你急什么？孩子还受着重伤呢，刚刚回京，你总要让他好好地想想。”

王大学士训道：“还想什么，男子汉大丈夫，生而立世，当为天地义，当为众生恩，才善四方，兼济天下，怎能为一己之私而置万民于不顾？”话落，他又训斥苏夫人，“妇人之仁。”

许云初温和地道：“大学士和大将军莫急，叶世子此番回京，定然是有想法的，且听他一言，再议不迟。”

王大学士闻言住了口，看着叶裳：“你有什么想法，痛快地说出来。”

叶裳缓缓开口：“暖儿拿到遗诏当日，我与她议过此事。我给大皇子一个机会，若是他能撑起这南齐江山，就给他了，遗诏作罢。若是他撑不起来，我挑起这江山也无不可。我并未推卸过责任。”

王大学士闻言面色稍霁，苏澈脸色也好了些。叶裳又道：“我们离京前往西境，其间得到小国舅传信，发现了两国皇子被易子而养之事，便又去了一趟北周探明情况，从北周折返西境，因考虑到暖儿怀有身孕，不宜前去东境和回京，便先去了江南，没想到大皇子派了凤来去江南抓走了暖儿。我此番回京，自然是饶不了他。”

王大学士蹙眉：“两国皇子易子而养是怎么回事？”话落，他看了一眼一直默默坐在不远处的楚含。楚含面色平静寻常，从进来后便坐在一旁，未发一言。

叶裳揉揉眉心，将月贵妃和萧贤妃易子而养之事说了。众人听罢，惊骇不已。苏夫人惊道：“这么说，如今的大皇子是北周的二皇子，不是我们南齐的皇子？可是，这样的事情能公布天下吗？史册上记载一笔的话，怕是两国皇室都要被贻笑万年。”众人一时沉默。

许云初早已从苏风暖的传信中知道此事，此时开口道：“月贵妃死了，萧贤妃还活着。北周被萧贤妃控制，有朝一日，大皇子是要回北周接替皇位的，可能他想要的就是将来让南齐臣服于北周。”

苏澈当即怒道：“这样的话，我南齐国将不国了，那怎么行？”

“是啊，自然不行。”许云初看着叶裳，“所以，叶世子此番回京，是做好打算承接那把椅子了？”

叶裳颔首：“没错。”

王大学士当即问：“你打算怎么办？将这样的事情公之于众吗？这样虽然对大皇子不利，但南齐皇室也会威严扫地，于你继位也不见得有利。”

“目前无此打算，我回京就是要钳制大皇子，让他先令凤来交出暖儿，再后动。”

王夫人这才开口道：“小丫头怀有身孕，还是要赶紧救出她来为好。”

苏夫人也紧张起来：“是啊，小丫头自己怎么都好说，若是伤了我的外孙，可怎生是好？小裳，既然大皇子不是我南齐的皇子，你就别手软心善了，该如何就如何。”

许云初道：“叶世子刚回来，先休息两日，如今朝廷上下死气沉沉，大家都知道你回来后，想必心里也都会有个思量，让他们揣度两日再说。”

叶裳点头：“好。”

一行人又叙了一会儿话，王大学士、苏澈、许云初离开了容安王府，王夫人和苏夫人则留在了容安王府帮着打点事宜。叶裳服下药后，刚要入睡，便听闻府中管家禀告，有人奉了世子妃之命进京，要见世子。叶裳忽地坐了起来：“无论是谁，快请！”

叶裳随手抓起外衣披在身上，就冲出了正院。苏夫人见他神色匆匆地往外跑，喊住他：“小裳，你不休息，要去哪里？”

“岳母，是暖儿派人来了，我去看看。”

苏夫人一听，也连忙跟了出去。二人出正院，走到半路，管家带着宝香斋掌柜的匆匆而来。宝香斋掌柜的一路风尘，灰头土脸，未曾梳洗收拾，进城后便径直来了容安王府。

管家见叶裳和苏夫人匆匆出来，连忙对身后人说：“我家世子迎出来了，他身边的人是苏夫人，世子妃的母亲。”

宝香斋掌柜的连忙停住脚步，对二人见礼：“小民拜见世子，拜见苏夫人。”

叶裳来到近前，对他摆手，急声问：“你说是奉了暖儿之命进京见我？可当真？”

宝香斋掌柜的看着叶裳脸色苍白，气息虚弱，可见是受了重伤，此时正一脸情急地看着他，眸光隐隐惊喜，他想着姑娘选中的人，果然够得上姑娘倾心相待，不敢耽搁，连忙道：“回世子，正是。”

“她有什么信函传来，快给我。”

宝香斋掌柜的连忙摇头：“姑娘未留信函给我，世子莫急，容小民慢慢地与世子说来。”

叶裳一听没有信函，眸中的惊喜退去了些，点点头：“好，那你慢慢说。”

宝香斋掌柜的喘了口气，便将事情详细说了一遍。叶裳听罢，心中欢喜，眉眼俱是笑意：“你是说，暖儿自己避开了凤来，夜间仿造了金玉钱庄的令牌？”

“正是，那老妖婆我见了，实在厉害得很，我在她面前大气都不敢喘，生怕被她看出破绽。姑娘竟然能够在夜间避开她悄悄行事，足足有一个时辰，亲自仿造好了金玉令牌。”他伸手入怀，将金玉令牌拿出来递给叶裳，“您看，仿造得真是天衣无缝，就算拿来那个真的，也看不出来。”

叶裳接过令牌看了一眼，笑着说：“她的确有这一手绝活。既然仿造得跟真的一样，为何没有真假易主？”

“我当时是建议姑娘对换，可是姑娘说不用，既然真的假的一样，真的就还给风来好了。免得一旦出了事端，金玉钱庄被传出做空的风声，被风来知晓，麻烦找到她身上。她短时间内不想找风来的麻烦，也不想风来找她的麻烦。”

叶裳知晓苏风暖是为了腹中的孩子，小心谨慎。他点点头，道：“你与我说说暖儿，她如今是何模样。”

宝香斋掌柜的笑着说：“姑娘好着呢，气色极好，那老妖婆虽然拿了姑娘做人质，但似乎也不是过于苛刻，即便姑娘对她提无理要求，她也都满足姑娘，姑娘将那老妖婆吃得死死的。”

叶裳闻言放心下来。苏夫人在一旁也高兴地说：“这就好，这个臭丫头，可担心死人了。”

“夫人放心，姑娘一切安好，姑娘的武功似乎精进了，否则不会夜间能够避开老妖婆自己外出行事，还不被老妖婆所觉。”

苏夫人点点头，又问：“她吃饭如何？可有胃口？”

宝香斋掌柜的笑着说：“我看姑娘胃口极好，三个人里，数她胃口最好。”

苏夫人一怔：“怎么是三个人？”

宝香斋掌柜的看了一眼叶裳，道：“还有一位公子。”

叶裳笑着说：“是江南叶家的四公子叶睿。”话落，他看着宝香斋掌柜的，“他如何？”

“十分照顾姑娘，吃饭时，刻意为姑娘点了一壶红枣茶。夜晚落宿，姑娘和那老妖婆一个房间，四公子自己一个房间，也未曾受苛待。”

叶裳颔首，对他说：“许云初刚从我府中离开，做空金玉钱庄之事不在这一日半日。我先让管家安排你住下来，洗洗风尘，用膳，明日我派人请许云初再来我府中一趟，届时为你引荐他。”

宝香斋掌柜的连连点头：“听世子的。”

叶裳摆手，管家带着宝香斋掌柜的下去安排用膳休息了。苏夫人连忙将刚刚得到的好消息去告诉王夫人了。

叶裳回京的消息很快就传遍了南齐京城。朝中文武百官心中都打着小九九，昔日皇上十分倚重叶世子，如今皇上失踪了，这四方灾情，大皇子看来是控制不住了，不知道叶世子会不会出手？

叶裳回京时，大皇子正在林之孝的住处，逼问关于林客去了哪里之事。林之孝看着大皇子阴沉的脸讥笑：“大哥真以为我知道他去了哪里吗？我不知道。”

大皇子目光现出杀意：“我看你是真想死。”

林之孝无惧地道：“我的确是想死了，活着没有什么意义。”

大皇子冷笑：“你信不信我这便传信，让风来杀了苏风暖。”

林之孝看着大皇子："凤来？"

"你还不知道凤来是谁吧？她是望帝山凌祝天师的师妹，为寻求长生不老，背弃望帝山，求得幻容术，得百年轮回，如今身怀绝世武功，杀苏风暖，轻而易举。"

林之孝面色大变："苏风暖就是被她抓去的？"

"不错，就是她。"

"你让凤来抓她做什么？"

"我本来是觉得她和叶裳想坐山观虎斗，日子未免过得太舒服了，让她去东境帮我解决湘郡王。可是叶裳竟然没追去东境，反而回了京城，我派了三批死士都未能拦住他，他定然猜到了凤来是受我指使，如今回京是为了对付我。这样的话，我何不让凤来先杀了苏风暖，还留她做什么？"

林之孝怒道："你疯了，你要想坐稳南齐江山，你怎么敢得罪苏风暖和叶裳？无论是京中的王府，还是苏府，抑或国丈府，还有燕北苏家、江南叶家、西境百万兵马，你都不惧吗？这时候命人劫持苏风暖，事情败露，你这是找死。"

"我找死？你错了，找死的不是我，是叶裳。只要我传信，凤来必定会杀了苏风暖，苏风暖一死，叶裳必定也觉得了无生趣，必死无疑。只要他们一死，无论是京城王府，还是苏府，抑或燕北苏家、江南叶家、西境百万兵马都会伤心至极，届时，收拾他们不费吹灰之力。"

林之孝看着大皇子，心下骇然："你疯了。"

大皇子扯动嘴角，盯着他："我是疯了，但那又如何？月母妃曾经告诉我，要想掌控这天下，就不要有妇人之仁。贤母妃告诉我，只管放开手去做，这天下早晚是我的。凤来曾经对我说，活着就是执念，只要有执念，不管到底是百年还是千年，总会实现。"

林之孝一时说不出话来，半晌才道："月母妃？贤母妃？"

大皇子笑起来，像看一个傻子一样地看着他："你口口声声喊我大哥，其实不知道，我不是南齐的大皇子，而是北周的二皇子。当年，月贵妃和萧贤妃易子而养，月贵妃生了双生子，一个被送到了北周，一个被送到了林家。我成了南齐的太子，你成了林家二公子，而楚含成了北周的二皇子。"

林之孝像头顶上遭遇了晴天霹雳，难以置信地看着大皇子："你……说什么？"

"你听到了什么，我就说了什么。所以，你我根本就不是双生，南齐也不是我的国家，我根本就不想坐稳南齐的江山，有朝一日，我是要回北周承接王位的，南齐也只能是我的附属国。"

林之孝伸手指着他："你……原来是这样……"

大皇子冷笑："如今你知道了，你我之间根本没有手足之情，你能让我唯一对你心慈手软的理由便是月母妃对我教导的恩情，若是磨灭了，可就分毫不剩了。你还不说林客的下落吗？若是拿林客的下落来换苏风暖的命呢？你不在乎自己的命，也不在乎苏风暖的命吗？”

林之孝闭上眼睛：“这么多年，江湖上她得罪的人不知凡几，你也想方设法要杀她。若是那么容易，她早就被人杀了，也不用等到现在。即便你派去了凤来，也不见得杀得了她。否则又何必在这里威胁我？”

大皇子愤怒：“好，你很好。你想死，如今我偏不让你干脆地死了，我要凤来提着苏风暖的脑袋来让你看看。”

林之孝脸色发白，咬牙说：“你若是能杀了她，我也无话可说。”

大皇子猛地转过身，怒道：“来人。给我看好他，不准让他死了。”有人应了声“是”。

大皇子出了韶德殿后，喊过来一个人，对其询问：“叶裳回京，都什么人去容安王府了？”

那人立即回话：“回大皇子，王府的人、苏府的人，还有小国舅，小国舅迎去了城门口。”

大皇子面色一沉，冷厉地道：“许云初？看来给他多少好处，也拢不住人。”话落，他问道，“凤来送我的那只乌燕，可还好？”

那人立即道：“好着呢。”

大皇子吩咐道：“将它提出来，传我信函去给凤来，立杀苏风暖。”

“是，奴才这就去。”

大皇子亲笔写了一封信函，派乌燕送信出了京城，前往东境给凤来。

苏风暖三人如今还在前往东境的路上。苏风暖死活不让凤来再走荒山野岭，凤来虽然没好脸色，但还是依了她。这一日，到了东境的边界——湘南。苏风暖掀着帘子，看着外面青山幽静，笑着问：“老祖宗，您觉得是江南好，还是东境好？”

凤来道：“我看哪里都一样。”

苏风暖瞅着她：“怎么能一样呢？不同的地方，自然各有不同。”

凤来闻言问她：“那你觉得江南好，还是东境好？”

“江南好。”

“为什么？因为江南是你的好师兄的家，是叶裳的外祖家，你爱屋及乌？”

苏风暖摇头：“才不是呢，照您这么说，我爱屋及乌，也该觉得京城好了？”

“你不觉得京城好？”

“不觉得。京城虽然繁华，但繁华的背后，乌烟瘴气，满是阴暗的算计和权力的争斗。”

凤来不置可否：“江南就没有了吗？江南叶家争斗了一年，人也死了无数。反而是东境，没死多少人，一直十分太平。”

苏风暖道：“对比京城和东境，江南的乱是能够轻而易举解决的事情，反而这两处，鲜血白骨还在后面呢。天下各地，论地方，都是大好河山。可是论人，心存善念大义的人来治理，那么就是百姓之福；心怀私心为一己之私之人来治理的话，那么就是百姓之祸。”

凤来哼了一声：“你大道理倒是一大堆，自己都不知能活到何夕，反而关心天下百姓的福祸。”

苏风暖笑吟吟地看着她说：“老祖宗，这天下若是风调雨顺，百姓安居乐业，没有暴乱，没有战争，也没有‘朱门酒肉臭，路有冻死骨’。这些都没有，只有安顺和平，您能想象到这天下会是什么样吗？”

凤来不语。苏风暖笑着说：“我能想象到，路不拾遗，夜不闭户。虽然不至于人人锦衣玉食，但即便是布裙荆钗，脸上也都是笑容满面、喜气洋洋的，不会是如今这样，都是朝不保夕的愁眉苦脸。”

“说得容易，我活了两世，也没见到你说的这样。”

“以前是没有，以后我相信，若是有一个好君主，这样的日子是会有的。大皇子肯定不是，叶裳会是的。”

凤来闻言眯起眼睛，看着苏风暖：“叶裳？他想当皇帝？”

苏风暖笑着纠正：“不是皇帝，是天下之主。”

凤来冷笑：“你凭什么如此肯定他就是天下之主？”

“这样吧，我们进了湘南城，下去问问，就知道了。我们进城后见到百姓就问他们觉得大皇子好，还是叶裳好，以及为什么好。我们一起听听百姓的心声，如何？”

凤来冷哼道：“我为什么要跟你做这样幼稚的事？”

苏风暖移开视线，看着外面的青山绿草，轻声说：“老祖宗，我若说是为了天下百姓，您定然不屑。这样吧，对我来说，是为了这大好的锦绣山河不被毁灭，为了天下长安；对您来说呢，就当是为了积德行善，积存福祉。”

凤来不屑：“我要福祉做什么？”

苏风暖看着她：“您百骨炼化，百血凝一，才重活了一世，心里定然觉得自己造了罪孽，才在这一世再不杀生，日日如苦行僧一般活着。所以，您怎么不需要福祉呢？您口中再怎么不承认，您心里还是想通过做些什么来让自己心安，不是吗？”

凤来脸色蓦地清冷：“别以为你很懂我。”

苏风暖叹了口气，柔声说：“正因为我不懂您，所以才觉得您没有必要去做些我觉得不需要做的事情。如果我是您，做了就不后悔。比如，您修习幻容术，以百骨炼化，百血凝一，求得长生不老。既然做了，就要好好地享受得之不易的时光，这一世别过得如此之苦。”

凤来忽然震怒：“你少自以为是！你觉得我苦，我却不觉得苦，我就喜欢这样。”

“老祖宗，您恼什么？不是就不是，您也没说错，我是很自以为是的。天下人，说我的，大多没什么好话，我每日不是一样活着且活得有滋有味吗？人啊，对得起自己最重要。我喜欢叶裳，就将他护得好好的，就拼命活着，让我们两个找到更好的相处模式。我想什么、说什么、做什么，没那么多规矩束缚，也算得上是随心所欲，自认为还是对得起自己的。老祖宗，您呢？您觉得，您对得起自己吗？”

苏风暖话落，凤来沉默。苏风暖觉得今天不小心话说得有点儿多了，可是如今已经到东境的地界了，接下来，她没那么多时间扭转凤来已经根深蒂固的思维了，只能抓住一刻算一刻。如果有用，那么，以后就会省些力气，没有用的话，就当练嘴皮子了。

叶睿默默地将水袋递给苏风暖。苏风暖伸手接过，咕咚咕咚地喝了起来。

凤来眸光飘忽，想着别人负了她，她也欺负了别人，到头来，也没对得起自己。两个百年，过得还不如面前这个整日里没规矩、没正形的小丫头。

马车进了湘南城。苏风暖问凤来：“老祖宗，您考虑得怎样了？可愿与我打个赌？”

凤来冷硬地道：“随你的便。”

苏风暖顿时笑了：“您这样说，我就当您同意了。”话落，她探出头，伸手拍拍马屁股：“乖马儿，绕着城走一圈，我说让你停，你就停；我说让你走，你再走。”那匹马哼哼两声，算是应了苏风暖的话，进城后，见到第一个胡同就拐了进去。

马儿刚走不远，苏风暖就看到两个老人互相搀扶着从里面走了出来。苏风暖喊了一声“停”，马儿立即止步。她下了车，对两位老人拱手行了一礼：“大爷、大娘，我能向您二人打听个事吗？”

那二人见面前站了一个模样极美的姑娘，露出和善的笑容，老伯开口：“小姑娘，你说，什么事？”

苏风暖笑着说：“您二人在湘南城住多久了？”

“住了一辈子，湘南城没有我不知道的事。”

“那您可知道容安王府的叶世子在湘南城的风评是怎样的吗？”

老伯笑呵呵地说：“容安王府唯一的世子，谁不知道啊？姑娘，你是外地人吧？叶世子在湘南城的风评自然是极好的，以前京中传言叶世子纨绔不化，我们大家伙儿都觉得传言不当真，有容安王那么好的王爷，叶世子怎么能像传言所说的那般差？去年，叶世子果然做了很多好事。”

苏风暖笑着问：“那大皇子呢，您可知道？”

老伯又是一怔，开口说：“知道一点儿，咱们南齐曾经的太子，如今听说皇上失踪了，大皇子监国。他的风评嘛……”他摇摇头，“小老儿不敢说。”

“怎么不敢说呢？”

老伯摇头，警醒地道：“大皇子可是皇族贵裔，我们两个平民小老儿，可不敢说啊。姑娘，你要想听关于大皇子和叶世子的风评，问一两个人不管用，去茶楼里，好的坏的保准让你听个够。我和老伴正要去茶楼，自从皇上失踪，说书先生每日说的都是大皇子和叶世子的事。十有八九都是真的。”

苏风暖当即点头：“好，多谢老伯了。”话落，她告别老伯，上了马车：“马儿，去茶楼。”

马儿很有灵性地跟在那对老夫妻身后，来到了临街的一处茶楼。三人进了茶楼。茶楼人满为患，说书先生唾沫横飞地说着皇帝失踪后，大皇子监国以来的诸事。

苏风暖目光扫了一圈，看到了晋王府长孙刘焱带着几个人坐在角落里听说书。这可巧了，她正想找刘焱。于是，她不经凤来同意，便走了过去。刘焱正听得入神，直到苏风暖来到他近前，他才发现她，顿时腾地站了起来，睁大了眼睛：“苏……姐姐？”

苏风暖笑着点了点头：“是我。”

刘焱惊异地看着她：“你……你不是在南境被人劫持了吗？难道是假的？”

苏风暖向身后一指：“不是假的，劫持我的人就在这里。”

刘焱便看到了凤来还有叶睿，凤来绷着脸，面色不太好，叶睿则对他点了点头。他又看向苏风暖，见她笑意吟吟，不像是被人劫持的模样，顿时有些蒙：“苏姐姐，你这是……他们是什么人？”

苏风暖笑着介绍：“这位是我师门的老祖宗凤来，这位是江南叶家的四公子，与我一起被劫持的人。”

刘焱又看向凤来，他虽然武功不好，却还是隐约地感受到了来自凤来深不可测的压力。他压下问个究竟的想法，问苏风暖：“苏姐姐，你们怎么会来了东境？”

“与你来东境的目的一样。”

刘焱一惊：“你们也是来向湘郡王督促……”忽然想起这里不是说话之地，便打住了话，他看着苏风暖，小声地说，“苏姐姐，此地不是谈话之地，咱们出去找个地方说如何？”

苏风暖笑着对他摆手：“不急，我们是要与你一起的，本就打算来了东境找你，如今遇到正好。我们渴了，在这里喝一盏茶，咱们再离开去别处说话。”苏风暖不客气地坐下身，回头招呼凤来和叶睿：“老祖宗、叶睿，坐吧。”

刘焱看着凤来，她实在不像是绑架人的恶人，再看叶睿，在凤来面前也十分随意，并没有因为成为人质而受虐待。他问道：“苏姐姐，我喝的这茶叫雨罗香，你们是与我喝一样的，还是另外点一壶。”

叶睿道：“点一壶枣茶吧。”

刘焱闻言看了叶睿一眼，低声说：“天这般暖，四公子还要喝枣茶吗？”

叶睿摇头：“我不喝，给她喝。”

苏风暖笑着说：“就听四公子的吧。”

刘焱喊过一名小伙计，小伙计立即连连点头去了。不多时，小伙计端来枣茶，刘焱示意放在苏风暖面前，他亲手给凤来和叶睿斟了一杯雨罗香。凤来没有意见，面色还是如进来时一般。叶睿笑着道谢。

这时，说书先生正讲到皇上失踪后，大皇子监国，据说天下各地灾情的奏折堆满了御案，大皇子应接不暇，短短时日，大皇子已经将叶世子代天子督管户部时丰满起来的国库掏空用于赈灾了。如今户部已经无粮，很多地方还在受灾，且灾情严重，已经民怨四起了。

又说到容安王府世子妃在江南被人劫持，叶世子受了重伤在江南遍寻不到，只能先回京城。只是不知道叶世子在世子妃没找到之前，有没有心思管这烂摊子。皇上没失踪前，有很多棘手的案子都交给了叶世子，叶世子出马，没有破不了的案子。若是叶世子能出手，那么南齐各州郡县的灾情兴许能好转……

说书先生没有直白地说大皇子无能，但是这诸多事实间接地反映了大皇子无能，治理不了这南齐的江山。无形中叶裳早已经在天下百姓心中树立起了威望，似乎只要他肯出手，就没有解决不了的难题。

苏风暖听得心情舒畅，待一场落幕，她笑着问：“老祖宗，还要再听一场吗？”

凤来冷冷地看了她一眼，道：“一场说书能说明什么？天下谁来坐，不是说书先生说了算，也不是百姓说了算，更不是你说了算，也不是我说了算，而是谁有本事谁坐。我还的是人情，管不了什么江山基业。你若是想帮助你的叶世子，就先要保住你自己的小命，否则一切都是枉谈。”

苏风暖觉得这话说得没错，笑着点头：“老祖宗说得有道理，我会好好地爱惜小命的。”凤来哼了一声。

苏风暖放下茶盏，对刘焱问：“你住在哪里？”

“住在云香楼。”

云香楼是金玉钱庄的地盘，如今刘焱来东境要粮草，显然一路上都是受大皇子的人监视的。她笑着道：“好，我们三个刚进了湘南城，还没落宿，也随你去住云香楼好了。”

刘焱点点头，虽然他还没弄明白是怎么回事，但苏风暖与他一起住云香楼还是让他很高兴。他立即站起身：“苏姐姐，这样最好，咱们走吧。”

一行人出了茶楼，走到门口时，刘焱上马，苏风暖和叶睿上了马车。凤来正要上车时，一只乌燕飞来，落在了凤来的肩上。凤来脚步一顿，解下了绑在它腿上的信函。信函很短，只有寥寥几个字：“见信立杀苏风暖”。落款：“刘衍”。

凤来一怔。她仔细地又看了一遍，不由得蹙起了眉头。苏风暖在车内不耐烦地催促：“老祖宗，您磨蹭什么呢？快点儿啦，都晌午了，我都饿了。”

凤来忽然对她怒道：“就知道吃。”

苏风暖嘟囔着：“人是铁，饭是钢，一顿不吃饿得慌。您不觉得饿，那是因为您有内功护体，可是我和您不一样啊，不吃饭会饿死的。”

“饿死你算了。”

苏风暖哼唧道：“老祖宗，您在这茶楼喝的是泻火的清茶，怎么火气这么大，跟吃了火炭一样？”

凤来不语，盯着马车。她出京前，答应大皇子为他做好这一桩事，利用苏风暖让湘郡王交出粮食，也将叶裳引到东境，让湘郡王和叶裳彼此冲突，一石二鸟。没想到，叶裳没来东境，反而回了京，大皇子如今改主意，不收拾湘郡王了，反而让她杀了苏风暖。

一边是还大皇子的人情，一边是她不杀人的执念。她立在原地，一时间心下翻涌，陷入了前所未有的挣扎之中。是杀，还是不杀？

苏风暖能感觉到凤来外泄的情绪，她能感觉到杀意，也能感觉到挣扎，隐约猜到这封信应该是来自大皇子，大皇子在叶裳回京后，对她动了杀心。若是凤来对她动手，那么她腹中的孩子便顾不了了。她将手放在小腹上，脑中飞速地想着对策。叶睿也敏感地察觉了凤来的不对劲儿，当即挡在了她面前。

凤来若是真动手，她如今还真是想不出什么好办法，她索性心一狠，猛地挥手掀开车帘，看着凤来说：“老祖宗，您好不对劲儿啊，怎么了？”话落，她看到凤来肩膀上的乌燕，顿时眼睛一亮，“咦，好漂亮的燕子。”

凤来的挣扎被苏风暖瞬间打乱，她沉着眉眼瞅着苏风暖。苏风暖盯着那只乌燕，变戏法似的从袖中拿出一块米糕，抖开绢帕，将米糕摊在手里，对乌燕招手：“小燕子，快过来，这里有吃的，好好吃的米糕哪。”

乌燕歪头瞅着苏风暖。苏风暖捏了一小块米糕，向上抛起，扔进了自己的嘴里，苏风暖笑吟吟地看着乌燕：“再不过来，我都吃了。”乌燕翅膀动了动，还是待在了凤来的肩上。苏风暖又捏了一小块米糕，再次向上抛起，这一次，乌燕抖着翅膀飞过来，在半途中劫走苏风暖的米糕，又飞回了凤来的肩膀上。

苏风暖瞅着它大乐，笑着问：“好吃吧，还想再吃吗？想的话就过来自己吃。”乌燕似乎犹豫了一会儿，见凤来没有阻止的意思，又见苏风暖笑吟吟不像坏人，便奓着胆子飞到了苏风暖手心里，在苏风暖手心里吃了起来。

这只燕子真的十分漂亮，乌溜溜的羽毛，红色的嘴巴，头上的羽毛有那么一小撮白色。苏风暖对凤来说：“老祖宗，我听说鬼山派有人擅养乌燕，看来果然如是，这一只您送我吧，好不好？”

凤来冷声拒绝：“不行。”

“一只乌燕，您都舍不得，真是小气鬼。我喊了您这么长时间老祖宗，您可真是吝啬得很。”

凤来捏碎了手中的信笺，怒道：“想要给你就是了，废这么多话做什么？”

苏风暖心下一松，顿时露出了真正的笑意，摸着乌燕的羽毛说：“小燕子，听到了吗？从今以后，你是我的了呢。”话落，她捧着它，钻回了车厢。

凤来恍然想起，这只乌燕是她送给大皇子的，可是如今被她脱口送了苏风暖，不好反悔要回了。她低头，看向自己的手里，那封“见信立杀”的信函已经被她捏成了灰末。她一时立在原地，又涌起些情绪。

苏风暖得了乌燕，心情很好，说话的声音语调也是软软的：“老祖宗，您是不是没喝够这茶楼的茶，舍不得走啊？”凤来闻言哼了一声，上了马车。

叶睿心底也微微地松了一口气，苏风暖怀有身孕，还是不与凤来硬碰硬为好。

刘焱没发现这中间的不同寻常，只觉得这个老婆婆脾气古怪得很，又听苏风暖管她叫老祖宗，估计是师门的长辈出来干涉她什么事情，所以才劫持了她。

大约两盏茶的工夫，一行人在刘焱的带领下来到了云香楼。刘焱对苏风暖低声道：“我出京时，大皇子派了人在我身边，一切都听他的安排。这云香楼没有外客，里面大得很。”

苏风暖点头，似乎对于大皇子的人安排的地方不甚在意。刘焱见苏风暖没意见，便对一人吩咐：“让掌柜的收拾出三间上等的房来。”

苏风暖接过话：“两间就好，四公子一间，我和老祖宗睡一间。”

凤来忽然恼怒地说：“我不与你睡一间。”

苏风暖转头瞅着凤来：“这几日不都是睡一间吗？”

凤来冷声说：“今晚我怕忍不住杀了你。”

苏风暖虽然心里清楚凤来说的是实话，但还是哼了一声：“两间就两间，我还不乐意与您睡一间呢，一个人睡大床才舒服。”话落，她对刘焱说：“那就三间吧。”

苏风暖进了房间后想着凤来怕忍不住杀了她，如今都不与她同住了，可见这么多时日以来，她下的嘴皮子功夫没有白费。大皇子竟然在叶裳刚回京时就迫不及待地对她下必杀令，可见他在京城的日子极其不好过。她正想着，外面响起了敲门声。

苏风暖问：“刘焱？”

刘焱立即回话：“苏姐姐，是我。”

“进来吧，门没锁。”

刘焱推开房门走了进来，见苏风暖坐在窗前，他也走过来坐下：“苏姐姐，我听说在江南有人劫走你，打伤了叶哥哥，可是你的那个老祖宗？”

苏风暖点头，刘焱立即问：“她不是你的同门长辈吗？为什么要劫持你、打伤叶哥哥呢？”

“说来话长。”刘焱见苏风暖说完四个字便不说了，试探地问：“不能说吗？”

苏风暖一笑，凤来就住在隔壁，她有些话能说、有些话不能说，于是，她用手指蘸了茶水，在桌上写道：“隔墙有耳。”

刘焱顿时心神一醒。苏风暖抹了水渍，笑着说：“也不是不能说，我的这位老祖宗欠了大皇子的人情，大皇子命你前来东境责问湘郡王上交些粮草救急，他料定你怕是对付不了湘郡王，所以请了老祖宗抓来我帮忙，若是今日不遇到你，我也是正要找你的。”

刘焱恍然大悟：“原来是这么回事。虽然她欠了大皇子人情，抓你来就好了，也不必打伤叶哥哥啊。我听闻叶哥哥伤得极重，险些没命。”

苏风暖自然知晓叶裳伤势很重，幸好有玉灵在，她才宽些心：“当时情况有些特殊，老祖宗打伤叶裳也不是有意的，算是误伤。”

刘焱看着苏风暖，她说这话时虽然轻轻柔柔，面上神情却淡淡的，他体会出了几分意思，便不再多问，改了口，道：“苏姐姐，我派人打探消息，湘郡王已经筹备了重兵，我若是踏入东境，怕是有去无回。”

“这样说来，湘郡王是想与大皇子作对了？”

“他不只是要与大皇子作对，怕是要反。东境兵马不下二十万，若是湘郡王私下再招兵买马，那么，我们这区区几个人是对付不了湘郡王的。”

苏风暖看着他：“你来湘南城几日了？”

“有六七日了。”

“怎么这么久都没有去东境？大皇子给你的命令没有时日限制吗？”

“有的。大皇子限我在一个月内带粮草出东境，可是半路上接到爷爷的书信，让我不准踏足东境地界，等在湘南城。”

“等什么？”苏风暖问。

刘焱伸手入怀，将一封书信递给苏风暖：“爷爷没说让我等什么，他的信函我看不懂，你帮我看看可好？你比我聪明，定能看出我爷爷的意思。”

苏风暖接过信函，看着刘焱：“这也算是家书了，你这样给我看，好吗？”

“苏姐姐，你已经嫁给了叶哥哥，按理说也不是外人，没什么不好的。”

苏风暖见他这样说，便打开了信函过目。信函确实是晋王的手书，极其隐晦地说刘焱与湘郡王同是一脉，叔侄同根，叮嘱刘焱务必不要踏足东境，不能与湘郡王起兵戈，否则，谁也保不了他。

这信函写得太过隐晦，刘焱虽然不懂，苏风暖却懂。晋王看起来看透湘郡王，若是逼急了，他不会顾念一脉同根的血亲。换句话说，挡他路者死。她看罢，将信递还给刘焱，道：“这封信别留着了，烧了吧。”

刘焱一怔：“苏姐姐？”

苏风暖道：“我听过一个传言，说晋王年轻时十分风流，与先皇的一位妃子有瓜葛，生有一子，送去湘郡王府抚养，成了如今的湘郡王。也就是说，湘郡王是你的亲叔叔。可是，若是湘郡王有反意，他筹备多年，不会顾及亲情的。这件事大皇子应该知晓，所以才派你来东境。”

刘焱一时脸色变换，似恍然大悟，又似惊骇，好半晌，才颓然地泄气：“怪不得大皇子派我来东境……原来爷爷竟然……原来湘郡王是我的……”他断续片刻，低声说，“我本来还很高兴，想着终于有人觉得我已经长大了，可以出来办差了，没想到是因为这个……”刘焱颓然片刻，看着苏风暖道，“苏姐姐，那我该怎么办？”

“对于晋王来说，你是孙子，不论爷爷之过。对于大皇子来说，他虽然下了命令，但你也要量力而行。对于湘郡王来说，你们虽有叔侄血缘，但宗室与你有血缘关系者比比皆是，他反不反，你都是刘家的子孙。是刘家的子孙，这南齐的江山就有一份重任压在你的肩上。”

她面色温和冷静，话语清晰透彻。他茅塞顿开，顿时精神了些：“多谢苏姐姐。”

苏风暖笑着说：“皇上曾经与我说，皇室没了指望后，宗室唯两人有指望，一人是叶裳，另一人是刘焱。”

刘焱闻言惭愧地摇头：“我算不上，我没出息，不及叶哥哥有本事。”

“叶裳的本事有目共睹，但你也无须妄自菲薄，你自有你的优点。如今你只不过是还没成长罢了，早晚有一日，也是能支撑起事情的人。”

刘焱面色微微动容：“苏姐姐，谢谢你，如今你来了湘南，我心下踏实不少，今日见到你，我别提多高兴了。”

苏风暖觉得好笑：“你怎么跑去茶楼听说书了？”

“我等在湘南，总要找点儿事情做。”

“大皇子的人没有催促你启程进入东境？”

刘焱悄声说：“前几日催促了，这两日，听打探消息的人回来说了湘郡王筹备的情况后，便没有人催促我了，估计也是爱惜小命。”话落，他又问，“苏姐姐，东境进不得，你打算怎么办？”

苏风暖想了想说：“调兵吧！”

刘焱一怔：“调兵？从哪里调？”

“自然是从天下各地调。湘郡王要兴兵谋反，只靠我们几个人，如何镇压得住？自然要大批兵马前来东境，扫平叛乱。”

“可是……没有皇上的虎符，是调不来各地兵马的，皇上失踪这么久了……”

苏风暖说：“我离京时，皇上将虎符交给我了，随时可调天下兵马。”

第十九章
京城风云

刘焱闻言，顿时惊异地看着苏风暖，半晌，道：“苏姐姐，皇上对你可真好。”

“这是好吗？怀里揣着虎符，要比别人多受累，哪里好了？”

刘焱沉默片刻，道：“虎符即兵马，你手里有兵权，便谁也不怕了。”

苏风暖无奈地说：“还不是一样被人劫持？空有兵权，没有自由，也是无用武之地。”

刘焱恍然想起苏风暖还是个被劫持的人质，又紧张地道：“苏姐姐，这样说来，你还是调不了兵马吗？”

“老祖宗同意，我就能调来兵马，她不同意，我就调不来。”

“那她会同意吗？”

“不知道，一会儿问问她。”

二人谈话声音不高，但隔壁的凤来自然能听清楚。她听闻苏风暖手里有兵符，顿时想到了皇上将兵符给苏风暖，也就是将南齐的江山继承人之位给了叶裳。自古以来，有兵权，就有政权，就有天下。而大皇子，空有一个监国的名头罢了。

她一时间眉头蹙起，萧贤妃和大皇子要的东西，殊不知早就被南齐皇帝给别人了。难道南齐皇帝早就知道大皇子不是他亲生的了？大皇子要杀苏风暖，是否也是因为虎符之事，抑或叶裳回京夺权之事？那么，她若不杀苏风暖，大皇子将会面临什么境地？大皇子无兵，如何与苏风暖和叶裳斗？这样的话，苏风暖手里的虎符一定不能让苏风暖用，她很快就拿定了主意。

苏风暖的这番话就是故意说给凤来听的。苏风暖就是想探探她的底，看看她对萧贤妃和大皇子有多在乎。这时，有人过来喊：“公子，可以用膳了。”

刘焱闻言站起身，对苏风暖说：“苏姐姐，先下去吃饭吧。”

二人出了房间。叶睿也听到了，从不远处的房间里出来，而凤来的房间没有动静，苏风暖来到门口，叩门：“老祖宗，用膳了。”

凤来硬邦邦的声音从里面传出：“不吃了。”

苏风暖闻言笑着问：“您躲在房里，偷听我们谈话，是不是又心情不好了？”

凤来顿时恼怒：“谁偷听了？”

苏风暖笑着问：“您没听吗？”凤来哼了一声。苏风暖干脆推开她虚关着的房门，倚在门口，笑着说：“我不只有皇上给的兵符，还有太祖昔年留下的铁券符呢，帝师令也在我手中，可是我呢，懒得很，轻易不想拿出来。若是老祖宗您有对付湘郡王的办法，这兵符我不拿出来也行。”

凤来眯起眼睛：“你什么意思？”

“您不是心疼大皇子吗？这样好了，这天下总归是男人的天下，不如，您不动，我不动，咱们两个达成一致，就让叶裳和大皇子去斗。谁赢，这天下就是谁的，如何？”

凤来盯着苏风暖，忽然觉得这个主意不错，大皇子怕的就是苏风暖坏事，苏风暖若是不会坏大皇子的事，这样折中的办法也未尝不可。于是，她沉声道：“若是与我达成一致，不得插手，那么即便叶裳输了，我也不准许你再插手调兵，你可别后悔。”

苏风暖见凤来上钩，彻底打消了要杀她的心思，笑得开心：“若是叶裳输了，那便证明大皇子比他厉害。比起让老祖宗您杀了我，我更愿意与您达成协议，相信叶裳也是这个意思。”话落，她补充道，“不过，您不让我调兵的话，那么，收拾湘郡王您自己想办法吧！”

凤来道：“我去杀了湘郡王，就简单了。”

苏风暖抽了抽嘴角：“老祖宗，您不会觉得杀了湘郡王如挟持我一样简单吧？”

凤来看着她：“有何难？”

“如今因为南齐四方受灾，国库空虚，天下皆知，大皇子因湘郡王不交粮草而恼怒，派刘焱前往东境查办湘郡王，拿回粮草，天下的目光都聚焦在了东境。既然湘郡王如今在筹备兵马，那么就是做好了反叛的打算，想必已经住去了军营，老祖宗您武功高绝，就算能潜入东境，也不见得能在几十万兵马中杀了湘郡王。”

凤来皱眉：“那怎么办？”

苏风暖耸耸肩：“我也不知道。”

凤来怒道：“你能没有办法？”

苏风暖无奈地瞅着她：“老祖宗，有一句话叫巧妇难为无米之炊，您总听过吧？我如今一没武功，二您不准我调兵，我也就是一个柔弱的女子，能做什么？”

凤来没了话。苏风暖说：“走吧，先吃饭去吧，饿着呢，吃完饭您再慢慢地想。”

苏风暖转回头，见叶睿神色如常，刘焱却似乎处在震惊中，见她回身，立即上前问：“苏姐姐，皇上将皇位传给了叶哥哥？”

苏风暖笑着点头：“是有这样的遗诏。”

刘焱惊道：“什么时候？皇上已经失踪很久了。”

苏风暖对他说：“在我们离京的时候。”

刘焱闻言道：“那么早，皇上让大皇子监国，我们都以为皇上择选了大皇子为继承人，原来皇上早就有了遗诏……”惊异过后，他便露出喜色，“若是叶哥哥继承皇位可真是太好了，我即便回京，也不必在太后跟前听训导了。”

苏风暖失笑：“在太后跟前还是能学到不少东西的。”

“是这样没错，可是太后实在太严苛了。”他摆摆手，高兴地说，“总之我一时半会儿还回不了京，不说了。走，咱们吃饭去。”

叶裳并不知道大皇子对凤来传下了对苏风暖的见信必杀令。第二日，他派人请了许云初过府。许云初听闻宝香斋掌柜的是奉了苏风暖之命进京来求助做空金玉钱庄，一口答应了下来：“稍后，我派一人跟随你出京，全力配合你做空金玉钱庄。”

宝香斋掌柜的道：“多谢小国舅。”

许云初摆手：“不必谢了。”话落，他对叶裳道：“昨日你回京之后，大皇子去过韶德殿见二皇子，出来时脸色不好，并且命人封锁了韶德殿。”

叶裳道：“也就是说二皇子被大皇子钳制着，连自由都没有？机关秘道案我欠着他帮忙彻查的一个情分，如今我便帮帮他好了。”

“这个忙怕是不好帮，如今想见他都不容易，救就更不好救了。”

“多少人看守韶德殿？”

“皇宫禁卫五百人，将韶德殿封锁得密不透风。”

叶裳揣测道：“按理说，二皇子的腿脚之伤一直未好，行动本就不自由，他没必要封锁韶德殿。如今封锁了韶德殿，可见是有什么不可告人之事，瞒而不外泄。”

许云初道：“兴许是怕二皇子向外传什么消息。”

叶裳闻言眯起眼睛：“二皇子的软肋是暖儿，若是有什么消息，定然是事关她了。这样的话，我更要救出他了。”他蹙眉沉思片刻，有了主意，道，“我回京后，也该去见见大皇子，我来牵制他，你暗中救二皇子出韶德殿，可能做到？”

“你若是牵制了大皇子，我倾许家多年来在皇宫的暗桩，自然是能做到的。”

叶裳点点头：“你今日因救二皇子折损的一切，来日我补还给你。”

许云初意会，待有朝一日，叶裳君临天下，那么，这句话就是对许家立足的承诺了。他笑着点头：“那就多谢叶世子了，我却之不恭。”

二人达成一致后，叶裳便向宫里下了拜帖。大皇子收到叶裳的拜帖，随意地瞅了一眼，讥笑：“他回京后我没找他，他倒主动来见我了。”大皇子将拜帖扔进了香炉里，吩咐近身侍候的人，“去答复容安王府的管家，就说我正巧无事，让叶裳今日进宫好了。”

叶裳带着紫风和玉灵以及千寒和几名府卫进了皇宫。宫廷禁卫收到了大皇子的命令，要对叶裳进行搜查。千寒顿时恼怒：“以前我家世子入宫拜见皇上，从未被搜查过，如今大皇子下达这个命令是什么意思？”

那人不卑不亢地说：“今时不同往日，卑职只是奉命行事，还望世子配合。”

叶裳下了车，站在那人面前：“你叫什么名字，眼生得很？我离京前，在皇宫的大内侍卫里不曾见过你。”

“卑职陈远，是大皇子月前新提拔的禁卫军统领。”

“哦，禁卫军统领？我记得以前的禁卫军统领叫张林启，张统领去哪里了？”

陈远道：“张统领护卫皇上不利，大皇子将他革职查办了。”

叶裳点点头：“这样说来，张统领确实失职。不过，本世子的身不是什么人都能搜的，你确定你的手敢亲自来搜本世子的身？”

陈远看着叶裳：“大皇子命令，世子请勿为难卑职。”

叶裳负手而站：“我不为难你，你过来搜吧。”

陈远见叶裳面无表情，一身气度却给人莫大的压力，他咬紧牙关，上前一步，他的手刚碰到叶裳的衣袖，顿时手指如针扎一般，“啊”地痛呼一声，后退了三步，脸色惨白，额头的汗大颗大颗地落了下来。叶裳站在原地不动，神色冷淡得很。陈远看着叶裳：“叶世子，你身上携带了什么，如针一般扎人？”

“没携带什么，本世子生来除了亲近的个别之人，别人都近不得我的身。你非要不知死活地搜查我，便是自己遭罪。”

陈远本觉得手指如针扎，片刻，便觉得整只手臂如针扎，他看着叶裳，惊恐地说：“不可能，叶世子，你的身上带着剧毒。”

叶裳冷笑：“你可以进去请太医看看，是否真中了毒，顺便也请大皇子出来亲自查查，本世子是否携毒入宫。”陈远觉得整只手臂都没有了知觉，立即抱着手臂向宫内跑去。

叶裳站在宫门口，看着偌大的皇宫，宫门在他面前严丝合缝地关着，十分厚重，宫墙上立着肃穆的禁卫军。这进入皇宫的路，他走了无数次，从没被人拦在宫门外过，果然是今时不同往日了。他想着，他回京是对的，皇上将这江山托付给他，他身为刘家的子孙，有责任和义务承担起来，即便是不为南齐百姓，也要为他父母，为无数将士在战场上洒下的热血而挑起重任。大皇子必要除掉，才能还南齐江山一片太平。

大皇子在陈远捂着手臂跑进御书房对他禀报了一番后，脸色顿时阴沉如霜雪：“叶裳不可能身上带着剧毒进宫，这般堂而皇之地被我抓住把柄。你走近，我给你看看。”

陈远闻言走近大皇子。大皇子给陈远号脉，片刻后，放下手，对他道：“你没有中毒，疼痛是因为真气化为金针，扎你手臂各处造成的剧痛，很快就会好。”话落，他看着陈远惨白的脸怒道，“废物，我将你调进皇宫，守卫宫门，你却连如此把戏都看不出来，要你何用？”

陈远当即跪在地上：“主子恕罪，是属下无用。俗话说，打狗还要看主人呢，属下是无用，可是叶世子未免太嚣张了。”

大皇子脸色又蒙上了一层清霜：“叶裳竟然能用真气伤你手臂，难道他伤势这么快就好了？你现在就去传太医院的所有太医去宫门口，为叶世子检查身子骨。若是叶世子身上沾染了什么不干净的东西，自然是不能踏入宫门的。”

陈远捂着手臂跑回宫门口，见叶裳负手站在宫门前，他深吸一口气，这一次不敢再靠近，而是在距离叶裳几步远的地方拱手说：“叶世子，大皇子吩咐，请太医院的所有太医来给您诊治一番，看看您身上是否带了什么不干净的东西，否则卑职的手臂怎么会一直疼痛难忍，查不出原因。”

叶裳看着陈远，眼神凉薄，却半点不发作，淡淡地颔首道：“好，你去传太医院的太医来就是了，我等着。”

陈远挥手招来一人，吩咐道：“快去太医院，将所有太医都请过来。”有人应一声“是”，立即去了。

不多时，叶裳听到动静，转身见一群太医提着药箱来到宫门口，唯独不见孟太医。他想着孟太医已经故去了，一时间心下又沉了沉。

太医们以前见到叶世子都恨不得绕道走，谁都知道给叶世子看诊是一件苦差事。如今看到叶裳，他虽然面色冷清，但似乎周身自带着春光和暖意，让他们觉得这乌云笼罩数日的京城和威严肃穆、死气沉沉的皇宫似乎都明媚了。太医们一时间也不怕叶裳了，上前恭敬地对叶裳见礼，一个个忽然心情都很好。

叶裳看着太医们含笑上前对他见礼，面上的冷色渐渐褪去，露出笑容，温和地摆手："都免礼吧！"

有一名太医爹着胆子问："叶世子，世子妃当真被人劫持了？可找到了世子妃的下落？"

叶裳微笑着说："找到了。"

有人立即关心地问："世子妃可还好？"

叶裳点头："无碍，还好。"

打开了话题，众人嘘寒问暖了一番，十分热闹。陈远清了清嗓子，咳嗽一声："叶世子，既然太医们都来了，就赶紧让他们为您诊察一番吧，大皇子还等着您进宫呢。"

叶裳瞥了陈远一眼，对众人道："我离京这段时间，对于京中发生了什么事，不太清楚。宫里朝堂改了规矩，我也不太懂，你们谁能告诉我，如今进宫都是要搜身彻查吗？朝臣文武百官，当值的人都要被搜身，可是这样？"

众人一时面面相觑，原来大皇子让他们来这里给叶世子诊察，是要为他进宫而搜身彻查，大家忽然都觉得大皇子这是疯了。进入皇宫的规矩就是文官下轿，武官下马解佩剑，从来没有仔细搜身诊察一说。

叶裳浅浅一笑："没有吗？看来大皇子新立的这个规矩只针对我了。"

陈远一见不好，立即捂着胳膊走过来说："大皇子也是关心世子，毕竟属下刚碰到世子衣袖，就疼如针扎，若是世子身上沾染了什么不好的东西，这皇宫重地，您也不能进不是？"

叶裳拂了拂衣袖："看来，我有必要拜访御史台一趟，问问各位御史，大皇子代天子监国是没错，但是指使小小禁卫军统领，意图欺辱本世子，这是个什么道理？"

陈远被叶裳的话语噎住，辩驳不出什么来，后背顿时冒出了冷汗。叶裳对他挥手："我再给你一个机会，你再进去问问大皇子，可是让御史台请出祖宗的宗法，让大皇子好好地参读一番？免得他监国朝事繁忙，忙得糊涂了，把本世子当成贩夫走卒一般欺辱对待了。"

陈远忽然觉得事情有点儿严重，看着叶裳不喜不怒的面色，不敢再与叶裳硬碰硬，点点头，抱着手臂又进了宫门。

千寒早就忍不住了，对叶裳道："世子，属下去请御史台的人来。"

叶裳摆手："大皇子一时糊涂，何必劳烦御史台的众位大人，他很快就会想明白的。"

陈远又回了宫内禀告，大皇子脸色奇差，眸光冰寒，半晌不语，片刻后道：“你再去，就说是本皇子朝务太忙，一时昏了头，竟忘了叶世子的身份，请他入宫吧。”陈远连忙应声，不敢耽搁，立即去了。

宫门口，太医院的太医们正围着叶裳为他诊察身体，众人你探探脉，我说两句话，看起来十分热闹欢乐。叶裳面色含笑，偶尔微笑颔首，似是十分认同。陈远来到近前，将大皇子的原话说了。

叶裳闻言不意外地点头，道：“虽然大皇子一时发了昏，但是本世子可不敢真沾染什么不干净的东西入宫，便让太医院的众位大人帮我诊察一番，也免得各位大人白跑一趟。”

陈远不敢再随意接话，连连点头：“叶世子请。”

叶裳对太医们问：“各位大人，如实告诉这位陈统领，我身上可沾染了什么不干净的东西？”

太医们连忙回答：“叶世子身体好得很，并没有沾染任何不干净的东西。”

“既然如此，就劳烦各位大人回到太医院后做个记录，免得我进宫后，大皇子生了事端，怪在我的身上。”太医们连连点头，答应得痛快。陈远半点不敢应声，怕再引火烧身，只能默默地带路，请叶裳入宫。

叶裳迈进宫门后，跟在他身后的千寒、紫风、玉灵等人被拦住。叶裳眯起眼睛，看着陈远：“皇宫里如今是龙潭虎穴不成？本世子入宫，连护卫都不能带了？大皇子这是要做什么？不知我哪里得罪了大皇子，这是要除之后快吗？”

陈远暗暗叫苦，琢磨着大皇子似乎今日没有要杀叶裳的意思，连忙挥手，对宫廷禁卫道：“都让开，让叶世子的人进宫。”禁卫们连忙让开了路。

叶裳入了皇宫后，向慈安宫而去。陈远一怔：“叶世子，您走错了，御书房在这边。”

叶裳道：“我自然知道御书房在那边，我许久未见太后了，既然入了宫，先去拜见太后是理所应当的事。”

“可是大皇子……”

“大皇子还在等着吗？那就让他再等等好了，反正已经等了许久，他想搜本世子的身，都没有觉得怕等，如今我去拜见太后这么点儿工夫，他就怕等了？”

陈远一时反驳不得。叶裳道：“这皇宫的禁卫军统领没那么好做，陈统领既然姓陈，是出身于陈家吧？去年安国公九族被诛，活了陈述和陈芝苒，若是我没记错，安柳陈氏有长房长孙，名字叫陈远。陈统领你虽然被诛了九族，但也不愿背弃祖宗的姓氏，如今在皇宫，有大皇子做靠山，连名字都没改，也算是在夹缝中生存了。”他看着陈远一下子白了的脸道，“既然是在夹缝中生存，就要有生存之道。我今日不拿办你，是看在陈述的面子上，可不是大皇子的面子。”

陈远顿时垂首单膝跪在了地上，不敢再看叶裳。

叶裳不再理会陈远，向太后的慈安宫走去。

慈安宫早已经得到了叶裳在宫门口被为难的事，皇后顿时坐不住了，对太后道：“母后，大皇子这是疯了，他竟然如此明目张胆地为难叶裳？”

太后道：“这两三个月以来，每日灾情的奏折如泰山压顶，朝臣们又死气沉沉，起不到作用，他早就有些撑不住了。如今叶裳回京，显然又给了他莫大的压力，他失了理智，也不新鲜。”

皇后觉得太后说得有理，对太后道：“这南齐若是这样下去，早晚要崩塌，我们姑侄哪里有指望？如今大皇子一边防备着云初，一边用着云初，不敢动我们。若是灾情缓解，他有了喘息之机，怕是最先要动云初，我们就完了。”

太后冷笑：“他如今不过是个监国的大皇子，还不是君临天下的九五之尊。他这样针对叶裳，叶裳不是好惹的，自然是要还手的，不见得会让他有喘息之机。”

“母后，那咱们帮叶世子吗？”

太后琢磨了一下道：“咱们就等着好了，叶世子若是进宫，应该会来慈安宫，借哀家之手打压大皇子。”

皇后疑惑地看着太后。太后不愿再说，皇后的脑袋从来没开窍过，许家的儿女，多少代来就出现了这么一个笨的，偏偏被她弄进宫做了皇后，这是她的错。她摆摆手：“你看着就是了。”

不多时，严公公果然来禀告：“太后，叶世子说许久未见您了，入宫先来看看您。”

太后顿时眉开眼笑，连声道：“我就说嘛，快快去请他进来。”

叶裳还未到慈安宫，便见到了乐颠颠地跑来迎接的严公公：“老奴给叶世子请安，您总算回来了。太后说您进宫后定然会先来慈安宫，果然您就来了。”

叶裳微微一笑：“太后真是料事如神。这皇宫，太后为尊为长，我外出归来，既然入宫，自然是要先来拜见太后的。”

“叶世子请，太后听说您来了，高兴坏了，正等着您呢。”

严公公领着叶裳来到慈安宫，太后出了内殿，和皇后亲自迎到了宫门口。叶裳对太后和皇后见礼。太后连连摆手：“叶世子快免礼，哀家听闻你和世子妃在江南出了事，世子妃失踪，你受了重伤，如今伤势可好了？”

叶裳道：“劳太后挂心了，伤势好了大半。”

太后立即问：“那世子妃呢？可寻到下落了？”

叶裳颔首：“寻到下落了，在东境，无碍，一切都好。”

太后长舒了一口气：“世子妃聪明，哀家就知道她会没事。到底是什么贼人抓了她？可抓住那人了？”

“是暖儿师门的一位老祖宗，身怀绝世武功，要抓住她，难得很，不过暖儿无碍就好了。”

太后一怔："世子妃师门的人怎么会抓了她？"

叶裳不欲多说，道："个人恩怨。"

太后识趣地不再多问："只要人没事就好，快进里面坐。"

叶裳随太后和皇后进了内殿，落座后，皇后忍不住问："叶世子，你可知道皇上的下落？"

叶裳摇头："不知，我与暖儿在西境大婚的第二日才听闻皇上失踪的消息。"

皇后有些失望："连你也不知道吗？那皇上去哪里了呢？"

太后顿时训斥："云初不是与我们说了吗？丢弃了江山、皇宫，连老娘、媳妇儿也不要了的东西，你还想着他做什么？"

皇后低下头，低声说："即便如此，儿臣也想知道皇上去了哪里，过得好不好。"

太后也不忍再训斥了，叹了口气："他好不容易摆脱江山的负担，没有了诸事负累，自然过得很好、很舒心，你就不必念着他了。你念着他，他也不见得念着我们。"

皇后不说话了。叶裳看着二人，道："未出京时，暖儿给皇上把脉，说皇上再被朝政负累下去的话，撑不过一二载，如今皇上卸掉江山负累，游历四方的话，兴许寿命会长些，这也是好事。皇上为南齐江山操劳一生，是也该歇歇，过几日自己想过的日子了。"

太后道："话虽然这么说，可是这江山如今一塌糊涂，他就这样丢下不管，让大皇子监国，朝廷上下，死气沉沉，他怎么对得起先皇交付到他手上的担子？就算要走，也该安排好了再走啊。"

叶裳道："皇上不是没有安排，是有了安排之后才如此的。我和暖儿离京前，皇上召暖儿入宫，给了她一封遗诏。"

"遗诏？"太后腾地站了起来，"皇上竟然留了遗诏？"

皇后也惊异不已，立即问："叶世子，皇上留的是什么遗诏？"

"传位遗诏。"

太后顿时紧张："谁？"皇后也紧张地看着叶裳，传位遗诏归属何人，关系到姑侄二人在后宫的生存，也关系到许家门庭是否能够繁荣下去。

叶裳看着二人，淡淡道："我。"太后和皇后顿时一呆。叶裳丢出这个惊雷后，不再说话，径自喝着宫女倒的清茶。

片刻后，太后当先反应过来，惊喜地说："是你就太好了，哀家以前就想过，皇室没有一个拿得出手的子孙的话，从宗室里找出一人来继承皇位，论才华本事，非你莫属，如今是你最好。祖宗的江山可算有指望了。"

皇后追问："遗诏呢？既然有遗诏，你回京后为何不立即拿出来？还让大皇子继续嚣张下去做什么？再让他治理下去，南齐江山就岌岌可危了。"

叶裳道：“遗诏在暖儿手里，一直让她收着。”

皇后顿时一阵失望，急道：“世子妃失踪了，那遗诏岂不是也失踪了？没有遗诏，你可怎么对付大皇子啊？”

太后见叶裳面色平静坦然，问他：“你和世子妃出京到如今，也有两三个月的时间了，皇上在你们离京不久就失踪了，这么长时间，你们为何没说有遗诏？”

“那时，我还没有想好，要不要接这封遗诏。”太后一怔，这话若是换作别人来说，她会觉得太虚，可是放在叶裳的身上，她觉得这天下怕是只有他才能在皇位面前这样云淡风轻。

皇后不懂：“为什么没想好？九五之尊的位置不好吗？”

“不是皇位不好，而是我心里只装得下一人，装不下天下。”

太后看着叶裳：“如今叶世子是想好了？”

叶裳颔首：“想好了。”

“叶世子是聪明人，你想好就对了。皇上既然留了遗诏给你，连亲生子都不托付，就是相信这南齐江山只有你撑得起来。你是刘家的子孙，不能辜负皇上的重托啊。”

叶裳点头：“太后所言甚是，我以前也是糊涂，想着给大皇子一个机会，也想着自己能懒则懒。如今方才后知后觉，南齐江山是我肩上的责任，万民安，天下安，国安，家才安。”

太后见叶裳这样说，顿时觉得欣慰：“好，好，你能这样想，哀家也就放心了。如今，哀家可以睡个安稳觉了。你既拿定主意，我和皇后便支持你，也相信你会不负皇上所望。”

皇后闻言也松了一口气：“我也有好些日子没睡安稳了，自从皇上离宫，这皇宫显得十分冷寂，我每日夜里都会惊醒几次。”

叶裳看着二人，今日他入宫，牵制大皇子，一旦许云初救出二皇子，大皇子必定恼火，奈何不了许云初，会把火自然地发到太后和皇后身上，那么太后和皇后一个安稳觉也求不得了。他思忖片刻后道：“太后和皇后娘娘有没有出宫小住些时日的打算？国丈近来身子骨似乎不太好，您二人若是回国丈府省亲小住些日子，国丈精神好了，身子自然也就好了。”

太后和皇后在宫中日久，虽然近来时常关着宫门，不出宫走动，免得生事，但也不是两耳不闻窗外事，未曾听闻近来国丈身子骨不好的消息。太后琢磨着叶裳不会平白无故这样说，试探地问：“叶世子，你是有什么打算和安排吗？”

“我此次进宫，是与小国舅配合救出困居在韶德殿的二皇子，我牵制大皇子，小国舅趁机行动。因韶德殿封锁严实，小国舅此次怕是要倾许家所有的暗桩。事后，大皇子察觉，奈何不了小国舅，怕是要找太后和皇后娘娘的麻烦。”

太后蹙眉道：“原来如此。你们为何非要救二皇子？他已然是个废物了，以前也没有得人心之处，以后你执掌天下，更不必管他的死活了，何必多此一举？”

皇后道：“就是，理他做什么？”她看着叶裳，不忌讳地问，“叶世子，你不会是想借此机会，清除许家在皇宫的暗桩，意图以后安稳吧？”

太后觉得皇后这话说得太直白了，训斥道：“说什么呢？”皇后也觉得她冲动说出的话有些不合适，顿时有些后悔。

叶裳倒是不在意，云淡风轻地一笑：“皇后娘娘耿直，这话问得极是。若非大皇子如今盯着我，一人难以成事，我自己就可倾容安王府的势力救他了，如今，我需要小国舅的配合。许家此次牺牲大，待有朝一日，我必不会亏待国丈府。”

太后见叶裳没生气，顿时松了一口气，道：“皇后心思简单，叶世子莫怪。哀家知道你和云初交情好，倒不担心这个，有你在一日，云初和许家必然安稳。”

皇后歉然地看着叶裳：“叶世子勿怪，是我妇人之见，以小人之心度君子之腹了。”

叶裳微笑：“有话说在明面上，也没有什么不好，皇后娘娘不必歉疚。机关秘道案，二皇子帮我良多，如今他被大皇子困居在韶德殿，形消骨瘦，十分不好，必要救他一救。另外，即便没有人情要还，他是刘家的子孙，我也不会坐视不理。”

太后点头：“好好，哀家和皇后支持你，我们这便收拾出宫。”

叶裳颔首，站起身道：“我这便去见大皇子，你们有半个时辰的时间出宫。一旦大皇子知晓二皇子失踪之事，察觉是许家暗桩动的手，你们再出宫就没那么容易了。”

太后道：“好，我们是回娘家小住，也不必收拾太多东西，很快。”

叶裳辞别太后和皇后，出了慈安宫，吩咐千寒：“去知会小国舅，太后和皇后回国丈府小住，国丈府多派些府卫。救出二皇子后，将二皇子送去我府中，我来接手安置。”千寒应声“是”，立即去了。

陈远在没拦住叶裳前往慈安宫后，便去禀告大皇子了。大皇子听闻后，脸色比霜雪都冷，沉声道：“叶裳，如今我便让他嚣张，待苏风暖已死的消息传回来，我看他是怎么个死法。”大皇子深吸了一口气，对陈远挥手，“你下去吧，守好宫门，不准出丝毫差错。”陈远应声“是”，退了下去。

叶裳来到御书房时，一名眼生的小太监守在门口，见他来了，上前见礼。叶裳看着这名小太监，微微挑眉：“你叫什么名字？”

“回叶世子，奴才叫小英子。”

“以前不曾见过你。”

“奴才一直跟在大皇子身边侍候，只不过甚少出现在宫里罢了。您没见过奴才，所以觉得眼生。”

叶裳一笑：“去年卿华坊失踪了一人，至今没下落，我却记着像是你的模样。本世子记忆力一向很好。”

小英子身子一颤，强自镇定地道：“叶世子，您记错了，您虽然记忆力很好，但如今身上有伤，也难免有出错的时候。”

叶裳道：“也有道理。”

小英子连忙让开路：“叶世子请，大皇子在等着您了。”

叶裳颔首，走了两步，淡淡地道：“卿华坊失踪那人的家眷在我手中。我一直没找到那人，还没想好那几个家眷怎么处置。”小英子如坠冰窟。叶裳不再理会他，进了御书房。

叶裳进了御书房，便看到了坐在御案前提笔批阅奏折的大皇子。叶裳隔着御案站定，笑着道：“这大半还是关于灾情的折子吧？我回京途中，便有许多灾民拦车，从江南到京城，被拦截了一路。大皇子除了派刘焱前往东境催粮，可另外想到了什么好对策？”

大皇子抬起头，看着叶裳，道：“受灾之地太多，除了向东境催粮，一时还想不到什么好对策，叶世子可有什么好主意？”

“我离京时国库还很充盈，短短时间便亏空至此，大皇子可否告知我，国库的银粮除了用于赈灾，可另外调去了别用？否则也不至于如此紧张。”

大皇子眯起眼睛：“叶世子这是在怀疑本皇子私用国库了？”

“不敢，只是随便问问。据我所知，国库不该损耗如此之大，亏空至此。”

“你只是猜测罢了，可知道，自你离京后奏折如山，御书房都堆不下了，一个国库又怎么够？亏空至此，也不奇怪。”

叶裳笑了笑：“是这样吗？”

大皇子沉着目光道：“叶世子若是不相信，大可以去查。本皇子急要银粮赈灾，还有什么事情比解救万民于水火中更紧急？我有什么理由私调国库再作别用？”

叶裳道：“这话我倒是信，只是想让大皇子自己想想，若是你没私下调用国库，那么，有充盈的国库赈灾，灾情也不至于发展到这个地步。可是，你面前还是有堆积如山的奏折，是不是哪里出了问题，你就未曾深想过？”

大皇子一怔。他这两三个月来忙得脚不沾地，火气一日比一日大，还真未曾细想叶裳所说。这么多时日以来，国库都快被掏空了，可是灾情半点未见缓解，是哪里出了问题？他看着叶裳，一时间脸色变换：“你发现了什么？可知道怎么回事？”

叶裳摇头：“我没发现什么，只是想提醒大皇子，你是否疏忽了什么？是否有人借各地灾情掏空国库？是否有人背地里筹谋，想让南齐内乱？”

大皇子冷笑：“你和苏风暖手中有兵权，什么人敢背后筹谋，让南齐起内乱？莫不是你和苏风暖背后对我耍了什么把戏？”

叶裳看着他：“大皇子是这样想的？我们是置万民于不顾之人？”

大皇子唇形抿成一线，虽然恨不得叶裳死，但是他不得不承认叶裳不是一个不顾万民之人，苏风暖也是一样。他放下笔，站起身，沉着脸道：“赈灾是户部的事，照你这样猜测的话，是户部出了问题？”

叶裳道："这就要大皇子派人去查了。"

大皇子看着叶裳，不知道叶裳今日进宫与他说这些是什么意思，他暂时压下国库银粮之事，问叶裳："叶世子的伤势可好了？"

叶裳不客气地道："拜大皇子所赐，一时半会儿好不了。"

大皇子见叶裳点明，对叶裳道："你和苏风暖前往北周，打了我一个措手不及，也不能怪我送给你一份大礼。命运弄人，若非因着身份，我也不会出此下策。"

叶裳淡淡而笑，眸光清凉："大皇子所言不错，若是有朝一日，我送你一份大礼，你也别怪我。诚如你所说，若非因着身份，我也不会出此下策。"

大皇子大笑："叶裳啊叶裳，你哪里来的自信？"

叶裳笑容浅淡："与生俱来的。"

大皇子不置可否，邀请叶裳："对弈一局？"

叶裳正想着为许云初争夺时间，颔首："好。"

二人这一局棋，下了足足一个时辰，最终以和棋告终。大皇子看着叶裳："叶世子这棋艺，真是炉火纯青。"

叶裳淡淡一笑："可惜，最终还是和棋。"

大皇子也笑了一声："不见得，棋盘里虽然是和棋，但棋盘外就说不定了。"

叶裳颔首："也有道理。"他站起身，拂了拂衣袖，对大皇子道，"时辰差不多了，我也该回府去喝药了，大皇子朝务繁忙，我就不叨扰了。"

大皇子也不留叶裳，摆手："叶世子好好地将养吧，免得世子妃若出什么事，消息传回来，你受不住。"

"我倒不担心暖儿会出什么事，大皇子朝务压身，还是多关心自己的身子骨为是。"说完，叶裳不待大皇子说话，出了御书房。

叶裳出了御书房，见紫风和玉灵在等着他，千寒也已经回来。见他出来，千寒对他点点头，他知道事情已经成了。他迎着阳光看了一眼天空，随意地道："走吧，回府。"

紫风和玉灵、千寒带着几名府卫跟着他出了皇宫。陈远依旧守在宫门口，他这一次学乖了，二话不说，打开宫门，任由叶裳出了皇宫。叶裳上了马车，马车向容安王府而去。

车上，千寒低声说："世子，太后和皇后在您到御书房后不久便出宫了。大皇子那里半点没拦着，小国舅那边也十分顺利，已经将二皇子送去了咱们府中。"

叶裳凉凉地一笑："大皇子根本未曾得到消息，自然会十分顺利了。"

千寒一怔："怎么会呢？是有动静的，已经有人去禀了。"

叶裳道："这就要多谢那小英子了，消息没通传到大皇子的耳朵里。"

叶裳认出了小英子，透露了自己手里一直拿着他的家眷，显然小英子是聪明的。小英子不敢累及家眷，自然不敢触叶裳霉头。所以，无论是太后和皇后出宫，还是许云初倾许家暗桩从韶德殿救出了二皇子，大皇子都没得到丝毫的消息。

马车顺利地回到了容安王府。进了府内，千寒低声说：“先将二皇子安置在了您房中的密室里，怕大皇子会前来搜查，别处不安全。世子，可否多调派一些府卫守好王府？”

“不必，一切如常就好。”

叶裳进了正院，回到自己的房间，打开密室，里面是一处小小的供台，供奉着容安王和王妃的牌位。牌位后还有一扇暗门，里面是一处宽敞的密室。

林之孝半躺在里面的一张矮榻上，脸色苍白，形容消瘦，整个人透着一种要枯萎的气息。他看到叶裳，并不意外，低声开口：“多谢叶世子相救，我都没想过有朝一日还能出了皇宫的韶德殿。”

叶裳一时间不知道该说什么：“不必谢，我让人过来给你看看身体到底是怎么回事。”

林之孝摇头：“我这副残破的身子骨，看也看不好了。我有一件重要的事情要告诉你，但是没办法传信出来，如今正好。”他便把大皇子传信凤来杀苏风暖之事说了。

叶裳闻言目光深沉，若是不知道苏风暖安好的消息，他还真会急疯了想办法去救她。“我今日见过他了，他说要送我一份大礼，想必就是这个。不过，我觉得，他这礼估计送不成。”

“你是说……凤来不会杀了世子妃？”

“无论是杀不了，还是不会杀，只要结果是暖儿平安就行。我相信，这件事情成不了。”

林之孝微微松了一口气：“我也觉得，世子妃福大命大，聪明绝顶，既然叶世子也相信她不会有事……那就好……我也放心了。”说完，他猛地咳嗽起来。

叶裳看着林之孝拿出绢帕，嘴角有血迹流出。叶裳眉头紧蹙，对外面喊：“千寒，请玉灵师叔和紫风师叔进来。”千寒立即去了。

林之孝咳嗽半晌，似乎要将胸肺都咳出来一般，让人听着觉得十分揪心。叶裳在他止息咳嗽后，倒了一杯热茶递给他。林之孝微颤着手接过，低声说了句：“这副身体实在不堪，让叶世子见笑了，多谢。”

叶裳道：“暖儿的医术承袭了望帝山的玉灵师叔，如今她正在我府中，我让她来为你诊治一番。”

“我没有了活着的心思，觉得不如干脆就这样死了算了。更何况，我这副身体，我自己有所觉，怕是救不了了。”

叶裳道：“死不死的，言之过早，待玉灵师叔看过之后再说。”林之孝不再说话。

不多时，紫风和玉灵在千寒的带领下来到了密室。玉灵连忙上前，为林之孝把脉。片刻后，玉灵撤回手，对叶裳道：“长期食用一种慢性剧毒，加之郁伤肺腑，如今这副身子骨已然是强弩之末。”

叶裳蹙眉："可有救？"

"若是搁在我这里是没救的，但也不能说得太满，毕竟当初你的热毒我都认为没救，偏偏被暖丫头救了。若是她在，便说不准可以救的。"

林之孝听闻玉灵说他的病已然无救，面上无悲色，显然是早有预料。叶裳问："长期食用一种慢性剧毒，什么毒？"

玉灵道："这种毒名为食人花，依我探查二皇子脉象，已经食用了至少半年之久。"

叶裳对林之孝道："你公然昭示二皇子的身份，也有半年了吧，想必就是在那时候开始食用的，是有人在你的膳食里面下了毒？"

"可能吧，我并不知道，曾经也怀疑自己中了毒，因心脉时常作痛，只不过没查出来。"

叶裳看向玉灵："师叔，目前可有方子压制二皇子毒发？"

玉灵想了想道："时日太久，已经到了心脉，我试试吧。"

"那就劳烦师叔了，若是有哪味药缺少，您只管与我提。用最好的药，不惜一切代价，保住二皇子的命。"

"你放心，这话不用你说，医者父母心，我也会尽我所能救人性命。只是二皇子心病太重，若是放不下、看不开，没有生念，多好的方子也是无效用的。"

叶裳道："您只管开方子。"

玉灵意会，站起身："我这就去开药方。"话落，她出了密室。

林之孝在玉灵离开后，对叶裳道："多谢叶世子，何必多费力气？我已无生念，这副残破的身子骨早归尘土早省心。"

"二皇子年纪轻轻，何必如此看不开？以前我认识的林之孝，可是被人人称颂的德才兼备的二公子，明知太后和皇上各有属意的赐婚人选，还带着聘礼前往苏府提亲，可谓谁也不怕，如今就被这小小的波折击垮了不成？"

林之孝一阵恍惚："以前是以前，太过天真，不知天高地厚，幸而叶世子心胸开阔，不与我计较。如今的林之孝，知晓自己渺小，微薄如尘埃，不敢再企望上天厚待。"

叶裳嗤笑："这是什么混账话！为自己的软弱找借口吗？不久前，也有一个人与我说过，活着没有什么意义，找不到人生的方向，不知道以后该如何。不过短短时日，他便想开了，天下之大，总有一条路是他能走的，如今也许还没找到，但总有一天能够找到。"

"人与人终归不同，他不是我，没有经受过地狱的折磨，总是会向往光明的。"

"你错了，他所受的打击怕是比你大得多。他尚且能活，你自然也可以。"叶裳将月贵妃与萧贤妃易子而养之事说了，林之孝瞳仁猛缩，忽然想起大皇子所说的话，顿时心神一震，此事果然是真的。

叶裳见他惊异的神色，道："想必你也知道一些，你与楚含才是月贵妃所生的双生子，而萧贤妃所生的二皇子便是如今的大皇子。楚含杀了南齐多少士兵，到头来，他却是南齐的皇子，这让他情何以堪？他心灰意冷，可是他不甘心就这样死了，只有那么一丝不甘心，就能活出一条路来。"他看着林之孝，"你就没有不甘心吗？哪怕一丝一点，没有达成心愿，或者是求个结果之事？"

林之孝听罢，久久沉默。叶裳径自倒了一盏茶，不再多言。许久，林之孝闭了闭眼睛："叶世子说得对，我也不是半点不甘没有。说句厚颜无耻的话，我哪怕死，也想在死前见你的世子妃一面，谁叫我此生，情根种在了她的身上。"

叶裳闻言也不恼怒："既然如此，你就放宽心，配合玉灵师叔为你救治，等着她回来吧。"

林之孝见他面色风轻云淡，坦坦荡荡，便动了动嘴角："多谢。若是能等她回来见一面，我再闭眼，此生无憾了。"

"也许死不了，别把话说得太早。我的世子妃，能活死人、肉白骨。若是她能给你救治，你就别砸了她的招牌。"

林之孝再次道："多谢叶世子，你救我出韶德殿，大皇子怕是知道是你所为，定会对付你。"

"他本来就会对付我，多你这一桩也不多。一个北周的皇子，坐着南齐大皇子的位置，他未免太安然了。以为两国知道此事的人都会守着秘密，不敢张扬，以免贻笑天下。他错了，他不知道我素来信奉不破不立的道理。"

林之孝看着叶裳，叶裳说这话的时候，明明身在暗室，却有一种日月光华集于一身的尊贵气度。他忽然脱口问："叶世子，你与世子妃离京前，皇上曾召世子妃入宫，你们离京后，林客便遂皇上的意愿悄悄带走了他，皇上在你们离京前早有安排吧？"

叶裳颔首，如实告知："不错，皇上留了一封遗诏，传位于我。所以，无论是楚含，还是你，都放心地活着。只要我在，我便保你们遵照自己的意愿，活出一条路来。"

林之孝慢慢地点了点头，眼底终于透出了一丝光亮，微微露出些许笑意，道："有朝一日，叶世子君临天下，世子妃母仪天下，她那性情，不知道受不受得住困锁深宫，我倒很想看看她凤袍加身的模样。"

第二十章
联合晋王

叶裳离开皇宫后，大皇子才得到太后和皇后出宫去国丈府省亲的消息，同时韶德殿传出二皇子失踪的消息。他对小英子怒道："为什么现在才报？"

小英子垂着头："您与叶世子下棋的时候，吩咐不准打扰，奴才没敢打扰您。"

大皇子想起是这样吩咐了一句，但他是想借棋盘来杀杀叶裳的锐气，不想被人搅乱，没想到作茧自缚。他抬脚踹了小英子一脚："你可真是个听话的好奴才。"

小英子哭丧着脸道："您安排奴才进宫时，严厉告诫奴才在宫中生活定要规矩听话，奴才不敢不听……"

大皇子脸色铁青："愚蠢，这样的大事，怎能瞒着不报？在宫中不只要规矩听话，更要机灵，这么久了，你还学不会，我要你何用？来人，给我将这个奴才……"

小英子顿时上前抱住大皇子的大腿："大皇子息怒，奴才是愚蠢，给奴才一个将功赎罪的机会，奴才定找到二皇子。"

大皇子沉着脸问："你找？上哪里去找？"

"叶世子刚刚回京，不好好在府中养伤，转日便给您下了拜帖，本就不对劲。而他进宫后前脚去拜见了太后和皇后，后脚来御书房后，太后和皇后便出了皇宫。然后，他与您下棋的空当，二皇子便在韶德殿失踪了，定然是叶世子所为。"

大皇子咬牙道："定然是许云初劫走了二皇子，他与叶裳里应外合，让叶裳牵制我的视线，许云初暗中动手，怕事后我找太后和皇后的麻烦，所以，便先一步让太后和皇后去国丈府省亲了。好个叶裳。"

"都怪奴才无用，奴才该死，奴才这就带着人去……"

"去国丈府要人，还是去容安王府要人？你一个奴才，要得出来吗？"话落，大皇子更是气怒，"昔日月母妃十分器重你，将你给了我予以重用，可是你竟瞒而不报，糊涂至此，简直愚蠢到该死。"

"奴才该死，但叶世子入宫，便出了此事，奴才觉得，还是要找叶世子要人。"

"找叶裳要人，是那么容易的吗？"大皇子怒道。他挥手摔了一方砚台，恨道："叶裳和许云初竟然这么快便联手了。"

小英子不敢吱声。大皇子怒了片刻，道："备辇，我要出宫，去国丈府。"小英子连忙应"是"，立即滚了出去。不多时，大皇子乘坐车辇，去了国丈府。

国丈府内，太后和皇后正在与国丈叙话，姑侄二人回到许家小住，心情很好。国丈也很高兴，吩咐人摆设宴席。许云初料到大皇子得到消息后，定然会猜到是他与叶裳联手而为，回府便加强了布置，国丈府被守得水泄不通。

他虽然料到大皇子会发作，但也没想到大皇子会亲自找来。听人禀告，大皇子来了国丈府，他眉头紧蹙："去通禀姑祖母和姑姑一声，我先去应对他。让她们心里也有个准备，大皇子怕是来接人的。"有人应"是"，立即去禀告了。

许云初出了书房，来到国丈府门口。大皇子坐在车辇上，对许云初似笑非笑地道："小国舅好本事啊，倾了许家在皇宫所有的暗桩劫走二皇子，如今又令两宫回到国丈府，这是要做什么？挟二皇子以令朝臣俯首吗？许家这是要造反吗？"

许云初拱了拱手，不卑不亢地道："大皇子言重了，国丈府一门忠臣，誓死不做不忠不义之辈。许家在皇宫本就没有暗桩一说，何来倾皇宫所有暗桩？今日，太后和皇后听闻祖父身子骨不好，回府省亲而已，大皇子未免太兴师动众了。国丈府只有太后和皇后，决计没有二皇子。”

大皇子冷笑：“小国舅是聪明人，本皇子今日也不想与你兜圈子。你说劫走二皇子之事与你无关，本皇子尚可信上一信，但太后和皇后回府省亲可以，小住不合规矩。小国舅去请太后和皇后尽快与我回宫吧。嫁入皇家的女人，无论是生还是死，都是皇家的人。否则，两宫离宫回国丈府，不只本皇子，就是天下也会觉得国丈府居心叵测。”

许云初看着大皇子，这话可谓诛心之言，若是传出去，许家便会被万民声讨。他沉下脸，道：“大皇子行的是监国之权，没有权力辖管太后和皇后的自由吧？两宫回府省亲而已，国丈府一未兴兵，二未谋乱，大皇子未免说得太重了。大皇子若是这般猜疑臣子府邸，未免让人心寒。”

“本皇子也是尽孝心。皇上失踪久未查到下落，两宫太后这般出宫，宫廷便空了，历来也未有两宫一起出宫省亲的规矩。”

“大皇子孝心可表，但似乎是忘了，哪怕两宫嫁入天家，也是出身于许家。她们听闻祖父抱恙，情急之下回府省亲，也是顾念亲情。大皇子若是尽孝心，时日长着呢，不必在这里与祖父争这一时半刻吧？”

大皇子眯起眼睛：“国丈抱恙，本皇子怎么未曾听闻？”

许云初道：“是急症。”

大皇子道：“既然如此，本皇子真该进去看看国丈。”许云初不语。大皇子扬眉：“小国舅这是不同意，还是国丈根本就没病？”

许云初侧开身子：“大皇子若是不信，里面请。”大皇子见他面容坦荡，下了车辇。二人向正院国丈住的院子而去。

大皇子一边走着，一边不阴不阳地道：“国丈府这守卫严密，犹如铜墙铁壁。小国舅调派这么多府卫，快与皇宫比肩了。”

“两宫回府省亲，云初自然不敢马虎轻待，一定要保护好太后和皇后的安危，不敢与皇宫比肩，只不过是守卫严密些罢了。”

不多时，二人来到国丈居住的院落。严公公带着人守在门口，对大皇子见礼：“老奴给大皇子请安。”

大皇子停住脚步，打量一眼严公公，又扫了一眼看守这处院子的人，不下数百名府卫。他道：“听闻国丈抱恙，太后和皇后回府省亲，本皇子特意来看看。”

严公公连忙道：“老奴这就去禀告。”

大皇子摆手：“不必禀告了，我和小国舅一起进去。”

严公公看向许云初。许云初坦然道：“大皇子请。”

来到正院门口，房门关着，有两名宫女和两名小太监守在门口。许云初停住脚步，问：“姑祖母和姑姑呢？可在？”

“回小国舅，在里面。”

这时，里面传出太后的声音，有些哽咽：“是云初吗？快进来。”

有宫女打开了房门。许云初回道：“回姑祖母，是我，大皇子也来看看祖父。”说着，便当先进了里面，对大皇子做了个请的手势。

绕过外间的画堂，进入里间，一阵浓郁的药味扑面而来。国丈躺在床上，看样子已然在昏睡，太后和皇后坐在床头，太后一脸愁容，皇后哭红了眼睛。有几名太医也在屋中，同样愁眉苦脸。

大皇子进了里屋，眉头不由得皱起，对太后和皇后见礼，同时问：“国丈这是怎么了？”

太后看着大皇子，压下心里的厌恶，叹息连连：“你是好孩子，朝务繁忙，还惦记着国丈。太医们正在为国丈诊治，找不到病因，不知为何突然发了病，且发作得这样急。”

大皇子闻言看向一旁的几名太医：“可查出是什么病症了吗？”

几名太医齐齐摇头，拱手道：“回大皇子，下官几人医术浅薄，查不出来。”

大皇子对许云初道：“我那些年病体孱弱，时常研究医书，我来为国丈把把脉如何？”

太后立即道：“你是大皇子，这怎么能行？”

大皇子道：“国丈是两朝元老，当得起。”

太后看向许云初。许云初颔首：“既然大皇子懂得医术，最好不过，太医们不知道祖父得了什么病症，我正情急想办法，不知道请谁来给祖父诊察。”

大皇子上前一步，伸手给国丈把脉。片刻，眉头紧蹙，换了一只手，还是查不出病因，他本来以为国丈是装的，可是如今看来像真的得了什么怪病。仔细看国丈的面相，昏迷着，紧闭着眼睛，似乎有嘴歪眼斜之相，他慢慢地撤回手。

许云初问：“大皇子，你可看出来了，我祖父是得了什么急症？”

大皇子抿唇，摇头：“不知。”

许云初脸色一暗：“孟太医死了，灵云大师圆寂了，世子妃不在京中，这可如何是好？”

太后立即问：“世子妃还没下落吗？”

许云初叹了口气：“叶世子派人去找了，猜测十有八九是在东境，只不过不知道在哪里，毕竟东境地方太大。”

太后看向大皇子：“大皇子，你派人前去东境催粮，如何了？”

大皇子道：“还没有回音。”

太后急道：“你可否再传一封信去东境，让人查查世子妃的下落？哀家还真想不出来，除了她，还有谁能救国丈？哀家年岁大了，见不得国丈出事。”

大皇子闻言道：“这天下，除了她自然还有很多医术好的医者，比如云山真人。小国舅何不派人去找云山真人？”

许云初道：“云山真人游历四方，行踪不定，一时半会儿怕是也不好找寻。”

大皇子道：“这样吧，我认识一人，医术高绝，不输于世子妃和云山真人。他在千里之外，我命人传信，让他来京为国丈诊治吧。”

许云初当即道：“多谢大皇子。”

大皇子摆手，看向太后和皇后：“太后和皇后是准备在国丈府小住了？”

太后叹息：“国丈这副样子，哀家回宫也无法安心，皇后亦如此，不如暂且先住几日吧。”

大皇子看着床上昏迷的国丈、唉声叹气的太后、哭得眼睛都发红了的皇后，知道这里面定有内情，但是一时间也看不破，凭他的医术根本查不出国丈病因是何。这副情形，他若是强行带走太后和皇后，御史台定然会参他个不近人情，朝臣也决计不会容他如此蔑视亲情。他心下气闷，但只能暂且压下，宽慰道：“既然如此，太后和皇后便暂住在国丈府吧，有什么事情，派人进宫知会我，我定会全力为国丈寻找医者诊治。”

太后欣慰地点头：“好，多谢你了。今日你能来，哀家已经十分欣慰。你国事繁忙，也要仔细自己的身子骨，可别累坏了。”大皇子点点头，出了国丈的院子。

许云初送大皇子出门，一路无话，来到国丈府门口，大皇子上了车辇，许云初拱了拱手：“大皇子慢走。”

大皇子不带情绪地道：“小国舅一直有本事，本皇子从不敢小看，如今更是不敢小看了。小国舅也喜欢苏风暖吧？不知道她的死讯有朝一日传回京，叶裳横剑自刎时，小国舅会如何？”许云初面色一沉。大皇子挥手放下了帘幕，沉声吩咐：“回宫。”车辇离开了国丈府门口，向皇宫而去。

目送大皇子车辇离开，许云初脸色沉如霜雪，原来大皇子打着要杀了苏风暖的主意。他未免把凤来想得太厉害，把苏风暖想得太娇弱了。许云初转身回了府内，吩咐守门人：“关好大门，从今日起，国丈府不见客。”守门人应“是”。

许云初回了国丈的正院。太后面容含笑，皇后也停止了哭泣，用绢帕在敷红肿的眼睛。见许云初回来了，太后对他笑道：“多亏了叶世子料事如神，派了一位神医来。否则，看大皇子那副气势汹汹的样子，今日非得撕破脸不可。”

许云初颔首：“即便这样，大皇子也不会善罢甘休。我今晚便过府与叶世子商量，不能再拖延下去了。我看他要杀世子妃的心极重，这总归不是好事。”

太后点头：“东境千里之遥，我们在京中也鞭长莫及，可派人去东境打探了？湘郡王不交粮草，在做什么？”

许云初道：“在筹备兵马，怕是要谋反。”

太后怒道：“这个湘郡王，真当皇室无人了！”

皇后道："只是可惜，遗诏偏偏在世子妃手中，若是在叶世子手中便好办多了。"

太后也叹息："这个叶裳，若是早些想明白，何至于让大皇子如此嚣张阴险？"

许云初道："这也不怪叶世子。"话落，他看向床上，"恐怕要委屈祖父几日了。"

太后说："那位神医说了，国丈只不过是服用了她的独门秘药，服用之后，会昏睡，查不出病因，昏睡几日不会有事的。"

许云初当晚去容安王府找叶裳商议对策，再这样下去，大皇子指不定会做出什么事来，太被动了。而做空金玉钱庄之事，最快也要一个月，时日还是有些漫长。管家将许云初请入内院，许云初入门后，问叶裳："二皇子可还好？"

"他中了慢性剧毒，已经进入心脉，再加上肝火郁结，身体有枯竭之兆。玉灵师叔都没有办法救治，恐怕只能等暖儿回来了，看看她可有办法。"

许云初一惊："怎么会这样？我原以为他不至于如此的。"

"所以说大皇子心狠手辣，大皇子因为他死活不说林客的下落，更是想让他亲眼看看暖儿的头颅，才留他至今。"

许云初怒道："大皇子真是疯了，心狠手辣，学月贵妃学了个十足。如今救出了二皇子，我姑祖母和姑姑也已经在许家了，下一步，你打算怎么办？"

叶裳道："等暖儿的遗诏。"

"嗯？"许云初看着他。

"大皇子监国是皇上离开时下的命令，我手中若是没有遗诏，与他对抗，也不能名正言顺。暖儿会把遗诏派人捎回来的，应该用不了几日。"

许云初颔首："有遗诏在手最好不过。"

叶裳又道："明日，我去晋王府会会晋王。"

许云初顿时意会："你是想联合晋王？"

"晋王代表了宗室，他和湘郡王通敌卖国的证据如今攥在我手中，他死不足惜，但晋王府满门呢？他最疼爱的孙子刘焱呢？湘郡王自小没长在他身边，有多少父子亲情？与自小长在他身边的刘焱相比，他会顾及谁的性命？"

许云初道："这样说来，自然是刘焱的。"

叶裳点头："通敌卖国是死罪，但只要我在，便可以保下刘焱。晋王还不糊涂。"

许云初道："好，这一次，你去拜会晋王，我来牵制大皇子，明日给他找点儿事情做。"

叶裳微笑："今日大皇子在宫门口拦我的所作所为，足够御史台在早朝上参他数本了。另外，偌大的国库，短短数月便空虚至此，灾情却不见缓解，可见是哪里出了问题，明日你再联合几名朝臣揪着大皇子查个清楚。只这两件事，他便会头疼得暂时没空理会我和晋王了。"

许云初点头："好，明日便这样办。"二人商议好之后，许云初出了容安王府，便去拜会了御史台的几位大人。

自从叶裳回京，朝臣们也嗅出了些不寻常的味道来，小国舅与叶世子这是联手了。朝臣们隐隐地觉得，这江山之争是开始了。一位御史台的老大臣对许云初低声道：“小国舅，容老臣问你一句，叶世子此番回京，可是想明白了什么事？否则世子妃被人劫持，他应该去找啊，不应该回京。”

许云初见这位大人说得隐晦，便也隐晦地笑着答道：“叶世子的确想明白了些事情。另外，叶世子和世子妃离京前皇上有重托，是以才回了京。”

这位老大臣一听皇上嘱托，顿时激动起来：“小国舅，可不可以明示，皇上对叶世子和世子妃有何重托？”

许云初道：“如今不便告诉大人，以免走漏风声。不过大人心向着叶世子，向着仁心大义，总是不会错的。”

老大臣闻言连连点头：“好，好，老臣相信叶世子。叶世子的确是有仁心大义之人，不愧是出身于容安王府。”当日晚，御史台一众人等便起草奏折，准备第二日参奏。

大皇子回宫后，听闻许云初出了容安王府又去了御史台，一时火冒三丈：“好个许云初。”

小英子想到大皇子对他的器重，连今日瞒了这么大的事，大皇子都没杀他，可见对他是真好。他犹豫了一下，小声说：“叶世子和小国舅联手，实在太厉害了。朝臣们见风使舵，这样下去怕是不好，对您不利，您寻求外援吧。”

“嗯，外援？”大皇子看向小英子。

“贵妃虽然走了，但是贤妃娘娘还在。如今南齐各地灾情不断，北周正好趁机兴兵啊。”

大皇子眼睛一亮：“对啊。”

小英子见大皇子高兴，立即说：“南齐连赈灾的粮草都拿不出来了，拿什么应对北周的兵战？只要北周打败南齐，一统天下，您何必还在这里受苦？总之天下都是您的，用什么法子得到也没多大干系。您给贤妃娘娘写一封信，恰逢月前，叶世子、世子妃等人前往北周，意图刺杀北周皇帝，贤妃娘娘大怒，昭告天下，北周民愤四起。若不是碍于合约，早就兴兵了。您与贤妃娘娘里应外合，拿下南齐疆土指日可待。”

大皇子颔首，一时间茅塞顿开，抑郁顿消，冷厉地道：“届时，无论是叶裳，还是许云初，都是死。”他看着小英子，赞赏地道，“本皇子器重你，将你弄来放在身边果然没错。我立即给萧母妃书信一封，送去北周。”话落，他忽然想起乌燕至今没回，纳闷地道，“按理说，凤来早该收到信函了，乌燕也早该回来了才是，难道是出了什么事？”

小英子道：“乌燕毕竟不是飞鹰之类的鸟，送信的话还是会慢些。”

大皇子疑惑顿消："也对。"他走到桌案前，提笔写信，飞鹰传信给萧贤妃。

当夜，见大皇子没有打算揪着二皇子失踪之事不放后，叶裳便将林之孝请出密室，安置去了楚含在容安王府的居住之地。这是楚含与林之孝第一次见面，彼此相顾无言许久。这对至亲的孪生兄弟被命运作弄，如今真相大白，认清了自己的身份，却没有了前路。以后，一切都要重新开始。

许久，倒是楚含先笑了："我该称呼你大哥，还是二弟？"

林之孝道："应该是大哥吧。"

楚含点头，坦然真诚地称呼："大哥。"

林之孝眼眶一湿，点点头，微哽地道："二弟。"

楚含道："上天跟我们开了个玩笑，不过也没什么，诚如叶世子和世子妃所言，天下之大，无奇不有，这世上比我们命苦的人多了。"他拍拍林之孝的肩膀，重重地道，"越是这样，越不能对命运屈服，跟我一起活下去。"

林之孝重重地点点头："好。"兄弟同榻，伴随着林之孝断断续续的咳嗽声，闲聊至半夜。

第二日一早，到了上早朝的时辰，叶裳备车前往晋王府。到了晋王府时，天刚蒙蒙亮。千寒上前叩门，守门人见是容安王府的马车，愣了愣，说了句"叶世子稍等，小的马上去禀告"后，便匆匆跑去了内院。

晋王年岁已大，早已经无须上早朝了，如今刚起床，正站在窗前唉声叹气。听到管家禀告后，晋王一怔，好半晌没回过味儿来："你说谁？"

管家道："叶世子。"

晋王愣了片刻，回过神，对管家吩咐："请叶世子到会客厅吧。"管家立即去了。晋王连忙穿戴妥当，出了房门，前往会客厅。

叶裳正坐在会客厅。下人给他沏了一壶茶，他正在用手轻轻晃着杯盏。晋王来到，他也未起身，笑着道："几个月不见，王爷怎么看起来老了许多？"

晋王捋了一下胡子，见叶裳依旧如以前一般模样，但眉眼间的神色似乎有不同，是一种隐隐的清贵之气。他深吸一口气："本王是老了，听闻你在江南受了重伤，如今这是伤势痊愈了？"

"伤势虽然未痊愈，但也没有大碍了。"

"那就好。"晋王走过来坐下身，"世子妃可找到了？是什么人劫持的？忒大胆了些。"

叶裳道："大皇子的人。"

晋王虽然已经猜到，但还是一怔："大皇子有这般厉害的人，能从你手中劫走世子妃，打伤你？"

叶裳道："有的。"

晋王闻言叹了口气："真没想到。"

叶裳似笑非笑地看着晋王："是啊，没想到。"他端着杯盏道，"我没想到在晋王府喝的那杯毒茶是您所为，也没想到一直对我照顾有加的宗室老王爷原来也插手了当年我父王和母妃战死沙场之事，更没想到隐藏在月贵妃、安国公、景阳侯背后的通敌卖国之人，竟然是您。"

晋王虽然知道叶裳已然知晓，但也没想到叶裳会单枪匹马地找来晋王府，坐在晋王府的会客厅，就这样说出来，他一时脸色有些挂不住。叶裳晃动杯盏："晋王府的茶我都不敢喝了，如今暖儿不在身边，我生怕自己喝了这茶之后无人来救。"

晋王憋了片刻："你既然当面与我说出来，想必是证据确凿，我也无话可说了。"话落，他深叹一声，"要怪只怪当今皇上不是刘家的血脉，要怪只怪你父王手里攥着传位诏书，偏偏让前朝余孽坐着皇上的位置。我实在不甘。"

叶裳冷笑："你不甘，所以就要颠覆这南齐的江山吗？"

"我没有颠覆南齐的江山，只不过是想把祖宗的江山接过来而已。"

"好一个只不过是想把祖宗的江山接过来而已，可是你的所作所为，是与虎谋皮。无论是月贵妃，还是萧贤妃，抑或大皇子，这三个人，哪个是为了南齐江山着想？十二年前，若非有我父王，南齐早已经被北周践踏。去年，若非有我岳父和暖儿，北周也已经长驱直入。难道，你所求的就是将祖宗的基业变成北周的附属国，对北周俯首称臣？"

"自然不是，我所要做的就是联合北周，铲除异己，然后再清除北周，坐拥天下。"

叶裳嗤笑："未免太过痴人说梦了！"

晋王默了片刻，无力地道："如今看来，你说得对，是痴人说梦了！事已至此，本王即便万死也难辞其咎，挽不回你父王和母妃的命，也挽不回南齐昔日的朝局了。"

叶裳看着晋王，在他出京以前，晋王还有些许黑发，如今头发、胡子全都白了。可见这几个月以来，晋王的日子十分不好过。他道："挽不回我父王、母妃的命是没错，但挽回南齐的朝局还是可以的，就看晋王怎么做了。"

晋王一怔："你的意思是？"

叶裳看着他："我的意思是，您是想保刘焱和晋王府所有人的命，还是想保湘郡王的命？"

晋王脸色变换："你刚回京，便主动上门来找本王，一定是有什么打算吧？不妨直说。"

"如果您想保刘焱和晋王府所有人的命，那么，就配合我联手对付大皇子。若是想保湘郡王的命，那么，今日当我没来。"

"本王如今还有什么本事帮到你？"

"这么多年，宗室以您为首。我需要的不是您一个人，而是整个宗室。"

晋王看着他，端详片刻，道："你终于想明白要接手那个位子了？"

叶裳颔首，淡淡道："您说得对，这天下总归是刘家的，我是刘家的子孙，没道理袖手不管，置祖宗基业于不顾，置南齐万民于不顾。"

晋王闻言叹道："当年你父王若是如你一般想通，这南齐江山何至于如此？"

"此一时，彼一时，无论是父王还是皇上，都是心怀大义之人，都是为了南齐万民，江山安稳。若非你们祸乱，南齐如今也不至于如此。"

"若是没有我们，这南齐江山还是前朝后裔坐着的。"

"不管谁来坐这江山，只要天下安定，万民安泰，也没什么。您的母妃也是前朝公主，身上也流着前朝皇室的血。"

晋王默了片刻："若非如此，本王也不会心有不甘。"

叶裳看着他："如今晋王甘心了？一面是您和晋王府所有人的性命，一面是您亲生儿子的江山天下。左右难两全。"顿了顿，他又道，"不过湘郡王是不会成事的，他以为他在东境多年筹谋，靠着几十万兵马就能登上高位吗？未免太高估自己了。这么多年，他怕是坐井观天，不知道自己几斤几两了。"

晋王不语。叶裳道："王爷好好想想吧！您不与我联手，我不过是多费些心去对付大皇子罢了。对比一下，您这笔买卖才划算。"

晋王看着叶裳："我弃了湘郡王，帮你的话，你能保晋王府三百四十三人的命？"

叶裳道："能！"话落，他道，"您没算自己的。"

晋王放下茶盏："我这一条老命，做下了对不起祖宗的事，不求活路了。只要你能保住刘焱，我就助你。"

叶裳道："如今暖儿应该已经到湘南城了，刘焱只要在湘南，暖儿看在我的面子上，不会见死不救。所以，您放心好了。"

晋王微惊："世子妃无恙？"

"自然无恙。大皇子用的人是望帝山的老祖宗，哪怕老祖宗背离师门，也脱不了根。无论是手下留情也罢，还是暖儿聪明地捏住老祖宗软肋也好，总之，她安然无事，我才能放心去做。"

晋王点点头，感慨道："江山代有才人出，本王的确老了。本王这一生，自诩不算庸庸碌碌，其实是拧着一根筋糊里糊涂地过了一辈子。唯一疼的，便是自小由我带大的刘焱了。刘文早就说我会竹篮打水一场空，罢了，本王没他看得透彻，空付了这么多年的心思。他撒手不管将刘焱给我带，这是当初从根上就拴住了我。老子算计不过儿子，我也认了。"

叶裳想起刘文，问："文叔叔早就离京了吧？"

"不知道，我有许久未见他了。"

"大皇子派刘焱去东境，文叔叔不可能坐视不理，想必也暗中追去了。"

晋王点点头："也许。我早不管他了。"达成协议后，叶裳离开了晋王府。

御史台的一众人等着在早朝上当着文武百官的面弹劾大皇子，偏偏今日大皇子并未早朝。朝臣等了许久，小英子前来传话："各位大人，大皇子昨夜染了风寒，今日不上早朝了。"

众人一怔，许云初蹙眉："大皇子昨夜染了风寒，可请太医看过了？"

小英子摇头："是奴才侍候失职，今日一早喊大皇子起床时，才发现大皇子高热不退，刚刚已经命人去太医院喊太医了。"

许云初想着看来大皇子是想躲过御史台的弹劾，他看了一眼时辰，叶裳若是早去晋王府，如今也该与晋王商议完了。他点点头，道："既然如此，大皇子身体要紧，便将朝事先压一日吧。"

大皇子不早朝，御史台的一众大人只能暂且压下弹劾之事。朝臣们也觉得大皇子这风寒来得蹊跷，无论如何，不见到大皇子那张阴沉的脸总是好的。

叶裳回府后，听闻大皇子未早朝，依照大皇子睚眦必报的性子，昨日他就没讨到好处，按理说今日不该躲着不上朝。不上朝的原因无外乎一种，那就是他在拖延时间，等待机会。如今的南齐京城，他没多少机会，那么，他的机会应该就是外援了。如今北周萧贤妃把持政权，若是对南齐施压，也就是撕毁两国和平协议，对南齐兴兵，这的确是缓解大皇子压力的一个好法子。

叶裳当即提笔写了三封书信，分别以三只飞鹰送往西境、燕北、江南三地，给苏承、苏言、燕北王、燕北王府世子以及叶昔。如果萧贤妃真敢兴兵践踏南齐疆土，那么，他要北周这一次付出血的代价。

叶裳发出三封信函后，不日便收到了叶昔派言责从江南送来的密信和锦盒。言责骑的是最快的马，跑了三日三夜，将东西交给叶裳后便累得昏了过去。叶裳看罢，以他的定力还是惊得腾地站了起来。

信函是叶昔亲笔所书，锦盒是叶老家主所说的当年他祖父临终时交给他的那件事关叶嫣的东西，不准他打开，让他好好保管。如今被叶昔翻了出来，竟然是这样的一件大事。他脸色变换，有些谜团终于被解开了。

叶裳沉默许久，提笔写了一封书信，用蜡封好，将千寒喊进来，吩咐道："你即刻启程，前往湘南城，找机会将这封信交给暖儿。"

千寒一怔："世子，属下去东境的话，谁来保护您？"

"有两位师叔在，你只管放心去就是，多带些人，不必掩饰行踪，只求将这封信最快送到。"

千寒接过信函，点头："世子放心，属下一定送到。"千寒转身出了房门，简单收拾一番，点了五十名府卫，趁着城门没关，骑快马出了京城。

千寒离开后，叶裳前往国丈府，进了许云初的书房，关上房门对许云初道："我今日收到表兄的一封信函和一件物事，事关重大，前来找你商议。"叶裳将东西递给了许云初，"你自己看吧。"

许云初接过信函，又看了锦盒中的东西，也是惊得够呛，半晌没说出话来：“这……怎么会？事关重大，若是这样，可就麻烦了。”

叶裳颔首：“是啊，麻烦了。”

“这朝廷上下，论根基之深，许家列首位是没错，但是如今的许家已经大不如前了。自从祖父退朝，我将许家枝叶修剪得差不多了，就是不想太露锋芒，再招嫉妒。除了许家，盘踞在这朝廷如此之深的便数……”许云初说着，住了口，此时似乎十分忌讳提到那个名字。

叶裳自然知道许云初未说完的意思，他脸色微沉：“这样说来，哪怕你我联手，再联合晋王，怕是也不容乐观。所以，我才来找你商议。”

许云初看着叶裳：“你可有什么好办法？我实在想不出来。他无论是身份、权柄、声望，都没有一样是遭人诟病之处，这些年隐藏得也太好了，哪怕到如今也没有露出丝毫马脚。”

叶裳抿唇：“动兵吧。先发制人。”

“这……怕是不好吧？若是在京城动兵，那么，这天下怕是要闻风而乱啊，尤其是各地受灾这么久，早已经民怨四起了。”

“正因为南齐受灾太久，国库都被掏空了，才不正常。他也许不是要这江山，而是要毁掉这江山。”

许云初还是有些犹豫：“突然兴兵，理由呢？如今你手中没有遗诏，朝臣怕是不服，难道要将所有的事情大白于天下？那么，无论是南齐皇室，还是北周皇室，千载以后，可真都是笑话，一千个功绩也抹不去。”

叶裳凉凉地道：“抹不去的都是事实，也是历史，由着人评说，也好过南齐自此毁了。他想要的就是不动一兵一卒，如当年斩熠百年还政一般，兵不血刃。”

许云初既心惊又心凉，沉默半晌，忽然坚定地说：“我支持你动兵。”

叶裳颔首：“若是动兵，京城的兵怕是不能动。”

许云初点头：“年深日久，他本就掌控着朝局，这兵马也许已经攥在手中了，的确不能动京中兵马，免得我们反受掣肘，陷入危险之中。”

“我来时想了一路，北周兴兵的话，西境的百万兵马不能动。幸好早先送去了燕北二十万京麓兵马，在燕北磨砺了半年，应该派得上用场。”

“若是这样，燕北就空了。北周万一兴兵燕北，可如何是好？”

叶裳摇头：“当初燕北五万名府兵，楚含带了三十万人马之后又有三十万，都拿不下燕北，如今萧贤妃不知道也猜不到我突然要动燕北的二十万兵马，定然不敢再踢燕北这块铁板。”

“有道理。你说北周要兴兵，可是大皇子在等这个，我今日也隐约猜到了。萧贤妃不踢燕北这块铁板的话，那么，西境的百万兵马呢？她踢得动吗？”

“我猜萧贤妃会从岭山织造通行，发兵江南。”

许云初惊道："四年前那场瘟疫之后，岭山就是一座白骨山，岭山织造早已经被封了，成了荒无人烟之地。若是萧贤妃从那里绕过西境，还真是一条直通江南的路。"

叶裳道："是啊，所以，江南的兵不仅不能动，我还要写一封书信，让表兄布防。"

许云初道："但是江南兵少。"

叶裳道："我写一封信，派人快马加鞭送往西境，江南和西境联合，对付北周。这样，边防就万无一失了。"

许云初点头："再就是东境了，湘郡王蠢蠢欲动。"

叶裳道："我刚刚已经派千寒前往东境给暖儿传信了，东境有她在，我们不必理会。"

许云初深吸一口气："依照我们这样筹备的话，需要多少时日？"

叶裳计算道："你府中的浮影借来一用，先去燕北送信，再折去西境送信。表兄的近卫言责明日一早便启程去江南送信。浮影骑快马的话，三日三夜可到燕北，燕北王和世子收到书信，发兵来京的话，二十万京麓兵马想悄无声息地靠近京城必定要费一番工夫，想必需要七日，那么也就是十日。那时，浮影也会从燕北转道去西境，西境也会得到消息了。就以十日为限，这十日，你我稳住京中的形势。"

二人商定后，许云初派浮影带着叶裳的信函悄悄地出了京城，前往燕北。

叶裳出了国丈府后，在回容安王府的路上遇到了丞相府的公子孙泽玉。二人寒暄几句，正好到了晚膳时分，叶裳邀孙泽玉回府用膳，两辆马车一起前往容安王府。叶裳吩咐管家："让厨房准备几个菜，孙公子在咱们府中用晚膳。"管家连忙应"是"，去吩咐厨房了。

来到会客厅，沏了一壶茶，叶裳与孙泽玉对坐，闲聊起来，说的是苏风暖被劫、叶裳被人打伤之事。饭菜准备好后，叶裳与孙泽玉起身到桌前用膳。叶裳命人端来了两壶酒，叶裳问："孙兄此番出京，去了哪里？"

孙泽玉道："去了淮水，替父亲给云山真人拜寿。"

叶裳笑道："我竟忘了，每年他的寿诞，我的老师陆文峰也是要去给他贺寿的。"

孙泽玉点头："正是，我见到陆师叔了。他让我给你捎句话，你在西境大婚未派人去请他也就罢了，但是在京中大婚时必须请他前来观礼。"

叶裳笑道："如今这情形，暖儿还不知道什么时候能安然回京，这大婚之礼怕是要推迟到不知何年何月去了。"

饭后，又闲聊了一个时辰，天色已晚，孙泽玉才出了容安王府。叶裳在孙泽玉走后，站在窗前，望着夜色，久久没去睡。

同一个黑夜里，身处湘南城的苏风暖也收到了叶昔派人几经周折送到她手里的信函，内容与叶裳收到的别无二致。她惊异许久，才慢慢地平复了涌出的情绪，回身将信函塞进了香炉里。她刚烧完，凤来忽然推开门，对苏风暖问：“你在烧什么？”

苏风暖面无表情地看着凤来，对她说：“老祖宗，您想好对付湘郡王的办法了吗？”

凤来皱眉：“还没想好。”

“想不好便别想了。”

“什么意思？你又要打什么主意？”

“大皇子若是不动手，湘郡王便没有理由兴兵。我们若是不动手，湘郡王一时半会儿这兵也兴不起来。不如我们回京吧，我想叶裳了。”

凤来瞪眼：“不可能！”

苏风暖看着她：“怎么就不可能呢？难道你喜欢整日里窝在这湘南城？进不得，退不得，窝多久才是个头？”

凤来怒道：“你少转移话题，我问你，你烧的是什么？”

苏风暖见她逼问，脸色难看，遂实话实说：“信。”

“谁的信？”凤来上前一步，看着香炉。

“师兄给我的信，说北周要兴兵。大皇子为了缓解叶裳给他的压力，找北周应援，若是大皇子与他们里应外合，这南齐疆土就危在旦夕了。”

凤来闻言哼道：“那又如何？我早已不算是南齐的人了。”

苏风暖盯着她：“是吗？那为何您在睡梦中还忘不了望帝山呢？老祖宗，承认吧，虽然这么多年来您待在鬼山派，但心里始终忘不了望帝山，您始终觉得望帝山才是您的家。”

凤来怒道：“你少自以为是。”

苏风暖摇头：“我只是说出我的想法罢了，您若是觉得不中听，可以当我没说。老祖宗，我们回京吧！”

“不行。”

“那您待在这里做什么呢？湘郡王有四十万兵马，您对付湘郡王，没有那么轻松。再说，湘郡王与您也算是有亲缘关系吧？先皇的一位太妃出身于凤阳镖局，她与晋王有瓜葛，将生下的孩子悄悄送去了湘郡王府，就是如今的湘郡王。”

凤来怒道：“我早已经不算是凤家的人了，再说他连自己的亲舅舅都扣押在东境，不是什么好东西，我就算对付他，又如何？”

苏风暖道：“可是上一辈子呢？您出身凤阳镖局，长在望帝山，那一世就未曾想过恩情和亏欠吗？一个是生养您的家族，一个是培养您的师门；一个是您自小离家再未归，一个是被您背弃了自我放逐。”凤来脸色变换，眸光有些晦涩汹涌。苏风暖叹了口气：“老祖宗，要不然，您杀了我好了。”

凤来瞬间沉下脸：“你想死？你少激我，你当我真不会杀你吗？”

苏风暖脖子一横："那您杀好了。"凤来见她一副豁出去求死的模样，脸色分外难看。片刻后，凤来抬步走近她，身上带着强烈的杀气。叶睿听到屋内的动静，顷刻间蹿进了屋，护在苏风暖身前，紧张地盯着凤来，怒道："你要干什么？"

凤来挥手打了叶睿。叶睿顷刻间被掀出去，猛地吐了一口血，但还要挣扎着过来。苏风暖顿时怒喝："你站那儿别动，不准过来。"她这一声怒喝，带着十足凌厉的味道，叶睿从没见过她如此疾言厉色，一时怔住了。

苏风暖冷静地看着走到她面前的凤来，梗着脖子道："老祖宗，要杀您就痛快点儿，要是不杀，您就干脆随我回京。"

刘焱听到动静，也赶来看情况，苏风暖见他要冲进来，当即厉声道："你也待在那里，不准过来。"刘焱立即在门口停住了脚步，紧张地看着屋中的凤来和苏风暖。

凤来慢慢地对她抬起手，那手势对准的就是她的天灵盖，凤来的手一寸寸向下，在快要贴近她的天灵盖时，叶睿的拳头攥紧，刘焱的心跳似乎也跟着停了。苏风暖依旧面色不改，一如寻常。顷刻间似乎有无声的气流在流窜奔涌。

过了足足有一盏茶的时间，凤来忽然撤回手，背转过身，收了杀气，怒道："你几日前与我打赌，让叶裳与大皇子各自去斗，如今短短时日便说话不算数了吗？你师父教过你做人说话可要算数吗？"

叶睿见凤来撤手，顿时松了一口气，靠着墙蹲下了身子。刘焱一屁股坐在了地上，觉得后背都湿透了。

苏风暖不答凤来的话，抬步走到叶睿身边，温声道："将手给我。"

叶睿乖乖地伸出手。苏风暖给他把脉，他显然受伤不轻，但比起当初凤来给叶裳的那一掌，这已经是手下留情了。她从怀中拿出一个玉瓶，倒出三颗药丸，递给叶睿："你先服下这个，慢慢地运功调息，稍后我给你开个方子，吃几日汤药，便会好了。"叶睿点点头，将三颗药丸吞下了肚。

凤来看着苏风暖，怒道："我问你话呢！"

苏风暖直起身，看着凤来："老祖宗舍不得杀我吗？那就对不住了，我不陪您待在这湘南城了，您自己待着吧！早先我与您打赌立约没错，但那时北周没有撕毁两国和平协议，只是大皇子和叶裳两人斗法，但如今形势不同了。国为重，个人为轻。比起北周撕毁条约，言而无信兴兵，我说话不算数似乎也没什么。"

凤来怒道："即便如此，你也不该说话不算数。我不管北周和南齐国政如何，你既然与我立下赌约，就必须遵从。说了你不用兵符，那么，便不能调用。"

苏风暖看着凤来，忽然一笑。她伸手入怀，拿出兵符，随意地扔给凤来："不就是一块兵符吗？你我的赌约无非是因为这兵符，如今我将兵符给你，赌约也就清了，如何？"

凤来怔了一下，低头一看，果然是兵符。她看着苏风暖，一时间不明白苏风暖想干什么。苏风暖道：“在我看来，个人恩怨与家国大事还是不混为一谈比较好。老祖宗欠萧贤妃的是什么人情债，连家国都不顾了，还是您觉得，您在鬼山派生活多年，成北周人了？”

凤来默了片刻，道：“兵符我扣下，我也不会杀你，要回京城你自己回吧！”

苏风暖见她松口，心底隐隐地松了一口气：“老祖宗扣了兵符，放了我，这也是一笔两清的买卖。他日您去京城之时，但愿已经想通了：人情债，不足以与国之大义一较高低。”

第二十一章
相思得解

苏风暖以兵符换了凤来放她回京城，便即刻启程回京。叶睿自然是要跟着苏风暖离开的，而刘焱不知自己是该跟着回京，还是继续留在湘南城。苏风暖琢磨了一番，道：“你就留在湘南城吧，京中如今是虎狼之地，你不宜回京。”话落，她对板着脸的凤来道：“老祖宗，刘焱就劳烦您照顾了。”

凤来冷哼一声：“我不会照顾任何人。”

苏风暖撇嘴，琢磨了一下，对刘焱道：“你先随我上车，我有话与你说。”三人上了马车，无人赶车，苏风暖将凤来那匹上好的宝马不经她同意就直接用了，凤来也没有说什么。苏风暖拍了一下马屁股，道：“马儿，出城了。”

那马通几分人性，看着凤来，似乎在等她上车。凤来走到近前，摸摸马头，对它说：“先把你借给她用些天，我就不走了。”话落，她对苏风暖说：“好好照顾它。”

“一物换一物，我照顾好您的小乖，您也要照顾好刘焱，这才成交。”

凤来冷哼一声。苏风暖道：“老祖宗，我等着您，也许是在京城，也许是在北周和南齐打仗的地方。总之，您别忘了去找我。”

凤来怒道：“废什么话！还走不走了？”

苏风暖又拍拍马屁股：“走了。”马儿蹭蹭凤来，出了湘南城，大皇子派来跟随刘焱的人便跟在车后。

马车出城，走出十里地，在一处茶棚门前停了脚。苏风暖先一步进了茶馆，喊：“卖茶的，来三碗春茶。”

一个老者颤巍巍地从里面走了出来：“姑娘，里面坐。”他看了一眼茶棚外面那些护卫，“这么多人啊，里面没这么多地方。”

苏风暖挥手：“给他们一人一碗茶，他们在外面喝就行。”老者点点头，去沏茶了。

这草棚有两间，苏风暖绕过在外间沏茶的老者，进了里间。刘焱和叶睿也跟着她走了进去。里间桌椅床榻等家具一应俱全，苏青在床榻上歪着，凤阳坐在椅子上，秋华蹲在地上摆弄着什么。三人见苏风暖来了，都腾地站起身，直接对着她扑了过来。

苏青盯着她看："臭丫头，你可吓死我们了，肚子里的孩子还好吧？"

"一切都好，他好，我也好。"

"你是怎么说动那老妖婆放了你的？早先听到你传音入密让我们在这里等着你，我就想，她岂能轻易放了你？没想到她还算有点儿人性。"

"我将调动天下兵马的兵符给了她，用来交换，她扣下兵符，便放了我。"

凤阳看着她："那么，你如今有什么打算？"

苏风暖道："我知晓了一件大事，要回京去帮叶裳。北周萧贤妃为帮大皇子也会很快撕毁合约，再次兴兵。边境之事，叶裳必有安排，但京中之事，我怕他会有闪失。"

苏青立即问："什么大事？"

苏风暖道："了不得的大事，我必须回去。"话落，她对凤阳道："凤来留在了湘南城，只要湘郡王不兴兵，凤来不见得会对付他。大皇子的人不对付他，湘郡王也不会被逼急了，也就不会将凤老爷子如何。所以，凤老爷子只能靠你自己慢慢救了。"

凤阳点点头："如今京城是险地，你怀有身孕，一定要万分小心。"

苏青道："臭丫头，你告诉我，什么了不得的大事，还要瞒着我？"

苏风暖道："你还是不知道比较好，陪凤阳留在湘南城吧。"话落，她对秋华道："你也留在这里吧！虽然我料定只要大皇子的人不动手，湘郡王就不会谋反，但难说事情会有变。你们留在这里，一旦事情有变，立即飞鹰传书发往京城知会我。"

秋华道："我想去东境玩玩。"

苏风暖看着她："不怕死的话，可以。"秋华嘟起嘴。

她又对苏青道："三哥，刘焱就交给你了，多照应着些。"苏青点点头。苏风暖与几人辞别，与叶睿一起出了茶棚，坐上马车，向京城而去。

苏青、凤阳、秋华三人商议去东境，陪凤阳救出凤老爷子。刘焱听闻三人要去东境，也欣然同意。苏青对凤阳道："凤来既然出身凤阳镖局，那是你们凤家的姑奶奶啊，她那么厉害，也想对付湘郡王，不如我们去找她，如何？"

凤阳说："是姑祖奶奶，她心里哪里还有凤家？自小离家去了望帝山，后来离开了望帝山，再没回家，凤家的家谱早已经将她除名，没有这个人了。"

苏青道："即便如此，她也是凤家的人，她没杀小丫头，可见良心未泯。凭着我们几人，不见得能救出老爷子来，何不找她？念在小辈的分儿上，让她施以援手，没准儿真能行。"

凤阳踌躇："她都成老怪物了，能答应吗？"

苏青道："试试呗！"

秋华凑到近前："若是她将我们杀了怎么办？"

刘焱在一旁说："她今日险些要杀世子妃，最终还是没动手，答应放她回京。我看她每日都食素，连地上的蝼蚁都不踩，不像是个胡乱杀生之人。"

秋华道："可是她打伤了姐夫，若没有我娘在，姐夫就没命了，可见真是心狠手辣。"

苏青道："不管怎样，她没杀我妹妹，叶家四公子也没丢命，可见也不是胡乱杀人的人。我觉得，我们还是要去试试。"

凤阳闻言咬牙："既然如此，就豁出去了，走，我们去找她。"话落，他对刘焱道："她住在哪里？你来带路。"刘焱颔首。一行人出了茶棚，回了湘南城。

凤来还住在原来的地方，苏风暖和叶睿离开后，她顿时觉得周围冷清得让她十分不习惯。她站在窗前，看着窗外。街道的尽头走来一队人马，正是大皇子派给刘焱的人。刘焱骑着马，与他一起的还有两个俊逸的年轻男子和一个漂亮的少女。

她目光动了动，先识出了凤阳的身份，因为他腰间佩戴的凤家少主的玉佩。她看了片刻，转向苏青，没看到代表身份的玉佩，但从他眉眼间依稀看到了几分与苏风暖相似之处。她又转向秋华。秋华很好认，因为她见过紫风和玉灵，秋华像父母各占一半。

刘焱下马，带着三人上了楼，来到门口，对里面道："老祖宗，凤阳镖局的少主、苏大将军府的三公子，还有恶狼谷的秋华姑娘想见见您。我自作主张，带着他们来了。"话落，他小心地问，"您……不介意吧？"

刘焱心里打鼓，他发现没有苏风暖在身边，真是有些怕凤来，本来想好的一番说辞，说出来便断断续续，磕磕巴巴。凤来没想到他们是来找她的，她慢慢地回转身，面无表情地说："你们找我做什么？"

凤阳眨眨眼睛，上前一步，迈进门，以小辈姿态见礼："姑祖奶奶，我是凤阳。"他直接说明来意，"我父亲被湘郡王扣押在了东境，我来寻机救他，听闻姑祖奶奶您也有对付湘郡王的想法，凤阳斗胆想跟姑祖奶奶一起进东境，相互有个照应。"

凤来没说话，看向苏青。苏青也迈进门槛，以小辈姿态见礼，他不如凤阳恭敬，没有那么拘谨，率真的性情深入骨髓，克制都克制不住。他笑着道："我本是追着妹妹的踪迹来的湘南城，适才妹妹回京城了，多谢老祖宗您宽厚待她放她归去，我是特意来感谢您的。"

凤来不说话，转向秋华。秋华也迈进门，对凤来见礼，嘟着嘴说："晚辈秋华是特意来看看您长什么样的。我爹娘因您而被困绝地险些没命，后来苏姐姐又被您抓了，世子姐夫被您打伤了。您这么厉害，晚辈要来仰望一下。"

凤来听三人说完，依旧没什么情绪，对凤阳道："我不是你的姑祖奶奶，如今的我与凤家再无干系。"她又对苏青道："你妹妹将调动天下兵马的兵符给了我，我才放她归去，已经两清了，不用你来谢我。”她又对秋华道：“身为望帝山的子孙，一代不如一代，即便都死在绝地，也是因为学艺不精，活该。话说完了，你们可以走了。”

三人闻言对看一眼，想着她果然不近人情，一时没了话。刘焱连忙说：“老祖宗，世子妃离开时，把我托付给您照顾了呢。”

凤来冷眼看着他：“我没答应。”

刘焱见她冷眼，早先她打伤叶睿，要杀苏风暖的记忆太深，也不敢再多言了。几人对看一眼，想着与凤来一起去东境是没的商量了。

苏青本来就是抱着试试的想法，也是想看看劫持他妹妹的这位老祖宗到底长什么样，他咳嗽一声，拱手：“既然如此，那晚辈们就告退了。”凤来摆手。

四人出了房门，下了楼，凤阳道：“走吧，是现在就启程，还是……”

秋华立即说：“现在就启程，我早就想去东境玩了。”

刘焱小声说：“我带着这些尾巴，实在不方便，是不是要甩掉他们？”

凤阳道：“带着他们实在不方便，既然这样，天黑再走吧，夜里也好甩开他们。”

几人说定后，便找了一处客栈休息用膳。当夜，四人成功甩开大皇子的人，趁着夜黑风高，离开湘南城，去了东境。他们离开后不久，凤来也离开湘南城，去了东境。

苏风暖和叶睿坐着马车，走的是湘南距离京城最近的路。那条路大多是山路，幸而凤来的这匹马好，走起来如履平地。五日五夜后，来到了距离京城五十里的灵云寺的后山林。苏风暖对叶睿道：“你赶着马车，先一步进京，我从这里转道去一趟京麓兵马大营和军器监的弩坊署，探探情况。”

叶睿想着没有了凤来，以她的武功，谁还奈何得了她，便点点头：“好，那你小心些。”

苏风暖点头，下了马车：“放心吧，告诉叶裳，在府中等我。”叶睿颔首。马车继续前行，向京城而去。

苏风暖看了一眼四处的方位，先去了灵云寺。日暮时分，灵云寺传出木鱼声声。苏风暖从后山的山林进了灵云寺，来到大皇子和皇上先后住过的那处院落门前，拍醒了蹲在墙根睡觉的小和尚：“醒醒，太阳快落山了，你再睡下去，食堂该没伙食了。”

小和尚十二三岁的模样，被人拍醒，立即睁开眼睛，腾地站起身，伸手指着她：“你……你是……苏大将军府的小姐！住持让我留守在这里，就是为了等你，说你早晚会来灵云寺。”

苏风暖笑着扬眉：“哦，住持真是料事如神。”

小和尚点点头，对她说：“你等着，别走啊，我在这里等你好久了，我这就去找住持。你可千万别走。”

苏风暖失笑："好，我答应你，不走，你快去吧。"小和尚立即撒开腿向古寺跑去。

不多时，那小和尚带着灵云寺的住持匆匆而来。老和尚跑了一头汗，见到她，十分欣喜："阿弥陀佛，世子妃，你可还好？"

苏风暖笑着道："还好，没被人杀了，活着回来了。"

住持又双手合十："阿弥陀佛，善哉！善哉！"

苏风暖微笑："听说住持派人在这里专程等着我？"

住持点头，对小和尚吩咐："你等在这里，我带世子妃进去有话说。不得让人进来。"小和尚应了声"是"。

住持带着苏风暖进房门，来到里间的禅房，将摆放在桌案上的香炉搬了起来，道："这里有一封信，皇上说是留给你的，世子妃，你过来看吧。"

苏风暖走到近前，见香炉下什么也没有，只是光滑的桌面，她挑了挑眉。住持压低声音道："我是在皇上失踪一个月后收到一封无名信，信中说这处香炉下留着一封信，等你来灵云寺时交给你。"

苏风暖伸手摸了一下桌面，了然："既然是无名信，你怎么知道是皇上的？"

"老衲识得皇上的字迹，不过那字迹无法保存，看过之后就消失了。"

苏风暖颔首，催动功力，将手心化热，拂过桌案。桌案上一层蜜蜡化开，渐渐地显出字迹："苏丫头，朕走了，这江山太重，朕已经负担不起了，此后就交给叶裳和你了。南齐皇室不是朕的根，朕偏偏坐那个位置许多年，苦于无法解脱，如今朕真该解脱了。先朝百年还政，如今朕还政刘家。这普天之下，唯容安王府，唯叶裳，才是刘家正统。朕也相信，叶裳和你会还南齐一个太平盛世，还天下一个长治久安。不必找朕，朕愿余生终老于市井山林，下辈子再不入帝王家。"

住持双手合十："阿弥陀佛。"

苏风暖偏头看了他一眼："别阿弥陀佛了，找一块布，将这字拓下来，否则很快就会化掉了。"

住持连忙将灰色的僧袍撕了一大块，递给苏风暖："世子妃，用这个吧。"

苏风暖觉得挺好，够快。她将那幅字淋了笔墨，拓在了一大块僧袍上。她拓完，果然桌案上已经无字了。苏风暖折好这块袍子，收在了手中，对住持道："多谢住持了，皇上能留这个在这里，是信任你。以后灵云寺别再参与污秽之事，让它成为真正的佛门圣地吧。"

住持双手合十："世子妃说得是，老衲会谨遵世子妃之言。"苏风暖点头，不再多言，告别住持，离开了灵云寺。她离开后，住持对小和尚道："你虽然一日有大半日在睡觉，但悟性极好，功夫也未落下，老衲收你做关门弟子吧！"小和尚大喜过望，连忙叩拜。

苏风暖出了灵云寺，转道去京麓兵马大营找章林。昔日，她带走三万兵马，章林领兵，燕北一战，那三万兵马所剩无几，章林立了大功，被封为京麓兵马大营的统兵。

苏风暖摸黑悄无声息地溜进京麓兵马大营，找到了总兵所住之地，里面传出哗哗的水声，似有人在沐浴。苏风暖避开了些，想着等他沐浴完再进去好了。她坐在房顶上，听着里面的水声没了，刚要进去找他，有一人从远处走来。她转头看去，顿时一怔，走来的这个人才是章林，那他屋子里那个人是谁？

章林推开房门，进了里屋。有一个女子的娇媚声音："爷，您总算是回来了，奴家等了您许久了。"

章林在门口停住脚步，怒道："你怎么又来了？"

"爷不喜欢奴家吗？您在奴家身上折腾的时候，可没说不喜欢奴家啊。"

章林一时没了话。那女子缓步来到门口，伸手去解章林的腰带："奴家侍候您更衣。"

苏风暖真没想到会听到沈芝兰的声音。当初，叶裳将她废去武功丢在西境的军营做军妓，如今她竟然出现在这京麓的兵马大营，还是在章林的屋子里……这到底是怎么回事？

如今既然被她遇到，那就别怪她不客气了。她听到铠甲落地的声音，忽然下了屋檐。房门开着，她悄无声息地站在了章林身后，出手攥住了沈芝兰的手，笑吟吟地道："沈大小姐，好久不见！你很喜欢给别人宽衣解带吗？我一身风尘，不如帮帮我如何？"

沈芝兰看到突然出现在章林身后的苏风暖，猛地睁大了眼睛。苏风暖抬手点了她的穴道，挥手关上门，拍了拍木立当地的章林的肩膀，笑着说："章统领，艳福不浅啊！"

章林似乎被吓傻了，只觉得肩膀一股大力压下，他根本就支撑不住，"扑通"一声跪在了地上，颤着音开口："苏……苏姑娘……你……"

"我怎么来了，是不是？打扰你的好事了？真对不住，我来得不巧。"

章林闻言，脸色一灰。苏风暖看着章林，没想到不过半年之久，昔日心怀抱负的铁汉，如今竟然敢在这军营里设温柔乡。她走过去，坐在桌案前的一把椅子上，跷着腿，对章林道："说吧，怎么回事？说得好，我就念在昔日的交情上饶你一命；说不好，我今日让你下去找阎王爷喝茶。"

章林似乎羞愧得抬不起头来，不语。苏风暖脸一沉，当即拿了茶杯扔过去。只听"砰"的一声，砸在了沈芝兰的头上，顿时将她砸得头破血流。鲜血滴答滴答地流下来，正好滴在了跪在地上的章林头上。章林骇然地抬起头，看着苏风暖。

苏风暖看着他："章统兵，心疼了？"

章林连忙又垂下头，颤着音说："卑职不敢，姑娘……恕罪……"

苏风暖道："我不是什么姑娘了，是容安王府世子妃。"

章林连忙说："世子妃恕罪。"

"给你一盏茶的时间，把这个女人为何出现在京麓大营，为何出现在你的房里给我说清楚。否则，你就永远也不必说了。"

"她……她是军营里的军妓，京麓大营里也是有军妓的，卑职……卑职真是无话可说……"

"无话可说吗？你可知道她是谁？"苏风暖看着他。

"军妓都没有名字，入军营后都有编号，她的编号是五百三十四号。"

苏风暖冷笑："所以，你的意思是说，你不知道她是沈大小姐了？"

章林骇然地摇头："回世子妃，卑职是刚刚听您说才得知的。"

"好，那我告诉你，她是昔日景阳侯府的沈芝兰。景阳侯府被灭门，大长公主用免死金牌保下了她。她为机关秘道案的背后主人办事，被叶裳查获，扔在了西境的兵马大营里做军妓，如今却出现在了京城的兵马大营中。你说，新鲜不新鲜？"

章林睁大眼睛，显然不知道此事。苏风暖观他面色神情，看来他真不知："说吧，她侍候你多久了？"

章林又垂下头，小声羞愧地说："半个月前，卑职本独自睡着，可是半夜，有人爬上了我的床，我……我以为是睡梦中，便与她……"他说到此，难于启齿，"后来，天明时分，卑职才知晓她是这军营的军妓……"

"所以，你总要给美人点儿好处，才能安抚她是不是？毕竟，军中有军规，就算召妓，也只能在军妓营，不能招到营帐里，乱了军规，以罪论处。"

章林羞愧地说："是。"

"给了什么？"

"给了放归令。"

苏风暖点头："是个好东西，有了这个就是自由身，可以离开军营，回家从良。"

章林道："我也以为给她放归令她就会走了，谁知道她……几日后又来了……"

苏风暖意会："这一次给了什么？"

章林羞愧地道："没给什么，她说只想看看兵符，看两眼就走。"

苏风暖扬眉："所以，你给她看了？"

章林立即说："她看时，我就在她面前。"

苏风暖对他问："兵符如今还在你手中吗？"

章林连忙说："在，在。"

苏风暖伸手："拿给我看看。"章林连忙上前，将兵符从怀中掏出来，递给了苏风暖。

南齐的兵符以月牙为形，两块月牙合在一起，就是完整的兵符，掌有兵权的将领持有一半兵符。若是有朝一日皇上调兵，会有人拿来另一半兵符，兵符合一，便依照调兵人命令行事。

太祖建朝时，在极北之地的雪山挖出了一块稀世罕见的白玉，令天下第一巧手打造了兵符。东、西、南、北四境之地和京麓兵马，统一用此兵符。苏风暖接过章林手中的兵符，放在手中摸了一下，又放在灯前照了一下，面无表情地说：“你这块兵符是假的。”

“假的？”章林面色大变，“不可能。”

苏风暖将假兵符扔给他：“京麓兵马大营的兵符与四境兵符不同，除了有后天雕刻的虎纹，还有一处是天然形成的十分像龙头的纹路。你这兵符只有虎纹，没有龙头的龙纹，自然是假的兵符。”

章林骇然，丢了兵符可是重罪。他猛地看向沈芝兰，一把拽住她的衣领：“你拿了我的兵符？”沈芝兰自然没办法回答。章林怒道：“不说我杀了你。”

苏风暖道：“她被我点住了穴道，你杀了她，她也答复不了你。”

章林闻言住了手，看向苏风暖。苏风暖问：“她一共来这里几次？”

“算上今日，一共三次。”

“那真的兵符应该在她身上。”

“卑职刚刚与她碰面，您便出现了。她……何时换了我的兵符？”

“不信你搜搜她的身。”

章林立即伸手去搜沈芝兰的身，先是从她的怀里搜出了一把匕首，他恼怒地扔在了地上，又继续搜，不多时，搜到一块硬邦邦的东西，拿出来一看，正是兵符。他连忙走到苏风暖的面前递给她，苏风暖接过来细看了一下，点头：“不错，正是兵符。”

章林松了一口气，怒道：“好大的胆子！”

苏风暖哼笑：“她的胆子都是你给的，自然大了。”

章林顿时又羞愧地低下头。苏风暖把玩着兵符，看着沈芝兰，慢悠悠地对章林道：“第一次她来找你，与你成就好事后，只要放归令，就是为了试探你。你若是不上钩，那么，就杀了你夺兵符，只不过这是极端的手法，以你如今的军职势必引起轰动，这是下策。你若是上钩，便有后续，也就是她第二次来找你，要求看一眼兵符，以她的聪明，看清了兵符的模样，自然能伪造出一块兵符来，糊弄你足够了。”

章林顿时冷汗森森，倒吸了一口气。

“今日她来此，在为你解掉盔甲时，神不知鬼不觉地换取了你身上的兵符。兵符到手，我若是不出现，也许她还能和你好好温存一番，得了美人恩，明早你自然乖乖放她离去，也不知兵符被换掉了。”

章林又跪在地上，请罪：“卑职愚蠢，世子妃恕罪。”

苏风暖看着他：“你犯的是王法，与我请罪有何用？假的兵符还你，真的兵符我收了，这个女人我也带走了。你的罪，先记着。”

章林点头：“卑职听世子妃的安排。”

苏风暖伸手拎起沈芝兰，如拎一只小鸡，走了两步，又回身道：“这个女人能从西境兵马大营来到京麓兵马大营，背后定然有人操纵。你若是想将功赎罪，就把地上的血迹清洗干净，把罩灯熄灭，做出与人春宵一度的模样来。”

章林顿时抬起头，问：“然后呢？”

“然后就会有人来告诉你该怎么做了。”

章林连连点头，感激地叩首道：“多谢世子妃，卑职甘愿听您吩咐，如在燕北时一样，万死不辞。”

苏风暖带着沈芝兰，避开巡逻士兵，出了京麓兵马大营。苏风暖拎着沈芝兰走出十里地，在荒郊野岭停住脚步，将她扔在地上，解开了她的穴道：“沈大小姐，又见面了，真不巧，每次我都破坏你的好事。”

沈芝兰看着苏风暖，一双眸子在夜里迸发出浓浓的恨意。苏风暖笑着说：“你可别来咬我，也别咬舌自尽，否则我不敢保证给你一副完整的尸骨。最好的办法就是你如实说来，我念在两次你都落在我手里的情面上，给你一个全尸。”

沈芝兰声音尖厉：“你做梦。”

苏风暖倚靠着树干：“你知道这世上最狠毒的酷刑是什么吗？不是挫骨扬灰，而是用刀子，一刀一刀地将人身上的肉片下来，一边割着肉，一边放着血，肉割没了，血也流尽了。你要不要试试？”

沈芝兰阴狠地看着她：“即便你将我千刀万剐，我也不会说的。”

苏风暖笑着说：“沈大小姐好烈的性子。这样吧，太快杀你，也没什么趣味，让我先猜猜。我和叶裳早先以为你是大皇子的人，如今看来，在大皇子这块挡箭牌下，你背后另有其人。

“这个人呢，权倾朝野也不为过，只不过他比国丈会藏锋芒，会为人处世，十分圆滑，从不做恶事，在朝在野声望都极高，门生也遍布天下。所以，南齐从去年到今年接连发生了无数大案，从来没有人怀疑过他。他如今依旧屹立不倒，且德高望重。”

沈芝兰将唇瓣咬出血，阴狠地说：“苏风暖，你少自作聪明。”

“我以前一直不太明白，大长公主与自己出身的皇室有什么仇什么怨，不惜帮着前朝后裔祸乱自己的国家。原来他是大长公主喜欢的人，大长公主甘愿为他而死，甘愿让她的子孙被灭门，甘愿将你这把自小被她培养的利剑留给他用。”

沈芝兰恨得咬牙：“你胡说，我的祖母比他年长许多。”

苏风暖道：“所以，大长公主才没嫁他，而是嫁入了景阳侯府；所以，他才没娶大长公主，而是娶了别人。”

沈芝兰一双眼睛冒火：“苏风暖，我化成厉鬼也不会放过你。”

苏风暖看着她张牙舞爪的模样，道："沈芝兰，其实你我无冤无仇，要怪只怪你投胎不好，偏偏投身景阳侯府，被人培养成了一把黑暗的剑。殊不知，伤人伤己。我也不想杀你脏了手，只不过，我觉得你留不得了。哪怕为妓为奴，你也不是个安分的。今日落在我手里，算你倒霉，我等着你变成厉鬼找我算账那一日。"

话落，她手腕轻轻一动，沈芝兰瞳仁倏地放大。苏风暖慢慢地站起身，拾了一堆干柴，将沈芝兰的尸体放在干柴上，之后，点燃干柴，看着尸体被火焰吞噬，将最后一丝火星用土埋了后，去了军器监弩坊署。

军器监弩坊署一改昔日热闹的模样，十分冷清。她转了一圈，发现偌大的军器监弩坊署只住着几个人。周舍显然不在，她沉着脸出了军器监，回了京城。

叶睿到京城时，天已经黑了，城门已经关了。他对守城的士兵高喊："劳烦兄弟去容安王府通禀一声，就说叶睿求见。"

看守城门的人一怔，从城墙探头往下看。一个年轻男子坐在马车里，面容俊逸，但十分陌生，似乎不像是京城人士，他们驻守城门，若是谁家的公子哥儿自然都是认识的。城门守卫对看一眼，有人前去禀告今日当值的郑中尉。郑中尉走上城墙看了一眼，吩咐一人道："速去容安王府禀告叶世子。"

叶裳正在等苏风暖的回信，千寒离开已经五六日了，如今也该到湘南城见到苏风暖了，不知她可还好？他正想着，府中的管家来报："禀世子，城门守卫前来禀告，南城门口有一人自称是叶睿，说要见您。"

他一听叶睿的名字，腾地站了起来，当即道："备马！"管家连忙应"是"，吩咐人快备马。叶裳飞身上马，冲出容安王府，疾驰过街道，很快就来到了南城门。

郑中尉见送信的守卫还没回来，叶裳这么快就先一步奔来了，可见这个人十分重要。他拱了拱手："叶世子。"

叶裳勒住马缰绳，道："郑中尉，多谢了。"郑中尉摇头，摆手吩咐人打开城门。城门一开，叶裳便看到了一辆马车以及从车里探出半个身子的叶睿，他当即骑马冲出了城门。

叶睿知道叶裳会来接应他，但没想到来得这么快。他挑开帘幕，刚要下车，叶裳已经来到了近前，勒住马缰绳，看着他："你怎么会来了京城？"

叶睿见叶裳横马挡在车前，他无法下车，索性便不下车了，在车内对叶裳拱手，道："世子妃与我一起回京了，只不过她在灵云寺转道去了京麓兵马大营和军器监弩坊署，让我先一步自行来京，并让我传话，让世子在府中等着她就是。"

叶裳闻言大喜："暖儿也回京了？当真？"

叶睿微笑："自然当真。"

"你们是如何摆脱凤来那老妖婆的？"

"世子妃将调动天下兵马的兵符给了凤来，作为交换，凤来放我们回京。"

叶裳一怔："这么简单？"

叶睿颔首，笑道："就是这么简单。被她劫持以来，世子妃每日都想方设法说服她、教化她，日积月累，见了成效，终于让她松动，放了我们。"

叶裳点点头，喜色溢于言表："太好了！"

叶睿又拱手道歉："当日情况危急，迫不得已，我与世子妃一起被凤来劫持，实在抱歉。不过未曾做出有碍礼数之事，世子放心。"

叶裳闻言一笑，潇洒地道："你不必对我道歉，我该对你道谢才是。"话落，他又道，"我即便不放心你，也放心暖儿。她可说她何时回来？"

"世子妃说她很快就来，也许我到京城时她也到了。"

叶裳颔首，望着前方道："你先回容安王府，我在这里等着她。"

叶睿摇头："我不累，与世子一起等着吧。"

叶裳含笑："也好，正好你与我说说你们被劫持以来发生的事，我也想听听她是如何对付老妖婆的。"叶睿便将劫持以来发生的事详细地告诉了叶裳，尤其是苏风暖如何花样百出地对付凤来之事，最后说："这一趟被劫持，跟着世子妃，我也算是开了眼界。"

叶裳笑着问："这么说，暖儿在收到表兄的信后，便立即决定启程回京了。你们沿途没有遇到千寒？"

叶睿摇头："大约是因为我们走的是深山之路，才没遇到他。"他指指凤来的马，道，"这是一匹宝马，走深山之路，如走平地。"

二人一个坐着车，一个骑马立在车前，一边闲谈着，一边等着苏风暖。大约等了一个半时辰，夜深时，前方的路上才显出一个窈窕的身影，叶裳当即打马奔了过去。

苏风暖远远地便看到一辆马车和一人骑着马等在城门口，虽然夜色极黑，她依旧能清楚地看到那骑马之人是叶裳。见他打马奔来，她便停住了脚步，等着他走近。快一个月未见，她发现她是真的想他了。

叶裳来到苏风暖面前，因马跑得快，他勒住马缰绳时，身下的马前蹄仰起，他的人也跟着仰起，眼睛却一寸未离苏风暖。苏风暖看着他，仰着脸笑："跑这么急做什么？不是让你在府中等我吗？"叶裳盯着她，一眨不眨，不说话。

苏风暖眼眸动了动，上前一步，将手递给他，道："又累又饿，快拉我上马，赶紧回府。"

叶裳伸出手，紧紧地拽住她的手，不等他用力，苏风暖已经坐在了他身后。她伸手搂住他的腰，手指捏了两把，蹙眉道："不是都告诉你我不会有事吗？你怎么还不好好地照顾自己，都瘦成一把骨头了，硌人得很。"

叶裳握住她的手，嗓音有些哑地说："你不在身边，我总是寝食难安。即便知道你不会有事，心里也放不下。"

苏风暖叹了口气，将脑袋贴在他的后背上，小声嘟囔：“笨蛋！”

叶裳“嗯”了一声：“我没守住你，竟然让你被人劫走了，的确笨死了。”

苏风暖低笑：“这也怨不得你，谁知道凤来会跑去江南劫持我！伤势好了吗？”

“玉灵师叔每日照看我用药养着，已经好得差不多了。”

“有玉灵师叔在，我才十分放心你的伤势，否则我早摆脱凤来了。走吧，回府再说。”

叶裳打马折回城门。叶睿见叶裳接了苏风暖回来，她安然无恙，才松了一口气。

郑中尉一直未关城门，如今见叶裳接了苏风暖回来，十分惊异，没想到传言被人劫持失踪了的世子妃竟然自己回来了。叶裳进了城门后，勒住马缰绳，对郑中尉道：“郑兄，改日请你喝酒，多谢了。”

郑中尉连忙拱手：“世子客气了。世子妃平安归来，可是喜事一桩。”

苏风暖也道：“初进城门，便见到郑中尉正当值，多谢通融，改日去容安王府喝一杯。”

郑中尉笑着道：“世子和世子妃有请，自然要去。”

话落，叶裳再不多留，带着苏风暖向容安王府而去。叶睿坐着马车，跟在身后。来到容安王府，下了马，叶裳将马缰绳递给守卫，吩咐道：“去王府和苏府知会一声，就说暖儿回来了。”

管家惊喜地看着苏风暖，连连道：“老天保佑，世子妃平安归来。老奴这就派人去传话。”

苏风暖笑着说：“今日天色晚了，明日我回府去看他们，让他们今日不必过来了。”

管家连忙应“是”，看向下车的叶睿。叶裳道：“江南叶家的四公子，快去安排他的住处。”

管家连忙给叶睿见礼：“老奴这便去安排。”他又问：“世子妃饿了吧？老奴这就吩咐厨房赶紧给您和四公子做晚膳。”

苏风暖点头：“饿死了，简单点儿就好。”

叶睿笑着说：“不必另外安排了，我有一年未见伯祖父了，与他住在一起就好。”

叶裳道：“也好，领四公子去外公的院落吧。”管家颔首，带着叶睿去了叶家主的院落。

叶裳拦腰抱起苏风暖，向正院走去。苏风暖窝在他的怀里，笑着说：“我是不是沉了？”

叶裳掂量了一下：“好像是长了些肉，比以前重了些。”

苏风暖低笑：“虽然被凤来劫持，但我也没敢亏待自己，自然长胖了些，肚子里的小东西也乖着呢，好好的，没调皮。”

叶裳轻笑：“嗯，真乖，等生下来，我好好夸夸他。”

走出不远，紫风和玉灵迎面走来，紫风当先开口："暖丫头怎么还被抱着？可是受了伤？"

苏风暖忍不住乐了："师叔，您好不解风情，没受伤就不能享受被人抱着的待遇吗？"

紫风笑道："臭丫头，没事就好。"

玉灵说："小裳，你先将她放下来，我给她把把脉。人都回来了，跑不了，我把完脉，你再抱着。"叶裳脸皮厚，点点头，放下了苏风暖。

苏风暖主动将手递给了玉灵。玉灵把脉半晌，才惊异地道："你这武功到底是到了什么地步，怎么这般……我探你脉，竟然探不出深浅。"

"到了我一身武功不用掩饰地站在凤来面前，她都无所察觉，以为我功力尽失的地步。"

紫风闻言道了句："天哪！"

玉灵惊叹："怪不得了！这脉象，我都把不了了。"

苏风暖道："孩子一切平安，师叔放心吧。"

玉灵撤回了手，唏嘘道："这样说来，你是我们望帝山的第一人了。"

苏风暖笑着道："不知道算不算是第一人，但我怀有身孕，还是不敢与凤来硬碰硬。与她斗智斗勇，我才回了京城。"

紫风和玉灵虽然很想知道苏风暖是如何与凤来斗智斗勇的，但叶裳和苏风暖分别多日，估计更想独处，于是道："四公子可也来府里了？我们去看看他。"

叶裳道："在外公的院落。"紫风和玉灵点头，去了叶家主的院落。

叶裳又拦腰抱起苏风暖，回了正院。进了房间，叶裳再也忍不住，关上房门后，便低头吻住了苏风暖的唇。苏风暖躲了两下没躲开，任他吻了片刻，搂着他的脖子无奈地说："我杀了沈芝兰，沾了血腥味，先让我沐浴，这一身味，难受了我一路。"

叶裳当即放开她，嫌弃地说："怎么不早说？"

苏风暖失笑："早说你便不抱了吗？"

叶裳无言，即便她早说，他也忍不住要抱她。他对外面喊："来人，去抬一桶水进来。"

苏风暖脱了外衣，扔在地上："这衣服不要了。"

叶裳也脱了外衣，同样扔在地上，嫌弃地说："一会儿我命人拿去烧了。"苏风暖没意见。

不多时，有人抬来一桶水，放在了屏风后。叶裳将她放进木桶里，便走出房间，净了手，拿了一碟糕点喂她。苏风暖一连吃了几块，给肚子垫了底，才舒服了些，趴在桶边，感叹地说："还是回家好啊。"

叶裳轻笑，放下碟子，站在木桶旁，一边给她洗，一边轻轻摸着她的小腹，丈量长了多少尺寸，同时问：“你不是去京麓大营和军器监了吗？怎么遇到沈芝兰了？她不是应该在西境兵马大营做军妓吗？”

苏风暖道：“我去找章林，不巧便遇到了她，我也纳闷她是怎么从西境兵马大营回到京城的。”话落，她便将她去找章林，遇到沈芝兰之事说了一遍。

叶裳听罢，道：“杀得好。真是只手遮天，不声不响。殊不知，天网恢恢，疏而不漏。”

厨房做好饭菜，管家带着人端来了正院。苏风暖沐浴后，与叶裳坐在桌前用膳，她本就饿了，胃口极好，吃了大半桌子的饭菜。

叶裳轻笑：“吃了这么多，你若是不累，一会儿还是运动一下再睡好了。”伸手抱着她，咬她耳朵，小声问，“好不好？”

苏风暖意会，伸手搂住他脖子，笑着点头：“好。”

叶裳低笑，抱着她又轻吻。苏风暖闻到熟悉的味道，觉得踏实安心极了，便乖巧地窝在他怀里，与他从椅子上缠到了床上。帷幔落下，一解相思。

第二十二章 昭然若揭

王大学士和王夫人、苏大将军和苏夫人吃过早膳后，怕来得太早打扰二人睡眠，特意磨蹭了半晌，天色大亮时，才先后慢悠悠地来了容安王府。管家将四人迎入了内院，笑呵呵地说：“世子和世子妃还没起，四位先去客厅坐吧。老奴这就去喊世子和世子妃。”

王夫人立即说：“让他们睡吧，小丫头昨日刚回来，定然累了，小裳也多日未曾睡好了，我们不急。”

王大学士没意见，问：“听闻江南叶家的四公子与小丫头一起回的京，也来了府中？”

管家连忙说：“正是，四公子住在叶老家主的院子里。”

王大学士点头道：“我也多日未见叶家主了，正好去他那里坐坐，顺便见见四公子。”

苏澈点点头：“一起去，管家带路吧。”

四人在叶老家主处坐了一个时辰，都对叶睿十分赞赏，觉得江南果然人杰地灵。王大学士听闻叶睿受云山真人教导，连连颔首：“云山真人一生只收了两个弟子，一个是丞相，另一个是陆文峰，你能得他教导，也是大有造化。”

叶睿笑着点头：“正是。”

王大学士道：“大皇子已经有数日不上早朝了，朝务都扔给了丞相。丞相推托了两日，无奈朝纲不能无人理，只能接了过来，近日里忙得脚不沾地，十分辛苦。”

苏澈道："多亏有丞相，大皇子还算未到不可救药的地步。"

几人正说着，苏风暖和叶裳来了叶家主的院子。休息了一晚上，苏风暖面色明显好多了，叶裳也舒展了不少。二人迈进门槛后，苏风暖便松开叶裳的手，扑到了王夫人的怀里。王夫人顿时"哎哟"一声，道："慢点儿，慢点儿，小心孩子。"

苏夫人也立即说："都是怀孕的人了，怎么走路还这么快？这么大的步子，真是吓人。"

苏风暖不管不顾地抱住王夫人，在她身上蹭了蹭，笑嘻嘻地说："外婆，想我了没有啊？"

王夫人笑呵呵地道："想了想了，哎哟，听说你出事，真是吓死我们了。好模好样地回来了就好，否则我这心啊，日日提着。"

苏风暖抱够了王夫人，又去抱苏夫人。苏夫人笑骂："真是个小黏人精，你都当娘了，怎么还跟个小丫头长不大似的？你三哥不在，若是在，又该笑话你了。"

苏风暖吐吐舌头："三哥在东境，帮着凤阳救人呢，一时半会儿回不来。"

苏夫人立即问："救什么人？"

苏风暖道："凤老爷子被湘郡王扣押了。"

王大学士一听，怒道："这个湘郡王，真是狼子野心。东境如今是何情形？"

苏风暖便将湘郡王筹备兵马之事说了，道："少说有四十万，不过湘郡王这个人吧，谨慎得过了头，一时半会儿不敢兴兵，出不了什么大事。"

王大学士点头："那就好，否则如今南齐可真是水深火热了。"

苏大将军看着苏风暖，问："可知道皇上下落？"

苏风暖想起她身上还放着一封信，便问叶裳："昨天我穿的外衣烧了没？"

"没工夫烧，应该还在地上扔着。"

"快让人去拿，有一封皇上留在灵云寺的信，在衣服里。"

叶裳听闻是皇上留的信，站起身，道："我亲自去取吧。"叶裳回房拿了信，便命人将那件衣服烧了，折回叶老家主的院子里："可是这个？"

苏风暖颔首，说了取信的经过。看罢，王大学士道："将这封信拿去给丞相看看吧，大皇子都将找皇上的人撤回来了，他却一直在命人找寻。"

苏风暖看着王大学士，朝廷上下人人皆知她的外公与丞相交好，是皇上的左膀右臂。人人也知丞相府门风清正，忠君为国。京中发生无数事，丞相府始终未被怀疑，两袖清风，一门清贵。她实在不忍心告知外公和父亲真相，哪怕是她和叶裳在看到叶昔的信函时都惊骇得难以言喻。

"怎么了？"王大学士毕竟立于朝局多年，见苏风暖和叶裳都未言语，脸色不大对，他不禁开口询问。

苏风暖看向叶裳，叶裳觉得他们早晚都要知道，便神色镇定地道："丞相可能有问题，此事先不要告诉他，外公这几日也别去丞相府走动。"

王大学士一怔，皱眉问："什么问题？"

"危及江山。"

王大学士面色一变，他知道叶裳不是无的放矢之人，但还是不太相信："你说的是……丞相？"

苏澈也坐不住了，问："小裳，怎么回事？丞相对我南齐有不忠之心？"

叶裳不带情绪地道："说不忠之心都是轻的。"

叶家主道："这里没有外人，小裳、暖丫头，你们把话说明白，别让我们蒙在鼓里。"

苏夫人闻言起身关上了房门，回身道："是啊，若说别人也就罢了，丞相府一门清贵，这么多年来，人人都要赞一句我南齐有一位贤相。"

叶裳伸手入怀，拿出叶昔的信函和派言责送来给他的锦盒，递给了叶家主："外公，您看，这个可是昔年太外公传到您手中被您收在叶家的？"

叶老家主瞅了瞅，颔首："不错，正是这个锦盒。"

"那就是了，这里原来藏着一桩惊天秘闻。您先打开看看。"

叶老家主闻言打开了锦盒，里面放着一封虽然泛黄但被保存得完好的信函，还有一块残玉。他打开那封信函，读罢，惊得腾地站了起来。众人都看着他。叶老家主转向叶裳，难以置信地道："这……竟然是这样？"

叶裳道："这是当年叶嫣亲笔所书，自然差不了。"

叶老家主颔首："叶家的女儿出生时，都会为其造一方私印和打造一块玉。这信上盖着的正是叶嫣的私印。这残玉，正是她那块玉残缺的一部分。"

叶裳道："这就是了，那这封信和这信物便真实无疑了。"叶老家主点点头，将手中的信函递给了一旁早已经焦急得想弄清楚发生了什么事情的王大学士。

待众人都看过后，一时间，屋中分外沉默。王大学士慢慢地坐下身："不能凭一封信、一个出身便说他有不忠之心。"

苏风暖道："若是外公知道望帝山，知道前朝后裔，知道牵扯了月贵妃、北周萧贤妃等一系列的事情，您兴许就不会这么说了。出身决定了人的一生。"她便将从陈芝苒身上的图案查到灵云寺前朝陵寝，查到望帝山凌祝帮斩熠篡改龙脉，斩熠如何娶了英夙公主，又娶叶嫣，换了太后生下的孩子，兵不血刃地复国，被凌祝等人为保望帝山而隐瞒下，凌祝最终带着叶嫣失踪等事说了。

众人脸色一变再变，苏澈最是难以忍受："怎么会是这样？小裳，若皇上真是前朝血脉，他为何给你留了圣旨遗诏？"

叶裳道："皇上爱民如子，希望在我接手后，南齐能够太平盛世，长治久安。"

王大学士恍然道："皇上那封留书上说，先朝百年还政，如今朕还政刘家，这普天之下唯容安王府、唯叶裳是南齐正统。这么说，皇上是早就知道了这些，才离宫出走了？"

叶裳道："也算是，皇上担负了多年的江山社稷，累了，想过几天平民百姓的日子。"

苏夫人开口道："若真是这样，还真没办法将皇上留下的这封手书拿给丞相看。若他看到，那就麻烦了。"

苏风暖冷笑一声："何止麻烦，动辄便是江山毁，基业崩。"

王大学士看向叶裳："单凭这一封信函和这信物，断定他是前朝后裔没错，但诚如皇上，即便知晓种种，还是还政南齐正统，丞相不是恶人，兴许也与皇上一样……"

叶裳叹了口气："外公错了，您是身在局中不知局。您久居这京城，与丞相交情深厚，加之他声望极高，门生遍布天下，两袖清风，门庭清贵，你便拿你对南齐的忠君之心来与他相交，自然不会去想他有任何不忠之事。"

苏风暖接过话道："论出身，他抛除这隐藏的身份，就是出身于一门清贵的丞相府，自小拜云山真人为师，少年登科，金榜题名，是南齐有史以来最年轻的丞相；论声望，门生遍布天下，为官多年，无一处不好。就连外公，外人都评价太过顽固，父亲太过耿直，可是丞相，即便他圆滑，也无人说，只说他是一位难得的贤相。"

苏澈道："这也不能说明什么。"

苏风暖无奈地道："外公和父亲还是不信吗？当初，我让娘请夫人小姐们入府赏海棠那日，皇上赐给的那名婢女被人杀死，我便怀疑了丞相府。那日，丞相府的马车从那里过得太巧合了。再就是，劫持我的凤来，欠了萧贤妃的恩情，如今为大皇子办事，昔日我去丞相府做客，她曾易容成丞相府的婢女，不是偶然。再加之，孙泽玉去查爹回京途中被人截杀之事，到了沛城，便染了隐疾，原因是他服用了丞相夫人为他从孟太医处求的药。他回京不久，孟太医便出事故身亡了，如今丞相夫人还活得好好的。"

叶裳接过话，补充道："若这些还不够，那么还有，大皇子命人搬空了一个国库来赈灾，可是赈灾的款项、粮食根本未下放到各州郡县。国库都空了，灾情却半点没缓解，这说明什么？说明背后有人动手干预赈灾了。普天之下，除了丞相府，还有谁能让天下灾情这样被搅动起来，答案昭然若揭。"

王大学士越听越惊讶，他闭了闭眼，道："若真如你们猜测，他是想做什么？"

叶裳冷静地道："毁了南齐江山。"

"为何？"苏澈立即问。

叶裳道："一个百年还政，让前朝延续；另一个毁了南齐，重新回炉重造，不是很有异曲同工之妙吗？"

王大学士问："如今暖丫头回来了，你们打算如何？"

叶裳道："我已经在收到师兄传书当日，请小国舅近身护卫浮影带着密信前往燕北又转道去西境送信了。调驻扎在燕北的京麓二十万兵马进京。表兄的近卫言责也在送信第二日离京回江南了，如今差不多也都收到信准备了。让西境联合江南对付北周的兴兵。”

苏澈骇道：“又要兴兵？还是对内？”

“岳父，只此法最有效，否则，当真会朝野震动，江山翻滚了。”

苏澈心痛地道：“可是一旦对内兴兵，百姓便会苦不堪言啊，就没有兵不血刃之法？”

叶裳摇头：“怕是没有。我尽量将危害降到最低。”

苏风暖接过话：“爹，我赞同叶裳的安排，您可知道，有人暗中去京麓兵马大营盗取章林的兵符？无论是京麓兵马大营，还是五城兵马司，怕是不但不得用，还能被人利用当作一把伤人的利剑。我们只能调外援，出其不意，攻其不备。否则，叶裳手中即便有皇上的遗诏，怕是也没什么用处。”

苏澈闻言没了话。王大学士捋了捋胡子，咬牙道：“罢了，就依你们的意思安排吧！若他真是一直以来包藏祸心，也怪不得你们。毕竟，要以南齐江山为重。”

叶家主拍拍王大学士的肩膀，道：“老哥，如今暖丫头回来了，是可喜可贺的一件事，你和苏澈都在这府中与我住几日吧！”

王大学士与丞相相交数十载，在知道了这样的事情后的确不想再出去见他，点点头：“也好。”苏澈觉得岳父都受不住，他更是藏不住事，怕是面上便会带出来被人看破，索性不出去，便也没意见。

几人商定后，天色已然不早。管家前来禀告许云初和孙泽玉结伴来了，叶裳和苏风暖对看一眼，迎去了会客厅。

春色正暖，阳光明媚，两位公子都换了春天的薄衫，看起来风度翩翩。苏风暖笑着开口：“好久不见，小国舅和孙公子越发有风采了。”

许云初道：“见到世子妃安全回来，我这心总算是踏实了。”

孙泽玉道：“听闻世子妃出事，可真是让人忧急，如今平安回来就好。”

苏风暖笑着点头：“劳两位担心了，我想着小国舅身上因我落下的寒疾还未清除，答应孙公子的烤野味还未实现，自然是不敢失约。”

许云初大乐：“你知道就好，我这寒疾若无你，还真除不了根。”

孙泽玉也笑：“我等着你的烤野味，等了一个夏天、一个冬天和一个春天了。”

苏风暖当即道：“明日如何？明日我做东。”

许云初笑着道：“我没意见。”

孙泽玉道：“那就却之不恭了。”

许云初看着二人，问：“听说江南叶家的四公子也来了，如今可还在府中？”

叶裳道：“在，他许久未见到外公，在陪他下棋，他会在京中小住些日子。”

孙泽玉道：“今年我去参加云山真人的寿宴，老人家席间夸了四公子多次，说四公子十分有天赋。今日我来府时，父亲还让我见到他传个话，有空请四公子去府里坐坐。”

叶裳笑着点头：“我回来之后，还未见过丞相，四公子刚来京，先让他歇两日，过两日我与四公子一起去丞相府坐坐。”

苏风暖说：“我也想孙姐姐了，过两日一起过去。我记得也答应了她烤野味，明日不如孙公子喊上她一起？”

“好，你失踪后，她也十分担心，听闻你回来，十分高兴，今日本来想与我一起来，但我娘早就安排好了今日让她相看姻缘，她脱不开身。”

“这是在给孙姐姐相亲吗？不知选中了谁家的公子？”

“我娘的娘家王氏的一位子侄。”

“太原未免太远了，孙夫人舍得将孙姐姐嫁去那么远吗？”

“父亲快辞官归乡了，孙家的祖宅距离太原不远，又是我娘的娘家，知根知底。”

叶裳道：“南齐如今一团乱麻，都是丞相在顶着，他怎么能辞官归乡？他若是辞官，这朝堂怕是也就散了。”

孙泽玉笑起来：“没有叶世子说得那么严重，父亲说他累了，挺过这个坎，找到皇上，新主继位，他就辞官告老。”

苏风暖笑问：“孙小姐的姻缘定了，那孙公子的呢？”

孙泽玉笑着摇头：“我的不急。”

几人在会客厅闲聊了一个时辰，叶裳留二人用午膳。用过午膳后，孙泽玉回府，苏风暖和叶裳随许云初去了国丈府。国丈如今对外还是宣称得了急症，昏迷不醒，苏风暖回京了，许云初自然要请她为国丈诊治。

太后和皇后看到苏风暖，高兴不已。太后拉着苏风暖的手，连连道：“回来就好，回来就好，哀家听闻你出事，可急坏了。”太后打量她眉眼，又看向她小腹，忽然悄声问，“世子妃可是有喜了？”

苏风暖一怔，笑问：“太后看出来了？是有了。”

太后喜道：“我看你眉目不若以前那般紧凑，身量略微丰润了些。容安王府人丁单薄，如今世子妃有孕，可是一大喜事。”

皇后问道：“那五月在京中的大婚呢？可还如期举行？”

叶裳道：“如今朝廷上下都不安宁，我们在西境已经成婚了，如今暖儿又有身孕，不宜劳顿折腾，我思索之下，先搁置吧。”

太后颔首道：“搁置也好，将来有朝一日你登上那把椅子，也是要封后的，若是与封后大典一起，也是喜事一桩。”

皇后忽然想起遗诏，立即问：“世子妃如今回来了，也带回皇上的遗诏了？”

苏风暖颔首：“一直在我身上带着。”她伸手入怀，将遗诏取出来，递给了太后。

太后读罢，激动地连连点头：“没错，这是皇上的遗诏。”

苏风暖又拿出临摹的那封皇上在灵云寺的留书，递给许云初：“还有这个，我回京途中去了一趟灵云寺。”

许云初伸手接过，看罢，惊异地道：“这留书在哪里？掘地三尺，灵云寺都被翻遍了，未见皇上失踪的丝毫痕迹。”

苏风暖将留书的地方说了。许云初感慨：“确实未曾想到，那桌案我还仔细看过了，竟然没发现。”

太后道：“既然有了遗诏，叶世子，你还等什么，这就公布遗诏吧？”

叶裳道：“本来我想遗诏被暖儿送回来便公而告之，可是如今，事情怕是有变，遗诏暂且先留着吧。”

太后一怔：“什么有变？又出了什么事？”

叶裳与苏风暖对看一眼，又看向许云初。许云初挥手关上了房门，对太后道：“丞相府便是这个变数，要筹备万全，方可亮出遗诏，现在的确不合时宜，再等几日吧。”

太后不解地问：“丞相府？怎么了？”

皇后道：“丞相不是对叶世子一直都很好吗？难道他如今心向着大皇子？”

叶裳道：“若是他只是心向着大皇子，便简单了，可惜不是。如今也只是猜疑，作不得数，太后和皇后只需安稳地待在国丈府就好。其余的事，我们来做。”

这时，被苏风暖喂下药丸的国丈醒来，开口道：“这些日子，我人虽然睡着，但意识是醒着的，不能做什么，便回想这么多年来来往往的事。忽然发现，一直以来，我对丞相真是多有疏忽啊。”

国丈躺得久了，许云初连忙上前，将他扶着坐起身：“爷爷，您想到了什么？”

“南齐一百二十二年，冬至日，大雪，灾情遍及西北。丞相请命，前往西北亲自赈灾，皇上当即准了。我那时正因为一桩事与丞相不对付，便暗中派十名府卫跟着丞相去西北，想揪出他的错来，参上一本，没承想，那十名府卫去了西北后一个都没回来。”

太后道：“我知道此事，灾情发生后，冻死了很多人，有了疫情。哥哥与我说府卫一个也没回来时，我还说，若是回来，将疫病带回来那就可怕了，要派人拦着些，不让他们回京。”

国丈点头：“疫情发生后，便封锁了燕北关山的入关口，以免疫病传进内地。我也怕他们回来，便又派了几个人去路上截着。后来，疫情控制住了，丞相也回京了，可是我先派出的那十个人和后派出的几个人都没回来。皇上十分高兴，在宫里设宴，我不高兴，便提前告退了。回到国丈府，有人禀告，发现我最早派出的一名府卫死在了国丈府门口。我连忙命人翻那人身子，发现他身上有无数伤口，已然断气，只在地上用他的血写了一个“相”字。我恼怒，派人去查，查了没多久，便听闻北周兴兵西境，来势汹汹。后来容安王战死，苏大将军引咎辞官，此事便不了了之。”

苏风暖和叶裳看着国丈，这么说十三年前，北周兴兵，泄露军事机密布防图的那个人也许就是丞相了？

皇后道：“父亲，当初您怎么没继续查下去呢？”

国丈叹了口气：“我不是没查，查了许久，直到苏大将军引咎辞官我也没查出来，只能搁置了。后来，皇上越发看不惯国丈府，我便与皇上明里暗里斗起来。”

太后道：“真是没想到啊，若是当年，丞相是与北周勾结泄密的人，那么他骗过了所有人，这是何等可怕。”

国丈看向叶裳：“叶世子，你打算怎么办？”

“我已经调驻扎在燕北的二十万兵马暗中进京了，再有个三两日，应该能到了。”

“只调了那二十万兵马吗？京中的兵，半点没用？”

“不敢惊动京中兵马，我怕有半点动静，都会被丞相察觉。”

“京麓兵马、五城兵马司，以及御林军、禁卫军，这些兵马加起来也有二十万。你调燕北的兵马，长途跋涉来了京城，若是这些兵马合力，那么实力相差不大，恐怕也掌控不了京城。”

叶裳道：“我料到了，即便如此，也不能弄出动静让他提前防备。”

国丈又道：“这些日子，你们可发现丞相有何异常吗？”

叶裳摇摇头，看向许云初，许云初想了想，摇头：“没有什么异常。”

“丞相不可小看啊。我与他同朝为官几十年，十二年前那件事，如今想起来还觉得从心底冒寒气。”

苏风暖忽然说：“叶裳虽然没动兵马，但我昨日在京麓兵马大营做了一件事。”苏风暖将找章林的经过以及杀了沈芝兰之事说了一遍。

国丈看着苏风暖：“你说沈芝兰是丞相的人？”

苏风暖颔首：“她明面上是大皇子的人，其实是丞相的人。”

国丈道：“他若是等不到沈芝兰，就知道她定然出事了。不妙啊。”

许云初道：“不然我们即刻动手？”

叶裳看向许云初：“拿什么动手？这些年，我无心坐那把椅子，未曾谋划半分，京城兵马我半分没伸手进去。”

许云初叹了口气：“爷爷与皇上虽然明争暗斗多年，但也没有不忠君的心思，其他地方都伸了手进去，唯这些重地，当真是半分没涉及。”

太后急道：“这可怎么办呢？”

皇后看向苏风暖：“世子妃，燕北危急时你只带了三万兵马，以少胜多，大败了北周三十万兵马，想想智取之法吧！否则若是丞相先动手，我们岂不是就要坐以待毙了？”

苏风暖颔首："让我想想。"

叶裳提醒道："你约了孙泽玉和孙晴雪明日外出打野味。"

许云初道："明日先拿下他们兄妹二人？我看孙泽玉不像知道个中内情。"

"出身于丞相府的人，不是傻子。"国丈道，"云初，你就是太君子了，即便他不知道个中内情，但他爹是丞相，他就留不得。"

苏风暖思忖片刻，忽然道："国丈说得对，丞相知道沈芝兰出事，定然会怀疑到我。不能再等了，今夜就动手。"

众人齐齐看着她。许云初问："我们除了府卫，无一兵一卒，如何动手？"

苏风暖道："没有一兵一卒，也能动手。我和叶裳带着圣旨，今夜前往丞相府。小国舅带着国丈府的府卫，暗中将御林军统领、副统领，禁卫军统领、副统领，五城兵马司都尉这几人打晕关起来，怎样都行，总之就是掌控起来。京麓兵马不必理会，毕竟真的兵符在我手中，我们只控制内城掌控兵马的人。"

"然后呢？"国丈问。

"我和叶裳带着遗诏去丞相府，若是他买账，我们就陪他聊到天明，一起上早朝。即便大皇子多日未上早朝，但朝臣们每日还是如常，我们就在早朝上宣读遗诏。届时，一众朝臣应和，将叶裳的身份定下来。只要先一步定了身份，那么，丞相再谋反，我们便可名正言顺地拿办他。"

"若他不买账呢？"国丈问。

"不买账便更好说了，这遗诏，真的假不了。丞相若是不认就表明他有不臣之心，我和叶裳当即便拿办他，也不必等早朝了，连夜召集朝臣会聚金銮殿，看看丞相想做什么。总之，叶裳这身份必须赶紧定下来。"

许云初道："只你们二人前往丞相府，这是深入虎穴，如何能行？"

苏风暖道："你放心，对付凤来我都不怕，更不怕对付丞相了。"

许云初道："可是你有孕在身。"话落，他揣测道，"我在想，这些年丞相善于伪装，那么，他岂能没有丝毫武功？"

苏风暖想着他的出身，以及他拜云山真人为师，都不该是没有武功之人。可是以前，她感觉不到他丝毫的武功，除非他的武功已经到极高的地步，且隐藏了。就如沈芝兰，当初把脉和气息都查不出来。她是丞相的人，那么，也许就是师承丞相了？

叶裳开口道："你师父是被人杀的，一直未找到凶手是何人，会不会是丞相？"

苏风暖心底微微一寒："说不准，今夜要去看看他才知道。"

国丈道："这样的话，你们更不能去丞相府涉险了。"

太后说："是啊，叶世子身系南齐江山的重担，只你们二人去丞相府哪里成？丞相府的府卫丝毫不比国丈府的府卫少。一旦丞相不买账，又身怀武功，那你们就危险了。"

许云初道："有没有可能将丞相请出丞相府？毕竟丞相府在京城盘踞多年，从皇宫的机关秘道案来看，怕是丞相府也有秘道。”

叶裳闻言拍拍苏风暖的手：“别急，我们再好好想想，看看还有什么更好的办法。”

苏风暖看了一眼天色，昨夜她杀了沈芝兰，如今已经是第二日的下午。最多撑到晚上，若是丞相没得到兵符，那么，便会断定沈芝兰出事了，动手之机不能超过今晚。她对叶裳道：“没有什么更好的办法了，只能将动手之地定在丞相府。”

叶裳道：“就这样定吧！皇上将轻武卫交给我了，虽然轻武卫的规矩是不将阴暗之事显露在朝臣面前，但是如今非常时期，我调派轻武卫也是没办法之事。”

许云初道：“有轻武卫，也不能保万全。这样吧，我对付京中那些人，总比你们入丞相府容易。将国丈府的一半府卫调派给你们用。”

叶裳摇头：“你带走国丈府的精英府卫去行动，也要留一半人手在国丈府镇守，毕竟太后、皇后、国丈都在府中。人手本就不够，不能再动了。”

太后当即道：“哀家一把老骨头，不怕的，祖宗的江山基业不能让他祸害了，都带走。”

国丈点头：“太后所言甚是。”

皇后道：“反正皇上走了，我活着也没滋味，不活也罢。”

苏风暖道：“这样，调王府、苏府的府卫来与国丈府的一半府卫一起把守国丈府。容安王府的府卫，我们带走另用。叶睿的伤势也好得差不多了，让他今夜带着人把守容安王府，他的本事我们放心。”

国丈闻言问：“叶睿是谁？”

苏风暖道：“江南叶家的四公子，为救我被凤来挟持，可信的。”

国丈颔首：“那就好。”

“就这样吧，我们先各自安排，以我教给你的望帝山传音入密的功夫随时联络。”苏风暖站起身，对许云初道。

“好。”许云初颔首，“时间紧迫，我们都要准备一番。”

一行人商议妥当，苏风暖和叶裳告辞，回到容安王府，召集众人商议今晚行动之事。

叶睿一听已经对他做了安排，商量道：“换别人守卫吧，我跟着你们。”

苏风暖道：“千寒被叶裳派出去了，我们身边文武双全，且聪明绝顶的，目前除了你，没有别人。我们的亲人都聚在一起了，万不能出丝毫差错，交给普通府卫，我也不放心。届时有什么情况，我也能用传音入密与你联络。”

叶睿看着二人：“就没有别的办法了？毕竟你如今怀有身孕。”

苏风暖道：“让紫风和玉灵两位师叔跟着我们。另外，我会调动在京城布置的暗桩协助许云初。只要内城的兵马不动，那么，丞相府即便是龙潭虎穴，我们也不怕。”

叶睿只能点头："好吧。"

王大学士瞅着苏风暖："你何时在京中布置了暗桩？"

"很早以前了。是为了叶裳，我在皇宫、各朝臣府邸，还有禁卫军、御林军、五城兵马司都安插了人。虽然是微不足道的小人物，但关键时刻是能派上大用场的。这些人，就能将整个京城的动态监视操控起来。"

叶裳忽然道："我竟忘了两个人。两位二皇子，如今都在府中。"

苏风暖恍然大悟，她竟然没想起二人："林之孝如何了？"

叶裳道："玉灵师叔为他吊着命，就等你回来，看看可有救治之法。他虽不能用，但楚含是可用的。"

苏风暖道："走，我们现在就去看看他们。楚含善于用兵，今夜若是迫不得已动兵，有他在，最好不过了。"

苏风暖和叶裳去了楚含居住的院落。此时天色尚早，楚含正陪着林之孝在院中晒日光，见二人来了，露出笑意，对林之孝道："你等的人回来了，我就说你不必急，世子妃回来，自然会来见你。"

林之孝目光落在苏风暖身上，有些恍惚，像是很久很久未见她了。苏风暖虽然早已听闻他被折磨得不成样子，但亲眼见到还是有些惊异。林之孝清瘦得吓人，面色苍白，怕是一阵风就能将他吹倒。

她来到近前，对林之孝露出笑意，一如以前："这般看着我做什么？二皇子不认识我了？"

林之孝回过神，扯了扯嘴角，轻声道："我以为这辈子看不到世子妃了，没想到有生之年还能再见上世子妃一面，上天还是很厚待我的。"

"我又不是什么难见的人，你住在这容安王府，我回家来，自然是能见到的。你伸出手来，我给你把把脉。"

林之孝点点头，慢慢地将手从袖中伸了出来。苏风暖按在他的脉搏处，不消片刻，眉头便紧皱。楚含在一旁看着，心跟着提了起来。林之孝面色倒是没有什么变化，似乎对生死早已经看淡。

片刻，苏风暖道："换另一只手。"林之孝将另一只手伸出，递给了她。过了许久，苏风暖放下手："我想我有办法救你。"

林之孝一怔。楚含大喜："当真？"

苏风暖点头："我何时说过虚言？"话落，她对林之孝道："你继续服用玉灵师叔给你开的药方子，待我处理完京中的事，便好好地救治你。"

楚含喜道："你听到了吗？再不准轻生了，世子妃说能救就是能救的。"

林之孝问："若是救我，对你可有损伤？毕竟我这毒已经入奇经八脉了。"

苏风暖道："玉灵师叔的药，你先服用一段时间，然后我给你开个方子，你按照我的要求来用药。半年之后，我就有办法解你的毒。只要你挺过半年，对我没有损伤。”

楚含立即问：“为何要半年？”话落，他忽然想起来，道，“我竟高兴得忘了，你怀孕了，如今不能动用内功。”

“的确，如今我不敢轻易动用内功。半年你挺得住的吧？”说完，见他似乎没有什么求生的喜色，补充道，“你若是能挺过半年，待我腹中胎儿生下来，认你做叔父。”

林之孝猛地睁大眼睛，看着苏风暖，又看向叶裳。叶裳笑着道：“我没意见。”

楚含在一旁道：“算起来，我们与叶世子没有血缘关系，将来小公子认你做叔父，也是天大的面子了。”

林之孝面色动容，抖了抖嘴角，半晌才道：“好，半年我挺得住。”

苏风暖笑着拍了拍他的肩膀：“我相信你挺得住。我认识的林二公子，文武兼备，仪表非凡，那个神采张扬的你，希望有朝一日我们还能看到。”林之孝露出笑意，点了点头。

此话落，苏风暖便与楚含说了今日可能需要他帮助之事，简略地提了丞相府。楚含从苏风暖详细的话语中听出了些意思：“你的意思是，与我母妃通敌卖国的人是丞相？这……不会吧？不是晋王和湘郡王吗？”

“与你联络的人，是晋王和湘郡王；与萧贤妃联络的人，应该是丞相。还记得那一日我说我在丞相府见过凤来吗？我一直想不透，她怎么会在丞相府。如今我想通了，大约是为萧贤妃。万一动兵，我想你兴许能帮忙。”

楚含道：“我以前不知自己是南齐人，做下了许多错事，如今只要你相信我，我自然二话不说，有什么需要尽管吩咐。”

“好，天黑时分，你随我和叶裳一起前往丞相府，容安王府的府卫和皇上的轻武卫都交给你。你就等在丞相府外，一旦我们在里面有变，你就带着人攻入丞相府。”

“好，攻城我最擅长，只要不是与你对打，别人我便不惧。”

苏风暖对他一笑：“那就这样定了。”

林之孝去了叶家主的院落，与众人一起。叶裳将容安王府的府卫齐集，又召唤出轻武卫，吩咐一番之后将人都交给了楚含。楚含将府卫和暗卫合在一起，做了两个时辰的严格特训，以便于一旦出状况，不会成为一盘散沙。这样的兵士拿出去，无异于以一敌百。

苏风暖则悄悄地出了容安王府，去红粉楼发出了紧急召集令。埋藏在京中多年，一直未曾得用的暗桩，不出半个时辰就齐齐聚在了红粉楼后院。苏风暖秘密交代了今晚之事，以便他们届时配合行动。苏风暖分出了三个方案，一个是配合许云初的方案；一个是许云初顶不住的话，他们就行动的方案；还有一个，若是事态恶化，那么就点燃烽火台。

烽火台是轻易不能点的，但是，一旦内城形势不可控制，就必须点燃烽火台，八方兵马来救。最起码，她二叔带领的二十万燕北京麓兵马知道京城出事，势必急行军，不再隐藏，赶来京城。

交代完之后，暗桩们悄悄地离开了红粉楼。苏风暖琢磨一番，还是不太放心，京麓兵马的兵符既然在她手中，若是弃置不用未免可惜。哪怕丞相在军中早有布置，但她是否也能抢过来用呢？毕竟，京麓兵马大营的统兵是章林，他跟随她前往燕北，见识过她的手段，加之昨日她放过他一马，他自然是得用的。

可是派谁去京麓兵马大营呢？她寻思半晌，忽然想起了晋王府长子刘文。刘文的确跟随刘焱去了湘南城，后来发现刘焱不入东境，没有性命危险，加之她去了湘南城，他担心晋王府一众人等，便折回了京城。他比她早离开几日，如今应该早已经悄悄回到京城了。她当即去了晋王府，悄无声息地摸到刘文的住处。刘文正在和自己下棋，阴影罩下，他猛地抬头，才看到站在门前的苏风暖。他当即一怔，撇撇嘴，扔了棋谱，瞧着她说："小丫头，你这功夫可真是令人害怕。我有十个脑袋，若是你想砍，估计也给我砍了。小小年纪，你说你怎么就这么厉害？"

苏风暖笑了笑，随手拉来一把椅子，坐在他面前："文叔叔放心，我不是来砍你脑袋的。"

刘文道："你刚回京，无事不登三宝殿，有什么事，直说吧。"

苏风暖也不想耽搁时间，掏出从章林手里拿来的那块兵符，递给他道："京麓兵马大营十万兵马，文叔叔帮我拉出来，可好？"

刘文看着兵符，眯起眼睛："只这一块？这是统兵的兵符，不是皇上的兵符，只这一块，不能调兵。"

"皇上给我的兵符，我为了摆脱凤来控制，与她做了交易，押给她了。不过，章林手中有一块假兵符，你可以拿那个凑一对。寻常士兵是分不出真假的，总之，能调出兵来就行。"

"你让我调兵，是想做什么，总该告知。没有真正的兵符圣旨，私自打京麓兵马大营的主意是死罪。"

苏风暖也不隐瞒，将丞相可能是京中背后的那一只黑手之事说了。她说完，刘文便笑了。苏风暖见他丝毫不意外："文叔叔早就知道？"

刘文哼笑一声："自然知道。我一直想着，不知道什么时候他才能被人发现，如今也还不算太晚。"

"文叔叔既然知道，为何早不说？"

"如何说？说出去谁信？"

"你既然知道，总归是发现他做了什么事，有证据吧？"

"十三年前边境一战，他通敌卖国，我有信函，还有人质，算不算证据？可是，若不到火候，如何能拿出来？你与叶裳如今都在京中，自诩厉害，也没有把握对付他吧？否则今日你也不会来找我了。"

第二十三章
守城之战

苏风暖不由得对他刮目相看。这么多年，她以为天下所有人都被丞相的良善蒙蔽，没想到还真有那个例外。她顿时笑了："文叔叔，您可真是让我敬佩。"

刘文哼了一声："死的人已经死了多年，活着的人依旧伪善，活得好好的。我当着缩头乌龟多年，有什么让你敬佩的。"

苏风暖摇头："此言差矣。死的人不能白死，活的人伪善，早晚能撕开他的面具。文叔叔韬光养晦，才能留住真相大白的东西，单凭这一点，自然是值得人敬佩的。"

刘文一笑："你倒是会给我戴高帽子。将你们的计划告诉我，我也好知道如何配合你们去调京麓兵马大营的兵。"

苏风暖不再保留，将她与叶裳、许云初的计划，以及今夜的行动和安排都详细地告诉了刘文。刘文听罢，颔首："你来找我便对了，若非我去，你只靠那个章林，得不到京麓兵马大营的兵马。你今日，还真不见得动得了丞相府。"

"那就拜托文叔叔了。"

刘文道："我这便出城。"苏风暖也站起身，将怀中的听音铃递给他："文叔叔拿着这个与我联络，这个听音铃可以用来千里传音。"

刘文接过听音铃："你确定这个小东西能千里传音？"

"能的。你这个是子铃，我手里还有一个母铃，你若是给我传信，只需要对着它说话，我便能听到。"

刘文当即对着听音铃说了一句话，苏风暖身上顿时扩散出了低微的他的声音，他一笑，道："这个是好东西，行，我收了。"

苏风暖颔首："文叔叔一路小心。"

刘文点头："放心吧，没人注意我！"

苏风暖出了刘文的住处，又悄无声息地摸去了晋王的住处。晋王在书房与幕僚谈话，侍候的人都被遣散了，周遭无人。二人的谈话处处都围绕着帮叶裳对付大皇子之事。

大约过了两盏茶的时间，二人谈话结束，幕僚出了房门，四下看了看，见无人，放心地离开了。晋王坐在椅子上，闭着眼睛，长长地吐了一口气，似乎十分疲惫。苏风暖推开房门，悄无声息地走了进去，坐在了晋王面前："王爷。"

晋王一惊，猛地睁开了眼睛，当即腾地站了起来："你……苏风暖？你是怎么进来的？"

"从门口走进来的。"苏风暖看着他，"在你的幕僚离开后。"

晋王回想他跟幕僚所说的话，好像没有说叶裳坏话。他稍微定了下神，拍拍胸口，问：“你来做什么？”

苏风暖道：“今夜我们可能有动作，事关丞相府，还望到时候有需要王爷的地方，王爷配合。”

“丞相府？”晋王一怔。

“没错，也许会动兵，我过来是想让王爷心里有个谱，今夜别睡得太沉，听着点儿动静。”

“你是说……丞相他……碍着你们的路了？”

“不只是碍着我们的路这么简单，他这么多年，可能还与王爷您做着同样的事。”

晋王闻言倒吸了一口凉气：“不可能吧？”

“您以为您是这京城对皇权最大的威胁了，殊不知，有人比您隐藏得更好、更高更深。我来呢，只是给您提个醒，时间紧迫，我就不多说了，王爷深思一番，就会明白了。”苏风暖站起身，如来时一般悄无声息地出了房门，离开了晋王府。

晋王坐在原处，丞相府……没想到丞相府早已经下水了。他仔细回想这些年与北周的联络，与丞相打过的交道，丞相这么多年在朝中的所作所为。想得越多，他心底越发凉。

苏风暖回到容安王府，叶裳正在安排今夜行动诸事，见到她回来，笑问：“怎么去了这么久？”

“去了一趟红粉楼，又去了一趟晋王府。”苏风暖便将请刘文前往京麓兵马大营调兵之事说了，又将提醒晋王届时相助之事也说了，又道，“我总觉得还欠了点儿什么，但一时想不起来，你说，我们做了这么多，还欠哪里没考虑？”

叶裳道：“皇宫，大皇子。”

苏风暖一拍脑门儿：“正是。可是我们人手不够了，如何腾出手来收拾他呢？”

叶裳道：“现在距离天黑还有一个时辰，你我去皇宫一趟。”

“现在？”

“对，就是现在。我的伤也已经好得七七八八了，你我两个人只对付他，不是太难。”

苏风暖当即同意：“好，那就走吧。”

叶裳站起身，谁也没知会，与苏风暖一起悄无声息地出了容安王府，去了皇宫，直奔大皇子休养的韶德殿。来到韶德殿，叶裳蹙眉，低声说：“他不在。”

苏风暖道：“我用内功试着排查一下他的气息看看。”苏风暖当即闭上眼睛，调动内息，寸寸覆盖皇宫的地界。过了大约一盏茶的工夫，苏风暖睁开眼睛，对叶裳道：“他不在皇宫。”

叶裳蹙眉：“近几日，我一心想着如何对付丞相。他不在皇宫去了哪里？想着他无非是等着萧贤妃兴兵，在这期间不会出什么幺蛾子，便没对他多加盯着。尤其是昨日，你回京，我更是对他疏忽了，没想到他不在皇宫。”

苏风暖道："依照你这样说来，他就算出宫也是昨夜之事，我们先出宫再说吧。"

二人出了皇宫，回到容安王府。折腾一圈，时辰已然不早了。叶裳看了一眼天色，喊来一名府卫去给许云初送信，知会他大皇子不在皇宫之事，让他今夜小心些，以防有变。

许云初收到消息眉头紧蹙，想派人出去查查，但人手不够，时间也不够了。只能索性将他放在一边，吩咐人今夜多加小心。

一切准备就绪。入夜，苏风暖和叶裳乘坐马车前往丞相府。拉车的是凤来的那匹马，无人赶车。二人离开后，紫风和玉灵悄悄地隐了身形，尾随其后。

楚含猜测二人已到丞相府时，带人出了容安王府，前往丞相府墙外埋伏。同一时辰，许云初带着人出了国丈府，展开对禁卫军、五城兵马司、御林军等各统领的挟持掌控行动。叶睿掐准时间，带着王大学士等人出了容安王府，乘坐马车前往国丈府。同时，苏风暖埋伏在京中多年的暗桩启动，全方位监控京中的动静。

苏风暖和叶裳来到丞相府，丞相府的大门紧闭着，苏风暖轻轻扬起衣袖，袖中飘出丝带，卷住了门环，轻轻拉动。门环叩响，守门人探出头，见到容安王府的马车，一怔。叶裳道："去禀一声，就说我和世子妃请见丞相。"守门人连连点头，向里面跑去。

大约等了两盏茶的工夫，丞相府的管家与守门人匆匆走来，管家对着马车见礼："叶世子、世子妃，相爷有请。"

叶裳和苏风暖颔首，下了马车。管家带着二人入内，向会客厅而去。丞相府十分安静，苏风暖用内息探查之下，发现偌大的丞相府只有几个人，十分不正常。她用传音入密对叶裳道："丞相府不足十个人。"叶裳眸光一缩。

看来丞相早有准备，那么只留了这空空的府邸到底是什么意思？苏风暖当即给楚含、许云初、叶睿传信，告知了丞相府的情形。她用传音入密对叶裳道："让楚含带着人撤了吧，去帮许云初，尽快掌控内城兵马，否则，今夜事态难料。"

叶裳也觉得丞相府不足十个人，定有所谋，这样的话，楚含带着容安王府的府卫和轻武卫怕是起不到什么用处，颔首："好。"苏风暖当即用传音入密，让楚含带着人去协助许云初。

叶裳和苏风暖来到会客厅，坐了一盏茶的时间，丞相一边咳嗽，一边来到了会客厅。见到二人，他笑着道："叶世子、世子妃，难得登一次府门，多有怠慢。不知你二人今夜前来，所为何事？"

叶裳笑道："是有一桩事来求见相爷，不过，在这之前我要冒昧地问相爷一句，我和暖儿入得相府后发现甚是冷清，想问偌大的相府，人都哪里去了？"

丞相笑了一声："都走了。"

"哦，"叶裳看着丞相，"不知相爷这是唱的哪出戏？"

丞相道："叶世子和世子妃今夜来这丞相府，你们唱的是哪出戏，我便唱的是哪出戏。"

叶裳眯了眯眼睛："这么说，我和暖儿今夜是来对了？"丞相点点头。

苏风暖看着丞相，他眉心青紫之气翻涌，面对他们找来，心照不宣的事，他看起来还是十分和气，一如以往。她开口道："相爷这是何必呢？"

丞相抬眼，看着苏风暖："世子妃指的是什么？"

"相爷知道我指的是什么，您虽然有不可言说的出身，但是自幼长在孙家，俗话说生恩不如养恩大。您这么多年，当真舍得让孙家因你而祸，自此没落下去，也许千载都爬不起来？"

丞相目光有些飘忽："这话若是二十年前你对我说，兴许还有用，如今再说这些还有什么用呢？我连整个天下都要葬送，遑论养我的孙家？"

叶裳看着他："不如丞相说说故事，我与暖儿最喜欢听人说书。"

"关于老夫的故事，不知道两位知道多少？"

叶裳道："该知道的都知道了，但还是想听听相爷不一样的版本。"

"也好，既然叶世子和世子妃有兴趣，老夫便与你们说说我的版本。"

苏风暖道："洗耳恭听。"

"当年，斩熠将叶嫣生的孩子与当今太后生的孩子互换之后，发誓自此对叶嫣好，双宿双栖，带着叶嫣离开望帝山，择了一处没有人认识他们的地方居住。叶嫣因生那一子心伤过度，伤了身子，病了很久。她始终放不下那个孩子，每每抱着枕头一坐就是一天。叶嫣一直想再要一个孩子，可是斩熠不同意，一直过了三年，叶嫣暗中换了斩熠为她调配的避子汤，终于又有了身孕。斩熠要拿掉，叶嫣以死相迫。斩熠无奈，便只能依了她。

"叶嫣的身体经过第一次早产，元气大伤，即便斩熠后来用上等的好药调养，但因她思虑过重，也未养回多少，随着月份渐大，她的身子骨渐渐支撑不住了。斩熠几次要打掉，但无论如何都劝服不了叶嫣，时日久了，他便看开了。就这样，八个月后，叶嫣早产，又生下一子。诞下孩子当日，叶嫣也油尽灯枯，撒手人寰。"

叶裳这时接话："这第二个早产儿，便是相爷你。"

"不错，是我。叶嫣死了之后，斩熠生无可恋，便将我托付给了他对之有大恩的孙家的长房长子抚养。孙家长房长子身有隐疾，不能有子嗣，是斩熠治好了他。在叶嫣怀有身孕后，斩熠便提前拜托了孙家长房长子，其为报恩，爽快地答应下来，暗中让其夫人假装有孕，在叶嫣临盆当日也诞下了孩子，成了孙家长房嫡次子。斩熠留书一封，交给了孙家长房长子，待其子成人后，再看那封书信，随后便横剑自刎，随着叶嫣去了。"

苏风暖道："孙家是真正的清贵门第，按理说，相爷若是在孙家平平安安地长大成人，不至于会有后来，步入斩熠后尘之事。"

“没错，在叶嫣和斩熠离开人世的五年后，孙家发生了一起内乱，三房对长房下了毒手，我的养父、养母、大哥，还有一个不满周岁的妹妹，都死于非命。长房一夜之间只剩下我一个，险险地避开了毒手。养父临终前，将那封书信交给了我，然后让我离开孙家，去碧水湖畔找与他有交情的云山真人寻求庇护。我便一路逃亡躲避追杀，寻去了碧水湖畔。云山真人收留了我，有他庇护，果然孙家得了势的三房没再找我的麻烦。”

丞相看着苏风暖：“所以，你说我对孙家还有什么养恩情分？该我报恩的人，早就死于非命了。孙家是清贵门第，可是背地里的肮脏，一样不比世族贵裔门第的龌龊之事少。”

叶裳道：“所以，你小小年纪，遭逢如此大变，心里的恨便生了根，再读到斩熠的留书，更猛长了恨意。那时，便有毁了这天下的打算？”

丞相点头：“不错。”

苏风暖不知道该说什么，没想到是这个起因。她看着丞相：“云山真人一生洒脱，你身为他的第一个弟子，他没有劝说你吗？”

丞相笑了一声：“师父只知我遭逢大变，却不知我另有身份，我就算心有恨，他也不知道我的恨要毁了这天下，如何劝说？再说，我出师后，哪一件事做出来是有辱师门的？没有！我从来不做。哪怕，我亲手杀了孙家三房一门几十口，多少年来依旧无人怀疑是我动的手，只当他们是恶事做尽，树敌太多，被天收了。”

叶裳不带情绪地问：“十三年前，我父王、母妃和一众将士战死沙场，这里面最大的那一笔是相爷你吧？”

话说到这地步了，丞相也不再隐瞒：“没错，是我。容安王手里攥着先太皇的传位圣旨，一日不将他除去，我一日不踏实。北周兴兵，借助北周之手是最好的。”

叶裳又问：“去年北周兴兵，丞相举荐我前往西境，也是想借北周之手将我除去？”

“不错。我知道你一直在查当年的通敌卖国之案，虽然不觉得你能查出来，但皇上厚爱你，我怕当今皇上再走先皇的老路，除去你，也能让我安心。”

苏风暖问：“既然想除去叶裳，又何必请我父亲上战场呢？若我父亲不带兵，你也许真如愿了也说不定。”

“当时我举荐叶裳，国丈盯着，死活不同意，于是我便趁机举荐了苏澈。苏澈即便是军事奇才，但过了十三年，也已经英雄迟暮了。若有我暗中相助，他不会是北周二皇子楚含的对手。所以，将苏澈一并除去，也只能怪他太忠心了。”

苏风暖道：“可是你未能如愿，北周败了。”

丞相看着她道：“我没想到，十三年前，苏澈对容安王府的愧疚那么深，不带他上战场。而苏澈又有一个好女儿，她到了西境，帮助苏澈后，将西境军中看守得密不透风，我泄露不了半点军机，帮不上楚含什么忙，只能听边境传回北周大败的消息。”

叶裳道：“所以，阴谋未成，从灵云寺东湖画舫开始，你便启动了一连串的阴谋，要杀了我。”

丞相颔首：“不错。我没想到，你的命硬得很，身边始终有贵人相助。”

苏风暖庆幸，当年在十里荒芜、白骨成山的战场上，她是跟着她父亲一起找到叶裳，自此立誓一辈子对他好，才陪着他，磕磕绊绊到如今，长大成人，且嫁给了他。她问：“叶裳身上的热毒，是相爷所为吧？”

“没错，是我给月贵妃提议的。反正她已经杀了容安王，更不想留着他跟别的女人生的孩子，她正中下怀。”

叶裳抿唇：“难为丞相了，这么多年，步步为营，偏偏将自己择得干干净净。我倒想知道，相爷将望帝山的谋术学得如此炉火纯青，承自何人？”

“斩熠给我留书一封，同时留了一本他的手札。谋天下，谋人心。”

苏风暖道：“仅凭一本手札，相爷真是令人佩服。”话落，她看着丞相，“我想问相爷一件事。我师父的死，可是相爷下的手？”

丞相看着她：“你说云凰？我没对他下手。他总归算是我的兄长，虽然不是一母所生，但他游戏红尘多年，不阻我的路，我何必要他的命？”

苏风暖挑眉：“当真？”

“老夫与你们说了这么多，句句如实，如今这一个问题，我还骗你做什么？”

“可我师父是死于他杀。相爷可知道是谁杀的？”

“老夫不知。老夫虽然不会杀他，但是也不会理会他。他是死是活，与我干系不大。”

叶裳道：“相爷今夜如实相告，是抱了必死的决心，还是早已经打算好，将我们二人留下，走不出这相府？相爷未免对我二人坦白得太痛快了。”

丞相闻言道：“世子妃的武功已经到了出神入化的地步，老夫即便使出浑身解数，也留不下你们二人。老夫活了大半辈子，谋算一生，也累了，该歇歇了。”

苏风暖问：“所以相爷要服毒自杀吗？”

“世子妃医术无双，想必是看出来了，不错，老夫的的确确服毒了。”

“半步死？”

“不错，是‘半步死’。”

苏风暖看着他：“相爷服了‘半步死’，还能坐着与我们说这么久的话，令人佩服。相爷觉得，你做尽了一切事就能如你所愿吗？这天下，只要我们在便毁不了，你可相信？”

丞相笑道：“天下烽火硝烟，叶世子和世子妃即便能挽救，这南齐江山没有个十几二十年，也救不过来。本相即便不能彻底毁了南齐江山，能让你们劳心劳力十几二十年，也值了。”

叶裳沉下脸："相爷未免太高看自己了。我叶裳若是执掌天下，南齐即便到了如此水深火热的地步，我也能五年之内，还天下一个盛世长安。"

丞相眉心的青紫色已经渐渐变成黑色，他笑着说："五年……本相即便赴了黄泉，也会在地下看着。"话落，他伸手扣动了桌案上的一个转扣，整个地面、房梁忽然剧烈地晃动起来。

苏风暖暗叫一声不好，当即拉叶裳冲出会客厅，又以最快的速度，飞身冲出了丞相府。随着她踏出丞相府的高墙，整个丞相府轰隆隆地塌陷，声响震天动地。片刻工夫，身后一片狼藉。

这般厉害的机关秘道，毁灭了丞相府，也掩盖了一切。可以肯定，丞相夫人、孙泽玉、孙晴雪等人，定然是从秘道离开了。至于秘道通向哪里，如今丞相府毁了，查无所查。丞相早已经谋算好了一切，拉着她和叶裳一起入地狱。

她转头，叶裳脸色清寒，如冰一般。她紧紧地握了握他的手，发现他的指尖都透着寒意，她冷声开口："我怀中带着的听音铃，可以让天下任何人听听丞相的故事。他即便死了，也再无法背负好名声。"

叶裳冷笑一声："真是到死都在算计！我便让他在地下看着，我如何还这天下一个盛世长安。"

丞相府的动静，震动了整个南齐京城。距离丞相府最近的几个府邸都感觉到了地面、窗棂、案几、桌凳不约而同地震颤，各府邸的人都骇得跑出房门打探情况。

国丈府离得不太远，自然也听到了动静。叶睿面色大变："是丞相府。来人，快去丞相府打探情况，看看刚刚的巨响是怎么回事，叶世子和世子妃可安好？"

"是。"有人应一声，立即去了。

苏澈道："我也去看看，我实在不放心。"

叶睿摇头："今日是非常时候，伯父安心在这府里待着吧。相信以世子和世子妃的聪明，定然会安然无恙。如今太后、皇后都在这里，也需要保护。"苏澈一听，只能打消了念头，等着消息。

须臾，叶睿耳边响起苏风暖的声音："丞相启动机关，丞相府毁了，我和叶裳没事，放心吧。"

叶睿心下一松，连忙道："世子妃给我传音入密，说丞相启动了机关，丞相府毁了，她和叶裳没事，让我们放心。"众人一听，顿时都松了一口气。

许云初、楚含也收到了苏风暖的传音入密，刘文也同时收到了苏风暖用听音铃的传音。众人都没想到丞相如此狠辣，临死将丞相府毁于一旦。

许云初做的事情并不顺利，不只禁卫军、御林军、五城兵马司的统领、副统领皆不在，除了今日当值的小队人马，这三方加起来内城十多万兵马，如今只剩下不足两万之数。许云初找不到人，便只能去找今日不当值的郑中尉。郑中尉听闻后，惊异不已："不可能啊，内城兵马无人调动，没有外出，怎么会不在城内？"

“的确不在城内。那些人马就如凭空消失了一般。你这几日可发现京中内城兵马有什么不对劲儿之处？”

郑中尉摇头：“没有。”

许云初面色沉重：“怕是大事不好了，劳烦郑兄带着手下的弟兄们出府查查，看看少的这八九万兵马都到哪里去了？”

“好，我这便召集兄弟们。”

许云初颔首，辞别了郑中尉，立即去找叶裳和苏风暖商议。

苏风暖和叶裳在丞相府恢复平静后，重新踏入了丞相府。昔日偌大的丞相府，此时已经被夷为平地。这样毁灭性的机关，只设想便可知工程之浩大。想必丞相早在多少年前，就已经筹备好，等着这一日了。

许云初来得很快。即便听了苏风暖的传音入密所言，已经有了心理准备，当他见到一片废墟时，还是面露惊诧。二人觉得他这时候找来，怕是有什么不好的急事。苏风暖当即问：“怎么了，出了什么事？”

许云初定了定神，压下惊异，对二人道：“内城兵马，不只禁卫军、御林军、五城兵马司的统领、副统领皆不在，除了今日当值的小队人马，这三方加起来，如今只剩下不足两万之数，其余那八九万人马就如消失了一般。我找了郑中尉，他今日不当值，也不知发生了什么事，他已经带着手下的兄弟们去查了。”

苏风暖忽然道：“我明白了。昨晚我杀了沈芝兰，破坏了她在京麓兵马大营动的手脚。依照推断，若沈芝兰得手，也许会连夜做什么，当时她被我杀了，自然什么也做不了了。所以，今日一早，丞相就知道沈芝兰出事了，自然联想到我昨日回京。所以，今日他便对内城兵马动了手。而这丞相府的机关秘道，便是调走内城兵马离京的通道。”

许云初看着苏风暖和叶裳，再看看面前的废墟，半晌道：“如今怎么办？”

叶裳道：“若是我所料不错，大皇子定然与丞相府的人在一起，带着八九万兵马早已经离京。大皇子不会放弃京麓兵马大营的兵马，所以，文叔叔怕是有危险。若是让他夺下京麓兵马大营的兵马，他有两个选择，一是趁着内城空虚，反过来攻城；二是带着所有兵马，前往……东境或者西境。”

苏风暖道：“我没死，他便不相信凤来了，定然不会前往东境联合湘郡王。带着兵马前往西境的话，也不见得，毕竟京城距离西境太远，我们一旦知道，便不会让他有机会去西境与北周兵马里应外合。所以，最大的可能就是，他会夺了京麓兵马大营的兵马，反过来攻南齐京城。”

许云初道：“若是这样，我们必须立即想办法，不能让他夺了京麓兵马大营的兵马，否则他手中会有近二十万兵马，这样的话，京城危矣。”

苏风暖点头：“不错，不能让他得逞。”话落，她立即对叶裳道：“你与云初一起，前往皇宫，立即敲响警鸣钟，急诏文武百官上朝，拿出遗诏，公开定下身份。另外，将丞相之罪昭告天下，再命人点燃烽火台。我去帮文叔叔，决不能让大皇子得逞。”

叶裳道：“不行，若是如我们所料，城外如今最是危险，大皇子手中有兵马，你不能去。”

苏风暖摇头：“你放心，我还要陪着你一起长命百岁呢，不会出事。如今十万火急，容不得儿女情长，优柔寡断。你对丞相说了，五年要还天下一个盛世长安，那么，便要让他看看，哪怕他谋划好一切，也能被我们粉碎。”

叶裳咬牙，道：“好！”

苏风暖当即不再耽搁，飞身出了丞相府，前往京麓兵马大营。叶裳和许云初前往皇宫。警鸣钟响起，官员们连忙穿戴官服，急急向皇宫而去。

许云初落后叶裳一步，站在宫门外。钟鼓前，叶裳负手而立，望着皇宫，身影如城墙一般厚重，许云初也望着皇宫，身上透着肃穆和凝重。过了两三盏茶的时间，文武百官到了一半。叶睿带着府卫护送太后、国丈等人，最后一批来到。

众人见不只太后和皇后来了，许久未露面的国丈和晋王也来了，就连回京后在府中养病的苏澈也来了，今日怕是会发生关乎江山社稷的大事。不过，众人发现没有丞相。

叶裳回身，缓缓地拿出袖中的遗诏，高声道：“皇上遗诏，是在这里宣读，还是进宫入金銮殿宣读？众位帮我拿个主意。”众人一听皇上遗诏，人人面露惊异。

晋王带头说：“自然是进宫入金銮殿宣读。”

王大学士附和：“不错，皇上的遗诏，是该入宫到金銮殿宣读。”

太后开口：“两位爱卿说得不错，就去金銮殿吧！”

叶裳颔首：“好。”话落，他又面向宫门，沉声开口：“开宫门。”

守卫宫门的人是陈远，大皇子离开前交代，若是有人闯入皇宫，杀无赦，哪怕是太后、皇后也不要手软。可是他没忘，他姓陈，大皇子虽然对他有救命之恩，但陈姓在这世上，除了他，还有陈述、陈芝苒。他还有一个兄长、一个妹妹。他看着叶裳，想起了那一日叶裳提及陈述，便是让他迷途知返，提点他站好队。如今大皇子已经走了，即便如今背叛他，他也难再回来找自己算账了。

于是，他当即咬牙挥手，吩咐道：“开宫门！”

宫门打开。叶裳当先进了宫门，看了一眼垂首立在一侧的陈远，道：“做得好，以前种种一笔勾销了，从今以后，你这条命是我的了。”

陈远当即跪在了地上：“多谢世子。”

叶裳道：“陈述若是知道他还有一个兄弟活着，想必会很高兴的。”陈远动容。

叶裳不再多言，向金銮殿走去，一众人跟在他身后。来到殿中，叶裳将遗诏递给御史台的一位老大人：“辛苦李大人来宣读遗诏。”

李大人一大把年纪了，为官一生，忠心耿直，他的口中从无虚言。以前隔三岔五便弹劾叶裳行事张狂，即便皇上不理会，他也不放弃。李大人接过遗诏，先是仔仔细细地辨认了一番，点头，激动地道："不错，正是皇上的御笔，是皇上的遗诏。"

太后道："李大人快读吧，今日非常时期，有人谋权叛乱，耽搁不得。"

李大人一听，当即拿着遗诏宣读起来。他虽然年迈，但声音洪亮如钟，吐字十分清晰。

众人屏息听着。大皇子监国期间，将朝纲弄得阴气沉沉，人人都知道，他不适合为君。一众皇子更是没有指望。唯叶裳，是皇室的指望，是南齐江山的指望。如今，皇上将皇位传给他，今日站在这里的所有人都觉得，这个皇位，非他莫属。

李大人宣读完遗诏后，晋王跪在了地上："吾皇万岁万岁万万岁！新皇万岁万岁万万岁！"

许云初也随即跪在了地上："吾皇万岁万岁万万岁！新皇万岁万岁万万岁！"

众官员也齐齐跪在了地上。李大人将遗诏恭敬地呈给叶裳，也跪在了地上。除了太后未跪，所有人都跪在了地上，包括第一次踏入金銮殿的皇后。

叶裳回转身，接过遗诏，看着跪在地上的众人，一时间，眸光雾霭沉沉。他从来没想过，有朝一日会登上这个位置。可是，这个皇位，他终是接了。为了死去的父王母妃，为了南齐皇室的传承，为了亲朋挚友能好好活着，为了还南齐百姓一个盛世长安。

他沉默地站立片刻，转过身，拿着遗诏，一步一步地走向那把象征着至高无上的皇权的龙椅。他并没有落座，而是将遗诏放在龙椅上，对着龙椅上的遗诏，叩了三个头，然后，慢慢地起身，站在龙椅前，看着下方道："皇上在上，苍天在上，厚土和众位爱卿为证。今日叶裳以天地立誓，五年之内，还南齐一个太平盛世，还天下百姓一个长治久安。"

众人动容，再度叩首："吾皇万岁万岁万万岁！"

叶裳摆手："平身吧！"

众人齐齐起身。叶裳道："当年，月贵妃和萧贤妃易子而养，如今的大皇子，其实是北周的二皇子。十三年前，容安王和王妃以及一众将士战死，丞相暗中通敌卖国得逞，不被人所知之后，便一步一步地暗地里筹谋，要毁了南齐江山。从去年到今年，京城发生的诸多大案都和他有关。

"丞相与北周萧贤妃合谋，伙同月贵妃、安国公、景阳侯一众人等，通敌卖国。今夜，丞相谋乱，丞相府众人伙同大皇子，从丞相府机关秘道撤离京城，带走了内城八九万兵马。我和世子妃携带遗诏前往丞相府，丞相服毒临死前，启动了机关秘道，丞相府毁于一旦，一切都已经无从查证。"

众人虽然已经听到了从丞相府传出的震天动地的动静，想着大约不是好事，但也没想到是这样耸人听闻的大事，齐齐变了脸色。

叶裳继续道："若是所料不差，如今，大皇子带着兵马去夺京麓兵马大营的兵马了。若是被他得手，那么他手中就会有将近二十万兵马，返回来攻打京城。如今内城被他和丞相掏空，仅剩余不足两万兵马，这样的话，京城危矣。”

众人顿时觉得如无数把刀架在了脖子上。叶裳沉声道：“这个京城，这个天下，皇上交给我，我便不会任其夺走。众位今日听了钟鸣鼓，上了这金銮殿，忠于南齐之心，朕心明鉴。敢问众位一句，京城危矣，可与朕共进退？”

众人对看一眼，齐齐跪在地上：“愿与吾皇共进退！”

叶裳颔首：“好，小国舅，你去点燃烽火台，从今日起，朕不只守住京城，还要扫平天下。”

许云初叩首领旨，遵皇命快速地出了金銮殿，点燃了烽火台。烽火台被一个接着一个地点起，如一条长龙，蜿蜒盘旋地向各个方向发出了京城危急的信号。

叶裳在许云初离开后，与一众朝臣商议京城的布防之事。京城只有不足两万兵马，各府的府兵都算上，也就两万五之数。要想守住京城，何其之难？文武百官只期盼，刘文和苏风暖能够成功破坏大皇子的计划，那么，京城就会少一分危难。

叶裳命人宣郑中尉进宫。郑中尉带着手下的几十人满京城地转了一圈，也没查到那八九万兵马的踪迹。他上了金銮殿，看到坐在龙椅上的叶裳，愣了半晌才惊醒，跪地叩拜：“皇上万岁！”

叶裳沉声问：“郑中尉，你可查了京中目前统共有多少兵马可用？”

郑中尉连忙回话：“回皇上，禁卫军剩下五千人，五城兵马司五千人，御林军八千人，府衙兵马一千人。”

叶裳颔首，对苏澈道：“岳父，这一万九千兵马，朕给你用，按照方才我们商议的对策，半个时辰内调配布防好四城。”

苏澈当即拱手：“臣领旨。”

叶裳对郑中尉吩咐：“郑中尉配合苏大将军，不得有误。”

郑中尉当即道：“臣领旨。”

叶裳摆摆手。

二人快速地出了金銮殿。叶裳对众人道：“辛苦众位爱卿，尽快回府，调出府卫，朕等你们半个时辰，府卫齐集宫门口，以供编制调派。”

众人知道如今京城到了十分危急的时候，听了钟鸣鼓，上了金銮殿的人，文武百官，只有一半。另一半定然是投靠了大皇子和丞相府阵营。若是让大皇子带兵攻打回京城，那么，他们在金銮殿上这些忠于皇权的所有人的性命都会交待。所以，无论如何不能让大皇子攻破京城。于是，众人齐齐叩首应“是”，快速出了金銮殿。

殿上只剩下太后、皇后、国丈、叶家主，王大学士，还有叶睿。叶裳对叶睿道：“你负责守卫皇宫，几位长辈的性命朕都交给你，务必保证他们的安全。”

叶睿垂首：“皇上放心。”

叶裳安排完之后，向金銮殿外走去。太后连忙问：“皇上，你去哪里？”

“去宫门口，等着府卫齐集，朕亲自调派。”

太后知道叶裳自然不会待在皇宫等着大皇子攻城，他是要去城门的，点点头，嘱咐道：“皇上，你身系万民，务必小心，不用担心哀家等人。”

叶裳颔首：“太后放心。”

许云初点燃了烽火台，进宫复旨，来到宫门口，便见到各府府卫，以及站在宫门前的叶裳。他对叶裳拱手见礼，不如以往随意，恭敬地道：“皇上，西、北、南三个方向的烽火台都点燃了，通向东境的烽火台并未点燃。臣怕东境湘郡王一旦得到消息，会趁火打劫。”

叶裳颔首：“好。”

许云初又道：“刚刚得到消息，东城方向十里处有动静，似是有大批兵马来攻。既然有兵马来攻，是否说明刘文和世子妃未曾得到京麓兵马大营的兵马？”

叶裳目光深沉：“即便没得到，暖儿也不会有事的。若朕是大皇子，想快速夺取京城，会主攻西城。如今动静从东城方向而来，想必他用的是声东击西之计。”

不多时，各府的府卫齐集，清点之后，有六千余人。叶裳翻身上马，亲自带兵，与许云初一起去了西城。

苏澈镇守东城，拿着瞭望镜远望，十里外烟尘滚滚，火光冲天。他不由得皱起了眉头，对一旁的郑中尉道：“郑中尉，你速找到楚含，把他叫来。”

郑中尉应声“是”，连忙去寻楚含。不多时，楚含来到了西城，对苏澈见礼：“苏大将军。”

苏澈将瞭望镜交给楚含：“二皇子，你来看看，我怎么觉得这像是故布疑阵，不像是攻城的兵马呢？”

楚含拿过瞭望镜，看了一会儿，肯定地道：“将军所言不错，这是声东击西之计。”

苏澈道：“你留在这里，我去西城。”楚含摇头，拦住苏澈：“大将军，我去吧！”说完一挥手，带着人匆匆骑马向西城而去。苏澈见状，只能守在东城。

东城方向的兵马来到近前，苏澈用瞭望镜看了一眼，大约有两万兵马，马尾都绑了扫把，滚滚烟尘因此而起。苏澈不敢大意，当即命人做好设防。两万兵马来到城下，有人高喊一声“攻城”，爬墙梯、攀城索、滚战车……不多时，便喊杀声四起。

苏澈指挥着人放箭，用滚木礌石砸下城墙。东城布置了四千兵马，但对两万之数还是几倍悬殊。不过苏澈身经百战，对付如此悬殊的兵力不在话下。

东城攻城不多时，西城方向便传来大批兵马来袭的动静，黑压压的兵马是真正的兵临城下。叶裳、许云初站在城楼上，能感觉出脚下的城墙因马蹄声微微震颤，应该是不下十万兵马。西城布置了一万兵马，叶裳又带来了各府府卫六千余人，这样一来，西城有一万六千兵马，可是对比十多万兵马，还是数倍悬殊。

大皇子亲自带兵，大批兵马来到城下后，他便看到了站在城墙上的叶裳，他勒住马缰绳，扬声高喊："叶裳，投降吧！"

叶裳不理会他，对一旁伸手："拿弓箭来！"叶裳拉弓搭箭，眨眼之间，手中的弓箭便离弦对准大皇子射去，带着急速的破空之声。许云初站在叶裳身边，能清楚地感觉到这一箭的厉害。他觉得大皇子即便有武功，也躲不开。

大皇子没想到叶裳一句话不说，便对他射出了一箭。这箭羽凌厉霸道，速度惊人，他大惊之下，当即滚落下马，衣角被箭羽刺破，人滚落到地上，安然无恙。

许云初十分意外，叶裳这一箭，换作他，即便躲得再快，左手臂也会受伤，可是大皇子仅仅被刺破了一片衣角，可见大皇子刚刚躲避的武功是在他之上的。他转头看向叶裳。

叶裳目光清冷，二度拉弓搭箭，不容大皇子喘息，又一箭射了出去。这时，大皇子左右之人反应了过来，有人高喊："保护大皇子！"

盾牌手齐刷刷地上前，可还是没有叶裳的这一箭快。大皇子瞬间移形换位，避开了这一箭，同样未伤到分毫。若说第一箭是他情急之下巧劲儿避开的，那么第二箭便不是了。许云初惊异道："他的武功竟然在我之上。"

叶裳冷笑一声："他如今的武功，怕是也在我之上。"

许云初面色一变，道："这怎么可能？"即便叶裳身上的伤势还未痊愈，也好了十之八九了。这箭羽，带着叶裳十成的功力，两箭射出，凭以往他对大皇子的了解，怎么也能伤了大皇子。

盾牌手虽然慢了一步，但很快将大皇子护在了盾牌下。大皇子直起身，拍了拍身上的尘土，重新翻身上马，挥手狠辣地扬声高喊："攻城，杀叶裳！"他一声令下，十万兵马展开了攻城之势。

这时，楚含也来到西城，登上了城墙，对叶裳建议道："用油泼，京城内兵器少、兵马少，但油应该多的是。从城墙上往下泼油，再扔下去火把，就会烧死他们。"

叶裳闻言转头看向楚含。楚含道："战场上，从来就没有仁慈，无所不用其极也要胜，败的代价太大。尤其是如今兵力近十倍悬殊，顶不了多久，这是最有效的办法。"

许云初也觉得这是最有效的办法，如今天干物燥，再烈火烹油的话，大皇子带来的这些兵马，一时半会儿还真奈何不得。他看向叶裳。周围的人也都觉得楚含的提议对，如今是非常时期，就要用非常之法。

楚含见叶裳不语，顿时急了："你还犹豫什么？做皇帝，如此优柔寡断。战场上，如此优柔寡断，如何能如你所说，还天下一个太平盛世，长治久安？"他的声音很大，震得周遭人的耳膜都嗡嗡地响。

叶裳放下弓箭，负手而立，看向城下来势汹汹攻城的兵马，片刻，终于开口，声音平静，但能传入城墙上每个人的耳中："用油泼，用火烧，是最好、最有效的办法没错，可是，他带来的这些都是我南齐的兵马，有禁卫军，有御林军，有五城兵马司，甚至有几万京麓兵马大营的兵马。这些人，大多数土生土长在南齐京城，家中有父母亲人，用如此狠辣的方法，的确能解攻城之危，但是，怕是会有数以万户的家里失去亲人。朕怎么忍心，对自己的士兵用火，让京城方圆百里哀恸一片，噩耗漫天。”

他话落，楚含失了声。许云初面色动容。周遭的人齐齐震动。一时间，城墙上，伴随着下面的喊杀声，似乎更静了，连风都静了。

楚含沉默半晌，咬牙开口道：“可是，不用此法，再没有更好的办法，兵力十倍悬殊，我们是顶不住的。一旦城破，那么城内的人怕是都会遭到大肆屠杀。你不忍心伤这些谋乱的兵马，就忍心让城内的各个府邸被屠吗？”

叶裳面色青黑，平静地道：“一个时辰。”

楚含一怔：“什么一个时辰？”

叶裳看着远方道：“等暖儿一个时辰，硬顶一个时辰，她会来解京城之危的。”

楚含道：“如今京麓兵马大营的兵马都在大皇子的阵营里，显然她已经失败了，再拿什么兵马来救？”

叶裳道：“没有一兵一卒，她也会想办法来解京城之危，我相信她。若是一个时辰她不来，西城到了强弩之末，再用你的办法。”

楚含闻言只能点头：“好。”

苏风暖离京后直奔京麓兵马大营，可是她到时已经晚了。她看着空空的京麓兵马大营蹙眉，用听音铃试探地和刘文通话：“文叔叔，你在哪里？”

听音铃没有动静，没有传来刘文的声音。苏风暖觉得，刘文一定是出事了。她沿着大营外围走了一圈，发现了两处马蹄印，一处通向灵云寺，另一处通向北环山。灵云寺在西南方向，北环山在燕北方向，她当即决定沿着燕北方向寻去。

骑凤来那匹快马，不多时，苏风暖便寻着马蹄的踪迹来到了北环山。山上丛林茂密，马蹄的痕迹只到山口处，兵马似乎进入了林中。苏风暖在山口处探查了一番，纵马进入山林。

山林茂密，又是黑夜，灌木荆棘，十分难走。她举着火把，沿着马蹄印，追踪了两盏茶的时间，来到山林深处的一面山坡前，才听到了人马的动静。她勒住马缰绳，试探地用听音铃再喊：“文叔叔！”

刘文依旧没有动静。苏风暖抿唇，纵马径直冲上了前。这时，有士兵听到动静，大声怒喝：“什么人？”

苏风暖扬声道：“可是京麓兵马大营的兵马？我是苏风暖！”

她话音刚落，有人惊喜地喊：“是苏姑娘！”“快去禀报统兵。”有人又喊了一声。

苏风暖勒住马缰绳静等着，以她的功力，可以探知这里应该有四五万兵马。追随她去燕北的士兵都喊她苏姑娘。

不多时，章林快步地出了灌木丛，举着火把，惊喜地说："世子妃，您找来了，可真是太好了。"

苏风暖看着他问："你们怎么会来了这里？刘文呢？"

"晋王府长子带兵符前去京麓兵马大营调兵，我手下能拉出来的只四万五千人。当时，也有人前往京麓兵马大营调兵，刘文让卑职带着这些兵马先来此地躲藏，而他与人过了招，不是那人对手，被打成重伤。他刚刚追到此地，便晕倒了，卑职正不知如何是好时，您就来了。"

苏风暖点点头，道："带我去见他。"章林颔首，连忙带路。

苏风暖来到灌木丛后，只见刘文躺在干草地上，胸前大片血迹，嘴角也残留着血迹，昏迷不醒。她蹲下身，为刘文把脉。

刘文胸口受了一掌，如今仅剩下微弱的气息，如此重伤，能撑着从京麓兵马大营来到这里，显然已经用尽了全力。若是她不来，刘文必死无疑。她拿出一个玉瓶，倒出三颗药丸，塞进刘文嘴里，然后伸手扶起他，为他运功疗伤。若非她的功力今非昔比，如今怀有身孕，还真不敢轻易动用内功。

章林站在一旁看着，如今她来了，他就如吃了定心丸一般。士兵们本来都有些躁动，如今也奇迹般地平静了下来。

半个时辰后，苏风暖缓缓收功，刘文也睁开了眼睛。他用袖子擦了擦血迹，对苏风暖道："多谢，若没有你，我这条命算是交待在这儿了。"

"文叔叔，谁打伤了你？"

"一个女子，似乎是孙晴雪。"

苏风暖眯起眼睛："您确定？"

"就是她。虽然她蒙着面，但是我不会看错。"他困难地站起身，道，"京麓兵马大营一共十万兵马，这里只四万五千人马，另外五万五千兵马被孙晴雪带走了。他们藏匿的内城兵马，在灵云镇。"

苏风暖道："如今时候不早了，大皇子怕是此时已经攻城了。文叔叔，你能走吗？"

刘文咬牙道："能走。"

苏风暖翻身上马，端坐在马上，高声道："众兵士听令，大皇子不是南齐的大皇子，而是北周的二皇子。二十年前，北周的萧贤妃和南齐的月贵妃易子而养，以祸乱南齐，同时丞相伙同萧贤妃、月贵妃，谋乱祸国，今日事发，兴兵反叛。皇上已经留诏传位叶裳，如今大皇子乱我朝纲，毁我社稷，其心可诛，其举不容。尔等可愿随我扫平祸乱，还京城百姓一个安居乐业？"

一众兵士虽然不明白个中内情，但如今苏风暖言语清晰，句句说得明白，他们惊异骇然的同时，士气高涨起来。

章林大声道："愿随世子妃，保家卫国！"

他一带头，所有兵士齐齐高呼，声响震天："愿随世子妃，保家卫国。"

章林又道："平叛祸乱，还京城百姓安平！"

所有士兵又齐齐高呼："平叛祸乱，还京城百姓安平！"

苏风暖一摆手，士兵们随着她鱼贯拥出山林。出了北环山，即便在黑夜中，仍然可以清晰地看到远处烽火台燃起了烽火。苏风暖一马当先，领着一行人向京城而去。

北环山距离京城近四十里，刘文怕夺了京麓兵马大营的兵马后出差错遭人围剿，便给章林选择了北环山隐藏。如今四万五千兵马虽然还是与大皇子兵力悬殊，但是也能解一时之急了。尤其是这些兵马在苏风暖的手中，四万五，她便能当九万用。

四十里地，急速行军，半个时辰，来到了京城。离得近了，可以清晰地听到东城门和西城门方向传来的喊杀声。苏风暖勒住马缰绳，凝神静听片刻，吩咐道："章林，你点兵一万，以'雁'字形阵从右翼包抄！"

"是！"章林大声应诺。

苏风暖又道："文叔叔，你可还能带兵？"

刘文道："没问题！"

"你点兵一万，以'雁'字形阵从左翼包抄。"苏风暖又道，"其余兵马随我走，从后方进攻。大皇子带着的这些士兵即便谋乱，也是我南齐的士兵，只不过是被一时蛊惑。今夜，我们只求杀退他们，让他们投降，不求血战！"

众人齐齐应声："谨遵世子妃命！"苏风暖一摆手，兵分三路，直奔西城。

叶裳和许云初带着一万六千兵马，已经顶了一个时辰，奈何兵力太过悬殊，西城已经濒临破城。叶裳三人的衣袍已经染了血，楚含大声道："已经一个时辰了。皇上，下令泼油吧！再晚城就破了，悔之晚矣。"

叶裳也知道已经到了极限。他闭了闭眼，摆手："来人，抬油桶！"

他话音刚落，许云初忽然大喊："远处有马蹄声！"叶裳也听到了，立即看向西城前方。只见，兵马分三路从后方包抄而来，星旗招展，大大地写着"京麓兵马"，为首一人，一身粉红色罗裳，骑着快马，遥遥领先。

她不多时便来到了大皇子兵马的后方，不等他反应过来，便拉弓搭箭，对着他项上人头射去。叶裳的箭羽，他能毫发无伤地避开。可是苏风暖的箭羽，倾注了她十成功力，他便没那么容易避了。

大皇子发觉的时候，箭羽已经到了他眉心。他避无可避，当即大骇，伸手攥住了这支箭。箭虽然攥住了，但他受到了强大气劲的冲击，身子顷刻间被冲击下马，仰面退出十余丈远。

第二十四章
御驾亲征

苏风暖一箭得手，便纵马越过十数人，冲到大皇子身边，夺了一名士兵的长缨枪，在他要起来时，对准了他的咽喉。大皇子没想到苏风暖如此厉害，一招竟然擒住了他，面色霎时惨白。苏风暖目光凌厉，扬声高喊，喝道："都住手，否则我杀了他！"

"保护大皇子！"有人大喊。士兵们拥上前，可是都被苏风暖的气势震慑，齐齐后退了数步。

大皇子接了苏风暖一箭，手被箭羽所伤几乎废了。他扔了手中的箭，咬牙看着苏风暖："苏风暖，是你！"

苏风暖不理他，扬声道："南齐所有士兵，禁卫军、御林军、五城兵马司，所有人都听着，大皇子不是南齐大皇子，实则是北周二皇子。二十年前，北周萧贤妃与南齐月贵妃易子而养，目的就是祸乱南齐。丞相伙同萧贤妃、月贵妃，谋乱祸国，今日事发，丞相已服毒自尽。尔等都是我南齐大好儿郎，上有老母，下有幼小，因何助纣为虐？"

本来喊杀攻城的所有士兵都被这番言语所震，一时间住了手。苏风暖又道："大皇子乱我朝纲，毁我社稷，其心可诛。如今皇上已经传位叶裳，遗诏在手，他才是我南齐新皇。今夜，念尔等被人蛊惑，此时若是放下武器，我苏风暖在此替新皇应诺，既往不咎。若尔等执迷不悟，纵容扶持北周人夺我江山，那么，诛九族，罪不可恕。"

"放下武器，否则诛九族，罪不可恕！"章林大喊一声。

"放下武器，否则诛九族，罪不可恕！"四万五千人马齐齐高喊，因苏风暖一举拿下了大皇子，士兵们士气暴涨。

攻城的士兵们你看我，我看你，气势顿弱。大皇子怒喝："不要听她的，这个妖女，惯会蛊惑人心，她联合北周二皇子楚含，诬蔑本皇子。本皇子才是南齐真正的皇子！她才是通敌卖国之人！"

苏风暖向前推了一寸长缨枪，他的脖颈瞬间鲜血直流。她居高临下地看着大皇子，冷笑道："你如何狡辩，也改不了你的真实身份。萧贤妃如今已经在江南兴兵了吧？她是不是等你夺了南齐京城，好长驱直入，让北周一统天下？可是她不知道，她的好儿子原来是个废物！这南齐京城，他不但夺不下，还要命丧此地。"

大皇子被苏风暖的长缨枪抵住咽喉，她现出杀意之后，他说不出话来。苏风暖扬声高喊："我今日就杀了他，以他的血，来祭奠今夜因他的谋乱而死的士兵们！"话落，她手中的长缨枪猛地用力向前推进。

她抬手的瞬间，一阵风从她身侧袭来，一个人影落在她的马前，攥住了她的手。苏风暖手腕受阻，抬眸一看，见是凤来。

凤来用力要夺走苏风暖手中的长缨枪，却被苏风暖攥住，她没夺过去。她转头看着苏风暖，脸色不太好："你竟然有如此高深的武功，诓骗得我好苦！"

苏风暖一笑："老祖宗，您来京城来得真快。我可没诓骗您，回京途中，我偶遇了一个机会，顿悟了祖师爷功法的门道，不巧恢复了武功。"

凤来看着她。苏风暖面色坦然："老祖宗不信？我若是有武功，在您面前诓骗得了您？"

凤来脸色稍霁，对她道："这个人，你不能杀！"

苏风暖道："他祸乱南齐，挑起战火，其心可诛，我如何不能杀？"她扬声问："南齐所有士兵儿郎，你们说，他该不该杀？"

"该杀！"数万人齐齐高喝。

"老祖宗，您看，这是众怒。"

"我不管什么众怒，我只知道，他不能杀。"

"老祖宗，忘了我和您说过的话了吗？您生于凤阳镖局，长于望帝山，这一个百年您是欠了人恩情没错，但上一个百年的生恩养恩是不是大于天？个人恩情，与家国天下，孰轻孰重？他狼子野心，要夺南齐而归北周，我如何不能杀他？"

凤来默了默，道："我将他带走，保证他不祸乱南齐。"

"老祖宗，您可真是一根筋。您就从来不曾想过，也许我师父就是为他所杀吗？"苏风暖看着大皇子道："别以为我不知道你藏在东宫的一幅画像，梦寐思之、求之不得的那个人是鬼山派玉颜轻。"话落，她对凤来道："也就是您！因您念着我师父，他就杀了我师父。"凤来一惊，顿时看向大皇子，露出难以置信的神色。

大皇子面色白如纸，鲜血模糊了他的脖颈。他看着突然出现的凤来，一双眸子现出了希望的光泽。苏风暖懒洋洋地道："老祖宗，为我师父报仇，乃我心愿。不过，若您在知道我师父是被他所杀之后，还强求我留他一命，那么，我就依了您也无不可。我师父在天之灵若是得知，也当还了您的一世情债。"

凤来看着大皇子，她从来没有想过，大皇子心仪于她："云凰可是你杀的？"

大皇子摇头："不是。我从来没有杀他，你不要听她的，这个妖女，惯会糊弄人。"

凤来皱眉，觉得大皇子这话是有几分道理的，苏风暖惯会糊弄人，给人下套，她前些日子挟持苏风暖，领教个够本，对苏风暖是恨得牙痒痒，却又舍不得下手。她问："当真？"

大皇子立即说："当真，我的武功怎么能杀了他？"

凤来也觉得他的武功杀不了云凰，转向苏风暖，道："不是他杀的。"

苏风暖哼道："老祖宗，您不要被他骗了，他的武功好得很。我若不是悟透了祖师爷功法的门道，今日我是奈何不了他的。以他的武功，在我师父不防备的情况下，杀我师父是能够做到的。”

凤来又看向大皇子。大皇子咬牙道：“苏风暖，你要杀便杀，别整这些弯弯绕，我以前居住的东宫是放有一张鬼山派玉颜轻的画像没错，但，我也没有杀你的师父。”

苏风暖盯着大皇子：“那你说，我的师父是谁杀的？”

大皇子怒道：“我怎么知道？”

苏风暖冷笑：“你要活命，自然是百般不会承认。”

大皇子恨极，不再理会苏风暖，对凤来道：“云凰死的时候，是四年前的七月初六。那一日是我萧母妃的生辰，我偷偷去了北周，陪她过生辰。七月初七一早，我便去了鬼山派找你，住了三日，要走那一日，听闻云凰死了的消息。你大为心伤，我又住了数日，你好些了，我才离开。他的死地距离北周几千里，我即便武功高于他，也分身乏术去杀他。”

凤来恍然大悟，道：“对了，我记起来了，是这样。”她转向苏风暖：“你师父不是他杀的。”

苏风暖本来是听了叶裳在城墙上传音入密，说大皇子可能喜欢玉颜轻，以前他居住的东宫，收藏着一幅玉颜轻的画像。她当即便想到了她师父的死，所以，诓骗一番。没想到，引出了大皇子的这一番说辞。

她师父的死地，靠近江南地界的落霞坡，距离北周千里之遥，大皇子的确分身乏术。“即便我师父不是他杀的，但依照他今日所为，祸乱南齐，您也不能救他。”

凤来摇头：“我今日必须救他。我拿九转灯和调动天下兵马的兵符跟你换他的性命，如何？你觉得可值？”

苏风暖自然觉得值得。在她看来，大皇子的命不值钱，今日凤来一定要救走大皇子的话，她与凤来硬碰硬，若是伤了腹中的孩子，得不偿失。“老祖宗，您今日非要带走他不可？”

“非带走不可，我不能让你杀了他。”

“那好，我今日就买您一个面子。不过，您只能带走他一人，不能带走我南齐的兵马。九转灯和调动天下兵马的兵符还给我。”

凤来面色一松，从身后的包袱里拿出九转灯，又从怀中掏出兵符递给了她：“给你。”

苏风暖接过九转灯，打量一番，见是望帝山的那盏九转灯，又仔细地看了一眼兵符。她将两样东西收起，对凤来道：“仅这一次，若是再让我见到他祸乱南齐，下次，即便有老祖宗您挡着，我也会杀了他。”

凤来道：“好，你放手吧。”

苏风暖撤回手中的长缨枪，端坐在马上，居高临下地看着大皇子狼狈地爬起来。她冷声道："南齐所有士兵听着，大皇子做了南齐二十年的皇子，我今日便放他一条生路，来日，他若是再祸乱图谋我南齐，那么，我定要他的命！"她的声音灌注了内力，传遍了方圆五里，京城内外，所有人都听得清楚。

大皇子站起身后，气怒攻心，不甘心地对苏风暖打出了一掌。掌风还没到苏风暖面前，便被凤来一把扣住，对他道："跟我走。"

大皇子道："我要杀了她！"

凤来当没听见，扣了大皇子手腕，对苏风暖道："马给我。"苏风暖轻身飘下马，凤来带着大皇子，飞身上马，离开了战场。

大皇子不甘心，大怒道："苏风暖，今日之仇，我一定会报！你等着！"

苏风暖看着凤来骑马带着大皇子离开，云淡风轻地道："好，我等着你。"

二人离开后，苏风暖看着西城下十几万兵马，黑压压一片，此时静寂无声。她扫了一圈，没看到刘文说的孙晴雪，亦没有看到孙泽玉。不知道他们如今是隐藏在众多兵马中，还是早已经离开了京城。

她高声道："所有兵马听令！以星旗兵为号令，归队！"一声令下，南齐所有士兵都快速地依照苏风暖所言归了队。不多时，乱作一团的队伍重新归列得整整齐齐。

将近二十万兵马收整好，叶裳几人也纵马来到了苏风暖面前。苏风暖见叶裳衣袍上尽是鲜血，立即问："你受伤了？"

叶裳摇头："没有，别人的血，幸好你带兵援救得及时。"

苏风暖顿时放下了心，当即单膝跪在地上，声音恭敬清澈："苏风暖拜见皇上，吾皇万岁万岁万万岁！"

叶裳一怔，纵马上前一步："你……"

苏风暖自然清楚她这一跪对他的冲击很大。接了遗诏，公开身份，他可能心里依旧没有将自己当作真正的皇帝。可是她这一跪与别人的跪不同，他会真正地意识到，皇帝这个身份他是真的接受了。看着他脸色变换，身子微微轻颤，似乎连马都坐不住了，她顿时涌起心疼和不舍，传音入密道："我是做给士兵们看呢，没人的时候，我才不跪你呢，我可怀着你的儿子呢，地凉得很，你还不快让我起来？"

叶裳惊醒，立即开口："平……身！"

"谢皇上！"苏风暖站起身，收起笑意，高声喝道："众士兵，还不叩见新皇！"

士兵们惊醒，齐刷刷地跪在了地上，声音震耳欲聋："吾皇万岁万岁万万岁！"

叶裳伸手将苏风暖拽上他的马，搂住她坐在身前，扫了一眼黑压压跪倒一地的士兵，目光寒凉，声音冷静而低沉，传遍每个人的耳朵："今日之乱，朕念尔等被蛊惑，概不追究，从今以后，但有此犯上作乱者，斩立决，诛九族！"

声落，近二十万兵马静寂无声。

许云初扬声开口："尔等助纣为虐攻城时，西城内只有一万六千兵马驻防，二皇子提议用油泼火烧，那么，不等世子妃来救，京城之危便可解。但皇上顾念尔等都是南齐儿郎，不忍尸骨成山、血流成河、京城哀恸，故而一直未用此狠辣之法。皇上仁爱之心，天地可鉴。我南齐有此新主，是万民之福。”

二十万名士兵一齐动容，高喊：“追随新皇，守卫南齐！吾皇万岁万岁万万岁！”声响震天。

苏风暖不由得露出笑意，虽然还有一堆烂摊子要收拾，但最起码京城之危解了。

叶裳沉声道：“不是世子妃，是朕的皇后！”

众士兵高喊：“皇后娘娘千岁千岁千千岁！”

苏风暖不适应地捂了一下耳朵，无奈地回头看了叶裳一眼。她对他一跪，他如今非要找回场子，让她也不自在一番。叶裳对她一笑：“早晚要适应，习惯就好了。”话落，他对许云初道：“小国舅，这二十万兵马交给你了。明日早朝，朕希望能看到你举荐的禁卫军、御林军、五城兵马司、京麓兵马大营统兵等人的奏折。”

许云初当即下马，跪地领命：“臣遵旨！”

叶裳不再逗留，带着苏风暖回了城，苏澈带着一众官员在城门口迎接。十几个战战兢兢的官员站在一众官员身后，是没遵从钟鸣鼓，未进宫叩拜他接受他身份的官员。他摆摆手：“都平身吧！折腾大半夜，众位爱卿想必都累了，回去歇着吧，明日早朝改在午膳后。”说完，便带着苏风暖纵马进了城。

那十几个人本来想待叶裳下马或者入宫上殿请罪，没想到他径直进了城，没去皇宫，而是向容安王府方向而去，对看一眼，都心里打鼓。

来到容安王府，管家带着一众仆从打开府门，在他来到后，齐齐跪在地上：“吾皇万岁万岁万万岁！”

叶裳抱着苏风暖下马，随意地摆了一下手，便牵着苏风暖的手往里面走，同时吩咐：“让厨房准备饭菜，简单一些。派人去皇宫禀告太皇太后和太后，就说京城之危解了，她们可以安心回宫休息了。再派人去国丈府将外祖母和岳母接回来休息。”

“是！”管家连连点头。

回到正院。进了房中，叶裳挥手落下帘幕，打横抱起苏风暖，将她放在床上，俯身压在她的身上，吻住了她的唇。这吻霸道，似乎还透着惩罚的意味。苏风暖眨眨眼睛，伸手搂住了他的脖子，乖巧地任他亲吻。

片刻后，苏风暖几欲窒息，轻轻捶叶裳，他喘息着放开了她，贴着她唇边，咬牙切齿地怒道：“下次再跪我，我饶不了你。”

苏风暖低笑：“你如何饶不了我？我肚子里可怀着你的儿子呢，伤了他的话，我还饶不了你呢。快起来，重死了，如今月份渐渐大了，你可不能这样压着我欺负了。”

叶裳无奈，翻了个身，搂着她躺倒床上：“好吧，做了皇帝，也一样惧内，可见这个身份也没什么不同。”

苏风暖大乐：“有不同的，除了皇后，可以有三宫六院七十二嫔妃……”

叶裳顿时竖起眉：“你敢！”

苏风暖将脑袋靠在他怀里，枕着他胳膊道：“就算敢，我也不做。你虽然当了皇帝，可我手中还留着先皇的圣旨呢。以后，谁来我面前叨叨，我就用圣旨砸他的脸。”

叶裳恼怒散去，失笑：“好主意！”

管家带着人端了饭菜进来，同时禀道：“皇上，太皇太后命人来传话，说您如今是皇上了，理当去宫里住，她今夜便命人收拾好皇宫，明日一早，您便可以迁移过去。另外，明日早朝，最好将您登基大典定下来。”

叶裳皱眉：“你去告诉太皇太后，如今外面还乱着呢，迁移进宫和登基大典之事不急，先处置灾情和内、外乱象。她这些日子也累了，今日之后，让她好好休养，不必过于劳神。皇后如今已有近四个月的身孕，太皇太后休养好了，也能帮忙带太子。”

管家连忙应“是”，立即去了。

苏风暖看着叶裳，问：“你是不是不愿意去皇宫住？”

叶裳扬眉：“难道你愿意？”

“我自然也不愿，皇宫阴气沉沉的。”

“那我们便不去住，从容安王府每日进宫去早朝，也不远。我不同意，谁也强求不了我。”

苏风暖点头，拉长音道：“没错，天大地大，这南齐，从今以后你最大嘛。”

叶裳失笑：“我也要听你的。”

前往容安王府传话的人回宫复懿旨，一字不差地将叶裳的答复复述了一遍。太皇太后听完，愣了半晌。她从太后变成了太皇太后，皇后变成了太后，她一时有些不适应。

国丈并未离宫，陪着二人在金銮殿内守了大半夜。京城之危已解后，叶裳派人来告知，惊喜下，他不太赞同派人去容安王府叨扰叶裳，可是太皇太后派人去了，他也没说什么。

如今得了回话，见太皇太后似乎回不过神来，他缓缓开口，劝慰道：“皇上有仁爱之心，且心胸宽广，但他不喜被人左右操控。如今你就少操点儿心吧，不要干涉太多，惹得皇上反感！当年的叶世子想不买谁的账，便不买谁的账，更何况如今已经成了皇帝？”

太皇太后回过神，看着国丈，恍然大悟地叹了口气：“哥哥说得对，是我愚钝，操心太过了。哀家不应该干涉他才是。他想什么时候进宫里来住，便什么时候来，想什么时候登基封后，便什么时候，哀家再不管了。”

“你能想明白就好，这样才对，以前先皇在位时我就是看不透，如今退下来，方知清闲有清闲的好，也该享享福了。”

太皇太后点头：“许家有云初，只要我们几个老的安分点儿，便是帮了他的忙。”

国丈道：“正是这个理儿。”

二人话落，太皇太后心情舒畅地带着太后回了她居住的慈安宫。国丈出宫回了国丈府。王夫人和苏夫人回了容安王府。

苏风暖用过饭后，便困得睁不开眼睛，搂着叶裳，撒娇让他抱她上床歇着。叶裳自然是有求必应，无论身份如何转变，他心中始终清楚她是他的娇妻。这一辈子，只认准她了。

叶裳搂着苏风暖在怀，怀中的娇人儿睡得香甜，他将手放在她的小腹上，可以感受到微微隆起，那里面孕育着他和她的骨肉，只要轻轻摸着，他的心便会变得很软很软。他摸了片刻，也很快就睡着了。

不知睡了多久，忽然感觉到苏风暖的肚子里突然踢弹了一下，他猛地惊醒，腾地坐了起来。他的动静太大，惊醒了苏风暖。她睁开眼睛，天已经蒙蒙亮，迷迷糊糊地看着叶裳，问：“怎么了？出了什么事？”

“你的肚子，似乎……有东西踢了我手一下。”

苏风暖“哦”了一声，困意浓浓地道：“是胎动！”

叶裳一怔：“什么是胎动？”

苏风暖闭着眼睛，打了个哈欠：“就是你的儿子在活动手脚呢。”

叶裳睁大眼睛：“他……他已经有手脚了？”

苏风暖被气笑：“自然是有手脚的，是人都有手脚，又不是怪物，怪物也有手脚的。”

叶裳呆了呆。苏风暖翻了身，继续睡。叶裳坐在那里，一动不动地看着苏风暖，见她似乎一点儿也不觉得惊奇，他忍不住伸手晃她身子：“将近四个月吧？这……就会动了？”

苏风暖哝哝一声：“是早了点儿，不过也差不多，他健康的话，就动得早。”

叶裳十分新奇，对她说：“你再转过来，让我摸摸。”

苏风暖无奈，只能转过身。叶裳将他的手又放回苏风暖的小腹处，静静地摸了一会儿，怀疑道：“怎么不动了？我刚刚感觉很明显地踢了我一下。”

“刚会动，估计那一下就使出浑身的劲儿了，现在想必累得动不了了。随着以后月份增大，他若是个爱动的孩子，就会闲不住地闹腾，以后有你看到他多动的时候。”苏风暖伸手拽他，“天还早，你不是将早朝改在晌午了吗？再睡一会儿吧。”

叶裳又陪着苏风暖躺下，心里隐隐有些激动：“这么早就会动了，估计是个能闹腾的小东西。”

苏风暖轻笑：“那岂不跟我一样？你小时候一板一眼的，不爱闹腾。”

叶裳失笑："明日我问问岳母，她怀着你的时候，你是不是十分爱动。"

又睡了一个时辰，天色大亮，叶裳醒来，见苏风暖还睡着，悄悄下床，出了房门。院外，已经有皇宫的仪仗队等候，见叶裳出来，齐齐跪在地上请安。叶裳摆了摆手，看见了小泉子，笑着说："没被刘衍收拾了，你也算是命大。"

小泉子站起身，笑嘻嘻地说："皇上培养奴才不易，奴才不敢轻易被大皇子折腾了去，从灵云寺回宫后，奴才请罪自罚去浣衣局了。他本来要处置奴才，看奴才识相，便饶过奴才了。如今皇上您继位，奴才得以重见天日，便赶着来侍候您了。不过，这些日子浣衣局没白待，奴才查探出了一件大事。"

"什么事？"叶裳挑眉。

小泉子左右看了一眼，上前一步，凑近叶裳，小声说："卿昭仪怀的孩子，不是先皇的，是大皇子的。"

"嗯，刘衍的？你如何得知？"叶裳有些意外。

"奴才在浣衣局，没人注意奴才，便偷偷地在暗中监视大皇子的举动。月前的一日夜里，他去了卿昭仪的宫里，奴才觉得不同寻常，便闭息偷去殿外听，听到了他们的谈话。"

叶裳"呵"地一笑："跟他叫了二十年的先皇共用一个女人，刘衍是个人才。如今卿昭仪人呢？"

"还住在花容苑里，已经有六七个月的身孕了，再有两个月就临盆了。"

大皇子离京，竟然没带走怀有他孩子的卿卿，是因为她大着肚子带不走，还是故意将她留在宫里，将来予以利用？无论是什么，这个女人不能留。以前真是小看她了，以为她是晋王的人，没想到她是大皇子的人，或者说是丞相的人。

他吩咐小泉子："你速速回宫，禀了太皇太后，请太皇太后出面处置那个女人！"

小泉子连忙应"是"："奴才这就去！"

叶裳虽然不喜欢太皇太后干涉他的事，但是只要有需要，他还是会不客气地用一用她老人家。这等事情，他可不想劳烦屋中睡着的娇人儿，有太皇太后就够了。

太皇太后醒得早，岁数大了，觉便少了。大清早，她便命人为她的慈安宫除尘，去去晦气。慈安宫的人在严公公的指挥下，正忙得热火朝天的时候，小泉子来了。严公公笑呵呵地上前："小泉子公公，你如今这是重见天日了？"

小泉子嘻嘻一笑："受难期间，托您的福，对我颇多照顾，没被惩治了，小命还在，如今是守得云开见月明了。"

严公公笑着道："皇上可是个好主子，寻常时候，脾性随意，不折腾奴才，你小子有福气。你不在皇上跟前侍候，来这慈安宫有事？"

小泉子点头："皇上交代了一件差事，命奴才来请太皇太后帮个忙。"

严公公一听是叶裳打发他来的，连忙说："太皇太后早早就起了，如今在殿内，你随我来。"他快步进了内殿禀告。太皇太后一怔，想着昨日叶裳还让她不要操心，今日这是有什么事？她立即说：“让他进来。”

小泉子进了殿内先给太皇太后见了个礼，然后开口道：“皇上命奴才来请太皇太后您老人家帮个忙。”将他在月前偷听到大皇子和卿昭仪的对话，卿昭仪腹中的孩子不是先皇的而是大皇子的这事说了，又将皇上听罢请太皇太后来处置此事提了。

太皇太后听完，顿时火冒三丈：“好个卿昭仪！”

太后在一旁道：“母后，我那时便说留着这个狐媚子是个祸害，您偏偏不处置了她。如今她肚子里的孽种竟然是刘衍的，千刀万剐了她都不为过。”

太皇太后站起身：“哀家这就去收拾了她。”

小泉子立即提醒道：“卿昭仪似乎有武功，太皇太后您多带些人。”

太皇太后冷哼一声：“哀家让她插翅也难飞。”话落，她吩咐严公公道：“速去传哀家懿旨，擒拿卿昭仪，封锁花容苑，一只鸟雀也不能飞出去。”

“是。”严公公领命，立即去了。小泉子出宫，回容安王府复旨。

此时，叶裳收到了西境和江南两地送进京的八百里加急。一封是叶昔的亲笔手书，另一封是苏承的亲笔手书。

两封手书意思一样。北周在三日前兴兵江南，大举来犯，走的是岭山织造。因西境早就收到了他派人送的信，苏承和苏言二人及时调西境兵马援助江南，没想到，前日晚，江南境地突现东境兵马。也就是说，湘郡王带了他的兵马悄悄去了江南，援助北周里应外合。这样一来，江南顿时陷入了困境。

叶裳脸色沉如霜雪，湘郡王竟然带着兵马去了江南与北周里应外合，而北周这一次是萧贤妃亲自带兵。那个女人能调教出楚含，自然是厉害的。如今江南十万火急。

苏风暖醒来后，身边已经没了叶裳的身影。她看了一眼天色，还不到晌午，今日早朝推迟到午膳后，想必他还在府中。她穿戴妥当，来到房门口。有侍候的人守在外面，见她出来，齐齐见礼：“皇后娘娘万福金安！”

二十多个人显然是等着准备侍候她，她问：“皇上呢？”

有人立即回话：“回娘娘，皇上收了两封八百里加急，如今人在书房。”

苏风暖眯起眼睛：“八百里加急？”她想到了北周兴兵江南，于是立即向书房走去。

来到书房，叶裳正站在桌前研究江南的地势图。听到动静，叶裳抬头，见是苏风暖，面色顿时转柔，温声问：“睡醒了？”

苏风暖颔首，走到近前，拿起两封八百里加急，快速地过目一遍后，同样沉下脸：“这个湘郡王，真是给他脸了！不知死活！不出意外，今日下午二叔带的燕北兵马便会到达京城，我带着燕北兵马前往江南救急，正好收拾湘郡王，同时收拾北周！”

叶裳目光落在她的小腹上，昨夜对付大皇子那一战，她损耗不少心力，回府后睡得极沉，随着月份渐渐大了，可想而知，她更是容易疲惫。江南危急，势必要急行军前往救急。数千里之遥，一路奔波，她即便受得住，也十分伤身。他断然道："不行，你不能去！"

"我能去的。前三个月才是娇气的月份，过了前三个月，便不需要太在意了，我一定会多加小心，不会让自己伤到。"

"那也不行。你留在京城，我与二叔一起前往江南。"

苏风暖皱眉："你是皇上，刚刚接了遗诏，还未举行登基大典。如今京城刚安稳，西南又起战火，正是人心惶惶的时期，你不能离京，应该留在京中，稳定人心。江南交给我，我善于打仗，不是问题。"

叶裳道："你留下监国，你在京中与我在一样。"

"这怎么行？"

"怎么就不行？你留在京中，一来安稳没危险，让我能够放心前去对敌，无后顾之忧；二来，我作为南齐江山的新主，不能让人诟病我是躲在女人背后的男人。不只靠媳妇儿平内乱，还靠媳妇儿打天下，如此软弱，焉能让万民臣服？再说，你自小将所学悉数教我，也不能让我没有施展的余地不是？那你岂不是白教了？"

苏风暖一时哑口无言，瞅着叶裳，又气又笑："你早就想好这番说辞来对付我了是不是？如此有理有据，让我连反驳都不能。"

叶裳轻笑，伸手搂住她，柔声说："乖，听话，这一次你留在京城，我定会收拾了湘郡王，饶不了萧贤妃。"

苏风暖笑着靠在他怀里，点头，痛快地道："好。"

叶裳见苏风暖答应，低头吻她："我留许云初在京城帮你，楚含我带走。"

"把许云初也带走吧。我在京城，如有必要，用文叔叔好了，他清闲多少年了。也带上紫风和玉灵两位师叔，有他们在，我才能放心你的安危。就这么定了！"

"许云初留下，许家盘踞京城多少代，他能辅助你监国，你如今月份大了，不能太劳累。两位师叔我也不带，你需要玉灵师叔在身边，万一有什么事，你医者不能自医，有玉灵师叔在，我才放心。"

苏风暖顿时恼道："你谁都不带，身边只一个楚含，我怎么能放心？不行！"

叶裳道："我带上叶睿，他对江南地形熟悉，想必能有助益。如今师兄在江南，大哥和二哥带着西境兵马也在江南。有这么多人在，不必担心的。"

苏风暖皱眉，想了一会儿道："这样，将紫风和玉灵两位师叔分开好了，反正他们也一大把年纪了，不必整日腻在一起。紫风师叔陪着你去江南，玉灵师叔留下来陪着我。另外，我爹虽然英雄迟暮，但也是身经百战的大将军，让他跟着你。许云初留下就留下。如何？"

叶裳想了想，觉得这是苏风暖的底线了，笑着点头："好，就依你。"

苏风暖看了他一眼："你务必小心仔细，保护好自己。"

叶裳伸手揉揉她的头："放心吧！有你和孩子，我也不敢轻易丢了小命。"

二人商议妥当，已经是晌午。叶裳派人去给叶家主、叶睿、王大学士、王夫人、苏澈、苏夫人等人传话，今日晌午一起用午膳。众人很快就来了。

如今叶裳毕竟是皇帝，众人虽然是长辈，但也是要见礼的。刚要跪拜，叶裳抬手，一阵风扫过，挡住了几人要下跪的身子，道："没有外人，今日是家宴，都免礼。"

王大学士摇头："那怎么行，礼不可废！"话落，他硬跪了下去。

苏澈也颔首："岳父说得对，礼不可废，否则便是乱了君臣纲常！"话落，他也跪了下去。

一众人等都跪在了地上。叶裳无奈，待众人叩拜完了，摆手道："没有外人在，君臣之礼也能免之。既然金口玉言是圣旨，那你们硬拜，也是不遵圣旨。"众人一时无言。

苏风暖失笑，道："在家里，若是每日都这般拜来拜去，麻烦死了，能免则免吧！规矩也是人定的嘛，快都起来吧，我都饿了。"

王大学士站起身，见苏风暖歪着身子坐在桌前，瞪眼："你以后是国母，母仪天下，怎么还是这般没规矩？改日，我再请刘嬷嬷来教导教导你规矩。"

苏风暖抽了抽嘴角："外公，刘嬷嬷年岁大了，还是别折腾人家了，让人家踏踏实实地安享晚年吧。"

叶裳立即说："暖儿如今怀有身孕，坐得太规矩，容易累到。"

苏风暖顿时笑逐颜开，立即附和说："就是就是，我如今就累着呢。"

王大学士看着叶裳，一时没了话。苏夫人笑着说："你就惯着她吧！"

叶裳柔声说："好不容易娶的媳妇儿，自然要好好宠惯着。"

王夫人笑开，瞪了一眼王大学士："老头子就是规矩多。"

说笑了一阵，苏澈开口道："听闻今日有两封八百里加急，可是出了什么军情大事？"

叶裳道："北周萧贤妃亲自带兵借道岭山织造，兴兵江南。大哥和二哥调西境兵马援助，没想到，东境湘郡王带兵也出现在了江南，与北周兵马里应外合。如今江南形势紧迫。"

苏澈一听，腾地站了起来，对叶裳道："臣请命，前往江南。"

叶裳道："岳父先不必着急，朕已有打算了。"他便将燕北援军今日下午来到，他会亲自带兵前往江南，留苏风暖监国之事说了。

众人听罢，都觉得这样安排虽好，但是苏风暖毕竟是女子，怕是朝臣官员不赞同，惹人非议，遭御史台弹劾。叶裳道："暖儿带兵前往燕北救急，又于西境大败北周军，她一战名扬天下，大快人心。如今，她是朕的皇后，有才有能，不是寻常女子，能兴兵，为何不能监国涉政？朕要让天下人知道，她文武兼备，有我二人在，任谁也夺不走南齐的一寸疆土；有我们在，会还南齐一个盛世长安。”

苏澈当即大声道：“好！”

午膳后，叶裳拉着苏风暖一起进宫去上朝。二人坐在玉辇上，仪仗队浩浩荡荡，进了皇宫。宫门口，文武百官早已经在等候，今日官员比昨日多了二三十个人，见叶裳车辇来到，看到与他同坐在玉辇上的苏风暖，心头都齐齐地惊了惊，连忙跪地叩拜。

叶裳摆摆手，道了句“众卿平身”，便入了宫。

来到金銮殿，叶裳牵着她向金椅走去。御史台的李大人惊骇地连忙跪在地上阻止：“皇上，自古以来，女子不能踏足金銮殿的金椅啊！您不能破了祖宗定下来的规矩！”

叶裳回转身，文武百官都看着他和苏风暖，大部分人露出不赞同的神色。另一位御史台的大人接口道：“皇上三思！皇后虽然身份尊贵，但确实不能开这个先例！”

这两人一开头儿，几十人齐齐跪在地上：“皇上三思！”

叶裳目光沉静地看了半晌，忽然轻笑了一声，道：“南齐多少陈旧腐朽的规矩，也该改改了。朕既然继位，便要改改规矩。从今日起，便先破了女子不能涉政踏足朝堂金銮殿的规矩，你们看如何？”

众臣一惊，难以置信地看着叶裳。李大人当即重重地叩头在地，额头霎时青紫一片，他苍老洪亮的声音大声道：“皇上，万万不可！祖宗规矩不可废啊！没有礼法规矩，便会乱了朝纲社稷。”

叶裳看着李大人：“南齐以前重文轻武，导致北周生了野心，多次兴兵，要覆灭南齐，导致南齐江山面临如此四方受灾不得安平的境地。历代来，重男轻女，导致多少有才华的女子埋没于府宅后院，不得为社稷所用。你们说，这规矩难道还不到改的时候吗？祖宗的规矩便一成不变到千万年？那时候，国还能在？”

李大人顿时噎住。众臣鸦雀无声。

叶裳从袖中抽出那两封八百里加急，扔在了李大人面前：“都传着看看！”

李大人看罢，面色大变：“湘郡王他……天哪！这可如何是好？”他连忙将两封奏报给了身旁的人。身旁的人接过，看罢，同样面色大变。京城之危刚解，便出了江南紧急的军情，这南齐再好的河山也禁不住这般折腾。

叶裳看着一个个变了脸色的朝臣，冷哼一声：“南齐遍地灾情，北周撕毁协议，再次兴兵。这一次，弃燕北，舍西境，从岭山织造入江南。湘郡王这些年养了不下四十万兵马，与之里应外合，如今江南危矣。出了危及江山的大事，你们就推出朕的皇后上阵杀敌，她立了战功倒没有人给她求犒赏，如今她踏足朝堂，你们还要守着规矩说三道四，难道朕指着你们帮朕上阵杀敌对付北周守卫江山不成？”

李大人想再反对，可是这头也叩不下了。

苏风暖虽然是女子，可是昨夜若没有她，京城就要被攻破了。从去年到今年，无数征战，都不曾少了她的身影。可以说，南齐有这样的女子是南齐之福，若是她生在北周，也许他们都会成了亡国之臣。

在静寂中，许云初开口道："臣赞同皇上所言，规矩是该改改了。南齐若没有皇后，国将不国。如今又是危难之时，皇后身怀六甲，还劳神帮政，是为南齐万民。众位大人莫要觉得皇后乐意踏足这朝堂，若不是危难之时，就算是请，皇后也不见得会来这里。"

王大学士闻言出列道："臣附议小国舅所言，臣的外孙女是什么脾性，臣清楚得很。若非如今江南军情紧急，她说什么也不会踏足这朝堂的。"

苏澈也出列："臣也附议！"

兵部尚书、户部尚书、军器监的周大人也出列附议。昨日，未遵从钟鸣鼓前来上朝，等待时机向叶裳请罪的十多位大臣也连忙见风出列，戴罪立功地说："臣等也附议！"

御史台的李大人抬头便看到苏风暖一言不发地站在叶裳身边，面色平静，含着浅浅笑意，忽然觉得，帝后并肩而立，天地日月的光华似乎集中到了二人的身上。他们承载的不应该是规矩和负重，而是南齐江山的未来和希望。这规矩似乎改改也没有什么不好，南齐的朝堂不应该再乏味无趣，死气沉沉了。他垂下头，终于改口，道："是老臣愚昧，皇后为南齐江山立下无数汗马功劳，自当有踏足朝堂的资格。皇上说得对，规矩是该改改了。"

他一改口，其他人也齐齐叩首："皇上万岁万岁万万岁，皇后娘娘千岁千岁千千岁！"

叶裳面色终于和缓，对众人道："朕已决定，亲自带兵前往江南，苏大将军跟随，皇后监国，小国舅辅助皇后理政。"

众人没想到皇上又扔出这么一记重锤，齐齐大惊，有好几个人脱口道："皇上不可！皇上乃万金之躯，怎能前往战场？"

叶裳嗤笑一声："朕要撑起这南齐江山，五年之内，还天下一个太平盛世，长治久安，便会爱惜自己这条命。你们放心吧！"话落，他声音一沉，"这是圣旨！"

一句圣旨，将众人想阻拦的话堵在了嘴边。苏澈当先叩拜："臣遵旨！臣定追随皇上，扫平内乱，击退北周，解国之危难，还天下百姓一个盛世长安！"

许云初也当即叩首："臣遵旨！臣定尽心辅佐皇后，治理灾情，平稳朝局，安抚百姓民心，让皇上在前线无后顾之忧！"

文武百官互看一眼，都认命地叩首："吾皇万岁万岁万万岁！"

叶裳终于露出笑意："众卿平身吧！退朝！"

燕北王府世子苏镇带着二十万驻扎在燕北的京麓兵马，以及在燕北战后重新组建的两万名府兵，于当日下午未时二刻来到了南齐京城。

散了早朝后，叶裳和苏风暖便收整一番，去了城门口等候。百官跟随到城门口饯行。

苏镇来到后，得知京城之危已解，暗悔自己来晚了，命二十万兵马等在五里外，自己带着一队亲卫进城，来到城门口，便看到叶裳和苏风暖由文武百官簇拥着等候在那里。苏镇在百步外勒住马缰绳，翻身下马，快步向城门口走来。

叶裳见苏镇下马，当即抬步，迎上前去。苏风暖跟着叶裳一起上前。不等到叶裳近前，苏镇便跪在地上，惭愧地大声道："吾皇万岁！苏镇来晚了！向皇上请罪！"

叶裳上前两步，伸手扶起苏镇，笑着道："二叔并没有来晚，朕正等着你来到后发兵江南呢。"

得皇上亲扶，苏镇顿时受宠若惊，连忙站起身，不解地看着叶裳："发兵江南？"

叶裳颔首："北周兴兵江南，湘郡王带兵暗中前往江南与北周里应外合谋乱，江南危急。朕正等二叔兵马到达后，即刻亲自带兵前往江南援救。二叔一路来京沿途可劳累？若是劳累，你先歇上半日，随后追赶，若是……"

苏镇一听，当即道："微臣不累，这便随皇上前往江南。"

叶裳颔首："好。"

苏镇转头，看向苏风暖。苏风暖笑着说："二叔一路辛苦了，我怀有身孕，坐镇京城。你们前往江南，萧贤妃心狠手辣，一定要多加小心。"

苏镇一听苏风暖有喜，顿时大喜，上前一步问："是皇子还是公主？以你的医术，该诊出来了才是。"

叶裳接过话道："无论是皇子还是公主，都是朕的至宝。"

苏镇一听，连忙改口，大乐道："对对，无论是皇子还是公主，都好，都好。"

苏风暖笑着说："我的身体因为修习功法的关系，喜脉十分特殊难把摸，如今还探查不出是皇子还是公主，恐怕只有到了出生之日才能知道。"

苏镇一愣，笑呵呵地说："这可真是奇事。"

三人一番话落，苏镇转头，看向了二人身后的苏澈。兄弟二人多年未见，此番见到，他不由得眼睛红了，喊道："大哥！"苏澈眼睛也红了红，上前一步，伸手拍了一下苏镇的肩膀，道："二弟，为兄与皇上一起前往江南。"

苏镇一听大喜："这样的话，我们兄弟可以一起上战场了！"

苏澈笑着点头，问："父王可好？"

"好着呢，燕北之危化解后，又得小丫头……呃，皇后娘娘开了药方子调理，他每日里虎步生风，神采奕奕，硬朗得很。父王很想念你，待平息了江南之乱，回燕北一趟吧！"

苏澈重重地点点头："好，我也想念父王了！"

兄弟二人话落，苏澈对叶裳道："皇上，既然二弟不累，我们即刻启程吧！军情刻不容缓，多耽搁一时，江南多危急一时。"

"好！"叶裳点头。

除了苏镇带来的二十二万兵马，叶裳又从京城带走十万京麓兵马，点兵妥当之后，叶裳转头看向苏风暖，温声嘱咐："你留在京城，不要太过劳累，但有忧心之事，都交给小国舅和别人去做。"

苏风暖伸手帮他理了理衣襟，笑着道："放心吧！我不会让自己累到。"

许云初上前，对叶裳拱手保证道："皇上放心，苦差事、累差事都交给臣，一定不会让皇后娘娘为朝事太过劳累。"

叶裳颔首："得你保证，朕便放心了。"

苏风暖失笑，对他道："萧贤妃的软肋是月贵妃和易疯子，如今二人早都死了。不过，她一把年纪，要了单灼，可见对他父亲真是念念不忘。单灼也许能为你所用。"

叶裳意会："好，我懂得。"

苏风暖又道："湘郡王这个人，能舍得亲生女儿不要，可见是六亲不认的无情之人。这样的人，最爱的是自己，他的软肋便是他自己了。他小心谨慎多年，但小心谨慎过头，就是缺点了。只要运用好这一点，便不足为惧。"

"好！"叶裳伸手搂住她，摸了摸她的头，"乖乖在京城等我，我会每三日命人给你送回京一封书信。你不要偷懒不回信。"

苏风暖笑着点头："好。"叶裳松开她，道了声"乖"，不再多言，翻身上马。苏澈、苏镇也立即上了马。

楚含没立即上马，而是来到苏风暖近前，对她道："我大哥便交给你了，一定要保住他的命。但凡遇到危险之事，我定会帮你挡在叶裳前面护着他。"

苏风暖动容，就冲这一句话，可见兄弟血亲浓于水："你放心，没有你这一句话，我也会尽力保住他的命，我说他有救，他便有救。倒是你，你们兄弟不易，以后互相扶持，一生还长着呢，可要爱惜自己。江南一战，你若是立功，以前过往种种虽不能抹杀，但文武百官定然不会对你立足南齐再有微词了。"楚含点头。

叶睿上前，看着苏风暖，道："皇后娘娘多保重，待扫平内乱，打退北周，我还会来京恭贺你的封后大典和太子降生的。"

苏风暖笑着说："那你可要备好厚礼！"

叶睿笑着点头："自然！"

一番作别，叶裳与一众人等带着三十二万兵马急行军前往江南。

第二十五章 江南之行

烟尘远去，苏风暖依旧站在城门口远望。文武百官立在苏风暖身后，她看起来明明纤细羸弱，可是背影挺得笔直，那姿态如高山一般，身上透着一种安定人心的力量。

苏风暖站了许久，她不回，文武百官也不能走。许云初上前："皇后娘娘，回去吧！"

苏风暖点头，对许云初道："将所有奏折都搬到金銮殿，即刻回金銮殿处理奏折。"

许云初立即道："奏折堆积如山，不是一日就能处理完的，急不得，身体要紧。"

苏风暖对他笑道："从今日起，所有朝臣都在金銮殿议事，随我一起处理奏折。七日之内，必须解决南齐各州郡县所有灾情的奏折。天色还早，我如今不累，走吧。"许云初见苏风暖面色极好，确实不像累态，点点头。文武百官都跟随她一起去了金銮殿。

小泉子带着人将奏折陆续搬到了金銮殿，奏折堆成了一座小山。苏风暖吩咐道："依照轻重缓急，将各个州郡县的奏折分类出来。紧急的奏折，今日就处理。"

朝臣们齐动手，立即忙活了起来。南齐朝堂有史以来，从未有过文武百官齐动手处理奏折之事，苏风暖开了先河。

紧急的奏折分出来后，呈递给许云初，许云初过目一遍后，择选出最紧要的奏折，提笔标注了他认为的处置之法，再呈递给苏风暖批阅，以便不让她太过劳神。每一本奏折到苏风暖手，她过目之后便当即批阅，安排人手立即前往受灾的州郡县，紧急处理灾情。

文武百官真正地见识到了叶裳所说的，苏风暖不仅能带兵打仗，还能高坐朝堂执掌天下。当日，苏风暖带着文武百官处理奏折到掌灯时分，半日时间，处理了二十几个州郡县的灾情，官员也派出了一少半。

许云初怕苏风暖太累，见天黑了，便起身对她拱手道："皇后娘娘，回府歇着吧。"

苏风暖点点头，站起身，坐了半日，的确有些累，出了金銮殿，便见严公公等在殿门口。见她出来，严公公连忙见礼："皇后娘娘，您再不出来，老奴就该进去拽您出来了，太皇太后嘱咐老奴，说您若是天黑了还不出来，就让老奴对您说，您怀有身孕，不宜太劳累。"

苏风暖笑着道："多谢太皇太后体贴我，还好，我不太累。"

"太皇太后知道皇上带兵离京了，您怀有身孕还操持朝事，又来回奔波皇宫和容安王府，怕您累到，便派老奴过来问问您，要不要住去太皇太后的慈安宫？一来您省了腿脚，二来太皇太后每日命人给您做滋补养胎的膳食。"

太皇太后和太后姑侄二人突然身份转变，怕是心里也很不适应，即便有叶裳的保证和许家做依靠，心里想必也不踏实。如今这般示好，苏风暖觉得去住慈安宫也好，让她们踏实，好好地管着这皇宫。若是宫闱出了事端，也影响朝局。

苏风暖痛快地应承，笑着道："好，我今日的确有些累了，就去住慈安宫好了。"

严公公没想到苏风暖答应得这样痛快，愣了一下，大喜道："多谢皇后娘娘，老奴已经命人给您备了车辇。"

"我坐了半日，不坐车辇了，也不是太远，走过去好了。"

严公公连连点头："也好，也好。"

这时，许云初收拾完金銮殿的奏折，慢一步走了出来，严公公笑呵呵地说："太皇太后请皇后娘娘住去慈安宫。小国舅，今日晚膳十分丰盛，您要不要也去慈安宫用晚膳？"

许云初也能体会太皇太后的心思，笑着摇头："我还有事情要处理，就不去了，天黑路滑，你带皇后娘娘回慈安宫路上小心些。"

"老奴晓得。"

许云初对苏风暖道："我去晋王府看看刘文的伤势，他若是无大碍，我将他拉出来。"

"好，这些事情，只能辛苦你了。"

"我向皇上保证过了，总不能言而无信。"

二人说笑了两句后，许云初出宫，苏风暖随着严公公去了慈安宫，小泉子早就得了叶裳的吩咐，留在京中侍候苏风暖，也跟着去了慈安宫。路上，小泉子小声问严公公："太皇太后是如何处置卿昭仪的？"

"别提了，卿昭仪一口咬定孩子是先皇的，花容苑所有侍候的人都跪地求情，说只有先皇住过花容苑，从大皇子离京去灵云寺后，就不曾见过大皇子。太后怕真硬处置了卿昭仪，花容苑那些人也留不得了，这总归是上百条人命，如今，先命人封锁着花容苑，另想办法呢。"

苏风暖回头瞅了一眼，问："卿昭仪？怎么回事？"小泉子连忙将事情说了。苏风暖点点头："这件事好办，稍后我来处置好了。"

严公公连忙说："皇后娘娘，您如今日理万机，这等小事，就不要操神了。万一累到您，皇上该恼太皇太后没做好了。"

苏风暖笑着说："小事一桩。我也想去见见卿昭仪，毕竟当初她进宫，我也插了一手。如今她的事，我确实也要弄个明白。"严公公一听，顿时住了口，点点头。

来到慈安宫，太皇太后和太后已经在宫门口等着，见到苏风暖，太皇太后连忙上前，一把握住她的手："哀家还以为你怕宫里闷得慌，不来小住，没想到你还真来了。"

苏风暖笑着说："太皇太后说有好吃的，我这个人最是嘴馋，自然要来的。"

太皇太后大乐："你若是每日来，哀家便每日让御膳房好好准备你爱吃的膳食。"

"每日来岂不是会把我养得嘴刁了？太后若是不嫌弃，我就每隔一日住在你这慈安宫好了。"

“这样也好，哀家刚刚还在想，这样派严公公去找你，是不是有些唐突了。毕竟，你若是每日留在宫里住，王夫人和苏夫人见不到你，也是担心。那就这样定了。”话落，她对严公公道：“快去，命御膳房端饭菜来，都这般时候了，皇后早就该饿了。”严公公应一声“是”，连忙去了。

太皇太后拉着苏风暖，太后陪同着，三人说笑着进了慈安宫。太皇太后也不在乎规矩不规矩的了，让人拿了靠枕，放在榻上，对苏风暖说：“饭菜端来还有一会儿，你累了半日，快去歪着歇一会儿。”苏风暖也不客气，歪去了榻上。

太皇太后连忙吩咐人将给苏风暖腾出的房间又收拾了一遍。太后陪着苏风暖坐着，笑着对她说：“以前我做姑娘时，太皇太后留我小住，也未曾这般仔细过。如今你能给面子来住，太皇太后真是高兴坏了。”

苏风暖笑着说：“先皇待我宽厚，您和太皇太后是先皇的至亲，即便如今先皇不在这宫中了，我和叶裳也会代先皇尽心尽孝的。太皇太后有请，这里什么都准备得齐全，又有好吃的，我自然是要来的。”

太后闻言眼圈一红，声音微哽地道：“你和皇上都是大仁大义的好孩子，谢谢你了。”

严公公带着人端来晚膳，十分符合苏风暖有孕的身子以及胃口，她吃了很多。饭后，太皇太后催促她赶快去歇着，苏风暖笑着说：“刚用完晚膳，总要消消食，正好我去花容苑一趟。”

太皇太后一听，顿时气道：“那个贱人，死活不承认，而且十分会做人，将花容苑上百侍候的人都笼络得像一块铁板。哀家在宫里这么多年，什么事情没见过，她这样的，也是第一次遇到。还真是小看了她。”

苏风暖道：“宫中还有皇子、公主吧，来个滴血验亲就是了。若真不是先皇的，那她做下此事，还真是不能留；若是先皇的，那么就另说了。也不能凭小泉子听来的话便一口咬定就是事实。”

太皇太后一怔，看着苏风暖：“滴血验亲？能验出来？”

“别的大夫验不出来，但太皇太后您还不相信我的医术吗？”

“好，哀家陪你去。”太皇太后命人喊来了宫里的皇子、公主，出了慈安宫，由人掌着灯，去了花容苑。

花容苑被太皇太后封锁得严实，小小的花容苑，不下五百名宫廷护卫。三人进了花容苑。卿昭仪挺着大肚子，出来迎接，见到苏风暖，脸色发白地跪地见礼。苏风暖看到卿昭仪见到她之后发白的脸，觉得这件事已经成了定局。

苏风暖以前不太明白卿卿有何作用，如今算是明白了。早先，她的作用就是在灵云镇东湖画舫沉船案后，在叶裳落水被困丝网时杀了他。只不过苏风暖那时候出现得太及时，她见识到了苏风暖的武功，没敢下手，便借坡下驴，成了被苏风暖和叶裳所救之人，听从了他们的安排。

后来，她的作用就是入宫后吹枕边风，左右先皇。可惜，先皇那时已经知道了晋王暗中谋乱，对她起了防备和反利用之心，让她怀有身孕，升她为卿昭仪。成了卿昭仪的她，理所当然地受到了先皇的保护，在这皇宫出不了幺蛾子。

有时候女子一旦得了势，比男子更狠辣。无论是大皇子还是丞相，显然都想把卿卿培养成第二个月贵妃。只不过可惜，她注定成不了。时间过得越久，卿卿越感受到来自苏风暖的无形压力，她身子不由自主地轻轻战栗。

苏风暖沉默了大约一盏茶的时间，才缓缓开口："卿昭仪，你是要我滴血验亲，还是自己坦白从宽呢？选择一个吧！"

卿卿白着脸抬起头，一时间，连嘴角都细微地抖动。苏风暖道："丞相在昨夜服用了'半步死'，临死前毁了整个丞相府。刘衍攻城被我擒拿兵败，虽被人救走，但此后也决计踏不进这京城大门一步。无论他们谁，如今都救不了你。

"当初，是我念你可怜，一时动了恻隐之心，也中了你的算计，借晋王之手将你送进宫，如今，这苦果自然是我来摘。你若是聪明，就别糊弄我，凭我的医术，哪怕你的孩子在腹中，我也能滴血验出到底是不是先皇的血脉。"

她看着苏风暖身后站着的几位先皇的小皇子和公主，身子越发地抖。太皇太后见她一个劲儿地抖，更是怒道："贱人，还不快回答皇后的话！否则我将你五马分尸。"

卿卿终于鼓起勇气，道："皇后娘娘，若我坦白，你……你可给我一条生路？"

"那就要看你拿什么来换这条生路了，只靠坦白不够。"

"你想要我拿什么来换？"

到了这等地步，置卿卿死地容易，只不过，人一死也就没什么用处了。如今南齐和北周势同水火，她腹中的孩子是大皇子的，那么，对于南齐无用，但对于北周来说，不见得没有用处。虽然有大皇子作为儿子，但若是儿子死了，那么这个孙子，萧贤妃就会更珍视些吧。

苏风暖拿出一个玉瓶，倒出一颗药丸，递给她："你若是真想要生路，吃了这个，我告诉你。"

卿卿看着苏风暖递到近前的药丸，紫红色的，她猛地一咬牙，捏起药丸塞进了嘴里。

太后不放心，道："吞下去，少耍诡计。"

苏风暖道："入口即化。"太后放下心来。苏风暖道："这腹中的孩子是谁的？"

卿卿垂下头："是大皇子的。"

"因为你的眉目有些神似鬼山派玉颜轻？"

"是。"

苏风暖冷笑一声："大皇子也是有本事。我今夜便派人送你离京，去找大皇子和萧贤妃。我要萧贤妃的命，事成之后，我给你解药。"

卿卿脸色发白："这毒药……期限呢？"

"百日。"

"对孩子可有损伤？"

"但凡毒药，没有哪个是没有损伤的，解了毒后，滋补得好，是会落下个体弱的毛病。你腹中的孩子是大皇子的，我没那么仁善。你也不要想着解毒，普天之下，出自我手的毒药，除了我，别人解不了。"

卿卿抖着身子点头。苏风暖再不多言，转身对小泉子吩咐："交给你了，安排一番，送她出宫，去江南。路上波折辛苦些，别把孩子弄掉了，一定要让人将她送到萧贤妃面前。"

小泉子觉得这是皇后娘娘交给他的第一件事，他一定要办好了，当即重重地点头："您放心吧，奴才一定办好了这差事。"

送走了卿卿，苏风暖和太皇太后、太后回慈安宫歇下了。

第二日，按时早朝，苏风暖上了金銮殿。文武百官休息了一夜，较昨日都精神了些。自从大皇子谋乱，禁卫军、御林军、五城兵马司一直无人统辖。许云初在金銮殿上递了奏折，举荐皇上回京前，这三军的内城兵马合为一处，由刘文任总统领，郑中尉任副统领，护卫京城。苏风暖准奏。

刘文是第一次踏上金銮殿，文武百官都没料到这位晋王府的长子原来虽然沉浸于风花雪月中，但也是真正有本事的。显然，从今以后他定会得到新皇和皇后的重用。

晋王在听闻湘郡王联合北周在江南谋乱时，便病倒了，府中人要为他请太医，他摆手摇头拒绝了，说他是时候去九泉之下对刘家的列祖列宗请罪了。刘文多年来第一次踏足晋王的院子，看着满鬓白发、垂垂老矣、病倒求死的晋王，沉默地在他床前立了半个时辰。

晋王昏沉沉地醒来时，看到立在床前的他，对他说了一句话："我死后，晋王府就交给你了。"刘文不语。

"我知道，这么多年你一直怨恨当年容安王和王妃之死有我的参与，我做下孽障之事，也不求你原谅。晋王府除了我，所有人都是无辜的。我已经和叶裳、苏风暖谈妥，以我一命，换晋王府所有人的命。他们会既往不咎。我看他们对你极好，只要你不出大错，晋王府依旧能在京中立足。"

刘文依旧不语。晋王又道："刘焱那孩子，被我保护得太好，如今在外面历练一番，也是好事。你是他的亲生父亲，不管别人，总要管他吧？我死后，你替我告诉他，就说爷爷这一生最疼爱的人就是他，让他好好活着，效忠朝廷。这天下，是刘家的天下。我们是刘姓，就该好好担负起肩上的责任。"

刘文终于开口："你若是早这样想就好了。"

"你终于与我说话了。我糊涂一生，到老才明白，太迟了。我走了，你好好地记住我的话。"说完，终于闭上了眼睛。晋王去得安详，唯一落下的遗憾便是临死没见到他最疼爱的孙子刘焱一眼。

刘文怨恨了晋王多年，如今随着晋王的死，怨也消失了，恨也抚平了，晋王毕竟是他的亲生父亲。刘文给晋王叩了三个头送行。然后，他吩咐晋王府挂起白布，设了灵堂。宗室的一众人听闻消息后，都连忙前往晋王府吊唁。

苏风暖正在金銮殿和群臣议事，处理灾情的奏折，小泉子前来附耳禀报，说晋王去了。她一怔，没想到她和叶裳没有对晋王如何，他便自己死了。人死了，那么，前尘种种便也不必再提了，他还是宗室忠于朝廷的老王爷。

叶裳身为皇帝，除了朝臣忠心，离不开宗室的扶持。苏风暖身为皇后，理当去吊唁一番。她转头对许云初道："晋王去了，我前往晋王府一趟。"

许云初一怔，低声道："我听闻皇上离京之日，晋王便病倒了，病势十分凶险，但他拒绝医治，显然是去意已决。"

苏风暖颔首："他死了也好，从今以后，晋王府真正忠于的是南齐皇权了。"

许云初点头，站起身："我陪你去。"

二人来到晋王府门口，便听闻里面一大片恸哭声。小泉子高喊了一声："皇后娘娘驾到！"里面的哭声霎时一停，守门人不敢阻拦，齐齐跪在地上。

晋王府的人连忙从里面匆匆迎了出来。苏风暖走到半途中，便见刘文带着一众人等迎面而来，跪在地上对她见礼。

苏风暖看着黑压压一群人，想着晋王虽然对南齐有不忠不臣之心，但为人不错，他一死，满堂人来吊唁。她上前一步，亲手扶起刘文，面上适时地摆出哀恸之色："文叔叔快起吧！老王爷年迈，到了大限之时，是人之生死轮回，不可逆转。你身上有伤，切莫太过伤心。"

刘文知道苏风暖这是在给他立威，毕竟他胡闹了多年，刚入朝便得了重用，不忿者众多，让人看到她对他的亲厚和器重，以后处理起公务来便顺当得多了。他顺势直起身，道："多谢皇后娘娘了，父王能得您亲自送一程，九泉之下定会心安不少。"

苏风暖明白刘文的意思，对众人道："都平身吧！本宫听闻老王爷撒手人寰，十分哀痛，前来吊唁，不必多礼。"她又对刘文道："带我去灵堂吧。"

灵堂前摆放了一具红漆棺木，棺木前放了个火盆。白幡高挂，白布条随风乱舞。有人递给苏风暖烧纸，苏风暖伸手接过，一张张地扔进火盆里，口中道："老王爷好走，晋王府只要不出通敌卖国不忠之臣和祸乱朝纲之事，本宫向你保证，永葆晋王府荣华。"

刘文觉得这承诺极重，当即跪地叩谢："多谢皇后娘娘，晋王府誓死忠心南齐皇权，做皇亲宗室表率，辅佐新皇和皇后，开创盛世，使我南齐国富兵强，国泰民安。"苏风暖点点头。她相信刘文，也相信刘焱，晋王府至少两代不会再出晋王这等不忠之臣之人了。

吊唁完晋王，天色已晚，苏风暖没有再去皇宫，而是回了容安王府。她刚迈进府门，身后便有人骑快马而来，同时大喊："报！八百里加急！"

来人来到府门口，翻身下马，跪在地上，呈递奏报："禀皇后娘娘，八百里加急！"

苏风暖伸手接过，打开一看，竟然是湘郡王埋伏在京城前往江南的路上拦截援军的军情急报。他埋伏了十万兵马，叶裳带了三十二万兵马离京，即便他占据了险要的地势，但叶裳事先察觉，反其道行包抄，杀死了带兵的大师爷，将他的十万兵马尽数收编。

队伍从三十二万变成了四十万，这算是初战大捷的捷报！

苏风暖看着八百里加急，是叶裳亲笔信函，命人骑快马送回京的，一时间心情大好，格外高兴，喊道："来人。"

小泉子当即上前："皇后娘娘！"

苏风暖将奏报递给他："张贴告示，通告各州郡县，新皇首战大捷。"

"是！"小泉子也极为欢喜，连忙高高兴兴地捧着奏报去了。

朝廷上下听闻新皇一下子收拾了湘郡王埋伏在半途中的十万兵马，十分振奋。首战大捷，预示着扫平内乱、打退北周有一个很好的开始。

转日，苏风暖要上朝时，又收到了一封飞鹰传书。她打开信函，见是来自凤阳。信中说，凤阳、苏青、秋华三人前往东境，在凤来的帮助下，救出了被湘郡王关在地牢里奄奄一息的凤老爷子。凤老爷子临终前，将凤阳镖局秘辛阁的钥匙给了他。他带凤老爷子回总坛安葬后，打开秘辛阁，发现了一个收藏在凤阳镖局秘辛阁里的秘密。

四年前，岭山织造被瘟疫覆盖，是有人为了掩盖一个事实，那就是云山真人是萧贤妃、月贵妃、易疯子三人的亲生父亲。

苏风暖震惊不已。得知右相是斩熠师祖和叶嫣第二子之事，她大为震惊，觉得以后不应该再有什么事情更令人震惊，没想到，这里还有一桩。

她与云山真人算得上是忘年交。他有两大弟子，一个是右相，另一个是麓山书院陆文峰，因这二人徒弟遍布天下，也致使云山真人徒孙遍布天下。她曾经觉得，若说真正的跳出三界外，不在五行中的人，不是灵云寺的灵云大师，而是云山真人。他居无定所，走到哪里都片叶不沾身。怎么也没有想到，云山真人竟然是月贵妃、易疯子、萧贤妃的亲生父亲。

去年，她查岭山织造的卷宗，查到了萧氏一门一共十一房三十七院，七嫡四庶。其中，萧氏族长膝下庶出第三子萧葛，有一子二女，一子名萧易，一女名萧灵玥，一女名萧灵晴。萧易是易疯子，萧灵玥是月贵妃，萧灵晴就是萧贤妃。

当初，那卷宗关于此事只记载了寥寥几笔，说他们这一房做下大逆不道之事，被岭山除籍。据叶裳所说，萧葛的夫人倾慕萧葛兄长，做了些有碍人伦之事。萧葛怀疑那一子两女不是他的骨肉，一怒之下，杀了他的夫人和兄长，之后又要杀三个子女。族长出面，痛杀了萧葛，然后将这一子两女逐出岭山了。

她不怀疑被凤老爷子悉心收在凤阳镖局秘辛阁里的这一桩秘密是假的，可是若是真的，她真应该重新审视一下云山真人了。她攥着密函，吩咐小泉子：“你即刻去一趟红粉楼，见到老鸨，就对她说我要云山真人的踪迹。”

小泉子见苏风暖接到了飞鹰传书后，脸色不对，连忙应声“是”，立即去了。

苏风暖揣好信函，照旧去了早朝。因新皇初战大捷，朝臣都十分高兴，这两日见苏风暖行事随性，早朝上也不如前两日拘谨，紧急的灾情都处理了，接下来处理轻缓的灾情，所以，朝臣的心态也都轻松了许多。

小泉子去了半日，快到晌午时回了皇宫，附耳对苏风暖说：“皇后娘娘，奴才等了半日，老鸨说查到了，如今云山真人似乎在江南。”

苏风暖一听，当即浑身有些发冷，点点头，道：“知道了。”

晌午休息时，苏风暖去太皇太后宫里用膳，邀许云初一起。许云初早已经发现了苏风暖的脸色不对，知晓她有话要说，便点点头，随着她去了慈安宫。路上，苏风暖对许云初道：“出了一桩事情，有些棘手，我想赶去江南。怕是要由你来监国，坐镇京城了。”

许云初一惊：“你要去江南？出了什么事？”

苏风暖抬手挥退了左右侍候的人，将凤阳飞鹰传书之事与许云初说了。云山真人是天下德高望重的人物，十分受人推崇。听到这样的事，许云初惊得半晌没说出话来。“可是皇上临走前交代了，让你必须留在京城……”

“若不出这样的事，我是必须留在京城，可是如今，我去江南之心似离弦之箭，我一刻也不想在京城待了。幸好这两三日将紧急的灾情都安排了，接下来你坐镇京城，来处理余下的事，只能辛苦你一些了。”

“辛苦我倒是不怕，只是你怀有身孕近四个月，万一此去江南出了什么事，我万死难辞其咎。这样吧，我代替你去江南。”

苏风暖摇头：“云山真人这个老道，若真做最坏的打算，你对付不了他。你放心，我不会有事的。”

许云初抿唇，道：“这样，将朝政交给别人，我陪你去江南。对皇上来说，你重若江山性命，让你单独前往江南，我无论如何也不能答应。”

“如今，走了你我，还能将朝政交给谁呢？”

“二皇子来监国，王大学士、六部尚书来辅助，刘文管辖内城兵马。如今一切纷争都在江南，只要他们稳住京城，按照你这两三日铺开的路来处理缓解灾情，京城就不会有事。”

苏风暖无奈：“我自己能行的，你这样安排，到底不如你待在京城让人安心。”

许云初摇头：“对于南齐的江山社稷来说，皇上和你最重要。我相信若是皇上知道，也会赞同我的安排。”

苏风暖叹了口气："好吧，就这样安排吧。用过午膳，召集百官，安排妥当后，我们即刻启程离京。"许云初颔首。

二人到慈安宫，将打算前往江南之事与太皇太后和太后说了。二人惊得够呛，连忙问发生了什么事。苏风暖只说江南形势危急，她担心叶裳，必须去一趟江南。太后立即道："二皇子身子骨据说极不好，他能监国吗？"

苏风暖道："能的。二皇子这些日子由我师叔用好药调理，没有性命之忧。"

太皇太后一听，深知若是江南事态严峻，叶裳一旦出事，这南齐江山就完了。她琢磨片刻，咬牙："好，你们去吧。大不了，国丈和哀家拖着一把老骨头都出来协助二皇子，与众人一起，把京城守好，等你们回来。"

苏风暖露出笑意："多谢太皇太后了。"

用过午膳后，四人一起前往金銮殿，途中，苏风暖命小泉子去容安王府请二皇子入宫。

二人要离开京城，自然遭到了朝臣的反对。苏风暖没言语，太皇太后出面，从江山社稷说到新皇安危，又说到江南形势如此严峻，若是被北周撕开一道入侵的口子，南齐的河山便会被践踏，这京城只靠这么点儿内城兵马，届时也守不住。国难之时，便要行必要之法，她支持二人前往江南。

太皇太后这样一说，群臣反对的声音便弱了些。

林之孝在玉灵的调理下，已经可以慢慢行走，他缓步踏入朝堂，对太皇太后、太后、苏风暖见礼后，道："皇后和小国舅信任我，我自当竭尽全力，守好京城，定不负所望。众位大人，皇后已经为处置各州郡县的灾情铺开了路，相信沿用她之法，我们一定能稳住京城，等待皇上和皇后平安归来。"

王大学士上前附议。六部尚书上前附议。群臣互看一眼，也只能同意了。

苏风暖当即吩咐安排车马以及出行的一应所用，只带容安王府和国丈府的府卫，合起来千人。轻装简行，出了京城。

马车由上好的宝马拉车，车内铺置了厚厚的锦绣被褥，不走山路，官道平坦，并不颠簸。苏风暖躺在车中养精蓄锐。许云初骑马跟在车旁，派出一小队人马头在前探路，同时两府府卫紧密地护卫着马车。因三日前有叶裳的大队人马开路，扫清了湘郡王埋伏的障碍，是以，官道一路十分平顺。

五日后，来到了江南的地界。许云初见天色已晚，勒住马缰绳，对苏风暖道："我们还不知道如今江南是何情形，不好贸然闯进去，是不是应该先找个地方落脚，命人打探一番，再做打算？"

苏风暖挑开帘幕，向外看了一眼，对他道："前方十里就是落霞坡了，当初我师父就死在那里，我也有三四年没有去了。这样吧，我们去落霞坡落脚。"

许云初点头，吩咐："去落霞坡探探，若没有异常，今日落宿落霞坡。"一小队人马应声，立即去了。

队伍慢慢行进，半个时辰后，小队人马打探回来：“落霞坡那一小面山坡，有几间茅草房，但是落满尘埃，无人居住。整个落霞坡，也无人迹。”

许云初闻言吩咐：“去收拾一番，就落脚在落霞坡了。”小队人马应“是”，又折了回去。

来到落霞坡，苏风暖下了马车。此时夕阳西下，落霞洒满整面山坡，几间茅草房立在山坡上，一如昔年，完好无损，似乎半点儿没受风霜雨雪的侵蚀。苏风暖看着看着，似乎看到了她的师父躺在茅草房的房顶上，手里拿着个酒葫芦在喝酒。

茅草屋里锅、碗、瓢、盆一应俱全，只不过都落满了灰。府卫们在打扫着灰尘。她绕着茅草屋转了一圈，坐在了院中的石桌前，对许云初道：“我一直在想，师父到底是谁杀的？怀疑过林客，怀疑过凤来，怀疑过丞相，怀疑过大皇子，最终我发现，似乎都不是。”

“你师父临终前对你交代遗言，却没有说是谁杀的他。可见，有十分不能说的理由。”

“是啊。师父教导我和师兄，别人欺负了你，一定要欺负回来，时间一长，便没有人敢欺负你了。他连死都宁愿吃哑巴亏，不让我们为他报仇，可见这个人真是不能说。”

许云初低声道：“你怀疑是云山真人？”

苏风暖抿唇：“我想不出来他杀师父的理由。师父除了前朝后裔的身份，手中当时攥着望帝山的帝师令和太祖传下来的铁券符，他临终前传给了我。我觉得，杀他的人无外乎这三个原因，一个是他的身份，另外两个是他手中的东西。其余的，我确实无论如何也想不出来了。”

许云初道：“最好先找到云山真人。”

苏风暖点头，伸手入怀，拿出一封她早就写好的信函，喊过一名府卫，吩咐道：“去八里外山下的江湖茶馆，找掌柜的，将这封信交给他。”府卫应声“是”，揣好信函，立即去了。

府卫们很快就打扫好房间，生火做饭，不多时，落霞坡便有了浓浓的烟火气。用过晚膳，苏风暖派出的那名府卫也回来了，带回了一个人。

那人四十多岁，留着山羊胡子，见到苏风暖，当即心喜地见礼：“上次姑娘来江南，没传信给我，我一直心有郁郁，没想到如今姑娘又来江南了，您总算想起我了。”话落，他忽然想到了什么，连忙改口，“不对，我说错了，是皇后娘娘。”

苏风暖失笑，摆手让他入座：“还是喊姑娘吧，听你们喊我姑娘最顺耳。上次来江南，没待几日便被人劫持了，也就没能找你。如今来江南，自然忘不了你。”

那人笑呵呵地入座，道：“姑娘忘不了我最好。”说完，他压低声音说，“姑娘要找那老道的下落，如今最是好找，他就在十里外的浅璧滩。这个老道，就喜欢住在有水的地方，无论是碧水湖畔，还是湟水河边，总之住在水边比住在道观里的时候多。”

苏风暖道：“浅璧滩……很近。”

“如今天色已晚了，姑娘要过去？”

“都什么人住在浅璧滩？”

“只有被他从小抚养长大的一个小道士，叫旭升。”

“不急着见他，我交代给你一桩事，调动江南所有暗桩，给我查查丞相夫人、小姐孙晴雪、公子孙泽玉的下落。看看他们是否也在江南。”

那人眨眨眼睛：“姑娘，这个不必您吩咐了。属下在几日前听闻京城之事，丞相府谋乱后，闲来无事，便手痒地查了。”

“嗯，”苏风暖笑了，“这样倒是省事了，他们在哪里？”

“说起来，这事也新鲜了，他们母子三人，出了京城便分开了。丞相夫人去了北周与南齐的交界处鬼山派；孙晴雪如今就在江南境外，在萧贤妃身边参谋军事，十分得用，昨日，你大哥与北周一战负伤，就是孙晴雪所为；孙泽玉嘛，就近了，就在我的江湖茶馆。”

孙泽玉就在山下八里外的江湖茶馆，出乎苏风暖的意料。“他怎么会在你的江湖茶馆？在做什么？”

“他的状态似乎十分不好，两日前来到后，丢了一锭百两的银子，便住在了我那茶馆里。每日里，浑浑噩噩地坐在里面听说书人讲江湖上的新鲜事，不像是要做什么。”

苏风暖思忖片刻，转头对许云初说：“走，八里地也不太远，我们去会会他。”

许云初颔首：“好。”

那人连忙说：“这落霞坡冷清得很，姑娘，您既然怀有身孕，不适宜住在这茅草房里，万一夜晚染了寒气就不好了。既然您要去我那里会会那位孙公子，不如就住在我那里！地方虽小，但是挤挤也住得下，也免得会完他再折腾回来。”

苏风暖想想觉得他说得也对，来回一趟也是折腾，便点点头：“也好。”

于是，一行人收拾一番，下了山，来到八里外山下的江湖茶馆。掌灯时分，茶馆里客满，十分热闹。苏风暖踏入门，一眼便看到了坐在角落里的孙泽玉。

丞相府的事情不过是发生在十多日以前，孙泽玉却如换了个人一般，昔日温润的丞相府公子，如今整个人周身都透着颓靡。她在门口顿了片刻，只见他颓然地坐在那里，不知道在想什么，眼神放空，像是没有焦距。丞相府谋乱一事，孙泽玉应该是到发生的那一刻才知情，否则，不会是这般模样。

她缓步迈进门槛，来到他面前，缓缓开口：“孙公子！”

这一声，似乎是从天外飘来的声音。让孙泽玉整个人猛地一震，瞬间惊醒，看向声音的来源处，露出难以置信的神色。苏风暖对他一笑：“在京城没能如约请你吃烤野味，只能来这里请你了。”

孙泽玉又是一震，片刻后，眸光灰暗下去，慢慢地站起身，艰涩地开口：“我一条贱命，还要劳烦皇后娘娘不远数千里来拿办我，抱歉得很。”

苏风暖扬眉笑道：“你怎么觉得我不远千里是来拿办你的？为什么不觉得我是真的如约来请你吃烤野味的？”

孙泽玉默了默，颓然苦笑：“丞相府谋乱，天下皆知，你没有理由再请我。”

“我这个人呢，素来答应别人的事情一定要做到。哪怕丞相府谋乱，也没打算毁约。”

孙泽玉细微地露出动容之色。半晌，他沙哑地开口：“多谢苏姑娘，你当真是个言而有信之人。”

“出了这个小镇，向山行走三里，便是山林。今日孙公子还没用晚膳吧？现在就去可好？”

孙泽玉看看苏风暖，又看看许云初，还看了一眼江湖茶馆的掌柜的，点点头：“好。”

苏风暖转身出了江湖茶馆，对掌柜的传音入密吩咐：“盯好浅璧滩，云山老道一旦有动作，立马告知我。同时再打探一番战事如何了，叶裳在哪里。”

出了江湖茶馆，苏风暖坐进马车里。许云初命人牵来一匹马给孙泽玉。孙泽玉道了谢，翻身上马。许云初见他上马不太顺利，似乎受了内伤，不解地问：“孙兄如何受了重伤？”

孙泽玉艰难地道：“被我娘打的。”

许云初扬眉：“没想到孙夫人有武功，以前未曾发现，竟然还如此高深。”

“我娘出自鬼山派，只不过一直不为人知罢了。鬼山派有一门功法，能逆转经脉，隐藏武功，哪怕在顶尖的高手面前，也如没有武功一般。”

许云初闻言“哦”了一声：“真未曾听闻。”

苏风暖此时挑开帘幕，对孙泽玉道：“据我所知，鬼山派没有此功法，有此功法的是望帝山。不过，鬼山派有一门功法，叫练血隐源，顾名思义，就是可以将旁的功法逆行炼化，隐了来源，变成自己的。怪不得我从你们身上丝毫没发现武功内息的气息，原来是望帝山的功法与鬼山派的功法融合，将两者都隐藏了。”

孙泽玉闻言脸色一暗：“我很小的时候我爹就告诉我，说丞相府是文臣，不是武将，不要将学武之事张扬，为人也不要张扬，免得被人猜忌，不得安稳。我娘告诉我，她自小被家人暗中送去鬼山派学艺，是因为自小身体得了一种病，非鬼山派的一门武功不能救。出师后，她嫁给我父亲，不能让人知道她与鬼山派有牵扯，免得我父亲被人诟病，影响他的仕途。所以，也不准我们外露武功。

“没想到，他们说的话都是骗我的。我父亲根本就不是为了安稳，而是为了毁南齐江山，而我娘，本来就是北周在南齐的暗桩。”

苏风暖叹了口气，没说话。许云初拍拍孙泽玉的肩膀，对他道：“我不太明白，据说令妹如今在萧贤妃身边，显然是知道个中内情，孙兄你却不知道，为何丞相和夫人独独瞒你？你可知道？”

孙泽玉痛苦地摇头：“我不知道。”

“你就没有问过吗？”

“那一日，我父亲让我娘带着我们出城，我不走，问为什么。我爹说我以后就知道了，我便被我娘拉着走了。出了京城后，我问我娘，她说，如果我爹不能杀了苏风暖和叶裳，她就等着有朝一日杀了他们，再告诉我。”

许云初道：“你没问出来？”

孙泽玉摇头：“没有。”

“你们三人为何分开了？她们二人呢？”

“我娘去了鬼山派，妹妹去了萧贤妃身边，这两处我都不想去，听说北周和南齐的战事在江南，我便来了江南。待在江湖茶馆里，觉得能活一日算一日，哪日没滋味了，死了也罢。”

许云初暗暗叹了口气，不再说话。孙泽玉默然地骑着马，也不再言语。苏风暖坐在马车中，想着按理说丞相和夫人只孙泽玉这一个儿子，他们把暗中谋算的事情都告诉了孙晴雪，更该告诉他，自小潜移默化地培养他才是。这样瞒着他，不太合常理。

三里地很快就到了。此时天已经彻底黑了，山林黑漆漆的，在夜里静寂得很，许云初吩咐几名府卫去打猎。他转头对苏风暖说：“我让人拾干柴架火，稍后你只负责烤就行。”

苏风暖笑着点头：“这个简单得很，好。”

府卫们打了十多只山鸡和野兔，有人负责煺毛，有人负责剥皮，有人负责拾干柴，有人负责找水清洗，有人负责架火。

苏风暖坐在火堆旁，见孙泽玉一直站着，伸手指了指她对面，道：“过来坐啊！”孙泽玉慢慢地坐下了。隔着火堆，苏风暖对他说：“我想了想，唯有一个理由解释得通丞相和夫人为什么瞒着你。”

孙泽玉立即问：“什么理由？”

“你不是他们亲生的。”

孙泽玉一怔。苏风暖道：“这样祸国谋乱、毁社稷的大事，他显然早就有打算。可是，丞相府之事最受不住的人是你，你觉得一夜之间似乎天塌地陷了。而丞相夫人和孙晴雪显然不受影响，她们继续做着丞相未完成的事。你若是他们亲生的，他们怎么可能会如此毁你？总要为你的将来打算和考虑。”

孙泽玉难以置信：“这……怎么可能？”

许云初在一旁道：“也许真有可能！扭曲了人性的人，是什么事都做得出来的。从月贵妃和萧贤妃易子而养，到牵扯出前朝易子之事，这等滑天下之大稽之事，多你一件也不稀奇。”

苏风暖道："易子而养我倒觉得搁在丞相府不太可能，丞相和夫人没有理由与别人易子而养。"话落，她想起陈芝苒，问孙泽玉，"你的身上可有什么印记，图案，或者，从小到大有什么特殊的不离身之物，被人嘱咐、珍惜收着的东西？"

孙泽玉听苏风暖如此说，面色变换了一番后，点了点头："我的后背似乎有一块图案，侍候我的一个小童帮我擦背时告诉过我，但我自己不能看到，我娘说是胎记。还有一样东西，我爹让我贴身收着，说是在我出生时，云山真人为我求的平安符。"

苏风暖对他说："平安符可随身带着？拿出来看看？"孙泽玉伸手入怀，将妥善收着的平安符拿出来，递给了苏风暖。

平安符是用一个锦囊包着的，她打开锦囊，拿出平安符时手猛地一抖，难以置信地睁大了眼睛。这平安符，她十分熟悉，很多年前，她时常看到一个人一只手拿着酒葫芦，另一只手拿着平安符，就躺在落霞坡的房顶上，看落霞，看日月星辰，那是她的师父。

她脸色变换了一番，压住惊异："这平安符是从什么时候开始跟随你的？"

"从我出生就跟着我了，一直被我收着。"

苏风暖闻言又仔细地看了看这平安符，是一小块紫檀木，有雕刻的祥云纹，转角有一个小字，是"安"字。她师父的那块平安符，转角雕刻的是"平"字。她看着孙泽玉，难道他和她师父有关？

这两块平安符，从刀工上来说显然是出自一人之手。她师父为她和师兄雕刻过一对祥瑞兽，就是这样的雕刻手法。她伸手入怀，将自己一直收着的那只祥瑞兽拿了出来，问孙泽玉和许云初："你们看，这雕刻的刀工是不是出自一人之手？"

二人凑近，仔细看了片刻，许云初道："是出自一人之手，与这祥云纹的雕法一模一样。"

孙泽玉也点头，看着苏风暖，讶异地问："你这祥瑞兽是来自哪里？"

苏风暖对他道："我师父手里也有一块与你这个几乎一模一样的平安符，只不过，他那块上面的字是'平'，你这块上面的字是'安'。这祥瑞兽，是他为我和师兄雕刻的，是我们入师门的见面礼。"

"我的这块平安符，父亲说是云山真人给我求来的。难道是从你师父手中求的？你师父是……望帝山的哪位高人？"

"我师父是前朝斩熠师祖和英夙公主之子，太宗赐名云凰，望帝山弟子号青凰，是上一代望帝山执掌帝师令的掌山人。他生平喜好虽多，但从来不会为人求平安符。"

孙泽玉似乎不知道该说什么了，只是看着平安符，似乎极其不解。

苏风暖道："你后背的图案，给我看看。"

孙泽玉闻言，脸上露出不自在之色："这……"

许云初在一旁道："皇后娘娘虽然是女子，但也是医者，你就将她当作医者好了。"

苏风暖道："若你的身世真如我所想有问题，我还真要看看，尤其是你这平安符，似乎与我师父有关，我便不能等闲视之。"

孙泽玉点了点头，解了外衣，脱下内衫，露出后背转过身。苏风暖借着火光看孙泽玉后背的图案，乍一看还真像是一块胎记。她拿出一个玉瓶，递给许云初："将这玉瓶里的粉末都撒在他的后背上。"许云初点头，依言而做。

不多时，那乌糟糟的一团青色如胎记一样的东西褪去，露出了清晰的图案。苏风暖一眼便看清了他后背的图案，是一只青鸟和一片祥云图，她心神大震。

许云初同样露出难以置信的神色。他是隐约知道一些望帝山的事情的。望帝山每一任掌山人，都有一只祥瑞兽做自身的代表，苏风暖的师父，是青鸟；她身为这一代望帝山的掌山人，则是彩凤。这是由帝师令择主择出来的结果。

孙泽玉感觉两人气息不对，回转头看着二人，问："你们看清了吗？是什么？"

苏风暖隔着火光，看着孙泽玉的眉目，一时间脸色变换，没言声。许云初开口道："看清了，是一只青鸟和一朵祥云。"

孙泽玉不解："不是胎记？"

许云初摇头："不是。胎记是天生的，用药物除都除不去，这青鸟和祥云是有人为你文上去的，只不过又被人用特殊的药物隐藏了，以寻常眼光来看就像胎记。"

孙泽玉惊异不已，见苏风暖神色不对，问许云初："什么样的文身手法？"

许云初看了一眼苏风暖，道："如你这平安符和她手中的祥瑞兽一般模样的文身手法，像是出自一人之手。"

孙泽玉闻言又看向苏风暖。苏风暖收回视线，慢慢地翻动快烤焦了的山鸡，对他说："把衣服穿上吧，吃完了烤野味，我们去浅璧滩。"

她要去找云山真人！她隐约地觉得，只有他才能最快地给她一个答案，关于孙泽玉与她师父如此深的关联，以及她师父的死。孙泽玉虽然满腹疑问，但见苏风暖脸色不太好，便压下不问，慢慢地点了点头。

许云初觉得，这一趟江南之行，迄今为止已经不虚此行了。

第二十六章
真相大白

苏风暖不再言语，专心地烤着山鸡和野兔。全都烤完后，她挑选了两只最好的，一只给了孙泽玉，另一只给了许云初。孙泽玉伸手接过，道了声谢，便低下头慢慢地吃着。

许云初早已经在落霞坡用过晚膳，便将山鸡撕开一半，递给了苏风暖。苏风暖摇摇头："我早就吃饱了，如今不饿，你吃吧。"许云初知道苏风暖是因为心情不好。他撕了个鸡腿，其余的都分给了府卫们。

山林外静静的，已经入夏，山风虽然带着几分凉意，但不冷寒。孙泽玉吃了半只山鸡后，对苏风暖说："我从没吃过烤野味，的确很好吃，这是这么多日子以来我吃过的最好吃的东西了。"

苏风暖对他笑了笑，站起身："走吧，我们去找云山真人。"

没用半个时辰，便到了浅璧滩。在浅水河边，有三间房舍，篱笆墙围着，院子里养了几只鸡，听到人声，咕咕地叫着，向角落里挤去。苏风暖下了马车，来到门口，扶着墙围子，对里面喊："臭老道，你一个道士，养鸡做什么？杀着吃吗？"

她话落，里面的房门打开，一个小道士跑了出来，笑嘻嘻地说："苏姑娘来了，刚刚真人还在说您呢。"

"哦，"苏风暖一笑，隔着院墙问，"说我什么？"

旭升笑着说："真人掐算您来了江南，一定会先来这浅璧滩。"

苏风暖扬了扬眉，笑道："既然他如此能掐会算，我正好有一桩事，要找他算算。"

旭升来到门口，打开了院门。这时，云山真人从里面走了出来，穿着道袍，仙风道骨。他捋着胡子道："小友远道而来，还带了不少客人来，这可是头一遭啊。"

苏风暖看着他："你这老道，算出我会来，就没算出我会带客人一起上门？可见这本事也不是多大嘛，瞎吹一通。"

云山真人大笑："你这张嘴，当了皇后还是这么伶牙俐齿。"

苏风暖笑着进了院子，口中不饶地道："当了皇后怎么了？也不耽误说话。"

许云初和孙泽玉在苏风暖身后进了院子，府卫跟进来十人，其余的人都守在篱笆外。二人对云山真人见礼。云山真人道："小国舅真是好风采，不愧是许家人。"话落，他对孙泽玉道："才多少时日不见，你怎么变成这般模样了？"

孙泽玉道："家里遭逢大变，生不知如何活，死觉枉来世上一遭，便是这般模样了。让您见笑了。"

云山真人道："一切都是天命注定，不必想那么多，生死不过是天道轮回，想得多也是枉然，该如何活就如何活。"

苏风暖接过话，嗤笑一声："臭老道，你倒是会劝慰人，不如你也来劝劝我。"

"劝你什么？你这小友，还用别人劝？"

"用的。比如，您怎么就成了萧贤妃、月贵妃、易疯子三人的亲生父亲？比如，您是怎么收丞相为徒的？如何教导他毁灭南齐这样的大业的？比如，孙公子的身世与我师父有何关联？比如，我师父是如何死的？死在谁的手里？比如，当下在北周兴兵江南时，您待在这浅璧滩，距离战事如此之近的地方，是真的有闲情逸致在这里养鸡悠闲度日，还是有什么目的？在北周和南齐两国的交锋下，暗中起着什么作用？您帮我解了惑，便是劝了我。免得我心中谜团不得解，郁郁难安。”

云山真人捋着胡子一笑：“我便知道小友来此，不是找我喝茶叙旧的。”话落，他转身进了屋，“屋里坐吧。你要知道的事，这普天之下还真就我能解惑。”

苏风暖跟着他向屋中走去：“这么说，我还真是来对了。”

许云初、孙泽玉跟着二人进了屋，府卫们守在门外。屋中掌着灯，云山真人坐在桌前，对苏风暖招招手，和气地道：“小友，坐。”

苏风暖坐在了他的对面，许云初和孙泽玉择了位置坐下。云山真人喊：“旭升，沏一壶茶来。”旭升应了一声，不多时，沏了一壶茶，逐一给四人斟满。

云山真人喝了一口茶，道：“小友的疑惑太多，我便一桩一桩地给你解。”

苏风暖笑着说：“长夜漫漫，不急，慢慢解，总归我们是要彻夜长谈了。”

“怀有身孕的人还这般精神，我也只服你了。”

“没办法，操心的事情太多。”苏风暖喝着茶，等着他慢慢说。

云山真人道：“去年，你陪叶裳去我那道观为当时还是太子的刘衍求解‘无伤花’的解药‘有情草’，我与你说过‘无伤花’和‘有情草’的故事，你可还记得？”

“记得。”

“故事是对的，但不是发生在百年前，而是几十年前，而故事的主人公便是我老道本人。我那师妹喜欢上的人，便是岭山织造十一房的庶出之子萧葛，我喜欢师妹，年轻气盛，气不过，觉得她喜欢谁不行，偏偏喜欢一个庶子。而那庶子无才便也罢了，还十分懦弱自卑，我处处比他强，她却不喜欢我。我一怒之下，对萧葛下了无伤花之毒，那是我新研究出来的毒药。我对师妹说，她若是能解了‘无伤花’，我便成全他们。师妹使出浑身解数，钻研出了解毒之法，取名‘有情草’。但是她到底因为心急，不能静心研究医术，虽然解了毒，但萧葛自此也落下了终身残疾，不能人道的病。

“师妹怒极刺了我一剑，还是毅然决然地嫁给了萧葛。我心灰意冷，远走他乡，去了北周西北的不毛之地，自我放逐了三年。三年后，我还是放不下，想回来看看她过得好不好，才发现，原来她和萧葛成了一对怨偶。

“萧葛怨她，因为她，他才变成残废，不能人道，她活在萧葛的怨怒中。同时，她身为庶出媳妇儿，在岭山织造地位低下，被族里人打压得喘不过气，日久天长，也生了怨恨之心。

“我发现后，便有些后悔，她是我从小一起长大的师妹，如今过的这日子有一大半是我造成的。我便将已经制出解药的真正的‘有情草’给了她，让她给萧葛解毒。解了毒，萧葛就会恢复成真正的男人。可是她改主意，不想给萧葛解毒了。”

云山真人说到这儿，深深地叹了口气：“入岭山织造的女人，即便死，也要死在萧家，这是萧家的规矩。她不能随我离开，也不想随我离开，说我既然喜欢她，不在意她到底变成什么样、什么身份。当时我也许因为不甘，也许因为放不下她，一念之差，便被她拉入了我自己的心魔中，陪着她堕入地狱，做出了不该做的事。”

苏风暖接过话：“所以，萧易、萧灵玥、萧灵晴真的是你的亲生儿女？”

云山真人点头：“没错。”

苏风暖看着云山真人：“然后呢？”

“我在矛盾与挣扎中弥足深陷，想方设法要拉着她脱离岭山织造，可是她说什么都不走。一年后，她怀有身孕，萧葛大怒，问她怎么会有孩子。她说服萧葛，说她一直研制解药，为他解‘无伤花’的毒，因他日日对她怨恨，她就没告诉他，是想给他一个惊喜，萧葛就信了。这样，她生下了萧易，又过了一年，生下了一对双生女，取名萧灵玥、萧灵晴。

“又过了一年，我一个故友在极北之地传来消息，大限将至，约我见最后一面，我便离开了。几个月后回来，我发现她竟然与萧葛的兄长纠缠在了一起。我那时才幡然醒悟，她不爱我。我大为心伤，毅然决然地与她一刀两断，重回极北之地，入道家，修习道法。

“这一走，便是数年，当听闻她与萧葛的兄长事发，被萧葛一怒之下杀了之后，我才从极北之地回来，可是那时已经晚了。族长杀了萧葛，将不是萧家骨血的三兄妹逐出了岭山织造，三人不知所踪。我找了三年，终于找到了他们，但那时，他们一个入了杀手门，两个入了鬼山派。我暗中观察了一阵子，发现经过波折后，他们过得都还不错，琢磨之下，便觉得还是不打扰他们为好。”

苏风暖问：“所以，你没认他们？”

云山真人摇头：“没认，我也没脸认。”

“那后来呢？他们是什么时候知道你是他们的亲生父亲的？”

“但凡天下发生的事情，即便再隐秘，也瞒不住两个地方，一个是望帝山，另一个就是凤阳镖局的秘辛阁。萧灵晴在凤来因幻容遭劫时，救了凤来一命，萧灵晴野心极大，想通过凤来利用青凰，进而利用望帝山。凤来不同意，作为交换，便告诉她这桩关于她亲生父亲的秘密。那是二十多年前吧。”

苏风暖问：“所以，她就找到了您，您就开始暗中帮她？”

云山真人摇头：“那时，我已经修身养性，看淡了世俗红尘。她找到我后，只求我一件事，让我帮助她们姐妹嫁给心仪的男子。萧灵玥心仪的男子是容安王，萧灵晴心仪的男子是北周皇帝。”

“你答应了？”

“是啊，我答应了。作为她们的亲生父亲，一直未曾管过她们，如今她们有这样的请求，我觉得也不过分。要让她们嫁这二人，就要有个身份，她们是我亲生子女之事不能外传。于是，我便暗中助她们回了岭山织造，通过萧家女的身份，在岭山织造的那一场盛宴中，她们姐妹大放异彩。萧灵晴如愿地得到了北周皇帝的心，萧灵玥却没能得到容安王的心。

“此后，萧灵晴跟随北周皇帝离开岭山，改名换姓，嫁入了北周。而萧灵玥没得到容安王，心有不甘，嫁入了皇室。”

苏风暖看着他：“你答应她们的事情只做成了一半，她们后面还有要求吧？”

云山真人点点头：“十四年前，她们又找到我，让我拿到南齐对北周交战的布防图，我没答应。后来，她们还是做到了。容安王和王妃战死两年后，萧灵晴找我要热毒的药，说只要给了她这药，此后便不再打扰我了，我便真正孑然一身，了无牵挂了。于是，我给了她药。”

苏风暖听完，心蓦地凉了凉：“所以，她从你手中拿热毒的药，转手给萧灵玥，萧灵玥给叶裳下了毒。说到底，热毒的药出自你手。”

云山真人闭了一下眼睛，点点头：“是啊，叶裳身上中的热毒，出自我手。她们姐妹二人，若是萧灵玥找我要，我就会想到她要下在容安王那个遗孤身上，不见得给。而萧灵晴找我要，萧灵晴远在北周，我便给了。待我得知时，已经晚了。

“我气怒之下，还发现了一件事，云凰在查十四年前容安王和王妃战死一事。有云凰插手，我便觉得有他和他背后的望帝山在，她们再怎么折腾也成不了事，所以我便没再管，一心修道。”

苏风暖看着他：“你当真没再管吗？五年前，岭山织造被瘟疫覆盖；四年前，我师父之死又怎么说呢？五年前岭山织造被瘟疫覆盖，是有人为了掩盖你是萧贤妃、月贵妃、易疯子三人的亲生父亲的事实。”

云山真人叹了口气：“这只能说，我收了一个好徒弟。”

“丞相？”苏风暖扬眉。

“正是他，孙哲。他要毁了南齐江山，以我昔年做下的这桩孽事要挟我助他。我无奈之下，觉得毁一个岭山织造总好过毁了整个南齐江山，只要毁了岭山织造，他就没什么东西可威胁我了。恰好萧灵玥和萧灵晴姐妹二人恨死了岭山织造一族，于是，在我用药喂了白鼠后，白鼠咬人致死，使得岭山织造迅速瘟疫成灾。”

苏风暖心中一片寒凉：“臭老道，为你一己之私，祸害上万条性命，你可真不怕遭报应。”

“我早已经遭了报应，我一生挚爱，不爱我，被人杀死。三个子女，不只不认我，且作恶多端，屡次要挟我。我的报应早就来了。”

“那可是上万条性命，你怎么下得去手？你是怕毁了你在天下缔造的声望吧？”

“人到了一定的高度，便不想从云端上摔下来，我确实怕。”

“所以，你说什么毁了岭山比毁了整个南齐天下强，是为自己的自私找的借口。”

云山真人点点头：“也可以这样说，原也没错。”

苏风暖怒道：“那我师父的死呢？”

“你师父的死……有一半原因，是天意。”

“天意？”苏风暖眯起眼睛。

“你师父在查当年容安王和王妃战死一案，他查了多年，查到了孙哲身上。同时，他也查出了孙哲的真实身份，是他同父异母的胞弟。他挣扎之下，又发现了丞相府公子孙泽玉是他年少时在外游历遇到的一位知己的孩子。那人家里遭逢大难，临终前将唯一的孩子托付给他，请他抚养孩子长大，当作自己的亲生子，永远不要告诉孩子的身世。他是重诺之人，悉心抚养这个孩子，可是不足两个月，将孩子弄丢了。他一直在找，怎么都找不到。最后终于找到，没想到养在丞相府。”

孙泽玉在一旁听着，难以置信：“既然如此，我的亲生父母是谁？”

云山真人摇头：“我也不知道，这是一桩秘密，也许，只有望帝山和凤阳镖局有收录。我怀疑是二十年前，因文字狱遭诛九族，满门赐死的安平王氏之子。”

孙泽玉闻言惊了又惊。苏风暖蹙眉，望帝山没有收录这件事，想必是被她师父掌山期间有意地抹去了。若孙泽玉真是王贤之子，的确不能将他的身世露于人前。毕竟，牵连甚广已经定了罪的文字狱案是不可能被平反的。

若是她师父受王贤之托，将孙泽玉当作自己的儿子抚养，让他一辈子也不知道自己的身世，那么，为防有朝一日被人查出他的身份，在他身上文上代表他身份的青鸟和祥云也是可行之法。

“我师父不可能平白无故弄丢了孩子？是谁有意抱走了？丞相？”

云山真人道：“是他。大约是怕有朝一日，他要做的事情会受到云凰的阻拦，所以先一步捏住了云凰的把柄。而彼时，云凰最重视的便是那个受人之托抚养的孩子。”

“那我师父的死呢？”苏风暖最关心的是这个。

“云凰当年查容安王和王妃一案，查到丞相府，查到了孙泽玉的身世，自然也就查出了萧灵玥和萧灵晴姐妹，甚至背后牵扯出的种种，他知道得太多了。”

“所以，也包括你，都对我师父动了杀心？”苏风暖扬眉。

云山真人摇头，看向孙泽玉：“你师父的死，是因为他。”

“我？”孙泽玉不解，“我从记事起，不曾见过他。”

“四年前，你出了天花，孙哲抱你前去找云凰。云凰为了救你，动用了望帝山的禁术，为你祛除天花。可是，你体内是望帝山和鬼山派两种正邪融合在一起的功法，在他运功时，冲撞之下，你将他身体的经脉寸寸震碎了。你虽然得救了，但是他，即便大罗金仙去救，也救不了。”

孙泽玉闻言，惊在当地。苏风暖也没想到她师父的死是这样，她看着云山真人：“臭老道，你说的可是实言？”

云山真人道：“小友，你今日找来，我便知道我的大限之日到了。所谓，人之将死，其言也善。我与你相交一场，何必骗你？”他看向孙泽玉：“出天花之事，你还有印象吧？”

孙泽玉白着脸点点头，对苏风暖道：“就是四年前，那时，我觉得自己要死了，没想到后来又活了。父……丞相对我说，是云山真人救的我，我还特意去道了谢。”

云山真人道：“惭愧，不是我，但此事我还是要替他瞒下。”

许云初在一旁道：“孙兄四年前得了天花之事，虽然被丞相瞒得严实，但是也没瞒过国丈府。是有此事。”

孙泽玉白着脸对苏风暖道歉：“对不起……原来是因为我才……”

苏风暖转头看着他，想起她师父时常拿在手里看的平安符，想必他与王贤的交情十分之深。将孩子弄丢了多年，他那些年，带着她和师兄游历，也许就是在找孩子。他不喜欢京城，游历了天下很多地方，偏偏没想到他要找的人在京城。所以，孙泽玉出了天花，丞相带着人找到他，他焉能不施救？

人救活之后，丞相便带着人离开了。而她后一步赶到，师父对她说天命大限，她便信了。因为，他根本就不需要她帮他报仇。为了知己托付到他手里被他弄丢终于找到的孩子而死，他是心甘情愿的。

她忽然觉得，师父在那时死了也好，他活得太累了。她对孙泽玉摇摇头：“算了，人都死了，也不能怪你，毕竟，你不知情，而且他是心甘情愿的。”

云山真人道：“小友，我该说的也都说了，你还有什么要问的吗？”

苏风暖问：“你教叶睿武功，没有目的吗？如今居住在这江南，距离战场如此之近，没有目的？”

云山真人捋了捋胡须：“我老道一生尽做错事，唯两件算是对的事情。一件事情，就是收了陆文峰，他是真正的正直的人，他不入世，学子遍天下，尤其是教导了叶裳；另一件事情，是没有受拜师礼，教了叶睿，那孩子十分讨喜，自始至终，知道自己要的是什么。

“我如今待在这江南，若我说，我是在南齐兵马顶不住时想帮南齐军一把，你定然不相信我会如此心善大义。如今既然你来了，我便也不管了。我老道活了一生也活够了，也该去阎王爷那儿报到了。”

事已至此，真相都揭开了。原来纵横百年，所有的人都如被一根绳穿在一起，绕在细密的丝网上，这张细密的丝网网住了人性的各个方面。

佛说人生有八苦：生、老、病、死、爱别离、怨憎会、求不得、五阴炽盛。

苏风暖其实是一个不怎么喜欢和尚、道士的人，总觉得和尚絮絮叨叨，道士神神道道。可是唯两人不同，一个是灵云大师，另一个便是云山真人。她少年与他们结交，煮茶下棋，练武试剑，算得上少有的忘年交。没想到，一个在灵云寺藏了前朝陵寝，另一个是万恶之源。

事到如今，她都不知道怎样以多年的交情来劝一句让他活，她做不到。岭山织造的累累白骨，叶裳十多年受热毒迫害，他为丞相、为萧贤妃、为月贵妃阴谋祸乱隐瞒了多少年，等等这些，她甚至都觉得他该死。可是论交情，她又看不得他死。

云山真人看着苏风暖，看着看着，忽然笑了：“小友不必舍不得我老道，能得你这个忘年交送我一程，老道此生觉得无憾了。”他伸手入怀，拿出一个锦盒递给她，“这里面放着老道多年的积蓄，天南海北，各个地方存着，够半个国库了。南齐正是需要，你和叶裳拿去整顿南齐吧，也算是我老道为自己赎罪了。”话落，他又从袖中拿出两本书，递给她，“这是一本医经、一本毒经。老道研习一生医毒之术，也算是有所建树，有这两本，普天之下害人的毒药应该十有八九都能解，就当作你腹中太子的贺礼了。”

苏风暖眼眶微微有些发潮：“好，我都收下了。”

云山真人招手喊来旭升，旭升面上露出痛苦难过的神色，眼睛红红的。云山真人伸手拍了拍他的肩膀，对苏风暖道：“旭升自小跟着我，是个孤儿，虽然跟着我穿着道袍，但他不算是个真正的道士，你知道的，我什么都不给他留，但将他托付给你了。我知道，只要有你在，就不会少了他的吃穿。”

“师祖！”旭升终于受不住，跪在地上，“哇”的一声哭了出来。

云山真人对他道：“你莫哭，我老道一生作恶多端，但享受着天下人的推崇，即便小友不找来，老道也准备在战场上一死了之。”云山真人端起茶盏，一饮而尽。苏风暖动了动手指头，终是没拦着。

云山真人慢慢地放下杯盏，对苏风暖说：“小友，我老道也十分期待你和叶裳所说的，五年，你们还天下一个太平盛世，可惜，我看不到了。”说完，他对旭升道：“你帮我看着，届时，四海升平，天下长安，你去我坟前上一炷香。我喜欢江南，喜欢这浅璧滩，就将我埋在后山吧。”

旭升哭着点头：“谨遵师祖命。”

云山真人的头缓缓地垂下，手臂落下，慢慢闭上了眼睛。

苏风暖眼眶终于湿了。旭升的哭声，在夜里，尤其撕心裂肺。许云初、孙泽玉也都不禁动容。

苏风暖听着旭升的哭声，待他哭够了，她才开口：“从人情上来说，他选择死，也令我心痛；但从礼法上来说，他做的事情，死一百次也不足惜。人死了，就一了百了，尘归尘，土归土，这也算是最好的结果了，比被千万人诛伐而死强。”苏风暖站起身，“这便将他安葬了吧，他既然喜欢这里，遵从他的心愿就是了。”

旭升点点头，慢慢地站起身。一行人顶着夜色，出了篱笆围墙，去了后山。苏风暖择了一处风水之地，挖了坑，埋葬了云山真人。旭升找了一块大石，为云山真人立碑。对苏风暖说：“姑娘，您为师祖题几句碑文吧！”

苏风暖摇摇头：“就立无字碑吧。功过对错，何须他人评说。”

旭升颔首，立好了石碑，跪地叩了三个头，哭道：“师祖，您一路好走，我会帮您看着盛世来临那一日的。”

一阵风拂来，似云山真人的回应。

埋葬好了云山真人，许云初对苏风暖道：“回江湖茶馆去歇歇吧，后面还有很多事呢，你一夜未歇，后面就怕身子骨受不住。”

苏风暖点点头：“好。”

一行人下了山，旭升一步三回首，眼泪不停地流。

回到江湖茶馆，掌柜的对苏风暖禀报查得的如今北周和南齐的军情。

叶裳带了三十二万兵马亲自前往江南，在半途中遇湘郡王命大师爷带着的十万兵马埋伏。叶裳斩杀了大师爷，收服了八万多兵马，三十二万兵马变作四十万。

到达江南后，叶裳探查了湘郡王三十五万兵马驻扎之地，当即制订了攻敌之计，兵分两路，由楚含、叶睿、苏镇带二十万兵马从虎皮山包抄，进入湘郡王驻扎之地的大后方。而他和苏澈带着二十万兵马，正面直奔湘郡王兵马的驻扎之地。

是夜，湘郡王腹背受敌。南齐军因新皇亲征，士气高涨，湘郡王毫无防备，只能仓皇迎战，霎时便被打得东逃西窜。叶裳趁机扬声高喊：“朕只诛湘郡王这个乱臣贼子，东境兵士皆是南齐子民，即刻放下刀剑，归顺朝廷。朕金口玉言，保证既往不咎。”此言一出，东境不少兵士立即放下了长矛刀剑。

湘郡王一见大事不妙，带着一队亲兵从西北方向的毒瘴之地突围。叶裳见湘郡王带着人进入了毒瘴之地，摆手制止要追去的人，大声道：“不要追了！”

这一战，是真正的大获全胜。无论是叶裳，还是楚含、苏澈、叶睿等人，都没有想到湘郡王竟然如此不堪一击。

清扫战场后，湘郡王三十五万人马，死两万，伤三万，他带走五万。足足收编二十八万兵马。叶裳四十万兵马，死伤不足万人。兵马从四十万变作了六十七八万。

从京城一路急行军到江南，数日以来，所有人都未曾休息，如今两战皆胜，将士们也都极其累乏了。叶裳当即下令，安营扎寨，休息两日。

湘郡王已经不足为惧，接下来，便是萧贤妃和她带来的百万北周军了。

南齐如今面临的唯一的困境便是少粮缺粮。叶裳离京时，将京都仅有的粮草都带上了，途中收编了湘郡王大师爷带的十万兵马，缴获了粮草，够支撑数日。如今又攻克了湘郡王驻扎的兵马大营，缴获了六个粮仓的粮草、一个兵器库的兵器，够六十七万兵马吃用半个月，暂时解决了粮草短缺的燃眉之急。

休息了一日后，叶裳命人探查各路兵马的动向。查得结果，萧贤妃身边多了一个女谋士，善于用兵，计谋狠辣，苏承、苏言带的西境兵马和叶昔带的兵马受她牵制，屡有折损。

叶裳命人探查这个女谋士是何人。一日后，查出结果，是丞相府小姐孙晴雪。他便又命人去查丞相夫人和孙泽玉的下落。很快就查了出来，孙泽玉在百里外的江湖茶馆日日浑浑噩噩，而丞相夫人去了鬼山派。

叶裳想到被苏风暖安排去了鬼山派的贺知和小喜，便飞鹰传书，以碧轩阁特殊的传信字符，令二人不必再管风来之事，想办法拿住丞相夫人。

飞鹰传书送走后，叶裳与苏澈、苏镇、楚含、叶睿等人商议。叶昔的江南，各州郡县加起来，满打满算也只有二十万兵马，如今几次折损，已经剩余不足十万了，他那里最是薄弱。于是当日，叶裳带着六十七万兵马去叶城与叶昔会合。

萧贤妃带领的北周军绕过岭山织造，在距离叶城六十里的岐黄山受到了援助江南的西境兵马之阻。北周和西境两方兵马，隔着岐黄山对峙，而叶昔就在夹缝中，护着叶城和江南百姓。

两日后，叶裳带着兵马绕过九峰山，来到了叶城外。同时，探马传回消息，孙晴雪用计，西境兵马昨日折损三万，苏承受了重伤，无法与北周兵马再硬碰硬。西境兵马退后岐黄山三十里，而北周兵马向叶城而来。

叶裳听到奏报后，脸色沉冷："苏承受了多重的伤？军医可能救？"

探马立即回道："中了孙晴雪一箭，不好说。"

叶裳当即对紫风道："师叔，拜托你了，去救苏承。"

紫风当即应下，对叶裳道："你要多加小心，只要苏承有一口气在，我就能保住他的性命。哪怕我救不了，也不会让他断气。"

叶裳颔首："我会小心的，师叔也一路小心。"紫风当即去了西境兵马驻扎之地。

孙晴雪那一箭，的确十分要命，仅仅差一寸未射中苏承的心脏。但军中的军医也不敢拔箭救治，苏言急得团团转，命人寻找江南最著名的大夫。可是大夫来了之后，也是束手无策，生怕一旦拔箭，苏承一口气上不来就没命了。

正当苏言红着眼睛看着苏承只剩一口气时，紫风赶到了。紫风连口水都没顾上喝，便赶紧查看苏承的箭伤，这一看，也是倒吸一口凉气。若是玉灵或苏风暖在，自然能救活人，可是，他毕竟在医术上还是差二人许多，一时间，也有些拿不准。

苏言见他面有犹疑，心顿时凉了一半："师叔，我大哥没救了吗？"

紫风摇摇头，道："我只有五成把握。"

苏言一听，五成也是好的，比那些军医和找来的大夫强，当即咬牙，对他道："五成就五成，我大哥等不得了。"

紫风点点头，赶鸭子上架，拿出临出京前玉灵给他的无数好药，挑挑选选了几种，一股脑儿都塞进了苏承的嘴里。又拿了药箱，拿出纱布、剪刀、针线等物事，准备妥当之后，打算配合用内功逼出苏承的箭。

正当准备拔箭时，有人禀告苏青、秋华、凤阳三人来到了西境兵马大营。紫风一喜，连忙住了手，对苏言道："我的女儿自小与暖丫头一起，传了她娘的几分医术，虽然她喜欢驭狼之术，不好好学，但她聪颖，对医道也有些天赋。快，让她进来帮我。"

苏言一听，当即快步迎了出去。

苏青和秋华陪着凤阳去了东境，在凤来的相助下，从东境的水牢里救出了奄奄一息的凤老爷子。湘郡王为了逼他交出凤阳镖局，是用了刑的，救出后没两日，凤老爷子便在将凤阳镖局交给凤阳后，咽下最后一口气，去了黄泉。

二人陪着凤阳回凤阳镖局总舵，安葬了凤老爷子。凤阳打开了凤阳镖局秘辛阁的秘密，一一阅览后，看到了关于云山真人的秘密，立马传信给苏风暖，然后，商议之下，便来江南军中助阵。

本来他们是要去叶城，但听闻苏承受了重伤，秋华传承了她娘的几分医术，当即决定来救苏承。三人一路风尘仆仆而来，同样连口水也顾不上喝，就被苏言领着去看苏承。

秋华一见紫风，愣愣地睁大眼睛："爹，您怎么也在？我娘呢？"

"你娘没来，你娘若是在，何用你我？"

秋华连忙上前，仔仔细细地看了一眼苏承的伤势，灰白着脸对紫风说："爹，这……没法救了。"

苏言的脸霎时白到底。苏青一把按住秋华肩膀，红着眼睛问："秋华妹妹，怎么就没救了？我大哥还有气！"

秋华无奈地说："即便我娘在这里，也是没救的。昔日，我与我娘游历，见过一个与苏承大哥一样受了箭伤的人。我娘也没有十分把握，但还是秉持医者仁心救他，为他拔了箭。可是，那人用好药吊了三日的命，还是因身体失血过多，没挺住，死了。"

苏青的手顿时抖了起来。紫风闻言也觉得这箭不能拔了，他问秋华："我拔箭，有五成把握，你有几成把握？"

秋华琢磨了一下，说："顶多比您多一成。但是不行啊，只六成也不够，万一出了事呢？"

苏青放开秋华，道："若是小丫头在就好了，她一定能救了大哥的性命。"

紫风道："此次新皇带兵来江南，皇后坐镇京城。即便现在飞鹰传书，快马加鞭，也要五六日，更何况她怀有身孕，奔波不得。"

苏青红着眼睛道："那怎么办？难道就任由大哥这样死了吗？不行！断然不行。"

凤阳在一旁道："你先别急，我身上带了一颗九转还阳丹，只要人有一口气在，就能保住命。先喂他吃下，我们再商议，是否能拖延时间，派人去京城传信。"

苏青定了定神，点点头，九转还阳丹极其珍贵，是救命的无价之宝，十万金都难求一颗，也只有凤阳镖局代代相传，才有这么一颗灵药。

苏承服下九转还阳丹后，气息显然回转了些。凤阳当即命凤阳镖局秘辛阁的暗桩以最快的速度传信给苏风暖。紫风、玉灵寸步不离地看着苏承，轮番以望帝山的不传之秘用内息护住苏承的心脉，让他那一口气不散。

凤阳刚下达命令不久，秘辛阁的长老惊异地发现，苏风暖的身影出现在了江南。那长老当即禀告了凤阳。凤阳大喜过望，连忙命人去知会苏风暖，让她前来救苏承。众人听闻苏风暖在江南，也都惊喜不已。

苏承受了重伤的消息被苏言刻意地化轻瞒下了，就是怕因苏承重伤难治，导致军心涣散。消息送到苏风暖面前时，苏风暖刚刚听完了江湖茶馆掌柜的禀告前线的战事情况。她的确没有想到苏承性命垂危，江湖茶馆掌柜的也没打探出来，毕竟苏言将西境军中的消息瞒得密不透风，大夫请进军中，都没放出来。

当即苏风暖也顾不得歇着了，便与许云初带着一千名府卫以及孙泽玉、旭升急急前往两百里外的西境兵马大营。事情紧急，坐车太慢，苏风暖选择骑马。许云初知道耽误一刻，苏承也许就不能救了，也不阻拦，给她备了厚厚的马鞍，再三检查之后，与她一同骑马，带着人离开了江湖茶馆。

两百里地，快马加鞭，苏风暖在护住不伤腹中孩子的情况下，算计着不到午时就能到西境兵马大营。没想到，走出百里，便迎面遇到了埋伏。

原来是湘郡王闯入毒瘴之地后，发现叶裳没追进毒瘴之地，便连忙停住了深入的脚步，打探到叶裳的兵马离开前往叶城后，立即从毒瘴之地走出来，择了一处山林地界休息。虽然未曾深入毒瘴之地，但有些士兵抵抗力差，吸入了瘴气，还是死伤了三分之一。

五万兵马，出了毒瘴之地后，也就剩三万有余了。湘郡王又恨又怒，便打算先带着这三万兵马隐藏着，等待时机，给叶裳致命一击。没想到，他等了几日，等来了苏风暖。

苏风暖只带着少量府卫，也就千人，他手中如今兵马虽少，但也有三万五六千，要杀她，轻而易举。在叶裳身上的仇，报在苏风暖身上也是一样的。苏风暖与叶裳情深似海，若是她死了，叶裳也完了。于是，湘郡王传令下去，定要将苏风暖千刀万剐。

苏风暖着急救苏承，一路疾行，当发现埋伏时已然晚了。

湘郡王带着人马将苏风暖一行人团团围住，猖狂大笑："苏风暖，踏破铁鞋无觅处，得来全不费功夫。你不好好地待在京城，偏偏来这江南找死，如今被本王遇到，就是你的死期了。本王搁在叶裳身上的仇，今日就报在你身上，然后再看着叶裳怎么个死法。"

苏风暖勒住马缰绳，扫了一眼四周，黑压压的东境兵马，湘郡王一马当先，立在她前方百米之外。这一处山林浓密，山势特殊，还真是绝佳的隐藏之地。

三四万兵马对一千名府卫，如此大的差距，即便府卫能以一敌十，但对方手中有弓箭，乱放箭的话，府卫们再有本事也支撑不了多久。许云初心下暗急。

苏风暖面上镇定，不露分毫，冷然地看着湘郡王："你受先皇封赐，坐拥东境一境之地，先皇信任，朝廷体恤，多年来，对东境政策一切从优。没想到你不知感恩，偏偏被喂肥了胆子，敢兴兵造反，通敌卖国。四十万兵马，败在叶裳三十万兵马之手，多年谋算，竟如此不堪一击，没在毒瘴之地毒死你，是上天有好生之德，给你留了一条活路。如今，谁给你的自信，让你觉得你今日一定能杀了我？我苏风暖的命虽然不值钱，但也不至于死在你这种废物手里。”

湘郡王顿时大怒：“苏风暖，你少大言不惭，本王就算是废物，今日也能要了你的命。我看你一张利嘴，一会儿还能不能说出话来。”

“说不出话的人是你，你以为你手里的人多，就能要我的命？看看谁先要谁的命。”苏风暖冷笑，说话间，不见她如何动作，只衣袖轻轻一甩，随身佩带的袖剑悄无声息地飞向了湘郡王，百米的距离，不过眨眼间，袖剑便到了湘郡王面前。

湘郡王身边的人只听“哧”的一声，然后“咕咚”一声，再一看，湘郡王的人头已然落地，身子还端坐在马上，脑袋在地上滚，滚到了士兵的马前。

跟随湘郡王的东境士兵们都惊骇得傻了，刚刚还扬言要杀了苏风暖的王爷，如今已经人头落地。他们何曾见过这样的杀人之法，三万多东境士兵霎时陷入了群龙无首的境地，人人惊骇得连马都坐不住了。

许云初、孙泽玉、旭升，以及一千名府卫也都愣了。

第二十七章
大结局上

东境兵马见湘郡王就这样被苏风暖一招杀了，顿时惊骇慌乱得六神无主。他们看着对面端坐在马上的女子，以及她身后的一千名府卫，不知道是该冲上前去为湘郡王报仇，还是就此四分五散。

一名副将深受湘郡王厚待，惊骇之后，回过神，顿时红了眼睛，大声痛喊了一声“王爷”，之后，大叫：“苏风暖杀了王爷，所有士兵听令，杀了她，为王爷报仇，重赏万……”

他一句话未落，许云初手中的玉扳指脱手飞出，用了十成的功力，虽然不如苏风暖的速度快，但也不慢，眨眼间便击中他的眉心，他的身子直直地栽落到了马下。东境士兵低头一看，那副将眉心被穿了一个血窟窿，齐齐骇得几乎落马。

许云初趁机扬声道：“东境湘郡王谋反叛乱，如今已被皇后诛杀，念尔等被湘郡王蛊惑，即刻放下刀剑，归顺朝廷，随皇后娘娘前往前线，对抗北周，戴罪立功，皇后娘娘会禀明新皇，既往不咎。否则，尔等就如湘郡王一般，血溅当场。”

东境士兵们被苏风暖、许云初先后杀了二人的气势所震，手软脚软地扔了手中的兵器，下马，齐齐地跪在了地上。

苏风暖高声开口：“诚如小国舅所言，尔等一心归顺，本宫便会禀明新皇，既往不咎。都起来吧，随我前往西境兵马大营。”东境士兵们依言起身。

许云初纵马上前，喝道：“所有士兵听令，整队，出发。”东境士兵们上马，迅速归队。

仅仅用了两三盏茶的时间，苏风暖便收拾了湘郡王，收编了他的残余人马，顺利地到达了西境兵马驻扎之地。

苏言、苏青、凤阳等人等在大营门口，伸长了脖子，终于盼来了苏风暖。苏青不等苏风暖来到近前，一下子冲了过去："小丫头，你总算来了，快，快去救大哥。"

苏风暖勒住马缰绳，看着苏青，问："大哥如何了？"

苏青道："吊着一口气。紫风师叔和秋华在看顾着，就等着你了。天下除了你，怕是没人救得了大哥。"

苏风暖点点头，对他道："上马，带我去。"

苏青当即跳上了苏风暖的马，坐在她身后，对她道："中军大帐。"苏风暖点头，纵马冲进了大营。

苏言见苏青带着苏风暖去了，顿时放下了心，便没急着跟去，而是上前与许云初见礼。互相寒暄一番后，苏言看向孙泽玉，不解地问："丞相府孙公子怎么也来了这里？"

孙泽玉上前和苏言见礼，一时不知该如何说。许云初道："孙兄不是丞相亲生，只不过自小被抱养在丞相府，说来话长，稍后我与苏二哥慢慢说。"

苏言闻言颇有些意外，但既然他是跟随苏风暖来这里，许云初又如此说，想着他们总不会弄错，便点点头，又看向旭升。旭升自报家门："旭升自小跟随云山真人，真人昨日去了，将我托付给苏姑娘，便也跟来了这里。"

苏言更是意外，惊道："真人因何故去了？"

旭升一时间眼睛红红的，也是不知该如何说。许云初在一旁叹气，道："此事也说来话长。"

苏言一听，只能压下不再问，又看向三四万的东境兵马。这个好说，许云初便将沿途赶来时被湘郡王和他的人马拦截，苏风暖和自己收拾了湘郡王和他的副将，将剩余的兵马收编之事简略地说了一遍。

苏言听罢，大声赞好，连忙吩咐人，将这些兵马安置下来，请许云初、孙泽玉、旭升等人入内。

到了中军帐，紫风和秋华见到苏风暖都大喜过望。苏风暖来不及说话，便快步走到床前看苏承。她看了一眼箭伤，给苏承号脉，之后，对紫风和秋华道："我立即给大哥拔箭，师叔和秋华妹妹帮我打下手。"二人立即点头。

苏风暖当即检查药箱，命人烧热水，拿来白酒等物，又给苏承喂了几颗药，一切准备妥当，运功逼出了苏承体内的箭，当即给他的伤口上药缝针。所有的动作一气呵成，眼睛都不眨一下，速度也极快。

紫风和秋华见苏风暖如此干脆利落，拔这样的箭没有丝毫拖泥带水，都心下佩服，尤其是她运功逼出箭时，苏承心口的气息连乱都不曾乱。他们知道，苏承的命保住了。

半个时辰，苏风暖额头也布满了细密的汗，后背的衣衫早已经湿透了。苏青见她停手，连忙掏出绢帕上前给她擦汗，同时小声地问："小丫头，你将大哥的命保住了，是不是？"

苏风暖难得让苏青侍候一回，站着不动，笑着说："嗯，保住了，三哥放心吧。"

苏青大松一口气，一把抱住了她："你可真是我的好妹妹！"

苏风暖轻笑，虽然很累，但也觉得心底轻松不少。全程下来，她也绷着一根弦，憋了一口气，如今靠在苏青怀里，对他不客气地说："三哥，你和二哥就在这里，可是只能眼看着大哥有危险，是不是证明咱们四个人，娘生我是最对的选择？"

苏青闻言气笑，伸手敲了她脑袋一下，推开她："都成了皇后，一国之母，还计较这个，瞧瞧你的出息。"

苏风暖伸手拉住他的衣袖："你就说，是不是？"

苏青此时心中高兴，见她一脸疲惫，想着怀着身孕赶来，必定是累极了，这时候自然不忍心不依着她，立即说："是，是，小姑奶奶，我先带你去休息，你可别累倒了，否则大哥醒来也是愧疚，叶裳那小子知道了定不饶人。"

苏风暖的确累了，点点头，对紫风和秋华道："大哥就劳烦师叔和秋华妹妹照看吧。"

紫风立即说："放心，你快去休息吧。"

秋华多问了一句："苏姐姐，我娘呢，怎么没跟着你？"

苏风暖道："我将玉灵师叔留在京城照看二皇子了。他身体不好，没有人在身边照看，我怕他支撑不住。毕竟他如今监国，坐镇京城也十分重要，忧心劳力。"秋华"哦"了一声，点点头。

苏青一把拽了苏风暖："走了，快去歇着，有什么话，你歇够了再说。"

苏言已经为苏风暖安排了营帐，就距离中军帐几步远。他见二人出来，立即问："妹妹，怎样？大哥可平安了？"

苏风暖对他一笑："二哥放心吧，大哥平安了。"

苏言松了一口气，大喜道："多亏你来了。"见她一脸疲惫，也知道她累坏了，立即一指不远处的营帐，"快去歇着吧。"苏风暖点点头，向营帐走去。

苏青在她歇下后，便与苏言和凤阳一起去了许云初的营帐。许云初相信凭苏风暖的医术一定能救回苏承，被苏言安排住进营帐后，没有立即歇下。他知道三人定会来找他询问事情，便喝着茶等着。

三人来了之后，许云初便将他和苏风暖从京城出来，先去了落霞坡，之后去了江湖茶馆和浅璧滩，将云山真人以及孙泽玉身世和苏风暖师父之死等事情详略得当地说了一遍。

苏青无言地道："早先，我一直肯定丞相府不会为恶，可是，事情出来，才知道太过天真。如今云山真人……这样死了也好。虽然这样死全了他的名声，便宜他了，但也不能让天下效仿其恶。"

许云初颔首："是啊，这个天下本就够乱的了，人心惶惶，终日不稳，多些善念，少些恶意，总会好些。"

苏言道："岭山织造，累累白骨。苏驰还在我们苏家养着呢，有朝一日，长大之后，他若是知道真相，会如何？"

苏青道："那就交给他长大后决定好了，如今这个天下，不适宜再为人心加重负担了。目前最该做的就是万众一心，打败北周，还我南齐太平。关于云山真人，有朝一日，苏驰长大，是为岭山织造累累白骨讨回公道，还是刨了臭老道的坟墓，扔了他的骸骨，届时，我们都不拦着就是了。"

苏言道："这样也好。"

几人一番话落，也知道许云初累了，便让他休息，出了他的营帐。

苏风暖收拾了湘郡王残余部队的动静虽小，但还是惊动了江南和北周的探子。

北周萧贤妃亲自带兵，大将军单灼陪同，从岭山织造进犯江南后，单灼真正地见识了萧贤妃这个女人的手腕。用兵如神，兵法谋略，他这个自幼专攻兵法的人都不及其万分之一。尽管江南和西境早有准备，仍然抵不住北周来势汹汹，外加湘郡王里应外合，连他都觉得攻破江南指日可待。

南齐京城的消息一拨一拨地传入北周军营，萧贤妃看密报时也不避讳单灼。从丞相府谋乱，到大皇子被擒，凤来救了大皇子，叶裳登基，到叶裳亲征，再到苏风暖监国等事后，他明显感觉到，萧贤妃的面色较以前的意气风发日渐不好起来。

他在一旁默不作声。萧贤妃不需要他带兵，亦不需要他参谋，只需要他每日在床笫之间陪着她就可。他觉得自己就是她的玩物，他从来没想过，他单灼会活成这样。可当初，这是他的选择。

刘衍被凤来从京城骑快马送到北周军营那一日，萧贤妃看着大皇子狼狈的样子，气得打了他一掌，大骂："废物！本宫怎么会生了你这样的废物！"

大皇子被打得吐血，半躺在地上，看着萧贤妃恼怒的脸，笑得邪气："萧母妃何必气成这个样子？当初，苏风暖、叶裳等人前往北周查您的底细，人都到了您眼皮底下了，您还不是照样放走了他们？如今，我败在他们手里，又有什么奇怪？"

萧贤妃一时说不出话来。她自己的儿子她知道，经过月贵妃和她双重教导，但凡能杀了苏风暖和叶裳，他会毫不手软。如今铩羽而归，还是被凤来救回来的，能保住一条命，已然是不错了。

她慢慢地平息了怒火，看向凤来，露出多年来面对她时分外不同的笑意，柔柔地说："嬷嬷对望帝山、对南齐、对云凰还是有情，对苏风暖还是爱屋及乌地心慈手软了。你没杀苏风暖，如今叶裳成了南齐的皇上，她成了南齐的皇后，帝后联手，使得本宫陷入了艰难的境地。”

凤来闻言叹了口气，沉默半晌，对她拱了拱手：“当年娘娘的救命之恩，我没齿难忘。娘娘也是南齐人，祸乱江山，累及天下百姓，娘娘听我一句劝，就此罢手吧。”

萧贤妃忽然大笑起来。凤来看着萧贤妃，她美艳异常，这一笑，鬓角的金步簪晃得灼人眼眸，凤来又深深地叹了口气。萧贤妃笑罢，对凤来说：“嬷嬷与苏风暖待了多少时日，便被她改变得学会悲天悯人了？”话落，她走近凤来，“这么说，嬷嬷不帮我了？嬷嬷当日对我说，我救你一命，滴水之恩，涌泉相报。如今，嬷嬷这是想毁了当日之言？”

凤来又叹了一口气：“我劝娘娘放手是觉得，如今的形势，即便娘娘继续下去，怕是也讨不到好处，兴许赔得更多。不是我不想杀苏风暖，而是我杀不了她。”

萧贤妃眯起眼睛，失笑：“嬷嬷不想杀便是不想杀，如今这样说话，是在抬举苏风暖，灭我的志气吗？”

凤来摇头：“苏风暖承袭了望帝山祖师爷百年功力，又得上天厚爱，聪明绝顶，集自身功法大成，如今一身功力怕是有通天之能了。老婆子在她面前，也不过是跳梁小丑而已，奈何不得她的。”

凤来这话一出，本来对凤来又怒又恨的萧贤妃顿时蹙起了眉头：“嬷嬷这话，可当真？”

凤来又叹气：“娘娘与我相交十数载，我骗你做什么。她在我面前，一身功力能隐藏于无形，我隐隐有感，却探不到她功力的深浅。救大皇子当日，亲眼见她施出，我才知她如今功力高我不知凡几，她真是望帝山继我之后，百年难遇之才了。”

萧贤妃见她不像说假，面色顿时变得十分难看。此时，跌倒在地上的大皇子开口：“不错，苏风暖如今武功之高，世所罕见。她于十几万兵马之中取我性命，如探囊取物。”

站在不远处的孙晴雪忽然一笑，道：“即便她武功再高，那又如何？她如今怀有身孕，既然对芸嬷嬷使用怀柔政策，从未正面动手，那么，便是不敢轻易动手，恐怕是顾及腹中骨肉。”

萧贤妃闻言阴沉之色一消，霎时冷笑道：“说得不错，何必长他人志气，灭自己威风？她苏风暖本就是难受孕的体质，如今一个弄不好，便是一尸两命。她深爱叶裳，定是对自己爱惜得紧，所以不敢轻易动手。”说罢，看着凤来道，“嬷嬷与她相处那么久，竟然不知她怀有身孕吗？”

凤来道：“我从江南劫持她到东境，那一路上，确实未曾发现。她的脉象当时如云似雾，看不透，探不到，我以为是她体内功法的原因。后来，她离开回京，直到救大皇子当日，我才隐约知晓，她瞒得极深。”

萧贤妃看着凤来，似笑非笑地说：“可见她一直以来都是在哄骗嬷嬷。嬷嬷难道还要打定主意劝我后退，不助我，不报自己被她要弄的仇吗？”

凤来道：“娘娘，我活了两世，看透了世间之事，归于尘土未必不是好事。娘娘昔日救我一命，这些年，我虽未以命还你，但也为你做了许多事。如今，什么仇什么怨的，便让它随风而逝吧。我不想继续活了，又何必再添罪孽？你想让我今日把这条命还你，我便自刎在你面前；你若是念着多年的情分，那么，便放我走吧。”

萧贤妃闻言，凛了眸光：“看来嬷嬷是心志坚定了？不知我若放你离开，你想去哪里，去帮着苏风暖守护南齐吗？”

凤来摇头：“我会去查云凰的死因，查明白后，便随他去了。如今他死了不过三四年，若是投胎，也不过三四岁，这一世，我未求圆满，但愿来生我与他投个缘分。即便投不到，我作孽太多，也认了。”

萧贤妃闻言笑：“嬷嬷对云凰可真是深情。你想知道云凰的死，不用去查，我告诉你。他啊，是被叶裳杀的。”

凤来一惊：“叶裳？”话落，又道，“不可能。”

“我骗嬷嬷做什么？苏风暖一直在找她师父的死因，殊不知，当年云凰为了查容安王和王妃战死一事，被我和孙丞相所知，暗中施计，不但让他没查清，反而被我们牵扯进网里。适逢叶裳也在查他父母之死，在我们的算计下，他就查到了云凰的身上。然后，云凰就死在了他的手里。”

“不可能。”凤来摇头，“他不会杀云凰，也杀不了。他的武功，我清楚。”

萧贤妃叹了口气：“嬷嬷活了两世，一直都陷在情网里，你如今自诩看透世事，又怎么想不透云凰是死于自断经脉？这种事，除非他自愿，否则，谁也奈何不得他。苏风暖一直在查她师父的死，可是查来查去，都毫无痕迹。那是因为她想不到，杀他的人是她的枕边人叶裳而已。”

凤来闻言一时哑然，眸中又惊又异，没了话。

“诚如嬷嬷所说，我与你有多年情分，即便如今你不助我了，我也舍不得让你自杀。你若是不信我，叶裳如今就在叶城，你大可去问问他。”

凤来闻言紧抿起唇，沉默了片刻，下定决心，对萧贤妃拱手：“娘娘保重，我走了。”

萧贤妃幽幽地道：“嬷嬷好走，今日一别，不知我还能否再看到你？”

凤来道：“但愿娘娘能如愿以偿，凤来九泉之下，也当为娘娘祈福。”说完，她衣袖微动，足尖轻点，就要离开。

大皇子眼疾手快，一把抱住了她的腿，白着脸说：“凤来，我呢？”

凤来不料他突然出手拽住她，当即顿住，低头看他。他死死地抱住凤来的腿，艰涩地说：“你走了，我呢？你死了，我呢？我早已经为你准备好了下一世轮回所用的百名童男童女，你就这样不想活了吗？那我一直以来所做的岂不是付诸东流水了？”

凤来想到在南齐京城外，他被苏风暖点破对自己的心思，一时间五味杂陈。她一直以来算是一个没有礼义廉耻、无视世俗规矩之人，昔日，她对云凰一个小辈一见钟情，奈何，这心便止在了对云凰的钟情上。如今，兴许是被苏风暖感染，兴许是真的活够了，她已经无力得提不起半点儿心了。哪怕，他为她做了很多很多事；哪怕，云凰死后，她就是在他的陪伴下度过那个坎儿的。

她轻轻地抖动嘴角，对他说："刘衍，人生一世，对你尚长，情之一事，对我已断，尘缘了了，徒留枉然。"看着他苍白如纸的脸，叹了又叹，拂开他的手，"你忘了我，好好活着吧。"说完，再不看他。

刘衍伏在地上，一时间面如死灰，眼神跟着她离开，似乎心也被掏空了。大殿一片寂静。过了许久，刘衍忽然大笑起来，笑声凄厉，空寂。

又过了许久，他笑罢，忽然扬手，向着自己的天灵盖打去，咬牙切齿地道："好，你要死，我便陪着你，黄泉路上先去等你。"说完，猛地拍下。

萧贤妃大惊，瞳孔放大，喝道："住手！"

孙晴雪瞬间上前一步，素手攥住刘衍的手，止住了他的动作，轻轻地说："大皇子这是何必？你有朝一日荣登大宝，天下女子尽在你手。繁华看遍后，你便知晓，有些人化成枯骨，便不值一记了。纵览这江山，才是你享受不完的乐趣。"

刘衍看着孙晴雪，一双眼睛死灰一般，了无生气："江山……什么江山？这世上若是没有她，我还要什么江山？活着……才是真的无趣。"

孙晴雪笑着说："大皇子如今是这个想法，但过了今日，也许，你就不这样想了。"说完，轻轻抬手，劈在了他的后颈上，大皇子瞬间晕了过去。她放下手，转头对萧贤妃说："娘娘，我手里有一颗忘情丹，给他服下吧，不能因为走了凤来，而折了大皇子，如今军中正是用人之际。"

萧贤妃脸色十分难看，没想到凤来竟然被苏风暖策反了。即便如此，萧贤妃也要在凤来走时，在凤来心上种下一根刺，就让这根刺去杀了叶裳。只要凤来杀了叶裳，那么，苏风暖也就死了。只要他们二人一死，南齐就尽在她手里。

她看着刘衍，她唯一的儿子，她和姐姐倾注了心血养大的儿子，自然不能让他就这么死了，于是，点头，对孙晴雪温和地说："好，就按照你说的办。你若是拔了他心里的凤来，将来，你便是他的皇后。"

孙晴雪浅浅一笑："定不负娘娘所望。"刘衍在昏迷中服下了孙晴雪喂给他的忘情丹。

萧贤妃通告三军，大皇子赐名楚鼎，封太子位。另赐婚孙晴雪为太子妃。北周官员、将领、士兵无人反对。当日夜，萧贤妃吩咐大摆宴席，北周百万兵马齐贺。

消息传出，叶裳眯了眯眼睛，看了一眼身旁的楚含。楚含木然，面无表情。他对北周，对萧贤妃的感情，早在离开的那一日就烟消云散了。

叶裳见楚含彻底放下了，一笑，对一旁的叶昔说："通告天下，昔年，月贵妃和萧贤妃合谋，易两国皇子而养，滑天下之大稽。北周萧贤妃虽惯爱愚弄世人，但南齐历史不可更变，二皇子是刘家的血脉，身份便不能不明不白。如今回归，赐刘姓，改名为晗，写入玉牒，入籍史册，封定安王，与朕一起，平定北周侵犯之乱。”

楚含猛地看向叶裳，本只打算在南齐求个立足之地，封王，他是从来没想过的。

叶昔大笑，上前一步，拍拍楚含的肩膀：“刘晗，晗，天色将明，欲明也，好名字。我南齐的定安王，恭喜了。”

楚含一惊之后也露出笑意，当即跪地，声音清亮：“刘晗谢皇上赐名封赐，定不负皇上所望，助皇上平定北周，兴我南齐。”

叶裳笑着摆手：“平身吧！”

通告传出叶城，传往南齐各州郡县。

此事刚定，院外传来响动。千寒大喝：“什么人？”他一声喝落，数百名护卫应声而出，刀剑齐齐将来人围住。

叶裳向外看了一眼，只见被护卫刀剑围在中间的是一个女子，约双十年华，容貌绝美，风韵清华，穿了一身素雅的衣裙，头上只插了一支玉簪，周身别无多余坠饰，却让人一见难忘。他看着这女子，目光微微眯起。

叶昔也看到了，大惊地低呼：“是凤来。”

刘晗虽然长在萧贤妃膝下，但他从未见过凤来双十年华的模样。如今听叶昔如此说，他惊异不已，想着她只身一人来到这叶城总兵府，不知是何目的，不由得握紧了腰间的佩剑。

凤来扫了一眼围住她的护卫，她来这里，若是刻意隐藏行踪，那么无人能发现她。但她没打算隐藏行踪，所以，进了院中便堂而皇之地现出了身形。她看着喝问的千寒，声音平静地说：“劳烦去通禀叶裳，就说凤来要见他。”

千寒一听是凤来，就是在江南枫山伤了叶裳、劫走苏风暖的凤来，面色大变，顿时握紧了手中的剑，指着她：“你来这里，是何目的？”

凤来平静地道：“问他些事情。”

千寒眼含警惕，刚要说皇上岂能是你这种人说见就见的，便听到屋内叶裳平静地开口：“千寒，请她进来。”

千寒霍然转身，看向屋内：“皇上，她是凤来，就是那个……”

“朕知道。”叶裳挥手打开了窗子，负手而立，看着窗外，对凤来道：“进来吧。”

千寒无奈，挥手让人闪出一条路，请凤来入内。

凤来缓步进了房间。千寒不放心，亲自跟进了房，同时挥手，院中的数百名护卫持剑而立，守在房间外。凤来站定身形后，对叶裳问：“云凰是不是你杀的？”

叶裳一怔。凤来看着他的面色，又问了一句：“云凰是不是你杀的？”

叶昔皱起了眉，转头看了叶裳一眼，纳闷地又看向凤来：“你脑袋是不是坏了，跑到这里就是为了问这个？怎么可能？皇上只见过师父一次，就是那一年，师妹请了师父去京城的容安王府为皇上看诊解热毒，那时皇上尚在昏迷之中。后来，师父说热毒无解，他也没有办法，便离开了京城。这么多年也只那一面，师父见了皇上，皇上却没见过师父。如今你说师父是皇上杀的，这不是笑话吗？”

凤来闻言蹙起了眉头。

叶裳平静地道：“不是朕杀的。谁告诉你这个消息，是想让你一怒之下来杀朕吧？”

凤来抿唇，盯着叶裳看了片刻，又看向叶昔，垂下了眼睫，叹了口气：“我也知道她是想利用我杀了你，不过还是想来问你一句，既然人不是你杀的，那么，我就走了。”说完，她转身离开。

叶昔觉得凤来奇怪，事关他师父，他不想让她这般来了就走，立即道：“慢着，谁对你说我师父是他杀的？”

凤来脚步一顿：“萧贤妃！”

叶昔顿时道：“那个女人，不安好心！”

凤来不置可否，迈出了门槛。

叶昔快走两步，追上她，对她道：“你……在查我师父的死因？”

凤来不语。

叶昔立即道：“也许，我能告诉你。”

凤来猛地回头，看向叶昔。

叶昔对她道：“今早，我得到消息，云山真人自服毒药身亡了。在他死时，我师妹在。她来了江南，第一时间先去了我师父在江南的住处，然后便去找了云山老道。虽然我还不知晓确切原因，但是，凭着我师妹和云山老道的交情，云山老道在她面前服毒自尽，她却没救，定然有她不能救的理由。我猜想，其一，事关南齐江山的生死存亡；其二，便是我师父的死与云山老道有关。”

凤来目光倏地盯紧叶昔：“她来了江南？”

叶昔颔首：“我叶家立足江南数百年，如今正值被北周侵犯的危急关头，但凡江南寸土之地都要密切注意动静。师妹来了江南，即便没与我联络，但消息也传到了我这里。”

凤来立即问：“如今，她在哪里？”

“消息回报，说是去了西境兵马大营。”

“当真？你没糊弄我？”

叶昔摇头，诚恳地道：“不敢糊弄老祖宗，更何况，事关师父的死。”

凤来闻言不再逗留，当即飞身离开，前往西境兵马大营。

叶裳见她离开，脸色不好地对叶昔道：“你将她引去了暖儿那里，万一她对暖儿动手，如何是好？”

叶昔一笑：“放心吧，她眼中没有杀意，这般模样，我看着倒像是心存死志。她既然没中萧贤妃的计谋，我们便去了一个心腹大患。更何况，那么久她都没有杀了小丫头，如今更不会，让她走，咱们也好赶紧商议布置一番，看看怎么尽快对付萧贤妃那个死女人。”

叶裳颔首：“有几分道理。”

叶昔凑近他问：“想小丫头了？”

叶裳有些郁郁地道：“她总是不听话，竟然偷偷地来了江南，有几个月身孕的人了，让我心何安？”

叶昔大乐：“幸好她来了，否则，苏承的命可就没了。怀有身孕，也不是瓷娃娃，你过于小心了。她和许云初带一千名府卫，便杀了湘郡王和他的副将，收服了湘郡王的三四万人马，普天之下，又有几个人能做成这样的事？她来了，你该担心萧贤妃那个女人会太容易死，没了你我发挥的余地才是。”

叶裳哼了一声，吩咐道：“传令，请岳父、二叔中军帐议事。”

叶昔顿时收整了颜色：“的确，坐以待毙不如主动出击，趁着萧贤妃那个女人还在打着如意算盘，我们便先打她一个措手不及，看看她还如何嚣张。”

刘晗也正了神色：“今夜，有大雾，正好。”

苏风暖一觉睡醒，神清气爽，出了大帐后，便看到了守在帐外的瑟瑟和涟涟。她一怔，顿时笑道：“你们什么时候混在一起来了这里？”

涟涟道：“我一直在东境，后来暗中随着湘郡王来了江南，在湘郡王和北周里应外合时，暗中助叶昔公子递消息与之周旋。后来皇上来了，大败湘郡王，我本想去叶城，恰逢瑟瑟来江南，便与她一起了。”

瑟瑟接过话道：“出了沈芝兰之事后，我便奉姑娘命去西境军中彻查，得知竟然是紫荆县主在西境时不声不响地避开两位苏将军的眼目，调动了湘郡王在西境的暗桩，弄出沈芝兰，辗转到了京麓兵马大营。那时，紫荆县主已经离开了西境。我沿着线索一路追踪，得知她来了江南，便也跟来了江南。”

苏风暖点点头，问：“如今呢？她在哪里？”

瑟瑟和涟涟对看一眼，道：“死了。”

“嗯，怎么死的？”

涟涟道：“她杀了程顾，也被程顾死前杀了。”

苏风暖一惊：“程顾死了？”

二人点头，面上都现出叹惋之色。瑟瑟道：“西境兵马来江南援助时，两位苏将军带了程顾。她暗中追来江南后，易容潜入军中，对程顾下了毒，程顾毒发时，亲手杀了她。可惜程顾于火器上的天赋了。我追来江南，晚了一步。”

苏风暖想到紫荆县主一直被程顾钳制在手里威胁湘郡王，紫荆县主最恨的人看来不是不顾她性命的亲爹，而是程顾。她叹了口气："程顾，的确可惜了。紫荆县主，是我小看她了。以为一个被困了三年的柔弱女子没什么威胁，没想到，真是半点不能疏忽。没了程顾，的确是南齐军事上的损失。"

瑟瑟道："不过，还有一件好事。贺知传回消息，他和小喜潜入鬼山派，恰逢凤来不在，十分顺利，摸清楚了鬼山派的内情。知道了凤来的练功密室，里面果然有百名童男童女，其中便有陈芝苒。他和小喜不敢大动作，怕引起鬼山派察觉，只能先将陈芝苒救出，其他人还在想办法。"

涟涟道："不过，我们刚得到消息，丞相夫人去了鬼山派，如今他们二人还留在鬼山派，我们怕丞相夫人有所察觉。"

苏风暖闻言眯起眼睛，思忖片刻，脸色渐渐阴晴不定："丞相夫人有一子一女，孙泽玉不是她亲生，她自然不会管，可是孙晴雪是她亲生，她令孙晴雪去相助萧贤妃，自己却去了鬼山派。这时候回去，难道是集结鬼山派，相助萧贤妃？"

"若是这样，那么，势必要调动江湖各派拦上一拦了。不能让他们踏足江南，相助萧贤妃。"苏风暖当即对二人道，"你们联络碧轩阁长老和江湖各大门派，集结高手，前往鬼山派通往江南的要道，一定要快，拦住鬼山派众人。"

瑟瑟和涟涟心神一凛，齐齐应"是"，连忙去了。

苏风暖向苏承的营帐走去。苏青、苏言、许云初、凤阳听闻苏承醒了，都聚在他的营帐中。苏承躺在床上，看到苏风暖，露出笑意："妹妹，幸好有你，当日中箭时，我还以为我这条命走到头儿了。"

苏承失血过多，眼下脸色苍白得很。苏风暖一笑，伸手给他把脉，同时道："大哥福大命大造化大，阎王爷不收你的。"

凤阳接过话笑道："是啊，连阎王爷也抢不过咱们的皇后娘娘。"他这话一出，众人大乐。

苏风暖撤回给苏承把脉的手，正色道："大哥不能再上战场了，虽然我救回你一命，但这伤怕是要养上一年半载。军营不是养伤之地，这里上好的药材少，我派人送大哥回京养伤吧。"

苏承也知道自己能捡回一条命不易，无奈地道："听妹妹安排吧。"

苏风暖点头，对凤阳道："凤阳镖局素来不参与烽烟之争，你送大哥回京吧，交给别人，我也不放心。"

凤阳本来想留在军中助苏风暖一臂之力，凤阳镖局虽然有祖宗传下来的规矩，但也不是不能改，如今毕竟是他当家做主了。不过苏风暖这样说，他也不推辞，爽快地答应："好。"

苏风暖又道："你凤阳镖局的秘辛阁，可有关于陈芝苒的秘密？她与我师父，是否真有关联？"

凤阳道：“陈芝苒是安国公请灵云大师为前朝陵寝故意布的障眼法，她就是安国公府的小姐无疑。”

苏风暖点点头，放下了一直压在心中的这桩事：“看天色，今晚应是有大雾，无论是在叶城的叶裳，还是北周的萧贤妃，应该都不会放过今夜这个机会。这一战，就看谁算计更深了。你现在就带着大哥离开，远离这战场。”话落，她转向许云初和苏青、苏言道：“我们用过膳后，中军帐中议事。”三人点点头，没有意见。

用过午膳，凤阳召集了凤阳镖局在江南分舵的众人，以及苏风暖派给他的两百名府卫，护送苏承乘坐铺了厚厚被褥的马车离开了西境兵马大营的驻扎之地。

苏风暖与苏青、许云初、苏言以及一众将领中军帐中议事。在西境兵马大营，苏风暖是有着比苏承和苏言更高威望的，一众将士对其十分恭敬。一个时辰后，苏风暖便制订了一整套针对萧贤妃和北周兵马的连环计。

众人看着这套连环计，叹服不已。苏青拍拍苏风暖的肩膀：“小丫头，你这是要北周一国赔给我们南齐啊。”

苏风暖目光冷冽，声音冷寒：“叶裳要五年时间给天下一个太平盛世，长治久安，那么，这天下势必要有一个好的适合他推行一切利民新策的环境，肮脏野心尽除之后，才能四海升平，万众一心。即便这一仗，北周臣服，也难保不甘者汲汲营营再生变。既然如此，不如从此之后南北合一，天下一统。”

许云初道：“粮草军饷怕是撑不了太久。”

苏风暖道：“半年足矣。云山老道死前，把他一生的积蓄都拿出来救国了。否则，哪能那么便宜地让他轻易死？看在他的这些东西能助天下一统的分儿上，我就留他一个生前身后名。”

许云初愣了愣，抚额一笑：“我当日就在你身边，却没料到这一层，还以为你是看在交情上网开一面。没想到有这般打算，的确也算得上功过相抵了。”

第二十八章
大结局下

对于苏风暖的打算，众人听罢，心中都燃起了雄心壮志。能亲自参与这一战，能改写南齐和北周的历史，能见证一个新的王朝，那么，他们这些人都会被载入史册，千载传颂，这是何等让人热血沸腾！

定下计策后，苏风暖修书一封，交给了许云初，对他道：“云初，辛苦你……”

她话音未落，外面传来士兵的报声：“报！”

苏风暖止住话，看向帐外：“说！”

有士兵大声道：“禀皇后娘娘，营外有一女子说要见您，她自称凤来。”

众人齐齐一怔。苏风暖闻言扬眉，暂不理会，对许云初继续道：“你带着人亲自去叶城，将这封信交给叶裳，然后就留在叶城。今夜我们，两方依计夹击，务必一举拿下萧贤妃。”

许云初知道此事至关重要，他接过信，点点头：“好，我这就去叶城，你今夜小心。”

苏风暖颔首：“放心吧。”

一行人出了中军帐，向营外望去，远处，营门口站着一个女子，苏风暖隐约看出是凤来的模样。她吩咐士兵：“请她进来。”那士兵应“是”，立即去了。

苏青皱眉道：“听说在京城，她救走了你要杀的刘衍，如今两军交战，她来这里做什么？”

许云初没立即走，而是道：“她此时来这里，会不会是萧贤妃有什么阴谋诡计？”

苏风暖对他一笑：“放心吧，她早就被我磨尽了杀心，你不必担心，去吧。”许云初想想觉得也是，不再耽搁，带了暗卫出了军营。

凤来进了军营，便见苏风暖一身轻软锦绣绫罗裙，站在一众身穿盔甲的将士之前，在肃杀的军营之内，丝毫不显突兀，反而有着沉稳如山的风姿气度。

苏风暖对她一笑：“老祖宗还是这般模样好看。”

凤来目光放在她微微隆起的小腹上，片刻，收整了眼中的神色，道：“我有事情要问你。”

苏风暖点头，也不避讳身边的人：“老祖宗问吧。”

凤来见她不避讳，便问道：“你可查出你师父的死因了？”

苏风暖眸光微动：“老祖宗怎么知道？”

凤来便将萧贤妃对她说的话以及她前往叶城找叶裳，叶昔对她说的话说了一遍。苏风暖恍然大悟，转身向自己的营帐走去：“老祖宗跟我来吧，我告诉你详情。”

苏青和苏言对看一眼，不放心地低声说：“二哥，你按照妹妹的计划，立即在军中布置下去，我跟着她们去听听。”苏言点头。

进了营帐，苏风暖亲手给凤来倒了一杯茶。凤来一路奔波，也着实渴了，端起茶盏，不客气地喝着。苏风暖将她来到江南，见到云山真人之后，从他口中得知的那些关于她师父的事不隐瞒地说了一遍。凤来一直静静地听着，听完，久久不语。

许久，凤来开口道：“原来是这样。孙泽玉呢？我见见他。”

苏风暖对站在门口的苏青说：“三哥，去喊孙公子过来。”苏青见凤来真不是来找麻烦的，转身去了。

不多时，孙泽玉来到，对苏风暖见了礼，然后看向凤来。凤来仔细地打量他片刻，开口说：“既然你的命是他心甘情愿救的，你便好好活着吧，别负了他，既不姓孙，便也不要带着这个姓了。”说完，她站起身，对苏风暖说：“我走了。”

苏风暖也看出了她一双眸子了无生机，问：“老祖宗以后有什么打算？”

凤来道：“下去找你师父，如今投胎，也许还不晚，来世，就看命了。”

苏风暖点点头，凤来对她师父，真可谓用情至深了，她不再评价。苏风暖想起丞相夫人前往鬼山派，将自己猜想的丞相夫人要集结鬼山派相助北周对付南齐之事提了。苏风暖又道："老祖宗，鬼山派毕竟是您待了一辈子的地方，您临终可否再管一管鬼山派的事，若是不管，我就不客气了。"

凤来忽然眯起了眼睛，思索片刻，道："她前往鬼山派，不见得是你猜测的这个目的。"

苏风暖扬眉："那老祖宗您知道她是什么目的？"

"鬼山派有百名童男童女，有我练功的密室，有刘衍暗中为我准备的下一世轮回所用的极品药材，一应俱全。她大约也想做与我一样的事。她本就出身于鬼山派，昔年，让我教过她幻容术。"

苏风暖一愣，恍然大悟。孙泽玉在一旁听着，也睁大了眼睛。

凤来道："若是她幻容术成功，那么，这世间又有一个我了。"

苏风暖皱起眉头看着凤来，这世间，自然不能再出一个凤来了。她之所以能策反凤来，有一大部分原因是凤来对她师父有情，对望帝山也有忘不了的情怀，可是丞相夫人若幻容术成功，那么，即便她打败了北周，将来总归是个麻烦。

凤来叹了口气，道："你师父有一半骸骨放在鬼山派，我总归要回鬼山派与他葬在一起。她的事情交给我吧。我不会让她成功的。"

苏风暖松了一口气，道："那就拜托老祖宗了。"凤来颔首。

对于离别，也是永久的告别，二人都不再说话，静默许久，凤来出了西山兵马大营，消失了踪影。

许云初带着苏风暖的信函，悄无声息地进入了叶城。叶裳与众将领正在中军帐议事，众人齐心协力，制订出了一套方案。叶裳总感觉不甚圆满，不太满意。正在他冥思苦想时，千寒将许云初带来了中军帐。

叶昔一见许云初，立即问："小国舅怎么来了？"

许云初先给叶裳行拜礼，又与众人见礼，之后，才笑着说："我是奉了皇后娘娘之命，前来送信的。"

叶裳眼睛一亮，腾地站起身："信呢？"

许云初拱手呈上，笑着说："在这里。"

叶裳接过信，迫不及待地打开，看着信，眉梢眼角俱是笑意，哪里还有早先端然威仪的模样？他看罢信函，笑着抚额："我本是想要了萧贤妃的狗命，让北周打回老巢，再无反击之力，她却要趁机夺了北周天下。好一句'你画我河山，我做你兵伐'，她这是要让我担下这偌大的苦差事，改写南齐历史啊。"

众人闻言齐齐一惊。

叶裳将信递给了一旁的叶昔。叶昔也不避讳，接了过来，看罢，大笑："果然不愧是我师妹，就这样做，我们刚刚制订的计谋见小，她的连环计见大。我们是一战败北周，她是一战定乾坤，所以表弟才总觉得我们的计谋哪里不圆满，如今这不是满满当当的了嘛！”说完，他笑着将信函递给了苏澈。

苏镇、楚含等人便都不再避讳，凑上前一起看。看罢，一时间众人只觉得热血沸腾。南北分庭而治已经长达百多年，若真是南北一统，那么他们都是见证者。

苏澈抬头道：“这信里没有写什么连环计啊？”

许云初微笑：“所以皇后娘娘才派我来送信。”

众人都看向许云初，许云初便将苏风暖制订的计谋逐一说了。众人听罢，纷纷惊叹，此等连环计，剑走偏锋，一环扣一环，若真是逐一施展开，那么真如苏风暖所料，半年之内，南齐必定灭了北周。

“军饷呢？就算是半年，我南齐经过各地天灾内乱后，早已经被丞相掏空，怕是难以支撑啊。”苏澈又道。

许云初笑着说：“粮草不必担心。云山真人一生的积蓄堪比半个国库，临终都交托给皇后了。还有湘郡王，他多年积蓄的粮草兵马，如今已经被我们收服，都是我们的。另外，今夜与萧贤妃一战，也能夺了她筹备攻打南齐的粮草。我们乘胜追击，不让北周有丝毫喘息之机，只要控制在半年之内夺下北周都城，便支撑得住。”

苏澈大喜：“这样还真是无后顾之忧了。”

叶裳勾了勾嘴角，如画的眉目染上一抹锋芒，高声道：“好，那朕就依她所言，攻下北周，南北一统，改了这南齐和北周的历史，还天下一个真正的太平盛世。”

众人齐齐跪倒在地，激动地高声道：“吾皇万岁万岁万万岁！”

当日，驻扎在叶城的军队和西境兵马大营的军队依照苏风暖的连环计，做了全方位部署。同时，萧贤妃以太子和太子妃喜宴做幌子，迷惑南齐探兵，也私下在中军帐与孙晴雪等人制订了攻陷叶城的连环计。

萧贤妃要的是踏破叶城，再对南齐徐徐图之。可是她不知道，苏风暖和叶裳要的是一举让她大败，不只退出南齐境地，还要攻下北周皇城。论天下之策，高下立见。

是夜，北周兵分五路。萧贤妃、孙晴雪、楚鼎，以及萧贤妃的两位心腹将领各带了一路兵马，进攻叶城。

同时，南齐兵马兵分九路，围困北周兵马。叶裳、叶昔、苏澈、苏镇、苏言、苏青、许云初、楚含、叶睿各带一队兵马，按早先苏风暖制订的计谋，在叶城和江南的各个山口和峡道都埋伏了兵马。

这一战，星旗染血，大地微颤，山河俱震。

这一战，乌云罩顶，浓雾蔽月，杀伐响彻天际。

北周兵马处处受限，在同样的兵力下，北周兵马抵挡不住南齐两方兵马的夹击，不但没能如期夺下叶城，反而节节败退，伤亡惨重。

萧贤妃大怒不已。节节败退中，她几欲吐血。她不明白，南齐兵马哪来的如潮水般的士气，更不明白，她与孙晴雪一起制订的攻城之计明明天衣无缝，如今却毫无攻击之力，处处是杀机。

孙晴雪同样不明白。昔日，北周和南齐数次战役，就连燕北之战，她都详细地参考琢磨过，她对苏澈、苏风暖以及他们的兵谋不说了解十成，也了解八成。她制订出今日攻城的毒辣计谋后，料定叶城必破。

只要攻破叶城，便踏过了南齐的这道防线，直入天阙。以南齐如今内腹空虚的情势，必定再无力反击，那么夺下南齐大片疆土，便指日可待。

而她，辛苦打胜这一战后，摆在她面前的便是康庄大道。如今她是太子妃，待一切功成，她再给楚鼎忘情丹的解药。楚鼎记忆恢复后，得知凤来死了，他势必再无生存之志，会随凤来而去。那时，她再寻机杀了萧贤妃，这北周和南齐合并的天下便是她说了算。

在很久以前，她得知父亲的打算后，就想好要做那人上人。父亲要毁了南齐，正合她意。没有父亲的毁，哪里有她的生？虽然她是女子，但她是女子怎么了，女子也有不输于男子的志气。

只是，她没想到，这天下还有一个苏风暖。只不过，苏风暖为了情爱，依附于叶裳，明明自己可以肩挑天下，偏偏把他推上那个位置，着实可笑。她不相信情爱，只有把权力和至尊的高位牢牢地抓在自己的手中，让男子为她倾倒，才能长盛不衰。所以，她一直藏在父亲身后，在父亲做了一切铺垫后，才是她出手之时。这个天下，是她的。

如今，看着如潮水般败退的北周军，她惊怒、愤怒、难以置信。眼看南齐兵马势如破竹，她当机立断，大喝："跟我突围！"

在浓密的丝网中，冲出一条血路来，否则，今日必死无疑。萧贤妃也意识到今日中计了，惊怒之下，也做了如孙晴雪一般的决定。在绝境中，当真在两队兵马重重的围困中，杀出了一个口子。

可是刚冲出包围，逃至断口山下，萧贤妃便遇到了带着十万兵马横马拦截的叶裳。同样，逃出奇峰峡道的出口，孙晴雪便遇到了带着十万兵马横马拦截的苏风暖。

萧贤妃看到叶裳，瞳孔蓦地睁大收缩，然后，她感受到了死神向她罩来。叶裳与她无话可说，吩咐人放箭。不必他出手，以为逃出生天的头发凌乱、满身血污的萧贤妃，在层层箭雨将她周遭的人马射杀倒下后，自己也被射成了筛子。

萧贤妃从来没想过她是这个结局，叶裳连谈判的机会都不给她，只要她死。这一小队忠心护主的人马在一阵箭雨后，无一人生还。她睁大眼睛，动动嘴角，最后一个字都没说出来，就赴了黄泉。

叶裳看着她断气，冷眼挥手："将她的尸首收起来，明日悬于城门暴晒，以告天下！"

孙晴雪比萧贤妃带出的人马多，足有四五千之数。她带着人杀出重围后，看到立在峡道口的苏风暖以及苏风暖身后黑压压的十万大军，面色霎时变了。她猛地勒住缰绳，咬着唇，看着不远处一身霜华端坐在马上的苏风暖。苏风暖的身后没有别的她熟悉的人，只有一个面生的穿了铠甲的小姑娘和一众士兵。

她的目光落在苏风暖的小腹上，那里已经微微隆起。她定下心神，深吸了一口气，如以前在京城时与苏风暖相处一般地唤道："苏妹妹！"

苏风暖微微一笑，也打招呼道："孙姐姐！"

孙晴雪对苏风暖道："苏妹妹好计谋，今日是北周败了。"

"我没想到孙姐姐投靠了北周，你毕竟是南齐人，可否告知我一个理由？"

"丞相府倾覆，我父亲已死，南齐已无我立足之地，只能投靠北周了。"

苏风暖盯着她，似乎能看透人心，浅笑道："孙姐姐所言，未必是真的吧？"

"你不信我所言？事实摆在那里，丞相府倾覆，还是因为妹妹你和当初的叶世子。你如今这是何说法？如此健忘。"

苏风暖摇头一笑："孙丞相既然是望帝山斩熠师祖之子，受其传承，不知是否也教姐姐谋心之术了？我望帝山的谋心之术，有一门观人识心的通心之术，我以前不大精通，如今，也算是学有所成了。"她盯着孙晴雪道，"姐姐投靠北周，不是为了上面的理由，而是为了做这天下之主吧？"

孙晴雪被她点破，面色霎时一变。

苏风暖看着孙晴雪的神色，觉得还真让她猜准了。话说到这儿，她也不必再多说了，收了笑意，道："你帮北周犯我南齐，那么，即便有昔日的交情，我也断然不会让你踏出这奇峰峡道的出口。"

孙晴雪的脸色白如纸。她心中恨意翻涌，强自镇定，既然撕破了脸皮，她也不必伪装了，便抓住一线生机恨怒道："苏风暖，我今日败在你手里，是因为萧贤妃骑在我头上，我受命于她，制订的计谋不如我心中所想圆满，我不服！"

苏风暖眯了眯眼睛，如此实力悬殊，孙晴雪想扳回一局，博个生机，能有这心计也是本事，换作旁人，早瘫软在地了。她一笑，道："那我就让你服气地闭眼好了，也不枉你我相识相交一场。"说完，她挥手点出五千名士兵，轻喝道："布阵！"

五千名士兵在一名不起眼的小副将的指挥下，瞬间布好了阵。然后，她对一旁的小姑娘说："这里就交给你了。"

小姑娘正是秋华，她眼睛晶亮，对苏风暖粲然一笑："皇后娘娘放心，我定不辱命！"苏风暖听她称呼自己皇后娘娘，暗暗一笑，挥手带着大军退后半里地。

孙晴雪见苏风暖只留了五千人马和一个小姑娘，一线生机成了十线生机。她心中大喜，轻慢地看了秋华一眼，对身后的士兵喝道："今日，是生是死，就看你们的了。跟着我，进就是生，杀就是生；留在这儿，退就是死，不杀就是死。"

"遵太子妃令！"她话音落，北周士兵重新鼓起了士气，霎时，几千兵马有了上万兵马的阵势。

秋华眼睛更亮，若孙晴雪没有反击之力，她玩得也不痛快，大喝：“起阵！”随着她声音响起，布好的阵迅速启动。

孙晴雪一看，更是不屑，伏虎阵，在她看来就是雕虫小技，焉能困住她？苏风暖只派这么一个小丫头，布这么一个小阵，未免太小看她了。不过也好，她要的就是这个生的机会。只要今日能活着离开这奇峰峡道，来日必报今日之仇！她带着人杀入了阵中。

可是，厮杀不久后，她就知道自己错了。这不是普通的伏虎阵，而是由乾坤八卦演变而来，披了伏虎阵的外衣，布下的九天屠龙阵，且还有一个阵中阵，便是以望帝山的绝地而设的死阵。这五千兵马，不亚于五万兵马。她几千人的士气在踏入阵中后，很快便消磨没了，死的死，伤的伤，残的残，血染九天屠龙阵。

孙晴雪，以为杀到了生门，却是入了绝地死阵。秋华等在那里，见她来到，对她一笑，甜甜地说：“你是第一个让我苏姐姐对你用这阵法的人，你死在我手里，也该知足了。”

孙晴雪苍白着脸，却不服输，二话不说，便狠命地对秋华出手，以她隐藏的毕生所学，倾注全部功力打向秋华。

秋华早就被苏风暖嘱咐过，不可与孙晴雪硬碰硬，她的功力定不及孙晴雪，便谨遵着嘱咐，用幻影功，顷刻间避开了。

一个用力打，杀机必现；另一个灵巧躲，不与硬拼。半个时辰后，秋华将孙晴雪一步步引到了阵眼，然后，秋华劈手扔出一枚毒烟弹，跳出阵外。孙晴雪发出凄厉的大喊，有些歇斯底里：“我不甘心！我不甘心……苏风暖……我不甘心……”

声音从凄厉到微弱，最终归于死寂。

苏风暖听着，面容平静，目光冷淡。不甘心又如何？输了就是输了，死了就是死了。她对敌人，危及叶裳的敌人，危及南齐江山的敌人，素来不会心慈手软。

秋华跑回苏风暖身边，拍着胸口，怕怕地说：“苏姐姐，你说得对，那个女人好厉害，幸好我怀中有一包毒药派上了用场，否则，估计她能拉着我同归于尽。”

苏风暖伸手拍拍她的脑袋，看着她后怕的脸色，笑了笑：“早就告诉你，不要小看任何一个有野心的女人，你经此一战就明白了，终此一生，受益匪浅。”秋华连连点头，她再不敢小看这种外表柔弱、恭善纯良的女人了。

孙晴雪的尸体被士兵从阵中拖出，遍体鳞伤。她气绝时，一双眼睛睁得大大的，十分骇人。苏风暖挥手吩咐收兵，去与叶裳和众人会合。

《南齐江山志》记载，江南最后一战，苏皇后针对北周兵马制订了空前绝后的九九归一连环计，九路兵马齐出，掌控了以断口山和奇峰峡道为界的方圆百里之地，北周不敌，一败涂地。萧贤妃被乱箭射死，太子妃被苏皇后设的九天屠龙阵所杀。北周有名的单将军在萧贤妃撤离时，死活不随，自刎于南齐军面前。新封太子楚鼎毙于南齐小国舅与苏三公子两路兵马的夹击之下。

这一战，以南齐大获全胜、北周惨败而告终。北周领兵将领无一生还，士兵死的死，降的降，只剩零星士兵逃回了北周，百万兵马逃回去的不过几万之数。

江南一战大胜后，南齐举国齐呼。帝后于叶城大摆庆功宴三日，犒劳这一战的将士。庆功宴之后，帝后与众将士商议之下，发兵北周。

叶裳的坚决不让苏风暖随军，在苏风暖软磨硬泡使出浑身解数也不能让他点头下，苏风暖只能无奈地答应让许云初率军出征，她在许云初、苏青的陪同下折返京中坐镇。

听闻北周大败，本已经退了北周朝堂的大长公主和丞相在惊骇之下被请回朝堂，商议对策后，连忙派信使与南齐新帝和谈。新帝斩了信使立军心和军威，不接受北周和谈。北周大长公主和丞相惊惶之下连忙集结少数兵马前往边城应战。奈何南齐军在新帝的带领下势如破竹，北周兵马不堪一击，节节败退。

四个月后，北周丞相与大长公主在驻守的北周最后一道防线失守后，双双自杀。

五个月后，被萧贤妃用药昏迷太久又被一帮文臣用尽办法弄醒的北周皇帝听闻南齐兵马在新帝的带领下已经兵临城下，他撑着一口气，递了降表，北周皇室宗室一干人等悉听南齐发落，请叶裳善待北周万千子民。叶裳收了降表，未让北周都城染血，全盘接收了北周皇城。

至此，再无北周。

收了降表的第二日，叶裳将北周的一干事宜交给了叶昔、苏澈二人善后处理，他只带了一支亲卫队，日夜兼程，披星戴月，赶回南齐。

这几个月来，苏风暖虽然坐镇朝中，但朝中的大小事务由许云初和苏青、刘孝三人共同担负，她也就占个监国的身份，过得甚为清闲。每日，她除了听听前线的奏报，掰着手指头数数日子，赏赏花，喝喝茶，下下棋，散散步，与肚子里已经能踢会动的小家伙聊聊天，别无他事。

北周递了降表的那一日，她挺着九个半月的大肚子笑吟吟地想着叶裳快回来了，还能赶上孩子出生，真好！如今他应该日夜兼程地往回赶呢。

叶裳跑死了八匹马，在八日夜后，回到了南齐京城。进了城门后，便直接奔回了容安王府。这八日下来，跟随他的数百亲卫早已经在中途接连被累趴下，最终踏入皇城时，只有千寒脸色苍白摇摇欲坠地跟在他身边。

苏风暖听到城门口的消息，便出了房门，挺着大肚子，站在大门口等叶裳。

叶裳回来时，他朝思暮想的人儿就站在门口，他翻身下马，想冲上前将她一把抱进怀里。可是看着她的大肚子，他死命地克制着自己，不敢伸出手去，生怕他这一抱伤了她和她腹中的孩子。他压制得自己身子都有些发颤。

苏风暖看着叶裳，这风尘仆仆一路吃着烟尘归来的模样，哪里还能看出是帝王？哪里还能看出那举世无双、容冠天下的昔日容安王府世子的品貌？这活脱脱像是从土里爬出来的谁家的傻小子。

她看着他的模样，“扑哧”一声乐了，又是心疼又是好气。见他下马后站着不动，她只能缓步走上前，伸出手轻轻地拍了拍他的脸，戏谑地笑着说：“谁家的傻小子跑来我家门前傻站着？意欲何为？”

叶裳看着她，张了张嘴，终于伸手将她小心翼翼地抱住，衣袂贴近，他空落落的心才落到了实处。听着她调笑，他嗓音低哑地说：“你家的。”

苏风暖轻笑：“是吗？那为何我都快识不出了？”

叶裳这才瞅了一眼自己的模样，一身衣袍如从土里埋了许久拿出来的一般，全身灰扑扑的，着实邋遢。他也抑制不住地闷笑了一声，说：“洗洗就识得出了。”

苏风暖更乐了，伸手推了推他：“亏你赶了这么多天路见到我还没立马倒下，走吧，回屋让我给你洗洗好好看看。”

叶裳点头，抬手就要拦腰将她抱起，手刚碰到她大着肚子的腰身，又撤了回来，揉揉眉心无奈地说：“不敢抱你了，我怕走不好将你扔了。”

苏风暖笑着伸手拉他的手，与他携手进了内院。

一番沐浴梳洗，用过餐食后，叶裳躺在床上，揽着苏风暖的身子，手放在她圆圆的高高隆起的小腹上，满足地在她耳边感慨：“总算回来了，我错过了陪着你安胎的日子，如今肚子都这么大了，没看到是怎样一天天大起来的，真是一桩憾事。”

苏风暖笑着说：“这半年来，我每天除了吃就是睡，跟猪一般，一天肥那么一点儿，也就大了，没什么稀奇的。”话落，她又道，“半年吞并北周偌大的国土，时间本就吃紧，你却生生地挤出半个月回来陪我待产，我万分知足了。”

叶裳低笑：“我自然要回来，你我的孩子要出生，我怎么能不与你一起迎接？”

苏风暖自是知道的，叶裳就是要赶在这孩子出生前夺下北周，这偌大的江山便是他的贺礼。她笑着伸手拍拍他：“乖，你眼皮都快抬不起来了，别强撑着了，预产期还有七八日呢，你睡上两日也没关系，睡吧。”

叶裳颔首，很快便沉沉地睡了过去。苏风暖轻轻地摸着他熟睡的脸，勾勒着他的面部轮廓，又环住他的腰身，清晰地感受到他清减了一大圈，想着以后要给他补回来。

睡了足足两日夜。第三日，叶裳才醒来，神清气爽。叶裳醒来的消息传出，朝中文武百官都前来拜见。叶裳只想着陪苏风暖待产，没心思见人，便挥挥手，说了一句不见，让朝中一切如常，按部就班，将人都打发了回去。

就连许云初、林之孝、苏青也不见。三人对看一眼，互相拍拍肩膀。他们肩上压着的担子总算没那么沉了，苦日子再忍忍也就到头儿了，一身轻松地相约去酒楼吃酒了。

歇过来后，那个回来时灰头土脸的人恢复了锦袍玉带、气度清华的模样。苏风暖总是盯着他的模样移不开眼睛，越看越好看，心下连连感慨。她圆圆滚滚，他却……唉，这人比人，真是郁郁啊。

叶裳开始一日没注意，后来发现，她总是用有点儿幽怨的眼神瞅着他，不禁问：“怎么总是这样看我？怎么了？”

苏风暖扁嘴：“我在想，以后，天下女子，都要惦记你了。”

苏风暖恶狠狠地说：“谁惦记，我就把谁贬去极北苦寒之地。”

叶裳先是不明所以，继而明白了，开怀大笑。多少年来，他怕她被外面的乱花迷了眼，怕她乐不思蜀忘了他，如今，她也终于有点儿心，怕人来耕他这一亩三分地了，焉能不乐？

七日一晃而过，到了苏风暖临盆之日。一大早起来，苏风暖就见了红。叶裳吓得脸都白了，苏风暖往外面推他，他却死活不动，只用力地抓住她的手，白着脸，对她不停地说：“暖儿别怕，我就在这儿看着你生，我哪里也不去。”

苏风暖好笑地看着他，这刚开始，还没真正发作呢，他的脸色就比她还差，身子都是颤的，到底谁怕？她对他道：“你出去。”

叶裳死命地摇头：“我不走，我就待在这儿。”苏风暖见赶不走他，又是无奈又是好笑。

产婆早已经配备齐全，玉灵早已经将生产时的一应所用都让人准备好，从她见红起，就带着人进了房中。见叶裳打定主意死活不走的模样，玉灵也没意见，只对他说了一句：“你既是待在这里，就做好准备，可别把自己吓晕过去。”

叶裳脸又白了白。

苏风暖更是觉得好笑，一代帝王，若是被女人生孩子吓晕过去，那么估计是千古笑谈了。她只能反过来宽慰他：“生孩子而已，没那么可怕的，况且师叔时刻守在这儿，出不了事的，你放轻松点儿。”

叶裳抿着唇点点头，依旧一副如临大敌的模样。

苏风暖抚额：“你还是出去吧。”

叶裳摇头：“我不怕的，你也别怕，我不出去，就陪着你，你别说话了，省着点儿力气。”

不怕？他这哪里像是不怕的样子？苏风暖叹了口气，想着一会儿生时，她哪怕痛死也不能喊叫，免得把他吓破胆。

女人生孩子是一大关她知道，但生前的准备做得足，有玉灵师叔在，她本就不怕，只是有些紧张。如今见叶裳这般模样，她那么点儿紧张也荡然无存了。

参片、汤水，一拨一拨地送进产房。

婢女、嬷嬷、产婆，进进出出。

王夫人、苏夫人、苏青、许云初、千寒等人在外面等着。玉灵在一旁指导，唯叶裳一人纹丝不动地站在苏风暖枕边，紧紧地握着她的手，目光死死地盯着她的动作，不放过一丝一毫。她的额头渗出汗水，被玉灵擦掉；他汗如雨下，衣衫尽湿，也不让人动他一下。

这个孩子，似乎十分折腾人，没有苏风暖早先想象得那般容易，慢吞吞地，就是不出来，似乎成心让外面的人着急。

叶裳的衣服被汗水湿了一层又一层，折腾了一日后，连玉灵都有些急了，外面的王夫人和苏夫人更是坐不住想冲进来。就在苏风暖被折磨得没了力气，叶裳的脸白如纸、手脚软如泥时，孩子露出了头。

玉灵大喜，松了一口气。

叶裳看着血污一片中那满脸是血的小脑袋，只觉得血气上涌，眼前鲜红一片，身子晃了晃，就要倒地。

玉灵抽空一把扶住他："来人，扶皇上出去。"

叶裳定了定神，勉强站稳，沙哑地开口："不用管我，顾着暖儿。"

苏风暖满脸汗水，如今已然没工夫笑他，暗骂了一声小兔崽子这是折腾她还是故意折腾他爹，再不滚出来，就将他扔去苦寒之地时，她身下一松，孩子"哧溜"滑出了身体。

"生了！"玉灵大喜。

"恭喜皇上！贺喜皇上！恭喜皇后！贺喜皇后！"

"是位皇子！"

……

道喜的声音充满了产房，叶裳只觉得这一日像过了漫长的一生，他的眼中涌上迷蒙的雾气。于雾气中，他清晰地看到了苏风暖脸上的笑、众人面上的轻松和欢喜。

他和暖儿的孩子！

他们的孩子！

她辛苦生下的孩子！

"是高兴傻了，还是被吓傻了？"苏风暖又虚弱又好笑地看着依旧伫立不动的木桩子一般的叶裳。

叶裳动了动嘴角，忽然俯下身，轻轻地一把抱住了她满是汗水的身子。

苏风暖软软地抬手，摸了摸他的头，虚弱地笑着说："看你这点儿出息！"

叶裳埋在她的颈窝中，眼眶湿润了许久才抬起头，眼底恢复清明，眼神却是充满心疼和无奈："这个混账的东西，真是折腾人，看我以后怎么收拾他。"

苏风暖想大笑，但浑身疼，只能憋住，点头："嗯，你是他老子，想怎么收拾就怎么收拾，甭客气！"叶裳彻底笑开了。

南齐一统江山的开元第一年，苏皇后诞下一子，出生之日，祥云环绕京城，文武百官大呼此为吉兆。皇帝为念先父母，不改叶姓，却将太子冠刘姓，取名弘。刘弘即封太子位，朝野齐贺。

太子满月之日，皇帝封后大典，叶昔和苏澈班师回朝，三桩大喜之事合在一起。皇帝对征战北周这一年来立功者，以功论赏，大赦天下，朝野又是一番大贺。

太子百日后，皇帝颁布天子治国十策，南北一统而治。一时间，无数满腹经纶、文武奇才纷纷入世，天下经历波涛已久，终于在这一日拉开历史的新篇章，赢来了长治久安的太平盛世。

太子十二岁，皇帝才在皇后多年软磨硬泡、使出浑身解数的无数次劝说中，摆脱了当年皇后生太子时的阴影，同意皇后再孕。

次年，皇后诞下一女。小公主似乎早就在母亲肚子里闷久了，生产得极快，没让叶裳心急太久，而且是个女儿。是以，生下来极得叶裳宠爱，取名为“双”，望她一生福禄双全。

小公主出生会走路后，被叶裳时时带在身边，比当初太子的待遇强了百倍不止。太子也不嫉妒，自小公主会走路被叶裳整日带在身边后，他便整日里黏着母亲，陪着她下棋、品茶、赏花、出游，等等。

苏风暖乐得有个如叶裳一般模样的小小少年陪着，听她的话，每日哄着她、依着她，不像小时候叶裳不是对她板着脸，就是说她不成体统，那别扭的性子让她至今忘不了。如今她这个自己生的儿子对比当年的叶裳，真是千好万好，生产时被他折腾一日的那点儿不快早就烟消云散了，满眼满心都是他的好，整日里笑逐颜开。

叶裳那边，却是禁不住小公主的闹腾性子，小小年纪，似乎让他看到了当年还是小丫头片子的苏风暖，他每日都觉得额头突突地跳。

终于在一年后，他受不住，将小公主扔给了太子，国事也扔给了太子，自己则整日里陪着苏风暖，觉得还是被他磨合了多年的这个大的好。至于小的，就让他那个混账儿子去操心好了，亏得苏风暖天天在他枕边夸这个儿子比他好。他是半点儿也没看出来太子温善纯良，才十二三岁，他就感慨自己斗不过太子了，偏偏太子在苏风暖面前装得好。

不过，太子既在苏风暖面前能装，那么，这天下也就能装得下了。

太子十五岁时，叶裳退位，太子继帝位。至此，拉开了南北一统后长达数百年兴盛的序幕。

【全文完】

番外
小剧场之青梅竹马（六）

苏风暖在叶裳的房间里掰着手指头，挨着饿，等得前胸贴后背，才等到叶裳回来。他不只带回了面，还带回了一个大活人。

苏风暖蹦下床，看着叶裳身后跟着的人，眨了眨眼睛："陆文峰？"

陆文峰端着面碗一怔，屋子里的小姑娘，唇红齿白，小小的、纤细的、软软的一团，虽年岁小，但眉眼娇俏清丽，长大后可不得了，指不定是个倾国倾城倾天下的美人。

而且小姑娘初次见他，只看了他两眼，一下子就叫出了他的名字，眼光挺毒嘛。

他挑了挑眉，"呵呵"一笑，以长辈的姿态道："小丫头，你是苏家的女儿？"

苏风暖歪着头瞅着他，笑嘻嘻地摇头："才不是呢！您眼光真不好，我是他表妹，叶家的女儿。"

"哦，"陆文峰失笑，用一副"你这小丫头不是个好孩子"的表情看着她说，"你别蒙我，我见过你娘，你与你娘有几分相似。"

苏风暖蒙人没成功，也不脸红，上前一把夺过叶裳手里的面，蹲在地上就开吃，嚼着面，腮帮子鼓鼓地说："那是您没见过叶家夫人，我更像叶家人。"

陆文峰哼了一声，似乎在说"信你有鬼"，不过他见苏风暖吃得香，也不再争辩，埋头大口大口不落后地吃了起来。

叶裳看看苏风暖，又看看陆文峰，这二人一大一小，就跟比赛似的，一个比一个吃相不雅。他觉得不忍直视，拿着碗离二人远了些，慢慢地吃起来。

一碗面下肚，苏风暖舔舔嘴角，没饱，瞅见叶裳还剩大半碗，挪过去，伸出筷子从他的碗里挑面。

叶裳伸手钳住她的筷子："不行，你大晚上不宜吃太多，容易积食。"

苏风暖不干，拿出泼皮无赖的劲儿："我胃口大，积不了食，给我一半，我保证。"

叶裳摇头，十分果断：“不行。”

苏风暖对他瞪眼，叶裳不为所动。苏风暖立即换上委委屈屈的神色，软声软语地央求：“好哥哥了，我饿疯了，不吃饱了睡不着，给我嘛。”

叶裳身子一僵，苏风暖顺利地从叶裳碗里挑走了小半碗面。

陆文峰见了，“啧啧”了一声。

吃饱喝足，苏风暖打了个哈欠，滚上床，裹被子倒头又睡了，动作快得让陆文峰咋舌。

陆文峰本来想跟来瞧瞧让叶裳日夜惦记的人是何模样，见到了之后觉得有趣，想吃饱喝足后和这小丫头说说话，没想到她太干脆，就这般睡去了。

陆文峰看着她霸占了叶裳的床，跟在自己家一般睡得利索，男女七岁不同席，如今他们虽小，但已到了该计较男女大防的年纪，这般委实太不成样子。不过，他想想叶裳自幼孤身一人，有这么个小丫头在身边，自小培养感情，倒也好。

于是，他似笑非笑地看着叶裳，问：“为师什么时候能喝上喜酒？”

叶裳瞥了陆文峰一眼：“你该走了。”

陆文峰见叶裳脸不红气不喘，若不是耳根子那点儿颜色出卖了叶裳，还真能被叶裳糊弄了。他笑着警告：“臭小子，年纪还小，别做欺负小姑娘的事儿，要做，也得等人家及笄了。”说完，向外走去。

叶裳“砰”的一声关上了门。

他刚转身，陆文峰忽然又推开了门，对他说：“对了，小丫头长得太扎眼，招人喜欢，你看着点儿，她在书院看望你的日子里，别给我惹事儿。”

叶裳哼了一声。

陆文峰这回自动给他关上门，真走了。

叶裳回到床前，瞅着床上的一团，露出一张巴掌大的小脸，容色姝丽，他脸色不好地想：的确该看着点儿。

转日，麓山书院又到了正式上课的日子。叶裳醒来时，苏风暖还在睡着，他伸手拍醒她：“我要去上课了，你老实在房里待着，等我回来。”

苏风暖困得像要睡个八天八夜的模样，迷迷糊糊地“嗯”了一声：“回来给我带吃的。”

叶裳没好气地点头，想骂她吃货，见她翻个身又睡着了，便转身出了房门。

这一日，叶裳晌午回来，给苏风暖从食堂带了一盒饭，她爬起来吃了后，倒头又睡了。

叶裳无语地瞅了她半晌，下午又去上课了。

就这样，苏风暖一连睡了三日。第四日时，她总算是彻底醒了，人也精神了。见叶裳去上课，她也屁颠屁颠地跟着出了房门。

她睡了三日，叶裳怕她睡坏了；如今她跟着他要出门，他又想把她关房里。带着这纠结的情绪，叶裳警告她不准惹事儿后，才带着她出了房门。

麓山书院不收女子，清一色的男子，叶裳自然不可能带苏风暖进学堂，苏风暖便爬上了学堂外的一株大树，骑着树干，透过窗子，瞧着学堂内的叶裳坐在一众学子中听先生讲课。

她觉得新鲜，原来叶裳上课是这般模样。

她看了一会儿，天色太冷，等得无聊，便打算先回去，于是，下了树干，往回走。刚走不远，感觉身后有人悄悄地向她袭来，她琢磨了一下，没躲，想看看这个人想干什么。

于是，她假装不知道地走着，那人很快就来到了她身后，双手打了个圈，一根绳子出现在她身前。她眨了眨眼睛，那人手法不太利落地将她用绳子捆了起来。

苏风暖看着拇指粗的绳子，配合地尖叫了一声。

那人似乎怕招来人，一把捂住了她的嘴，色眯眯、流里流气地说："小美人，别喊，别怕，小爷我看上你了，跟我回家做媳妇儿去，保准天天让你吃香的喝辣的。"

她这是遇上强抢良家女子的登徒子了？

可是她才九岁啊！

苏风暖闻言还没想好该做什么表情，身后忽然卷来一阵寒风，紧接着，她眼前一花，只听一声惨叫再加上"砰"的一声，绑她的那人摔出了三丈远。一个人影紧跟过去，一脚踏在了那人的裤裆上，那人又发出一声杀猪般惨烈的叫声。

苏风暖听着这声惨叫就知道坏了，那人的命根子估计废了。

叶裳也完蛋了！

果不其然，这一年，叶裳因与麓山书院院首的侄子为一个女子大打出手，打残了院首侄子，被逐出麓山书院之事传遍了天下。

也因此事，"红颜榜"上，叶裳风流的名声高居榜首。

苏风暖本来是来看看叶裳住几日就走，没想到，成了送他回家。